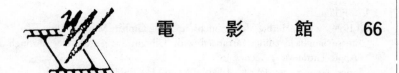

電　影　館　66

遠流出版公司

電影館 66

夢是唯一的現實——費里尼自傳
(Ich, Fellini)

著者／Charlotte Chandler

譯者／黃翠華

編輯／焦雄屏・黃建業・張昌彥
委員／詹宏志・陳雨航

內頁完稿／郭倖惠

封面設計／唐壽南

特約編輯／林馨怡

發行人／王榮文
出版・發行／遠流出版事業股份有限公司
台北市汀州路三段184號7樓之5
郵撥／0189456-1
電話／(02)3651212
傳眞／(02)3657979

著作權顧問／蕭雄淋律師
法律顧問／王秀哲律師・董安丹律師

電腦排版／天翼電腦排版印刷股份有限公司
台北市敦化南路一段294號11樓之5
電話／(02)7054251

印刷／優文印刷事業有限公司

1996年11月16日　初版一刷
行政院新聞局版台業字第1295號

售價420元
缺頁或破損的書，請寄回更換
版權所有・翻印必究
Printed in Taiwan
ISBN 957-32-3099-2

出版緣起

看電影可以有多種方式。

但也一直要等到今日,這句話在台灣才顯得有意義。

一方面,比較寬鬆的文化管制局面加上錄影機之類的技術條件,使台灣能夠看到的電影大大地增加了,我們因而接觸到不同創作概念的諸種電影。

另一方面,其他學科知識對電影的解釋介入,使我們慢慢學會用各種不同眼光來觀察電影的各個層面。

再一方面,台灣本身的電影創作也起了重大的實踐突破,我們似乎有機會發展一組從台灣經驗出發的電影觀點。

在這些變化當中,台灣已經開始試著複雜地來「看」電影,包括電影之內(如形式、內容),電影之間(如技術、歷史),電影之外(如市場、政治)。

我們開始討論(雖然其他國家可能早就討論了,但我們有意識地談却不算久),電影是藝術(前衛的與反動的),電影是文化(原創的與庸劣的),電影是工業(技術的與經濟的),電影是商業(發財的與賠錢的),電影是政治(控制的與革命的)……。

鏡頭看著世界,我們看著鏡頭,結果就構成了一個新的「觀看世界」。

正是因為電影本身的豐富面向,使它自己從觀看者成為被觀看、

被研究的對象，當它被研究、被思索的時候，「文字」的機會就來了，電影的書就出現了。

《電影館》叢書的編輯出版，就是想加速台灣對電影本質的探討與思索。我們希望通過多元的電影書籍出版，使看電影的多種方法具體呈現。

我們不打算成爲某一種電影理論的服膺者或推廣者。我們希望能同時注意各種電影理論、電影現象、電影作品，和電影歷史，我們的目標是促成更多的對話或辯論，無意得到立即的統一結論。

就像電影作品在電影館裡呈現千彩萬色的多方面貌那樣，我們希望思索電影的《電影館》也是一樣。

王榮文

夢是唯一的現實

費 里 尼 自 傳

Ich, Fellini

Charlotte Chandler ◎ 著 ／ 黃 翠 華 ◎ 譯

目次

聽費里尼説故事

黄翠華

本書作者選擇以第一人稱的形式記述費里尼的話語，大大改造了我與這本書的關係——突然之間，翻譯變得不再是翻譯；費里尼也變得不只是費里尼。我產生了一種幻覺，直覺得自己是在聆聽一位熱情風趣的長者說話，只不過還身負任務需把他的談話內容抄錄下來供眾人共賞。

他卸下了武裝，自在地吐露了內心的想法，顯然沒有他向來敷衍訪問者或媒體時的抗拒心結。對於作者 Charlotte Chandler 女士對此事所費的心力，的確令我相當感佩，沒有她的智巧與耐心（爲費里尼立傳這事花了她十四年時間，如果費里尼不那麼早過世的話，甚至還會歷時更久），不知如何能捕捉得到費里尼這三十多萬言的自我說帖？

當然，誠如費里尼在書中一再強調的：他已把眞正的自我都曝露在電影裏了，要想了解他得去看他的電影；倘若想藉由語言文學接近他，讀者尚需冒著他不小心「謊」從口出的危險（因爲他對眞實的定義與一般人不同，他認爲腦中的幻想經驗才是眞實狀態，外在的客觀現實不足以反映眞實的生存處境）。但在我看來，既然他的「謊話」說得比一般人都動聽，那麼是謊言又何妨？故事好聽就好！

※特此感謝黃建業老師、王志成、林維鍇、智言、健和、文倩、良憶、心田、俊輝、世芳、鴻鴻等人在此書翻譯過程中所給我或多或少的協助。

序

比利・懷德

記得劉別謙（Ernest Lubitsche）喪禮結束之後，我和威利・惠勒（Willy Wyler）❶走在一塊。沒有劉別謙的世界令人難以想像。我說：「不會再有劉別謙了。」威利說：「更糟的是，不會再有劉別謙的電影了。」

現在是：不會再有費里尼的電影了。

我是先看了他的電影，然後才認識他本人的。我在看了《大路》（La Strada）之後發現有他這樣一號導演，那部影片讓他立刻受到注意，他太太在片中的演技非常精采。一直要到《生活的甜蜜》（La Dolce Vita）之後，我才真正認識他本人。我那時人在羅馬，他帶我到一家離電影城（Cinecittà）❷約五分鐘路程的餐廳吃中飯，餐廳的桌上還有雞隻在上面走著。

「你看，」他指著那些雞對我說：「這裏所有的東西都很新鮮。」

我告訴他我願意相信他的話。他讓人拿了一些蛋來桌上。「拿一

---

❶即威廉・惠勒（William Wyler, 1902-1981），美國名導，拍片無數，《羅馬假期》（Roman Holiday）、《賓漢》（Ben-Hur）等名片均爲他的作品。

❷電影城（Cinecittà），義大利規模最大、設備最齊全的電影製片廠，是全國的電影拍攝中心。廠址位於羅馬近郊，1935-1936 年間興建完成，曾在二次大戰期間受到重創，到了 1950 年後，始恢復全部生產力，此後十年，安東尼奧尼、狄西嘉、費里尼等導演的早期作品均在此攝製，左右了義大利電影的發展方向。此處爲費里尼最鍾愛的拍片場所。

個！」他說，同時給了我一顆蛋，「還是熱的呢。」

不過我那天並沒有點蛋餅這道菜。

在《八又二分之一》（8 ½）這部片子之後，我們又見了一次面，而且又去了同一家餐廳。桌上仍有雞隻在走動，但我想不是上回看到的那幾隻。

他對食物有極大的興趣，是個非常典型的義大利人。我以前很喜歡聽他談女人、大愛、戀情、激情這些事，他可以非常有趣，又喜歡聳人聽聞，我們言語尖銳地聊過一個又一個的話題。我們是一對船長，我很資深，什麼大風大浪都碰過，他的經歷也不下於我。

我們的背景相似。他當過記者，我也當過記者，我們都是靠採訪電影明星、導演起家的，也都寫過關於雷馬克（Erich Maria Remarque）❸的東西。我們也像史特吉（Preston Sturges）❹一樣，為了監督自己的劇本不被惡搞，最後自己變成了導演。而就像《日落大道》（Sunset Boulevard）講的不只是好萊塢一樣，《生活的甜蜜》談的也不單是羅馬。

他和我一樣有些拍片伙伴，我和布萊克特（Charles Brackett）❺合作了十五年；和戴厄蒙（I. A. L. Diamond）❻更合作長達二十五年。

---

❸雷馬克（Erich Maria Remarque, 1898-1970）德國作家，以《西線無戰事》（*All Quiet on the Western Front*）、《三勇士》（*Three Comrades*）等書馳名國際，作品反戰意味濃厚，且多被改編成電影。

❹史特吉（Preston Sturges, 1898-1959）美國編劇暨導演。四〇年代早期有數部極受矚目的編導作品出現，如《The Great McGinty》、《The Lady Eve》、《蘇利文之旅》（Sullivan's Travels）及《The Miracle of Morgan's Creek》等。

❺布萊克特（Charles Brackett, 1892-1969），為比利‧懷德的長期編劇伙伴。懷德出生奧地利，一九二九年起在柏林任電影公司編劇。一九三三年希特勒掌政，懷德逃往法國，三四年轉至好萊塢，因不諳英語，所寫的德文劇本尚需請人翻譯成英文。派拉蒙公司故在一九三八年派布萊克特與其搭檔合寫劇本。

❻戴厄蒙（I. A. L. Diamond, 1920-1988），為比利‧懷德的副製片。

你必須保持一顆傾聽對方的心，即使你最終不採用他的意見，也都該參考一下他的話。你需要找一個你所尊敬的對象，但那個人最好跟你自己不一樣，因為你需要的是不同的意見，不然你跟自己交談就可以了。然後，你們還要試著去說服彼此。

費里尼和我一樣對美術非常感興趣，而且他還有一雙畫家的眼睛。不同之處在於：他有素描的天份；我則既不會素描、油繪、又不懂得雕塑，只能在旁欣賞。

還有一個差別，那就是我向來喜歡用最專業的演員，他則能和從沒演過戲的演員合作得很開心。還有就是，我喜歡只拍基本要用的材料，因為一個鏡頭拍太多次，演員的精力就沒了。但費里尼則喜歡有很多選擇，即使拍出的東西他永遠用不著。

我最喜歡的一部費里尼電影是《卡比莉亞之夜》（Nights of Cabiria），拍得真是精采！

費里尼的攝影機永遠放在該放的位置，但最重要的是，你永遠不會察覺到攝影機的存在，不會感覺他在賣弄導演技法。他只是追隨著故事本身，從來不會使用一些讓人分神的攝影角度。我和菲德利哥（Federico, 即費里尼）一樣，去看電影是為了得到娛樂，我向來不喜歡看到導演刻意在那兒表演。

如果費里尼是用英語而不是用義大利語拍片，那麼他大概會更有名。即使他失敗時，都仍然偉大。他不知有多少片子垮了，但仍然有機會繼續拍下去，真是令人訝異。這是他在義大利拍片，而不是在美國拍片的好處。

他很天真，永遠都那麼天真，就算沒人願意投資他拍片時也一樣。我們倆不論誰都沒有史匹柏（Stephen Spielberg）那樣奢侈的權利。想想看，拍了幾部賺大錢的片子以後，你就可以為所欲為了！

不論我們人到哪裏，都會有人問同樣的問題：「懷德先生，你什麼時候再拍下一部片？」或是「費里尼先生，你什麼時候再拍下一部片？」但我們兩個都只能回答：「等時機到的時候——如果他們還肯讓我拍的話……」

　　在電影院裏，你永遠認得出哪部是費里尼的電影，他有他的個人風格。有些東西是你學不來的、是與生俱來的。他是個一流的小丑，有偉大、獨特的想法。在生活中，當你跟費里尼在一起的時候，你也永遠清楚這是費里尼，不是別人，他的行為風範自成一格。像費里尼這樣的人死了以後，沒有辦法留下什麼傳世祕訣，因為根本沒有所謂的「祕訣」，他的作品源自他個人本身。大家會去研究、分析、模仿他，也許有誰會鑽研到一個程度，讓大家認為可以與之比擬，他們會說：「他的電影像費里尼。」

　　但也只不過是**像**費里尼罷了。當一種工夫沒有辦法被傳下去的時候，才是真工夫！

前言

Charlotte Chandler

比起他的夢，費里尼的現實人生甚至更見精采。他將夢境寄託於菲林片格之上，為我們留下豐厚的遺產。「夢是唯一的現實」——費里尼如此描述他的生命主題。他懷疑：「人的下意識是不是用得完？夢境可有終了的一刻？」

《夢是唯一的現實——費里尼自傳》(Ich, Fellini) 這本書是我與費里尼相識十四年期間，他對我說的一些話，時間從一九八〇年春我們於羅馬初識開始，一直到九三年秋，他死訊傳出的前幾個禮拜。因此，與其說這本書是「被書寫出來的 (written)」，不如說它是「被口述出來的 (spoken)」。

他跟我談話時大都是在餐館或咖啡廳裏吃東西，不然就是在開動的車內，這兩種情況都會讓他感到高興，而且都有助於刺激出他天馬行空卻又思慮清晰的特質。

「你出書的時候，」他對我說：「出版社會提供車和司機給我們嗎？」

「希望如此。」我回他。

「我的話，你一定聽了有一座山那麼多了。要是我哪天想知道我生命中某一刻的感覺，可以來請教你。去查這些資料要比去記它們來得容易得多。人不但無法依照先後順序去記憶他們的生命經歷，也記

不得事情發生的過程；人無法記起那些最重要的部分，甚或是 **感覺上像是** 最重要的部分，記憶非我們所能掌控。人並不擁有自己的記憶，而是被自己的記憶所擁有。

「你是個好聽眾，有時我會從我告訴你的話裏更了解自己一些。我從來沒有故意騙過你，因爲你信任我。我無法去騙一個我說什麼都相信的人。

「但當然，我可以騙自己，而且經常如此。」

雖然在我個人的經驗裏，費里尼向來信守承諾，但他也坦承：的確因爲自己食言而招致不良聲響。對於我的任何請求，他都會用「我發誓！」，這樣的字眼以示認眞。每當他答應我去做一件他並非極感興趣的事時，他也會說「我發誓！」這是我們彼此之間的玩笑，意思是他還是會去做。這三個字後來變成一種暗語，當他要走的時候，我回頭看他，然後他就會舉起右手臂，好像是在說「我發誓！」。

在某種意義上，費里尼同時身兼訪問者及受訪者這兩種角色，我則是聽眾。這本用語言捕捉他腦海畫面的回憶錄是一種對話的結果，而較不像訪談的產物。我並不發問，因爲問題不但規範了答案，也決定了主題。他天南地北，隨興而至，揭露了他對外與私下的不同面貌。他告訴我他喜歡比利・懷德（Billy Wilder）的一句話：「相信自己的直覺，即使錯了也由自己承擔；直覺比理智更能帶你通往眞相之門。」

他覺得標題是種限制。「只能最後再去想標題，不該一開始就去想，而且標題的範圍應該盡可能大過主題。要是你太早就用標題把自己限制住了，你只會找到你要找的東西，卻找不到眞正有趣的東西。所以要用開放的心靈去探險。標題會導引你，但不會給你助益。」

費里尼是個藝術家，他將他獨特的視野與我們所有人分享。他告訴我：「電影是會動的圖案」，並認爲他個人的作品承繼較多繪畫特

性，較少文學血液。有時我在看一樣東西的時候，會嘗試想看出費里尼眼中會看到的東西。我希望，由於他的啓發，我真可能多看到一點，而且看到得精采一點，因爲我不單用了眼睛，還用了視覺想像力。

「我把我僅有的一生都說給你聽了。這些就是我的遺言，因爲我已經沒有什麼可說了。」

本書分成三大篇：

上篇〈菲德利哥〉（Federico）：年幼及年少時期的費里尼，受過馬戲團的影響，對於小丑、富國戲院（Fulgor Cinema）所放映好萊塢影片，以及美國漫畫都有極深的印象，由是發展出自己的世界觀。他帶著**他的**里米尼（Rimini）小鎮去到羅馬。在那裏，他寫作及漫畫方面的才能引導他朝著電台、電影編劇以及之後電影導演的道路前進。他也在過程中找到了他電影暨生活中的女主角：他的終身伴侶。

中篇〈菲德利哥‧費里尼〉（Federico Fellini）：影迷成爲電影導演，並發現了他的生命目的。

下篇〈費里尼〉（Fellini）：這個名字在他還在世的時候就變成了傳奇，他的人比令他成名的電影作品還要出名。即使沒看過費里尼電影的人，對「費里尼式的」（Felliniesque）這個字眼可能也並不陌生。

所有費里尼電影都有一個最重要的角色，這個人很少在片中露臉，卻一直都在作品之中，那就是費里尼他自己。他才是他電影裏真正的明星。在真實生活中，他也極富魅力。我印象中的他，既慷慨，又體貼——謝謝**我**陪他用餐、謝謝**我**花時間跟他作伴，甚至謝謝**我**肯收他的禮物。他告訴我一個人只要能獲得別人的了解和關心，就會繼續活下去。我相信這話。然而，他較關心的卻不是個人的生死問題，

而是自己的電影作品是否能永垂不朽。

　　菲德利哥・費里尼生於義大利里米尼，時值一九二○年一月二十日……

上篇

菲德利哥

第一章
夢是唯一的現實

我沒辦法變成別人，如果我還算懂得一點什麼的話，就是這個了。

每個人都活在自己的幻想情境裏，可是大多數的人都不了解這點，沒有人能真正捕捉到**真實的**世界。大家都只管把個人的幻覺稱爲「真相」，我和他們不同的地方在於我**知道**自己活在一個幻想的世界。我喜歡這種狀態，而且痛恨任何干擾我想像的事。

我不是獨子，卻是個孤獨的孩子。我有個年紀相近的弟弟，他只小我一點點。我很喜歡他，但就算我們有著共同的雙親、住在同一個屋簷下，卻無法真正分享彼此的生活。

有些人哭在心底，有些人笑在心底，有些人不管哭笑都藏在心底。我以前一直是個嚴守情緒隱私的人，我樂於和別人分享歡笑和喜悅，卻無法承認自身的恐懼或悲傷。

獨處時可以完全做你自己，因爲沒有他人限制你，你可以自由伸展。獨處是種特別的能力，有這種能力的人並不多見。我向來羨慕那些擁有內在資源、可以享受獨處的人，因爲獨處會給你一個獨立空間、一份自由，這些是人們嘴上喊「要」，實際上卻害怕的東西：人生在世沒有什麼比獨處要更讓人懼怕的了。他們有時甚至才落單了幾分鐘，就急著要去找人來填補空虛，而且隨便找誰都可以。他們害怕寂靜無聲，害怕那種剩下自己一人與自我思緒及長篇內心獨白獨處時的靜

默。因此，你必須很喜歡和自己作伴。好處是：你不必爲了順從別人或討好別人而扭曲自己。

　　處事時不瞻前顧後，縱情時不過於謹愼，以及愛恨時可以任其愚昧的那些人，都讓我很著迷。那種不擔心後果的簡單行爲，在我看來十分奇妙。我自己就從未學會該怎麼不負責，我總對自己十分嚴苛。

　　雖然年紀越大，早年的記憶也就越趨模糊，但這些記憶卻也始終伴隨著我。我不確定那些事情是不是眞的發生過。有些記憶早在我有話語能力以前就進駐內心了，只不過是以圖像的方式存在。現在，隨著時光流逝，我已無法確定它們到底是我自己的記憶，還是別人加在我身上的記憶，畢竟我對後者的印象也是同樣地深刻。我的夢對我來說都那麼像眞的，以致過了這些年，我竟弄不淸：「那些是我的親身經歷？還是我的夢？」我只知道，只要我一息尙存，這些記憶就都會說它們是我的。那些可能可以爲他們所知事實作證的人都已作古。如果他們還活著的話，記憶那些事情的方式可能也和我不一樣，因爲根本沒有所謂「客觀記憶」（objective memory）這回事。

第二章
馬戲團在等我

　　童年時玩的人偶讓我留下深刻的記憶，比起我在年少時代認識的一些人，它們現在似乎和我更接近一些。原因可能是，當時我和它們本來就比我和人要來得接近。因此，它們現在變成回憶了，不也該和我較接近？

　　大約九歲大我就開始製作人偶，並演出偶戲了。我會爲我的偶戲繪製人物：硬紙板做的身子加上黏土做的頭。我們對街住著一位雕塑家，他看到我的人偶時，鼓勵我，說我有才華，那可眞是讓人士氣大振。**年幼時**得到的鼓勵是最珍貴的，尤其當它不只是一般泛泛的認可，而是明確有所表示。他教我用巴黎的膠泥來做人偶的頭。我推出偶戲，一人飾演所有角色，也就是在那種情況下，我逐漸習慣了一人扮演戲中的所有角色。我相信我日後向演員示範我對每個角色的看法的這種導演方式，就是由此發展出來的。而當然，寫劇本的也是我。

　　七歲的時候，爸媽曾帶我去看馬戲。馬戲團裏的小丑可眞是嚇到我了，我不知道他們是動物？還是鬼？我也不覺得他們好笑。

　　但我的確有種怪異的感覺：我覺得他們在等我。

　　那晚，以及之後的許多個夜晚，我都夢到那個馬戲團。在夢裏，我覺得自己找到了一個有歸屬感的地方，而且通常那些夢裏都有隻大象。

我當時並不知道我的未來會落在馬戲團——電影的馬戲團——裏。

小時候我心裏有兩個英雄。一個是女的，也就是我的祖母；另一個則是一位小丑。

馬戲演出後的隔天早上，我在廣場噴泉邊看到一個馬戲團裏的小丑，穿著跟前晚一樣。對我而言，他似乎也只會這麼裝扮。我推測他那套小丑裝**永遠**都穿在身上。

他就是**那位**小丑——皮埃里諾（Pierino）。我沒有被他嚇到，因為我知道我們體內流著相同的血。我對他不夠體面的裝束立刻產生了一股親切感，他有種刻意顯露出來的襤褸模樣，以及一種幽默又可憐的味道，但這兩樣東西在我媽眼裏看來都並不合宜。他不可以那樣一身去學校，當然更不可以那樣一身去教堂。

我一直都相信預兆這種事。每個人一生中大概都碰過一些預兆，只不過不一定都認得出來。我那時沒跟皮埃里諾交談，也許是因為擔心他只是夢或是鬼魂，害怕一旦跟他搭話，他就會消失不見。不過，反正那時我也不知道要如何稱呼一位小丑，我總不能稱他們「小丑陛下」吧。然而，對我來說，他卻是遠在皇族之上的。由於那時我還沒到懂事的年紀，所以這些我就只能用感覺去感受。一些年以後，當我再看著他當初站在噴泉旁的位置，就可以看出他像個向我通報未來的使者——那是個預示我一生的徵兆。那番景象以及他給我的那種說不出的樂觀感受，令我十分激動，他就像個受到老天保佑的人。

我剛開始跟別人講述我逃家投奔馬戲團的故事時，內容並不誇張。但以後每說一遍，我記憶中事發時自己的年歲就又增加了一些。故事裏的我，比實際年齡要大上幾個月，甚至幾年，但增加最多的卻是我離家時間的長度。我說出來的不那麼像我的實際經歷，而較像是

我期待能遭遇的情節。在把經過渲染的故事陳述多年以後，我覺得故事本身都變得比事實還要真實，誇大之處已經熟悉到變成我記憶的一部分。然後，有天出現一個人，他說我騙人，並把我那些記憶奪走！而且還真有那種人存在。我一向認為，如果我是騙子的話，也是個誠實的騙子。

那天下課後，我看到一些馬戲團的人經過里米尼。我跟著他們，我當時大概七、八歲左右。他們像是個大家庭，每個人都對我很好。他們沒想過要送我回家，也許是因為他們不知道我家在哪裏吧。

我希望能在馬戲團待上幾個月，事實上卻大概只跟他們共度了一個下午。我逃家投靠馬戲團的時候，被家裏的一位朋友看到了，因而事跡敗露，被拖了回去。但在被帶走之前，我卻已經和馬戲團結下了不解之緣：我跟一位小丑說過話，還幫一匹斑馬洗過澡。有多少人能夠說他們做過這樣的事呢？要找到跟小丑說過話的人還是有可能的，不過臨時被迫製造出來的，我想不算；而要幫斑馬洗過澡，這人則得先上動物園一趟。在那個特別的日子裏，馬戲團的人准許我去幫一隻看來非常難過的病斑馬洗澡。他們告訴我，牠因為吃了別人餵牠的巧克力，身體不大舒服。

從那天開始，我永遠忘不掉斑馬摸起來的感覺。我摸牠的時候，身上有種觸電的感覺——一隻濕斑馬吔！我不是個容易多愁善感的人，但當我碰觸牠的時候，牠也碰觸了我——牠碰觸到我的心！

我一生認識過許多哀傷的小丑，那次遇見的是第一個。一個人認識的第一位小丑總是比較特別。我所認識的每個小丑都極為重視他們的工作，而且都了解要讓自己顯得好笑是相當嚴肅的一件事。我自己則一輩子都對能逗別人發笑的人感到景仰，我覺得那是件有價值而又困難的事。

那晚到家之後，我因爲晚回去挨了頓罵。但媽看來似乎並不著急，我還從來沒晚到惹她嚴重關切的地步。

　　我試著把我所有的遭遇和冒險經驗，包括觸摸斑馬的感覺這些事告訴她，但話並沒說完，因爲她根本沒在聽。她從來不聽我說話，總是深埋在自己的世界裏，聽著心裏的聲音，也許她是在聽上帝說話吧。

　　她說我該受罰才會改正並學到教訓，所以那天我沒吃晚飯就被命令上床睡覺了。我進了房間，但才上床沒多久門就開了。媽端著一盤食物進來——一整份的晚餐，東西放下之後，她二話不說就離開了。我於是學到了一個教訓——無論我何時離家出走投靠馬戲團，都可以期待有人會端盤食物進我房間犒賞我！

　　我猜那是因爲她高興我回來吧。

　　我從來不必用到鬧鐘，我可以自我控制。我一直睡得很少，而且醒得早。小時候，我總比所有人都早醒來，但我會繼續躺在床上回想我的夢，害怕自己亂動會吵醒別人。等到我再大一些，就會起身在安靜的屋子裏走來走去、看東看西。由於我跟家裏的房子獨處過，所以我比其他的家人都要更「了解」它的狀況。那些桌椅爲了要守護它們夜裏的隱私，不惜賞我多處瘀青。

　　甚至在很小的時候，我就已經對戲劇有概念了。媽有次爲了某件事責備我，可能是我闖了什麼禍，也可能是我該做的事沒做，現在已記不清了，反正我以前經常被責怪。那次我決定要讓她難過，我知道如果她覺得我受傷了，就會後悔罵了我。

　　有一次，我拿了她一隻暗紅色的口紅在自己身上塗掉了大半隻，我以爲這樣會看起來像是流了血。我心想，當她回家時看到我一身的血倒在地上時，一定會爲自己對我過於嚴厲而感到抱歉。

我在樓梯腳找到了一個好位置，希望情況能看起來像是我因跌下樓梯而受傷的樣子。但那姿勢卻不太舒服，而媽又遲遲不來。我的腳麻了起來，我也換了換姿勢，但覺得有些無聊：我不懂她為什麼這麼久還不回來。

終於，我聽到了門開的聲音。但進來的腳步似乎比媽媽的要沉重些，而且也聽不到她高跟鞋的咔咔聲。

叔叔❶過來戳了戳我。他以一種興味索然的語氣對我說：「起來，去把臉洗洗。」

羞辱之餘，我把臉給洗了。

從此以後，我就再也不喜歡那位叔叔了。我們倆都沒再提過這件事，但我知道我們誰也沒忘過。

我童年心中的一個英雄是「小奶毛」（Little Nemo，或譯「小尼摩」），他是個美國漫畫裏的人物，不過當時我並不知道他是「美國人」，我以為他跟我一樣是個義大利人。在那個漫畫的義大利文版裏，他只說義大利話。

我發現小奶毛的時候，大概是五、六歲，或者更小。我當時簡直不敢相信自己的眼睛！真是太意外了！又有一個像我一樣喜歡幻想的傢伙。他打翻了我的想像盒子：有時他變得好大，大到踏過高樓時都得分外小心；有時，他又縮到比花還小，被巨大的昆蟲嚇得半死。他周圍的人物是我在漫畫書裏看過最特別的：有一個裝扮像警察的祖魯人（Zulu）❷，他老是叼著雪茄，而且講著一種奇怪的話，漫畫裏的人

❶或譯「伯父」，原文無明確線索，只能確定是父方的兄弟，因費里尼之母與其父私奔之後，娘家已與之斷絕來往。
❷祖魯人（Zulu），南非納塔爾省操古恩尼語的一個部落，為南部班圖人的一支。

（頁邊）第二章　馬戲團在等我

二七

雖然都了解，但沒有一個念這本書給我聽的大人能把他的話翻譯出來，他們甚至不知道那些話怎麼發音。書中還有一些不知為什麼被拔擢到高位並擔負大任的小丑，但對我而言，這一點兒也不費解。再來就是一些張著嘴的巨人，你可以沿著牠們的大舌頭往下探測牠們洞穴般的體腔。此外，還有瓦解城市交通的恐龍；上下顛倒的房間，使得人人都必須腳踏天花板而行；以及努力想恢復原狀的細長人形——全都是最奇妙的想像，此外，畫筆也很棒，正是我希望自己能達到的境界。

　　我自己一直試著在畫，臨摹漫畫裏的場景對我來說沒問題，但小奶毛的造型我就是畫不來。原著功力深厚，遠非我能力可及。該書畫法筆觸細膩豐富，許多服裝與建築的繁複程度都不是我的小手追隨得來的。後來我發現該漫畫作者溫莎‧麥凱（Windsor McCay）❸也曾是位影壇先鋒。早在華特‧迪士尼（Walt Disney）之前，他就參與過先期的卡通動畫繪製工作了。事實上，小奶毛早已被他畫進卡通片裏了，我那時很希望能看到；他的另一部卡通片《恐龍葛帝》（Gertie the Dinosaur），我則已目睹丰采了。此外，他也為無法拍得照片的新聞畫插畫，「盧西塔尼亞號」（Lusitania）❹沉沒事件便是一個例子。那幅沉船的畫有種奇幻的質地，影響到我後來對《阿瑪珂德》（Amarcord）一片的創作。墨索里尼（Benito Mussolini）的海上遊輪「帝王號」（the Rex）當然也是一個影響；但溫莎‧麥凱對我的影響卻更大。我想現在

❸溫莎‧麥凱（Windsor McCay, 1869-1934），二十世紀初的美國漫畫家，求學過程並不順暢，十七歲便開始工作。一九〇三年到了紐約，開始投入漫畫創作；其中最為人知的作品就是《小奶毛》，劇中主角幻想力豐富，透過其夢境所傳達的故事情節，每每出人意表。

❹「盧西塔尼亞號」（Lusitania），當時由紐約駛往利物浦之英國班輪，1915 年 5 月 7 日為德軍潛艇擊沉，在 1198 名死者中有 128 名美國公民，間接促始美國加入第一次世界大戰。

聽說過他的人大概不多了。

在每週日漫畫的結尾，小奶毛都會由床上坐起，明白自己原來是在做夢。如果做的是美夢，他就會對醒來一事抱憾；如果做的是噩夢，他就會為夢醒而慶幸，並開始回想睡前吃過些什麼。小時候的我在要入睡時總希望自己也能做些像小奶毛一樣的夢，偶爾亦能如願。我認為小毛奶影響了我的夢生活，意思不是我夢到了跟他一模一樣的夢。我當然是做**我自己**的夢，但知道有他那樣的夢存在，意味著自己未來的夢境裏還有無限可能有待開發。每件事都是從「有可能！」這樣的信念開始的。

我也很喜歡大力水手卜派（Popeye）和他女朋友奧麗薇（Olive Oyl），以及魯伯‧戈德堡（Rube Goldberg）❺筆下的精采發明，他以最所能想到最複雜的方式去執行再簡單不過的任務。還有就是拿錫罐當帽兒戴的「快樂流浪兒」（Happy Hooligan）❻。現在已經沒有這類的漫畫了，我真希望那時能知道那些漫畫人物的創造者是誰。如果我後來沒變成電影導演，我就會想成為一個漫畫家。

我媽以前也喜歡畫畫，不過卻是偷偷地畫，那是我很小時候的事。她教我畫畫，先是用鉛筆，後來又換了彩色臘筆。她說我在懂事之前已經把家裏所有地方都畫遍了，包括家裏的牆，還有她娘家為她手繡的一張桌布……等等。而要趕在爸爸看到之前，把那些塗鴉給清乾淨還真不容易。她在弟弟還是個嬰兒，而爸爸又不在家的時候，才會鼓

---

❺魯伯‧戈德堡（1883-1970），美國漫畫家，擅長諷刺美國人過於注重技術的癖好，所創造之漫畫人物「發明家布茨教授」，就專愛以迂迴曲折的設計來進行極簡單的事情，其作品《今日和平》曾獲1984年普立茲獎。

❻「快樂流浪兒」，二十世紀初的美國漫畫，作者為弗瑞‧歐柏（Fred Opper, 1857-1937）。故事講的是個孤苦的愛爾蘭移民男孩——紅鼻、錫罐帽為其特徵，面對新大陸生活中的種種不幸，卻總能持笑以對，有點類似卓別林式的流浪漢。

勵我畫些東西。

我對畫畫這事從來不會感到厭煩。爸爸有時會回家，他不喜歡看到我坐在那裏一畫幾個小時，他說那是女孩子做的事。他雖然沒開口提過，但我知道他比較希望看到我在外頭練習踢足球，儘管我當時個頭並沒有比足球大上多少。之後，媽就不再鼓勵我畫畫了，而且她自己也沒有再繼續畫下去了，至少我就沒有再看她畫過。

時間過了這麼久，我都忘了自己到底是怎麼開始拿起畫筆的。它就像我一直在做的一件事，已經成了我生活的一部分。然後，在我長大很久以後的某一天，當時我人在里米尼過聖誕，我聽到有人對我媽說：「菲德利哥真是有藝術天份。」我媽則驕傲地回答：「是我遺傳給他的，我年輕的時候也有些藝術細胞，還是我教他開始畫畫的呢。」然後我才想起來我是怎麼開始拿起畫筆的。

我曾想去見見「佛萊西‧戈登」（Flash Gordon）❼。他是我小時候心目中的英雄，現在也還是。我永遠永遠無法相信他竟然不是一個真實人物！

美國科幻小說作家雷‧布萊貝瑞（Ray Bradbury）❽告訴我，對他而言，「巴克‧羅傑茲」（Buck Rogers）❾有同樣的重要性。小時候，

---

❼佛萊西‧戈登，為艾立克斯‧雷蒙（Alex Raymond, 1909-1956）於三〇年代所著同名漫畫中的男主角。此角係耶魯畢業生，偕同女友暨科學家友人，乘太空船前往外太空探險。因主角不具超能力，故姓名中之 Flash 捨意譯（如他譯「閃光戈登」），就音譯。

❽雷‧布萊貝瑞（1920-），美國科幻小說作家，著有《火星紀事》（The Martian Chronicles）及《華氏 451 度》等知名作品，後者曾被法國導演楚浮搬上銀幕。

❾巴克‧羅傑茲（Buck Rogers），為美國二〇年代末起在報上連載的同名漫畫中的男主角。故事敘述美國空軍中校巴克‧羅傑茲於西元二十五世紀捍衛故鄉，擊退異族統治的英雄事蹟。此一漫畫風行甚久，為美國第一部科幻漫畫，當時在名氣上能與之抗衡的僅「佛萊西‧戈登」而已。

有一次他的朋友嘲笑他對羅傑茲過於入迷，他就回家把自己所有的漫畫書悉數摧毀。我自己並不愛收集什麼，我盡量不留東西，但我可以認同一個被排斥的人。他毀了自己的收藏後，覺得很落寞，於是斷定那些想要奪走他生命滋養的人、那些要把他變成跟他們一樣的「朋友」根本就不是朋友。他因而與他們斷交，然後又繼續開始蒐藏羅傑茲的漫畫。他花了好長一段時間才又恢復了藏書，而且這一批甚至比以前那批更好。

我能認同他，是因為我記得自己也有很多次十分再意別的小孩怎麼看我。我現在已經記不得他們的名字了，但當時他們的確深深宰制著我，來自同儕的壓力讓我非常不快樂。在你很小的時候，其他的小孩是可以對你造成這樣的情緒負擔的。

我想我讀過所有布萊貝瑞寫過的東西。我從讀了《火星紀事》（The Martian Chronicles）以後，就想把它拍成電影。我非常喜愛科幻小說，而且對奇想與超自然的事物感到興趣，它們就是我的宗教信仰。

現實生活提不起我的興趣。我喜歡觀察人生，為的是要釋放想像。從小開始，我畫出來的人就不是他們在現實中的造型，而是他們在我心中的模樣。

每次爸爸出差回來，總會帶些小禮物給媽，但那些東西好像只會讓她更生氣。她認為那些禮物與其說是愛意的表示，不如說是愧疚的象徵，我當時並不懂媽為何這樣想。

爸爸是二十幾歲結的婚，由於在婚姻上性生活受挫，於是他就將注意轉移到其他的淑女身上，尤其如果她們**並非**淑女的話更好。但我確信他對媽也真的有感情，而且他對家庭妻小的供養也十分盡心。他在出差路上幹的事，在義大利人的婚姻裏是家常便飯。女人比男人更

像在坐婚牢，這指的不是已婚女子離婚較為不易，而是相對上已婚男子享有較多的自由。

我想他在路上所享受到的快感程度與禮物的大小有相對的關係。如果那是一次乏善可陳的經驗，媽就會得一個玻璃花瓶；而如果那是一次可資紀念的交歡，他就比較可能送媽一個銀盤。

我記得有一次他給媽帶了件漂亮的洋裝。媽打開禮物的時候，我和弟弟里卡多（Riccardo Fellini）還從半掩的門縫中偷看，禮物外頭包了很多層紙，上頭還繫了個蝴蝶結。媽從盒子裏拿出一件我們所看過最漂亮的洋裝，衣服還會閃閃發亮，後來我們才聽說那是手工縫上的亮片。那件洋裝看起來非常昂貴，爸爸看來十分興奮，問媽是否喜歡時還滿面紅光。

媽一語不發，只是把衣服扔在桌上。這樣過了很長一段時間以後（至少我們的感受是這樣），她才說那完全不是**她**會穿的那種衣服，那件洋裝應該更適合給他的某些「朋友」穿。當時，我和弟弟都不明白他的「朋友」指的是什麼。里卡多只比我小一歲，但長久以來，卻總被我當成小弟弟看待，我一直無法改掉這個習慣。

從那次以後，我記得爸爸就再也不曾送媽洋裝當禮物了。我想他還帶回過一頂插有羽毛的帽子，也許那頂帽子也步上了那件洋裝的後塵。而玻璃花瓶他倒是送過很多，而媽也會在瓶裏插花。

在學校裏，我老是聽到：「不行！」、「不可以！」、「你該感到羞愧！」這樣的話。腦子裏塞下這麼多的訓誡後，我上完廁所還會記得拉上褲子拉鍊，可真算是奇蹟。在我還完全不知道自己犯了什麼錯之前，學校和教會就已經把我心中裝滿罪惡感了⋯⋯。

我不太記得在學校的日子了，記憶都已經糊成一片了。一年就彷

佛是一天，而且幾乎每天都在重複之前的日子。我人在學校，心不在學校。上課時，我老覺得自己好像錯過了什麼其他更重要的東西，而那些東西又比任何我在課堂裏學到的都要來得精采！

我通常會說自己是個差勁的學生，也許是因為這種說法比起告訴別人自己是個平常的學生，要來得更有戲劇性、也更有趣一些。我從來不喜歡把自己認定成任何一種平常的什麼東西，也想大概沒人會喜歡這樣吧。我並不真是一個那麼差的學生，媽會受不了的。但即使我固定花些時間在學業上，我也不可能變成另外那些學生，因為我缺乏興趣和動力，至少對我的課業是如此。

我快十一歲的時候，從天主教學校換到了「凱薩中學」（Giulio Cesare School）去念書。學校牆上掛有教皇和墨索里尼的照片。在那裏，我們學到了羅馬過去及未來的榮耀，而這未來榮耀的代表就是「黑衫軍」（Black Shirts）❿。

上課提供了我兩種掩護：一是表面在記筆記、寫作業，實際上是在塗鴉；二是假裝在聽講，其實是沉醉在自己的幻想世界裏。我一直以為我祕密畫漫畫這件事沒被識破，而且還能讓別人以為我是在抄筆記。但有天，老師掀開了我的簿子，底下正好露出了一個奇醜無比的怪物圖案。他以為那畫的就是他，我畫的東西其實比他要醜得多，但他仍覺得那畫的是他。幸好他沒看到底下別的圖畫，那是些那段時期在我腦裏出現的裸女圖案。

---

❿黑衫軍，泛指墨索里尼手下的任何義大利法西斯武裝部隊，隊員著黑衫制服，專門襲擊破壞社會黨、共產黨、共和黨等組織。1922 年 10 月 24 日黑衫軍曾在法西斯黨的號召下，麇集向羅馬進軍，把墨索里尼給拱上台。1943 年墨索里尼倒台後，黑衫軍亦隨之消聲匿跡。

我永遠也忘不了復活節和聖誕節時的盛況，以及學校老師和校長獲得食品贈禮的情形。個子不高的老師們，消失在由學生家長致贈的食品牆堆後頭，看起來反倒像是人被食物吞掉了似的。

害怕被當掉的學生乾脆就獻上活的小豬。我的成績中等，但由於爸爸本身就是做食品買賣的，正好有利於做好我和學校之間的關係。爸爸為人慷慨，而且範圍還不限於年節送禮，我的老師們全都收到了最上等的帕瑪乾酪（Parmesan cheese）❶和橄欖油。

我的成績達到標準，讓我進到了羅馬大學裏的法學院念書。這事很重要，理由有二：一是讓我到了羅馬，雖然讀法律是媽的意思。她接受了我無法成為神父的這個事實。第二個理由更重要，在法學院註了册就是延緩入伍的保證，單是這個好處就讓我待在教室的日子值得了。

我對自己在校沒學到的東西真的不後悔，假如那時我更認真求學的話，我的人生可能就會因而轉了向，那麼我可能就會錯失「拍電影」這件真正給我生命帶來意義的事情了。

從離開里米尼開始，我就一直試著想解開「教育」這事自幼給我上的緊箍咒。教育的用意或許是好的，但結果卻適得其反。經過人為組織出的宗教有太多的迷信和責任。真正的宗教應該能讓人得到解放，讓人得以從內在去尋獲神明。畢竟每個人都希望能過著更有意義的生活。

我一輩子都試著治療教育帶給我的傷害，他們告訴我：「你永遠無法到達理想境界，你是有罪的。」我們被一種悲觀、高壓的教育所殘害，而這樣的教育卻又是由教會、法西斯主義及父母親聯手造成

---

❶帕瑪乾酪，義大利帕瑪（Parma）一地所產硬的牛乳乳酪，多磨成碎粒後使用。每年4－11月間製作，至少需要兩年以上的成熟期，香味濃郁，為世界最佳的乳酪品種之一。

的。他們不會跟你談與「性」有關的事。

如果要我描繪我年少時的世界和現今的世界有什麼不一樣，我會說不同之處主要是以前較流行自慰這種事。意思不是說這種事現在不存在，而是今昔強調的重點有所不同。自慰是另一種不同世界的象徵，這你得用一點想像力。在現實生活中，你不可能立即擁有極致的滿足。女人難以得手，以致令人覺得神祕。當然，除非你去找妓女，那又另當別論，而她們卻很可能就是你性經驗的啓蒙者。那種啓蒙過程因爲掩掩藏藏，受到禁制，且多出了一份和魔鬼的牽扯，而益發顯得震撼。

我想我在性這件事上面最早的記憶要回溯到嬰兒時期。當時我躺在一張廚房的桌上，面前圍著一堆巨大且面目扭曲的女人。她們一邊欣賞著我下面那根小東西，一邊發出愉悅興奮的尖叫聲。感覺上，她們好像在量那東西的尺寸。

我也記得媽曾在我面前一絲不掛過，那是我唯一一次看到她全身裸露的模樣。我當時甚至還不會走路，而且也太小了，沒有能力說話，所以她就以爲我也沒有思考或記憶的能力。可是我看到那個畫面以後，就記住了。我們記得的事比明白的事多，這點非常確定。我們甚至可能在未出生前就有記憶了。

我還記得有一次自己在地板上到處亂爬，然後在廚房桌下往女傭的裙子裏打量。那裏頭又黑又令人難以親近，對我而言並無魅力。我那時大概才兩歲半，我認爲該行爲與性慾一事毫無關聯，純粹是好奇心使然。整件事一直要到媽把我從桌底下拉出來責罵才開始變得有趣了些。而我一旦了解自己那麼做是被禁止的，那件事就變得更有趣了。

即使當時年紀還那麼小，我就已經能感受到禁令與樂趣之間的緊密關聯了。在那個階段裏，我在性上面的興趣比較集中在自己身上。

之後不久，我首次刻意去研究不穿衣服時的爸爸。情況很有意思，

但我想我當時並沒有把自己下面那個小玩意兒跟他那個肥厚的大傢伙做任何聯想。

我第一次可被辨識的性興奮狀態發生在四歲的時候，或是再大一些。我當時並不十分清楚自己感覺到的是什麼，但我卻明白自己確實感受到某種東西。那是一種集中在特定部位的刺激感，簡直快把我爽昏了。

那次的興奮泉源是一位屬於「聖文生修女會」（Sisters of San Vincenzo）編制內的凡俗修女，她的頭剃過，皮膚上還有疱斑。我想她當時大約十六歲，對我而言算是個神祕的老女人。我黏著她不放，完全被迷住了。

我不確定她有沒有察覺到我對她的注意力，當然，對此她也似乎並不關心。她還會把我抱在懷裏，那感覺十分美妙。然後，她還會換邊抱，先是把我靠在一側的豐乳上，然後再換到另一側。我還可以碰到她的乳頭呢，而且自始至終都聞得到她身上那股好聞極了的味道……

剛開始我還不是很確定，但後來就認出來了。那種能引起我性衝動的神奇味道是馬鈴薯皮混雜著過夜湯汁的味道。她負責的工作是為家常湯削馬鈴薯皮，而等到湯煮好，她就會在圍裙上抹抹手。天哪！她全身都好柔軟、好溫暖，真是非常地溫暖。被抱在她懷裏的感覺真是太棒了，讓我整個人都酥了，我當時好希望那種感覺能永遠持續下去。

當時我以為她一定完全不知道我的動機是什麼，也不知道她對我有何影響。但現在我確定她當時對於她能左右一名敏感幼兒的情緒一事，也一定感到開心。

過了這麼多年，要再精確地記起某種味道並不容易，但我想如果

我現在再聞到當時那種味道，一定還一樣地神奇有效。從那以後，我便開始尋找同樣的刺激感。我聞過許多昂貴、用來引誘人的法國香水，卻從沒聞到一種比馬鈴薯皮混雜著過夜湯汁的味道更具魅惑力的氣味了。

我最早的性教育得自於教會的神父，他們警告我們不可以「撫摸」我們自己，但這反而可能給了那些缺乏想像力的男孩一些啓發。不知那些修女在學校裏是怎麼教女孩子的？天主教甚至以一種負面的方式去強調「性」這件事，結果反而欲蓋彌彰，惹得大家對它更加著迷。

當性行爲的目的是享樂先於繁殖後代的時候，天主教一向採取打壓的態度。他們這種高壓的行爲其實是對任何一種形式的享樂——包括對自由及個人主義的追求——所採取的一貫立場。

然而，從另一個角度來看，天主教愈是禁止享樂的性行爲，就愈提高了追求它的樂趣；性活動一旦變得唾手可得也會相對降低性慾的。就像吃東西一樣，偶爾我們也得有一點餓的感覺，才能完全享受到進餐的樂趣。

有段時間我把所有女人都當成阿姨。我只要一看到女人穿晚禮服就會非常興奮。不過我很快就發現了，並非所有的女人都是阿姨……我看到朵拉夫人（Madam Dora）那裏的女人都濃粧豔抹、臉罩面紗，而且抽著濾嘴鑲金邊的香菸。上妓院也是一種重要的經驗。

第三章

嘉寶的睫毛

　　對我們那個時代的孩子而言，最主要的影響應來自帶有法西斯思想的家庭、教會和學校；但對我來說，性、馬戲團、電影和義大利麵這些東西才是**我**幼時的影響來源。

　　性慾的感覺，完全是我自己摸索出來的，我記得這種感覺在當時是如影隨形的。馬戲團則是在他們來到里米尼的時候巧遇到的。電影是從富國戲院驚豔到的。義大利麵則是在我家的餐桌上發現到的。

　　富國戲院比我年長。這家戲院大概在我出生前六年就有了，但我卻一直到了兩歲左右才被帶了進去。對我而言，它比任何一個我童年的家都要重要。它**就是**我童年的家。

　　我是被媽帶去的，不過當然是爲了她高興，而不是爲了我。是她想去看電影，我只是順便被帶了去。我不知道我看的第一部電影是在演什麼，只記得裏面有一堆自己很喜歡的精釆畫面。媽媽告訴我，我那時從來不哭也不亂動，所以她覺得可以隨時帶著我。我甚至在看不懂那些電影以前，就知道那些東西很棒了。

　　我十歲以前，電影都是配了曲的默片。在我十歲左右，富國戲院開始有了聲片。我老去那裏看電影，放的大多是美國片。美國電影就是我們那時候的電影。

　　卓別林（Charlie Chaplin）、馬克斯兄弟（Marx Brothers）、賈利·

古柏（Gary Cooper）、隆納‧考門（Ronald Colman）❶、佛雷‧亞士坦（Fred Astaire）與金姐‧羅吉絲（Ginger Rogers）——全都屬於我們。所有勞萊與哈台（Laurel and Hardy）演的片子，我都喜歡。那時我一向最愛喜劇。我也喜歡偵探片，以及和新聞記者有關的影片。我還喜歡所有男主角穿著風衣的電影。

媽媽則喜歡嘉寶（Greta Garbo）。我並不偏愛嘉寶的電影，卻跟媽媽看了很多。我媽說她是我們那時候最偉大的女演員，有時媽還會坐在暗裏哭。嘉寶在黑白片裏看起來那麼蒼白，讓我以為她可能是個女鬼。我那時一點都看不懂她的電影。她甚至比不上湯姆‧密克斯（Tom Mix）❷。所以我就只好坐在那兒，盯著她的睫毛看。

小時候，當電影要開始前，坐在富國戲院裏的我會覺得非常興奮，有一種美好的期待感。我後來在要走進電影城的第五棚（Stage 5）時也會興起同樣的感覺，只不過那是長大以後的事。這回是因為某種奇妙事物的操控權落在 **我的** 手上。那完全就跟性的感覺一樣：興奮抖動、全神貫注、欲仙欲死的極致感。

我小時候曾以為每個人一定都想當小丑，除了我媽外，一定每個人都想。

小時候，早在我知道自己將來要做什麼之前，就已經知道自己將來**不**想做什麼了。除了媽媽要我當神父這個主意之外，爸爸的提議更

❶隆納‧考門（1891-1958），生於英國，1920年移民美國，成為當時擅演浪漫角色的巨星，曾以《雙重生活》（A Double Life, 1947）一片獲奧斯卡獎。作品有《雙城記》（A Tale of Two Cities, 1935）、《桃源豔蹟》（Lost Horizon, 1937）等。

❷湯姆‧密克斯（1880-1940），好萊塢默片及早期聲片時期的牛仔明星。作品有《An Arizona Wooing》（1991）、《The Law and the Outlaw》（1913）、《The Rainbow Trail》（1925）、《King Cowboy》（1928）等。

不適合：他竟要我去做推銷員！我可無法想像自己跟隨父親足跡四處浪蕩的景象。他在國內巡迴旅行販售食品，我難得看到他一次，他們說他爲了供養這個小家庭（我也是其中一員），爲了讓餐桌上有食物，被迫必須不停地工作。這話讓我對吃這件事感到愧疚，而較不是感激，但我猜要我感恩才是那個說法原先的用意。那時候，我又小又瘦，其實吃的根本不多，所以應該不算什麼負擔。我當時並不了解爸爸不在家跟我一點關係都沒有，他不在家其實是因爲他寧願不要待在媽的身邊。他們兩個在戀愛時期的幸福告終後便成了一對怨偶。媽媽的許多想法壓制性過高，而且又喜歡把自己的不愉快加在別人身上，此外，她認爲過度享樂，或事實上，她認爲任何的享樂都是有罪的——這些東西讓我迫不及待地想要逃開，也一直要到這種時候，我才比較了解爸爸一些。

　　爸爸很喜歡自己的工作，只有這一點，我總算是繼承了他，雖然我走的是另外的路子。他販售酒和帕瑪乾酪。他無法想像他的兒子——我——爲何不想過那樣的生活，特別當他還有介紹我入行爲我護航的本事。我早就曉得自己不是做個好推銷員的料。我無法想像他如何能當著人前叫賣：「請買我的乳酪。」我聽過他向人解釋他的乳酪如何比別人賣的要好，但其實那些乳酪都差不多。我相信他的話，但把那些話說出的過程卻似乎很尷尬，我當時害羞到不敢想像自己能去做那類的事。

　　直到有一天我當了電影導演，跟兩個戴著金鍊、金戒指，而且身上散著刮鬍水味的製片在一起的時候，我才明白，自己雖然不願意，卻也終究步上了父親的後塵。生命迫使我去做一個帕瑪乾酪的推銷員，就像父親一樣，只不過我把那些乳酪叫做「電影」。那些製片並不認同那些我向他們推銷的我自以爲有潛力的作品，就像爸爸那些顧客

看待他所賣橄欖油和火腿品質的態度一樣。

我和爸媽並不親近，爸爸對我而言，一直到死了都還很陌生。直到他過世以後，他才首次像個男人一樣活了起來——一個我能了解的男人，一個一直在找尋什麼的男人，一個和我並非那麼不像的男人。在《生活的甜蜜》和《八又二分之一》中飾演馬斯楚安尼（Marcello Mastroianni）父親的男演員安尼巴雷‧寧基（Annibale Ninchi），會讓我聯想到父親的樣子，他同時也是二次世界大戰以前爸爸特別鍾愛的一個義大利電影明星。

我相信自己不是媽媽會要挑選的那種兒子。她是個嚴格的信徒，與爸爸在一起時極為痛苦不快，而且很難合得來。

我確信她在嫁給他的時候一定是個處女，而且甚至比處女猶有過之。我想她之前連摸觸、接吻這些一般青少年會有的輕微探索經驗都沒有。你也可以說她是在壓抑自己，但在我看，她似乎用不著壓抑什麼性衝動，因為她不是不知道那些東西的存在，就是討厭那些東西。

爸爸在家裏得不到他想要的，所以就到別處去找。由於他是個巡迴推銷員，自然會有很多機會。在爸爸外出工作的那幾個禮拜，她會不時地大哭。我不知道那是因為她想念他，還是因為她感覺到他在外頭不忠。等他回家了，她會罵他，跟他吵架，然後他就會看似毫無恨意地再度離去。爸媽從不會向我吐露心事，但我也從不會向他們吐露心事。我對家中的不和從來不問什麼，因為我想「家」就是這麼回事吧。

我曾做過一個夢，我想這個夢最能說明我跟他們之間的關係，因為我一直相信夢比現實更真切。

夢裏，我去里米尼大飯店（Grand Hotel at Rimini）投宿，人在櫃台填寫資料，接待人員看了我的名字，然後說：「費里尼。這兒也住

了幾個跟你同姓的人。」他往陽台望去，然後說：「看，他們就在那兒。」我看過去，是我父母。我一語不發。「你認識他們嗎？」他問我，我說不認識，然後他說：「你想認識一下嗎？」

我又說了：「不用了。不用了，謝謝。」

直到爸爸過世以後，我才知道他一直保存著我最早畫的幾張圖，而且一直把那些圖帶在身邊。那是我第一次了解到他也關心我、以我為榮。

對我雙親而言，由於也經歷過浪漫的戀愛過程，婚後的失望程度相形之下就更大。當時他們都很年輕。爸爸是個鄉下男孩，一次世界大戰期間遭到徵召，返鄉途中經過羅馬的時候，遇到了媽媽依達（Ida），然後，不顧她家的反對，把她拐跑了。媽媽放棄一切，離開羅馬嫁給他。他們兩個認識、相戀的時候，爸爸是在一家麵廠工作。媽媽就像後來的許多其他女人一樣，被爸爸迷住了。

爸爸不到二十歲的時候，在自己的家鄉甘貝托拉（Gambettola）和鄰近的鎮上里米尼都沒什麼工作機會的情況下，前往別處探險尋求發展。結果是出乎意料地不順，碰到的都不是自己想要的工作。然後他去了比利時，接著一次世界大戰爆發了，他就是被德國人徵召入礦工作。雖然他沒告訴我很多那時候的事，但單憑他說過的那些，就足以更堅定我在二次世界大戰來臨時，寧願放棄戰場榮耀的心意。

一椿開頭浪漫的婚姻很快就變得不浪漫了——也許是因為我的到臨吧。媽媽在宗教和小孩身上得到了生活的寄託，爸爸則是在旅途上找到了他要的東西。不過對我而言，家裏桌上那一大瓶無時不在的上等橄欖油就是他的象徵。

我鑑賞物食的基因，或更該說是我訓練有素的味蕾，一定是遺傳自他。我可以準確答出一片帕瑪乾酪有三年、七年，還是十一年的「歲

數」。至於火腿……

我小時無法了解爲何爸爸這麼不常在家，爲何每次他來去的模式老是一樣。弟弟里卡多因爲年紀更小，所以更爲迷惑，他會問媽爸爸什麼時候回來。媽媽常會語帶嚴肅地回答，他必須在外工作，會盡早回來。話中的暗示極爲明顯，意思是說父親是個大好人，爲我們犧牲奉獻，所以問他不在這件事，不免顯得我們對他敬意不足。

然後，他回家了，情況卻與媽說的不同。如果他人眞的那麼好，那麼媽爲何還要生那樣大的氣？她口中老是盤問的那些「女人」又是誰？他留在家中的時間爲何總是那麼短？爲何他總是比預定路程的時間早離家門？

一直要到我長到大約爸爸那個年紀的時候，我才得到了這些問題的答案。

爸爸愈常不在家，爸媽就愈不合，然後媽媽就會常提到羅馬。從小受到家裏保護的媽媽，如何能想像得到離開羅馬，前往甘貝托拉的農莊，或之後的里米尼鎮過活，意味著什麼，她一定寂寞極了。

媽媽羅馬的娘家因她和爸爸私奔的緣故，與她完全斷絕了關係。她爸爸終其一生都沒有原諒她，舅舅和舅媽除了聖誕節寄些糖果餅干給我們吃以外，也和媽媽沒有往來。

在我還無法想像羅馬到底是怎麼回事以前，它就已經在我夢裏出現過了。我想它在夢裏看起來像是大一些的里米尼、小一些的美國。我那時就明白那是我想住的地方，我等不及想快點長大好去那裏。而我也根本沒等到長大就去成了。

我十歲的時候，羅馬的舅舅中風了，舅媽寫信給媽媽要她去羅馬看她兄弟。媽媽與家裏和解了，就帶我一道回去。所以羅馬就變得不

只是聖誕節的糖果餅乾了。現實竟然比我想像的還要精采多多，真是難得。

我們是搭火車去的。我的朋友和我都以爲坐火車一定很刺激，但甚至在那個時候，我就已經發現自己不喜歡旅行這件事了。不過我倒喜歡看窗外的風景，它們動的時候，就像富國戲院銀幕上放的電影一樣。但火車會動，很難坐在上面畫畫。

我看到羅馬的第一刻，敬畏之心油然而生，同時還覺得像是回到了家。我知道那是我應該住的、也**必須**住的地方，我屬於那裏。舅舅病得太重，我沒辦法多認識他一些，但他和舅媽給了我一個比聖誕節糖果包裹更重要的禮物！

當我們返回里米尼，我心裏第一次有了一個目標。

我小時候有個祕密，一個從沒跟人說過的祕密，連我弟弟也不例外——我尤其不跟他說。我不能告訴他，因爲我不相信他是我的兄弟。

我覺得我爸媽不是我眞正的父母，我比較像是他們在哪兒撿到的，然後被帶回家，然後被說成是他們的兒子。到了很晚，我才了解那是一種原型心理，會在那些覺得自己與父母不像或是與父母溝通不良的孩子身上發現。然而等我大了一些，我卻不得不承認，我不但的確從爸媽身上、還從他們的家族中遺傳了某些外型上的特徵。

我從來沒被拉去參加任何我不在行的事。我在運動這方面沒有任何特殊才能，我甚至沒有半點興趣。但因爲自己瘦得跟皮包骨一樣，所以我倒是挺羨慕那些參加古典式摔角（Greco-Roman wrestling）的年輕選手，他們敢幾乎脫光地當著所有人炫耀他們飽滿的肌肉。我那時非常害怕穿泳褲，是我一輩子對自己身材的自卑情結作祟。我小時候

不太比得上別人，甚至根本就放棄跟人比賽，我只是祕密地對落敗者抱予同情，覺得我們同是天涯淪落人。到了長大以後，看到漂亮的女人還是會害怕。那就跟我小時候在里米尼的經驗一樣，那些來鎮上過暑假的德國、瑞典女人，看起來都是那樣地難以親近。

就孩童的標準來看，我小時候的口哨算是吹得相當不錯了，媽媽曾經讚美過我一次，於是接下來幾個月家中就口哨聲不斷，多到讓人煩的地步。幸好我後來也吹煩了。

我很小的時候，在學校唱歌，老師說我的聲音很好，我可以唱得很高，他們說我的聲音以後會降低很多，但也沒發生。大家鼓勵我唱，我就唱，比較不是因為我喜歡唱歌，而是因為我喜歡人家的讚美。我一向對讚美很有反應，對批評就遲鈍得多。到了弟弟里卡多入學後，我就不唱了。他唱得比我好多了，他的歌唱真的很美，是種天份，他所有的老師自然都覺得十分驚豔。於是我不再唱了，一輩子永遠不唱了。日後凡是在公眾場合、或朋友的生日聚會裏有需要唱歌的時候，我就只動嘴巴裝裝樣子，設法逃避。我也從沒懷念過唱歌這件事情。

至於里卡多，他就在我們朋友的婚禮上展露他歌唱的才華，就像他在《青春羣像》（I Vitelloni, 或譯《流浪漢》、《小牛》）一片中表現的一樣。他的聲音為他帶來樂趣，但我想他並不夠重視這項天賦，因為他天生就能唱，這本領得來太容易了。他好到足以當個專業歌劇演唱者，而不只是為朋友的婚禮獻唱而已，但他心中沒有那種動力。

我相信他有可能成為一個有名的歌手，不是因為他是我兄弟我才這麼覺得。但在義大利有那麼多人都想做同樣一件事，他們需要的是運氣和動力的配合，若有足夠的運氣，就不需那樣多的動力了。里卡多的動力不夠，所以大概需要超多的運氣。此外，他還需要很多的鼓勵。如果你運氣好到可以出乎意料地立刻成功，那麼就是來自鼓勵的

力量，我就有那種運氣。

　　但我最尊敬的一種人，是那種具有屢敗屢戰精神的人。人在奮戰時，最難的一件事就是保持自我尊重。我不知道如果那些時候事情拖得再久一些，或是我運氣不好的話，自己到底會怎麼辦？在那些時候，我甚至不太清楚自己想做什麼，所以我一定要有及時領悟的好運。我樂於相信自己大概也會不屈不撓繼續努力下去吧，不然還有什麼其他的選擇呢？

　　我曾想把我初戀的故事放在一部電影裏，但發現不太適合，同時也擔心這招可能過於俗濫，因爲別人早就用過了。我不知道別人拍的是否眞是他們的親身經歷。初戀這個題材很多人都喜歡拿來寫。我十六歲的時候，曾從我家那條街某間房子的窗口，看到一位天使般美麗的女孩坐在裏面。雖然我從未見到天使，但她就是我想像中天使的模樣。

　　她住得這麼近，但不知爲什麼我之前從不認識她，甚至也沒見過她，也許是因爲直到那一刻我的眼睛才準備好去看她吧。我那時知道自己必須去認識她，卻不曉得要如何進行。那個年代跟現在不同，盛行另外一種來自從前的行爲法則。

　　我想爲她畫一張她站在結霜窗邊的畫像，然後再寫幾個字。但我又判斷這種方法可能太難懂了，除非我簽名，否則她不會知道是誰畫的，就算我簽了，她也可能不知道我是誰。況且，我要把東西傳給她的話還可能遭到阻擋？尤其是她父母的阻擋。而且，如果霜溶掉了怎麼辦？

　　我於是決定，最好的辦法就是直接面交。我靠印象爲她畫了張像，然後在她坐在窗邊的時候走過去，舉起我的畫。她笑笑地打開窗戶，

優雅地接受了。在畫的背面，我留了話，要她到一個里米尼知名的地點與我碰面。

她在指定的時間到達了，我則捧著花在那兒等著。她很準時，這是我對女人最重視的一項特質，或是男人也一樣，那是對他人的一種尊重。要與女人會面時，我向來覺得應該早到守候。然而那天我卻早到非常久，所以當她準時抵達時，我已在那兒候駕多時，我以為她不會來赴約，我甚至已經想離開了，我就在那兒虛擬戰況。

從那以後，我們就一起散步，一起騎腳踏車，一起去郊遊，郊遊時我還帶了爸爸的帕瑪乾酪。

我在夢裏吻過她。我的夢都非常浪漫，而且十分高貴。我崇拜她，並且把她從不知名的險境救出。此外，我也擊退了所有威脅她安全的惡龍、壞人，或其他東西。在現實當中，她才十四歲，我對吻她這事有所顧忌，怕嚇走了我的這位繆斯女神。而且我自己也才十六歲，沒有吻過女孩的經驗，不知道該如何進行。

我們的關係結束得很突然。我託她兄弟帶給她一封情書，她也託他帶了一封給我。然而就在他來我家等我的時候，被我媽媽給攔截了。她給了他一塊誘人的蛋糕，我們家一向有好吃的東西。那個笨男孩掉入那塊蛋糕的陷阱，竟忘了把信交給我。他把信留在掉滿蛋糕碎屑的桌上，給我媽看到了。

媽媽立刻下了最糟的結論。就算在我最放肆的夢裏，我也絕對無法想得跟我媽一樣遠，因為我對罪（sin）的概念遠不及她來的發達。她直接衝到那個女孩家裏興師問罪，向她的父母指控**他們的**女兒誘拐了**她的兒子**。我倒希望這是事實！

他父母認為這些指控乃無稽之談，的確也是，他們完全相信自己的女兒是無辜的。然而，他們決定最好不要與一個住在對街的近鄰交

惡。雖然我當時不在場，但我確定媽媽自以為是的樣子一定很嚇人。

從那次以後，我覺得面對我的愛人實在太尷尬了。我當時尚未長大，還只是個孩子。我一輩子在體能方面和情感方面都是個懦夫。我從來不喜歡吵架，對於哀傷及動氣的場面，尤其是面對女人的時候，也不計代價設法迴避。

他們家幾乎立刻就搬到米蘭去了。我確定該舉與我無關，然而卻心情複雜。我雖然為再也見不到那個天使般的女孩感到難過，但同時也為不必再忍受相見時的羞辱而覺得感激。

但事情並未完全結束。幾年後我人在羅馬時，她寫信給我，告訴我她的電話。我打電話到米蘭找她，她邀我去看她。那個經驗十分美好！那時期，她給了我好些故事的靈感。但我給她的顯然更多，她成了一名記者。幾年以後，她甚至把我們的故事寫成了一部小說，不過我從來沒讀它，只是聽人提起過。在那本**影射小說**裏，我和她顯然成了男女主角。對於我們一九四一年的重逢（而不是我們兒時的戀情），她顯然比我記得更多。那是在我認識茱麗葉塔（Giulietta）❸之前的事。

有人把我用那樣的方式寫出來，給我一種奇怪的感受——把我們的隱私公開，並把那些事情變成更具戲劇性和娛樂性的讀物。我對自己如此對待他人倒是早就習以為常，但別人用同樣的方式對待我，卻讓我覺得很怪異。那時候，我沒去看那本書，後來我曾想到過要去找那本書，但也始終沒去找。那時候要找，也許還找得到。

---

❸茱麗葉塔·瑪西娜（1920-1993），義大利知名女演員，一九四二年參加由費里尼編劇的廣播劇演出，因而結識相戀並互定終身。作品包括《老鄉》(Paisan, 1946)、《無慈悲》(Without Pity, 1947)、《賣藝春秋》(Variety Lights, 1950)、《歐洲一九五一》(Europe 51, 1952)、《白首長》(The White Sheik, 1952)、《大路》(La Strada, 1954)、《卡比莉亞之夜》(The Nights of Cabiria, 1956)、《鬼迷茱麗》(Juliet of the Spirits)、《舞國》(Fred and Ginger) 等，曾以《卡比莉亞之夜》獲得坎城影展最佳女演員獎。

我早在十一歲左右，就已經開始把自己畫的圖和漫畫寄給翡冷翠（Florence）和羅馬的雜誌社了。到了十二歲左右，我就開始寄給他們一些附圖的短篇小說、散文以及趣聞軼事。我常是先想到畫的題材，然後再編些故事來配合那些畫。我會在上面簽上各種自己取的名字，免得作者看起來都像是同一人。我不知道為什麼要那麼做，不過當時的確覺得那樣頗有道理。我沒去想如果有家雜誌社寄稿費來的話怎麼辦，也沒有想到信封上的假名可能會讓郵差覺得混亂，不知如何投遞。通常我會選用以「F」開頭的名字，因為與我的姓名相關。在十三歲之前，我都不必煩惱要拿另一個名字兌現支票。因為從沒收到支票過。

　　然後，事情發生了，自從我賣出第一幅漫畫後，這就變成家常便飯。稿費並不多，只夠買些「糕餅」，但看到自己的作品被刊登出來，的確讓人心生激動。它們看起來是這麼的真實。

　　我以為當我第一幅畫刊登出來的時候，我會拿著那本雜誌衝去向我所有的朋友炫耀一番。但實際情形卻遠非如此。當我第一幅漫畫出版後，我反而把它藏起來。這不是因為我覺得慚愧，而是因為我太高興、太驕傲了，我想把它當做自己的一個小祕密，至少一小段時間也好。我當時並不想跟任何人分享，但有人看到了我的作品，很快地，不用我說，大家都知道了。我當時非常開心。

第四章
心的歸宿

一九三七年，我去了翡冷翠，當時我十七歲。我想去的地方其實是羅馬，但翡冷翠比較近。《四二○》(420) 趣味周刊的出版社設在那裏，我曾把作品寄去過。我在那兒得到了一份記者的工作，但其實那也稱不上是份工作，他們付我的錢更稱不上是份薪水，我所做的工作則更稱不上是位記者的工作。實際上，我的職位大概只比公司小弟高一點。那是我的第一份工作，我的第一份固定收入。雖然雜誌社裏沒有半個人像美國片裏的人物一樣穿著風衣，但我仍對這份工作抱著希望。我最後只在那兒待了四個月左右，羅馬才是我真正想去的地方。

我回到里米尼，答應媽要到羅馬大學的法學院註冊。我的確按承諾去註了冊，但卻從沒去上過課。我沒答應她我會去上課。

我得等到一九三八年的一月才真的確定可以搬到羅馬。我下了火車，步出「終點站」(Termini Station)，發現當時羅馬在任何方面都不會令人失望——它永遠都不會令人失望的。十歲的時候，是從舅舅家來觀看這個城市的。媽媽年輕的時候太受家人的保護，對五花八門的羅馬可能只有表層的認識。但這次看到的羅馬要比我十歲那年對它所留下的印象更精采得多。

到了羅馬以後，我為一家報社工作。那時我十八歲，賺的錢連買午餐都不夠，我有咖啡和麵包當早餐，也有簡單的晚餐，但買午餐錢

就不夠了。不過我要的是食物，而不是錢，錢是抽象的東西。我很少把里拉和義大利麵直接想到一起，我得刻意提醒自己身上要記著帶錢才行，幸好我在常去的那家咖啡廳很有信用。等到後來我工作上較順利了，才吃得比較規律。後來我也的確得到了這種福份。

我想要成為記者是受到佛瑞・麥瑪雷（Fred MacMurray）❶那頂帽子的影響。我對記者的印象全都來自美國電影。我只知道他們開很棒的車，身邊有很棒的女人，所以我一心準備做個記者，希望一舉獲得香車美人。然而，我對義大利記者的生活卻一無所知。當我如願成為記者以後，情況又和我期待的不一樣了。我等了好一會兒才攢夠了買風衣的錢。

我有一半的羅馬血統，媽是羅馬人，她的先祖可以追溯到十五世紀初，如果再深入追蹤下去的話甚至還要更早。媽媽姓巴比艾尼（Barbiani），也就是說我們家族裏有位出了名的或也許說是出了惡名的人物。他當時是一名教廷轄下的藥劑師，因涉嫌共謀下毒被判入獄。我相信他一定是無辜的，我對此事的了解僅止於此，但既然他是我的祖先，我一定得為他辯護，我覺得自己可以知道他是不是有罪。

他們告訴我他被關了三、四十年之久。在任何時代入獄，其恐怖都是令人難以想像的。比起我們今天人人家中有自來水有暖氣的生活，他們那時住在皇宮（獄裏）的日子可是難熬多了。我的祖先安然度過此劫，表示他一定很堅強，我相信一定比我堅強。他堅強這事很好，對我很重要，因為這使得他這支的後代足以延續到一九二〇年——不然，哪裏會有**我**？我第一次與媽媽造訪羅馬的時候，感覺到的

---

❶佛瑞・麥瑪雷（1908-1991），美國三〇至六〇年代男星，重要作品包括：《雙重保險》（Double Indemnity）、《公寓春光》（The Apartment）、《飛天老爺車》（The Absentminded Professor）等。

大概就是血液中流動的這股羅馬血液吧。

　　我去過舅舅家，經驗過媽媽年少時待過的羅馬之後，就一心一意想要再回那個精采的地方，而且再也不想離開。

　　到我長大成人，終於可以再回去了。我當時不知道在那裏要怎麼活下去，但知道我一定辦得到。我找到了自己的家。從那一刻起，我真的再沒有一分鐘想要離開羅馬。

　　初抵羅馬時，我還是個處男。對那些住在里米尼、已有過──或自稱有過──很多次性經驗的朋友，我從沒承認過這事。那時候，我完全相信他們，他們說什麼我都相信。我自己當然也誇張、說謊過，然而，我不會在很小的細節上造謊，因爲我所知有限。當時，我所有這方面的經驗都來自想像，我後來才驚訝地發現有那麼多的性經驗是在想像中發生的。想像才是最主要的性感帶。我吹牛時都得援引夢中的情景，夢裏的經驗既美好又令人滿意。在夢裏，我一向頭腦清晰，不再笨手笨腳、進退失據。我是個英雄，從來不會爲自己的身體感到自卑。

　　青少年時期，我也曾有過親吻和撫觸的經驗。要不是我老是先行打住的話，還可以有更進一步的「發展」；不過要是我不停的話，女孩子也可能會叫停。原因不是我缺乏經驗，或不知怎麼去進行，我大概也能想像得出那是怎麼回事。真正讓我裹足不前的是：那些女孩也都還是處女之身，或至少她們自稱如此。那令人覺得責任重大，我無法對她們（或是自己）做出那樣的事。我不希望傷害任何人，我也不想做出什麼讓我不能離開里米尼的事。

　　我清楚一件事，那就是我不想太早結婚，我不想掉入爸媽曾掉入的陷阱。我還不清楚自己的人生目標是什麼，希望自己有個人生目標，

第四章 心的歸宿

五三

而且想去追尋這個目標。

　　我渴望自由，無法忍受媽媽加在我身上的嚴格禁令。即使我幾乎已經長大成人了，她還以為她有權知道我的一切。如果我不畢恭畢敬回話，她甚至會沒收我的鑰匙，那時對我而言，自由似乎就是快樂的代稱。

　　我是在羅馬跟一個女孩有了第一次的肉體經驗。我那時急於超越自己，但又不想為那事擔負什麼責任。我無法了解為什麼有人可以甚至還不清楚自己在做什麼，就輕易地做出長久的承諾。那種以一輩子為賭注所下的決定，讓我覺得很恐怖。

　　那麼那事的解答似乎就落在「妓院」裏。那個時代大家對妓院的態度不同，它是生活中被接受的一環。不過它當然也是一種禁忌、一種罪惡。惡魔大概借用了女士的身軀，危害人類的靈魂。天主教費心阻撓卻反而讓性這件事變得更為神祕誘人，真是毫無必要。那個歲數的人，荷爾蒙分泌旺盛，是禁不起太多刺激的。

　　我很幸運，因為進妓院時，裏面只剩下一個女孩有空。她不老，年紀只比我大一點，人看起來不錯，正坐在那兒「等朋友」，而我就是她在等的那個「朋友」。

　　她跟我稍後看到的其他女人不一樣，沒有穿黑蕾絲或紅綢緞的衣服，那種擺明了給妓女穿的衣服可能會把我給嚇跑。我想，那時候我那麼緊張，大概什麼東西都可以把我嚇跑吧。

　　她聲音輕柔，不多話，也不會給人壓迫感，看起來甚至有些害羞。後來我才發覺自己實在是天真，竟然以為妓女會怕羞。再後來，我又了解到，她們為什麼不能害羞呢？我也遇見過害羞的男女演員呀？我也認識換下戲服、取下鼻頭紅球以後就變得害羞的小丑呀？我還認識一位害羞的導演，當我不導戲、不被強迫去忘掉自己本性時，我也害

羞呀！或許我們每個人都害羞吧，只是假裝自己不害羞罷了。

我覺得她非常漂亮，她當時好像對我很有吸引力。老實說，我現在已經記不得她實際的長像。說不定我後來曾在街上遇見過她，卻沒認出來。或許她還認得我吧，但也可能我穿上衣服後她就認不得了。

我記得那時候自己覺得她是那種應該戴著白手套的女孩。我不知道為什麼那麼年輕可愛的女孩會一個人坐在那兒沒人理。直到後來，我才了解原因可能是她才剛服務完前一個客人。

那過程真是美妙，完全就是我一心期盼的經驗。

後來我才明白，在那之外還要加上別的東西，一種更重要的東西——即加上愛情的性愛。但那時我實在是天真的可以，我竟然以為自己愛上了她，雖然我已經記不得她的名字了；而她也一定愛上了我，因為感覺是那樣地美妙。

我想繼續認識她。我邀她到妓院外約會，當時並不知道此事可能違規：要是她跟我出去這事被發現了，可能要丟飯碗的。至於我這邊，甚至還不知道怎麼來養活自己呢，不過我想自己或許可以影響她讓她改業。但話說回來，**我**又有什麼權利來評斷她呢？

我提出的請求被她拒絕了，她做不到，不過倒十分鼓勵我盡可能常去光顧她的生意。

當我離開的時候，原本打算就照她的意思做，但卻由於某種緣故沒能辦到。我再也沒有回去過。那是一段那麼美好的經驗，一段我所深愛的回憶，我不想破壞它。後來我的人生轉向，除了在電影裏以不同方式運用妓院的經驗外，再也不需要妓院的服務了。「妓院」對編劇或導演而言，都是個寶貴的經驗。

我不知道那個女孩在情感上是否受到傷害，因為我再也沒有回去過……

我曾對外在世界充滿好奇，尤其是美國。但每當我離開羅馬，就覺得自己念念不忘著什麼。所有我去過的地方都比不上我心中的羅馬。羅馬的豐富是我遠遠想像不到的，它是個任何幻想都比不上的現實境地。

　　我對羅馬的第一個印象就人們吃東西的樣子。到處都是吃得不亦樂乎的人們，那些食物都看起來可口得不得了。透過餐廳的窗子，我看到義大利麵被捲在叉子上的模樣。義大利麵食有比我所知更多的形狀；乳酪口味多得讓人眼花撩亂；此外，還有從糕餅店傳來溫熱麵包的誘人香味……

　　那時我甚至一天吃不起一餐，所以沒能盡情去惠顧那些糕餅店。我於是下定決心：以後一定要賺到夠多的錢，讓我想吃多少糕餅就吃多少糕餅。我向來就為自己瘦不啦嘰的身材覺得自卑，也因而不願穿泳衣。但想不到從來吃不胖的我，竟然發現了增胖的祕訣——只是這祕訣**過分**有效。當我真的有錢到買得起所有所有我想買的糕餅時，卻變得連吃一塊糕餅都會胖。所以我又變得太胖而不好意思穿泳衣了。最後，我甚至學會了另一個增胖的絕技：我在晚上的夢裏，會把那些白天在糕餅店窗看到的糕餅一一吃掉。

　　爸媽其實給我們準備了很棒的食物，常常多到我吃不完的地步。然而，即使在家吃過大餐以後，我仍然可以站在家裏附近的麵包店前，把臉湊在玻璃窗上欣賞那漂亮好吃的蛋糕，而且恨不得口袋有錢可以立刻把它們買下。我當然不是在家吃得不夠，但因為我長得瘦，而且又看起來一副營養不良的樣子，特別當我後來又長高了許多，所以不論媽媽看到我吃多少，她都覺得我一定還是吃得不夠。

　　我想我長得瘦甚至會讓她在鄰人面前抬不起頭，她會以為那些人

都認爲她有虧母職。多虧有爸爸，我們才有辦法享受到那麼高級的食物。當然，我與弟弟里卡多當時並不了解這點。我們還以爲大家都可以吃到這些，這當然不是事實。爸爸總希望給他的家人能享受到最好的，即使他從不在家跟我們一起吃那些東西。有些商人會把他們賣不掉的食物帶回家給家人吃，但爸爸不會，他只給**他的**家人最好的：譬如，剛榨出的鮮純橄欖油、最上等的咖啡豆、巧克力……等等。

直到我離家去了翡冷翠，才開始明白「餓」是怎麼一回事。我那時一直可以吃得下東西，我想那就是「餓」的定義。我在到翡冷翠之前，上下兩餐中的間隔不夠長，所以從來沒有眞正飢餓的感覺。在羅馬時倒是眞的對此有了體驗。如我寫的東西賣掉的話，就表示早餐可以有更多更好吃的麵包，而且可以繼續喝上第二或第三杯的咖啡。我發現了什麼叫「餓得難受」。

我初到羅馬的時候，還有些害羞。我不認識什麼人，眞正認識的人又都開不起派對，就算有人舉行派對，也沒人邀請我出席。我當時在想，能參加派對一定很好，尤其是因爲在我的想像中，派對裏都有豐盛的自助餐點招待，我可以站在那兒一直吃一直吃，直到不餓了爲止。

所以，在羅馬要是有人跟我提起「派對」這兩個字，意味的就是食物。我之前對派對的觀念還停留在以前里米尼的家庭聚會或小孩的慶生會上，後者除了生日蛋糕外，好像比較適合女孩子參加。

我認爲參加派對最好的辦法就是當個旁觀者。如果有可能的話，我願意穿一件隱形衣，或是像以前一樣，穿件有附大口袋的衣服，好讓我在裏面多屯積一些日後的糧食。

直到我開始涉足一些不同的而且有較多人參與的社教場合以後，

才了解自己一點兒也不喜歡參加派對這件事。起初，是因為我不相信別人會對我感興趣，不相信自己可以加入別人的談話，因為我對歌唱、歌劇或是諸如足球之類的運動事件絲毫不感興趣。對大家來說，一個男人要是不對足球興奮的話，是要比他對一個不穿衣服的裸女冷感，都來得嚴重呢。然而，為了不讓主人或那些帶我去參加派對的朋友難堪，我只有盡力而為，過程苦不堪言。

他們問我：「你是做什麼的？」我當時正在記者與畫家兩個不同的事業方向間猶豫掙扎。不過這當然不是一個很好的答覆。我朋友說我應該當眾獻藝，畫一些有趣的小東西讓大家欣賞，但我卻向來無法用那種方式去吸引別人的注意。雖然我在二次世界大戰剛結束的時候必須在「趣味面孔畫鋪」（Funny Face Shop）當眾畫畫，但卻從來沒有當著很多人面前畫過，我不喜歡那樣。

當我愈來愈有名氣，就收到更多的派對邀請，但我反而參加得更少。我了解自己不喜歡那種社交場合，但該種困擾卻日益增多。等到我更有名氣的時候，我不但仍然不擅攀談，還得張眼認人，擋掉那些病態的騙子，那些覺得我該為他們的不幸負責、並該捐錢給他們的人。還有那些自以為面貌特別、想探探星路的人，派對是他們參加甄試的藉口。我以為等自己老一些，情況會有所改善，但事實卻正好相反。

當我察覺眾人目光焦點在**我身上**的時候，我就會為自己必須在用餐時「表演」，而變得更加害羞不安。除了跟朋友相聚，或是電影工作上的必要應酬，我大概從不出門。多虧有茱麗葉塔，她的社交能力比我好得多，而且喜歡跟朋友見面。我不好意思老要她一個人出門，所以偶爾也會出去走走。

我還是個孩子的時候，教育體系極力鼓吹戰場英雄的價值。他們

告訴我們制服和獎章會把人變得特別，而那些穿制服、戴獎章的人也會特別受到人們的尊敬。他們教導我們死於崇高的理由是最光榮的一件事。我不是個非常好的學生，從來不了解墨索里尼有什麼好迷的。他在富國戲院放的紀錄片裏一身黑白，樣子非常無趣，我最記得的是他的靴子。

法西斯主義大約是在我出生時興起的。隨著法西斯思想日漸高漲，戰事變得指日可期，像是一個人人會想要參加的派對。但我必須說，我可不會爲了當個光榮的現代羅馬軍人出賣自己、奔赴戰場，我反倒是竭盡可能走避該一派對。我父親曾被徵召參與一次世界大戰，我則特別急於逃開同樣的運命。我當時不讓自己成爲墨索里尼麾下的法西斯軍人，也就沒有變成希特勒納粹軍的盟友，此舉完全合乎現今的社會價值取向，甚至具備先見之明。但在那個時候，有些人卻認爲我躲在壁櫥裏是懦弱的表現。

我收買醫生，並裝出自己患了罕有疾病。我精通各類病症，呼吸短促是我的專長之一，有時在做檢查之前，我會以最快的速度在上下爬幾層樓梯。我裝病裝得跟真的一樣，有時像到我真的覺得自己病了。當原本那位義籍醫生換成德籍醫生後，我就更覺得不對勁了。事情真的嚴重了。

後來上面明令規定，除了無法行動的人以外，羅馬的義籍醫生不許再發出緩征的醫方證明。有個波隆納（Bologna）來的人建議我到該地的醫院試試，說是那裏檢查得比較鬆。他說他就在那兒拿到證明的。

我跟那裏的醫院約了，並提前到達，我要在檢查之前依例爬爬樓梯，希望能改變心跳、脈博或血壓的指數。到了指定的時間，我被叫進一個房間脫衣服。那些義籍醫生都看起來一個樣子：嚴厲而不友善。原來德軍派有督察監視。

當我站在被分派的診查室裏，我在心底檢視著自己的癥狀：我還活著算是奇蹟了，世上沒有軍隊會要我這樣的病人當兵的——我如此希望著。

然後事情發生了。一枚炸彈襲來。

我後來才知道那枚炸彈並未直接擊中醫院，但我覺得已經夠像直接擊中了。醫院頓時一陣驚慌，大家四處逃竄，屋頂也陷了下來。我後來發現自己穿著內褲跑到街上，全身滿是灰塵和天花板的石膏碎屑，逃離震垮的房子時只抓了一隻鞋子，兩隻鞋其實是放在一起的，我不知道爲什麼自己只拿了一隻。

我在波隆納有認識的人，但從醫院到那兒要走很久。我穿著內褲走在街上，卻也不像有人在注意。這讓我想起了一部何內‧克萊（René Clair）❷的電影，我不記得片名，只記得片中有個身穿內衣、頭頂禮帽的男人到警察局去申訴案件。途中沒有警察像在影片中攔那個人一樣來攔我，因爲他們在轟炸期間都忙得不可開交，我一路上連一個沒看到。

我最後到了朋友家的時候，他們對我幾乎脫光了的模樣並不覺得訝異。那是奇怪且艱困的時期。直到現在我都認爲我的紀錄大概在轟炸中弄丟了，因爲後來就再也沒有人要求我去做從軍體檢了。不過我也還是沒有拿到醫生開的緩征證明。

❷何內‧克萊（1898-1981），法國首位重要的喜劇編導，於一次世界大戰後獨力復興了法國的喜劇電影，擅長社會諷刺喜劇。曾於三〇年代中轉至英美發展，二次大戰結束後又返回法國拍片。克萊的機智、反諷能力及對戲劇時機的精準掌握，對後來的卓別林、馬克斯兄弟多有啓發。重要作品包括：《巴黎睡眠》(Paris qui Dort)、《幕間》(Entr' Acte)、《義大利的麥草帽》(Un Chapeau de Paille d'Italie)、《一百萬》(Le Million)、《還我自由》(A Nous La Liberté)、《紐奧良的火焰》(The Flame of New Orleans)、《沉默是金》(Le Silence est D'or)、《夜夜春宵》(Les Belles de Nuit) 等等。

小時候，我會把里米尼富國戲院外頭展示的明星照片畫成誇張的卡通造型，然後再由我的一位朋友負責上色。我在素描上簽上「伙伴們」的字樣，然後那些畫就會被掛在戲院裏。之後，我們兩個就可以免費進場看電影。他們沒有付我們錢，我們是用作品交換看電影的機會，有些片子，我們還看了好幾次呢。

後來在羅馬，我也有類似的經驗。李納多‧傑連（Rinaldo Geleng）是我在那兒最早認識的人之一。他是位很有才華的畫家，對用色尤其在行，他知道怎麼使用水彩和油彩來作畫。我們成了朋友，常會結夥到餐廳、咖啡廳去為客人畫像。我描底，傑連上色，賺的錢勉強可以餬口，但偶爾也會有人非常樂意請我們吃蛋糕、喝咖啡，甚至用晚飯。

傑連的畫比我討好，如果他也來畫，生意大概會好一些。我是按照自己看到的來畫。當別桌的客人看到我畫的不是肖像素描，而是漫畫造型的時候，就不想叫我畫了。而有時我所畫的客人看到我把他們畫成的樣子，甚至就不想付錢了，而且有時他們還當眞**不付**。最糟的是，我看到有些人付錢之後就把他們的畫像揉成一團扔掉。這當然很傷人，但我也沒法不這麼去畫。我沒辦法不照我看到的來畫。所以，我想拍電影也是一樣的，我必須拍自己感覺到而且相信的東西。

我們還找到了一些商店櫥窗的設計工作，我畫圖案，他上顏色。最後生意好到我們兩人各自要負責裝飾一些店面。我們的任務是要用我們的設計來招攬顧客。有些商店在特賣商品的時候也常會請我們去。我在畫畫的時候，通常會吸引到一大堆人圍觀，但那並不代表他們就會到店裏去買東西。

我擅長畫一些非寫實而且曲線婀娜的豐滿女性。那些畫會吸引客人到店裏去看那些特價品。但如果店裏做的是女鞋生意，這類畫就不太合適了，因為大部分停下來看我的畫的都是男人，所以這些「負責

促銷」的畫作就變得不是很成功了。我想我那時一定就表現出沒有商業頭腦的樣子，從來不會光為了錢去工作。我不願意扭曲老天給我的本事，只要我能靠自己想做的事餬口就可以了。我希望有人喜歡我的東西，喜歡到願意付錢，讓我能過日子就好了。當時金錢本身似乎不是我感興趣的目標。

到了我開始嘗試在櫥窗上畫油畫的時候，我們的生意就真的告吹了。油畫是傑連的專長，但那次我們同時接到兩件案子。我畫畫時，要是有人在看，總會讓我覺得有些緊張，不過那時我已經慢慢習慣了。重點是畫油畫沒辦法擦掉，我沒辦法修改。而當我畫錯時還有一堆人在那兒看熱鬧，這可讓我糗極了。大家放聲大笑，店主則揮著一隻女高跟鞋跑出來，我以為他想揍我，就連顏料都沒拿就跑了。最慘的是，我一面跑，還一面聽到那些人的笑聲。我一輩子都在重複「逃跑」這件事：我知道自己是個懦夫。

為了不同的理由，我經常搬家，從一個搭伙公寓搬到另一個搭伙公寓。我付不起太高的價錢來租房子，因此老是在找更好的住處，以提高自己的生活水準。但有時候我付不出房錢，就只好找一個便宜一點的地方，降低自己的生活水準。爸媽會給我生活費，但我不想告訴他們不夠，住羅馬比住里米尼要貴多了。可是我不想再跟他們要錢，因為我不想追隨他們為我在羅馬做的規劃，我有自己的夢要圓。

有幾次，我遇到對我有額外要求的女房東，她們的熱情讓我覺得難堪，只好再搬家。有一次我找到了一個非常滿意的住處，但由於不願與房東發生什麼糾葛，就又另謀他去了。那個房東雖然年紀比我大，但也相當性感動人。我那時還不滿二十，不是我對那事不感興趣，而大概是因為自己在性經驗方面開發得較慢而有所卻步。她似乎很喜歡我，但我不想傷害任何人，所以即使我無法再找到一個陽光充足的房

間，也似乎搬走爲妙。

　　我只要一出了羅馬，就爲這個城擔心，害怕我走開的時候，那裏會出事，好像要是我人在那兒的話，就可保護它一樣。當我回到羅馬的時候，則老是會爲它的安然無恙感到驚喜。「羅莎提」（Rosati）還是老樣子，他們的咖啡也沒變。儘管我來來去去這麼多回，但每一次回到羅馬，它都好像比印象中的更美更好。

　　我一向喜歡住在古老的地方。如果你住在一個新的地方，它變老了，你也會覺得自己老了；但如果你是住在古老的區域，你就不會看到它衰老的跡象。它們的外貌是幾百年歲月累積而成的，幾十年的變化痕跡根本察覺不出來。

　　我一看到羅馬就認它爲家。我是在看到它那刻才出生的，那天才是我**眞正的**生日。要是我還能記得是哪一天，我會在這個日子慶生。人生常常都是這樣，最重要的時刻來臨時，我們不是不知道就是不注意，我們盡是在忙著過活。只有當我們回顧從前時，才能了解那些才是生命裏的重要時刻。

　　我剛到那兒的時候，不認識什麼人，不知道如何謀生，也不清楚自己的未來。但我並不害怕，也不覺得孤單。我不害怕不是因爲自己年輕，而是因爲對我而言，羅馬實在是充滿了魔力，我知道已經找到了自己的家，再也不想到別的地方去了。我不覺得孤單，因爲這個城就是我的朋友，我知道**它**會照顧我。

　　羅馬甚至是我打算終結生命的地方，雖然我從來沒打算要死過。

1　1980 年春天，我和
費里尼在羅馬的富雷金
進行首度訪談。費里尼
提議會晤地點以餐廳爲
宜。

2　與比利·懷德在他
位於比佛利山的辦公
室外留影。

3 四〇和五〇年代的電影，當時費里尼擔任影片的編劇，偶爾亦身兼助導，他參與的
影片有：羅塞里尼執導、安娜‧瑪妮雅妮主演的《不設防城市》……等。

4 ……《老鄉》（1946）——時年二十六的費里尼(右)在片廠和羅塞里尼(左)合影，
站在兩人中間的僧侶是一業餘演員（這位義大利新寫實主義導演常與業餘演員合
作）。

5 ……《無慈悲》(1947),拉圖艾達導演,茱麗葉塔·瑪西娜(此片是她的處女作)
和卡拉·載波吉歐主演……

6 由兩段情節故事組成的電影《愛情》,1948 年由羅塞里尼執導,影片第二部分《奇蹟》
開拍後不久,即由費里尼接手拍製。片中主角低能農婦,仍由安娜·瑪妮雅妮擔綱,
當時她與羅塞里尼正陷入熱戀……

7 ……《聖方濟之花》
(1950)，羅塞里尼導演，
由一業餘演員飾演所有生
靈之中最爲上帝鍾愛的聖
方濟。

8 《Passport to Hell》
(1951)，皮埃特洛‧傑米
導演，是一部寫實主義的
賣座電影，由 Enzo Maggio
和 Renato Baldini 主演。

9 《歐洲五一年》，亦爲
羅塞里尼 1951 年的作品，
主要演員爲英格麗‧褒曼
和茱麗葉塔。

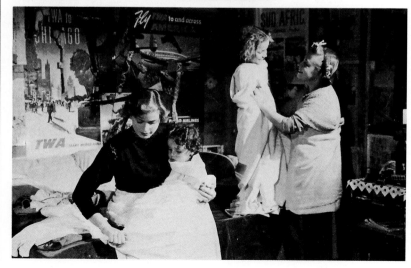

10　1950 年的《賣藝春秋》是費里尼首度與拉圖艾達聯合執導的作品。片中女主角之一由茱麗葉塔擔任……。

11　……另一女主角爲卡拉・戴波吉歐，爲拉圖艾達之妻。她飾演一個劇場迷，一心想加入劇團演出。此時劇團團長 (Peppino De Filippo 飾) 正與情人 (茱麗葉塔飾) 出遊。

12　《白酋長》(1951)是費里尼首次單獨執導之作，照片中的演員是艾貝托·索迪和
　　Brunella Bovo。

13　《城市裏的愛情》(1953)是《婚姻介紹所》(Marriage Bureau)四個故事當中的一個，
　　片中大量採用業餘演員。

14 《青春羣像》，亦爲 1953 年的作品。費里尼於片中追憶他在里米尼的年少時光。
這位年輕導演在休息時間與主角 Franco Interlenghi 合影。

15 ……Interlenghi 和法布里奇在片中的對手戲。

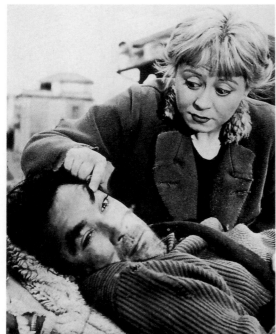

16　左：費里尼及其妻茱麗葉塔首度獲得國際大獎的作品《大路》(1954)。發生在空虛度日的潔索米娜與雜耍藝人贊巴諾之間的故事打動了全世界的人心。片中演員有茱麗葉塔、安東尼・昆⋯⋯

18　右上：《大路》榮獲 1957 年奧斯卡最佳外片獎，茱麗葉塔恭賀其夫。

17　⋯⋯片中演員尚有李察・貝斯哈特（與茱麗葉塔的對手戲）。

21 左上：費里尼的弟弟里卡多是一熱情歌手，曾參與演出若干費里尼的片子。他後因執導電視紀錄片而大有成就。此爲里卡多和女演員Anna d'Orso在拍攝過程中合影。

19 右：費里尼伉儷最鍾愛的合影。

20 1955年的《騙子》的男主角是美國演員布洛德立克·克勞福，他是費里尼無意間發掘的男星。此爲他與茱麗葉塔對戲的情景。

24-27 費里尼風靡全球的作品《生活的甜蜜》(1959),此爲費里尼和安諾・艾美及工作人員討論時的景象……

……馬斯楚安尼、安妮塔‧艾格寶與導演……

……娜迪亞‧葛蕾和馬斯楚安尼在片廠留影
，不久之後，娜迪亞即因脫衣舞而聲名大噪。

28　費里尼和馬斯楚安尼於片廠
合影……

29　《生活的甜蜜》1960 年 1
月 22 日於德國首映，地點是慕
尼黑的榮耀宮。此爲費里尼伉儷
與片中女主角伊鳳・弗諾。

30/31　上：《安東尼博士的誘惑》（1961）是三段式電影《三豔嬉春》中的一段，此爲費里尼在拍攝過程中指導安妮塔·艾格寶的情景。兩人背後的佈景是特地在電影城搭的羅馬城鎮。中：安妮塔·艾格寶與 Pippino Filippo 合演的一景。

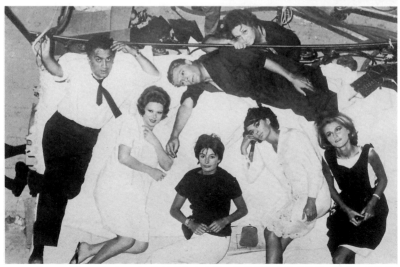

32　《八又二分之一》（1962）拍攝過程中合影。費里尼與演員珊德拉·米蘿、馬斯楚安尼、安諾·艾美以及 Barara Steel 等人合躺在片廠中的一張大床上。

33/34　《八又二分之一》中的克勞蒂亞・卡汀娜（上）和馬斯楚安尼（下）。

35 《八又二分之一》於羅馬首映之後：克勞蒂亞·卡汀娜、安娜·瑪妮雅妮、費里尼，以及背對鏡頭的茱麗葉塔。

36 在夢幻與現實之間：《鬼迷茱麗》(1965)是費里尼的第一部彩色影片，照片中爲費里尼和珊德拉·米蘿。

37/38　《鬼迷茱麗》：拍攝中的費里尼，左圖在他身旁的是珊德拉‧米蘿，右圖則是
　　　　茱麗葉塔……

39　……以及酋長之子受到極大誘惑的場景（茱麗葉塔和 Fred Williams）。

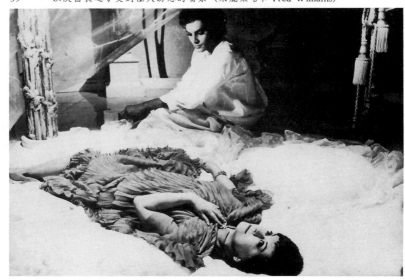

40/41 1968 年 11 月，羅馬，爲《愛情神話》做準備：導演靠在書桌邊上（左）及與其主要演員一同亮相（右）。由左至右是 Hiram Keller（美國）、Max Born 和 Martin Potter（均爲英國人）。

42 1969 年《愛情神話》的現場，費里尼指導 Martin Potter 如何才能像 Encolpins 般地作出動作……

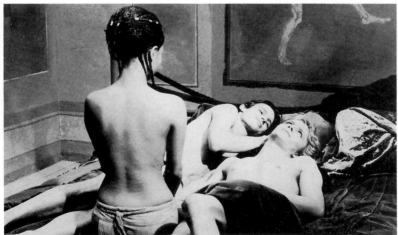

43 ……在自殺者別墅中三人相愛的愉快情節：Hiram Keller、Martin Potter 以及 Hylette Adolphe。

44　費里尼正執導 1970 年的《小丑》中
大喧鬧的場面。

45/46　《羅馬風情畫》(1972)，右圖是指導凱撒遇刺的場面，下圖則是古羅馬沐浴的
　　　場景。

47/48 瑪嘉莉·諾埃(上圖)和 Antonietta
Beluzzi(右圖)在 1973 年的《阿瑪珂德》中。

49 費里尼，Horst Tappe 七〇年代所攝。

50 《卡薩諾瓦》(1976)：本片旨在拆解一個神話，由加拿大演員唐諾·蘇德蘭飾演
卡薩諾瓦。

51/52　1980 年《女人城》的兩個場景。整部電影從頭到尾幾乎就在描寫一場夢境。左
　　　圖爲 Giosiane Tanzilli，右圖爲馬斯楚安尼。

53　1980 年春：作者和費里尼在一家羅馬餐廳裏，之後我們一同去看《女人城》。

54/55　上圖：我正在觀察《揚帆》（1983）的拍攝工作，費里尼在中間，工作時他大多
　　　　是穿得很正式，這次也一樣。拍攝船沉沒的畫面時，他也戴上了一副面具，爲的
　　　　是禦防攝影棚中產生的有毒氣體。中圖：奧蘭多（弗瑞迪‧瓊斯）和寂寞、害相
　　　　思的犀牛，他們是《揚帆》大災難中唯一倖免於難的。

56/57　左圖：茱麗葉塔和費里尼在《揚帆》德國首映期間於慕尼黑的一家餐廳，時爲
　　　　1984 年 10 月。右圖：費里尼在羅馬的「大飯店」（Grand Hotel）慶祝他的生日。
　　　　我送給他一盒「布隆尼」（brownies，蘇格蘭傳説中的小精靈，可能是餅乾、巧克
　　　　力之類的禮物）和我的作品的樣書，書名是《終極誘惑》，此書亦包括一次訪問他
　　　　的内容。

58　因爲茱麗葉塔不是很會跳舞,馬斯楚安尼在《舞國》(1985)中不敢跳得太好,他本來是很擅長此道的。

59-61　中左:作者和費里尼 1985 年在康乃狄克合影,之後費里尼接受紐約林肯中心電影協會頒贈的一項榮耀。布偶夏綠蒂娜是照著費里尼讓我看過的漫畫製造的。中上:索迪、馬斯楚安尼(他的頭髮爲了《舞國》弄得半禿)和費里尼,那時正值林肯中心盛會期間。中下:1986 年在柏林《舞國》首映時,費里尼夫婦和議員 Volker Hassemer 與 Gina Lollobrigida 會面。

◄62　前頁下面：《訪問》(1987)：《生活的甜蜜》之後超過二十五年以上的時光，馬斯楚
　　　安尼、安妮塔・艾格寶和費里尼終於再次合作的一部電影。

63　　上圖：《月吟》(1989/90) 中的一個代表性的場景，景中人物爲 Roberto
　　　Benigni。

64-66　中左：費里尼和保羅・莫索斯基及羅賓・威廉斯一同用午餐。後面站著的人是
　　　馬里歐・龍加帝。中右：茱麗葉塔於電影城中。下：1993 年 3 月 29 日費里尼於洛
　　　杉磯受頒奧斯卡終身成就獎，由蘇菲亞・羅蘭和馬斯楚安尼擔任頒獎人。

67　費里尼導戲時，茱麗葉塔總是不時到片廠短暫探視一番，但並不頻繁，停留得也不久。她不想隨興而至，而且她本人沒有參與其中也不會讓她感到難過。

68　1993年3月30日，奧斯卡頒獎典禮第二天在希爾頓飯店，費里尼盡力完成長途旅行，現身在世界性的公衆場合之中。之後不久，他就必須在瑞士接受一次困難的心臟手術……（張義東譯）

第五章
完美導演，缺陷丈夫

我在《Marc' Aurelio》上畫漫畫、寫稿，那是一本延續《Punch》❶傳統的趣味雜誌。我也開始為電台編劇，並為電影撰寫一些笑話和片段。

然後我遇見了茱麗葉塔‧瑪西娜，她後來成了我在羅馬的家人。我是在一九四三年認識她的，當時她在一齣名為《奇哥與芭琳娜》（Cicoe Pallina）的周日晚上廣播劇裏擔任芭琳娜那個角色。劇本是我寫的，我是先聽到她的聲音之後才見到她人的。

我打電話邀她共進午餐。我挑了一家當時非常時髦的高級餐廳，在我的想像中，那是最起碼的待遇，以及尊重的表現。她後來告訴我她覺得相當意外，因為身為羅馬大學（University of Rome）的學生，較為習慣的約會方式是坐咖啡廳。她承認自己還多帶了點錢，以免我付賬時錢不夠出糗。她很可愛，一直辯解自己不是很餓，而且盡挑最簡單、最便宜的菜色。我鼓勵她點些好東西，但她的眼睛一直盯著菜單上的價錢看。我有些失望，因為那表示我也沒法點那些**自己**打算嘗一嘗的好菜。她盡挑便宜的點，那我怎麼可以叫貴的東西呢？茱麗葉塔哪裏知道，我在邀她**之前**已經去那家餐廳探過菜單，以確定自己付

---

❶《Punch》雜誌，創刊於 1841 年的英國插圖期刊，以刊登諷刺漫畫著稱。

得起飯錢。那是一家我一直想光顧的餐廳。後來，我才發現跟她一起住在羅馬的阿姨❷並不希她跟陌生人見面，即使是她表演節目的編劇也一樣。不過當她聽到我所挑選碰面的餐廳名字時，就不再堅持了。我想她一定是覺得在那麼高級的地方，不可能有太糟的事發生在她的外甥女身上。

我們後來只認識相戀幾個月就結婚了，不知道當時茱麗葉塔的阿姨做何感想。當你們二十出頭就結婚，你們等於是在一起長大。不過後來茱麗葉塔告訴過我好幾次，她說我根本完全沒有長大過。我們不只是情人、夫妻，還是兄弟姊妹。有時我扮演茱麗葉塔的父親，有時她扮演我的母親。

要把茱麗葉塔當做一個演員來談的時候，老讓我覺得有些不自然，因為在把她當演員來討論之前，我總是不可避免地會想到她這個人本身。我們在一起生活了那麼久，然而在我回答別人問到關於「她在我的電影創作上到底扮演著什麼角色」的時候，我才明白我會對他們說一些我從來沒對她說過的話。

她不僅是我創作《大路》和《卡比莉亞之夜》的靈感來源，還是我生命中的善良小仙女。隨著她，我進入了另一處生命風景，而這風景又反倒**變成了**我的生命，沒有她，我就不可能發現這個地方。我們認識時她是我所編寫廣播劇裏的女主角，後來她竟成了**我**生命裏的女主角。

男人和女人對於婚姻外的性行為有著不同的態度。女人認為如果你和別人發生性關係，就表示你出賣的是靈魂，而不只性器。男人則

---

❷因全書無明確線索可茲判定，故暫將茱麗葉塔與其 aunt 的關係譯做「外甥女─阿姨」之關係，當然亦有「姪女─姑姑」等關係的可能。

否認此種說法，你知道你只是把性器借別人用了一下，並沒有出賣自己的靈魂。可是你怎麼向老婆解釋，那晚你只是把性器借給別人用了一下呢？

白頭偕老的婚姻對女人來說是很浪漫，對男人而言就太恐怖了。婚前的性經驗對男人很重要，可惜你不能把它們存起來備用。

茱麗葉塔和我那時都很年輕。我們一同探索了生命，我教她認識了性這件事。

之前，我們兩個都沒有太多的人生閱歷或性經驗。我比她多一些，她是個相當受到保護的女孩。

她人長得非常嬌小，需要我的保護。她單純、甜美、善良、信賴他人，我是她的依靠。她在各方面都仰賴我，不單是體型方面。她非常崇拜我，之前還從沒有人那麼崇拜我過。我猜想，我們戀情中有一部分，大概是我在跟她瞳孔裏所映照出自己的反影戀愛。我們的合照中，她最喜歡的就是那些她在我懷裏看來小鳥依人模樣的照片。

在性愛這方面，那時候除了腦中的驚人幻想，我還不是很有經驗。我相信在我還無法藉言語表達、只能靠畫面思考那個階段以前，性就曾經佔據過我最多的想像。我立志要在婚前享有非常豐富的性經驗，而茱麗葉塔則是個毫無經驗的處女。

男人並不是天生的一夫一妻制動物。肉體上說來，男人本就不是一種能嚴守一夫一妻制法則的動物，不論他再怎麼努力控制他的生物本能，他一定得違抗自然壓抑體內的衝動，而這當然比順從這些衝動來得費勁。

兩性關係對我而言一直是個難題。當你再見到一個二十、三十或四十年前和你上過幾次床的女人，那感覺多奇怪啊！她會覺得你欠她什麼。也許我欠她的是：沒記住這回事。我有時是會忘記這種事的。

茱麗葉塔對於這些事記得比我清楚。有時她甚至會記得一些從沒發生過的事。我想，男人顧的比較是整體大局；而女人最愛去看事情的枝微末節。

我記得有一次我人不在家，打電話回家給茱麗葉塔，卻打到了很晚都不見她來接電話。我那時不知道要上哪兒去找她，並在腦裏胡思亂想所有可能會發生的事。於是，我對天發誓，只要她能平安回來，我一定會做一個標準丈夫。然後，她終於回家接了電話。

之後，我仍然不算是個標準丈夫，但我相信我起碼也是個好丈夫。

有種迷思，說是兩人結婚後，就會結合成一體。事實不然，他們比較有可能變成兩個半、或三個、或五個、或更多個人。

由於現實和我們所知的有**那樣**大的差距，失望也就難免更大。

「他們從此過著幸福快樂的生活。」——這只是童話故事。當灰姑娘變成一個嘮叨的女人，就沒人會再說那句話了。當白馬王子感到體內那種永恆的慾火，並且對一個不是灰姑娘的女人突然產生了性渴望的時候，他們就不會告訴你發生什麼事了。

我當初其實並不真的想結婚。我的確愛茱麗葉塔，但我還太年輕。戰火讓每件事都好像顯得更急迫，所有事情都加速進行，而未來也變得更不確定。

雖然我不想那麼早結婚，但我從不後悔娶了她。這些年來，我從來**不會**希望自己當初沒娶她，但我想她曾多次後悔嫁給了我。

我和茱麗葉塔的戀愛過程非常浪漫。我們因愛結合，那是心靈與肉體的快樂相遇。茱麗葉塔總能腳踏現實，但我卻總是一頭夢幻。

在我們婚姻後期，我變成了一個「週日丈夫」（a Sunday husband），盡顧著看資料文件。由於在我們婚前交往階段，或結婚初期，都沒有跡象顯示我會有這樣的改變，又由於她自己始終保持不變，所

以她對我的變化就特別感到失望。

我們的婚姻並不是茱麗葉塔原先想像的那個樣子，它並沒有讓她實現自己的人生夢想。孩子是她夢想裏的必要部分，此外，她還想有棟獨門獨院的房子，並希望丈夫對她忠實。我讓她失望了，然而她卻沒讓我失望。我相信我不可能再找到一個比她更適合我的太太。

我向來欣賞茱麗葉塔的一點是：她永遠不放棄希望。有時候，她像是活在童話世界一樣，不過她不是個無助的女子，反倒像個英勇的武士，會為了維護她的疆土奮力抵禦外來的攻擊。她不死心的個性也多次造成我們之間的困擾，因為她老是想要改變我，她從來不會向我恣意而行的方式妥協。

要信仰，我不必去別處求，只要回頭找茱麗葉塔就好了，或許那就是我不需正規宗教的原因。在我的生命裏，茱麗葉塔取代了它的功能。

有次我犯了規，不過已經記不得是什麼事了，茱麗葉塔非常生氣，她對我說：「我們來分家，這塊是你的，那塊是我的。」然後她就開始分區，讓我們不能越過彼此的領域，不過卻各留了一個通道以便進出家門。她當時真的氣瘋了。

我對她說：「好主意！」她愣住了。「我是指拍電影。」我很快地接下去，「我要把這段用在電影裏。」

她不但沒被取悅，怒氣反而更大了。她並不是真的在氣我，而是在氣這個世界。

茱麗葉塔會對一些她覺得跟我關係曖昧的女人吃醋，這當然麻煩；但我想如果她一點也不吃醋的話，我反而會更不開心。

身為女人，她自然會將重心放在一個男人身上，這個男人於是成了她的宇宙。但另一方面，由於男人天生不適合被一夫一妻制所規範，

婚姻對於他就成了一個不自然的狀態。那是一個他在容忍的暴政，因為自出生起他就被訓練去接受這件事，以及甚至一些被我們當做自然律則，但實際上卻行不通的觀念，但那些真的是古人才有的奇怪想法。

我多年來一直試著向茱麗葉塔解釋這些東西，但對這事她也有自己的看法，而且看法跟我截然不同，但兩人卻都同樣地固執己見。

我聽說有一種婚姻續約的主意，每年都要重新發誓一次。茱麗葉塔不喜歡這個點子，我知道天主教也不會同意的。

如果我們採行那種制度，每年我就都要再娶茱麗葉塔一次，但她或許就不會再嫁給**我**了。我想她最終還是會嫁給我，只是她可能會先強迫我許下一些我不願許的承諾，之後她才會答應嫁給我，然後每年我們都行禮如儀一次。但那些承諾將來都勢必成為謊言。

能有些共同的回憶是很重要的。我想最可怕的一件事，莫過於我比所有跟我有同樣回憶的人都活得久這件事。

茱麗葉塔老是為我操心。她會確定我穿的是同一雙襪子，會疑心我腳濕不濕以免我著涼。真的是那些數不清的**芝麻綠豆**小事成就了婚姻，或拆散了婚姻。即使我們吵架的時候，我都知道她是在關心我。

我一生再也沒有人比她更重要了。但我和她所接受到的錯誤教育，讓我們不適合結婚，因為童話故事裏的幻想根本和人的天性無關。應該被拿來討論的字眼是**關係**（rapport），而非婚姻。當我談到茱麗葉塔和我的關係的時候，我腦子裏用的就是這個字眼。

我該做個好朋友，卻沒做到；我該做個好丈夫，也沒做到。茱麗葉塔應該配一個更好的男人。我在她心目中也許是最好的導演，卻不是最好的丈夫。

在我跟茱麗葉塔共同生活的初期，經歷了一種新的生命喜悅，卻

也首度遭到了極大的傷痛。

在被問及我有沒有孩子這個問題的時候，我總是明快地回答：「沒有，我的電影就是我的孩子。」這樣就可以結束這個問題，結束一個我從來不愛談的話題。即使過了這麼多年，提到這事就是要我再重新過一次那段痛苦的日子。

在結婚前，我就知道茱麗葉塔想要孩子，這種觀念一直存在她的心中。我對這件事從來沒有特別的想法，不過我想要是有人問我是否打算生小孩，我大概會回答：「當然，總有一天吧。」

這方面我們並沒有談得太多，譬如說，我們從來不會討論要生幾個，我們同意要有小孩，但她比我關心這事。我想我們該等到戰事結束後再生，因為就算拿到了緩召證明，我都有可能隨時被軍方帶走，何況我沒拿到。我有很多時候都跟茱麗葉塔躲在屋裏，因為對於任何一個不在而且不想在墨索里尼軍隊服役的義大利青年而言，走在街上都是危險的事。我們當時沒錢，而且工作機會也非常有限。

那時我二十三，茱麗葉塔二十二。雖然她只比我小一歲，但實際感覺上，她卻比我大。這是因為她比較成熟，而且受過較好的教育，她的成長背景比較複雜，她住過波隆納、米蘭和羅馬，而且曾在羅馬念過大學。再者，我相信到了某個年歲以後，女孩子在很多地方都會超越男孩。

當時正值戰時，我有一半的時間都花在躲藏這件事情上，企圖隱姓埋名不被人察覺；但另外一半的時間，我卻還傻乎乎地往街上跑，希望能闖出點名堂。

所有事物的秩序，像是檔案紀錄這些東西，都遭到了嚴重的破壞，巡警加緊尋緝未著軍服的適齡青年入伍，最簡單的辦法就是別給他們看到。但對我來說這並不容易，我那時年輕氣旺，而且我還必須承認

自己笨，我還停留在那種相信壞事只會發生在別人身上的階段。我人在羅馬，但總不能一直都待在茉麗葉塔的阿姨家啊。我也希望能出人頭地，並早日負起供養家人的職責。如果我夠聰明的話，就該好好待在屋裏，不去外頭冒險。但有一天，我硬是出去了。

我選擇步行穿越西班牙廣場（Piazza di Spagna），畢竟那是我最喜歡的散步場所之一。要是我多留心一點的話，應該可以看出附近行人憂心忡忡的臉色。沒有人來警告我，因爲他們也都害怕。那一區整個被軍隊封鎖了，他們在逐一檢查所有未著軍裝年輕人的證件。我了解發生什麼事以後，曾想循原路折返，但街道卻已經被封閉了。

我陷入了無路可逃的狀況。我決定不要驚慌，我要用語言技巧幫自己脫離困境。

我們被集中到西班牙階梯（Spanish Steps）那兒，有些負責盤問的士兵是德國人，他們的義大利文只夠向我們查問文件、跟我們要緩召證明。

我知道的下一件事，就是我們一羣義大利年輕人都被裝上卡車，注定沒救了。我明白自己得想點辦法，但卻想不出辦法。

我於是心想，如果這是我筆下的一個故事，那我會怎麼做？

我看到一名年輕的德國軍官獨自站在街上，手裏拿著一包像是從克羅契街（Via della Croce）那裏的糕餅店買來的什錦蛋糕，他八成是很懂得吃，因爲那是羅馬最好的什錦蛋糕。

我跳下卡車，一面向他跑去，一面叫著：「佛烈茲（Fritz）！佛烈茲！」我熱情地抱著他，像是遇到了久別重逢的兄弟。卡車繼續開著，也沒有人向我開槍——這是我之後才想到的情節。我編的故事雖然有漏洞，但至少給了我去演它的信心。

那名德國軍官嚇了一大跳，連蛋糕都掉在地上了。我把蛋糕撿起

來給他。他用聽來像是非常高雅的德文跟我說話，但我卻一句也聽不懂。我猜他大概是在解釋他不叫佛烈茲。這事聽起來好像不太可能，但在那個時候，我所知道的德國名字一共就只有兩個，另一個是艾杜夫（Adolf）❸。

我抑制想跑的衝動，盡快離開了現場，盡量讓自己看起來不那麼可疑，但這可能讓我看起來更加可疑。我在瑪古塔街（Via Margutta）的時候，回頭偷望了一下，看到幾個義大利百姓好像在看我，但眼神中卻無同情，我於是拔腿就跑。

我進了一家店，假裝自己在挑選東西。我在裏面待了大概有一個小時才離開，然後回到茱麗葉塔阿姨的住處去找她。瑪古塔街因而成了我的幸運街。我想那天發生的事給了我影響，讓我後來把家搬去了那裏。

這個經驗十分震撼，突然之間，生命好像變短了，而且可能以悲劇收場。茱麗葉塔要我娶她。她覺得事態緊迫，雖然我並沒有這種感覺，但我愛她，而且本以爲理所當然的無限前景忽然間就變得不那麼篤定了。

我們是在一九四三年十月三十日結的婚。在我爲她做的結婚卡上，我爲我們的未來畫了一個從天而降的嬰兒。

婚禮在她阿姨家舉行，而且同一棟樓正好住著一位神父。這位神父獲准爲我們主持婚禮，出席婚禮的只有幾位親戚和熟朋友，我們的父母親甚至不知道這件事，因爲他們都住在別的城市，而當時電話又不十分通暢。戰爭期間，羅馬對外聯繫並不容易。

我們的好友艾貝托・索迪（Alberto Sordi）❹因爲在附近的劇院有

---

❸想必是希特勒（Adolf Hitler）。

演出，無法來參加婚禮。所以，我們便在婚禮後過去看他。我們進場時他正好在台上，他看到了我們，便亮燈向觀眾宣佈：「我一位要好的朋友剛結婚，我知道他將來一輩子都會享有掌聲，但還是讓我們率先為他熱烈鼓掌一下。」然後聚光燈便罩在我和茱麗葉塔身上。對閃躲這件事，我從來不是很在行。

小孩比我希望來得快，但茱麗葉塔非常高興，我也是。我很在意茱麗葉塔是不是快樂，那時候，我們兩人的快樂似乎是一體，而且相同的。這個生活上的變化是有點嚇人，但我們兩個都很期待小孩的到來。

然後可怕的事情發生了。茱麗葉塔從樓梯上摔下來，孩子流掉了。她不想知道那孩子是男的還是女的，也許知道了會讓她更覺得自己失去了孩子。他們告訴我是個男孩。我們商量過，如果生男的，就取名叫做菲德利哥。茱麗葉塔為流產一事傷心至極，但她也終究恢復了，畢竟她還這麼年輕。

治療創傷最好的辦法就是讓她趕快再懷一個。

我不記得自己有刻意計畫趕快再生一個，但孩子就真的來了。我只記得茱麗葉塔告訴我這事的時候，我們兩個都非常開心。

我們沒有考慮到戰事愈來愈吃緊了，也沒想過我要拿什麼來養這一家三口。我們只想到了孩子。

我和茱麗葉塔都相信我們完全互相了解，我想我們那時候是的，我們那時比二十年後要了解彼此。在義大利發生戰爭期間，我們自己

---

❹艾貝托‧索迪（1991-　），五〇年代崛起之義大利演員，擅長喜劇及浪漫角色，著名作品包括《白酋長》、《春春摩像》、《飛行世紀》（Those Magnificent Men in Their Flying Machines, 1965）、《最佳敵人》（The Best of Enemies, 1966）、《義大利出品》（Made in Italy, 1967）、《羅馬風情畫》等。除了演出之外，索迪亦偶有電影編劇、導演方面的表現。

都還像是孩子一樣。

我們生了一個男孩，取名叫菲德利哥，但他只活了兩個禮拜。

他們告訴茱麗葉塔她無法再生育了。我們的兒子活著的時間足以讓我們認識他並相信他存在過。這對茱麗葉塔來說更糟糕，因為她一直都想做母親。當別人告訴你這事永遠不可能了，而且事情的關鍵完全不是你能想像的。

要是不在戰時的話……要是有好一點的救護車的話……要是有別的藥的話……情況或許……

當時，我並不了解如果醫院不缺藥、不缺醫生，我們孩子的命運或許會有所不同，如果這孩子不是在戰時出生，說不定就能得救，說不定他們可以幫助茱麗葉塔，讓我們還能繼續生育下去。

那個沒活下來的孩子，在維繫我們夫妻情感這事上頭的貢獻，要比那些我們可能可以擁有的孩子的貢獻來得多。我們都避免去談這件事。痛啊！但他來過又走了這件事，一直存在我們心中。我們不談這件事，因為談了只會令人更加不斷地傷心。共過患難，尤其是在你這麼年輕的時候，可以讓兩人產生更緊密的聯結。沒有孩子的夫妻能長相私守，是因為兩人之間的結合力真正夠強，他們只擁有彼此。

有緣能和另一個人相聚是人生最珍貴的一件事。

我以前從來不愛跟別人談我的孩子菲德利哥，以及那個流掉了的孩子的事，因為大家只能說：「很遺憾。」他們還能說些什麼？接受同情是件可怕的事，它只會強迫你再度傷感，而且你又不能向跟你談這事的人說：「別說了！」

遺憾是最糟糕的事，它們發生在過去，然而卻在此刻癱瘓你。

有人問我幸福人生的定義，我總是回答：「完全的人生」（a full life），幸福並非常態，不可能完全抓得住。事實上，如果我們抓得愈緊，

它好像就更可能逃脫。只有當我們能接受它不是常態現象的時候，我們才可能真正享有它。但這又永遠不可能，所以安全感是幸福所不可或缺的。

然而，完全的人生也有它的悲哀。

如果我兒子還活著的話，我不曉得自己會怎麼去教他。不過我肯定會從他身上學到很多。

我會跟他聊聊，看看他正在對什麼感興趣。我會鼓勵他從事他感興趣的事，尤其會鼓勵他多做觀察。畫畫這事讓我學到了觀察能力，我必須充分了解某件事物以後，才有辦法去畫。

我會對他說：「把你自己投入人生的旅程，自始至終都絕對不可以失去開放的胸懷和童稚的熱情，然後自然就會心想事成。」

我會設法**避免**將我自身的恐懼或失望經驗傳給他。我相信孩子天真及對生命開放的態度，可以讓他們預見自己的未來。情況是這樣的：小孩子有一種經驗，他們可以對某些之前不知道的氣氛與事件產生一種似曾相識的熟悉感，說不上什麼道理，他們就是對那些東西有一種強烈的歸屬感，同時覺得溫暖、自在。我第一次看到馬戲團時就是這種感受。

一個可被信賴的成人密友能夠幫孩童認得他們的方向，讓他們早些找到自己的路，而不致迷失。我就希望能對我兒子充當那樣一個成人密友的角色。

所以，現在回頭看我和茱麗葉塔那麼多年的關係，奇怪的是我們大部分的共同生活經驗都放在過去，而不是將來，我現在才了解那些事情讓我們把工作上的成就感變成生活重心。因此到頭來我當初對別人的回答好像也是事實——我們的電影，尤其是我們共同合作的那些，就是我們的孩子。

我一輩子都在設法逃脫那些會提醒我是它們主人的東西，但那些東西會以一種巧妙的方式把我扣為人質，並左右我生活的方式。我一直盡量想讓自己不要有所牽絆。

我從來不想要太大的空間來放東西，因為我知道我會把它給填滿。我想如果我必須一直費勁去壓抑自己的搜刮欲望，畢竟也違抗自然。而要我變成相反的那種人是很容易的，我可以是那種連一張菜單、一個火柴盒、一張亂塗的紙或一張根本想不起名字的舊時同學照片都捨不得丟的人。

我想我不太能相信「擁有」這種觀念，起因於我當年必須把我的偶劇團留在里米尼，但也可能是因為我在二次世界大戰期間看到了義大利樓房被毀的慘狀，看到人們失去所有是件很恐怖的事，任何有過那種切身經驗的人，心裏都會無可避免受到被戰爭侵害的影響。但如果事情發生時你還年輕，你也許不會覺得情況如此嚴重。可能是我自己覺得不留東西比較容易吧，與其讓那些東西被別人拿走，不如我自己把它們扔掉。

我夢想中最奢侈的生活方式，就是住在有人服侍的旅館套房裏。如果有可能的話，我想住在羅馬大飯店，住在那種有著漂亮絲質燈罩的房間裏，燈罩邊緣還垂著亮褐色的墜子，有點像是義大利麵。

這對茱麗葉塔不太公平，她想要一個獨門獨院的房子。事實上，她想擁有兩個房子，一個在羅馬，另一個當渡假別墅。我們一直住在公寓裏，不過有一陣子，我們在富萊金（Fregene）也有過一棟週末別墅。

我知道自己一向希望把當刻活滿，所以身上最好不要有太多惹塵埃的過往紀念，我偏愛腦中的回憶，因為它們不需要撢灰；又或許它

們需要也不一定，我不知道。

　　即使羅馬開始有很多犯罪事件發生的時候，我走到哪裏都還覺得安全，因爲大家在街上、咖啡廳遇到我的時候，總是熱情誠懇地跟我打招呼。夏夜裏走在羅馬的街上，整個城市就像是我家中的一部分。然後，到了八〇年代初，情況就變了。

　　他們警告女人不要帶那種掛在肩上的皮包上街，不論攜帶哪一種皮包都要緊緊抓牢。他們甚至建議什麼手提包都不帶更好。報上還提了一個辦法，要女人出門時只放一點錢、一個粉撲、一支口紅在紙袋裏就好了，這樣她們看起來就像是只帶了幾顆柳橙回家。甚至，還眞的可以在紙袋上層放兩顆柳橙以亂視聽。這辦法聽起來也不很實際，因爲搶錢包的人也可能看到了這篇文章後，就專找手拿柳橙紙袋的婦女下手。

　　我告訴茱麗葉塔，她不該帶著吊肩皮包在街上開心地晃來晃去，我會對她發火，但她會說，那是她唯一一個可以裝得下自己所有東西的包包，她沒有別的辦法可以帶齊她的東西。然後，她就一臉毫無警覺的表情出門，那樣只會給自己找麻煩。通常她不會帶太多錢出去，所以即使發生什麼事，最慘也就是損失一個皮包而已，當然還有心靈創傷。

　　有一天，茱麗葉塔帶了她的戒指，還有我一副最好的袖釦要到珠寶店去修理。當時我們剛離開瑪古塔街，茱麗葉塔正在跟我說話，她像往常一樣抬頭看著我，完全一副天眞熱情的專注模樣，就在那個時候，一輛 Cambretta 從我們身邊呼嘯而過，上頭坐著兩個男孩，其中一個傾身向前，抓走了她肩上吊著的皮包，然後便消失在遠方。

　　茱麗葉塔發出叫聲，我也追了過去，樣子大概像隻袋鼠。我還在

街上大吼，但我其實從來不喜歡在別人面前出洋相，或引人注意。我對著他們大叫：「小偷，停下來」，那兩個小偷明顯不是新手，他們竟也開始模仿我大叫：「小偷，停下來！」，好像他們也在抓小偷，而並不是罪犯。

　　我看到一名警察。由於之前追小偷追得上氣不接下氣，等到我稍微喘過氣來，可以說話以後，就向他說明事發的經過。他當時坐在一輛摩托車上，卻並沒去追的打算。「他們搶了我太太的皮包啊！」我說，心中餘悸猶存。

　　「我有什麼辦法？」他毫不感興趣地說：「你知道羅馬每天有多少皮包被搶嗎？」

　　我不知道，我猜他也不知道。

　　隔天，我們一直責怪自己太傻，同時也為了遭人偷襲而耿耿於懷。我們想到了卡比莉亞（Cabiria），她在電影裏皮包被搶過兩次。

　　次日下午，我在回家的時候看到一個像是安東尼奧尼（Michelangelo Antonioni）電影裏的人物，他斜靠在牆上，一副在看報的樣子。不過我注意到他的報紙拿反了，這讓我立刻疑心起來。

　　「菲德利哥，」他對我說話，語氣像是熟識，但我確定不記得他是誰，「我聽說茱麗葉塔掉了皮包。」

　　我說：「你怎麼知道？」然後他用了一種當時在我聽來有點像是警告的語氣說：

　　「茱麗葉塔不該報警的。」

　　「為什麼？」我勇敢地問他。

　　他看著我的眼睛說：「你們想不想要回你們的東西？」我說：「想。」他又說：「把你們的電話給我。」羅馬幾乎所有人都知道我們的地址，卻沒什麼人知道我們的電話。每次有人問我家電話號碼，

我總是說，「正在換號。」或是「電話壞了。」或是「我們沒裝電話。」我於是考慮了一下。

我是想替茱麗葉塔找回皮包，何況，這事看來也挺有趣的。

我給了他我們家的電話號碼。

第二天，電話響了，我接的。有個男人要找茱麗葉塔說話。她接過電話，那人告訴她，有個男孩交給他一包東西，並要他打這個電話告訴她，那包東西在越台伯河區（Trastevere）的一家酒吧裏。

我立刻到越台伯河區去。茱麗葉塔的皮包在一位吧台人員那裏，我想給他一點錢表示謝意，但他沒收。

我把茱麗葉塔的皮包帶回家。她很高興，所有東西都在。她對掉戒指的事一直很難過，而且被搶的那個皮包也是她很喜歡的一個。我們本以為該事就此落幕。

但第二天卻來了一封寄給茱麗葉塔的信。很像是狄更斯（Charles Dickens）小說裏的情節。信中的紙條上寫著：

「潔索米娜（Gelsomina），請原諒我們。」

我認為我作品中最令人傷感的時刻之一，就是在卡比莉亞離家之前，她以為自己是要去嫁人，買了房子的新屋主來了，對她而言，那家人是侵入者。雖然是她自己把房子賣給他們的，但她卻像個孩子一樣，先說願意，接著又反悔。

我寫那場戲的時候，必須抑制自己想要警告她、阻止她犯罪的衝動。到了事情來不及了，到了她把房子賣掉以後，我才又衝動地要為她恢復一切舊觀，但我沒辦法，因為電影有它自己的生命。一旦某個角色像卡比莉亞一樣走到那個地步了，我就必須讓她完成她的命運。

後來，這個情節也真的發生在茱麗葉塔的身上，也就是我們必須

放棄在富萊金那棟房子的事。茱麗葉塔一直想要一棟獨門獨院的房子。我拍《生活的甜蜜》所賺到的錢，終於能讓我替她買下一棟房子。但後來當我變成稅務人員調查的目標時，我們便得被迫放棄那棟房子——實在不公平。當時我看到茱麗葉塔臉上的表情跟她多年前在《卡比莉亞之夜》中演出的一模一樣。我了解她會像卡比莉亞一樣，腦中想著有一羣不屬於那兒的陌生人住在**她的**房子裏。

第六章
從趣味面孔畫鋪到新寫實主義

　　一九四四年六月，羅馬被美軍攻佔。所有物資，包括食物、電力在內都很短缺。黑市當道，電影業景氣蕭條，沒人拍片。電影城遭到轟炸，房屋被炸毀的居民紛紛搬走藏身，此外，諸如外國難民、返鄉途中的義籍戰俘也都暫居那裏。民生系統遭到破壞，有些人吃住都成了問題。茱麗葉塔那時就要生了，我得設法養活一家三口。那時沒有任何與電影、廣播劇甚或雜誌有關的工作。因此，我回頭去做我少時做的事：我以前爲了看免費電影，曾幫富國戲院的大廳畫過東西。

　　我跟幾個朋友合夥在羅馬開了一家「趣味面孔畫鋪」。我們把店面開在國家路（Via Nazionale）上，因爲我們想找一個熱鬧一點、可以做很多路人生意的區域。我們在那兒爲美國大兵畫人像漫畫。那地方特別安全，因爲就在美國駐軍對面。要是有任何風吹草動，他們就會跑過來察看。他們也的確時常跑過來，但通常都會把場面搞得比原先更混亂。

　　「趣味面孔畫鋪」變成了大兵的碰面地點，就如同好萊塢電影裏出現的西式沙龍。我做了一個英文（或是說我口裏說出的英文）招牌，上面寫著：「小心！最厲害、最有趣的漫畫家正瞪著你！有種的話就坐下，然後準備發抖吧！」

　　那些阿兵哥懂我的意思。

我們的顧客清一色是美國士兵。我是從他們那兒學會說英文的，這也是我會說大兵英文的原因。

　　我們把幾個羅馬著名的地標，像是特雷維噴泉（Fountain of Trevi）、競技場（Coliseum）、萬神殿（Pantheon）放大成大的看板。我們有一些可以把人臉插入的背景設計，此外還有些頗具趣味的設計，譬如「漁夫捕捉美人魚」，士兵會被畫成漁夫的角色。

　　有個大兵把他的頭插進了畫鋪中的一個景片，他於是變成了羅馬城被焚時還在彈琴作樂的暴君尼祿（Nero），那樣一張照片被寄回給他的家人或女友。或者，他也可以選擇扮演在競技場內對抗羣獅的古羅馬鬥士史巴達庫斯（Spartacus），他勇猛到可將獅子踢垮。此外，他還有可能扮演坐在戰車中的英雄賓漢（Ben Hur），或是扮演被性感女奴包圍的古羅馬皇帝提貝里伍士（Tiberius）。所有景片上的標語都是用英文寫的，因爲我們推測上門的客人全都會說英語。

　　由於那些美國人心情都好極了，所以我們這門生意也變得特別好賺。他們都是戰場上倖存下來的士兵，不但命保住了，也沒受到什麼傷，他們覺得自己十分好運，因此給錢都非常大方。

　　要是以換取權力的觀點來說，我想開「趣味面孔」這個店是我歷來最大的收穫。這個嘗試極爲成功，阿兵哥們也都和美國電影裏描寫的一樣，付畫錢時會給很多小費，其中也有用牛肉、蔬果罐頭和香菸當小費的。

　　那些香菸是一種啓示，我們從來沒有抽過那樣的菸。要是我們在戰前就抽過那樣棒的美國菸，大家就都會明白沒有人敵得過美國。

　　我不記得畫那些人像漫畫的收費標準是怎樣，那是我日後長久不去注意別人付我多少錢這習慣的開始。我印象中別人付我的錢，不是

太多就太少。我的注意力一向是放在我正在做的事、或是我想做的事上面。我為此付出代價，不過我從來無法拿金錢來衡量成就。我不懂為什麼要花錢去換取一些茱麗葉塔可能會穿的可憐動物皮毛，或是去買一顆我無法分辨美觀上與水晶、玻璃有何不同的鑽石。

有一天，我畫一幅人像時進來了一個人，他看起來骨瘦如柴，像是別地來的難民，或是戰俘之類的。雖然他把帽簷壓低、領口上翻，臉只露出一點，我還是認出他了——羅貝托·羅塞里尼（Roberto Rossellini）。

我曉得他不是來要我替他畫人像的。他表示想跟我談談，然後就坐在一旁等我。我當時的客人是名士兵，他不喜歡我替他畫的人像，覺得不夠「好看」。他醉了，打算鬧場，但被朋友阻止了。我們表示可以不收費，但他堅持要付賬，然後還給了一筆超過那幅畫價錢的小費。

騷動之後，我和羅塞里尼到畫鋪後面。我猜不透他為什麼會來我們店裏。義大利人都在黑市買食物，不會有人要來畫像，何況羅塞里尼還是一位有教養的羅馬特權階段。我想他可能是想買下「趣味面孔」的部分股份，據了解，他是個機靈的生意人。但事實上，他要是夠機靈的話，大概就不會對我們這樣一門前途短暫的生意感興趣：我們可能在美軍結束佔領羅馬的時候就要關門大吉了。

我當時並不了解他是來改變我人生的。他給我的東西是我人生的願望——然而我那時甚至還不知道那是什麼。要是我當時不在店裏怎麼辦？我想他大概會等吧，或是下次再來，我想……

羅塞里尼是來請我為一部電影寫劇本的，那就是後來的《不設防城市》（Rome: Open City）。他從塞吉歐·艾米德（Sergio Amidei）❶

---

❶塞吉歐·艾米德（1904-）義大利編劇，對義大利新寫實電影運動有極大貢獻，與羅塞里尼合作過七部作品。參與編劇過的新寫實主義電影作品計有：《不設防城市》、《老

那兒得到了一個劇本，內容關於一名神父被德軍槍決的故事。他說有位有錢的伯爵夫人願意支持他。女人都很迷羅塞里尼，我想知道原因何在，因為我自己也希望受到女人迷戀。我當時不明白他到底是哪裏吸引人，但我**想**我現在明白了：那是因為他也很迷戀**她們**，女人喜歡對她們感興趣的男人。他認為是他自己陷害自己入網的。戀愛、電影；電影、戀愛——這些就是他生活的全部。

羅塞里尼已經在弄那個劇本了，不過他說需要我幫忙。我可真是受寵若驚呀。他又說：「順便提一件事，」——讓人立刻警覺起來的語詞。他幾乎要走到門外時才附加了這句，通常這是對話中最重要的部分。他問我可不可以說服我的朋友艾多‧法布里奇（Aldo Fabrizi）❷來演神父那個的角色？以前和現在對票房明星的看法沒有多大差別。他們不是只為了我一個人來的，這點令人失望。不過我還是嚥下了那口氣，回說：「沒問題。」

然而，那**的確**是個問題。法布里奇不喜歡這個主意，他比較想演喜劇角色，而且該片劇情也太悲慘冷酷了。在他看來，羅塞里尼計畫要搬上銀幕的，不會是才親身經歷同樣苦難的人民所願意看到的。何況，要是德軍再打回來怎麼辦？此外，他們給的酬勞也不吸引人。

與艾多‧法布里奇相識是我一生重要的奇遇之一。他是那種如果我不認識，也終究會被我編造出來的人物。我們第一次碰面純是湊巧，我們去了家裏附近的同一家咖啡廳，而且都是獨自一人，我們注意到彼此，並且開始交談。

法布里奇請我到一家餐廳吃飯。我想是因為我看起來太瘦，他一

鄉》、《擦鞋童》等。

❷艾多‧法布里奇(1905-1990)，義大利導演、演員。所飾演最知名的角色便是羅塞里尼《不設防城市》中反法西斯的神父一角。後來所擔演的角色亦多為性格突出者。

夢是唯一的現實

八六

定是覺得我餓了。他猜對了，我當時**的確是**餓，不過不是因爲我賺的錢不夠吃，而是因爲我就是老有餓的感覺。我的胃口很好，不過不論吃多少，由於我長得太瘦，大家都還是想給我東西吃。

我們接著還在夜色裏散步，這是我們共同的喜好，他是個一起散步的好伴。他天生有喜劇才華，靠著雜耍本領巡迴全國表演。我就是從他身上得知鄉下現場表演秀的種種。他同時也是稍後爲我贏得《過來，這兒有位置》（Avanti, C'è Posto）一片參與機會的人，那是我真正第一部有被列名的編劇作品。雖然我的名字沒出現在銀幕上，但卻出現在電影的海報上。突然間，我被別人當成了電影編劇。從一九三九年起，我就開始爲電影撰寫笑話，並做些改寫劇本的工作。那些都是「遺失了的」電影——希望真是如此。《過來，這兒有位置》一片極其成功，之後就有很多人要我爲他們編喜劇電影。我認識他的時候還是個記者，或者該說是個「想成爲記者的人」，所以我應該對那些靠著鉛筆和便條紙餬口的人更加同情。

我把我和法布里奇的談話簡要回覆給羅貝托。我只說：他要更高的酬勞。而這也是實情。羅塞里尼賣了一些自己的古董家具來籌錢給法布里奇。而我也納入了該片的編制，即使並不完全是因爲我的編劇成績受到肯定。我因而成了新寫實主義（neorealism）的一員。

我從羅塞里尼身上學到了一件事，那就是：只要是人就可以做導演的工作。這句話不是在貶抑羅塞里尼，他**的確**是個特別的人，這話的意思只是說，如果你有什麼想做，不妨先觀察一下正在從事那件事的那些人。因爲當你看到他們畢竟只是凡人的時候，就會明白他們在做的事並不是那樣遙不可及。這就像人們見到費里尼時可能會說：「嗯，他也沒有那麼特別嘛！如果**他**都拍電影了，**我**也可以。」而羅

塞里尼真正讓我感覺到的是，他對導演這事的熱愛，而這也幫我了解到我自身對這事的喜愛。

我因記者採訪工作，或是稍後為電影編寫劇本而開始接觸到片廠的時候，並沒有立刻認出那就是日後可以讓我找到最大滿足和快樂的地方，即田納西・威廉斯（Tennessee Williams）所說的「心的歸宿」。一直要到四〇年代，我跟羅塞里尼一起工作以後，我才找到自己的人生意義。

我老早就曉得自己和其他人不一樣。我了解自己不是被當成導演，就是被當做瘋子。身為導演的一項奢侈權利就是：你被允許做夢幻想。

夢才是我們真實的人生。我腦子裏的幻想念頭不僅是我的生存現實，還是我電影作品的原料。

我常被說成瘋子。瘋狂是一種偏離常軌的行為，所以我也不以為侮。瘋子也是一種個體，每種個體都會有些個別的偏執行徑。對我來說，「精神正常」就是要學著去忍受那些令人難以忍受的東西，而且過程中不准失聲尖叫。

我向來對精神療養院十分著迷。我去過幾家，發現在精神異常的羣體裏反而可以找到個人主義，這在所謂「正常的世界」裏卻是罕見的。我們稱之為「精神正常」的那種集體順從概念是不鼓勵個人主義的。

我一直要到《月吟》（Voices of the Moon）這部片，才算碰觸了「瘋狂」這個題材。之前讓我裹足不前的原因是，我實際的研究調查讓這事真實到令人難以面對。我變得十分難過、沮喪，無法持續自己的幻想行為。我那時對偏離正軌行為中所隱藏的個人主義，以及開心的輕度弱智者的調適情況感到興趣，這些都是我在正常的真實世界裏

找不到的。

　　我曾有機會到精神療養院裏去參觀。我看到人們在瘋狂狀態中並不快樂，甚至無止盡地被夢魘折磨著，這跟我先前想像的並不一樣。那些是心靈苦刑的囚犯，比起有形的牢房監禁還要可怕。我可無法在這樣的拍片計畫耗上幾個月，我也沒這麼做過。也許安東尼奧尼可以。

　　然而，真正阻止我去拍那種題材電影的是另一件事，是一個小孩。大家對類似「數千人在戰爭中喪生」這種泛泛的描述總比較容易避開影響，但要是你認識的某個人一下死去了，你的心情就比較難不受波及了。

　　當時我被帶到一個幽暗的小房間，一開始沒看見有人。但其實裏面有個小孩，一個小女孩。他們告訴我她是個唐氏症患者，既聾又瞎。她像是一小堆什麼東西，卻感覺得到我的存在。她發出一種類似小狗叫的聲音。我摸了她，很明顯，她希望有人溫柔地對待她、給她溫暖、把她當人看。我抱起她的時候，想起了茱麗葉塔流掉的小孩，心想：萬一……

　　之後，那小女孩的影子就在我心中揮之不去。不知道她未來的命運如何？不過我倒也從來沒設法去問，因為我想我其實已經知道答案了。

　　直到多年以後，我才有辦法去碰觸精神異常的題材，不過只是因為我處理的是詩意性的瘋狂，而非真實的精神病狀。

　　在二次世界大戰期間和戰爭剛結束的時候，我都算是個「廚房作家」（Kitchen Writer）。屋裏沒有暖氣，只好靠在廚房爐灶旁寫東西，這可能對我當時的作品產生了影響。如果這個說法屬實的話，那麼就讓那些喜歡緬懷過去的人去研究好了。我可不希望看到學生浪費青春

在「費里尼的廚房寫作」（The Kitchen Writings of Fellini）這樣的論文題目上。

《不設防城市》的劇本在一個星期內完成，也是在廚房餐桌上生產出來的。我在該片列名編劇和助理導演，而那也是我應得的。但通常大家都不會給你應得的，羅貝提諾（Robertino, 即羅貝托·羅塞里尼之暱稱）不一樣，他從不吝嗇。

羅貝托的爸爸是位重要的營造商，羅馬有幾家主要的戲院都是他蓋的。羅貝托和他兄弟連佐（Renzo）從小就可以到幾家最大最好的戲院去看免費電影。羅貝提諾老是會帶著一群男孩一起進去。

我們在美軍剛解放義大利之後拍攝了《不設防城市》和《老鄉》（Paisan）。《不設防城市》只花了不到兩萬塊的成本，因此可想見大家拿的酬勞有多低。我自己已記不得當時拿多少錢了，不過只要能餬口，我對錢的多寡是毫無興趣的。我那時只想跟一些我想跟著一起工作的人，一起做些我想做的事。

那些電影帶有紀錄片的風格，其中有一部分是刻意製造的粗糙。那種風格叫做「新寫實主義」，是由於現實需求而發展出來的。因為那時候的義大利不但缺底片，而且幾乎什麼都缺，即使有電的時候也多半電流不穩。新寫實主義電影中的通俗劇情正是事實，因為那就是前不久大家在大街上才目睹到的景象。

新寫實主義是義大利在一九四五年時的自然產物，沒有別的可能。當時電影城受到重創，必須用自然光和實景拍片，而先決條件還得是你運氣好弄得到底片。那是一種因實際需要而發明出來的藝術形式。在當時，新寫實主義者事實上可以是任何夠實際、而又想拍片的人。

《老鄉》是描寫二次大戰期間美軍進攻義大利的故事。這部電影

是我生命中極重要的關鍵，它讓我有機會繼續維持我和羅塞里尼的關係。他的的確確影響我一生，我學到很多關於拍片的事，也看到了義大利的其他地方，一些我以前從沒見過的地方。我認識了以前不認識的人，還看到了二次世界大戰造成的災難和崩毀，這些經驗對我產生的衝擊甚至比戰爭發生當刻還要大。那些景象在我心中留下不可抹滅的烙印。

我是在跟羅塞里尼跑義大利的時候，對政治的想法才有了成長，同時也領悟到法西斯政權欺瞞百姓的程度。二次大戰的恐怖暴行，其他地區比羅馬來得更為明顯。對於那些才遭到戰爭蹂躪現在卻可以積極重建生活的人，他們的樂觀振奮讓我吃驚。同時，我也漸漸得知義大利竟存在那樣多的方言。我開始記下那些單字、句子，那種經驗就像是把氧氣吸入肺葉之中。

基於某種緣份，有些人會進入你生命，並扮演重要角色。在我們正要殺青《不設防城市》的時候，一名美國士兵被我們設在街上的電線絆倒了。他沿著電線找了過來，自稱是一位美國製片。我們完全相信他，並把片子放給他看。這位名叫羅德尼·蓋傑（Rodney Geiger）的年輕士兵很喜歡我們的電影。他說拍得很棒，片子可以拿到美國去上映。對人十分信任的羅塞里尼就給了他一個拷貝。當年，我也很信任別人。結果證明，還好我們當時夠天真。

他不真是一位製片，但由於我們的天真信任，事情竟也成功了。

這名叫做蓋傑的士兵把片子帶到紐約，放給當時在做外片發行生意的梅耶柏斯汀（Mayer-Burstyn）看，雖然拷貝品質不好，他們還是立刻就決定買下了。

羅德尼·蓋傑在那筆買賣上賺了錢。他簽下了羅塞里尼，並答應資助他下一部電影，而且還說要幫他找美國明星合作演出。我想羅塞

里尼向他提了拉娜・透納(Lana Turner) ❸

蓋傑後來的確回到了義大利，但帶來的是幾個沒沒無聞的演員，和一些（比起來較有價值的）新鮮的底片。

如果幾年以後有人在街上向我們搭訕，我一定會比較疑心，而且可能不會去信任一個完全不認識的人。那麼，我可能就是在拒絕我的好運，趕走我的守護神。我後來可能還真做了幾次這樣的事呢。

羅塞里尼這個人很有魅力。跟他一起工作讓我明白拍電影的確就是我想要做的。他鼓勵我去相信那是一種我能夠掌握的藝術形式。他比我年長，而且在許多方面都勝過我。

在那之前，我一直都很喜歡馬戲，我看到了電影和馬戲間的相似之處。我小時候的最大夢想就是去當馬戲團的指揮，我喜歡兩者之中奇幻和即興的成分。

《奇蹟》（The Miracle) ❹這部片是根據我兒時聽到的一個故事改編而來的。當時羅塞里尼剛拍完一部根據考克多 (Jean Cocteau) ❺的《人聲》（La Voix Humaine）改拍成的電影，需要一部短片來配合放映。我當時以為要是讓他們知道這故事是根據我幼時去奶奶家過暑假時的經驗寫出的，他們大概就不會太感興趣了。奶奶家在洛瑪尼亞 (Romania) 省甘貝托拉郡 。

我告訴他們那個故事的作者是一位偉大的俄國作家，還瞎掰了一

---

❸拉娜・透納 (1920-1995)，美國女演員，為四〇年代好萊塢著名的性感女星，作品有《星海浮沉錄》(1937)、《齊格菲女郎》(1941)、《化身博士》(1941)、《郵差總按兩次鈴》(1946)、《三劍客》(1948)、《風流寡婦》(1952)、《玉女奇男》(1952) 等。

❹費里尼為《奇蹟》(1948) 一片的故事構想、合作編劇及演員，導演為羅塞里尼，女主角為安娜・瑪妮雅妮 (Anna Magnani)。下文所提之《人聲》與此片一同以《愛情》(L' amore) 為片名做發行。

❺即尚・考克多 (1889-1963)，著名之法國才子，創作類別包括詩、小說、戲劇、繪畫、電影等。下文提及之《人聲》即是他的劇作。

個名字，故事內容是根據俄國的眞人眞事寫成的。當時沒人願意承認自己沒聽過那位偉大作家的名字，我則是說完就忘，到現在都沒再想起來過。當年的俄國可是比現在要神祕、光采得多，因此我輕易吸引到他們的注意。

他們都喜歡那個故事，而且立刻決定要把它拍成電影。可是他們卻又**太**喜歡那個故事了，想知道到那個被自己忽略掉的俄國小說家的姓名，可是我已經不記得自己編的那個名字了。他們還打聽他的其他作品，心想他大概還有更多別的好故事。所以，最後我只好招供故事是自己寫的，不過他們還是一樣喜歡。

《奇蹟》的原始故事涉及一個人物，他可能是吉普賽人，也可能不是。洛瑪尼亞的甘貝托拉是我小時候過暑假的地方。那是一個有樹林的村落，我很喜歡那個地方，因爲奶奶是我在世上最愛的人。對我而言，她是當時世上最重要的人，我無法想像沒有她怎麼過日子。我覺得她了解我，不論發生了什麼都會愛我。我童年很多最快樂的時光就是和她在甘貝托拉的夏天一起度過的。我以前會在那兒跟馬、羊、狗、貓頭鷹、蝙蝠這些動物說話，我希望牠們也能回答我，但牠們從來不回。

奶奶老是圍著一塊黑色的頭巾，我不懂爲什麼，也從沒想到要去問，我當時以爲那就是她整個人的一部分。她帶著一根手杖，而且會朝著那些爲她工作的男工揮動，而他們一向對她十分尊敬。

奶奶跟我講過一個她自己編的故事，故事情節跟《青蛙王子》很像，只不過在她的故事裏，靑蛙換成了雞。我當時年紀很小很小，不過直到現在，我吃雞肉的時候，都還會擔心自己是不是吃到了「雞王子」，擔心若不消滅他，他就會在我體內復活。那天奶奶講完故事後，我們晚餐吃的就是雞肉。飯後我肚子痛得不得了，媽媽把我抱到床上，

說我該去睡覺，然後病就會好。可是我不相信她，我不能告訴她我到底在擔心什麼。我那時以為那隻雞已經在我肚子裏變成了一位王子。

每種動物都被擬人化了，奶奶把牠們當人看待。她會說：「蘇菲亞（Sophia）戀愛了。」但蘇菲亞其實是隻豬。或者，她會說：「看，朱賽貝（Giuseppe）在吃醋。」朱賽貝則是隻羊。當她把事情明說出來時，就顯然不會錯。她有特殊的力量，不但能預測氣象，還能透視我這個小男生的心底。

吉普賽人夏天時常會到樹林裏來。其中有一位高大英俊的男人，不僅頭上有黑色的鬆毛，胸上也有。他的腰帶上掛著刀，附近的豬只要看到他走近就開始哭叫。女人也是，她們雖然怕他，卻也對他極為著迷。

他有一種魔力。人人都相信他是惡魔的化身，具有無比的威脅性。大人警告我不可以靠近他，不然會出事。我還幻想著他用鋒利的刀刺過我身體，然後把我高高掛在頭頂，之後還用鐵叉把我烤來當飯吃。有一次，我在奶奶給我吃的香腸裏發現了一根黑色的頭髮，我還以為是哪一個落入那個兇險吉普賽人手中的小孩的頭髮呢。

村子裏有位頭腦簡單的女人。她已經有點年紀了，卻瘋狂迷戀上這名有魅力的男子。她很可憐，但村裏的人卻都瞧不起她，頂多就是不理她。她把自己給了這個男人，並為他生了一個兒子。不過她宣稱兩人之間並未發生性關係，所以整件事是一個奇蹟，但沒有人相信她。

我兩年後再回去那兒的時候，看到那個小男孩自己一個人在玩。他看來比實際歲數要大，是個漂亮的小孩，有著長長的睫毛、銳利的眼神。村裏的人都管他叫：「惡魔的兒子」。

我寫的這個故事讓羅塞里尼感到極大的興趣，故事後來拍成了《奇蹟》這部片。他覺得我可以演那名年輕的男子，他被那名頭腦簡單的

鄉下婦人當成了聖徒約瑟夫（St. Joseph），而那名婦人則由安娜‧瑪妮雅妮（Anna Magnani, 亦譯做安娜‧麥蘭妮）❻飾演。在羅塞里尼的想像中，那名像是聖人的年輕男子理當有頭淡金色的頭髮。我那時的頭髮又黑又厚，唯一的辦法就是去染掉。他問我是否願意演那個角色的時候，我沒有半點遲疑；但當他問我是否願意染髮的時候，我卻猶豫了一下，不過後來還是答應了。

羅塞里尼幫我在一家女子美容院約好了時間，這不是我喜歡的開頭。我們約好，等到我染成金髮男子以後，兩人就在離美容院幾條街外的一家咖啡廳碰面。

羅塞里尼在那兒等了又等，直到再也喝不下更多咖啡，而且報紙也讀過不只一遍以後，終於離開咖啡廳，要來看看我出了什麼事。羅貝提諾發現我頂著一頭慘不忍睹的金髮躲在美容院裏。染髮痕跡明顯到我一出門，街上就有年輕男子在我後頭開我玩笑說，「麗泰（Rita）──原是你呀！」他們話裏指的是麗泰‧海華絲（Rita Hayworth）❼。

我衝回美容院，後頭傳來更多揶揄的叫聲，「麗泰！親愛的，你不出來見我們嗎？」

---

❻安娜‧瑪妮雅妮（1908-1973），義大利女星。出生於埃及，由母親在羅馬貧民窟扶養長大，早年曾在夜總會走唱，1926 年起從事舞台劇演出，電影上的表演一直要到 1941 年演出狄西嘉的《泰萊莎‧薇麗蒂》後才受到重視，使她一舉躋居國際影星地位的作品是羅塞里尼所導的《不設防城市》（1945）。瑪妮雅妮雖然沒有一般傳統女星的美豔姿色，但其性感、熱情、火爆及大地之母般的特質卻令她擁有了其他女星難及的魅力。她的重要作品尚有《小美人》(Bellissima, 或譯《美極了》)（1951）、《金車換玉人》（1952）、《玫瑰夢》（1955）、《孽海狂濤》（1957）、《羅馬媽媽》（1960）等，其中《玫瑰夢》一片為由田納西‧威廉斯作品所改編，為她贏得當年奧斯卡影后榮銜，為其電影事業之顛峰。其姓氏 Magnani 發音近似〔manɪaɪ〕，前譯「麥蘭妮」，雖通行，但與實際發音相差稍大。

❼麗泰‧海華絲（1918-1987），美國女演員，四〇年代極為走紅，經常飾演具致命魅力的美女。1948 年為了第二任夫婿奧森‧威爾斯執導的《上海小姐》，剪去了一頭註冊商標的紅色長髮，改染為金。海華絲的重要作品尚包括：《天使之翼》（1939）、《金粉佳人》（1946）、《酒綠花紅》（1957）、《鴛鴦譜》（1958）等。

結果髮色在黑白攝影下看起來還算好。從那以後，我們碰面時羅塞里尼還不時會叫我「麗泰」，他相信我從來不能欣賞其中的幽默，所以更覺得有趣。為了回饋我對《奇蹟》一片的參與，羅塞里尼給了我一份驚喜，他送了我一輛小飛雅特，那是我生平的第一部車。

《奇蹟》讓我有機會去了解演員的感受。在我的一小段戲裏，甚至還體會到身為明星的感覺。全世界的焦點都集中在你身上是件很棒的事。**你**最重要，你就代表一切，大家會迎合你的任何需求。他們注視著你的一舉一動：睫毛的眨動、看不太出來的手部移位……等。

那種感覺就好像你是總統，或是一位在史卡拉歌劇院（La Scala）獻唱的偉大聲樂家。別人對你體貼入微、寵愛有加、徹底關懷，我從沒那麼開心過。難怪吉米尼‧克里基（Jiminy Cricket）唱說：「啦啦啦，我有個演員夢。」演員是被寵壞的小孩，因為我們在寵他們，至少當聚光燈照在他們身上的時候是這樣的。我無法相信我閉著眼坐下，屁股下面竟然就有了張椅子。我所有的欲望都有人預先備妥要來滿足我了。我要做的只是得看起像是想抽根菸，然後就有人會來為我點菸。我覺得我好像只要拍拍手，僕人，甚至是女奴，就會應聲而至，不過我當時卻猶豫著要不要這麼試。我覺得自己簡直就像是位皇帝，或是法老王。

我和瑪妮雅妮是在一九四三年認識的，當時我是《小販與小姐》（Campo dei fiori/The Peddler and the Lady）一片的編劇。我注意到她，可是她沒有太注意到我。我那時候很瘦，不是很容易被看見，人們的視線總是經過或穿過我。她當時跟羅塞里尼要好，我顯然是無足輕重。誰跟羅貝提諾放在一起都會變得無足輕重的。

據說瑪妮雅妮的性慾很強，我不知道這是真是假，不過我倒從沒看過她向誰投懷送抱過。她常提到性這方面的事，而且用語粗俗，因

為這符合她的角色性格。她話中充滿男性幽默，所以聽起來並不那麼嚇人，我覺得有趣而不低級。如果有人想故意嚇你，效果還不見得好。她是唱黃色歌曲起家的，是個才藝齊備的表演者，隨時可以用任何的招數來吸引別人的注意。她私下跳過一小段豔舞，她在舞裏面扮演一個勃起的男人，她會就地取材隨便拿樣可以充數的東西塞在裙子或褲子裏頭。第一次看到的時候可能會讓人覺得有點驚訝；但多看幾次以後，你就根本不去注意了，甚至還會覺得無聊。不過她倒是從來不會給我低俗的感覺。

她對我很自然，雖然偶爾也會跟我演演戲。意思是如果她聽說我正在為新片選角，她就會讓我知道她有空在片中演個角色，這就是她的作風。他們說當她跟你談性這件事的時候，就是在逃逗你，但我從沒有那樣的感覺。據說，她會像男人一樣採取主動，對她想得到的男人提出那種要求；還說，她懂得**如何**去提出要求，而且也跟男人一樣對被拒絕這事有所準備。我只知道她從來沒有向我提出要求過，也許她了解當時我的生活裏，除了茉麗葉塔之外，再也容不下其他的女人了。

我喜歡覺得自己可以保護身邊的女人，但除了瑪妮雅妮最後生病的時候，我從來不覺得自己強壯到可以去保護她。

她真是一位奇女子。她去世的時候，所有羅馬街頭的流浪貓都來弔祭她。她是牠們最好的朋友，深夜的時候，她會從羅馬最棒的餐館裏帶東西來給牠們吃。

她最後的演出是我的《羅馬風情畫》（Roma）。我知道她病了，她也知道自己病了，可是我們都不提這事兒。她是個演員，演戲的時候最開心。她過世以後，我有時候會餵瑪古塔街上的貓吃東西，我會跟牠們說：「是幫瑪妮雅妮餵的。」當然，有些貓子貓孫甚至不會知道

瑪妮雅妮或者她的貓是誰，但也沒關係。

　　一九四九年的時候，羅塞里尼給我看了一個二十八頁長的劇本。那是兩位神父寫的，他們對戲劇演出都一無所知，更何況是劇本寫作？不過他們對教會歷史的確有很深的了解。劇本講的是阿西西的聖芳濟（St. Francis of Assisi）❽和他的門徒。羅貝托告訴我他想用這個劇本拍一部短片，但劇本需要改寫，而且明顯要花很多工夫，問我是不是願意做這事？

　　讀了劇本以後，我拒絕了。嚴正拒絕。他又問：那你想不想做助理導演呢？我這才答應了下來。

　　他把劇本交給我重寫，片子叫做《聖方濟之花》（The Flowers of St. Francis）。

　　他為什麼要挑這個題材呢？他的宗教觀在《不設防城市》、《老鄉》及《奇蹟》等作品裏表現得很明顯。他十分尊敬個別的教友，卻質疑宗教組織的誠意。他尤其景仰早期天主教徒的虔誠，這可能是他拍這部片的動機。不過他也可能是要藉此安撫被他和英格麗‧褒曼（Ingrid Bergman）緋聞所震怒的天主教審查官。

　　但**我**又幹嘛跟他一起冒這個險呢？**可以**說是我也把它當做一次機會和挑戰吧。

　　事實上我當時也想拍片，尤其是想當助理導演，而且特別希望能和羅塞里尼一起拍片。他真是才華洋溢，而且我也喜歡他本人。

---

❽聖方濟（1181/1182-1226），天主教聖方濟會的創始人，出生於義大利翁布利亞地方的阿西西，年輕時即放棄財產、家庭，到山林過著清貧的隱修生活。當時羅馬教會內部十分腐敗，招致廣大信徒不滿，許多人從他修道，方濟為他們擬訂簡單的生活守則。1209年起，方濟會陸續正式成立三個獨立分支。此三支在法國大革命時期均遭挫敗，至十九世紀復興。天主教會中的許多習俗係由方濟會倡導。方濟會在國內外均積極傳教，並在教育和學術研究方面有突出貢獻。

意思不是說好像我有很多工作機會，我身邊根本沒有這方面的機會，就算有的話，也不會有像跟羅塞里尼一起拍片這樣的機會，因爲沒有人比得上他。

　　那個故事單調，角色沒有說服力，講述的題材對現代觀眾過於遙遠而且難以置信。不過我明白自己還年輕，有本錢面對一個**這麼**差的劇本。而且很明顯，劇本只可能被改得更好。

　　我說服艾多・法布里奇擔任「暴君」那個小角色，演的是一個野蠻的征服者，是我特別替他加的戲。我眞的費盡心思要寫好那場戲以便維持我們的友誼。其餘的角色幾乎都由非職業演員擔任。有時，我還眞得承認他們的確不夠專業，那是一種僞裝不來的新寫實主義。

　　我最喜歡劇中朱尼普弟兄（Brother Juniper）和「楞子約翰」（John the Simple）的幾場戲，他們甚至考驗到聖芳濟的耐性，頗不容易。儘管聖芳濟告誡朱尼普弟兄不要用表面的意思去看他的教義，可是這位頭腦簡單的修士居然就眞的把外衣送給更有需要的乞丐，然後一身內衣地回到修道院。

　　我還記得野人營帳裏的那場戲讓我很開心，雖然情境幾乎像黑澤明（Akira Kurosawa）電影一樣也具有幻想色彩，類似我們印象中十三世紀的狀況，但在我看來卻相當有眞實感。我在拍《愛情神話》（Fellini Satyricon）的時候，又想到了那場戲，雖然時代背景不盡相同。片中演神父的那個演員，大約十五年後又在《鬼迷茱麗》（Juliet of the Spirits）中扮演僞裝成神父的偵探。

　　我從來不太喜歡導別人的劇本，不過我也承認這種偏見可能讓我後來錯失了一些自動送上門的好故事。但我自己想拍的東西都已經多到我拍不完了，又怎麼再去拍別人的呢？我想那不只是因爲我對自己的東西較感興趣（好像誰都會對自己的東西較感興趣嘛！），而是因爲

自己比較自我中心。我相信我能用更多的情感來呈現自己的想法。由於我是這些想法的源頭，我可以更忠實、更完整地把它們呈現出來。我還可以深入了解我筆下的人物，一路上，寸步不離地伴著他們，直到他們準備好面對觀眾為止。那是我將他們交給命運的時刻，就像你送孩子進學校一樣。我已經盡我所能了，我是他們的第一個觀眾。在他們進了電影院以後，面對爆米花、巧克力這些敵手，我就幫不了忙了。

我記得一個時刻，現在才了解那是我生命及事業上的轉捩點。那時羅塞里尼在一小間黑屋子裏專心盯著剪接機工作，他甚至沒聽到我進門的聲音。他全神貫注的樣子讓人覺得他是活在銀幕裏的世界。

銀幕上的影像寂靜無聲。我當時心想，「寂靜無聲」地去看自己的電影──多好啊！如此一來，眼睛看到的就是一切了！

他感覺到有人，一語不發地向我招手，要我走近一些，和他一起分享那種經驗。我想那一刻改造了我的一生。

第七章

導演與鵝

　　二次世界大戰過後，在茱麗葉塔擔任廣播劇和舞台劇演員的同時，我以為自己可以靠編劇維生。那年頭寫電影劇本沒啥賺頭，所以不得偷閒。除了和羅塞里尼一塊工作之外，我還幫皮埃特洛・傑米（Pietro Germi）❶和艾貝托・拉圖艾達（Alberto Lattuada）❷寫劇本。我是透過法布里奇認識他們的。

　　杜里歐・畢奈利（Tullio Pinelli）❸當時也為拉圖艾達寫劇本，雖

---

❶皮埃特洛・傑米（1914-1974），義大利導演、演員。1949 年以導演作品《逃犯的手銬》（In Nome Della Legge）聞名國際，該片劇本即出自費里尼之手，之後費里尼又為傑米所導之《越境者》（Il Cammino Della Speranza）（1950）、《街的自衛》（La Città si Difende）（1951）及《路波來的土匪》（Il Brigante di Tacca del Lupo）（1952）等三部片撰寫劇本，多以西西里黑手黨故事為背景。五〇年代中期，傑米以《鐵道員》（Il Ferroviere）（1956）、《滑稽漢子》（L'uomo Di Paglia）（1958）、《刑事》（Un Maledetto Imbroglio）（1959）等三部自導自演作品奠立其影壇才子的聲望。1961 年所導演之《義大利式離婚》（Divorzio All' Italiano）又展現了他在社會諷刺喜劇方面的才華，並獲頒坎城影展最佳喜劇片及奧斯卡最佳外語片等榮譽。

❷艾貝托・拉圖艾達（1914- ），義大利導演，原為佈景師。二次大戰後曾參與義大利新寫實運動，與費里尼合作的影片包括有《艾庇斯柯波之罪》（Il Delitto di Giovanni Episcopo）（1947）、《無慈悲》（1947）、《卜家磨坊》（Il Mulino del Po）（1948）及《賣藝春秋》（1950）。

❸杜里歐・畢奈利（1908- ），義大利編劇、導演，為費里尼最重要的編劇搭檔，兩人合作的影片包括：《無慈悲》（1947）、《奇蹟》（1948）、《卜家磨坊》（1948）、《越境者》（1950）、《賣藝春秋》（1950）、《街的自衛》（1951）、《待嫁少女心》（Cameriera bella presenza offresi）（1951）、《路波來的土匪》（1952）、《白酋長》（1952）、《青春羣像》

然我們都曉得彼此，之前卻從沒碰過面。有一天我在一個報攤看到他，就模仿著泰山（Tarzan）的口吻過去對他說：「你，畢奈利；我，費里尼。」，不過我倒沒有學泰山用手捶胸的姿勢。他年紀比我大，也有更多的編劇經驗，可是我們立刻就可以處得來。我們交換了所有心中的電影構想。我記得我告訴過他一個故事，內容是關於一個會飛的男人，情況就像《瑪斯托納的旅程》（The Voyage of G. Mastorna）這個故事所講的一樣。我整個創作生涯中一直掛心著這個拍片構想。

我第一部跟拉圖艾達合作的電影是《艾庇斯柯波之罪》（The Crime of Givanni Episcopo；又名 Flesh Will Surrender），我想我寫的東西有被用在電影裏面，不過也不是很確定。拉圖艾達對我的表現表示欣賞，並且建議我再繼續試試別的。他給了一的構想要我去進行，也就是後來的《無慈悲》（Without Pity）這部片。這是茱麗葉塔演的第一部電影，雖然在劇中不是主角，卻憑著該片在威尼斯得到了一個「銀帶獎」（Silver Ribbon）。

茱麗葉塔和我跟拉圖艾達兩夫婦們處得很好。他太太卡拉・黛波吉（Carla del Poggio）是義大利片的紅星。有一回我跟拉圖艾達去看《安伯森大族》（The Magnificent Ambersons），看完以後覺得十分震撼，卻不知道自己看到的只是影片的一部分。現在我可以體會當時奧森・威爾斯（Orson Welles）對自己作品被大肆修剪時的感受了。這種事在我身上也發生過很多次。

拉圖艾達想成立自己的製片公司，邀請我和茱麗葉塔一塊入夥。由於我們都不想被製片掌控，所以這便是一個讓我們成為自己的製片

（1953）、《良緣巧設》（1953）、《大路》（1954）、《騙子》（1955）、《卡比莉亞之夜》（1957）、《生活的甜蜜》（1960）、《安東尼博士的誘惑》（1962）、《八又二分之一》（1963）、《鬼迷茱麗》（1965）。

的機會。我們成立了「卡庇多里伍姆影業」（Capitolium Films），拍攝的第一部（同時也是最後一部）影片是《賣藝春秋》（Variety Lights）。畢奈利和安尼歐・佛萊亞諾（Ennio Flaiano）❹都參與了這部片，後者是我在《Marc' Aurelio》雜誌那兒認識的。這是一個重要合作關係的開端。

由於我對《賣藝春秋》這部片的貢獻不僅限於編劇，拉圖艾達因而建議我們雙掛導演的名義。對於一位已有名氣的導演來說，這算是極為慷慨的舉動，我覺得這個共同導演的頭銜是自己努力掙來的。我被問過很多很多次：倒底誰才是《賣藝春秋》的真正導演？它算是我的作品？還是他的？結果，他說是他的，我說是我的。我們兩個都沒錯，而且我們都以這部片子為榮。

我在編劇上面較為重要，劇本大部分都來自我對義式綜藝秀（Italian Variety Theatre）的觀察。我一直都很喜歡這種外地藝人的現場演出。此外，我在選角和排戲這兩方面也很重要。拉圖艾達在影片的導演和調度上有很多的經驗，所以他在這些方面居功較多。在拍片上，他要求按照計畫精確執行，我卻不是，我偏愛高度的隨性發揮。儘管有這樣個性上的差異，我想我們還是拍出了很好的影片，雖然沒人去看。

我對《賣藝春秋》裏的人物充滿同情，因為他們都希望能成為藝人，所以他們技藝的好壞反倒不是我關心的重點。我對每個有表演欲望的人都有一份關心。那個小團體裏面的人沒有足夠的本事，卻夢想

---

❹安尼歐・佛萊亞諾（1910-1972，又譯弗烈阿農），義大利編劇，為費里尼的老搭檔，兩人合作的作品包括《賣藝春秋》（1950）、《白酋長》（1952）、《青春群像》（1953）、《大路》（1954）、《騙子》（1955）、《卡比莉亞之夜》（1957）、《生活的甜蜜》（1960）、《三豔嬉春》（1962，其中《安東尼博士的誘惑》一段）、《八又二分之一》（1963）、《鬼迷茱麗》（1965）。

要飛黃騰達。那個扮鵝的藝人就是一個象徵，電影裏的人用心在表演，正如我們用心在拍片一樣。我們以為自己有那樣的藝術才能，他們也一樣。我們專業上的本事並不比他們強多少，最後甚至落得血本無歸。拉圖艾達比我們投資得多，所以他的損失較大。不過由於我們那時不是很有錢，根本沒資格做賠本生意，所以損失也不比他輕。

拍攝《白酋長》（The White Sheik）的過程讓人膽顫心驚，雖然日後回顧起來，當時所面對的比起接下去拍片時碰到的狀況已經要算順利很多了。不過當時我並不知道將來會發生什麼事。我從來不是一個很擅於預見未來的人，我甚至對當刻都不是很能看得清楚。

《賣藝春秋》之後，我已經有信心可以獨當一面地拍片。不過在還沒真正負起權責之前，我並不知道那倒底是種什麼樣的感受。在我期盼那個時刻來臨的階段，它還只停留在我的腦子裏；但等到真要去拍的時候，我卻覺得它跑到了我的身體裏面。我睡不好，一夜要醒來好幾次。開拍日逼近時，我更是完全睡不著。此外，我的食量也增多了，但卻有些食不知味。

我覺得孤單。我變成要一個人負全責，無處可逃，不像之前不具名的集體編劇或者共同導演般，大家可以一起分擔責任。我心想：要是砸鍋了怎麼辦？那就會讓那些信任我的人失望。

我不能讓他們知道我沒有自信。我必須做個不會出錯，或幾乎不會出錯的領隊，這樣他們才會把自己託付給我。如果讓《白酋長》的工作人員覺得他們得去信任一個毫無自信的人，對影片本身不好。我不能讓任何人知道我缺乏自信，連茱麗葉塔都不行，儘管在她面前，我無法完全掩飾自己的緊張。電影開拍的第一天，她站在門口向我吻別，那不只是形式而已，而是在對我可能就要踏上不歸路冒險他去給

予深情的祝福。

當時的感覺就像第一次與敵人短兵相接。要是戰敗了，我還能去哪兒呢？我想大概就得離開羅馬，但對我而言，這種結局可是比死了還慘呀！

我變得驚慌失措，感受到落敗的恐怖。

初執導筒要面對的難題已經夠多了，之外我還堅持要用艾貝托‧索迪和里歐波多‧特里埃斯德（Leopoldo Trieste）來飾演片中白酋長和新郎這兩個角色。索迪在當時並不算魅力紅星，沒有辦法吸引觀眾進戲院；而特里埃斯德是個一般人不認識的編劇。那時候，沒人想到索迪日後會變得那麼紅。其餘的演員，包括茱麗葉塔在內，都沒有足夠的吸引力，簡直毫無「票房」保證可言。可是我向來固執，即使是這樣一個勢單力孤的初次冒險也一樣。我必須跟隨著我相信的事物，我向來是這樣。

義大利版的《勞萊與哈台》（Laurel and Hardy）電影系列，哈台的聲音就是用索迪配的，而且他還是經由比賽選出的呢。對我來說，這是個好兆頭。我初次見到他的時候也是，我相信，自己最接近哈台的時候，雖然他們長得一點都不像，不過對我來講，他就是哈台的聲音。到了後來幾年，我才不禁去想：到底哈台本人的聲音聽起來是什麼樣子？我想要是我有機會聽到哈台說話，我大概反而會把他當做是冒牌貨。我會說：「索迪在哪兒？我要索迪。」相較說來，我們不是活在現實當中，而是活在一個表象的世界裏。我們是活在一個自己所習慣的繭裏面。要我不讓索迪去演《白酋長》或《青春羣像》裏面的角色，就好像要我去拒絕哈台一樣。

索迪當時在羅馬電影放映前所安排的現場表演秀中已經算是一個技巧精湛的藝人了。這可以讓觀眾覺得這位表演者是在他們親眼目睹

之下由現場舞台躍至大銀幕的。此外，他身上還帶著一種特殊的能力，他在拍片的時候有一種應對觀眾的敏銳度。面對鏡頭表演是一回事，那比較是一種可以學習到的技巧，而且還有導演在場掌控。但接觸人羣就是一門藝術了，那些人到後來就相當於電影所訴求的觀眾了。而索迪在片廠拍戲的時候，的確很能接觸人羣。

　　我對一件事有強烈感覺的時候，就一定要照著自己的想法去做。譬如說，當我遇到要去開會這樣的情形時，先會這樣告訴自己：「費里尼，你要妥協，你可以做你想做的，但也要給別人他們想要的。你要理智一點，講理一點。你可以選擇對你最重要的部分去堅持，但對那些不關緊要的小地方，你要表現得慷慨一點。你要了解：出錢的畢竟是**他們**！」

　　然後，當有人在會議中開口：「我覺得這個角色的口袋裏不該放手帕。」——這時我就又變成從前坐在里米尼人行道上那個媽媽喊不動的兩歲男孩。我母親不只一次地告訴我，小時候我有多麼地頑固。我那時會突然在里米尼的人行道坐下，拒絕移動，不知我兩歲大的腦袋裏到底在想些什麼？然後就得被大人拖走或抱走。這個性到現在都還沒變。

　　《白酋長》的構想源頭需要解釋一下。當時，用照片取代漫畫製作成的成人連環圖在義大利非常盛行，即所謂的「紙上電影」(Fumetti)，根據這些東西改拍成的電影被人認為具有「商業」價值。

　　安東尼奧尼提議過要把「紙上電影」裏的故事拍成電影，他在之前幾乎就已經根據「紙上電影」拍過一部很不錯的短片了。不過後來當有人要找安東尼奧尼改拍「紙上電影」時，他卻拒絕了。拉圖艾達也沒答應。

　　由於我和畢奈利已經開始在編下一個劇本了，我於是去找一些製

片洽談合作的可能，希望自己可以導那個劇本。我一開始合作的幾個製片本來已經答應要拍這部片子，但後來又拒絕在一個只算是「半」個導演的年輕人身上投資。他們很不能接受這種事情，就好像當過半個導演的人比完全沒當過導演的人還不如。問題是：要讓完全沒有起步的人如何起步呢？我稍有導演的經驗，也已經找到了自己想拍的東西。最後，曾經做過皮埃特洛・傑米製片的路易吉・洛維雷（Luigi Rovere）答應給我一次機會。他喜歡《賣藝春秋》，相信我可以成爲另一個傑米。於是，我這種影片開拍時是一個製片，影片結束時又換成另一個製片的模式就這麼形成了，情況直到我跟安傑羅・里佐利（Angelo Rizzoli）❺合作《八又二分之一》起才有改變。我爲他導過不只一部作品。

　　洛維雷本來應該會替我製作下一部電影，也就是《大路》（La Strada）這部片，可是他中途退出了，因爲他認爲《大路》這部電影不會賣錢。但另一名製作人佩哥拉羅（Lorenzo Pegoraro）卻很喜歡這個故事，當我還在爲潔索米娜這個角色尋找一個比茱麗葉塔更適合的人選時，他卻鼓勵我先拍《青春羣像》，而且說這話時一點也不拐彎抹角。鏡頭後面發生的事常常比鏡頭前的劇情更爲緊張刺激。

　　我和畢奈利編出了一個情節，我們讓眞人跟「紙上電影」裏的人物，以及扮演那些人物的演員發生關係。他提議讓一對鄉下夫婦到羅馬去度蜜月，這個點子馬上給了我靈感。我們才剛爲這故事開了頭，剩下的部分就都出現在我腦中了。片中這名女子暗戀著一個「紙上電影」故事裏的男主角；同時，她的丈夫則安排了家人前來與新婚妻子

---

❺安傑羅・里佐利（1889-1970），義大利製片人，五、六〇年代製作過許多高品質的電影。與費里尼合作過《生活的甜蜜》、《八又二分之一》、《鬼迷茱麗》等三部影片，其他作品尚包括《退休生活》、《慾海含羞花》、《紅色沙漠》等。

會面，之後並將帶著他們前往觀見教皇。從鄉下來到羅馬的中產階級，這個題材馬上把我給吸引住了。我立刻認同了他們，我知道那就是某些人看待我的方式——把我當作是鄉下人。不過，他們多少是對的。

不管一個鄉下來的義大利人認為他自己準備得多充分，在他剛抵達羅馬這個大城市的時候，實際狀況還會讓他覺得震撼的。我之前一輩子都在聽媽媽跟我和弟弟里卡多講述著她年輕時所記得的羅馬，所以我長大後所知道的羅馬都是來自自己的想像及媽媽的回憶。媽媽的回憶於是變成了我對羅馬的期待。

我根據自己的記憶，為片中初抵羅馬的新婚夫婦設計了一段情節，內容就是我到達羅馬那天的經驗——一段令我永遠難忘的經驗。對我來說，這天一直還像昨天一樣。這是片中新娘第一次去羅馬，新郎要她去見他住在羅馬的親戚。丈夫的舅舅（或叔伯）為他們安排觀見教皇，很明顯是位有影響力的人士。我記得當媽媽在羅馬的時候，觀見教皇是她的夢想，所以我就把她的夢想給了我片中的角色。依照我當時的構想，這個故事應該僅僅歷時一天。限制，尤其是電影裏的限制，比起全然的自由，常常更能刺激人們的想像——這是一種跟很多人完全不同的想法。

在這二十四小時裏，他們的婚姻會面臨首次的危機。新娘婉達（Wanda）很高興自己結了婚，但卻期待能嫁給一個更浪漫的男人。里歐波多·特里埃斯德的臉很有喜感，讓他飾演伊凡（Ivan）這位讓婉達敬重、卻不到珍愛地步的丈夫，是最適合不過了。伊凡這個人穩重、有前途、受人尊敬，但卻絕對稱不上英勇。他有個特色，就是帽子老是得在身邊。一開始，當他們抵達羅馬的時候，他在車站月台上有些搞不清狀況，下行李時，慌亂之間還差點弄丟了他的帽子。從頭到尾，一旦缺少了這個中產階級的社會地位象徵，他就會感到不安。即使單

獨與新婚妻子待在旅館房間裏的時候，他都得清楚帽子放在哪兒，否則他就會覺得不自在。

　　我是在里歐波多問我有關伊凡的人物性格時，想到了伊凡和帽子的這個點子。他自己也是個編劇，所以感興趣的部分和一般演員有所不同。我注意到當時他戴了一頂相當不錯的帽子，我於是告訴他，伊凡是那種十分注重禮節的人，他甚至連進洗手間都要把帽子帶進去，以防在緊急情況時被人逮到自己沒帶帽子的糗樣。所以那頂帽子就變成了描寫伊凡人物性格的工具了。

　　像很多那個時期的義大利女人一樣，婉達也暗自對「紙上電影」這種刊物著迷。她從那裏面讀到的浪漫故事於是漸漸變成她對愛情與婚姻的期待。事實上，她正暗戀著一位扮演「白酋長」的紙上電影演員。這個大眾情人類型的角色，被艾貝托‧索迪詮釋得完美無缺，但直到那個時候，他豐富的才情都還不是那麼受到大家的注意。婉達的祕密心願就是能在羅馬見到白酋長，因為白酋長之前回覆她的影迷來信時，便邀她一旦來羅馬的時候，可以去找他。而她竟然也把這些話當真，不知道那些只是客套的回信內容。她沒有告訴她先生伊凡一聲就去找白酋長了，兩人因而分別了一整天。而伊凡卻又太注重面子了，竟不敢告訴他舅舅（或叔伯）自己不知道妻子的下落。他給他們一個沒什麼說服力的解釋，說她人不舒服，不能出旅館房門。

　　這段期間，婉達被困待在白酋長拍外景的海邊。結果，白酋長像伊凡一樣，也只是一頂頭飾。一旦白酋長卸下了頭巾，他就變成了一個普通人。事實上，他還不如一個普通人，他不但沒有變得更偉大，反而變得更渺小。

　　帽飾可以是很好的人物標記。馬斯楚安尼帶了一頂像我一樣的帽子，就搖身變為《八又二分之一》裏的電影導演了。我戴帽不過是要

把稀疏的頭髮給藏起來，不是為了給自己一種人物性格。在我說服馬契里諾（Marcellino, 即對馬斯楚安尼的暱稱）：要演《舞國》（Ginger and Fred）就得有頭更稀疏的頭髮後，他也變得也喜歡戴頂帽子了。等到後來他的頭髮沒有馬上長回來的時候，我想他連睡覺時都會戴著帽子。

我也把自己以前為《Marc' Aurelio》所寫的故事情節片段用進這個劇本裏，以反應我個人的一些想法，其中包括愛情注定挫敗的本質、年輕人的愛情必須受到現實的考驗、砸鍋的蜜月、婚姻初期必然會產生的失望，以及維持年輕人浪漫夢想的困難。

我剛到羅馬那幾年，腦中有個陰影一直揮之不去，也就是自己以前遭人審問的一個經驗。那是二次大戰期間，軍方多次想拉我入伍的手段之一。一名身穿制服的男子向我問話，我一邊回話，他身旁的祕書就一邊在一台又大又吵的打字機上把我講的話迅速打出，聽起來像機關槍的聲音。我覺得自己口中的話好像沒來得及說出來，就先被行刑隊給槍斃了。這個畫面給我靈感寫出伊凡到警察局報案那場戲，他去那裏查詢失蹤人口，卻不讓別人知道是他太太不見了。他被那些身著制服的人逼迫時所產生的情緒反應其實就是我的，我把它放在伊凡身上。戰爭期間，我甚至有以為自己被人跟蹤的經驗。

一致化和團隊化是我的敵人，我從來不喜歡在同一個時間裏跟所有其他人做同樣一件事，所以我對在星期六晚上做愛這種事從來不感興趣。不過當然，有時也有例外。

我不願相信自己被別人控制著，尤其是自己的思想部分。我討厭看到任何要把我們變成一個蟻族社會的舉動。我記得年輕時看見年輕人被分組分隊，像魚羣般團體行動的情形。而且他們在可以不穿制服的時候，都還要跟隨流行的穿著法則，結果不也等於一致化了。我特

別記得的是里米尼的孤兒，可憐的小傢伙，不管什麼時候，只要有需要一羣人的活動——送葬隊、遊行，隨便什麼都行——他們就會變成一堆穿上黑色制服的孩子，完全不知道自己爲什麼要在那兒，他們只是被別人吩咐了要這麼做。除了遵命之外，別無選擇。他們不只喪失了父母，也喪失了做人的尊嚴。

茱麗葉塔曾在片中露臉，也就是那位好心、嬌小的妓女卡比莉亞。她在伊凡以爲自己再也找不回太太的時候想辦法逗他開心，這段戲對她的演藝事業和我的導演事業都很重要。她表現得太好了，讓製片人再也無法說她不能勝任潔索米娜這個角色。而《卡比莉亞之夜》當然也是由這場戲所引發的靈感。卡比莉亞這個角色可以說是潔索米娜失散的窮姊妹。

《白酋長》是尼諾·羅塔（Nino Rota）❻第一次爲我配的作品。我們是在電影城外開始長程交往的，我們倆個當時甚至還不知道彼此是誰，我們的友誼就像是意外尋獲的至寶。當時我注意到有個矮小的男人在等電車，可是他站錯了地方。他看起什麼都記不清楚，表情卻十分愉快。我覺得自己忍不住想陪他一起等，我想看看會發生什麼事。我當時堅信電車會停在平常該停的地方，然後我們就得追著它跑；但他也同樣堅信他站在哪裏，車子就會停在哪裏。我想是「心誠則靈」吧，電車後來竟眞的出乎意外地在我們面前停了下來。我們於是一起上了車，兩人的友誼和合作關係也一直持續到一九七九年他過世爲止。這世上再也找不到一個像他這樣的人，他生性注定就會成功。

---

❻尼諾·羅塔（1911-1979），義大利作曲家。所著電影配樂，簡單卻有魅力，而且通俗易記。費里尼自《白酋長》以降的作品幾乎無一不仰賴羅塔爲其配樂，直到《樂隊排演》後，羅塔謝世，才爲兩人的合作劃上句點，眞可謂至死方休。除了費里尼以外，羅塔與維斯康提亦多有合作，作品如《白夜》、《洛可兄弟》、《浩氣蓋山河》；而與義裔美籍導演柯波拉所合作的《敎父續集》也在 1974 年爲其贏得奧斯卡最佳電影配樂獎。

我在《白酋長》還沒完成最後剪接之前，就請羅塞里尼先看了一次，他的評語充滿鼓勵，對我意義重大。我那時很尊重他的導演才能，所以他在我電影事業萌芽的關鍵時刻給我讚賞，對我就變得相當重要。不久之後，我跟他說，希望有一天我也能回報他對我的慷慨。他說要是我能去鼓勵另一個人就算是回報他了，他說等哪天我成了義大利重要導演的時候（並說我一定會），我應該記得他的話去幫助一個比自己年輕的人。

　　《老鄉》這部片讓我知道自己**想要**成為一名電影導演。我當時在想，也許我的前途是在這裏，而不在記者那行。到了《白酋長》這部片，我才**知道**自己已經是一名電影導演了。

中篇

菲德利哥‧費里尼

第八章

拍片像做愛

有很多東西是源自我作品中的自傳性以及我樂於坦白一切的個性。我不是把自身的經驗照實報導，而是把它們當做故事骨架來運用。我不介意像寫自傳似地來描述自己，因為比起要我去談自己心底的幻想，那樣還可以少洩露一些我的秘密。畢竟幻想裏的我才是真實、未經掩飾的我。要為一個人外在的自我穿上衣服不難，但要為他內在的自我披上外衣可不容易。我相信就算我去拍一部關於狗或椅子的電影，大概也不免會有些自傳性色彩吧。要想深入了解我這個人，就要去了解我的電影，因為它們都來自我心裏的最底層，我等於是完全裸裎，連自己都大開眼界。我從自己的電影裏發現自己有些點子、想法，但之前我並不知道自己有那些東西。我在自己的想像當中，揭露了最深層、最真實的內在自我。也許這是我自己的一種心理治療方式。我拍片的時候，其實真有點像是自己在訪問自己呢。

如果你看到一隻狗跑過去用嘴把半空中的球給銜住，然後驕傲地把球帶回來，於是你了解了一切關於狗的本質，以及人的本質。那隻狗既快樂又驕傲，因為牠會一樣特別、有人要看、而且又受讚賞的技藝。而該技藝可以為牠換得人們的寵愛，以及高級的狗餅乾。我們每一個人都在尋找自己的特殊技藝，一項會贏得別人喝采的技藝。找得到的人算是運氣好。**我**，則找到了電影導演這條路。

我無法想像感覺不對或環境不協調時要如何工作。我不喜歡一個人工作，而且我需要和自己喜歡的人一起工作。有時候，我也可以跟我不喜歡的人工作，只要那個人夠有個性。有具體的關係總比沒有任何關係要好，即使是女馴獸師也有一種美感。我畢竟是個馬戲人，有組織小家庭的需要。我們都需要一種正面的氣氛，必須相信自己，並相信自己將創造出來的東西。

　　拍片的氣氛讓所有的事情都立刻變得熟悉起來，在片廠，大家都變成了一家人。

　　只要我一組成拍片班底，我就有家的感覺。我覺得自己好像哥倫布（Christopher Columbus），準備要去發現新大陸。以我們的情形來說，則是要去創造一個新大陸。有時候，他們需要鼓勵，有時我得強迫他們繼續航行下去。

　　我一直想拍一部關於美國的電影。我的想法是在電影城裏重新搭造美國。我已經在《訪問》（Intervista, 又譯《剪貼簿》）這部電影裏實現了這個夢想。片中的我們正打算根據卡夫卡（Franz Kafka）的《美國》（Amerika）改編一部電影，我於是規劃了一些能表現二十世紀初紐約的精巧場景。我得在義大利，其實是得在羅馬，特別還得在電影城裏拍片的原因有很多。到別的地方拍片，我除了有成千上萬的細節問題無法掌握外，最重要的就是電影城裏有種熟悉的情感、氣氛，可以激發我的靈感自由流竄。

　　在片廠工作的人才是我**真正的**家人。我小時候跟父母親，甚至跟我年歲相近的弟弟在一起都一直有點不自在。姊姊大我很多，簡直就是上一代的人，我除了知道她是個大人外，其他一概不知。我相信電影和馬戲團這兩種世界之間一定有著某種類比關聯，馬戲團裏的女馴獸師、小矮人、空中飛人與小丑間的關係，一定比他們和自己兄弟姊

妹間的關係要密切得多。

有人批評我拍電影只是爲了讓自己開心。這項批評很有根據，因爲這是事實。這是唯一能讓我工作的方式。假如你拍片是爲了取悅所有人，你就誰都取悅不了。我相信首先你得取悅自己。如果你拍出了能取悅自己的東西，那就已經算是你最好的表現了。而如果那東西在取悅自己之外，又同時能取悅他人，而且人數夠多，那麼我就能夠繼續工作下去，那算是我運氣好。但如果我不喜歡自己拍出來的東西，那就會是一種折磨，會讓我幾乎無法繼續工作下去。

史蒂芬・史匹柏夠幸運，他自己喜愛的東西，同時也被許多世人所喜愛。他誠懇，同時也得到了成功。任何想做「藝術家」的人，都一定得毫不妥協地用自己的風格去做自己喜歡的事，藉以表達自我。任何只想要去取悅他人的人是不能指望自己成爲藝術家的。這兒一點妥協，那兒一點妥協，靈魂究竟要被出賣到什麼地步？

依照我的想法，是不是藝術家，和你作品的好壞並沒有太大關係，那些只是外在的評斷；比較重要的是：你創作的目的是在取悅自己？還是只是在討好他人？

有時候，當拍片、籌錢、做導演這些事顯得那麼困難的時候，我會告訴自己：我很高興自己所選的這份工作並不輕鬆。畢竟，要是它容易的話，**所有人**就都一定想來當導演了，而競爭也就跟著變多了。我這麼告訴自己，但卻並沒被自己說服。我很懶，尤其是在做自己完全不想做的事的時候更是如此。我眞希望自己能像古代人一樣有人贊助，有一個只會對我說「你想拍什麼就拍什麼！盡力去拍！」這種話的贊助人。金錢對這事有很大的操控權，這讓我可以認同皮諾丘（Pinocchio）不想做木偶而想變成「眞人」的欲望，即想做自己的欲望。

我一天不拍片，就覺得少活了一天。這樣說來，拍片又像做愛一樣了。

拍片時是我最快樂的時刻。雖然當時我所有的時間、思緒、精力——裏外上下——都被佔據了，但那卻是我覺得最自由的時刻；即使沒睡覺，都覺得自己健康狀態比較好。平常我所喜歡的事物，那時我會更喜歡，因為我正處在一個接收力很高的狀態裏。食物比較可口，性愛也比較愉悅。

導戲的時候，是我最有生氣的時刻。你們看到的我，就是最精力旺盛的我。那時，體內會湧出特別的能量，讓我可以去扮演所有的角色、參與所有的環節，而從不感到疲倦。不管我們夜裏拍到多晚，我都迫不及待希望隔天早點到來。拍電影就是我的生命，我只有在創作的時候才覺得自己真正活著，就跟享受性愛的情況相同。

對一個電影導演而言，精力，旺盛的精力，是不可或缺的。我以前從來不覺得自己是那種精力旺盛的人。我眼中的自己，活力比一般人低，甚至有點懶惰。我從來不需要太多的睡眠，也從來沒辦法睡得太多。我夜裏一向只睡幾個小時，可能是因為腦子一直在動的關係。

晚上的時候，我滿腦子事情，不容易入睡。有時睡了幾小時，醒來時還在想事情。我腦子在晚上活動力特別強，不知道是不是因為夜裏比較安靜，所以不會分神；還是因為我體內的生物時鐘跟別人不同的緣故。

我在睡覺時可以得到最好的靈感，因為那些東西多半是意象，而較少是話語。醒來以後，我會試著趕在記憶模糊、消失之前把它們畫下來。有時候，它們會重複出現，不過通常不會用一模一樣的方式重來。

睡眠量少這件事，在我導戲的時候成為一項優勢了。通常我只需

要好好睡幾個小時就夠了，此外，不管我多晚上床睡覺，隔天都能早起。不過我會試著提醒自己，別的拍片同仁可需要較多的時間休息。

在執導我第一部電影的時候，我曾擔心自己是不是會有足夠的體力應付拍片，但之後，我就不再為此煩心了。我導戲的時候，腎上腺素總是十分充裕。

理想的狀況是在電影開拍後能有一些暫停的可能，譬如，拍了好幾個禮拜以後，可以讓我離開拍片現場幾天——這不是要逃避現實，而是讓我撇開片廠的壓力，去消化吸收之前拍出來的東西，把那些東西變成自己的一部份。那樣做是滿奢侈的，我以前曾試著在合約裏要求這樣的小暫停，但製片無法了解，他們會語帶嘲諷地說：「費里尼需要度個小假。」他們不明白我是想更賣力工作，只不過用的是我自己的方式。我永遠沒辦法讓他們明白，我跟他們要假不是為了玩樂。要我放下自己的電影去玩樂，是對我最嚴厲的懲罰。

我想，每個創作者一定都會擔心創作力枯竭這件事。我在《八又二分之一》裏就處理了男主角珪多（Guido）在這方面的憂慮。不過我自己到現在都從來沒有出現這樣的徵兆。通常的情況是點子來得太快，讓我應接不暇。然而，我仍然可以想像創作力匱乏的感覺，這跟性無能是同樣的道理。我現在還沒有感受到那種威脅，但如果我歲數大了，也可能會發生，那和喪失創作力的情形類似。那麼我會希望自己能有主動請退的自知之明。但在那之前，我都會盡可能地用我的精力、熱情、衝勁去創作。

我很多的點子都是晚上做夢夢到的，所以我不知道它們是如何發生？或者為什麼發生？我主要的創作力來源竟是依附在一個我無法操控的東西上。神祕的才能是一種珍貴的寶藏，但總也令人感到恐懼，深怕它來時神祕，走時也一樣。

我有次夢到自己一邊導戲一邊大吼大叫，只不過我叫不出聲音。我用力吼叫，但什麼也聽不到。包括演員、技術人員在內的所有人都在等候我的指示。當時甚至還有大象在場，連象鼻的姿勢都擺好了，就等我的指示，所以整個拍片的現場和馬戲團有些相似。但我沒辦法讓任何一個人聽到我的話。然後，我就醒了，發現那只是夢讓我非常高興。通常我都很喜歡自己做的夢，但我樂於把這個剔除在外。

我去看電影的時候，我是指別人的電影，讓我感興趣的是故事本身。那時我想逃避，想跟著影片裏的劇情走，對攝影機反而不感興趣。假如我還察覺得到攝影機的存在，那就不對了，雖然在自己拍片時，我經常要透過攝影機的反光鏡來看東西。此外，我還覺得不得不示範所有的角色的演法。我甚至可以將色情狂演得非常好呢。對我來說，片廠經驗就是真實人生，我想再沒有別處更像我個人的生活場景了。

我發現，「即興」這個詞經常被用在和我作品有關的討論裏，這讓我覺得反感。有些人說我即興是在批評我；有些人說我即興則是在稱讚我。我不拘泥是真的，我開放空間給各種可能性。我承認自己常常改變主意，而且還一定要有這樣的自由。但我並不是沒有準備，有時甚至準備過多，因為這樣才能讓我有保持彈性的自由。我必須預做準備，這樣遇到腎上腺素不靈光時，才能免除壓力。要是一時沒有靈感，至少還有事先準備好的東西。不過到目前為止，我腦袋都還一直有東西流出來。

我作品的製造方式跟瑞士手錶不一樣，我沒辦法那樣精確地工作。我的劇本跟希區考克（Alfred Hitchcock）的不一樣。

希區考克可以按照精確的劇本指示工作，不單每個字，就連每個姿勢都是預先設計的。在片子還沒拍之前，他就已經在自己的腦子裏看過那部電影了。我則是在片子完成*之後*，才在自己的腦子裏看那部

電影。我知道他也像我一樣按照草圖工作，但他運用草圖的方式和我完全不一樣。他把那些草圖像建築藍圖一樣看待，我則是用草圖來創造或深挖角色人物，以便讓故事由人物本身自動跑出來。我在腦子裏可以看到很多電影，但眞正完成的作品總是跟它們都不一樣。我的所有作品在某一階段以後都有了自己的生命，它們甚至會離我而去。如果我在生命的不同時期去拍《生活的甜蜜》或《八又二分之一》，出來的東西也會有所不同。

我的電影人物會爲了我繼續活下去，只要他們在某個電影構想裏被創造出來，即使那部電影最後沒拍成，他們也都有了自己的生命。而我則會繼續爲他們編故事、繼續爲他們掛心。那些人物就像是我兒時的人偶玩伴，對我來說，他們比眞人還要眞實。

我到拍片現場時，心裏一定很清楚自己要什麼，而且還會把它們仔細地寫出來，凡事都會預先備妥。然後，我會把東西放在一旁。

如此一來，我就像是一張一面打上了字，而另外一面卻一片空白的紙。即使我可能連續幾天都按照事先寫上東西的這面來拍，但其實在我抵達片廠的時候，劇本上空白的那面才是比較重要的。我會一直回頭參考寫了東西的這面，但那只是對於作品的可能建議。爲了這個緣故，我喜歡並未準備太好的演員，因爲我會按照自己在現場找到的靈感來修改。在這方面，馬斯楚安尼很令人開心。他不管將來會發生什麼，也不用發問就能進入角色，他甚至不必事先念過他的詞。他把所有事情都變得好玩有趣。

我用這種方式工作，因爲那是唯一一種我能工作的方式。如果我劇本的初稿就已經夠完美了，我想我會直接用它，這樣可以省很多錢，但我相信那樣不可能拍出好電影，也當然不會有趣。我想我的電影如果是這麼被製造出來的，大概就會變得毫無生氣可言。唯有當所有人

都團結在一起，而演員將生命氣息注入角色的時候，魔法才會出現。對我來說，預先寫在紙上的東西是無法直接跳上銀幕的。

《鬼迷茱麗》是個例子，我在拍片過程中，因靈感湧現，把詳細寫出的劇本做了更動。劇中茱麗所聘請的私家偵探，也就是叫做「貓眼」（Lynx Eyes）的那個角色，這個角色在片中呈現的樣子跟原劇的構想有很大的差距。這個變動的原因在於演員他自己。我曾經在《騙子》（Il Bidone）和《生活的甜蜜》裏讓他演過小配角，卻忘了他之前在《聖芬濟之花》裏的表現。在那部電影裏，他飾演一位神父，曾從蠻族手中救下朱尼普弟兄一命。在我記起這位演員曾經演過一名在難關中體貼救人的神父時，我就興起把「貓眼」重新改造成神父調調的念頭。我甚至要他戴上神父的衣領，用以掩飾自己的辦案身分，我還讓他以這身打扮出現在茱麗的幻想裏，有一次，這樣的幻想甚至發生在她還不認識他之前。我想，對我來說，有些神父似乎真有一對偵探的眼睛。小時候，我從來不喜歡告解，我不希望自己的事情被**任何人**知道。我覺得沒什麼有意思的事可以告解，除非我編造，而有時我的確會胡謅一通，尤其是在我相信告解神父已經睡著的時候。等到我相當確定他們睡著時，我的告解才會變得很有趣。到那個時候，我會承認自己在來教堂的路上，用斧頭劈死了一個同學，外加現場血流成河之類的話。這時的他則鼾聲不絕於耳……

我從來不會要演員為了演一個角色，而去徹底改變自己，因為那是不可能的。最好是修改角色來適應演員，而不要讓演員去改變自己。

即使我的劇本修了又修，改了又改，但我還是無法想像沒有它我怎麼去拍片。就算它只是根枴杖，也是根必備的枴杖。完全的藝術喜劇（commedia dell'arte）❶會讓我感到恐慌。藝術創作也無法是委員聯合決定的，委員制的藝術甚至比即興喜劇更令人難以想像。製片永遠

不能強迫我去做我覺得不對的事。他們的權利在於限制我，讓我沒有足夠的錢去做我所有想做的事。

我對選角的想法遠超過一般所謂的「定型選角」（typecasting）概念。我要找的是我所幻想人物的化身。我不在乎他們是不是職業演員，以前有沒有演過戲。他們會不會說義大利語也當然不重要，如果有必要的話，他們甚至可以用自己的語言念數字，然後我們再用事後配音的方法來處理這個部分。我的任務是去把每位演員最精彩的部分引導出來。不管演員有沒有演戲經驗，我都會設法讓他們放鬆，讓他們不要壓抑。而如果他們是職業演員的話，就讓他們先丟開技巧。通常和職業演員一起工作最不容易，因為他們之前學了錯的招術，根深柢固的結果，壞毛病總改不掉。

我要找人演皇帝的時候，我是選一個看來像我心目中皇帝的人，而不管他是不是**覺得**自己像皇帝。如果成功的話，我就可以把演員移植到我設下的情境裏，在那兒他們可以自在地哭笑，隨性地反應。我可以幫助每個人表達他們自我的喜怒哀傷，比較希望他們能內求，而排除外求。身為導演，我的目標是去開啟每個角色，而不去限制他們。所有角色都必須去找尋處於自我的真相，但在揭露的過程中，他必須有所取捨。演員必須尋找的不是他自我本身的真相，而是他所扮演角色的真相。當他找到那個真相的時候，他就算掌握了這種虛擬的藝術了。再也沒有人能比《生活的甜蜜》裏的安妮塔‧艾格寶（Anita Ekberg）❷、《八又二分之一》裏的馬斯楚安尼，或《大路》及《卡比莉亞之夜》

---

❶藝術喜劇（commedia dell'arte）又名「即興喜劇」，產生於文藝復興期間，匯集各種戲劇原素，有各式固定的角色類型，演出時只需一份劇情概要，對話、動作、表情則為演員即興表演的部分。

❷安妮塔‧艾格寶（1931- ）曾獲選瑞典小姐。一九五三年至好萊塢求發展，一九五九年轉戰義大利，翌年參加《生活的甜蜜》的演出，被費里尼塑造成銀幕性感女神而舉世

裏的茱麗葉塔在片中的演出，更能掌握該種虛擬藝術的真相與神祕了。

我被問到我那些想法是怎麼來的？這不是個我喜歡的問題。

有些東西是自己送上門的，有些東西是你讓它們發生的。如果你只用那些自己送上門的東西，就會覺得自己是在依賴一些像是運氣這類你幾乎不確定的事情上。我的靈感通常來自我對生活的觀察。

有位知名的作家以前常來「羅莎提咖啡廳」喝咖啡，而且一直有一位同樣的小姐和他做伴。他們點了東西以後，就會坐下來吵架。他們看起來滿臉怒氣很不愉快，可是從來沒有人聽見他們在吵什麼。這樣的情況持續了好些年，他們也一直沒有結婚。說不定這就是他們爭執的所在。

然後，他們消失了一陣子，等到那名男子再度出現的時候卻是獨自一人，原來那位小姐死了。

從那以後，他總是一個人來，而且看起來面容哀傷。他從來不笑，也不和別人說話。他不再帶別的伴來，只是一個人坐在那邊出神，再不然就是看看報，寫寫東西。

有次他把寫的東西擱在桌上沒帶走，給服務生看到了，那是一些情詩，是對那名死去女子的讚美詩。他們於是把詩放進信封，隔天那名男子來的時候，再交還給他。他只對他們說了聲「謝謝」，其他什麼都沒提。

我本來想把這一小段故事拍進電影裏，但製片人老是要一堆解釋。譬如，那女人是怎麼死的？當時發生了什麼事？他們究竟在吵什麼？

知名。之後，羅馬也變成她生活與事業的雙重重心。知名作品計有：《戰爭與和平》（1956）、《生活的甜蜜》（1960）、《三艷嬉春》（《安東尼博士的誘惑》一段，1962）、《小丑》（1971）、《訪問》（1987）等。

當我們為觀眾回答了所有問題，他們心中就再也沒有什麼疑問了，那樣電影就會變得很無趣。

即使不拍片的時候，我都喜歡去電影城。我需要一個人待在那個特殊的場景裏尋找靈感。

我需要和自己情緒的回憶做接觸。

對我來說，除了電影城裏的那個辦公室以外，再另有一個地方辦公也很重要，而這一定得是個製片們無權管轄的地方。我在家裏花很多精神想公事，雖然茱麗葉塔也已經習慣了，可是我不喜歡有陌生人來家裏，所以我需要有一個地方來會演員。我去辦公室不是為了別人，而是為自己。辦公室可以提供一種辦公氣氛，並造成我在工作的假像，然後，突然間我就**真的在**工作了。

小筆記和素描畫是我找尋靈感的第一步。之前，我先要把板子架起來，然後開始在上面放一些面孔——一些面部照片——來刺激我的想像。

先要看到臉。當那些面孔安在我辦公室的板子上以後，每張照片就都會對著我說：「我在這兒！」——期待能抓住我的注意，並把其他的對手擠出我的腦子裏。在我尋找拍片靈感的時候，這是儀式裏第一個必要的部分。那時我並不擔心，因為我人在那兒，而且我知道拍片靈感自然會到來，門外會有敲門聲，而靈感就是引人登堂入室的那扇門。

回想起從前在富國戲院迷戀電影的那段日子，印象中特別讓我著迷的，不單是電影，還有掛在戲院外頭的海報。有時候海報畫得很精采，讓我想把它們模仿下來。此外，戲院還有一些電影劇照和明星的宣傳照，裏面包括了一些美國明星的照片。其中要以臉部特寫的劇照

特別吸引我的注意。我一邊看著那些面孔，一邊想像著他們可能主演的故事。我用賈利・古柏當主角，在自己心裏演了一部電影。我猜自己那時還太小，不知道自己在幹的就是選角這回事。

我小時候自己做人偶的時候，會給每個人偶做兩到三個頭，有時每個頭上的臉都不一樣，或是同樣的臉上給他不同的表情、不一樣的鼻子……面孔在我心中早就很有地位了，但我那時甚至毫不自知。

我在發展一部影片的同時，也就是最多創意「來襲」的時刻，但那些創意卻不是我在進行那部電影所用得上的創意。如果是的話，倒也天經地義；但實際上門的創意卻都是要用在別的故事上，一些完全不同的故事上。那些創意事實上都在相互較勁，想爭取我的注意，或也可以說是在分散我拍片的專注力。它們有一種能量，事實上那是來自那些創意合力的結果。創作力被鬆綁了，而且絲毫不知自制。

不管是過生活，還是拍電影，保持純真是十分重要的。說不定從一小段動物尾巴的另一頭最後可以拉出一頭大象。重點是你必須對生命採取開放的態度，如果你做得到，就會擁有無限的可能。保持純真、樂觀是很重要的，當不易達成的時候，**尤其**得更加賣力才行。

有些狗的眼神是那麼單純、真誠，真令人激賞。要一隻狗虛情假意地搖尾巴，牠還不會呢。牠們那麼崇拜我們，是因為我們體型較大，而且看起來像是懂得自己在幹嘛。如果不是因為狗和人之間存在著依賴的關係，我幾乎可能會去羨慕這種開放的胸懷。這也是我不喜歡當演員的原因之一。

對人而言，依賴是一種可怕的狀態。這狀態對貓狗可能也不是很好，但牠們又有什麼辦法呢？我們對牠們負有一種責任。

有人問我，「你喜不喜歡狗？」或「你喜不喜歡貓？」，我會回答「喜歡」。這樣可以讓事情變得比較簡單。他們並不想要一個複雜的答

案。但更正確的說法是，我應該說我喜歡某些狗、某些貓。

有次我為富萊金那兒的五十隻餓貓準備菜湯。我平常是從不做飯的，但那次牠們竟把我煮的東西吃得一乾二淨，認可了我在烹飪方面的才華。但話說回來，所謂飢不擇食，牠們應該不能算是最公正的評審。

成功成名了，按理說會帶來很多朋友。大家會以為我有很多朋友，其實很多事他們都不了解。我被一堆有求於我的人包圍，他們有的想演我的電影，有的想採訪我。這些人反而讓我覺得更孤單。

「成名」並不像它表面看起來那樣令人羨慕。沒有名的人以為成名會讓他們快樂，所以想要成名。但快樂又是什麼？毫無疑問，成功成名是給我帶來過一些樂趣。我年輕的時候，功名看來是件很好的事。它為我開啓了對外的門窗，讓我父母感到光榮，證明大部分學校老師都把我低估了，他們那時覺得我沒用，從來不認為我會成名，但他們可真是大錯特錯了呀！

成名。怎麼成名的？又為什麼會成名？我以前圖畫得不夠好，也不覺得自己的偶戲團會有什麼前途，而且當然也不會有。或許當記者是一條路，揭發一些大新聞，那麼新聞標題下面還會有我撰稿的字樣，這已經是我那時最大的願望了。當時除了早知道自己想去羅馬以外，實在對自己的前途毫無概念。以前，「成名」二字對我來說就是躍上富國戲院的銀幕，但那時的**我**無論如何都辦不到──我又不是賈利‧古柏。後來我才了解，富國戲院的銀幕還不能完全代表一個導演的終極夢想。

我們所有人都希望能讓父母刮目相看，即使到了長大後也一樣。也許就是因為這樣，我們反而永遠長不大。我們希望他們看到我們成功成名，希望他們能來分享我們的榮耀。對我而言，能有機會讓我父

母親看到我成為一位名導演，是很重要的。

我以前總認為名跟利很難扯得清。除非我真的缺什麼，否則我對錢是根本不感興趣的。藝術家需要的不太是食物，他們需要的是內心的安定。早年，我只需要錢去喝咖啡、買三明治，或是租個盡可能靠近羅馬市中心的搭伙住處。但後來，我卻需要幾百萬來拍片。

直到自己成名了，我才了解到「名」並換不了「利」。由於每個計程車司機都認得出我，所以我就得給他們更多的小費，否則他們就可能四處散佈謠言，說費里尼小氣。

此外，大家都認為我該招待他們。由於我人住羅馬，所以要是有外地來的客人，好像就理該由我來招待他們，但應我邀請的朋友卻還經常會另外呼朋引伴。有時候我就要為某位製片拍片了，按理說他應該樂於付賬，但通常大家都直接把賬單寄給我。

我成名了，大家就覺得我該過著某種特殊的生活。現在要不是因為有些人會以貌取人，會因為你裝扮得不像一個成功者，就把你當失敗者看待，然後不給你錢拍下一部片的話，我才不在乎別人要怎麼看我。

一般人還有另外一個傾向，那就是，會把作品和作者本人混為一談。「作品是作者本人的延伸」這個概念不是我發明的，但我很喜歡。就像有人分不清演員和他們演出的角色一樣，一部電影的內容也會被當成是導演他自身的故事。由於有時候我拍的電影看起來昂貴奢侈，所以別人就以為我很有錢。

我被當成有錢人的這種情形嚴重到一個地步，那就是有時我突然發覺自己被迫得為了公務招待一大票人在大飯店裏吃飯時，我就只好避不出門。他們給了承諾，但承諾能不能兌現的風險總是我在擔。我容易被他們愚弄，因為我必須對自己的下部片抱著希望，不然就是因

為沒錢付帳，日子已經過不下去了。我不喜歡寅吃卯糧或欠債不還。我認為自己是在此刻享用了美食，所以也該在此刻付出代價。

　　一個人成名了，好像就給了別人一種這時才有的權利——他們可以去翻看你的垃圾，偷聽你的私人談話。好像這時他們就擁有了臆測的特權，所以我跟茱麗葉塔說，我們絕對不可以當著眾人的面發生爭執。但為了這事，我們卻在一家人很多的餐廳裏大吵了一頓。

　　只要跟另外一個女人在公眾場所喝酒、喝咖啡，或是和她一起走在康多堤街（Via Condotti）上，就會被別人當做新聞來處理，然後我和茱麗葉塔就必須公開否認我們要離婚的傳聞。茱麗葉塔會被搞得很尷尬，但糟糕的是，她會開始懷疑真相為何，而更不妙的是，她常會相信報章上看到的東西。

　　在拍攝《騙子》期間，傳出茱麗葉塔和美國男演員李察・貝斯哈特（Richard Basehart）❸拍拖的閒話，我跟茱麗葉塔說我覺得傳聞很蠢，然後一笑置之。但她卻相當惱怒地說：「你在笑什麼？難道你不信那也有可能是真的嗎？你一點都不吃醋嗎？」我回答說當然不會，然後她就**真的**發火了。

　　成功將你帶離原來的生命途徑，它切斷了你原先賴以成功的聯繫。那些被你創造出、用來娛樂人們的東西來自你自己、來自你的想像的延伸。但那些想像並不是憑空發生的，而是從你跟他人的接觸關係中產生的。成功來了，但是愈成功就愈容易讓你與自我脱離。成功

❸李察・貝斯哈特（1914-1984)-，美國演員。1947 年由百老匯進軍好萊塢，以《He Walked by Night》（1948）一片的表現受到矚目，往後曾參加多部跨國電影的演出，最知名的一部即為《大路》。其他作品尚包括：《血戰萊茵河》（1951）、《鐵達尼郵輪沉沒記》（1953）、《騙子》（1955）、《白鯨記》（1956）、《The Satan Bug》（1965）等。

的光環斷絕了你跟外界的關係，斷絕了你和那些原先給予你想像靈感的人事物的關係。因此，你為求得自我保護所打造出的庇護所，反倒變成了囚禁你的牢獄，然後你就會變得愈來愈特別，直到沒人跟你一樣為止。你從高塔向下望見的事物是十分扭曲的，但等你適應以後，就開始以為大家眼裏看到的東西都跟你一樣。你為逃避所進入的城堡，阻絕了你藝術生命的滋養根源，最後使得藝術花朵在塔中枯萎凋零。

計程車司機老是問我：「費費（Fefe），你為什麼不拍一些我們看得懂的電影？」

「費費」是一些熟朋友喊我的綽號，報上經常提到這事，所以現在有些計程車司機最喜歡這樣叫我。

我跟他們說，那是因為我拍的是真相，真相永遠曖昧不明，而謊言卻能讓人很快就懂。

我不再多說什麼，但我也並不是在狡辯。誠實的人的確會有矛盾，而矛盾確是比較難以理解的。我從來不想把自己作品裏所有的東西都在劇終解釋得一清二楚。我希望觀眾看完電影後，還能繼續回想、思索劇中的人物。

只要我下部片子的開拍工作準備妥當，而且也跟製片簽了約，那時我就是天底下最快樂的人了。我會覺得自己很幸運，因為我做的是自己最想要做的事。我很難理解自己為什麼會有那樣的好運，所以當然也很難去告訴別人要如何得到那樣的好運。

我想，如果你可以設法創造一種讓自己可以隨性發揮的氣氛，那麼你就能得到好運。你必須活在一個多面向的空間，開放心胸、百無禁忌地接納自己。我想要是你不偏不倚地去調查一下為什麼這個人這麼幸運，而那個人卻那麼不幸運的話，就會發現其中一定有個原因是：

幸運兒大概都不太信賴他們的理性。他們勇於接受信任自己的直覺，並且按照直覺來行動。我想，對事物及生活懷抱信仰，是一種宗教式的情懷。

在作品裏，我必須爲自己保留一些不負責的空間——也就是較孩子氣的部分。在我放縱自己那個部分的同時，我的另一個部分，即理智、理性的部分，就會提出異議，並對我正在做的事提出強烈批評。當我僅憑著直覺行事、而且不去解釋爲什麼自己要這麼做的時候，即使我的理智在抗議，我也能確定自己是對的。也許這是因爲那些感受、直覺才代表眞正的**我**，其他那些聲音只是別人對我的要求罷了。

然而要尋找其間的平衡卻不容易。通常自以爲正確、重要的那個部分，也就是說話聲音較大的是我理性的部分，卻總是錯的。

如果你夠幸運，能拍你想拍的東西，即使不拿酬勞，或甚至得自掏腰包，你都會願意的。這麼說來，拍片又跟做愛一樣了，它跟做愛很像，因是都是純感覺的事，你已經迷失在裏面了。

我每拍一新片，那部片就會變成一位嫉妒的情婦，她們會說：「只有我！別去想從前，那些電影從來沒有眞的存在過，它們都比不上我對你來得重要，我絕對不允許你對我不忠！你只能爲我一個人服務，我才是你盡忠的對象。」她說的也沒錯，我的確是全心全意地對待現在所拍這部片，但它總有拍完的一天。待我把一切都獻給它之後，這段戀情就會結束，會進到我的記憶庫裏去。然後我就會再找找一個新的情婦——也就是我的下一部電影。屆時我的生命裏才會有完整的空間可以給她。

一旦某部電影完成了，我就會陷入失戀狀態。但我的每部電影在殺青、甚至剪完以後都還揮不走她們的身影。只有到新的一部接近了，前一部才會眞正離開。所以我從來不會感到孤單，因爲那些舊有的人

物會一直伴我到他們被新的人物取代爲止。

　　一部電影會跟你說好多次再見，情況就像談戀愛一樣。到了某一個階段，它就開始用很多的方式跟你道別。

　　片子剪完後，還要配音，然後上音樂，所以你是慢慢地離開你的情人。沒有結束，只是暫停。你知道你的電影是逐日按階段地離你而去。跟混音這個步驟道別後，還有對雙機、首映等程序。所以你從來不會覺得自己走得太突然，當你最後終於和那部電影分別的時候，你事實上已經開始進行另一部新片了。或許這是最理想的結局……就跟談戀愛一樣，彼此在過程中感受到愉悅，結束時又不至於哀傷收尾。

　　當作品完成後，我喜歡走出它的陰影──我不願環遊世界一週去跟大家討論我所做的東西，我討厭這種儀式。我不想出現在「展出」的場合，因爲大家會覺得我本人也該像我的作品一樣，我不想因爲自己不夠異常，而讓他們失望。

從里米尼小鎮闖蕩到
維內托大街

　　我盡量避免再去看自己的電影，因為情況可能會讓人覺得十分挫敗。就算再看到它們時已事隔多年，我還是會對影片有些不同的意見，不然就是會為了想起一些當時被迫剪掉的戲覺得沮喪。但那些戲還在我腦裏，所以我會以腦裏的印象去看那些電影。有時候，要我再看一次《青春羣像》，我也會覺得很受誘惑。這部片子是我生命裏的一個重要關鍵，它出人意表的佳績改變了我往後的遭遇。

　　十三、四歲的時候，我會和我那些年輕的朋友站在街上，研究眼前那些女人，哪個有穿胸罩哪個沒有。我們會在接近傍晚的時候到腳踏車棚站崗，等到有女人來車棚取車的時候，就可以從後面看到她們騎上車的樣子，那是最好的欣賞角度。

　　我十七歲離開里米尼。那時我對那種在《青春羣像》裏所描述在街頭浪蕩的好色男子不算真的清楚，但我會去觀察他們。他們年紀比我大，所以不會是我的朋友。可是我寫的是我眼裏看到的他們，外加一些自己的想像。對一個住在里米尼的年輕人來說，生活蒼白無聊、俗不可耐，藝文活動一概為零，夜夜如昨，了無新趣。

　　原文片名字面上的意思是「早熟的小牛」，雖然牠們還沒斷奶，就已經很會製造麻煩了。浮士多（Fausto）有辦法生小孩，卻沒有能力做小孩的父親。艾貝托（Alberto）說：「我們全都是些小人物。」但他

卻沒有為變成大人物盡過一絲努力，同時為了維持自我現況，他對妹妹為他做的犧牲欣然接受。而當妹妹為了追求自身幸福要離家他去時，他竟顯得不高興。因為那可能意味著他得開始**考慮**自己出去工作這檔事了。片中的里卡多（Riccardo）希望能成為一位歌劇演唱家，不過他就跟我弟弟里卡多一樣，除了在一些聚會場合表演外，平時從不練唱。雷歐波多（Leopoldo）希望自己能成為作家，不過卻容易為了朋友和樓上的女孩分心，而無法全心投入。只有莫拉多（Moraldo）這名旁觀者，有為自己恍恍惚惚的人生做過努力。「你在這裏不快樂嗎？」這個問題縈繞耳際的同時，他為自己做了一個唯一的選擇：離開。他拋下那些朋友，一如他所搭的早班火車拋開了那些人仍在其中熟睡的住屋一樣。此番離去，他與那些人的人生便再無交集。當莫拉多的生命已然清醒之際，那些人卻依舊在沉睡。

我以為我離開里米尼的時候，我那些朋友會很羨慕我，但事實完全不是我所想像的那個樣子。他們反倒覺得我奇怪，因為他們並不像我一樣有離開那兒的動力。他們很滿意自己在里米尼的生活，並對我這種不同的想法感到訝異。

《青春羣像》在威尼斯贏得了銀獅獎這事讓我的拍片事業得以延續下去。在《賣藝春秋》和《白酋長》接連受挫後，要是《青春羣像》也失利的話，我相信我的導演夢就要醒了，到那個時候，我就不得不再回去為別人寫劇本了，我拍片的數量大概就會停留在二又二分之一部上了。說不定哪天別人還會再給我一次機會，也說不定不會。

雖然起初我曾跟一些主張新寫實主義的人來往，可是我對具名的運動卻從來不怎麼狂熱。羅塞里尼是個偉大的天才，他的作品超出了政治化評論者的期待，而且不致流於教條形式。有些人則認為，新寫

實主義其實是為了創作怠惰、節省成本、甚至掩飾無能等行為所找的藉口。

　　一九五三年的時候，我有機會為《城市裏的愛情》（Love in the City）這部片子導演其中的一段。片子是薩凡堤尼（Cesare Zavattini）❶製作的，我從幫《Marc' Aurelio》雜誌寫東西的時候就認識他了，他後來變成了電影製片。薩凡堤尼告訴我他要當時在某些美國片裏流行的那種有點報導風格的東西。那些打著紀實口號的劇情，其實純粹是虛構的，片中常會用到一種手法就是用一個像是我們在新聞片裏聽到的那種權威聲音來負責敘事。那個時代，戲院中所放映的新聞片被人看重的程度，不下於今天的電視新聞。

　　《青春羣像》受到新寫實主義派媒體的批評，他們指責我過於「濫情」。我非常不以為然，所以藉著薩凡堤尼給的這次機會，盡我所能地去拍一部在風格上最接近新寫實主義但在劇情部分卻無論如何不讓它「寫實」，甚或「新寫實」。我當時在想：「如果要詹姆斯・惠爾（James Whale）❷或陶德・布朗寧（Tod Browning）❸把《科學怪人》（Franken

❶薩凡堤尼（1902-1989），義大利編劇、作家，兼導演、製片。為義大利新寫實電影運動的中堅分子，所著劇本、小說、理論、詩作均為此運動的重要依據。薩凡堤尼為狄・西嘉的重要搭檔，兩人合作過多部重要電影。編劇作品包括：《擦鞋童》（Shoeshine, 1946）、《單車失竊記》（The Bicycle Thief, 1949）、《小美人》（1951）、《慈航普渡》（Miracle in Milan, 1951，又譯《米蘭奇蹟》）、《退休生活》（Umberto D, 1952，又譯《風燭淚》）、《城市裏的愛情》（1953，又譯《城市之愛》，並為此多段式電影的導演之一兼製片）、《烽火母女淚》（Two Women, 1961）、《七段情》（Woman Times Seven, 1967）、《費尼茲花園》（The Garden of the Finzi-Continis）等。

❷詹姆斯・惠爾（1896-1957），英國導演。在一九三〇年投身好萊塢之前，曾為報章畫過漫畫，並從事舞台劇工作。惠爾在好萊塢創作過《科學怪人》（1931）、《隱形人》（The Invisible Man, 1933）及《科學怪人的新娘》（Bride of Frankenstein, 1935）等恐怖經典名片，四〇年代初期則開始將興趣轉向繪畫。

❸陶德・布朗寧（1882-1962），美國導演兼編劇、演員。布朗寧在成為電影導演之前，曾在馬戲團及綜藝秀場表演過。與「千面男星」隆・錢尼（Lon Chaney）合作的恐怖默片最受好評，但這些佳片的創意多來自錢尼，布朗寧的導演技法相較之下並不出色。導

第九章　從里米尼小鎮闖蕩到維內托大街　一三五

stein）或《吸血鬼》（Dracula）這種故事拍成寫實主義風格的電影，他們會怎麼拍？」這就是《良緣巧設》（Matrimonial Agency）這部片子的由來。

記憶中，《良緣巧設》的劇本是一邊拍一邊發展出來的，所以每場戲拍攝的順序大概也就是它們出現在銀幕上的順序。這種方式運用在這樣一部短片上不算太難，但聽說連《北非諜影》（Casablanca）那麼複雜的製作都是這麼拍出來的，就讓我猜不透了。我其實喜歡在事前做好萬全的準備，然後再做變動——這跟有些人的想法正好相反。不經心的意思就是缺乏用心，我卻時時刻刻都很用心。

有時甚至當演員和技術人員都已經按計畫在準備下一個鏡頭了，我和畢奈利還在那邊想把接下來的戲改成什麼樣子？兩個人玩得很樂。我們的自我挑戰就是用一種淺白、直截了當的方式來拍攝令人難以置信的內容。

我在片中唯一用到的職業演員是安東尼歐‧奇法里埃羅（Antonio Cifariello），他是當時主角級的年輕演員，除此之外的演員都是非職業演員，這是主張新寫實主義的人在經濟與藝術的綜合考量下常採用的做法。

不很久以前的某天晚上，發生了一件奇怪的事。那天我進了一家酒吧打電話，忽然間，傳來了一個過往熟悉的聲音。原來電視上正在播《良緣巧設》，我聽到的是奇法里埃羅的聲音，我停了下來，有些心動想進去看看，但就那個時候，電視被轉了台。

演作品包括：《The Unholy Three》（1925）、《West of Zanzibar》（1928）、《吸血鬼》（1931, 由名演員 Bela Lugosi 主演）、《Freaks》（1932）、《Mark of Vampire》（1935）及《The Devil-Doll》（1936）等。布寧朗並曾參與默片名作《忍無可忍》（Intolerance, 1916）的演出。

夢是唯一的現實　一三六

轉台前，我瞥見了一小段，片中的女孩想結婚想瘋了，竟願意去忍受一個「狼狂症病患」（lycanthropy）──即狼人──的特異行為，而且還要嫁給他。她處境堪憐，為了想逃離擁擠的家庭，竟相信基於自己容忍度較大，可以不計較旁人缺點地去「喜歡」他們，所以她應該也能適應狼人不同於常人的需要。

我不知道這個劇中角色後來遭遇如何？希望她終能覓得良人，她不奢侈的態度讓她有尋獲幸運的機會。我對故事結束時記者沒能繼續訪問下去覺得遺憾，不過由於他已經過分深入另一個人的靈魂，所以會感到不安；再說，他也已經**得到了**他要的新聞。也許他有別的約，或是別的新聞要採訪吧。結果，《良緣巧設》竟意外變得有點恐怖片的味道了。

我個人的新寫實主義意圖建立在影片開場的那一段。片中的婚姻介紹所坐落在一棟破敗的貧民建築裏面。小孩帶著記者穿過長長的走廊，他們經過幾扇打開的門，裏面住戶的生活幾乎完全沒有隱私可言。後來，為了讓這個故事聽起來更像是真的，我還告訴媒體，那個婚姻介紹所其實就設在我住的公寓大樓裏面。

片中，記者對婚姻介紹所的諮詢人員隱藏了他的真實身分，但同時又在美國式的旁白敍述裏向我們辯解，說他當時一時衝動，所能想到最好的辦法，就是告訴那個問話的人說他有個朋友是狼人，問他們能不能幫他找個太太？但那個介紹所裏的女人竟用了一種冷靜平常的態度接受了這個要求，好像這就是家常便飯一樣，然後就動手在所裏的檔案資料裏為狼人找一個適合的女伴。

問話場面總是會讓我覺得不安，因為問話者本身就代表著一種權威。我想這跟我個人在天主教告解制度和法西斯政權下的成長經歷，以及德軍佔領義大利期間的生存體驗有關，那時候，那些問話者對問

話的對象的未來都有極大的操控權。事實上，他們甚至可以決定那個人是不是**有**未來。

後來這部片子發行的時候，影評也把它算是一部新寫實主義作品了。

《大路》是在談人的孤寂，以及孤寂感如何在兩人緊密結合後消失不見的一部片子。有時候，一對表面上看來最不可能這樣結合的男女，卻眞的可以在他們的靈魂深處發現這樣的關係。

法國影評人對這部片子讚譽有加，影片在法國、義大利和很多地方都賺了錢。尼諾・羅塔所作的電影配樂，唱片銷售量達數百萬張。有人想把女主角潔索米娜做成糖果。有羣女人甚至成立了「潔索米娜俱樂部」，寫信告訴茱麗葉塔她們被丈夫虐待的情況。這種信特別多是來自義大利的南部。

通常爲了趕著把片子拍完，我不參加任何財務報告會議，而且一直不得不如此。我讓別人變得富有，但我卻是所有人裏面最富有的一個——不是在金錢方面，而是在尊嚴方面：我覺得驕傲極了。

茱麗葉塔也是。她在潔索米娜這個角色的表現上，可以媲美卓別林、傑克・大地（Jacques Tati）最精采的演出。

然而，當影評人一直不斷地讚美《大路》這部我那麼久以前拍的電影，但對我現在拍出來的新片卻並不熱中，我並不能承認自己對於這種現象感到開心。《大路》是部創作完整的作品，它已說明一切了。既然世人已經接受它了，我就不覺得自己對它有什麼虧欠。但對《月吟》這部不討任何人喜愛的作品，我就有不同的感受了，它需要得到我更多的關愛。就《月吟》這部電影的情況來說，只要世人不說它是費里尼的遺作，他們想說什麼都可以。

拍《大路》得到的另一個好處，就是讓我和茱麗葉塔從她阿姨家搬出來。我們在羅馬的帕里歐利（Parioli）買了一間公寓，那是很可愛的一區。

　　《大路》被提名角逐奧斯卡金像獎，讓我有機會去見識美國這個已經傳頌多時的國度，那是一個我自幼就夢想要去的地方。在美國，你不必會講拉丁文或希臘文，長大後一樣可以當總統。我當時並不覺得自己是要去一個陌生的地方，因爲我已經從富國戲院的銀幕上對它知道很多了。我和茱麗葉塔、迪諾・德・勞倫蒂斯（Dino De Laurentiis）❹去了好萊塢。結果，《大路》得了獎，我們也變成了名人。但到了要離開美國的時候，我反而覺得自己對它愈來愈不了解了。我不明白的事情太多了，於是知道自己是永遠不會再了解它了。我喜愛的是從前的美國，現在已經不存在了。我明白心態天眞、開放、願意信任他人的美國童年時期已經結束了。

　　停留期間，我被安排要接受一個電視訪問，他們希望我在節目中示範親吻手部的動作。在那之前，我從沒親過別人的手，要示範還得先向別人學一下呢。所以我只好跟他們說我不舒服，不能上節目。某方面來說，那也是實情，因爲我要是做了那個表演，心裏就不會覺得舒服。

---

❹迪諾・德・勞倫蒂斯（1918- ），義大利製片。在成爲國際大製片之前，曾在五〇年代與卡洛・龐帝（Carlo Ponti）合製過數部極富盛名的電影。七〇年代，其所成立的「迪諾城片廠」（Dinocittà studio）慘敗後轉至美國發展，雖偶有佳績出現，最後旗下的Delaurentiis Entertainment Group 仍難逃關門命運。其妻爲義大利著名女星 Silvana Mangano。製片作品包括：《拿坡里黃金》（The Gold of Naples, 1954）、《大路》（1954）、《戰爭與和平》（War and Peace, 1956）、《卡比莉亞之夜》（1957）、《狂人皮埃洛》（Pierrot Le Fou, 1965）、《異鄉人》（The Stranger, 1967）、《黑衣新娘》（The Bride Wore Black, 1968）、《殉情記》（Romeo and Juliet, 1968）、《卡薩諾瓦》（1976）、《大金剛》（1976）、《蛇蛋》（The Serpent's Egg, 1978）、《大颱風》（Hurrricane, 1979）、《爵士年華》（Ragtime, 1981）等。

我的電影裏再沒有一部比《騙子》（Il bidone/The Swindle）更不受歡迎了。義大利文片名在字面上的意思是「大的空桶」，指的是空油桶之類的東西。原意是指有些人把內無實料的假貨賣給單純、不會起疑（雖然未必就是純眞無邪）的人，片中的情況則是指那些人所做的虛假承諾。故事是關於一些三流的騙子，他們有足夠的聰明才智可以正當餬口過活，卻不想那麼做，他們就是喜歡愚弄人之後逍遙法外的那種快感。我之所以會對這個題材感到興趣，也許是因爲電影導演也該是一位能用假象迷惑人的魔術師，然而欺騙他人卻不是他的本意。

　　在《大路》之後，我拍了《騙子》，靈感來自自己幾次碰到騙子的經驗，雖然我從來沒上過他們的當。里米尼有個專找觀光客下手的騙子，但因爲他非常有趣（尤其如果你用足夠的酒把他灌醉的話），所以非常受到當地人的喜愛。他會把像是教會名下土地的這類不動產「賣」給特別像是在夏天到里米尼來的北歐遊客和德國遊客。那些觀光客好像把我們義大利人當成傑克·倫敦（Jack London）小說中住在南洋羣島（South Sea Islands）上的居民，以爲我們好騙，可以便宜地跟我們買土地。而這個騙子著名的一椿騙案就是把里米尼大飯店的一長條海灘賣給了其中一位觀光客。不過，我也懷疑這是他自己爲了讓我們買更多酒給他喝所編出的鬼話，說不定他是在用這個故事騙我們呢，就像他用那些不屬於他的地騙那些觀光客一樣。說不定那個賣地的故事根本就是假的，我們才是眞正的受騙者，情況也可能那個騙子以爲那些地是自己的，最後被騙的其實是他自己。

　　我剛到羅馬還在當記者的時候，有個騙子來找我，要我把便宜的鑽石賣給我採訪的那些電影明星。我那時不懂那些是假鑽，它們定價過高，其實一點都不便宜。我沒有上鉤，因爲我知道自己不適合當推

銷員，當時尤然，我那時候簡直害羞內向得一塌糊塗，所以沒答應那個騙子。我沒有辦法想像自己可以像爸爸賣帕瑪乾酪那樣地把鑽石賣給自己探訪的對象。單單是推銷自己，和把自己列出來的那堆可憐的問題提出來，就已經夠困難了。但我一位記者同事可就沒有那麼幸運了，他賣掉了一顆那種「鑽石」，因而砸了飯碗，還險些坐牢。

當然，在戰時的羅馬，為了求生存，絕對有必要行點騙。當時誰要能編出些理由讓自己不用從軍，或是拿到不易取得的食品就會讓大家十分羨慕。因此，正常人和騙子之間的界限就分的不太清楚了。

在《青春羣像》，和特別是《大路》，成功之後，很多拍片的機會自動送上門了——條件是拍出的東西要能像我之前成功的作品一樣。關於潔索米娜和贊巴諾（Zampano）這兩個角色，我能說的都已經說了；而對於莫拉多將來在大城裏的境遇，我也還沒有確定的想法。所以我決定拍個完全不一樣的東西，我要拍一個類似在《大路》裏短短露面過的那種騙子，他把劣等的布當昂貴的毛料在賣，是那個要我幫他賣假鑽的騙子讓我想到這個角色的。我和那個騙子是在一家咖啡廳遇到的，就像我向來的反應一樣，我試著從他身上了解更多關於人性本質、甚或違反人性本質的事。

他說他叫做 Lupaccio，這字有「狼」的意思。事實上他也**的確**像條狼。他有些奇怪，對自己的所做所為不但毫無悔意，甚至還覺得沾沾自喜，而且好像還很喜歡向人誇耀他欺騙別人的經過。他把這種事當做自己的重大成就，情況好比探險家發現了新文明，生意人締造了商場霸業，或是電影導演剛完成了一部精采的作品。

我表面上贊成他做的事，鼓勵他多說，但其實他根本不需要很多的鼓勵。我記得費爾茲（W. C. Fields）❺說過：「你沒法兒欺騙誠實的人。」這個騙子相信竊盜性格是人性的一部分，這也就是這位騙子

藝術家之所以得逞的原因，而且他還**眞的**把自己當作**某種**藝術家呢。他跟我說，那些想不勞而獲的人就是最「容易上當的人」。

就在他跟我描述他那些詐欺買賣的細節的時候，我懷疑他怎麼知道我可以被信任。我猜想要成爲一個成功的騙子，就一定要對人性有敏銳的觀察，或至少你得**認爲**自己具備這樣的能力。或許他就是沒辦法不說，因爲他想在他那一小羣聽眾的眼中看到你對他聰明的讚賞。

我和畢奈利、佛萊亞諾一起發展了一個關於騙子的劇本，靈感就是來自我和 Lupaccio 的談話。然而，那羣求我幫他們導戲——**什麼片都可以**，只要是關於潔索米娜的就好——的製片卻不是很喜歡這個點子。他們想像不出誰會願意花錢去看我提的這部電影，更別說要他們投資拍片了。他們愈不喜歡，我就愈堅信這個點子一定會成功。我的構想愈受到攻擊，我就會愈固執要保衛它。如果別人稱讚我的想法，我反而會懷疑他們說的是眞是假，會不會只是在跟我客套？我不喜歡那些負面的意見，它們會讓我固執到一種近乎愚蠢的地步。我的個性就是這樣。

我最後說服了帝坦圖斯影業（Titantus Films）的哥弗雷多・龍巴多（Goffredo Lombardo），條件是我的下部作品也要優先給他。他強迫我

---

❺ 費爾茲（1879-1946，又譯費德斯），美國演員兼編劇。自幼家境貧窮，十一歲逃家，以偷竊維生，有一次遭人逮捕，鼻子被打至腫脹變形，成爲他面貌上的特徵。兒時的苦難經驗形成費爾茲日後懷疑、恨世的態度。他九歲立志成爲世上最偉大的戲法專家，二十歲時如願成爲國內首席戲法專家，二十二歲便應邀至倫敦、巴黎演出；一九〇五年初登百老匯，一九一五年躍上大銀幕，一九二五年將其在百老匯表現極爲成功的《Poppy》一劇搬上銀幕演出，片名改爲《Sally of the Sawdust》，由葛里菲斯執導。然而直到聲片的來臨才使他成爲眞正的銀幕喜劇明星，因爲他有一口極具特色的粗啞聲音，利於襯托角色性格。在費爾茲許多精采的演出中，又以他對《塊肉餘生記》（David Copperfield, 1935）一片中 Micawber 一角的詮釋最令人難忘。作品尚包括：《If I had a Milloin（1932，劉別謙導）、《It's a Gift》（1934）、《The Old-fashioned Way》（1934）、《You're Telling Me》（1934）、《Mississippi》（1935）、《You Can't Cheat an Honest Man》（1939）、《The Bank Dick》（1940）等。

向他承諾那項權利，本來是想把它當成一種紅利或是保護費。但在《騙子》賣垮以後，他就拒絕再做《卡比莉亞之夜》的製片了。

《騙子》原本的劇情有點類似「騙徒喜劇」（picaresque comedy），我想會讓人聯想到劉別謙的電影。故事是敘述三個騙子在鄉下地方行騙，吃虧的村人不好意思承認自己本性貪心而且容易受騙，所以不敢張揚上當的事。對於騙子來說，這種情形是最好不過了，據說重點就是要找那些自己遭人愚弄後會怕別人知道的人下手，這樣一來，那些人就絕對不會報警。

對這種次文化調查研究得愈深入，我就愈不覺得他們的行為有幽默可言。事實上，他們甚至完全不是什麼「反英雄」，反倒比較像是一些適應不良、卑鄙下流的小角色。我本來認為我無法和自己不喜歡的劇中人一起工作，並決心放棄這個計畫，但後來發生的一件事讓我改變了心意。

他們推薦了包括皮耶‧弗赫斯奈（Pierre Fresney）❻到亨佛萊‧鮑嘉（Humphrey Bogart）在內的一堆男演員來擔綱，但裏面沒有一個像是我眼中的奧古斯多（Augusto），也就是扮 Lupaccio 的那個角色。我個人從沒欣賞過亨佛萊‧鮑嘉的演技，也沒喜歡過他的長相。他看起來像是連作愛時都會發脾氣的那種人，而且在我的想像裏，他在做那件事的時候都還會穿著他的風衣。然後，在一個颱風的晚上，我在馬奇尼廣場（Piazza Mazzini）看到了我的 Lupaccio。

經過風吹日曬後的破舊海報總是會引起我的注意，它們比起那些

---

❻皮耶‧弗赫斯奈（1897-1975），資深法國舞台劇、電影演員。弗赫斯奈十五歲起在法蘭西喜劇院登台演戲，是二〇年代極其知名的舞台劇演員。一九三一演出的《Marius》（1931）為其進攻大銀幕之力作，其他重要電影作品尚包括：《大幻影》（La Grande Illusion, 1937）、《烏鴉》（Le Corbeau, 1943）等。

剛張貼上的海報要有趣得多。它們吐露的訊息，不僅包括它們負責宣傳事件，也包括那些海報自身的故事。一張原本扁平、只有短暫時效的海報頓時產生了深度和歷史感。那晚我看到的那張海報已經貼在那裏好久了，雖然看起來破破爛爛的，卻還有部分黏在牆上。我還可以看到海報上的半張臉和半個片名。片名叫做 All the……什麼。而從那僅存的一個胖臉頰上頭的那隻眼睛裏，可以看得出那人有一顆強取豪奪、憤世嫉俗的心，很像 Lupaccio 這種類似狼的猛獸，只不過牠現在化身為人形了。他就是我要的演員，布洛德立克・克勞福（Broderick Crawford）❼，他是《當代奸雄》（All the King's Men）這部片的男主角。

他酗酒惹了不少麻煩，不過拍片時大都還算清醒。就算他酒醉拍片，也正好方便特殊劇情所需的效果。碰上好運永遠讓人開心。

我要他飾演一個對自己的行騙事業感到倦勤的小騙子。他對他過的日子生厭，想去改變自己的生活。但他並不是真要立刻洗心革面，想最後再大撈一筆，然後才退下來。他要自己能像其他那些他看到的成功騙子一樣過著享受的日子，而且還可以送女兒上學念書。這位令人憐惜的年輕女孩有一種讓人變得仁慈的能力，這種能力是在 Lupaccio 和其他跟我談過話的騙子身上找不到的。而他的伙伴──頭腦簡單的皮加索（Picasso）也有一個讓他產生自我救贖的因子，也就是他的妻小都是靠他用不義之財供養的。要不是這樣這些人就成了沒有人性的冷血動物，根本不值得為他們拍一部電影。

---

❼布洛德立克・克勞福（1911-1986, 又譯伯瑞德・克勞福）美國四、五〇年代舞台劇、電影演員，多飾反派角色，一九四九年以《當代奸雄》一片獲得奧斯卡最佳男主角獎（該片同時亦獲得該屆的最佳影片獎，導演為勞勃・羅森（Robert Rossen），代表作品尚有：《絳帳海棠春》（Born Yesterday, 1950）、《The Mob》（1951）、《騙子》（1955）、《太平洋生死戰》（Between Heaven and Hell, 1956）等。

我運氣好，李察・貝斯哈特在拍完《大路》之後還待在羅馬。他正好有張聖人一樣的面孔，很適合演那種同情心的騙子，他們甚至不太了解自己的所做所爲是不道德的。良心不是沒有，但都給藏了起來。

在《青春羣像》裏成功飾演片中風流男子浮士多的法蘭哥・法布里奇，最適合再在《騙子》裏演出同類的角色。我甚至想像過也許讓浮士多拋妻別子，跟著妹婿莫拉多（這角色多少有些我的影子）上大城市去闖蕩，然後被捲入類似羅貝托（Roberto）所過的行騙生涯。後來，我又在另一個劇本裏試探了另一種可能性：我讓莫拉多接到浮士多和珊德拉（Sandra）又新添兩個小孩的消息。這個劇本大概會叫做《莫拉多城市歷險》（Moraldo in the City），不過卻從來沒有被拍成電影。這個劇本裏的某些部分後來也被我用到其他作品裏面去了。

茱麗葉塔讀到《騙子》劇本裏關於伊莉絲（Iris）的部分——也就是皮加索沮喪的老婆——就告訴我這個角色一定要給她，因爲她以前從來沒演過這種角色。老實說，當時我已經想好要把這個角色給另外一個女演員了，而且我並不認爲那個角色適合茱麗葉塔。當時有些別的導演找她演的角色還比較有趣，但她十分堅持。我認爲她眞正需要的是讓自己看起來更耀眼，讓觀眾了解她不**只是**潔索米娜而已，她不是一個靠外型定戲的演員。我把她寧願和我一起工作當做是種恭維，即使戲份比別人給的少她也不在乎。

戲裏那個最後被騙的農夫，他的跛腳女兒是用很特別的方式選出來的。我徵試了幾個帶著枴杖走路的女孩，她們看起來都很不錯，讓我下不了決定。這種事我偶爾也會碰到，讓我不知如何是好。但然後，總有什麼事會發生，而那就是我在等候的指示，我感應得出來。

應試的女孩裏有一個絆倒了，她的反應正好就是我要的，所以她就雀屏中選了。她長得和奧古斯多的女兒帕特莉霞（Patrizia）有點像，

這一點也很重要，這樣才會讓他了解到他要拿走的錢會影響她未來的生活，因而幫助他良心發現。

我為這部片拍了好幾種不同的結局。最後選定奧古斯多之死來結束這個故事。那是一個最詩意、也最不讓人難過的畫面。影片的結尾並沒有對這個角色下定論，我想留些空間讓觀眾去思考。他騙了他的伙伴是因為他想把偷到的錢還給那個極需要錢的跛腿女孩？還是想把那筆錢留給自己的女兒當學費？還是他純粹只是想把錢據為己有？如果那個英國籍歌舞女郎的戲不被剪掉，而且如果他的選擇是自私的，那麼那筆錢大概可以讓奧古斯多跟她的戀情繼續下去吧。（恐怕那個扮演這個角色的女孩到現在都還在哭呢！）我相信讓觀眾在劇終時心存疑問，不把所有事情都解答清楚是有必要的，不管是《騙子》這部片，還是我其他的作品，觀眾不會想去知道那些劇中人在影片結束後的遭遇的話，我就失敗了。

結果，根據製片的看法，片子對觀眾來說太曖昧不明了，他說我得修剪原來兩個半小時的版本，但情況也不見得更好。他說我一定得那麼做才有機會參加那年的威尼斯影展。我不覺得兩者之間有什麼真的因果關係，但製片們好像就是愛參加影展，什麼酒會啦、女人啦。片子在影展沒受到重視——其實還不止如此——之後，我更是被迫要把片子剪得更短，先是變成一一二分鐘，然後是一○四分鐘，最後為了後來要在美國放映，片子又被剪得更短了。這部片是在《卡比莉亞之夜》、《生活的甜蜜》和《八又二分之一》成功之後才在那兒上演的。修剪《騙子》對我來說是一個非常傷心的經驗，而且也當然破壞了影片本身的完整性。我並不想動刀，當它完成的時候，就已經是我所拍出的電影了。我被迫要做更多的修剪，然而當時我完全不知道到底該剪掉哪些，如果換作其他時候，我可能會剪掉不一樣的地方。但不管

我得剪掉哪些部分，我都知道我一定會後悔。我剪出了作品的「定本」（final cut），但又怎麼樣呢？後來奧森‧威爾斯告訴我他對《安伯森大族》這部片的遭遇的感觸，聽了讓人難過。我當時看到那部片的時候已經覺得它很棒了，但卻不知道幕後詳情。真不知道如果照著他的意思把片子放給大家看會是什麼樣？

　　《騙子》這部片裏有很多有意義的戲都被剪掉了，連帶著一些可以發展人物性格的支線情節也都拿掉了。由於片子失血過多，我必須盡力讓剩下的故事看起來合理，所以沒辦法保留我最喜愛的幾場戲。有一場我原本想要留下戲的是：當伊莉絲離開皮加索後遇到了奧古斯多，她指責奧古斯多應對她丈夫的犯罪行為負責，但他卻用了一套深植心中的歪理來為自己辯解。

　　在這場戲裏，奧古斯多勸她儘管把皮加索帶回去，但也警告她，一旦皮加索自由了，就不會回到她和他們孩子身邊了，因為「自由這樣東西太美了」。他的理論是：如果皮加索更成功些（即使是用不法勾當得來錢在供養她），她就不會離開他了。他告訴她：男人有錢就可以**擁有**一切，沒錢的男人就毫無是處。奧古斯多極力歌頌金錢萬能，而伊莉斯也和他辯駁起來。

　　這本來是場關鍵戲，但卻跟著其他段落一起被修掉了。情節和人物的發展都突兀結束，讓影評人覺得這部片缺乏一個清楚的風格。我也明白，以專業的角度來看，自己是無法面對《騙子》剪完以後的樣子。對我個人來說，要動刀剪掉那麼多茱麗葉塔的精采演出是困難的。她表現得**那麼**好，尤其是被我剪掉的幾個段落。我希望她能看在我是她老公的分上，對我有所諒解。但我無法如願，她畢竟也是演員嘛。但我相信在下部片子《卡比莉亞之夜》裏對她做了補償。

　　當一部電影完成了，它就好像會永遠以那個形式存在人間。看起

來那好像就是它能夠存在的唯一方式，因為在那個時候那就是它**能夠**存在的唯一方式——其實不然！譬如要是我在其他時候拍同一部電影，那麼那部電影就有可能、也**大概會**拍成不一樣的電影。我可能可以把同一部片拍成三、四種不同的樣子。事實上，我也的確這麼做過。我在自己的片子完成後就再也不想看到它們的原因之一在於：它們存在我記憶裏的樣子，是我拍攝它們時的樣子，是把那些膠卷全都留下時的樣子。在我的記憶裏，我的作品的長度跟在戲院裏放出來的長度不一樣。我有很多次都在製片的威脅下把片子剪短，他們為了省錢老是希望片子短一點。如果要我像全世界的觀眾一樣到戲院裏去看我的電影，我大概會坐在裏面不停地喃喃自問：「這場戲到哪兒去了？」「那場戲到哪兒去了？」然後我就會為了我可憐的作品受到摧殘，而覺得痛徹心肺。所以，當影片完成的時候，我就一定得剪斷我們之間的臍帶，否則我就一定得……

我一直對孤寂這個主題很有興趣，也很喜歡觀察被孤立的人。我甚至在小的時候，就已經忍不住要注意那些沒法兒適應社會的人，而其中也包括我自己在內。不論是為了拍片，還是自己的生活習慣，我向來會對秩序錯亂的事感到興趣。有趣的是，被排除在外的人通常不是太聰明，就是太笨。不同之處在於：聰明的人經常是把人羣排除在自己之外；而那些不夠聰明的人則通常是被人羣排除在外。在《卡比莉亞之夜》這部電影裏，我就是在探索一個孤立者的尊嚴。

接近《白酋長》片尾時短暫露臉的卡比莉亞展現了茱麗葉塔的演技。在《無慈悲》和《賣藝春秋》兩部影片裏，她除了詮釋劇情能力精采外，也展現了做為悲喜劇默片演員的能力，她走的是卓別林、基頓（Buster Keaton）和多多（Totò）❽這個傳統。在《大路》這部片裏，

她再度加深了我們對她的這個印象。潔索米娜這個角色就是從那一小段對卡比莉亞的描寫發展出來的。而當時我就覺得卡比莉亞這個角色有發展成一整部電影的潛力，而片子的女主角當然非茱麗葉塔莫屬。

《騙子》拍攝期間，我遇到了真實生活中的「卡比莉亞」，當然，她並不叫做這個名字。她住在羅馬廢河溝附近的一個簡陋的小房子裏。起初，她對我弄亂了她白天的作息感到憤怒。但當我從我們的糧食車上拿了一個午餐便當給她的時候，她卻向我們靠近了一些，像是個無家可歸的母貓、孤兒、流浪的小孩，沒有好好地受到照顧。她還是非常飢餓，餓到對人家給她那些食物的恐懼也顧不得了。

她叫做婉達（Wanda），要是她不叫這個名字，我也可能會幫她取這個名字的。過了幾天，她開始願意和我溝通，雖然表達得不是很清楚，她跟我說了一些她們在羅馬街頭賣淫的情形。

龍巴多擁有我下一部電影的優先權，他被妓女這個拍片題材嚇到了，對他來說，那是一個不會被人同情的角色，所以他退出了這個計畫。他並不是唯一的一個，好些製片都不喜歡這個構想，尤其在《騙子》票房失敗以後。有個小插曲常會被提起，就是關於我向一位製片提《卡比莉亞之夜》時所說的一些話。有時候我說的是同一個故事，但拍出來的卻是不同的電影。

那位製片說：「我們得談談這件事，你拍了一部講同性戀的電影。」我想他指的是《青春羣像》裏索迪那個角色，不過那並不是我想強調的重點。「你寫過精神療養院的劇本，」——他指的我那一大堆沒機會

---

❽多多（1898-1967），義大利喜劇演員。多多在一九三六年演電影之前，就已經是義大利知名的喜劇明星了，電影的加強曝光更使他成為國內最受歡迎的喜劇演員。作品包括：《拿坡里黃金》（1954）、《Big Deal on Madonna Street》（1956）、《Of Life and Love》（1957）、《The Law is the Law》（1959）、《The Passionate Thief》（1960）等。

被拍成電影的劇本──「現在又寫妓女，那麼下一部你又要拍些個什麼東西？」我於是生氣地回答他：「我的下部片要拍製片人！」

我無法想像這故事是怎樣傳開的，只可能是我自己，但我又不記得自己做過那件事。我也不記得自己說過那些話，但又希望我真的說過。通常我就是那種人，事後才會想起一些當時自己想說而又沒說出的話。狠話出口後，再收回就多少有些尷尬了。

最後是迪諾·德·勞倫蒂斯來找我簽了五部片的約，《卡莉比亞之夜》才拍得成。茱麗葉塔覺得他們該付我更多的錢，但我只想拍更多電影。

我當了一輩子導演，都是這個樣子。茱麗葉塔對未來向來想得比我多一點。也許我價碼開得愈高，那些製片就會覺得我愈值錢，然後我就可以拍得更多，事實如何只有天曉得？現在我還是不在乎錢，而是想拍更多的電影。

我之前有的一些想法都找到機會放到這個故事裏了，譬如說卡比莉亞被她現任情人推入台伯河（Tiber）的那個情節。那是根據一個類似事件的新聞報導改編而來的，只不過是電影裏的卡比莉亞被救起來了，但現實生活中的那個妓女卻沒有獲救。電影開場的那一整段戲，也就是卡比莉亞和她情人在鄉間追跑那段，是用一個長拍拍成的。我用法蘭哥·法布里奇演那個男的，不過你們一直看不清楚他的臉。他在《青春羣像》和《騙子》裏有過較吃重的演出。他跟我說，這部戲給他任何角色他都會很開心。因此我這次就不是用面孔來選演員。

用法蘭索·佩希耶（François Périer）❾來演奧斯卡（Oscar）這個

❾法蘭索·佩希耶（1919- ），法國資深舞台劇、電影演員。代表作品包括：《沉默是金》（1947）、《奧菲》（Orpheus, 1949）、《酒店》（Gervaise, 1956）、《卡比莉亞之夜》（1957）、《奧菲遺言》（The Testament of Orpheus）（1959）、《The Organizer》（1963）、

角色是因為演員羣裏需要用一名法籍演員——這是德·勞倫蒂斯的法國方面的聯合製片所提的條件——幕後的劇情常要比幕前的情節更錯綜複雜。影評人抱怨佩希耶不夠惡毒，可是那正是我要的。我認為他完全適合這個角色，尤其在影片結尾的時候，他因心中產生恐懼而無法下手殺掉卡比莉亞。也許是還有一些其他比較不自私的人性因素阻止了他，讓他開始覺得後悔。我們也不知道是不是這個原因，但我們都抱著最大的希望。我會很好奇他要拿那些錢去做什麼，那是卡比莉亞的所有積蓄，而且他是不是還會再去騙其他人？即使把他和《騙子》裏的那羣法外之徒放在一起相比，他也並不遜色，就像《M》那部片裏彼德·勞瑞（Peter Lorre）❿演的那個角色一樣——壞事做絕！

我的《卡比莉亞之夜》和一部義大利早期的同名默片沒有什麼關聯，那部片是根據一齣舞台劇改編成的。如果說我有受過別人影響的話，那應該是卓別林的《城市之光》（City Lights），那是我最喜歡的電影之一。茱麗葉塔飾演的卡比莉亞讓我們很多人都想到卓別林飾演的流浪漢，我們對潔索米娜還不會有這樣大的聯想。茱麗葉塔在夜總會大跳曼波舞會讓人想起卓別林；她在片中和電影明星相遇的情形又跟卓別林所飾的流浪漢和百萬富翁相遇的情形一樣，只有在富翁醉的時候才認出了查理（卓別林）。我讓卡比莉亞在劇終時眼中閃著希望看著

《Z》（1969）等。

❿彼德·勞瑞（1904-1964），匈牙利裔演員，以飾演德國名導演佛烈茲·朗的驚悚名片《M》中的殺人犯而舉世聞名，從此被定型為佔有慾強且心理有困擾的角色。為躲避納粹政權，勞瑞於一九三三年由德國逃至英國，在那裏受到希區考克重用，演出《擒兇記》（The Man Who Knew Too Much, 1934）及《間諜末日》（The Secret Agent, 1936）兩部片。勞瑞擅長在同類角色中展現細微差異的詮釋，他的其他作品尚有：《罪與罰》（Crime and Punishment, 1935）、《Mr. Moto》系列電影（1937-39）、《The Face Behind the Mask》（1941）、《梟巢喋血戰》（The Maltese Falcon, 1941）、《北非諜影》（1942）、《My Favorite Brunette》（1947）、《魔鳥》（The Raven, 1963）等。

第九章　從里米尼小鎮闖蕩到維內托大街

一五一

鏡頭，情況一如《城市之光》裏卓別林對劇中流浪漢的處理。讓卡比莉亞仍對未來抱著希望是合理的，因為基本上她十分樂觀，而且對事物的期望很低。法國影評人把她比做「女的夏爾洛（Charlot）」❶，她聽了非常開心，我也一樣。

為了幫茱麗葉塔找戲服，我們還去一些路邊攤上買卡比莉亞大概會穿衣服。之後，我又帶她到一家昂貴的時裝店替她自己添了一件新的洋裝，因為她在這部電影沒機會穿漂亮的衣服。

卡比莉亞和潔索米娜之間的關係好比前者是後者沉淪了的姊妹。而《鬼迷茱麗》倒沒有明顯延伸《卡比莉亞之夜》的跡象。兩部片裏的主角都是成熟的女性，她們嘗試用宗教、愛情、神祕主義來應對自己每下愈況的人生。兩人真正追求的東西是愛情，但追求不代表一定就有收穫。一如付出愛情並不保證可以回收愛情一樣。這些女子面對外在現實時均不如意，最後兩人都只得從內在尋求救贖。

《卡比莉亞之夜》裏出現神蹟的那場戲在我的下一部片《生活的甜蜜》裏多少有些重複，不過卻是在事後當有一部分的東西從劇本裏抽掉時才會有這樣的感覺。在前面這部片裏，我用亦步亦趨的特寫鏡頭拍卡比莉亞和其他人，目的不只是想製造幽閉恐懼的氣氛，同時也是想省下大場面所需支付的搭景費用和臨時演員酬勞。到了《生活的甜蜜》，我有比較充裕的資金，所以就能把注意力放在整個大場景的經營上，而且用的是寬鏡頭，正好適合新型的寬銀幕鏡片。事實上，《卡比莉亞之夜》這個作品是我最後一部為傳統比例銀幕拍的黑白片。

附帶提一下，只有坎城影展（Cannes Film Festival）的觀眾看到了「提著袋子的男人」那場戲。底片現在還在，將來還可以把它還原回

---

❶夏洛爾為無數卓別林作品中主人翁的名字。

去，還有很多被迫剪掉的片段也一樣。然而，經過了這麼多年，我不知道自己的想法又會變成怎麼？我覺得那段東西非常好，但不管片子裏有沒有這段，電影本身都還算是完整獨立。因此我覺得很幸運那是《卡比莉亞之夜》中唯一一段教會認爲不適合義大利民眾觀賞的情節。劇中那個男人拿著一袋食物，到羅馬街頭去餵那些又餓又無處可去的人。這是根據我親眼看到的事實寫成的。但教會裏有些人反對這段情節，他們說餵養挨餓的流浪漢是他們的責任，而我則讓別人覺得教會好像沒有盡到他們的職責一樣。我當時大可回答他們：那個拿著袋子的男人是個天主教徒，那是天主教徒善盡己任的極好範例，可是那時候我不知道要跟誰去說這些。

我知道法國影評人安德烈‧巴贊（André Bazin）在一篇討論《卡比莉亞之夜》的影評裏，第一次用了「作者」（auteur）這樣的詞來談我。《卡比莉亞之夜》同時還是美國百老匯歌舞喜劇《俏姐兒》（Sweet Charity）和好萊塢電影《生命的旋律》（Sweet Charity）的靈感來源。他們把我的名字放在他們的演職員表上，可是我和鮑伯‧佛西（Bob Fosse）❷在看法上有很多不同之處，所以我寧願大家把那部片當成他個人的創作。

卡比莉亞這個角色有著高貴美好的正面特質。她不計得失地去奉獻自己，把謊言當真話去相信。她雖然是一個命運多舛的妓女，卻仍具備積極追求幸福的本能。她想改變自己的生活，卻一再淪落爲失敗

❷鮑伯‧佛西（1925-1987），美國舞台、電影導演、演員，對歌舞劇情有獨鍾，所導百老匯舞台劇齣齣轟動。1966 年曾將費里尼的電影《卡比莉亞之夜》改編成《俏姐兒》（Sweet Charity）一劇，到了 1968 年，又把《俏姐兒》一劇改編成歌舞片，中譯片名爲《生命的旋律》，並首度擔任電影導演工作。1972 年佛西又再接再勵執導了《酒店》（Cabaret）一片，並獲頒奧斯卡最佳導演獎。其他電影作品包括有：《爵士春秋》（All That Jazz, 1978）、《八十之星》（Star 80, 1983）等。

的一方，但即使如此，她也算是一個努力不懈追求幸福的失敗者。

影片結尾的時候，她盡可能把自己打扮得美麗一些，婚事接近讓人格外容光煥發。為了要跟奧斯卡走，她把自己僅有的一棟心愛的小房子賣掉了，那是她犧牲多年青春換來的，此外，她還領出了銀行裏所有的存款；之後，卻發現那個她以為愛她的男人要的其實**只是**她的錢。於是她哭了，臉也給淚水、睫毛膏弄髒了。這是不是表示她一無所有，甚至絕望了呢？不，既然她還能露出一絲微笑，就表示她還沒完全絕望。

卡比莉亞是個受害者。雖然我們也都可能在某個時候成為另一名受害人，但卡比莉亞卻比大多數人更容易受害。即使如此，她卻始終都抱著求存意志。這部電影沒有一個明顯的結局，好讓你們可以不必再惦念著卡比莉亞。我自己就是打那時起開始操心她的將來的。

《生活的甜蜜》是我和馬契洛・馬斯楚安尼合作的第一部電影。我之前當然就認識他了，因為他那時已經是義大利非常有名的舞台劇演員和電影演員了。茱麗葉塔跟他比較熟，他們都在羅馬大學念過書，而且一起演過舞台劇。我們有時候會在餐廳碰頭，他老是吃得很多，我注意到這事是因為我自己對愛吃的人天生有一種好感。一個人是不是喜歡吃跟他消耗的食物多寡無關，跟他吃東西時是不是真有興致、真能享受有關，你一定看得出來。所以我開始注意馬契洛就是因為有這層用餐情結。

常常有人問我馬契洛是不是另一個我？馬契洛・馬斯楚安尼對不同的人有著不同的意義。對我來說，他**不是**另一個我。他就是馬契洛，一個能完全順從我的要求的演員，他像個軟體表演者，什麼動作都難不倒他。論朋友，他沒話說，他是我們可以在英國小說裏看到的那種

男人：情同手足的朋友可以爲了高貴的理由爲彼此赴死。我們的友誼就像那樣，或任何其他你們可以想見的情況，你們得自己去想像一下。在實際生活中，我們除了工作以外，幾乎從來不會在其他的場合上見面。也許這就是我們友誼之所以完美的原因，我們都可以想見彼此隨時等候對方召喚的模樣。我們從來沒有試探過這份友誼。比較起來，我相信他勝過相信我自己，因爲我知道自己其實不是一個那麼可靠的朋友。馬契里諾比較信任我，可能也是因爲他比較清楚他自己的緣故。我們之間從來不會有什麼虛情假意，彼此演演戲是有的，但絕不虛假。眞正的戲裏自有眞相。

我們不必用到言語就可以知道彼此的心意。有時候，我們實在是太有默契了，嘴巴說出來的竟和心裏想的一模一樣。

從我戒菸以後，我就不喜歡旁邊有人抽菸。馬契洛什麼都不做就是愛抽菸。我想他一天要抽三包，而且對此功力十分引以爲豪，所以他是不會考慮戒。但當我拜託他把菸熄掉的時候，他會立刻照辦。然後，就像一種反射動作似的，他會另外再點上一根。

他非常自然，演戲時絕不緊張，只有當他得上電視談如何演戲時會讓他緊張。

我當時知道他有才華，也知道自己想跟他合作。我認爲讓他來演《生活的甜蜜》是再適合不過了。

找製片才比較麻煩。我大概換了十二個製片以後，才終於找到一個眞正願意幹這事而且把事情做了的人。

我一曉得《生活的甜蜜》要開動了，就給馬契洛電話。我一向自己打電話給別人，這樣事情可以進行得比較順利。通常，我不喜歡透過律師或經紀人來幫我處理事情。我邀馬契洛到我在富萊金的住處見面。如我所料，他並未單獨赴約——他把律師一塊帶來了。

我向他說明我選他來演那個角色的原因，我毫不婉轉的說辭大概讓他有些吃驚。他現在還會提醒我，我當初對他說的話：「我打電話給你是因為我需要一張非常普通的臉，一張沒有特色、沒有表情的臉，一張平凡的臉——一張像你這樣的臉。」我沒有惡意，也不是故意要冒犯他。

　　我向他解釋，我拒絕了製片要我用美國大明星擔綱的要求。馬契洛坐在那兒，聽我說到我拒絕用保羅·紐曼（Paul Newman）那麼有名的演員時顯得有些驚訝。我非常欣賞保羅·紐曼，尤其是他在那之前十年間的表現。他逐漸變成了一個很棒的演員。但《生活的甜蜜》講的是一個鄉下來的年輕記者對這種明星的仰慕，我不能找一個大明星來演這種角色呀。我向馬契洛明我的理由：「我選你是因為你有張平凡人的臉。」

　　這句話對馬契洛來說應該不算不敬。勞勃·瑞福（Robert Redford）不是拍過一部成功的電影叫做《凡夫俗子》（Ordinary People）嗎？所以那話的意思是說平凡也有它浪漫、吸引人的一面——我指的電影明星所表現出的平凡感。此外，馬契洛也是一種理想男人的代表，是每個女人都會想要的男人，這點很令人羨慕。

　　他完全不喜歡我的解釋，但仍打算看看劇本。他要我說說我對那角色的看法，我說我可以拿給他看看。

　　我給了他一疊厚厚的東西，除了第一頁以外，其他頁都是空的。我在第一頁上畫下了我對他那個角色的想法。畫中的他獨自一人坐在海中央的一條小船裏，他的屌一路伸到海底，然後旁邊還有一些美麗的女海妖圍繞在那玩意旁游動。馬契洛看了那幅畫後表示：「這個角色很有趣，我演了。」

　　我和馬契洛合作得非常好，讓他演劇中主角處於曖昧狀態的那種

電影尤其順利。他好像**在**那兒，又好像**不在**那兒。在所有我和他合作的電影裏，他飾演的角色都相同，就像彼此的回聲一樣。這角色應該算是一個知識分子。在電影中、舞台上，甚至書本裏，要表現一個知識分子都是很難的，因爲他們是注重內心生活的人。他們慣於思考，行動並不很多。而馬契洛就有這些個特徵。讓他演一個只聞不問的人是頗有說服力的。當然，有時候他也會採取行動。所以說，他的立場曖昧，雖然是身爲劇中人，但有時又會跳出來變成一個旁觀者。

馬契洛的信用很好，是個很能讓你信任的人。他是個敏銳而又有主見演員，眞的給了導演珍貴細膩的協助。雖然他天生具備演戲的才能，但他本身其實也很努力。

有一次我讀到一篇關於馬契洛的訪問，他在裏面很精采、機智地回答了一個問題。有位報社記者問他：「馬斯楚安尼，你跟費里尼拍片的時候是不是眞的都不讀劇本？」馬契洛回說：「沒錯，因爲我知道菲德利哥要拍些什麼。我大概知道整個故事的狀況，但我寧願少知道一些，因爲我得對明天、後天，甚至整個拍片期間裏故事劇情的進展保持同樣程度的好奇，這是劇中主角必須具備的條件。我不想知道的太多。」

我覺得這是一種聰明的態度——像個孩子一樣，跟片子保持一種若即若離的關係。小時候我們玩「官兵抓強盜」的遊戲。當中一個人會說：「我扮強盜，你扮官兵，預備！」然後一切就會自然而然地進行下去。我告訴馬契洛他必須說什麼，他就說什麼。唯一的重點是確實去了解那個角色，而且還必須變成那個角色。然後，不管他扮演的角色是官兵還是強盜，他可以隨心所欲地說話、反應，角色自然會引導著演員。這才是我對導演任務眞正的看法，他們應該幫助角色找到演員，而不是幫演員找到角色。

拍片的時候，我和馬契洛從來不會有不同的意見。我拚命要把他變得更瘦、更痛苦或更迷人。如果他演的是一個內心痛苦的角色，我就希望在他臉上看到這種表情，而不是一隻剛飽餐了一頓的肥貓的神態。

有部電影剛開頭的時候，我告訴他要減肥。我不管他用什麼方法，只要有效就好。他說他知道德國北邊有個地方，只要待上三天就可以瘦十公斤。我聽了就說：「去吧，馬契洛！到那兒去，但只准待三天。」然後他去那兒待了三天，但回來的時候，體重並沒減少。他沒**增**胖，我就已經算幸運了！

我第一次在報上看到安妮塔・艾格寶照片的時候，就像看到我漫畫裏的人物變成真人跑出來一樣。我當時心裏還沒想到誰可以來演希薇亞（Syliva），但就在我要人的時候，我看到了安妮東娜（Anitona, 即安妮塔的暱稱)的照片。那真像是個預兆。我知道我非找她來演這部片不可，我要助手聯絡她安排碰面，她的經紀人說她要先看到劇本才談。我想那個經紀人是在說他自己，他是說他要先看到劇本才談。我的助理告訴她的經紀人這部片沒有劇本。然後呢？艾格寶還是簽約了。

我們碰面了，她本人比我之前想像的更像那個角色，「你是從我的想像世界走出來的人物。」我告訴她。

「我不會跟你上床的。」她回答。

她的多疑讓人可以理解。她認為每個男人都想跟她上床，只是因為他們**真**的都想跟她上床。因為她沒拿到劇本，所以她不信任我。

我跟馬契洛說，我遇到了我們的希薇亞，像得讓人「難以置信」。他急著想親眼看看，所以我就邀他們一起共進晚餐，但場面卻跟「一見鍾情」的狀況相距甚遠。大部分女人都會覺得馬斯楚安尼性感迷人。但艾格寶卻不這麼覺得，或許她有，但看不出來。她對他很冷淡，兩

個人不太來電。他會幾句英文，卻不開口；她會一點義大利文，也不肯開口。後來艾格寶告訴我，她不覺得馬斯楚安尼有什麼迷人，而馬斯楚安尼也告訴我他不覺得來艾格寶有什麼魅力。這沒什麼影響，反正我找到了**我的**希薇亞了。

他們在實際人生裏對彼此有什麼想法對電影沒什麼影響。銀幕上，他們倆可都看起來很性感登對。

真實生活中，他們並不適合，因為她習慣男人來追她，不必由她自己動手。馬契洛也習慣讓女人來追**他**。再說，他喜歡瘦女人。

《生活的甜蜜》改變了安妮塔‧艾格寶一生。她拍了這部片子以後就再也沒辦法遠離特雷維噴泉了。她發現羅馬才是自己真正的歸宿，這兒於是變成了她的家。

我幫《生活的甜蜜》裏飾演攝影記者帕帕拉佐（Paparazzo）的華特‧聖泰索（Walter Santesso）畫了幾張素描。我想像中的他是除了攝影機和鞋以外（因為他要靠這兩樣東西到處去拍照），全身一絲不掛的。

我最能夠表現我片中角色的方法就是把他們給畫出來。當我必須把他們具體呈現在紙上的時候，我就又對他們多知道了一些原本我不清楚的事，他們會洩露一些自己的小祕密。我一邊畫，他們一邊形成了自己的生命，然後我就把這些圖案拍成電影，找演員來活他它們，把它們變成會動的影像。

一九五九年我們用「帕帕拉佐」當角色人名時候，完全不知道它後來會被許多語文吸納進去。它是一本歌劇歌詞本裏某個角色的名字。有個人跟我提起這名字，聽起來正好像是我們這位無靈魂的攝影記者會取的姓名。與其說他是個人，不如說他是台相機。負責觀看的其實是他的相機，他是透過相機的鏡頭來看世界的。這也就是他最後一次在片中出現時，我把鏡頭扣在他拿的相機上的原因。

大家沒弄清楚我對 La Dolce Vita 這個片名的用意。大家賦予它更多反諷的想像。我的意思是「生活的甜蜜」（the sweetness of life），而不是「甜蜜的生活」（the sweet life）。這現象真奇怪，因為通常我碰到的是相反的問題。也就是，如果我說了一句反諷的話，別人反倒會拿它表面上的意思來看。於是，別人引述我說的就永遠都跟我的想法相反。之後，這些表面上是從我這裏引述出來的話就會一直回來糾纏我。

　　有人問我《生活的甜蜜》到底是在說什麼的時候，我喜歡回答他們這部片子講的是羅馬──一個「內心之城」（Internal City），以及「永恆之城」（Eternal City）。故事並不一定要發生在羅馬，可以在紐約、東京、曼谷、索多瑪和蛾摩拉（Sodom and Gomorrah）❸，哪兒都可以，但我熟悉的是羅馬。

　　要真正看到一個地方，最好的方法是倚賴經驗的同時，又不失童真。我發現看羅馬最理想的方式是同時透過兩雙眼睛去觀察，一雙是對它每個角落都非常熟悉的眼睛；一雙是睜得大大的，像是第一次看到它、對所有事物都保持開放態度的眼睛。

　　純真的人可以從別人那兒學到東西，這是淺顯的道理；最讓人吃驚的是懂得多的人反而不肯繼續觀察學習。疲乏的目光被喚醒了，添了新的敏感度，才發現原來你每天都是過著視而不見的日子。

　　這就是馬契洛在《生活的甜蜜》片尾所丟棄的東西。他沒注意到寶拉（Paola）跟他說她願意接受他的好意向他學打字時，其實還有別的暗示。他不了解寶拉的純真和對生命的開放態度可以帶給他一種新鮮的視野，進而把他憤世嫉俗的摧毀性態度轉化成明曉事理的建設性態度。她是馬契洛的鄉愁與不再的浪漫。

---

❸索多瑪和蛾摩拉，舊約中，兩個接近死海的城市，因城中罪惡彌漫遭神譴責毀滅。

我不相信有純粹的壞人，我只相信「人」這回事。好人也可能做出壞事，壞人也可能是某種程度的受害者，縱使狠毒的惡魔也可能因一聲小貓叫而心軟。

在《生活的甜蜜》裏，史泰納（Steiner）一開始是英雄好人的形象，但劇終時卻變成我所有作品中最可怕的一個壞蛋，就像瑪格達戈貝爾人（Magda Goebbels）一樣會手刃親子。片中史泰納一度讓包括製片、影評人在內的很多人都感到不舒服，他們都覺得我太過分了，但這可是根據一個真實事件改編來的。

有些影評人寫到史泰納這個角色，說他私下是個同性戀，但他這個角色倒從來沒有告訴我這件事。還有些影評人說我欽佩、尊重他的知識才學。其實我完全不同情他，他是個虛假的知識分子，根本不在乎自己踐踏過多少條人命。

我認為亨利·方達（Henry Fonda）是飾演史泰納的完美人選——這個角色知性，表面上快樂而且擁有一切，但事實上，自己內心卻極為混亂，以致釀成自己未來的悲劇。我想不出還有誰可以跟他一樣那麼適合那個角色，他是個了不起的演員！有話傳來說方達願意演那個角色，雖然並不是主角，這讓我非常高興。

我們於是開始和他的經紀人進行交涉，但後來那邊卻沒有下文了。然後我就選了亞倫·居尼（Alain Cuny）⓮演那角色了。

很久以後，當片子在美國放映以後，我收到方達寄來的一封信，來信對影片和那個角色都大大讚美了一番。他很客氣，但一切都太遲

⓮亞倫·居尼（1908- ），法國演員，與費里尼、安東尼奧尼、布紐爾、高達等導演都有合作。作品包括：《鐘樓怪人》（The Hunchback of Notre-Dame, 1957）、《尊戀》（The Lovers, 1958）、《生活的甜蜜》（1960）、《Banana Peel》（1965）、《愛情神話》（1970）、《銀河》（The Milky Way, 1970）、《偵探》（The Detective, 1985）等。

了，結束了。我收到信的時候，旁邊有一個人對亨利・方達來信這事非常興奮。因爲我這個人平常是不留信的，所以我就把那封信送他了。

這輩子，我有幾次和爸爸相談甚歡的經驗，但這幾次談話其實都只是在我的心底暗自進行的。我們眞正在一起的時候，情況簡直比陌生人還糟。長大後跟他相處的時候，溝通也都含含糊糊的，只會說些言不及義的話。他去世幾年後，有一次我爲了《鬼迷茱麗》在研究超自然現象時，我企圖經由靈媒找到我父親，我想跟他說話，我想告訴他：「我懂了。」

我藉著《生活的甜蜜》和《八又二分之一》這兩部電影，在內心和父親說話。我以前對他幾乎沒什麼了解，對他的主要記憶就是「沒有他的記憶」。我比較記得他不在的時候，而不是他在的時候。小時候我覺得自己被他拋棄了，而且引不起他的注意，或得不到他的認同，而這些是我連自己都不願承認的事。我覺得他不在乎我、對我失望，而且不會爲我感到驕傲。要是我當時知道他出差在外時還隨身帶著我最早畫的幾張畫的話，我大概就會跟他開口說話了，那麼一切就都可能變得不一樣了。現在，我只剩下他一張鑲了框的照片，我把它放在顯眼的地方。

我不是對媽媽沒有感情，但我最愛她的時候是當我人在羅馬而她人在里米尼的時候。這不是在諷刺，只是因爲我們在一起的時候，從來沒法兒好好溝通。我跟爸爸溝通得太少，跟媽媽又溝通得太多，而且還是單向的溝通。她確信自己知道什麼對我最好，而且不太有興趣知道我自己的想法。我們不爭吵，因爲我不喜歡爭吵，可是她希望我變成別個樣子。不過，我知道她以我爲榮。我想，事實上她並不喜歡我的電影，但還是以我爲榮。我相信她很高興自己是「費里尼的母親」，

不過她卻不了解爲什麼我不拍些她看得懂的電影。

有個里米尼的女人告訴我媽媽，她覺得我的電影低俗不堪。雖然我想媽媽並沒有看過我所有的作品，但她卻立刻就相信那個女人的話了。她所能想像到的，比我所能想像得到的，要讓她更覺尷尬。她的宗教情懷，以及她把任何和性有關的事都當做罪惡看待的態度，都會把性行爲放大到純男人想像的範圍之外。

是不是低俗取決於觀看者是否帶著有色的目光，是一種看事情的態度。很多人會對某些私下的行爲方式感到不滿，卻對銀幕上描述的殘暴殺戮無動於衷；當災禍降臨勞萊、哈台身上的時候，他們卻哈哈大笑。我最近看到一個報導，上面說在新幾內亞、婆羅亞，還是哪裏的一個部落，那兒的人認爲單獨一人排便是不禮貌的事。他們對整個營養攝取的過程，消化道的這端到那端，都感到同等的開心，「排便」於是變成只是吃的一部，這也是一種觀點。

我想如果一個人對食殺動物這件事想太多的話，那麼文明人的飲食過程也可能變成一件低俗的事。我自己是不想知道雞是怎麼死的，當然不可能要我去勒死一隻雞；我也不願想魚缺氧掙扎的模樣，以及活燙龍蝦的景象！那太恐怖了。我甚至還會擔心蔬菜水果的感覺…

在《羅馬風情畫》(Roma)裏，我讓一個小孩在一個擁擠的綜藝秀場裏的走道上尿尿。有幾個觀眾對這事抗議，小孩的母親回答說：「他不過是個孩子嘛！」這是我在一九三九年親眼目睹的事。秀場裏的觀眾覺得這事不好笑，但正在看《羅馬風情畫》這部片子的觀眾卻笑了。我想這和他們距離混亂現場有段「美學距離」有關。

我有這樣的印象，就是一般來說男人把性這事看得比較有趣，女人卻把它看得比較嚴肅。我想明顯的原因在於，會懷孕的是女人，而這事似乎沒有幽默可言。兩性對性的看法不同，也可能是由於女人在

歷史過程中一直被很多人當做貞潔美德的象徵或是肉慾罪行的化身的關係。男人可以參與婚外性行為，雖然他們也可能受到肉體上的處罰，卻不致玷污他們道德上的操守。但對女人而言，處罰卻是道德上的──在大多人的眼裏，她變成了一個妓女，對我們天主教徒來說尤其是這樣。不過我個人倒不覺得自己有受到這種雙重標準的影響，我盡量避免被影響。我們所有的人都會受到幼年教育或是一些不當教育的影響，或是觀念態度的傳輸，而且是在不知不覺的情況下接受這些影響的，就像小貓會受到母貓的價值影響一樣。

在《生活的甜蜜》裏，馬契洛不太在意他父親和歌舞女郎的調情行為，甚至還鼓勵他這麼做；反過來他父親也只是敷衍了事地罵了幾句兒子不該冒險跟一個不是他太太的女人同居。在義大利這種管束徒具形式，不過是偽善罷了。

我相信太初的時候，我們像天使或某些爬蟲類一樣，是雌雄同體，不分公母的。是到後來才有了區隔；也就是把夏娃（Eve）象徵性地從亞當（Adam）體內拿出，不過當然也可以是相反的情況。我們的問題是要讓兩者重逢。因此，男人一直在尋找他的另一半，尋找無數年前被人從他身上拿走的那個部分。沒找到**他的**那個女人，他就不可能變得完整，或感到全然的自由。我知道這些話會讓我聽起來像個大男人主義者，不過我相信這責任在男人身上，而不在女人身上。為了實現這個任務，男人必須把這個女人視為自己的性伴侶，而不是洩慾的對象，或是不能碰的聖人──要平等地對待。否則，他就再也不可能尋回完整的自我了。

這對《生活的甜蜜》和《八又二分之一》裏的主角來說是個很重要的問題。馬契洛和珪多身旁都圍繞著女人，但他們兩個都沒有找到**自己的**那個女人。從另一方面來看，那些女人個個都相信馬契洛或珪

多就是**她們的**男人。男人可以花較長的時間來做決定；女人則必須快一點決定。男人有較多的自由可以去實驗，結婚之前應該可以得到較多的經驗、明白較多的事。這些很不公平，但都是老天造成的。

　　我用同一個女演員去扮演《生活的甜蜜》裏的妓女，和《八又二分之一》裏的好女人。兩個角色分別和代表同一名男子的馬契洛和珪多有關係，而這兩個男性角色其實都是《青春羣像》片中莫拉多這個角色的延伸。安諾‧艾美（Anouk Aimee）成功表現出這兩種極端的角色，同時也對人們介於兩極之間的實際狀態提供了一些線索。但這對安妮塔‧艾格寶來說大概就不可能了，雖然她在《生活的甜蜜》裏也展露過她身為成熟女性卻又孩子氣的一面，但實際上，她代表的是一種濃烈的女性特質。我們每個人內在當然都有孩子氣的一面，但安妮東娜的這個部分卻較凸顯。她性格中任性放肆的部分其實只是觀點的問題。一個女人身材豐滿有什麼錯？沒有啊！很明顯的，我不可能找安諾‧艾美來演那個角色，雖然要她們兩個演妓女都沒問題，艾格寶那對引人遐思的乳房也帶出了母親的形象。我需要一個卡通化了的愛神維納斯（Venus），一個可以把兩性關係裏的幽默成分釋放出來的女人，她要有跟梅‧惠絲特（Mae West）一樣厲害的本事。梅‧惠絲特是最擅長展現兩性幽默關係的銀幕情人，她是我以前最想認識的人之一。

　　我用了一羣真貴族在一個城堡裏拍片中的那個貴族宴會，可真是好好利用了他們一番。

　　至於《生活的甜蜜》裏的那個脫衣舞孃，我原本也不確定要找誰來演，我只知道我要找一個貌似淑女的女人。這個女人之前必須從來沒有在那種場合裏脫過衣服，而且以前她也**絕對不會**去參加什麼狂歡聚會，她還必須有足夠的魅力才能在這種場合裏受到歡迎。有很多女

人希望有機會能在銀幕上脫衣服，或向我示範她們如何寬衣解帶。而也就是她們想脫、愛脫的這個事實讓她們被判出局。這場戲必須讓大家很訝異，只有找一個貌似淑女的女人來演才有可能有這種效果。

有時候我可以從演員那兒學到一些東西，並承認我對他們所扮演的角色並沒他們自己了解得清楚。在我的想像裏，娜迪亞（Nadia）所扮演的角色會穿著一件不很貼身的深色時髦宴會洋裝，但衣服底下玲瓏有致的身材還是看得出來。我選了娜迪亞·葛雷（Nadia Gray）不單因為她身材好，年紀對，也是因為她就算不賣弄性感，也極其性感。她那神祕、誘人的東歐人微笑後面好像藏著什麼祕密。

她很年輕的時候就嫁給了一位羅馬尼亞王子，我很容易想像自己在「東方快車」（the Orient Express）上遇到她的情況，只不過火車得朝著西開。她拍過一些英國電影，在裏面飾演端莊的外國淑女。我可以看到她表面依附在維多利亞時期價值觀上的同時，私底下卻對自己內心的原始慾望有所感應。由她來扮演那個家裏被佔用做宴會場所的製作人的前妻最為合適，我就讓她在宴會中大跳豔舞。

我原來決定要讓娜迪亞演的那個角色在她的深色洋裝裏面穿上白色的內衣褲，我想那樣造成的對比會比較性感有力，但娜迪亞·葛雷不同意。她說沒有一個懂得一點穿的女人會在深色洋裝裏面穿上白色的內衣褲，那樣可是容易穿幫的。況且要她脫掉深色衣服，露出白色的內衣褲，她也一定會很不安的。她說她辦不到，那麼做絕對不符合那角色的人物性格。她那麼有說服力，所以我就相信了她，我們讓她穿了黑色的內衣褲演戲。

我相信自己有能力判斷男人眼中的性感為何，內衣褲是什麼顏色其實不重要。但娜迪亞才最能判斷怎麼樣能讓一個女人**覺得**自己性感。

她也拒絕演那個讓馬契洛一邊當馬騎、一邊在她身上丟枕頭屑的女人。我本來是那樣安排那場戲的，但娜迪亞正確地指出她的角色不會有那樣的表現，所以我就把那場讓給另一個女演員了。像娜迪亞這樣寧願減少戲份，也不願意妥協角色性格的女演員還真不多見。

不過至少我也讓娜迪亞同意了一件我想讓她做的事。我希望她在舞要結束的時候能躺在地板上，身上蓋件皮草，裏頭不穿胸衣，直到她前夫出現的時候，她再從皮草裏面爬出來。因爲胸衣得在不是脫衣舞高潮的時候脫下來，我就要她在罩衫裏面把它解下來。她不能理解這種脫法，她說不可能。但我從自己的經驗上知道可以這麼做，而且示範了一下作法。她不但一學就會，而且看起來駕輕就熟，就好像她以前一直都是那樣脫胸衣的。

我比較在乎的是她臉上的表情，和她對自己行爲的主觀反應。我想傳達她的思緒，尤其想傳達她的情感，多過想傳達別人看待這件事的眼光。她現任戀人、她丈夫及其他人的反應，增強了表演者和觀眾之間的張力，這種效力要比個別反應的總和更爲強烈。我記得我看那場脫衣舞的時候，還解下了自己的領帶。

如果你想在一部電影裏表現性慾的話，最好就是讓自己被撩撥，但不予以滿足，那麼你自己的慾望和挫折就會投射到你的角色身上去，而能提高他們慾望需求的強度，然後他們就會急切希望能滿足那慾望。

現在大家提起《生活的甜蜜》的時候，那段脫衣舞表演幾乎和安妮塔・艾格寶的戲一樣地被相提並論，而飾演馬契洛情婦的伊鳳・弗諾（Yvonne Furneaux）也表現得可圈可點，卻從沒聽人提起過。這是因爲她飾演的那個角色已經完成了，沒有什麼讓人進一步揣測的空間了。然而前面那兩個角色卻一直都很神祕，所以也就比較有吸引力。

這兩個角色尚未完成，類似生活中那些無法讓人一眼看穿的人。

常常有人問我安妮塔怎麼樣？或是問我娜迪亞怎麼樣了？但從來沒有人會問我希薇亞怎麼樣了？希薇亞是片中角色的名字，不過他們並不是要問那些女演員的近況，因爲當我開始說：「安妮塔・艾格寶現在住在羅馬，娜迪亞・葛雷現在住在紐約……」的時候，他們就開始抗議了，「不是哦！是她們演的角色怎麼樣了？」我們認爲我再拍部《生活的甜蜜續集》，才能讓他們滿意。不對，剛好相反。那樣會讓他們所有的疑問都得到解答，他們大概不會覺得不滿意了，但不單是因爲《生活的甜蜜續集》的緣故，而是由於他們對《生活的甜蜜》「首集」的記憶。

有時候生活裏會發生這樣的事：你遇到一個有神祕感的人，你們在一起很愉快，然後你想延續這樣的經驗。但當你過分深入，什麼都知道了以後，就會變得空無所有，並感到隱隱約約的失望。

《生活的甜蜜》是第一部長達三小時半的義大利電影，他們告訴我沒有觀眾能看那麼長的電影。事實上，之前我並不了解我的電影竟會引起那麼多國人的震驚。我雖然公然宣稱我不在乎，但我必須承認，當我獨自一人看到教堂門前海報上自己名字被劃上黑邊的時候，也有點被嚇到了，是不是我已經死了，只是自己不知道而已？我後來想把這個情景用在有關馬斯托納（Mastorna）的那部作品裏，他遊蕩在陰陽兩界之間，是個不知道自己已經死了的人。那張海報上寫著，「讓我們爲解救公眾罪人菲德利哥・費里尼的靈魂而祈禱。」眞嚇得我全身發抖。

我絕對不會爲了聳人聽聞而在電影裏加些什麼，那對我要講的故事是不忠實的。我不會背叛我的劇中角色，他們就跟我在生活中認識的人一樣眞實。

很多人覺得《生活的甜蜜》這部片很不名譽，片子一出，立刻惡名遠播。我並沒有要把它拍得見不得人，我也不覺得它見不得人。我不懂那些人為什麼會有那些的反應，但我知道這反而有助於讓片子大賣，並引起極大的國際視聽。對我個人來講，被指控為罪人和剝削者當然是種困擾。但當大家看了電影以後，表示絕大部分都令人滿意，而且並不覺得它有像別人說的那麼嚇人。

《生活的甜蜜》這部片讓我有機會見到喬治・西蒙諾（Georges Simenon）❺，他是我少時在里米尼最喜歡的作家之一。他寫的書真是太精采了，讓我無法相信它們是人寫出來的。多年以後，我們在坎城相遇，我覺得興奮極了，而他說能見到我，他也很興奮。結果西蒙諾竟是那年坎城影展評審團的主席，而《生活的甜蜜》則是那年的金棕櫚獎（首獎）作品。其實無論什麼時候見到他大概都會讓人很興奮，但在**那樣的**情況下見到他，我的心情就真太難形容了。在他起身要上台的時候，茱麗葉塔高興得親了他一下，在他臉頰上留下清晰的紅色唇印。

讓我覺得驚訝的是，西蒙諾竟覺得自己是個失敗者——他從來沒覺得自己真正成功過。他說他很喜歡我的東西，而我，我才喜歡他的作品呢！我問他為什麼不滿意他的那些精采作品，他說他的東西只是在處理平凡的現實生活。

有人告訴我，自從《生活的甜蜜》這部電影一九六一年上映以後，dolce vita 這個詞就被美國一本通行而又權威的字典列為英文用語。解釋裏沒有提到電影，不過字源標明是義大利，並把這個詞定義成：「怠

---

❺喬治・西蒙諾（1903-1989），比利時的法文小說家。為一多產且熱門的作家，最有名的作品為一系列描寫警探麥格赫（Maigret）辦案過程的偵探小說，被譯成多國文字，歐美馳名。

惰、自我放縱的生活」。paparazzo 這個字在那個字典裏也找得到，讓我覺得很有趣。此外，讓我大吃一驚的是，在名人解釋的部分，在我的名字後面還列了 Felliniesque（費里尼式的）這個形容詞。不過，我猜美國的製片人平常是不用那本字典的，義大利製片人顯然也不太有用字典的習慣。

我發現我得重建片中的維內托街（the Via Veneto），因為真正的那條還不夠真實。我要的是萃取出來的現實，況且我也無法控制真正街道上狀況。製片里佐利告訴我，如果我要這麼做，我就得放棄我在合約裏的分紅比例。事實證明那條分紅的約定是會讓我致富的，一切端看我自己的選擇！但其實成根本別無選擇，我一定得以片子為優先考量。我毫不猶豫把我將來在這部片上所有能得到的利益全部放棄了。更糟的是，如果我可以重新來過，就算我完全知道我放棄的是什麼，我一定還是會使同樣選擇。

我只拿到五萬塊的拍片酬勞，全部就這麼多。

片子賺進了數百萬鈔票，讓很多人都瞬間致富，但我不是其中之一。我只收到了製片安傑羅・里佐利送給我的一隻金錶。

第十章

把容格當老大哥

　　《生活的甜蜜》是我生命的轉捩點，在那之後，我想賺多少錢拍多少電影都沒問題。唯一的問題是我沒辦法想花多少錢拍片就花多少錢拍片，但我仍不妥協。只要是我肯拍的電影，製片不付我太高的酬勞，我也不會太在意；可怕的是要找到錢拍**我想拍**的東西實在是難上加難。製片不想拍費里尼式的電影，他們只是要由費里尼拍的電影，他們並沒有不答應什麼，但也沒有答應什麼。希望終歸要落空，是我太有耐心了。我要拍**我想拍的**電影，而不是**他們想拍的**電影。我不知道當時就是該下手的時機，一旦錯失，往後就再也不會有，我也不知道這時機竟是如此短暫。

　　我浪費時間怨恨自己拍《生活的甜蜜》賺得太少，而怨恨是會消耗元氣的。然後，我又後悔自己這樣怨恨，而後悔也是會消耗元氣的。

　　當時我不知道這部片子注定要大賣特賣，也不知道將來我所有的片子都再也不會像那樣賣錢了。就算我事先都知道，我也不曉得自己能夠做些什麼。我在乎的真的只是拍電影這件事。在那之後，要找製片就又變得跟以往一樣不容易了，而且就再也看不到兩個以上的製片共同搶著要費里尼下一部片的景象了。要是桌面上只有一個出價，就很難跟他討價還價；如果只有一個買主，成交的價格就不會太好。茱麗葉塔永遠無法明白為什麼我沒辦法得到比較好的酬勞。

媒體問我在《生活的甜蜜》之後有什麼打算。我得到了一些機會。有人追著你買，不用自己推銷，是種令人異常愉快的感覺。好個被人追求的滋味！完全不用花時間就能適應。人是不用花時間去適應一個較好的事物的，譬如說年輕貌美的女孩，我想這是個永恆不變的道理。我當時不知道那段好日子竟會那樣的短暫，但我敢說自己畢竟也算嘗過了那刻的滋味。

　　沒能及時知道那個時刻會一去不返有兩個壞處：讓我沒能把握時機去有效地利用和盡情地享受。不過這也有一個好處，那就是我享受它的時候是無憂無慮的，只知有生，焉知有死——這是再好不過的享受方式了。把心愛的娃娃抱得太緊，反而會影響它的呼吸。

　　我從來沒法兒了解美國那些製片。他們來羅馬的時候會住在羅馬大飯店。他們來這兒談生意，就像人住在比佛利山大飯店（Beverly Hills Hotel）——那個位於比佛利山、人人要去一遊的豪華大飯店——一樣，他們會在飯店裏的保羅廳（Polo Lounge）談生意。在羅馬的時候，他們成天穿著內褲坐在飯店中最大的套房裏打長途電話。他們幹嘛那麼老遠跑來這兒，只為了打電話回他們來的地方？他們的桌上總是放著一瓶礦泉水，接待你的時候，好像完全不知道自己正穿著內褲，而且也沒有想再披上一件什麼的意思。我當時以為他們這麼做是故意要讓我覺得不自在。

　　他們會你的時候，大部分的時間都花在講長途電話上，他們通話的對象可能是在美國、日本，或哪個老遠的地方。也許那是為了讓你知道他們有多重要，或也許只是為了讓他們覺得自己很重要。他們提高嗓門是因為他們不信任義大利的電話，就像他們不信任義大利的水一樣。當真正輪到你和他們說話的時候，他們又會花很長的時間談一些無關緊要的事——一些跟你前來目的完全無關的事。然後，在你們

會面的最後幾分鐘，他們會不經易地進入主題——也就是你去找他們的原因。為什麼美國的生意人要花那麼多的時間說那些言不及義的話？他們唯一不談的卻是你到那兒專程要談的事，而且一直要到最後那幾分鐘才肯提起？他們是不是在怕什麼？

如果你拒絕什麼，他們會以為你只是在討價還價，他們絕不會認為你是說真的，然後又希望你能上電視推銷你的電影就像推銷肥皂一樣，有一次我在美國的時候，他們竟然要我上電視去示範怎麼煮義大利麵。即使在家裏，我也從來沒有煮過義大利麵呀！我從來沒耐心等水煮開。總之，我沒答應。至於我到底跟他們說了什麼，恕我不便告訴女士或小孩們，當然也不便把它刊出來。

我因《生活的甜蜜》這部片入圍奧斯卡競賽的最佳導演項目，這是首次有外國導演加入奧斯卡最佳導演的角逐。

《生活的甜蜜》給了我圓夢的機會。那是我剛做導演時就有的夢想，我之前和拉圖艾達自組拍片公司就是為了這個。有人邀請我合夥開電影公司，公司要叫做「菲德利茨」（Federiz），裏面甚至還夾帶了我的名字。我將可擁有那家公司的百分之二十五的股權，不過當時我並不清楚那意思是說：我要擔的責任是百分之百，能分享的利潤則只有百分之二十五，但經過另外那些合夥人的會計盤算後，發現其實並無任何利潤可分。但就算當初我已經知道這種情形的話，我大概還是會照做。

我以為我掌握到了權力。我以為我有機會提供自己拍片資金。我也以為我可以幫年輕導演拍他們想拍的片。我甚至以為自己可以影響到整個義大利的電影。

這個機會其實只是里佐利對《生活的甜蜜》為他賺進大筆鈔票所表示的感激，同時也是為了造勢。他真的很希望我能拍《生活的甜蜜

續集》，並且希望我能指派一些年輕導演去拍一堆小型的同類電影。他說我可以「爲所欲爲」，但其實不是眞話。我只擁有表面上的權力。

我弟弟里卡多來找我資助一部電影。我不得不拒絕他，但我想他永遠沒法兒理解或接受我的這個做法。我們以往不算太親，但之前卻從來沒有什麼怨恨或摩擦。雖然他後來也不提這事兒，我卻懷疑他是不是已經原諒我了？

更糟的是，茱麗葉塔希望我拍一部關於聖女卡布莉妮（Mother Carbrini）❶的電影，她希望自己能演聖女這個角色。那是她的夢想，她簡直等不及片子開拍。她要我來導這部片，並相信片子一定會成功。我到現在都還記得她被我拒絕時臉上那種難過的表情。

我把「菲德利茨」新開張的辦公室當做一個工作室或沙龍看待，那是一個我們可在裏面喝咖啡、交換想法的地方。我在克羅齊街（Via della Croce）上選了一間很好的辦公室，那兒什麼都有，包括附近就有一家很棒的麵包店。我總是說我喜歡身無一物，但部分的原因可能是我永遠都買不起那些陳列在瑪古塔街優雅薔裏的漂亮骨董。我找到了一張可以讓我把選角照片在上面攤開來看的骨董桌。辦公室是由《生活的甜蜜》的佈景設計師負責裝潢的。沙發用的是《生活的甜蜜》裏的那幾張，幸好它們除了省錢之外，還非常舒服。裝潢也受到些羅馬大飯店的影響，因爲我向來就欣賞那裏的風格。我自己單獨有一間辦公室，這樣我才永遠有個屬於自己的隱蔽世界可以退回去──這點對我很重要。

那相當於一個專制君王統治下的中世紀宮廷。但大家都覺得我既

---

❶聖女卡布莉妮（1850-1917），義大利天主教修女，1880 年創立聖心傳教女修會，1889 年奉教宗之命前往美國爲義裔移民服務，在美國各重要城市設立了學校、醫院、孤兒院、修道院。卡布莉妮於 1909 年入美國籍，1946 年被追證爲聖徒。

然不必再向人伸要錢，就該善心花錢拍電影才對。

　　我所有的導演朋友都出現了，人手一個拍片計畫。我所有的「準朋友」也都出現了，突然間我發現我多了一些我並不知道的朋友，**他們記得我們曾經如何要好過**，我埋首在成堆的文件裏，我從來不接電話，但也根本沒發現什麼有趣的點子。這些東西妨礙到我自己的創作，我創作時需要完全自由的想像。

　　《生活的甜蜜》改變了製片們對我的期望。他們不要求那麼多了，只要電影片名前面有「費里尼（作品）」（Fellini's）字樣即可。我對我自己的要求也不一樣了。成功的感覺眞好，我希望能重複那樣的感覺。而且我曉得只有成功才會不停地有片拍。

　　這段期間，我損失了一些朋友。我每拒絕一次，朋友就少一個，屢試不爽。他們一個個離我而去，但我也不眞的很在意，因爲那正好可以當做一個測試。但茱麗葉塔可不一樣，我可把她氣瘋了，情況**眞的很恐怖**。可是我就是沒辦法勉強自己做不喜歡的事。我覺得自己對製片們的錢有責任，我不能讓人家賠本。拿著他們的錢，我沒辦法放手一搏。

　　公司怎麼來怎麼去。里佐利對我沒找到半部電影可以開拍大表不滿。當我答應卡洛・龐蒂（Carlo Ponti）❷拍他製作的《三豔嬉春》

❷卡洛・龐蒂（1910-），義大利重要製片家，五〇年代前半曾與德・勞倫蒂斯合製過數部知名的作品；五〇年代中自創事業，製片觸角伸向國外，製作過許多口碑不錯的佳片。龐蒂的妻子爲義大利知名女星蘇菲亞・羅蘭。製片作品包括：《無慈悲》（1948）、《The Greatest Love》（1951）、《拿坡里黃金》（1954）、《大路》（1954）、《戰爭與和平》（1956）、《紅杏春深》（That Kind of Woman, 1959）、《女人就是女人》（Une Femme est une Femme, 1960）、《烽火母女淚》（1961）、《三豔嬉春》（1962）、《克莉歐五點到七點》（Cleo from 5 to 7, 1962）、《輕蔑》（Contempt, 1963）、《義大利式婚姻》（1964）、《昨日、今日、明日》（Yesterday, Today and Tomorrow, 1964）、《齊瓦哥醫生》（1965）、《春光乍洩》（Blow-up, 1966）、《向日葵》（Sunflower, 1970）、《死亡點》（Zabriskie-Point, 1970）、《What?》（1972）、《過客》（The Passenger, 1975）、《特別的一天》（A Special

（Boccaccio '70）其中的一段的時候，里佐利認為我背叛了他。雖然里佐利後來答應當我那一段《安東尼博士的誘惑》(The Temptation of Dr. Antonio) 的聯合製片，但他已經不相信我除了自己的作品外還能製作出什麼別的片子了。我想也許連我自己還能製作出什麼片子他都感到懷疑。公司關門的時候我很失望，但同時我也覺得如釋重負，不過我沒對任何人講過這感覺，連茱麗葉塔都不例外。

現在我可以回來做自己**眞正**想做的事了。這時《八又二分之一》已經在我心頭萌芽了。

茱麗葉塔沒法兒了解爲什麼我沒有在「失去」我的「菲德利茨影業」之前拍出她那部關於聖女卡布莉妮的片子。那不是一個我想拍的題材，不過就算我對它有興趣，其他幾個股東也絕對不會覺得那個計畫有什麼商業價值。我試著告訴她這點，但我的說服力不夠。旣然我已經失去了製片能力，唯一的辦法就是我們彼此同意至少那段時間別再提起聖女卡布莉妮這個話題。不過茱麗葉塔有時還會忘記我們的協議。

所以，我以爲《生活的甜蜜》給我帶來了我夢寐以求的大好機會，就像我有三個願望可以許一樣，而它們其實都是同樣一個願望：讓我可以安心拍片，不必浪費時間去找錢；讓我對自己做的事有掌握權；讓我能夠幫助其他人拍片，然後影響義大利的電影；不只是獨善其身，還要能兼善天下——這是進一步的美夢。

但這美夢卻像童話故事一樣地悲劇收場。

我損失了朋友、時間，以及一個拍片機會。我的居家生活也被毀了，晚上一邊吃茱麗葉塔煮的好菜，一邊聽她談著聖女卡布莉妮的故

Day, 1977）等。

事，眞讓人消化不良。

如果一個人渴望成爲所謂的「電影作者」的話，他應該要能夠主導自己的拍片計畫。不過一個人是很少能同時兼顧創作和賺錢的。生意人需要賺錢來塡飽肚皮，然而即使他早已吃撑了，他還是想賺更多的錢。藝術家就不同了，對他們而言，求創作上的心安比塡飽肚皮來得重要。

我一直相信自己希望能一手包辦所有的拍片事務。但「菲德利茨」的經驗告訴我，自己下海當製片並不是達成我心願的最好的辦法。我要的事實上是拍片的「創意自主權」。

所以當卡洛‧龐帝來找我，要我和羅塞里尼、安東尼奧尼、狄西嘉、維斯康提（Luchino Visconti）、莫尼契利（Mario Monicelli）❸等導演合作一部多段式電影的時候，我心動了，因爲我又可以回去做我擅長的老本行了──這是我答應的原因。羅塞里尼和安東尼奧尼後來中途退出了這個拍片計畫。拍攝的主題是「審查制度的壓迫性」，每個導演要拍出一段他這個題目的回應。之前我聽說有個耶穌會的刊物過分到建議我要爲《生活的甜蜜》入獄，當時我對這事還是耿耿於懷。

《三豔嬉春》是在一九六一年拍攝的，跟《十日譚》（*The Decameron*）❹兩者之間並沒有什麼明顯的關係。片中我把宗教和其他方面的影響，集中放在一個備受壓抑的矮小男人身上，這人就是安東尼博士。他對那個由安妮塔‧艾格寶所扮演的片中女人有著強烈的慾望，卻又

❸莫尼契利（1915- ），義大利導演、編劇。大學主修史哲，影評人起家，黑色喜劇見長。代表作品爲《The Great War》（1959）、《The Organizer》（1963）等。

❹《十日譚》爲義大利詩人、小說家薄伽丘（Giovanni Boccaccio, 1313-1375）的名作，曾被義大利名導巴索里尼（Pier Paolo Pasolini）於 1971 年搬上銀幕。《三豔嬉春》之原文片名 "Boccaccio '70" 字面上雖直指薄伽丘，但電影內容則無直接關聯。

不願讓別人知道，甚至對自己都不願意承認，所以只好用惱羞成怒的態度來抵禦那女人的性感誘惑。教會不是造成他這態度的唯一因素。她那對誘人的巨乳也是令他惱怒的原因，他們把那對乳房放大在一個巨型的看板上，作為奶品的推銷廣告。他雖然礙於心結無法愉快地欣賞這誘人的景觀，但這個女人其實就是他心中所藏女性幻想形象的誇大體現。他已經被一種扭曲的神學思考方式殘害了。

在他的一次幻想中，這個看板上的女人變成了血肉之軀，並追逐在他身後，他為了保護自己，便衝動地用了一根長矛刺進她的右乳把她給殺死了，但這麼做的同時，他也等於把自己內在所有的東西都殺死了，唯一還苟延殘喘的只有他那可憐、被壓抑的生理慾望，這慾望最後也只能化成一聲「安妮塔！」。他受到了最大的處罰——現在他得過著沒有這個女人的生活，因為他並沒有殺死自己的慾望。

我是想用這段讓大家看到男人被壓抑的慾望最後還是會衝破禁錮，並擴大成一股活生生的巨大性幻想，取代他的理性，終至打垮了他。像在《生活的甜蜜》這部片子裏面一樣，片中的安妮塔仍然對自己的性感有一份自覺，而且喜歡運用自己這項本事。但她不覺得那是自己的錯，所以不該責怪她——當然，這只是一種象徵的說法。

我常常在想那塊看板後來到底變成什麼樣了，哪天我一定要去電影城找找，那可是真一塊很精采的看板啊。

安東尼博士這個角色反對種種要把性的神祕面紗揭開的現代趨勢，這種面紗扭曲了性這件事，讓它變得好像很污穢、很見不得人。人體被掩蓋住的時候，可以讓人覺得色情，但卻不會引人注意；而一旦裸裎了，就很難不引起注目了，不過這時它也可能變得有趣，就像它可能讓人覺得色情一樣。安東尼博士這種人有所不知的是，褪下衣衫的女人只是失去了視覺上的神祕性，但她們其實還暗藏著一些人眼

所無法測知的祕密。

我相信我自己是永遠無法了解女人，我也不希望去了解。什麼都知道反而會破壞男女之事的興奮感。

我發現為我自己的電影創造女性角色是比較刺激的，這可能是因為：比起男人，女人更性感、更複雜有趣、更令人難以捉摸、更能引發我的創作衝動。我喜歡在自己的電影裏用性感迷人的女人，因為我相信，不光是男人，女人也喜歡看到這樣的女人。

依我看來，創作者就像靈媒一樣，在創作期間，他會被很多不同的角色附體。藉著做電影導演的機會，我可以過著不同時代的不同生活。我可以像卡夫卡一樣變成一隻甲蟲，而那是他之前從來沒有過的體驗。卡夫卡是個極為誇張的例子，他的想像力豐富到阻撓他做一個正常人。他的想像力豐富對世上是不錯的，但對他自己就沒什麼好處了。依我來看，卡夫卡筆下寫的完全就是他自己。這位藝術家同時變成了法蘭肯胥坦醫生（Dr. Frankenstein）和他所製造出的科學怪人，而且變得像是一個吸血鬼。我本來也很想在我之前的作品裏放進一段跟吸血鬼有關的戲——儘管我是一個連血都不敢看的人（更別說要我去喝血）。我是在進行《安東尼博士的誘惑》時產生這個想法的，不過吸血鬼這個主意還是過於強烈了一點。

莫拉多是《青春羣像》裏尋找生命意義的男孩，正是我當時的寫照。然後差不多就在我明白這種意義是永遠不會找到的時候，莫拉多就演變了《八又二分之一》裏面的珪多了。我內心裏的莫拉多是在那個時候消失不見的，或至少是對自己的無知感到不好意思而藏了起來。

我從不覺得自己有看心理醫生的需要，但我的確有個醫生朋友恩斯特·柏納（Enst Bernhard），他是個重要的容格派心理分析學家，是

他引領我進入了容格（Carl Jung）的世界。他鼓勵我記下自己做的夢，以及夢境般的遭遇。這些記錄對我某些作品十分重要。

發現容格讓我對幻想採取了更大膽的信任態度。我甚至還到瑞士去看了容格的故居，並順道買了巧克力。容格影響了我一輩子——那些巧克力也是。

發現容格對我非常重要，它的要重性不是改變我所做的事情，而是幫我了解我所做的事情。容格用一種知性的方式確認了我向來有的一種感覺：開啓想像力是一種可以培養的能力。他把我之前感受到的東西清楚解釋了出來。我是在拍《八又二分之一》的時候認識柏納醫師的，我相信我個人對心理治療的興趣也反映在這部片裏，在後來的《鬼迷茱麗》裏面當然也有。

有一小段時間，我定期地去拜託他，花了很多時間跟他在一起，但我不是去找他做心理治療，而是把他當做一個可以對我產生刺激的朋友，我去找他的原因是想對一個讓我著迷的未知世界進行挖掘，但挖到的其實就是我自己。

就好像容格的理論是特別爲我寫的一樣，我把他當成自己的老大哥一樣看待。我記得小時候，曾希望自己也能有個哥哥把我帶領到外頭的繁華世界。小時候我很天眞，我知道有段時期我甚至希望媽媽去醫院裏再幫我抱一個哥哥回來。等她最後眞的進了醫院，回來時卻抱著一個很小的女娃娃，那時讓我覺得那一趟好像不太值得。我們小的時候，弟弟里卡多對人生的了解好像比我還少，所以我希望能找個比我年長的人來回答我一些問題，或至少讓我對他提出一些問題。到了長大以後，我比較喜歡交一些年紀比我大的朋友。對我來說，容格好像就是以前最渴望能交到的知心密友。

對容格來說，「象徵」代表的是無法用言語表達的事物，但對佛洛

伊德（Sigmund Freud）來說，「象徵」代表的卻是暗藏的事物──因為它們是可恥的。我相信容格和佛洛伊德的不同之處在於：佛洛伊德是用理性來思考，而容格則是用想像來思考。

閱讀容格對我最重要的一點，就是我可以把在他書上看到的東西應用在我的個人經驗裏，因而把從早年起就存在我心裏的自卑感和罪惡感一掃而光，這包括父母親和老師的責備，以及有時來自其他孩子的嘲笑，這些人都認為跟別人不一樣就是比較不好。雖然我也有些朋友，但以我重視內在生命遠超過外在生命的角度看來，我算是孤獨的孩子了。對其他小孩來講，丟雪球要比幻想、做夢來得更真實。做為一個身處眾人中尚覺孤單的孩子，表示我那時真的是無可救藥的孤單。

我在拍片現場建造自己的家，跟志趣相投的人做家人。有段時期，我對探索自己的內在世界十分著迷，這也是為什麼那時卡斯塔涅達（Carlos Castañeda）❺和他的作品那麼吸引我的原因。對我來說，容格既不做作，也不會對難以觸及的部分強加解釋。我覺得他的東西很親切，他就像我曾經希望能找到的哥哥一樣，他向我召喚：「這兒，往這兒走。」一來是因為我尊重他的領導──這是個重要的因素；二來是因為那正巧就是我要前往的方向，所以我很容易就可以經由已經敞開的大門去跟隨他。對我來說，他似乎是那些重視用想像力和象徵手法來表現創意者眼裏的完美哲人。

我們做的美夢、惡夢，都和三千年前的古人做的並沒什麼不一樣。

❺卡斯塔涅達（又譯卡斯塔尼達），美國當代人類學家，以一系列記述印地安老人唐璜言行的著作風靡歐美，譯成中文的有《唐璜的門徒》、《新世界之旅》、《做夢的藝術》。費里尼原計畫拍攝他的故事，後來將此構想和義大利知名漫畫家米羅‧馬那哈（Milo Manara）合作，繪成連環漫畫《土倫之旅》（中譯本由時報出版公司出版）。

那些我們在現代住屋裏享受到的基本的恐懼，跟那些住在原始洞穴裏的祖先享受到的其實是同一回事。我用「享受」這個字眼是因為我相信恐懼這種情緒也含括了某種享樂的成分。不然為什麼還有人要去坐雲霄飛車？恐懼可以讓生活更加來勁，只要不過分的話。大家一向認為承認恐懼是缺乏男性氣魄的表現。恐懼和懦弱根本是兩回事。克服自身恐懼才是人類最勇敢的表現。完全不會恐懼的人不是瘋子就是傭兵，再不然就是一個瘋了的傭兵。這些「天不怕地不怕的人」沒辦法為自己的行為負責，也不值得信賴。他們得被隔離起來；那麼他們天不怕地不怕的行為才不會危害到別人。

我不知道我對容格的發現是不是影響到我的作品。但它的確對我產生了影響。我想對我產生影響而且已經變成我的一部分的東西，也必定會變成我作品的一部分。我知道我們之間有親戚關係，對於支持我存在的幻想世界，他也一再表示肯定——那是一個特殊的領域。我和容格都極為推崇想像的行為。他把夢看成人類共同經驗所導致的原型意象。我幾乎無法相信還有誰可以把我對富創意的夢的感覺說得那麼清楚。容格談巧合和預兆，我覺得這兩樣東西對我的人生一直有重要的影響。

《鬼迷茱麗》不僅是一個探討容格心理學的機會，並也對星象、降靈……等所有的神祕主義預留了探索空間。我拿拍片當藉口，其實是把時間花在我自己感興趣的事情上。當然，《女人城》（City of Women）這部片就是代表夢境經驗的全面挖掘，這主題在《安東尼博士的誘惑》裏就已經開始存在了。

露薏絲·蕾娜（Luise Rainer）❻在羅馬的時候，有人把她介紹給我。我曉得她在三〇年代曾一連得過兩座奧斯卡金像獎，但不知道她

那時已經嫁給克立福‧歐德茨（Clifford Odets）❼。我一看到她的臉就覺得非常適合讓她在《生活的甜蜜》裏軋一角。她個頭小小的，非常苗條，頭上戴著二〇年代款式的無沿小帽，額頭留著一排稀疏的瀏海，大大的眼睛看得穿你，眞是再適合不過了！

　　我立刻邀她演那個角色。她要我把劇情、她要演的角色，以及其他劇中的角色告訴她。通常我是不做這種事的，但我又不能對這樣一個偉大的女演員失禮。所以我就跟她說了，不過後來她倒開始對**我**說一些她對那個角色的看法。我想這表示她已經接受了我的邀請，雖然她沒有正面說「好」。我接下來還有別的約，但她不停地說讓我插不進話。她有一大缸子想法，這讓我聯想到自己：過分的多！最後我不得不打斷她，說我得走了。當時她人在回紐約的路上，她說她會把她對這個角色的意見寫下來寄給我。大家總是說他們會寫信，但都沒做到，所以我也不期待什麼。可是她倒眞的寫信來了，而且一寫再寫。

　　那是個次要角色，戲份不多但戲很精采。她後來開始改寫她的戲，她的戲份變得愈來愈多。然後，她又開始改寫這部電影。她對心理治療很感興趣，還從紐約打電話來，想跟我討論她那個角色的心理狀態和困擾。她說她喜歡羅馬，而且準備好要來待上一段時間。

　　爲了蕾娜小姐，我甚至被迫同意在她的角色上做些修改。這**不是**我會做的事，連茱麗葉塔都知道要我事前同意更動角色劇情有多難，這種更動在拍片現場或許還有一點可能。我之所以同意修正，完全是

---

❻露薏絲‧蕾娜（1910-　），奧地利籍女演員，三〇年代中至好萊塢發展，曾被預期成爲另一個嘉寶。《歌舞大王齊格飛》（The Great Ziegfeld, 1936）、《大地》（The Good Earth, 1937）爲其銀幕代表作。蕾娜於1937年嫁給克立福‧歐德茨，但由於歐德茨爲蕾娜選擇的角色多半不合適她，導致蕾娜的演藝事業中途落敗，兩人婚姻關係亦於1940結束。

❼克立福‧歐德茨（1906-1963），美國劇作家、舞台演員，暨電影編導。電影作品包括：《None But the Lonely Heart》（1944）、《The Story on Page one》（1959）等。

出於對蕾娜小姐的尊重。

　　但每次我同意讓步，她就又得寸進尺。

　　最後當我不得不向蕾娜小姐宣佈她的角色已從劇本裏剔除了的這個「令人傷心的」消息的時候，我不確定自己是不是真的那麼傷心。

　　這就是為什麼露薏絲・蕾娜**沒在**《生活的甜蜜》片中出現的原因。不過《八又二分之一》裏面有個角色也的確是從她身上得到的靈感。那個角色是由曾在《北非諜影》裏飾演亨佛萊・鮑嘉法籍女友的瑪德蓮・勒波（Madeleine Lebeau）飾演。這事對瑪德蓮人生的改變大於對蕾娜小姐人生的改變。露薏絲・蕾娜回到倫敦過著充實的生活，她的丈夫是個重要的出版商。瑪德蓮後來就在羅馬待了下來，最後嫁給了杜里歐・畢奈利。我理所當然做了他們的證婚人。

　　有時別人問我，為什麼我要用演員本身的名字當做他們所飾演角色名字。我不知道，也許只是因為我懶吧。我是從《青春羣像》這部片子開始用我弟弟里卡多、艾貝托・索迪和里歐波多・特里埃斯德他們的真名做劇中角色名字的。之後就改不掉這個習慣了。我忘掉人名的能力和我記住人臉的能力一樣的好。我曉得自己的記性好，但那種記性是非常偏視覺方面的。再說，有時候角色還沒命名之前，演員就敲定了，所以也沒辦法用別的方式去思考那個角色。娜迪亞・葛蕾的情形就是這樣，但安妮塔・艾格寶飾演的角色早就已經有名字了。我沒把《八又二分之一》裏的主角也叫馬契洛，是因為我不想把他和《生活的甜蜜》裏的那個角色搞混了。此外，珪多這個名字也曾在我早期寫了但沒拍的一個叫做《與安妮塔共遊》（Journey with Anita）的劇本裏出現過。當時我想用蘇菲亞・羅蘭（Sophia Loren）來飾演安妮塔那個角色，不是用安妮塔・艾格寶，因為那時候我還不認識她呢。那名字是個巧合。不過我又相信那不只是巧合，這個神祕的世界還有許多

我們不知道的事，什麼都可能發生。

　　我寫《與安妮塔共遊》的時候，不但不認識安妮塔・艾格寶，甚至沒**聽說過**她這個人。多年來，我一直得向人否認我寫那個角色的時候心裏想的是她。我偶爾會隨便想個名字，那是其中一次。他們老告訴我，用真實人物的名字是會出問題的。但真正出問題的卻是「安妮塔」這個名字，茱麗葉塔對這事的誤會尤其大。我跟她說我這輩子有過的女人沒有一個叫安妮塔的，「那麼她**叫做**什麼？」她問。

　　因為蘇菲亞・羅蘭那時候沒空演那個角色，卡洛・龐蒂就沒興趣製作《與安妮塔共遊》這部電影了，我本來也可以找別人來演的，但因為故事的自傳色彩過高，她不能演我也就不拍了。不過當然也不能說它是百分之百的真人真事囉。當我明白自己等於是要光著身子站出去，不免也有些尷尬。此外，我也不想對茱麗葉塔造成任何傷害。《莫拉多城市歷險》也有某些程度的自傳色彩，不過講的是我認識茱麗葉塔以前的生活。

　　《與安妮塔共遊》是講一名已婚男子的父親病危，這名男子藉探病之名攜情婦返鄉。停留故鄉期間，他的父親去世了，他為自己從來沒能真正跟父親溝通過感到慚愧，但突然之間已經沒機會、來不及了。

　　我爸爸在那之前不久過世，我當時也很後悔沒能告訴他：我再也不恨他的出軌行為了。小時候，我跟媽媽同一個立場；但長大後，我卻能站在爸爸角度來看事情。我在劇本裏表達了我看到爸爸屍體躺在那裏時的心情。然後有一次做夢，我也看到自己——年紀大些時候的自己——取代了爸爸的位置躺在那裏。

　　安妮塔那個角色喜歡吃、喜歡光著身子在草地上打滾，喜歡深入去感受，喜歡表現自己的情緒。這些全是男人又愛又怕的特質。在旅程結束前，珪多和安妮塔關係也告吹了。

到了某個階段，那個劇本就不再吵著要我去拍它了。我對它的感覺已經消磨殆盡了，所以就把它賣給別人去拍。劇本是艾貝托・葛里馬迪（Alberto Grimaldi）❽買下的，導演是馬里歐・莫尼契利，女主角則找了歌蒂・韓（Goldie Hawn）。然後他們還找了和我在體格或各方面都不像的吉安卡羅・吉安尼尼（Giancarlo Giannini）❾來演珪多那個角色。電影在義大利還是保留了《與安妮塔共遊》（Viaggio con Anita）的片名，但影片的英文片名則變成了《騙子・情人》（Lovers and Liars）。這算哪門子片名呀，可以有好幾打電影都叫這個名字，但追究起來，又全說不通。那部電影我從來沒去看過，不過賣劇本的支票倒是去兌現了。

心意可以改變事物的情勢，因爲我們都是根據自己的期待來行動的。

萬事起頭難。不論你想做什麼，一定得先起個頭。我每部電影的開頭大約都是發生在我自己身上的事，但我相信那也是別人的共同經驗。觀眾應該要會說：「我（或我認識的一個人）也碰過這種事。」或表示：「眞希望我也能遇到這種事」或「眞高興這事沒發生在我身上」。他們應該要能認同、同情，或覺得有同感，最好能讓他們進入電

---

❽艾貝托・葛里馬迪（1926- ），義大利製片，爲義大利導演塞吉歐・李昂尼（Sergio Leone）製作過一系列的「義大利西部片」（Spaghetti Westerns），此外亦與費里尼、貝托路齊及巴索里尼等導演合作過。製片作品包括：《愛情神話》（1969）、《十日譚》（1971）、《坎特伯里故事》（The Canterbury Tales, 1971）、《巴黎最後探戈》（1973）、《天方夜譚》（The Arabian Nights, 1974）、《索多瑪一百二十日》（Salo or the 120 Days of Sodom, 1975）、《卡薩諾瓦》（1976）、《舞國》（1977）、《一九〇〇》（1900, 1977）等。

❾吉安卡羅・吉安尼尼（1942- ），義大利演員。七〇年代極富魅力的憂鬱型男星，爲義大利女導演莉娜・維特美拉（Lina Wertwuller）之長期合作搭檔。作品包括：《咪咪的誘惑》（The Seduction of Mimi, 1972）、《愛情與無政府》（Love and Anarchy, 1973）、《七美人》（Seven Beauties, 1975）、《無辜》（The Innocent, 1976）、《莉莉・瑪蓮》（Lili Marleen, 1981）、《大都會傳奇》（New York Stories, 1989）等。

影情節，讓他們認同我的角色或至少認同其中一個角色。我先是試著去表達我個人的心情、感受，接著才去找尋對我們這種人有意義的眞相道理。

我完成的作品跟我一開始要拍的東西從來不會完全一樣，但也無所謂。我在片廠的時候非常有彈性，不過我拍片的確是先從劇本開始的。劇本是起跑點，同時也提供了安全感。拍了幾個禮拜以後，片子就開始有了自己的生命。你邊拍，電影邊長，就像人與人之間的關係會成長一樣。

我拍片的時候一定要清場，但也有不少人可以例外。況且，只要人數不是太多，我也歡迎一些我喜歡的人在場。但如果我察覺到有哪個不對勁的傢伙在看我拍片，我的創作力就會慢慢枯竭。這種情形甚至會影響我的生理狀況，譬如喉嚨會漸漸乾燥。周圍有非善類的面孔存在，對工作成效是很有殺傷力的。

了解一件事何以困難並不會減輕它的困難程度；而了解一件事的困難**程度**則可能讓人更不想去嘗試它。對我來說，拍電影是變得愈來愈困難，而不是愈來愈容易。每拍一部片，我就愈了解有地方可能出錯的，也因而覺得威脅愈大。如果你能化危機爲轉機，總是一件讓人開心的事。如果我在片廠看到布洛德立克・克勞福這樣的演員有點醉了，我就會想辦法把這事融入劇情裏。如果有誰剛跟他老婆吵了一架，我就會試著把他不開心的情緒放進他的人物性格裏。當我沒辦法解決問題的時候，我就把問題收編。我了解夢境是無法企及的，也了解自己心中的電影和銀幕上的電影永遠不可能一模一樣。一個人一定得學會容忍這樣的事。

要找到合適的拍片計畫是最困難的一件事。我需要一個「存在的理由」（raison d'être）才有可能揚帆出發。對我來說，那就是「合約」。

很多人都會說：「我想寫本書…」，但如果你知道你有書商和合約的支持就什麼都不一樣了，或是說就**幾乎**什麼都不一樣了。你除了有目標外，還需要有鼓勵。如果你不確定自己的書會被出版，就很難有寫書的動力。對我來說，沒人願意當我的製片，我就很難去拍一部片。我需要用合約來維持拍片的紀律，此外，片廠可以提供我支助和管理，對我極為重要。

以《八又二分之一》這部片子來說，我之前害怕會發生的事情在那時終於發生了，不過實際情況比我任何一次的想像都要可怕。就像作家遇到創作瓶頸一樣，我也碰到了拍片上的難關。我那時製片確定了，片約也簽了。我人在電影城片廠，所有人都準備好了，就等我開拍。不過他們不知道的是，我原本打算要拍的那部電影已經棄我而去。有些場景都已經準備好了，但我還沒找到拍片的情緒。

當時大家都在問我關於那部片的事。我現在是絕對不會去回答那些問題的，因為我認為在拍片之前談片子的事會削弱片子本身。精神都談光了！況且，我也需要有改動的自由。有時候我對待媒體就像對待陌生人一樣，他們問我拍片的事，我就會用同樣的謊話回答他們，為的只是讓他們別再追問下去，並且保護我的電影。就算我當時告訴他們真話，完成的片子也可能會變動很大，然後他們又會說：「費里尼騙我們。」但這次不一樣。這次，馬斯楚安尼問我關於他角色的事情的時候，我變得結結巴巴，而且語無倫次。但他是那麼地信任我，他們全都信任我。

我坐下來寫信給安傑羅‧里佐利，向他坦白我的狀況。我告訴他：「請諒解我的混亂狀態。我沒辦法繼續拍下去。」

在我還沒把信寄出去之前，有個器械師來找我，他說：「你一定得來參加我們派對。」器械師和電工們打算為他們的一個伙伴慶生。

其中一個器械師求我也去參加。雖然當時沒心情做任何事，但我也沒辦法拒絕他們。

他們用紙杯送上了香檳，我也拿到了一杯。接著是敬酒，大家都舉起了紙杯，我以為他們要敬壽星，結果不是，他們反倒向我和我的「傑作」舉杯。當時他們當然不知道我心裏的打算，他們對我表示了十足的信心。我離開派對回到辦公室，心裏覺得很震驚。

我就要讓那些人砸掉飯碗了。他們喊我「魔法師」，但我的「魔法」到哪兒去了？

現在我怎麼辦？我反問自己。

但我沒聽到自己的回答。隔著外頭的噴泉水聲，我努力傾聽自己的內心話語。然後，我聽到了一個細微的聲音，一個法子。我知道了！我要講的是一個不知道自己要寫什麼的作家。

然後就把要給里佐利的信撕了。

後來，我又把主角珪多的職業換成了電影導演。他變成了一個不知道自己要拍什麼的電影導演。要在銀幕上去描寫一個作家並不容易，我們很難用有趣的方式去呈現他的工作。寫作這件事並沒有太多的動作可以展現，但電影導演的世界就充滿無限的可能了。

珪多和露薏莎（Luisa）必須表現出他們曾是戀人，但現在已經趨於平淡的情感關係。雖然熱戀和蜜月期過後，他們的關係已經產生了一些變化，卻還是一種非比尋常的關係。要描述一對當初經由熱戀而結合，然後經過長期婚姻生活的夫妻的關係，並不容易。兩人往日的情感關係大量（雖非全部）轉化成朋友關係。那是一輩子的友誼，但當背叛的感覺來襲……

馬契洛和安諾可以偽裝他們的真實情感，是極優秀的演員。不過，我又不能說我在意他們兩個 **那麼** 來電。我想有些地方在銀幕看得出

來。但當然，馬斯楚安尼和安妮塔・艾格寶在眞實生活中就**不**覺得彼此有那麼迷人，所以兩人之間自然也就沒有什麼，但《生活的甜蜜》卻照樣成功。

我對《八又二分之一》這部片子的結尾本來是另一種打算。當時我必須爲預告片拍點東西，爲了這段預告片，我找回了兩百名演員，用七部攝影機拍下他們遊行的盛況。當我看到那些毛片時大爲所動，它們簡直是棒透了。於是原先珪多和露薏莎在火車餐車上重修舊好的那個結尾就被我換掉了。因此，即使是製片的要求有時也是有好處的。我後來把一些片中沒用上的東西用在《女人城》裏。片中史納波拉茨（Snaporaz）以爲看到了自己夢裏的女人來到他的火車包廂的情節，就是珪多幻想在餐車中看到了自己一生所有的女人那場戲給的靈感。而這段戲原本是要當做《八又二分之一》的結尾的。

我曾想去看《九》（Nine）這齣由《八又二分之一》得到靈感的百老匯舞台劇，可是我人在紐約的時間老是不對。我最希望被改編成百老匯戲碼的電影是《鬼迷茱麗》。這有幾個非商業考量的理由，一是我想在百老匯看到我自己的戲；二是我想回到我原先的構想。當時有些想法沒被用到戲裏，因爲那時它們都還不夠成熟。最後得勝出線的點子不是因爲它們最好，只是因爲它們當時最強勢。茱麗葉塔很喜歡這部電影，但她對我的處理方式不太滿意。她自己有些不同的想法，我想把它們用進舞台劇裏藉此討好茱麗葉塔，不過也是因爲我現在覺得她的意見有道理。這個計畫我已經和夏綠蒂・錢德勒（Charlotte Chandler）進行好幾年了，而馬文・漢姆利胥（Marvin Hamlisch）❿也願意

---

❿馬文・漢姆利胥（1944- ），美國作曲家、鋼琴家。漢姆利胥於1968年起開始爲電影配樂，作品深具流行感，曾以《往日情懷》（The Way We Were, 1973）及《刺激》（The Sting, 1973）獲得奧斯卡獎。此外，他的百老匯歌舞劇作品《歌舞線上》也獲得東尼、普立茲、萬萊美等三類大獎的一致肯定，堪稱殊榮。

為這齣劇作曲。我希望它能像《歌舞線上》（A Chorus Line）上演得一像久，這樣我才趕得上去看它。

我從來不需要毒品，也從來不覺得它們有什麼吸引力。真的！我從來不需要這些東西，不過我承認我對它們好奇過。我在西班牙階梯那兒看過一些「嗑了藥」的嬉皮。

我拍片當然不需要藉助毒品的幫忙。除了我的電影以外，再有些吃的，我就很滿足了，也不再需要些什麼別的──當然性生活例外。我全身充滿了活力。有的導演告訴我，他們在拍片的時候會暫時放棄性生活，或降低性生活的次數，因為他們導戲和做愛的精力是同一來源。我個人倒是覺得自己在拍片時比起其他時間都來得有精神。不論是導戲還是做愛，我都會變得比較精力旺盛。拍片讓**每件**事都變得極為刺激。

拍攝《八又二分之一》期間，我沒讓自己冒險，但片子一拍完，危機──兩部電影之間的空檔危機──就開始了，這是我的老毛病。在片廠時，我可以操控全場，威風八面，但回到真實生活裏，我卻從來達不到那樣的地步。

我決定嘗嘗 LSD 這種迷幻藥的滋味，就試一次，不過我希望整個過程不致失望。因為我們家族向來有心臟方面的毛病，所以我先做了心臟的檢查，雖然通過了檢驗，但醫方建議屆時應有心臟科醫師在場。我沒法兒想像如果到時我心臟病發他會怎麼處理？由於我希望把一切經驗都記錄下來，所以做那個實驗的時候就找了一個速記作陪。有些人說：費里尼老是要把一切東西都變成作品。

我必須承認我想試 LSD 有受到卡斯塔涅達著作的影響。我以前希望能認識他，我想我們甚至可以有些共同的嗑藥經驗可以聊聊，這會是我們的交集。做為一個創意人，我想我該知道時下大家在談些什麼？

做些什麼？——即使那是一些令我怯步的事情。我向來希望能完全掌控自己，但此舉卻像是自己完全受到外物的掌控。我怕這事會對自己造成永久性的傷害，我擔心這會影響到自己做夢的能力，至於肉體上的損傷則較不在意。儘管如此，我對 LSD 和卡斯塔涅達用的那種迷幻藥所能造成的幻覺效果已經頗有所聞，而且相當好奇。

事情是因為我開口說了要做才不得不成為事實，我並不真的想試。我並不喜歡讓自己的意志被其他東西控制，而且我也不確定此舉是否會留下永久性的傷害。我對其中的利害關係十分左右為難。我從來只希望外型有所改變，絕不希望在心智上有什麼變化。我是不是會因而失去夢的能力呢？可是我已經說過我要試了，是我自己同意的，況且，一切都已安排就緒，我實在不想讓自己看起來像個膽小鬼。

事後我什麼都不記得。我不了解為什麼我要那麼大費周章。卡斯塔涅達用的藥一定更好，也許是因為它們是印第安人用天然材料製成的？那些東西原本是被用在宗教儀式裏的。我並沒覺得更舒服，也沒有騰雲駕霧的感覺，什麼都沒有⋯⋯

我反倒覺得有一點輕微的頭痛，而且非常地累。

根據旁人的說法，我吃了那個東西以後邊走邊說了幾個小時。怪不得我會累！他們向我解釋，那是因為平常我的腦子就不停地在轉，我身體受到迷藥影響以後就會把我腦子裏的活動表現出來。我哪裏需要別人來告訴我，我的腦子不停地在轉？

我認為那個星期天是白白浪費掉了，不過我盡量不讓自己再浪費時間在「後悔自己浪費了時間」這件事上。我唯一需要的刺激品是拍電影，只不過這種「藥」太貴了。

我也從來沒有真正相信過占星術，但卻一直對這種事很有興趣。以我自身為例，它的靈驗性不是一句「巧合」就可以打發掉的。也許

我以前該對它更加注意的。我對任何神祕難解的領域都有興趣。我盡量保持開放的態度。我跟一些懂得占星術的人碰過面，也認真聽他們分析星座在山羊（魔羯）和水瓶之間的人的事情。我的生日是一月二十日。我到現在還不很清楚這些星座到底是如何影響我的。我只知道自己一直不喜歡羊肉，而且從沒學會過游泳——不管這個事實可以有何種解釋，但畢竟和水相星座不太符合吧。但有幾次我也遇到預測神準的占星家。我相信冥冥之中還是有些我們不了解的事，我想占星術裏一定有些什麼可以去研究的。我對沉思這種可以把心中雜念完全理清的學問十分著迷。但我腦中的想法來得快，我沒辦法控制卡斯塔涅達所說的「內在對話」（interior dialogue）。我跟一個印度教導師談過這事，但我沒法在這方面掌控自己。所以我就對「沉思」這種事煩了。原因之一也許是我怕一旦我把自己腦中那些醒著的夢和畫面「關掉」，它們就可能會受到驚嚇，從此一去不返，我不就孤單死了？

做一個電影導演，你沒辦法真的想做什麼就做什麼。你必須有彈性，不可以過分依賴任何一件事情，拍《鬼迷茱麗》的時候，我原本打定一顆漂亮的百年老樹的主意，沒想到拍片前一天晚上來了一陣暴風雨把樹搞沒了。

有一回茱麗葉塔看到我在紙上畫了一個小圓圈，她於是屏氣凝神，知道**事情**發生了，她不需要仔細看就知道那個圓圈是畫她的臉。她知道我會從她的角色開始發展——因為那是我最清楚的一個角色；她認得屬於**她的**圓圈。茱麗葉塔在紙上看到了她的頭以後，就變得非常安靜，因為她知道有個角色就要成形了。這就是《鬼迷茱麗》的起頭。

第十一章
我的守護天使只可能是女人

在片廠和家裏，我都和茱麗葉塔討論得很多。直到有天晚上她終於跟我說了：「爲什麼你對我特別嚴格？你對別人比較好。」

我之前沒發覺到這點，沒錯，她說的對。因爲我是從她的角色開始出發的，那是所有東西的支撐點，而且那也是我想得最清楚的一個角色。因此，如果茱麗葉塔沒有演出我希望她演得樣子的話，我會非常非常失望的。

《鬼迷茱麗》是特別爲茱麗葉塔量身訂做的，因爲她那時想復出演戲，而我也想爲她拍一部片。當時有很多想法，很難說得清楚爲什麼最後是這個故事雀屏中選，我仍然認爲是它的競爭力比別人都強的緣故。

有一個沒用到的點子是把她塑造成世界上最有錢的女人；還有一個是讓她演修女，但故事過於簡單，而且題材和宗教牽連過深；不過，這倒是茱麗葉塔最喜歡的一個點子。我剛想拍一個有名的靈媒的故事，但這是他們美國人所稱的「傳記電影」（bio-pic），我覺得如果一定要我忠實於一個眞實故事，尤其是一個現代人的故事的話，就會讓我有綁手綁腳的束縛感。

我另行編出來的這個故事其實是摘自好幾個其他的故事，茱麗葉塔也喜歡。這是我第一次問她在某種情況下她會說些什麼、做些什麼？

而且我也用了一些她的意見。

在這之前，潔索米娜和卡比莉亞都是就我自己對茱麗葉塔的了解所勾勒出的角色，而她也只是用她的肢體方面的演技來默默加添自己的意見。那個時候，她還非常溫順，我怎麼說她怎麼做，對我敬重有加。她以前總是使盡全力地去演好每個角色。但到了拍《鬼迷茱麗》那個時候就不一樣了。在片廠的時候，茱麗葉塔還是像以往一樣順從尊重我！但她只是在表面上、在眾人前同意我。等到晚上回家了，她就把悶了一天的想法，尤其是她認為不對的地方都告訴我，而且大多時候都是談她自己角色的部分。茱麗葉塔永遠都是個演員，她當不了編劇，她對角色會怎麼想和她自己該怎麼演有很多不同的意見。對於茱麗（Juliet）這個角色，她有不少批評，我想當時我為了保護自己的創意而顯得有些頑固。我想維護**自己**對劇中角色的想法，她則想維護**她的**。我現在才明白她當時說的大多都是對的，我想自己那時應該多聽她一點才對。

片中的茱麗是那種受到宗教和傳統婚姻觀念影響下的典型義大利婦女，她相信婚姻會帶給她幸福。而她一旦發現事實並非如此的時候，她就變得無法理解或面對那樣的事實，於是她逃避到自己的回憶和神祕世界裏，當這種女人被丈夫背叛以後，她現實生活中的伴侶就只剩下一台電視機。

我和茱麗葉塔對這個角色的未來在詮釋上有些不一樣，基於對茱麗葉塔在表現人物細節能力上的尊重，我徵詢了她的意見，但當談到茱麗被丈夫拋下以後的情況，我們的看法就完全不同了。雖然我當時十分堅持己見，但隨著這些年過去以後，我現在覺得她當時的想法的確比我正確。也許我那時也感覺有點不對了，雖然她在片廠已經盡量克制自己不滿的情緒了，但還是不可能做到天衣無縫。因為在那之前，

她還從來沒有那麼堅持自己的看法過。

我那時相信，甚至到現在都還多少相信：當茱麗被丈夫拋棄以後，反而打開了她和外在世界溝通的門窗。從此她獲得了尋找自我的自由。她可以隨意自由發展自己的內在生活和外在生活。

但茱麗葉塔有不同的看法。「茱麗在那一刻還能怎麼樣呢？」她問我。「太晚了，女人和男人的情況不同。」按茱麗葉塔的想法，茱麗會變得落落寡歡，她不會去尋找自我。她說我是在把男性的價值想法以及理想硬加在一個女性角色身上。她並未當眾抱怨，而是在家裏跟我說這些的，整個拍片期間都持續著這個情況。然後，片子拍完了，雖然成績並不特別好，她卻從來沒有抱怨過。她從沒說過：「我早就告訴過你了！」這樣的話。

茱麗葉塔是個女演員，當然也希望在銀幕上看起來更耀眼。片中的茱麗隨著人物性格的發展形成了自己的生命，必須自己走自己的路，我已經把那個角色畫出來了，而這個角色其實是從那些小圖裏走出來的，所以就某個角度看來，我不僅畫出了茱麗在我眼裏的模樣，我還給了她生命。

我把她的衣服畫成像是那些被丈夫背叛的可憐妻子所穿的衣服。那些衣服從紙上看起來好像還能讓茱麗葉塔接受，但等到衣服做出來了，她又認為不合適。「合不合適」並不是重點，我畫的向來就是滑稽諷刺的誇大漫畫，「合適」本來就不是它的目的。我只是努力把我對這個人的內外觀察給畫出來。重要的是：那些衣服是不是能幫觀眾了解那個角色，還有它們是不是更能幫茱麗葉塔感覺到她的角色？

她說不能，那些衣服對她的表演沒有助益。我個人認為問題在於她看到毛片上的自己不夠搶眼，她對自己的樣子並不滿意。愈年輕的女演員愈渴望去演一個，譬如說一百歲的老女人，但當她步入中年以

後，她就希望自己可以看起來年輕一點了。

我編寫女性角色的方式曾遭到批評。有人說我**不是**女兒身，所以不懂怎麼寫女人。這是不是表示：如果我不是花或樹，我就不懂得怎麼去描寫花或樹了？

對女人來說漂亮的部分涵義是她覺得自己漂亮。當她覺得自己漂亮的時候，別的男人和她自己都會覺得她比較漂亮。男人有責任幫助女人讓她們覺得自己很漂亮。

拍《鬼迷茱麗》的時候，我告訴珊德拉・米蘿（Sandra Milo）❶：「你必須對自己的美貌有信心，你必須自在站在一面全身鏡前，最好是光著身子，大聲地對自己說：『我很漂亮，我是世界上最漂亮的女人。』」在那之後，我要求她必須把眉毛剃掉，所以她相當沮喪。我向她保證它們不但會長回來，而且會長得比以前還漂亮，但她並沒有開心起來，她說她會看起來像個怪物。不過她最後還是照辦了，幸好她的眉毛後來真的長回來了。

我這輩子身邊都跟著一位長得像天使一樣的女人對我搖著手指。我認識她，她就是兒時身邊的那位天使。她總是在我附近不遠，是我的守護神。如果我的守護神不是女的，會讓我無法想像。這位天使就像我生命中的其他女人一樣，對我從來不滿意。她經常出現在我面前，對我搖著手指，意思好像是說我沒有達到她的理想期望。但她臉的樣子我倒從來沒有看清楚過……

身為一個電影導演的要素之一就是一定要有權威，那是我一直覺

❶珊德拉・米蘿（1935- ），義大利女演員，是五、六〇年代法國、義大利的頂尖女演員，作品包括：《The Mirror Has Two Faces》（1958）、《Ghost of Rome》（1961）、《八又二分之一》（1962）、《鬼迷茱麗》（1965）等。

得自己無法辦到的事。在我年輕的時候，很害羞，覺得自己無法對任何人語帶權威地說話，對漂亮女人說話的時候尤其沒輒。現在我還是害羞，不過在做導演的時候已經不會了。

以前女人一直會讓我害羞。我不會跟一個有過屬害情人、而且會拿我跟她的情人比較的女人在一起，即使她只是暗自在心裏比較也不行。我那時的床上功夫比不過別人。我喜歡害羞的女人，不過兩個人都害羞在一起就會有些彆扭。

有時候我可能會問某個在我拍戲現場的女人：「昨天晚上你有沒有跟人親熱？」她會被弄得不好意思，而即使可能有，她通常都會回說沒有。然後我就會說出一句類似「那可眞是虛擲春宵啊」的話。

如果她們有人敢大膽地說有，那我可能就會說，「很好，那你有沒有痛快到？」

女人們總是會向馬契洛投懷送抱。我對他說：「你眞是幸運。」

他回我：「她們向你投懷送抱，是你自己不把握。你甚至視而不見，就讓她們白白走掉。」

我欣賞女人純眞的那個部分，也珍惜自己相同的這個部分。我喜歡自己沒有防衛心時那種心態開放的反應。任何人身上有這種純眞的特質我都會喜歡，這種特質在某些狗的身上尤其可以看到。

我向來很怕女人。有人說我經常在作品裏貶抑她們。這話就離譜了。我把她們提升到女神般的崇高地位，有時是她們自甘墮落，是她們自己要從位子上往下落的。我之所以如此看待她們是因爲我還是從一個思春期（puberty）❷前後男孩的觀點來看她們的。有人寫說我是以一個「靑春期（adolescence）少年的眼光」來看她們的，其實不對，

❷思春期（puberty），男子約在 14 歲。書中下句提到之青春期（adolescence）年齡，男子約爲 14-25 歲。

我對此徹底否認。關於我對女人，以及我對自己與女人之間關係的理解間，可從來都還沒有達到可以稱得上青春期的地步。我是推崇女性的。

男人經常會賦予女人神一樣的地位，因爲不這麼做的話，他們對女人不屈不撓的追求，連在他們自己眼裏看來，都會像是傻瓜才會做的事。正如「性」這件事對女人要比對男人複雜得多，同樣地，女人，這個性別的複雜度也是遠遠超過男人的。我總是一直把男人拍成一種極爲簡單的動物，但男人好像從來不會對我這樣表現他們感到不滿。女人敏感得多，她們經常抱怨我沒在電影裏把她們處理好。

我跟茱麗葉塔結婚快五十年了，還是一直覺得自己不很了解她。她做爲演員以及我的工作伙伴的這個部分我一直相信自己了解。在那時候，我可以預測得出她的想法和做法。我可以分辨她氣到哪種程度。不論效果是好是壞，我可以左右她的表現。身爲導演，我可以決定什麼東西對電影最好。我可以克服她在角色詮釋上的抗拒感。比較好的情況是：我可以學習著從一個女演員的觀點把戲編導得更好，我可以根據她的詮釋角度來修正我對劇中人物的想法。她覺得我這麼做是要討好她，或有時是在安撫她。但我只在她有道理的時候才會這麼做，她的看法雖然不是每次都有理，但也常常有理。她是個專業演員，但更重要的是，她有很棒、很天眞的直覺。她還能讓自己跟著感覺走，所以一旦碰觸到她心裏底層的某種東西的時候，出現的力量就會十分動人，沒有人可以把那樣的東西在紙上寫下來。

就男女關係而言，我有時會覺得自己像是茱麗葉塔手中的泥團。她在家裏可以輕易地指揮我，她幾乎還是像我第一次見到她時那麼神祕難料。

喜歡女人的男人會永保年輕，永保年輕的男人會喜歡女人——兩

種說法都對。「喜歡」這個行為會讓你保持年輕。這和跟年輕人在一起是一樣的道理。有機會和年輕人相處的老年人也會變得比較年輕——因為他們輸入了年輕人的血液。不過對年輕人而言，這也頗有「失血」的危險。

金・維多（King Vidor）❸跟我說過他羨慕喬治・庫克（George Cukor）❹，因為庫克是同性戀，所以從來不會被他片中的女主角迷得暈頭轉向。他能夠保持冷靜，主導一切。有很多維多片中的女演員都會讓他嚴重分神，為了不影響工作，他就必須和自己的男性本能慾望奮戰，讓自己不致屈服在那些女演員的誘計之下，因為她們的要求常常會害及電影本身，有時候甚至還不見得對她們自己有什麼好處。

我發覺自己在拍片時實在太專注了，所以大部分的時候，我都幾乎可以對片中女演員近乎全裸的模樣視若無睹，忘了自己是個男人。我是說「幾乎可以」……

我真希望能夠見見梅・蕙絲特（Mae West）❺。我以前十分崇拜

---

❸金・維多（1894-1982），美國導演，成功融合葛里菲斯的寫實傳統及艾森斯坦的蒙太奇美學於其作品之中。二〇年代中期以人道主義味道濃厚的《戰地之花》（The Big Parade, 1925）躍升為好萊塢大導演，技術洗鍊，視野獨特，極具開創性。其他作品尚包括：《群眾》（The Crowd, 1928）、《哈利路亞》（Hallelujah, 1929）、《街景》（Street Scene, 1931）、《瓊樓緣》（Fountainhead, 1949）、《戰爭與和平》（1956）等。

❹喬治・庫克（1899-1993），美國導演，1929 年由劇場轉戰好萊塢，成為好萊塢黃金時期的重要導演，以描寫女性心理見長，在喜劇方面也很有成就。作品包括：《晚宴》（Dinner at Night, 1933）、《小婦人》（Little Women, 1933）、《塊肉餘生記》（1935）、《茶花女》（Camille, 1937）、《休假日》（Holiday, 1938）、《火之女》（The Women, 1939）、《費城故事》（The Philadelphia Story, 1940）、《煤氣燈下》（Gaslight, 1944）、《雙重生活》（A Double Life, 1947）、《絳帳海棠春》（1950）、《星海浮沉錄》（A Star Is Born, 1954）等，事業晚期曾以《窈窕淑女》（My Fair Lady, 1964）贏得奧斯卡最佳導演。

❺梅・蕙絲特（1892-1980），美國演員、編劇。自幼便活躍於舞台之上，二〇年代時更充分展現多元的才華，曾自編、自製、自演多齣百老匯戲碼，包括讓她入獄的《Sex》（1926）、遭致禁演的《Drag》（1927，牽涉同性戀議題），及頗受歡迎的《Diamond Lil》（1928）。於 1932 年躍上大銀幕，被譽為影史上最偉大的「性女丑」，於強悍的形象中

她，她簡直是太棒了。她一直好像有「反性」（anti-sex）的傾向，她會打趣「性」這件事來博君一笑，這就是「反性」的舉動。我想她的工作才真的是她的「性趣」所在，我覺得事業好像就是她的一切，她高度重視「自己」這件事，所以大概沒時間花在性愛這件事上了。人一輩子不可能所有事情都兼顧。如果一個女人選擇要享有性愛的話，她就必須花些時間在這事上頭，藉由**梳粧打扮**讓自己更吸引人。而要是她選擇了事業，那麼時間精力的投資就得轉向。但對我個人而言，那些好像沒花太多時間力氣粧扮外表的女人，還一直比較容易吸引我呢。

有次我要去美國，在出發之前，寫了封信給梅・蕙絲特，說我希望見她，我寫了好幾次才算把信寫好，不過卻從來沒有把它寄出去過，所以，也用不著驚訝她沒回信。對那些已經成了你整個人的一部分，但卻又對你這個人一無所知的人，你真不知道要跟她說些什麼，在我寫信給她的時候，覺得自己好像還是以前那個坐在里米尼的戲院裏的小男孩。她以前在銀幕上看起來好巨大，可是我聽說她實際上非常嬌小，腳上穿著高跟厚底鞋。我要是跟她站在一起，看她時還要低頭，那大概會有些奇怪吧。生命裏充斥著這樣多的假象。我在想，她床鋪的天花板上，是不是也真的擺了一面鏡子……

我曾想請她為我的電影跨刀，我要特別為她量身訂做一個角色，我甚至可能特別為她寫一個**劇本**。

看到愛吃的女人總會讓我覺得興奮，那是一種美麗的畫面。我指的是性慾被撩撥。對我來說，喜歡吃的女人和喜歡性愛的女人之間有

略帶天真，風靡不少男性影迷。電影作品包括：《Night After Night》（1932）、《I'm No Angel》（1933）、《Klondike Annie》（1936）、《雌雄美人》（Mira Breckingridge, 1970）、《It's Show Time》（1976）等。

一種緊密的關聯。對男人而言，一個女人要是喜歡性愛的話是很讓他們興奮的。也許這就是我對胖女人那麼有興趣的原因。要是一個女人對飲食節制，會讓我覺得她們在別的事情上也很節制，甚至小器。此外，一個女人真正喜歡吃的話是裝不了假的。

有時候你也必須讓想像力進行暖身。就像運動員有一陣子沒動身體上的肌肉，又突然被徵召作戰時要做的準備一樣。為想像力進行暖身好比是在做精神上的柔軟體操。

我是用畫畫的方式來做這種暖身的，它能幫我去看這個世界。由於畫畫的行為需要有觀察力，所以它可以加強一個人的觀察力，尤其當你知道你之後要單憑記憶去重現一個你曾經看過的東西時效果更好。畫畫可以釋放我的想像力。

我聽說亨利・摩爾（Henry Moore）❻相信他自己在畫畫的時候可以觀察到更多的東西。我的情況也是一樣。這不是說我覺得自己像亨利・摩爾，而是說我在畫一個人物的同時也就是在發展這個人物。畫畫只是第一個關鍵步驟，要找到能詮釋畫中人的演員更難。我會四處探訪直到找到一個讓我覺得，「就是**你**，你是我的畫中人。」方才罷休。除了茱麗葉塔以外，每個角色大概都是這樣的情況。所以我對她的角色有極嚴格的要求，要是她稍微跨出她的角色一步——或不如說，跨出我為她想好的角色一步——我就會對她生氣。但對其他演員，我就從來不會為同樣的情況生氣了。

我可以肯定地說，電影是一種藝術，而且完全沒有貶抑的意思。電影的藝術地位比起任何其他一種藝術形式毫不遜色。它**是**其中的一種。對我來說，它不像文學，而是像繪畫，因為它是由會動的圖案組

❻亨利・摩爾（1898-1986），英國著名雕塑家。曾在二次大戰期間，被英國政府任命為官方戰時畫家，戰後國際聲望漸著。

成的。

我相信對很多電影導演來說，對白比影像來得重要，他們屬於文學性的導演。但對我而言，電影好比是繪畫之子。

畫家將**他自己**所看到的東西詮釋出來給我們。我們看到的是某個人他自己所體會到的真實，而這也才是我所認為的絕對真實，而且也可能是最不摻假的真實。銀幕就是**我的**畫布，我也試著把我看到的東西呈現在上面。我非常喜歡梵谷（Vincent Van Gogh），麥田上頂著黑色太陽的景象原本只是他一個人的，因為只有他一個人看得到；但這景象現在變成我們大家共同擁有的東西了。因為他把這景象畫出來，我們大家才都有可能看得到。

我像畫家一樣，拍片只是為了滿足自己。但我又沒有其他本事，所以我就必須希望大家都能接受我所看到的景象——昂貴的景象。我用了製片的錢去拍電影。而拿了別人的錢的人就必須證明他自己不是個賊。

有時我會羨慕畫家這一行。有一次巴圖斯（Balthus）❼來看我，他說他羨慕我的畫會動。而我羨慕他的理由則是他每天都可以創作，他只需要一些油彩、畫布和肥皂就行了。

有時候有人把我多年前的畫拿給我看，雖然我總可以一眼認出那是自己的作品，卻常常不記得自己畫過那些東西。即使我會不記得自己畫過某張畫，但仍然可以確定那是自己的作品。差別通常是在於有些是刻意為了某個目的畫的，有些則只是暖筆的習作。

在我選角、寫劇本，或某個前製階段的時候，我的手會不由自主地動起來。那種時候，通常我最可能畫的就是女人的巨乳。總是奶子

---

❼巴圖斯（1908- ），波蘭裔的法國畫家，以描繪沉思或睡眠的少女知名。

和屁股。我第二種常畫的東西就是女性的臀部。在我的素描簿裏，大部分我畫的女人，如果有穿衣服的話，看起來都像是從過小的衣服裏迸出來的一樣。

我不知道心理醫生對這種現象會有什麼意見，不過我確定他們一定會有些意見，因為所有的事他們都可以一直拿來做文章，尤其跟「性」有關的事。我相信我對她們的興趣都已表現得再明顯不過，沒什麼值得深究的。在我很小很小的時候——早在我會說話以前，我就已經知道女人這回事，而且會對彼此不同的地方感到好奇。

在我還不知道用什麼字眼來形容我所看到的女人身體以前，我就很喜歡眼前看到的那些畫面了，小男生在還沒長大以前比較有機會佔女人的便宜，看到她們的裸體，因為有些女人會以為小孩子不會說話就代表他們看不見，或無法產生性慾。過了那個時期以後，男孩子會有一段時間連瞥一眼女人光著身體的樣子都很難。

以前只要我一有機會被大人放出去，就會和我那些朋友一起到海灘去看那些來鎮上過暑假的遊客，其中有好些是從德國和北歐專程來曬太陽的金髮女郎。在海灘上能看到的東西原就不少了，但如果能夠看到更衣室隔板裏面的景色的話就更是有眼福了……

我相信人生中有一些我們永遠不會明白的事，包括宗教、神祕主義（靈媒、奇蹟）、宿命論（命運、巧合）。我們把這些名之為「未知的世界」。我知道我有時會因為對什麼事都採取開放的態度而遭人恥笑，從占星術到禪學，從容格到碟仙、水晶球，什麼都來。但我就是對神奇的事物覺得著迷，那些譏笑我的人是阻止不了我的，讓那些相信事事都得有科學實證解釋的人活在他們的世界裏吧。對那些面對難解驚人現象時不願稍稍「想像一下」的人，我也沒有認識他們的欲望。最重要的一種思考方式就是「一廂情願」（wishful thinking）。人類之所

以能夠進步，就是因為他相信有那樣一個和已知事物無關的地方可以讓他前去。

我利用籌備《鬼迷茱麗》這部片的機會參加降靈會、走訪靈媒、向紙牌算命師諮詢。其中一些紙牌好漂亮，我還蒐集了一些，我可以告訴別人我是在做研究——所以我其實是在乎別人的看法的，這跟我平日的說法可能相反，但好像也無所謂。我需要在靈媒現象上做些研究，但這同時也是個藉口讓我可以花時間去做一些我一直想要做的事情。我對那些東西的研究也因此更為深入，直到片子完成時還不肯罷休。這些對巫婆、魔法師等事物的興趣，是打從我小時候在里米尼就已經有的一種興趣，同時也是我維持了一輩子的興趣。

我相信有些人比較敏感，他們可以感受到常人感受不到的世界，甚至還可以和那種世界溝通。我想我不屬於那種人，雖然我自己在小時候也有過一些不尋常的經驗或幻覺。有時候，就在入睡以前，我可以像漫畫裏的小奶毛一樣，用想像力把自己的臥房上下翻轉過來，然後我只好抓緊睡墊，深怕自己會掉到天花板上頭；或是，我可以讓房間好像是捲入了龍捲風裏一樣地在旋轉。雖然我也擔心一旦我開始想像這些東西，它們就會停不下來，但我還是沒辦法抗拒刺激的誘惑，繼續又玩。

我怕被當成瘋子，所以從來沒有把這件事兒告訴別人。小時候在里米尼和甘貝托拉的時候，我看過那些腦子不正常孩子的遭遇，我可不想被大人關起來。我不敢問別的小孩是不是也有過同樣的經驗。小孩子有時可以比大人更殘忍，我可不希望他們有人注意到「費里尼國王」沒穿衣服。

不能因為你遇到過騙局就說非現實的事物並不存在，這就像是你認識了一個不值得尊敬的修士或修女以後，你可能就沒辦法再對你的

宗教保持信仰一樣。我探索未知世界，是因為我有這樣的內在需求，而不是因為我相信會得到什麼解答。相反地，我是在尋找問題！沒法兒解釋的生命事物才刺激。

我想把班維奴托・契里尼（Benvenuto Cellini）❽的自傳改拍成電影，理由不單因為這個人很精采，還因為他有過一次神奇的超自然經驗。他曾在夜裏的競技場看到一個由神祕家所招來的嚇人的五彩光影。這景象要是在電影裏該有多精采啊！由於契里尼在這個遭遇以前都還是一個懷疑論者，所以這件事應該會聽起來更有說服力。

拍完《鬼迷茱麗》，我估計收支相抵後，我在一九六五年應付的稅款約為一萬五千塊。我覺得自己理由正當，因為開發拍片計畫花了那麼多時間，當時都沒有半毛進賬。也許我的算法不對，但要我罰繳將近二十萬塊也極不公平，這把我弄得像個罪犯一樣。由於我之前拍的電影賣座都很成功，所以我猜大家和羅馬的收稅員八成都以為我很有錢，以為我發了大財。他們把我某些作品裏的豪華場面和我個人的生活混為一談。大家以為被我用在《鬼迷茱麗》裏的那棟豪宅就是**我自己的家**。我也有想過用我家的房子來拍戲，不過不合用。而你的房子還必須不太引人注意，否則就糟了。我們那棟房子是我奮鬥多年、付出一切才掙來的，在那之前，我們有好些年不得不寄住在茱麗葉塔的阿姨家。大家不顧這些，只會不花腦筋去相信那棟房子不過是我個人財產的一部分。媒體甚至猜測我在瑞士某個銀行帳戶裏存有好幾百萬。大家認為我有罪，媒體上竟還刊出了不點明出處的消息，亂做不

---

❽班維奴托・契里尼（1500-1571），翡冷翠一地的雕塑家，為義大利文藝復興時期最有名的金匠，擅長打造錢幣、珠寶、瓶飾，曾為米開朗基羅的學生，羅浮宮內「楓丹白露的水邊女神」（Nymph of Fontainbleau）之銅浮雕即為其作品。教宗克勒蒙七世（Clement VII）、保祿三世（Paul III），及法王法蘭西斯一世（Francis I）都曾是契里尼的贊助人。

負責的指控。你無法兒證明你在瑞士並**沒**有什麼銀行帳戶。不知為什麼，有很多人就是喜歡看到你跌倒的模樣。謠言永遠比事實傳得更快。

賦稅制度是用來懲罰那些在某一年把所有錢賺回來，但在之前幾年卻毫無所獲的人。他們得在那幾年籌備拍片事宜，然後想辦法說服製片出錢拍攝。對於那些要辛苦多年才能豐收一次的藝術創作者而言，這制度可一點兒也不公平。而且他們可能一生就只有這麼一年豐收而已呢。我甚至不知道要找誰抗議去。

抗議無效。我受到不公平的處罰，茱麗葉塔也一樣。當我們第一次有了屬於自己的住處時，她曾經非常引以為傲。但後來我們被迫賣掉了這棟位於帕里歐立的公寓，然後搬到瑪古塔街上一棟較小的公寓去住。這事真是丟人，弄得舉世皆知。茱麗葉塔不願意出門，報章雜誌刊載著費里尼逃稅的新聞，其他包括美國在內（尤其是美國）的一些國家也有報導。我不想出門，但又不得不出門。我得把我的下部片弄出來，此外，我也知道我得立刻出去面對那些差勁的笑話和大家憐憫的表情，否則我就永遠都做不到了。我必須表現出：對我而言，那只是個財務問題，我不能有受到羞辱的表情。為了避免這種困擾，有些知名的義籍影壇人士發現了一個較簡單的方法，那就是乾脆放棄義大利籍，然後就完全不用在義大利繳稅。這方法聽起來也可行，不過我自己卻絕對做不出這種事，絕對做不出來！

我是個義大利人，是個羅馬市民，再不然就變成了一個喪國之犬。並不是義大利在迫害我，而是一個或一小撮在課稅部門工作的人，他們痛恨我，拿我當箭靶。說不定是因為他們不喜歡我的電影，然後就說：「我們去整整費里尼吧！」

結果他們還真的得逞了。

我的下個拍片計畫本來是《馬斯托納的旅程》（The Voyage of G. Mastorna）。有好長一段時間，我都盼著能拍這部電影。它後來變得很有名，但卻從來沒成為電影。

我第一次想到這個點子是在一架當時正要降落的飛機上，時間大約是一九六四年。那是一個紐約的多天，我眼前突然閃現了我們在雪中墜毀的幻象。幸好那只是一個幻象，我們還是平安著陸了。

一九六五年尾，我把一個新片的故事大綱寄給了迪諾·德·勞倫蒂斯。主角馬斯托納是個大提琴家，在一次飛往演奏會的途中，他所搭乘的飛機不得不在暴風雪中緊急迫降。飛機平安降落在一座外型深受科隆（Cologne）大教堂影響的哥德式教堂附近，畢奈利有次還堅持要帶我去看這座教堂。馬斯托納搭火車經過一個像是德國的城市——這又是一個仿科隆的城市——然後來到一家汽車旅館。旅館裏有個有怪誕演出的酒店，街上則進行著氣氛詭異的節慶。馬斯托納在人群中覺得有些失落。他看不懂街上的招牌，因為上頭都是一些陌生的語文。他找到了火車站，但不是火車變大了，就是自己縮小了，因為那些火車都有辦公大樓那麼大。然後馬斯托納看到了一位朋友，開心了幾秒後，才想起來剛才看到的那位朋友已經死了好幾年了。他於是想到也許最後飛機還是墜毀了。那麼，他自己是不是也已經死了呢？

當馬斯托納被迫得接受自己的死訊時，倒不覺得這事有他原先想像的那麼可怕。一了百了，不再有掙扎、痛苦、壓力，或左右為難的情況，他覺得鬆了一口氣。最糟的部分已經過去了，而且情況也並不算太慘。

馬斯托納進入了其他的世界——類似科幻小說裏描寫的那種世界。他不但又看到了父母、奶奶，還遇見了他未曾謀面的爺爺，甚至還認識了他的曾祖父母，兩人早在他出生之前就過世了。他非常喜歡

他們。

此外，他也在隱形的情況下去看了他的太太露薏莎。

我把她的名字取的和《八又二分之一》裏珪多的太太一樣，並不是因為我懶得再想一個名字。那就是我對那個角色的看法，這種做法不僅比較自然，而且也比較簡單。露薏莎有了一個新的男人，兩人在一起非常快樂，她似乎已經完全克服了喪偶的傷痛。她和新歡躺在床上，馬斯托納看了並不吃驚，他甚至毫不介意這一點反而讓他自己有些訝異。

我在一九六六年的一場病是造成《馬斯托納的旅程》這部片永遠拍不成的主要原因。也許是因為我害怕這項任務，或覺得自己不能勝任才病的。景搭了，人聘了，錢花了，可是我就是沒辦法進行。我患了急性的神經衰弱症，除了自我超越的壓力外，經常發生在我和製片之間的傷神的爭執，也是加重病情的原因。我認為也可能是這部片子為了阻止我把它拍出來，對我所下的毒手。不管原因倒底是什麼，我在一九六七年初被送進了醫院，也相信自己已病情嚴重，有生命的危險。

事情是在我們瑪古塔的公寓家中發生的。那時茱麗葉塔出去了，就我一人在家。我記得那時我病得非常嚴重，嚴重到我寫了個紙條放在門上警告她不可以進來。儘管我當時十分痛苦，但頭腦還算夠清楚，我想到如果她一個人發現了我的屍體，她會多麼地害怕、傷心，對她來說，那會是一種很恐怖的經驗。之前，我已經讓她受過不少罪了，這次我可以讓她逃過一劫。我想像著她發現我屍體時哀傷害怕的神情，她可能一輩子都擺脫不掉那個駭人的畫面。我老是覺得茱麗葉塔像隻脆弱的小麻雀，完全沒有能力去面對人世的苦難；但在很多地方，她卻又表現得很堅強，可以支撐過多。

我在醫院的時候真的相信自己就快死了。我胸部疼得很厲害，但更糟的是：我所有的夢和幻想都不見了，只剩下恐怖的現實。

我嘗試用想像力把自己送到一個比較愉快的地方，卻做不到，現實的力量實在太強了，此外，我希望能擺脫掉的恐懼感，卻仍然牢牢控制著我的內心。我知道自己還沒準備好要死，還有那麼多電影等我去拍。我斷斷續續地在心裏拍片。但即使是我病情最好的時候，我都沒有辦法把任何一部構思成熟的片子在心裏從頭到尾地想像過一遍。這回我甚至連一個角色都弄不出來了，腦袋裏的片子連自己都覺得難看。我的想像力就這樣被收走了，讓我覺得全身赤裸，而且脆弱孤單。我開始收到傷感的慰問信，而且連從前我身體好的時候生過我氣的人都來探我了，這時我變得更加確定：來日無多了。

住院會把你逐漸降低到事物的層次，這當然是從別人的角度來看的，這並不是你自己的觀點。他們用第三人稱談論著你，當著你的面，用「他」如何如何來形容你。

你生病的時候，探病的人再多，照顧你的人再多，你還是孤孤單單的。就是這種時刻你才會被迫去了解自己倒底是不是好相處。

每天過著重複的生活是挺折磨人的，然而你還是期待它的到來，於是你就又多得到一天的無聊。你害怕過大的劇情的變化。你的心滿是死亡的恐懼——是你自己的死，不是你片中某個角色的死！你無法控制自己不去想那些事，你被自己的心念迫害。最會折磨我們的其實是我們自己，不是別人。

生病最可怕的一件事就是會把人給「去人性化」（depersonalization）。健康的人面對著你的病不知如何是好；他們送餅乾和水果，他們送花，花多到把病房塞得水泄不通，讓你呼吸困難。然後要找誰來替那些花澆水、換水？

我住院期間，有人帶了些氣球送給一個才嚴重發病過的心臟病患。那個畫面一直留在我心底。那個病患躺在那兒，我們不知道他是否在想那些人為什麼要送他氣球，或甚至他是否知道他們帶了氣球這件事。那是因為他們不知道要怎麼辦，但又覺得該表示一下，而這時他們遇到了一個賣氣球的。

當你是因為藥物注射（而不是搭乘噴射機）被運抵夢境和現實的中間地帶時，在那種狀態下，負責照料你的修女們就變得好像夜裏的黑色鬼魂，最慘的情況，是來收集血液——這讓她們更像是殺手或蝙蝠；最好的情況，則只是來收取尿樣。我有過一個幻想，就是我的尿樣得用加侖桶裝，然後要找成羣的工人才拖得動。你的宇宙變得單純，視野也變得狹小。外頭的大千世界跟你小小病房裏的四面牆比起來，也變得毫不重要了。在這日漸萎縮的世界裏，你關心的事物也變得愈來愈少。突然之間，你變成一個重要社交場合的藉口，你認識的人帶著不自在的笑容，聚集到醫院見你最後一面。在他們的眼裏，你忽然間變得什麼過錯都沒有了。會腐爛、而且你不覺得有胃口的水果不斷地被送來，然後任它們在那裏腐爛；同時，那些花也一一凋零。在那些就要枯死的花面前，你也預見了自己的未來。

然後，我在心底看到一列電影走過，那些都是我曾經想拍卻沒能拍成的東西。它們突然不需奮戰爭取就在我內心完整誕生了。它們看起來都很完美，比我所有之前的作品都還棒——像是等著受孕懷胎的生命。所有的東西都是超大比例加上華麗的色彩，感覺就像一個做了幾小時的夢，但實際上只花了幾分鐘。

我知道只要我病好了，就要去實現我所有的心願，做更多自己想做的事。只是，我一復原，就又讓所有的俗事纏身了。

你要是曾因重病住院，或經歷過某種危機，之後你就絕對不太一

樣。你被迫面對過死亡這件事，你會有所改變，變得更怕死，也更不怕死。生命顯得更有價值了，但你無法再無憂無慮。你所躲過一劫的重病真的帶走了一些你對死亡的恐懼——死亡就是讓人覺得恐懼的未知世界。當你曾經和死那麼貼近過，它就不再完全陌生了。

和死神擦肩而過讓我理會到一件事，那就是：我是多麼地想活！

第十二章
漫畫、小丑與經典

限制其實也可以產生極大的效用。譬如說，有時需求短缺反而可以激發出你的創造力和想像力，那麼你就不至於淪為一個功能僅限於分配預算的導演了。我從來不羨慕美國人所擁有的那些資源，因為少了那些東西反而刺激了我們發明出別的取代方式。

還記得小時候人家送我一個偶戲台子和一堆偶戲偶。對我來說，那就是最棒的偶戲劇場，是一份最不可思議的禮物。當然，我也有可能得到一個更昂貴而且什麼都不缺的偶戲劇場——附著整組穿著漂亮戲服的人偶——但我可能就會因而停滯不前，只編得出一些適合給那些現成戲偶角色演的故事。但實際情況讓我必須自己動手為人偶做戲服，因而給了我按照自己想像去創造偶戲角色的空間。在學著為人偶做戲服的同時，我也體會到自己原來還有一些小小的藝術創作天分。由於我擁有的人偶不夠多，沒辦法上演我幫他們編寫的故事，所以我就學著自己動手做人偶。我從人偶的面孔體會到臉部對一個角色的重要性，這個觀察在後來拍片的時候也被運用了進去。

我和我的人偶活在一個完整特殊的世界裏，一個只屬於我們的世界，它的唯一界限就是想像的界限。

我的想像世界有一部分來自閱讀。我很喜歡我們小時候流行的漫畫，像是《Bringing Up Father》，和那隻老《菲力貓》（Felix the Cat）。

但我也讀些別的書，當時我最喜歡的書就是尼祿（Nero）時代的貴族佩特羅尼烏斯（Titus Petronius）❶所寫的《愛情神話》（Satyricon）。書到了我們這一代只留下來斷簡殘篇，有些故事缺頭；有些故事少尾；有些頭尾均去，只剩中段。但這些情況只有更吸引我，我對那些不存在的部分甚至更加著迷。我的想像力在那些殘餘片段的刺激之下更能肆無忌憚地亂竄。

我想像這樣一個畫面：西元四千年的時候，我們的子孫在一個地窖裏發現一部丟失已久的二十世紀電影和當時的放映設備。「真可惜！」一位考古學家在看這部名爲《愛情神話》（Fellini Satyricon）的電影時感嘆地說：「這部片好像沒有頭沒有尾，連中段都不齊全，真太怪了！這個費里尼倒底是個什麼樣的人？他大概是瘋了。」

當你選擇把佩特羅尼烏斯的《愛情神話》拍成電影，你就像是要拍一部科幻片，只不過是要把你的想像投射到過去，而不是未來。對我們來說，遙遠的過往跟未知的將來幾乎一樣陌生。

拍攝歷史片和神話片對我來說有很大的好處，因爲那純粹是種想像力的遊戲。它們讓我不必受到現世法規的約束，讓我可以自由探索幻想的領域。描述當代發生的事會防礙我們對氣氛、佈景、服裝、儀態，以及演員面貌的想像。只有在劇情結構和現實可以爲想像力服務的時候，我才會對它們產生興趣。不過，即使是在想像裏，也需要有現實，或更該說是「現實的幻象」的加入，否則觀眾就沒法兒產生同情或共鳴了。

---

❶佩特羅尼烏斯（？-66），古羅馬作家，出身貴族，曾任總督、執政官等職。尼祿皇帝在位時（54-68）主管宮中娛樂。所著《愛情神話》目前僅有殘稿留傳，以詩文間雜體裁寫成，描繪一世紀義大利南部城鎮的生活，以諷刺、誇張手法鮮明刻劃社會中下層人物、突出當時奢靡的社會風尚。

《愛情神話》這部片描寫的是一個離我們非常遙遠的年代，遙遠到我們無法想像的地步。雖然我們是從古羅馬傳下來的，但我們也不可能清楚當時真正的生活樣態。我小的時候會把《愛情神話》這本書裏頭缺漏的部分用我自己的故事補上。我後來住院的時候又回去讀佩特羅尼烏斯的東西，那可以幫我逃避醫院裏單調鬱悶的環境，而且也得到更多的心得。我就像一位考古學家用殘餘碎片在拼湊一件古代的瓶器，我想猜出遺漏的部分到底是什麼樣子。羅馬本身就是一只殘破的古代花瓶，一直靠著修補支撐不散，但瓶身仍留有原始祕密的線索。我只要想到我所居住的城市的地層，以及可能埋在我腳下的東西，就覺得刺激。

　　佩特羅尼烏斯用我們現在可以了解的語言描寫他同一時代的人，我希望能把他的鑲嵌畫中脫落的部分補上新的畫面。脫落的部分最吸引我，因為它讓我有機會發揮自己的想像力來填補它，讓我變成了故事的一部分，讓我進入那個時代生活。這就像是想知道火星上的生活狀況，卻得到了火星人的幫助。所以，《愛情神話》也算滿足了我一部分想拍科幻片的欲望，它讓我甚至更急著想早日拍出一部真的科幻片。

　　原著中「特里馬丘之宴」（Trimalchio's Feast）這一段幾乎完整無缺地保留下來，我相信我會被別人用一種比較字面上的標準去要求，全世界的學者都會去比較費里尼和佩特羅尼烏斯的異同。在評論者的眼裏，這段拍得過於有想像力要比拍得過於平實來得嚴重。我拍片只是為了讓自己高興，並和大家分享我的夢境，所以我對評論只好盡可能眼不看耳不聽。

　　《愛情神話》裏有很多情境和現今是類同的。影片中倒塌的建築和我們在《良緣巧設》裏看到的沒有太大的不同；故事裏的主角也跟

《青春羣像》裏的沒有什麼太大的差別——都是想無限延長青春年華的年輕男子，他們的家人也都願意而且能夠這樣溺寵他們。這些男孩都不願意長大，然後被迫承擔成人的責任。有時候，父母也不想失去他們的孩子，所以就繼續把他們當孩子一樣地供養。孩子長大了同時就意味他們的父母親變老了。

由於我在片中對同性戀的描寫毫無保留而且未加評斷，有些記者便狠狠咬住這誘人的話題，指我一定是個同性戀，或至少也是個雙性戀；這就像看過《生活的甜蜜》以後，他們立刻以為我一定也過著那種奢華的生活。任何認識我的人都知道我不住在維內托大街，那種有錢人和名人過的生活與我無關。沒錯，我是選擇了花大錢在電影城內仿它蓋了條街，也不願為了拍片去進行實地管制。雖然在 Excelsior 大飯店旁的 Doney 廳消費是種奢侈的行為，但偶爾在那兒喝杯咖啡並不一定就代表出賣原則。為了觀察，有時不得不這麼做，即使幻想也都是根基於對真實生活的觀察。你並不必一定要**是**一種特定的人才能去想像那種特定的人物。如果我寫一個瞎子，我並不需要真瞎才能寫，我只要閉上眼睛去體會迷失和無助的感覺就可以了。如果我想描寫一個像《月吟》中那樣的瘋子，我也不必是個瘋子。不過我做這行，描寫這樣的人物可能算是佔了便宜，因為有些人認為我也是個瘋子。

《愛情神話》那個時代的生活是我們無法想像的。手術不用麻藥，治病沒有盤尼西林和抗生素，平均壽命只有二十七歲——這個歲數在我們現在看來才正要開始活呢。現在所認為的青春年華，在那時被當成中年，甚至老年；迷信和原始的醫術同享權威。特里馬丘享用盛宴之後打的飽嗝被正經八百地當做預兆來看。我們可以高高在上用我們的後見之明去看那個時代，但我們大概也有一些屬於我們這個時代的迷信吧。

特里馬丘葬禮低俗不堪的地步，與今日會發生的狀況可能也不會相去太遠。那「性」呢？有人說我們現今在電影中對性的處理非常過分，那麼請看看西元前五世紀的亞里斯多芬（Aristophanes）❷的劇場：男演員戴著一直垂到腳底的假性具，走路時把它拖在地上，充當是戲服的一部分，這種做法一直延續到羅馬帝國時代。當時我覺得這東西非常好玩，不過我相信如果我在片中採用這種做法的話，一定會嚇壞很多人，而且我媽媽在里米尼又要沒臉見朋友了。但當我最後決定把那招用在《愛情神話》裏以後，卻好像沒人特別去注意這個事情。

佩特羅尼烏斯本人也出現在《愛情神話》的故事裏。他是那個有錢的奴主，在釋放他的奴隸之後，與妻子一同自殺。飾演他太太的女演員露希雅・波賽（Lucia Bosé）是安東尼奧尼早期電影裏的美麗女星。我剛開始在那些電影裏看到她的時候，曾瘋狂地愛上她，我知道有很多男人也跟我一樣。她後來爲了多明關（Luis-Miguel Dominguin）這位西班牙鬥牛士棄我們而去。此舉鑄成大錯，不單是她的演藝事業結束了，而且幾年後，她和那個鬥牛的也拆夥了。

我原本考慮要把那個漂亮寡婦的戲刪掉。原先這個女人因丈夫的死顯得痛不欲生，但然後，她卻禁不住誘惑愛上了一名前來照顧她的年輕羅馬士兵，而且竟在丈夫的棺台旁投向新歡的懷抱。我們因而明白她真正在哀悼的不是她死去的丈夫，而是她自己。她拿丈夫的屍體換取新歡的性命時，人物性格從極端浪漫搖身變成極端實際。這很自然，因爲性格極端的人對所有事都會顯得很極端。

《愛情神話》這部片受到壁畫的影響。劇終時，那些覺得自己曾經那樣真實存在過的劇中人轉眼間卻成了斑駁脫落的壁畫中人了。

---

❷亞里斯多芬（約西元前 450-385），古希臘最重要的喜劇作家，擅長以喜劇作社會諍言，全部傳世者僅十一部，包括《雲》、《鳥》、《利西翠妲》、《蛙》等。

我對人類想像力的歷史比我對人類自身的歷史來得有興趣。我會跟人家介紹我是一個「說書人」，簡而言之：我喜歡編故事。從洞穴的壁畫、佩特羅尼烏斯、吟遊詩人到貝洛（Charles Perrault）❸、安徒生（Hans Christian Andersen）等，我的電影所要追循的就是這種介於虛構與非虛構之間的敘事傳統：從傳奇的真人真事得來靈感再改編成一些原型故事。這是我嘗試的方向，有時成功，有時失敗，但不管結果如何，我很少會想看自己完成後的作品，因為我覺得永遠沒辦法把自己感受到的東西完整地在銀幕上表現出來。要是我看到太令人失望的東西，大概就會阻礙我下一回的全心投入，但也只有讓人願意全心投入的事才值得去做。

　　對我而言，擔任《小丑》（The Clowns）這部電影的導演是對我過不了小丑生活的一個補償。

　　喜劇向來很吸引我，但我不知道為什麼我們會笑。我以前思考過這個問題，我的理論是：笑代表一種壓力的釋放，它可以排放出高壓、不合理的社會制度所帶給我們的壓力。然後，我看到一隻動物園裏的黑猩猩在笑，我想他是在嘲笑我的理論。很明顯，我們這些猴類都有很好的幽默感。

　　我現在比較會覺得我們有時笑得很沒道理，我們的幽默感有時是殘酷了些。我聽過觀眾最殘酷的一次笑聲是在一部勞萊與哈台電影的結尾。故事背景設在中世紀，他們兩個被押到一間刑房，胖的被放在鐵條架上，瘦的被丟進模型器裏，然後開始行刑。等他們最後被放出來的時候，兩人體型相反了過來——現在勞萊變得又矮又胖，哈台則

---

❸貝洛（1628-1703, 或譯貝霍），法國文壇上革新派的領袖。1697 年以他小兒子的名義發表《鵝媽媽的故事》，收入八篇童話和三首童話詩，包括〈灰姑娘〉、〈小紅帽〉、〈拇指神童〉、〈藍鬍子〉等，廣為流傳。

變得又瘦又高。原本瘦的人被壓扁，胖的人被拉長。影片結束時，兩人拖著變形的身軀淒慘地離開。

那眞是個令人傷心的畫面。勞萊與哈台兩人是那麼地善良純潔，但這種可怕的事還是發生在他們身上了，直到現在我腦子裏都還聽得到富國戲院裏那些觀眾的笑聲。但當時我很疑惑，對我來說那並不好笑，我甚至替他們擔心，這種情緒要一直到下次我再在銀幕上看到他們安然無恙時才會解除。

爲什麼當時觀眾笑得那麼厲害呢？是不是因爲事情是發生在勞萊、哈台身上，而不是他們自己身上，這我得去問問那隻黑猩猩。

我小時候以爲當小丑是所有人夢魅以求的理想境界。我曉得這事我永遠別想，因爲我太害羞了。

我是心裏面害羞，外人看不出來。我想我那時的自我意識眞是太強了──也算是一種自我中心吧。我把它歸咎於我缺乏自信，尤其是對於自己的外表。最奇怪的是，一直要到很晚，我才了解其實一般人都覺得我很有吸引力。眞可惜我當時並不明白這點，不然我是可以很開心的。我當導演的時候從來不會害羞，但其他的時候，我老有自己鼻子上長了一顆青春痘似的感覺。

當我在籌拍《小丑》這部片的時候，我懷疑現在小丑還能逗大家哈哈大笑嗎？大家變了沒有？我記得小時候大家會爲了一些更簡單的事發笑。很多我們那時譏笑的東西，像是村子裏的白癡，我們現在都不太會把他們當做嘲諷的對象了，倒是那時我們嚴肅看待的一些事，現在反而變得可笑了。就像《小丑》所描寫到的，當時誰也不敢嘲笑那些外套大到拖在地上的高傲法西斯軍官。

你永遠沒法清楚看到《小丑》這部片子裏那個小孩的面孔，因爲那個小孩藏在我心底。這完全是小奶毛給我的靈感，那個小孩的觀點

就跟小奶毛的觀點一樣，拍片期間，我的床邊還一直擺著溫莎‧麥凱的書。我在學校念拉丁文的時候，才驚訝地發現 Nemo 原來是「沒人」（No One）的意思。

我爲《小丑》這部片子走訪了一些上了年紀的小丑，發現他們有些人在憶起自己過去的風光事蹟顯得十分開心，但也有一些人對自己英姿不再的事實感到落落寡歡。

當那名小丑從老人之家逃出來以後，他變成了一個我非常認同的角色。他是笑著死的。換做是我，我也會做那樣的選擇。這是一個很好的死法，在馬戲團裏被小丑逗到笑死。

我很驚訝有些小丑不喜歡我的片子。這是因爲他們把我認定的眞相當做一個悲觀的論調，他們覺得這片子是在預言馬戲團和小丑終將沒落。沒錯，只不過我並不是在做什麼預言，我相信這是個已經發生了的事實，而這世上再也沒有誰比我更同情馬戲團和小丑的了！這事說明了你永遠無法預料你做的事會在別人身上引起什麼反應。

在《羅馬風情畫》這片子裏我想講的是：現在的羅馬和遠古時代的羅馬骨子裏是一樣的，兩者十分接近。我老是會想到這點，而且想到就覺得刺激。想像一下在競技場塞車的景象！羅馬眞是世上最棒的拍片場所。

你隨便在羅馬哪裏挖一下都可能變成一個考古行爲。他們在挖地鐵隧道時，工程眞給古代的遺跡給擋到了，考古學家於是盡力設法搶救。當然囉，再也沒有哪間屋子可以像《羅馬風情畫》裏挖出來的那些一樣保存得那麼好了。這跟我很多其他電影的發想情況一樣，也是夢給的靈感。

我夢到自己被囚禁在一個羅馬地底深處的密牢裏，牆外傳來怪異

的人聲，他們說：「我們是古代的羅馬人，我們還在這裏。」

　　我醒來，想起了小時候看過的一部好萊塢電影《She》❹是由哈嘉德（H. Rider Haggard）的作品改編而成。我對那部電影印象極深，又去念了原著小說。我猜想羅馬某處的地底可能也保存了一個類似的遺跡，也許是以前某家人的住處，由於許多世紀以來都是密封狀態，所以保存得很好。但即使是保存最好的考古發現，在我們看來都還是那麼地遙遠，所以也就更難想像那些考古物對那個時代的人的意義爲何？光是要我去想像我母親所知道的十九、二十世紀交接時的羅馬就已經夠難了。

　　我幻想自己走進了一間保存完整的西元一世紀羅馬住屋，就好像自己原就是那兒的住民一樣。問題是，我一打開那些密封的房間，延遲了許多世紀的腐蝕作用就會在我眼前絕望地展開。那些雕像、壁畫都將在壓縮了二千年的一分鐘裏化爲塵土。

　　羅馬的地鐵似乎是最理想的景，它不僅樣子最像，同時也具備了神祕、難以接近的感覺。

　　《羅馬風情畫》裏「現場綜藝秀」那段戲說明了我的一個信念：台下經常比台上更有趣。劇場就是一個具體而微的世界。劇場就是這個樣子，它可以完全地抓住你的注意力，等到離場的時候，你會感覺像是要出去到一個奇怪的世界，外頭的世界倒變得不像眞的。

　　在《羅馬風情畫》裏有關二次世界大戰的幾段戲裏，大家在羅馬**被**炸的當刻還在以爲羅馬永遠不會被炸。他們相信的東西和現實幾乎沒什麼關聯。

　　電影快結束的時候，有一景是一個女人在畫面背景處跑開了。我

❹ 《she》由 Irving Pichel 及 Lausing C. Holden 於 1935 所合導的冒險鉅片，故事中有一位傳說中可永生不死的神祕女子，由 Helen Gahagan 主演。

心裏的想法是：她的孩子被困在一棟被炸燃的建築裏，所以她急忙向外求援。當時站在附近、看起來並不是很英勇的幾個男人跑去幫了她的忙。感覺上，他們並不像是那種會對世上有貢獻的人，他們比較習慣四處晃蕩、爭強鬥狠的生活，而且個個缺乏教養，前途無光。但突然間，周圍發生了急難，他們沒有一點遲疑地衝進火場，而且奮不顧身地搶救受困的孩子。這是我的劇中人會做的事，那是一種自發性的反應，毫不猶豫，就像反射動作一樣，他們會這樣做就跟他們會站在街角盯年輕女人看一樣地自然。直到有需要英勇行為的狀況出現，他們才會顯現出自己的英勇，即所謂「時勢造英雄」。他也不能預料自己的行為，只是還抱著希望。

值此危險時刻，在前景的那些角色還不忘男女之事。象徵年輕時費里尼的那個角色，一早走出防空避難處，準備到一位寂寞的德國女歌手家裏赴約，在此同時，她的丈夫則在蘇聯前線作戰。在這種情況之下，他們的事就似乎沒有什麼好怪罪的了，就像小孩在玩他們不懂的成人遊戲一樣。

拍《羅馬風情畫》的時候，我問安娜・瑪妮雅妮是否想在片裏出現一下。我知道她當時病得很重，但我也知道她很愛演戲。「誰跟我搭檔演戲？」她問。

「你的戲大概只有一分鐘。」我向她解釋。

「誰跟我搭檔演戲？」她又重複問了一次。「我一定要知道這個才有可能答應。」

「我。」我急中生智答覆了她。她不說話，我就當她答應了，因為如果她反對的話，她是絕不會悶不作聲的。

影片結尾的地方，一個夜裏，我們在她家門外遇到了。瑪妮雅妮是個夜貓子，白天睡覺，晚上走動。她是羅馬街頭那些挨餓野貓的親

人，她會在黎明前餵食牠們。我在畫面外，開了自己一個小玩笑——

　　「我可以問你一個問題嗎？」我問她，這就是我所有的台詞。她則回我：「再見，回去睡覺！」然後她就進門了。

　　她對我說的「再見」這句話也是她在銀幕上所說的最後一句話，之後她就過世了。

第十三章

不堪一擊是生命

有些人住過一些不同的城鎮、國家，而且對那些地方也都有感情，但他們心裏卻有一小部分會一直惦念著另外某個地方。我自己則是整個人都放在一個地方，那就是羅馬。有人可能會說我有些部分留在里米尼，不過我不這麼想。應該這麼說，是我把里米尼給帶走了。這個里米尼是我記憶中的里米尼，就算現在住在那裏的人能透視我的心，大概也認不出那是里米尼。《阿瑪珂德》就是對我回憶的一個透視。

我不喜歡回里米尼，只要一回去，就會被厲鬼纏身，眼前的現實會攻擊我心中的那個想像世界。對我而言，真正的里米尼是存在我心頭的那個里米尼。我大可回到那兒去拍《阿瑪珂德》，但我不願那麼做，因為我可以再造出一個和我記憶中的現實比較接近的里米尼。如果我真的把大批人馬帶到故事的發生地，我又能得到些什麼？記憶跟現實是有出入的，我發現對我來說，我講出來的那些故事好像變得比我的真實經歷更為逼真。

我不承認《阿瑪珂德》是我的自傳還有一個實際的理由。因為要是我承認了，現在還住在里米尼的那些人就會認出我電影裏拍的那些角色就是在指他們。他們甚至可能會指出一些與事實不符的故事情節。我常常會誇張劇中人物，戲弄他們，強調他們的缺點，而且會把其他人（不管是真有其人，還是虛構的人物）的某些性格特徵加在他

們身上。然後，我會再設計出一些合於這些角色人物性格的故事情境，但我要他們做的事卻是他們實際生活中從未經歷過的事。我沒有必要去傷害那些我童年所認識的人的感情，那是我從來不願做的一件事。

我原本想找珊德拉‧米蘿來演葛拉迪絲嘉（Gradisca）那個角色，這個角色是當時大家覺得最成熟性感的女性代表。不過珊德拉當時做了息影的決定，所以我就找了瑪嘉莉‧諾埃（Magali Noël）❶來演。珊德拉之前也宣佈過退出影壇，但後來被我誘勸在《八又二分之一》裏復出演出，不過這回可真的勸不動她了。

瑪嘉莉很高興能再和我一起拍片。她是我所認識的女演員裏最合作的一個，我要求她做什麼，她都肯，真的什麼都肯。有一場戲，我要求她裸露上身，她毫不猶豫立刻照辦，只不過那場戲後來被剪掉了。

我被迫把她最喜歡的一場戲剪掉了，不知道她原諒我了沒有，希望有。那場戲是這樣的：攝影機在夜晚的戲院前慢慢移近葛拉迪絲嘉，最後發現她站在一張賈利‧古柏的海報旁，一邊修著指甲，一邊崇拜地望著她心目中的英雄──他是所有女人都會愛上的男人。這場戲會讓葛拉迪絲嘉變成片子的主要角色，但這部分要講的並不是她，所以我不得不把這場戲剪掉。

我後來問瑪嘉莉喜不喜歡這部片子的時候，她雖然雙眼哭得紅紅的，卻還是咬緊下唇，強顏歡笑。

這些年來，我不時還會想知道葛拉迪絲嘉這名真實人物後來的遭遇。我還記得她和新任丈夫離開里米尼時臉上喜悅的表情，對她而言

---

❶瑪嘉莉‧諾埃（1932-），土耳其籍女星。五〇年代出現於義大利、法國電影裏，經常飾演具有誘惑力的女角，最有名的演出即為費里尼《阿瑪珂德》片中的葛拉迪斯嘉一角。其他作品尚有《警匪大決戰》（Rififi, 1954）、《歷盡滄桑一美人》（Elena et les Hommes, 1956）、《生活的甜蜜》（1960）、《Z》（1969）、《愛情神話》（1970）等。

那是一個嶄新的開始，她非常高興最後終於網住了一個男人。

有一天，我在義大利境內開車，路上經過人家告訴我葛拉迪絲嘉後來搬去住的地方。由於我不記得她丈夫的名字了，所以我想：找到她的機會不大。但誘惑實在太大了，我還是忍不住想試。

我看到有個老婦人在曬衣服，就走下車向她詢問葛拉迪絲嘉的下落。

那個女人表情怪怪地看著我，語帶懷疑地反問：「為什麼找她？」

我說：「我找她，因為我是她的朋友。」

「我就是葛拉迪絲嘉。」那老婦人說。

我在一九四五年二次大戰後回到里米尼，災情相當慘烈。里米尼被轟炸過很多次，我住過的房子已經不見了。我當時覺得很憤怒，但也為自己離開戰事那麼遠幾乎未受波及而感到有些慚愧。

里米尼被炸後又被重建，所以變大了，但也變得不一樣。它再也變不回中世紀的外表了，現在看起來倒比較像是一個美國城市。原來一開始重建的時候是美國人幫的忙，但如果連披薩也變得難吃，這就不能怪人家老美了——里米尼未經我的許可就變了。

《阿瑪珂德》中那位來到里米尼大飯店的東方權貴，除了長得矮以外，還非常胖。他的胖是一種大富大貴、衣食不愁、舒服自在的表徵。那是一種文化差異。「胖」在他們的世界裏象徵「富貴」，在我們的世界裏則代表「不健康」。

我在那些大飯店裏的時候總是覺得很舒服，在羅馬大飯店尤其有這樣的感覺。我不知道這是不是因為我腦中對「豪華」二字的概念就是源自里米尼大飯店。小時候，那座富麗堂皇、不可思議的住處總顯得難以親近，我們之間有層無形的心理障礙，讓我只敢躲在外面向裏

看，而大門警衛會來趕人，這更是一種有形的阻礙。其實他大可不必趕我，因為我那時太害羞了，就算請我進去，我也不會進去的。

我不知道小時候為什麼會對里米尼大飯店那麼迷戀？也許是因為我上輩子在哪家大飯店住過——也許我那時是隻老鼠。我想可能是因為那裏有誘人的華美氣氛，也可能是因為那樣的飯店會讓你覺得極為舒服而且毫無負擔。他們會為你在高腳床上鋪上舒爽的床單和溫暖的羽毛被；他們還會為你送上精緻的餐點，而且吃完的餐盤會自動神祕消失。之後，我就可以毫無壓力自由自在地去幻想了。

我一直都很喜歡兜風，不管是不是自己開車。我特別喜歡在羅馬兜風，羅馬是世上最有魅力的地方。我喜歡看著外頭的世界流動過去、喜歡看著整個羅馬城的影像流動過去，就像電影一樣。當我坐在車裏，尤其又不是我自己開車的時候，我會覺得看著所有的東西在動是件非常刺激的事。

但在羅馬兜風並不是毫無危險的。很多義大利男人會選擇用開車的方式來證明他們的男子氣概。如果那就是他們的選擇方式，那麼他們大概也就**沒有別的**方式可以表現他們的男子氣概了。

現在羅馬已經有太多可以去看、去經驗的事了，我覺得不需要再到什麼別的地方去了。我年輕的時候曾經希望可以多去外頭的世界瞧瞧，但現在這種欲望已經消失了。就算我眼睛看到的東西令我失望，我都仍然覺得滿足。我最早想去的地方是美國，我後來也去過很多次了。現在，我希望自己想去的地方，最遠最遠就到車子可以開到的地方。

有一段時間，開車是我最熱中的事情之一。我學會開車以後，第一次上路是我這輩子最刺激的經驗之一。當時我很喜歡汽車，希望自

己也能擁有一部。那段時間我很愛開車，我覺得自己那時候開得還不錯。

小時候，我盼望能早日學會開車，但那時自己能擁有車似乎是不太可能的一件事。當時能有部自己的車是很難得的事，而且我連日後要如何謀生都還沒主意呢？汽車是我那時唯一急切想擁有的東西，而一到我有能力的時候，就立刻滿足自己了。我想我開始做那些汽車夢是因為受了富國戲院裏放的電影的影響，那時夢裏的車都是些美國車。

我第一次看到 Dusenberg 型的車是在一部美國片裏，它並不是我自己想要的車型，但卻讓我過目不忘。除了加油站以外，它可以越過路上的任何障礙物。電影裏還有很棒的那種敞篷 Packard 車，警察和走私的歹徒會開著這種車互相用鎗射擊。此外，我那時幾乎不敢相信世上真的有 Pierce-Arrow 這種車，它的頭燈是裝在擋泥板裏的。有人告訴我，你可以看得見一部 Pierce-Arrow 朝你開來，但你卻幾乎聽不到它的聲音。這在小孩子的我看來顯得特別奇特，這感覺其實到現在都還是沒變。

我記得卓別林在《城市之光》裏坐在一輛勞斯萊斯（Rolls Royce）廠出的Silver Ghost型車到處轉。而福特（Ford）廠的T型車（Model T）則是喜劇裏很愛用的一種車，我只要一想到T型車就會笑，因為它在太多喜劇裏出現過。當 Keystone 警察（the Keystone Cops）❷、勞萊與哈台和費爾茲這些電影人物進了 T 型車，你就知道有好笑的事要發生了。我記得有一部 T 型車還被兩輛電車擠扁了，不過沒人受傷，只

---

❷ The Keystone 警察為美國默片時期著名量產片廠 Keystone 所出品的鬧劇片集，導演為麥克·山耐特（Mack Sennett）。片中警察思想行為笨拙、荒謬，對照出法律制度的機械化傾向。

第十三章　不堪一擊是生命

二三一

是讓當事人感覺很糗。如果有人受傷就不會好笑了。不過讓那麼棒的車變得那麼慘，我也不覺得有什麼好笑了。

馬契洛（馬斯楚安尼）也很瘋車子。有一陣子，我們還彼此良性競爭看誰的車好。我曾有過一部很棒的積架（Jaguar），也有過一部敞篷的雪佛蘭（Chevrolet），還有過一部愛快羅蜜歐（Alfa Romeo）。我擁有它們的時候都很有快感，有時候我開的車實在是太神氣了，路邊的人甚至會向我舉帽達禮，或彎身致意。我對自己優秀的駕駛技術感到特別驕傲，這可能是因爲我對很多其他體能活動——幾乎是所有的運動項目——都不甚在行。

剛開始可以上路的時候，我開著車在羅馬或附近其他的地方走走要比後來享受得多，那是在街道出現可怕的塞車情況以前的事了。開車曾經是種享受，後來卻變成一種刑罰。此外，街上還有一些瘋狂的駕駛，所以開車的人得時時注意，氣氛變得十分緊張。漸漸地，你得出了羅馬才能享受到開車的樂趣。我以前喜歡開車到義大利各地走走，主要不是爲了觀光——雖然我也滿喜歡順便看看——而是爲了做人物研究、記錄各地的風俗以及大家的對話。

時間大概是七〇年代初期，有一天我正在路上開車，車身突然被撞了一下，然後才發現撞上來的是一個騎著單車的男孩。他在單行道上逆向行車，而且還闖了紅燈，所以撞上我的車，這些是後來目擊者的證詞。

我從車裏出來，看到路上有一個大約十三歲的男孩躺在他的單車旁邊。看得我的心跳都停了，對我來說，那眞是一個非常、非常恐怖的時刻。

幸好他立刻就爬起來了，人沒受傷，單車也好像沒壞，只是有點被嚇到。只不過我被嚇得更厲害。

路上的車停了下來，然後圍來了一小堆人。原本坐在事故發生地點旁的咖啡廳裏的客人，也離開了座位，丟下咖啡變涼不管，前來圍觀。

然後，我聽到了其中一個人的聲音：「看！是費里尼！他差點撞死了那男孩。」

我想爲自己辯護兩句，錯不在我，但有時候，大家沒看到事件發生的眞正情況，他們以爲自己看到不同的事實。目擊者會看到不一樣的東西，我就曾經看過一個這樣的故事，故事裏有一場審訊，所有應訊證人的證詞都不一樣。我那時還覺得這似乎是個不錯而且可行的拍片題材。但後來當我站在街上面對同樣的情況，這點子就好像再也不好玩了。

頓時我這一輩子——我的過去、現在、未來——就在我眼前一一閃現。我看茱麗葉塔受到報章報導的羞辱，然後在驚嚇傷心中徹底崩潰。我還可以想見自己最難看的樣子被刊了出來，這種時候他們只喜歡用你最糟的照片。然後，大家就會說：「看費里尼那副德行，準是他的錯！」要找我不好看的照片不難，我的照片幾乎都不太好看。我一直想知道爲什麼，我想可能我本來就長得這個樣子吧。

我還幻想到自己受審、入獄的樣子。最糟的是，我想我可能沒辦法再拍電影了。

警察到了，那男孩說他沒事，並承認是他來撞我的。警察看了我的駕照，跟我談了幾分鐘，然後說我們都可以走了。

有位目睹車禍的德國旅客聽到我向警察報了名字，就在我要上車離開那兒的時候，他走過來說想買我的車當禮物送給他在德國的太太，要是我一旦考慮賣車的話，可不可以跟他聯絡？那不只是一輛很棒的車，還是導《生活的甜蜜》的那位名導演開過的車。我說：「可

以，我考慮賣車，我現在就想賣。」

我們就在眾目睽睽下當場做了交易。我們互換名片，我定了個價錢。除了收他支票並立刻交給他車鑰匙這兩件事外，我該做的都做了。我在那一刻就迫不及待想把車賣給他！

但我回頭一想，如果我只拿了那樣一張陌生人開的支票回去，茱麗葉塔會怎麼想？

那部車就屬當時最值錢。那時它有「附加名流價值」（Added Celebrity Value），就像「價值附加稅」（VAT, value-added tax）。但我一向就極沒生意頭腦，當時也不例外。我那時急著想要擺脫掉那輛車子，因而出了一個很不好的價錢，就好像我那部漂亮的車犯過什麼錯一樣，我出的價錢低於我當初買它的價錢，那價格比當時的市價低得多，就好像它做了什麼見不得人的錯事一樣。

那部車好像是該返回它的老家——德國。隔天，那個德國人帶了錢來見我，我就把車鑰匙給他了。從那以後，我就再沒開過車。我把那件事當做一個不好的預兆，之後就再也沒碰過方向盤。

我單車騎得很好，所以住富萊金的時候，就騎騎單車。沒人弄得懂為什麼我後來再也不開車了，他們說我迷信。但過了一陣子，大家就把那事忘了，他們就當我從來沒學過開車。在羅馬比在美國有更多人從沒學過開車。有的是因為買不起車；有的是因為在戰時長大；還有的是因為他們覺得在羅馬這種城市根本用不著開車。我想在紐約情況一定也一樣，在那裏不開車也很方便，可以省掉買車、停車的麻煩，而且你沒車的話，就不必防人家偷你車。我發覺我真正喜歡的是**坐車兜風**，而不是開車。

我喜歡心頭自由自在毫無負擔。我年紀愈大，腦子就愈愛東想西想，我不希望還要花心思在開車這件事上。如此一來，我可以完全沉

浸在我那個沒有塞車困擾的想像世界裏了。

現在我不開車了，就可以坐在後座和朋友談話了。如果只有我一個人，我就總是會坐在前座的駕駛旁邊。我很喜歡坐計程車，這是我最愛的一項奢侈享受。計程車司機非常有趣，他們甚至告訴我要怎麼拍電影，我跟他們學了很多。

我身邊總有人可以載我。但如果是自己一人被雨困住了，又叫不到計程車也找不到公車時，我就會走到路中央看哪輛車裏的人看起來好心，或是看誰的視線和我對上了，然後就假裝自己認識他們。有時候我還真的碰上我認識的人呢。那些人經常都認得我，當某位駕駛為了我停車以後，我又會假裝我認錯人了，但之前我一定會先自我介紹，把我的名字清清楚楚報出來，然後他們幾乎都一定會載我。有時候，我要去的地方和他們不順路，或甚至跟他們是反方向，但他們還是會把我送到家門口。也許這是因為羅馬人心腸軟的關係吧，但我也相信這是當電影導演的眾多好處之一。

如果要去很遠的地方，我就找部帶司機的車。自從那天發生車禍以後，我這輩子就再也沒有想開車的欲望了。那個經驗改變了我，我體會到人生在世一切都很脆弱。

下篇

費里尼

第十四章
傳奇與小螢幕

　　成名和成爲傳奇不一樣。成名讓事情進行得容易些；成爲傳奇則阻礙事情的發展。

　　打從我開始發現拍片可以給我生命意義起，我唯一想做的事就是拍片。當了傳奇人物，對一位想拍片的電影導演來說，不但不像有幫助，反而是個障礙。

　　成爲傳奇是一種漸進的過程，就像變老一樣。你不會在一天或一年之內變成一個傳奇人物，也不知道這事會在哪一刻發生，就像你不知不覺拍了自己最後一部電影一樣。然後，你就被**他們**勒令退休了。

　　大家談論著他們以前看過的費里尼電影如何精采，但卻不去看我當下在拍的電影。大家都在談論著費里尼的作品，即使那些一部都沒過看的人也一樣。我於是開始覺得自己像是那些我以前在街上走過時會去搔他們腳趾的名人雕像了。

　　有名的導演可以被允許偶爾拍出一些不那麼成功的作品，但大家對一個傳奇人物的要求就不止這樣了。

　　我曾口出豪語說自己不拍「訊息電影」（message film）。當然，這不是說我的電影什麼都不說。有時甚至連**我自己**都會從我的人物那兒得到一些啓示——但那不會是在拍片前，而是拍片的過程中。

　　我從卡薩諾瓦（Casanova）那兒學到：「缺少愛是最痛苦的事。」

唐納‧蘇德蘭（Donald Sutherland）❶不是大家印象中的那種卡薩諾瓦，我就愛這點，我曉得自己不想找一個拉丁情人型的演員。我仔細看過卡薩諾瓦的一些肖象，也讀過他寫的東西，我想知道那些東西，但又不希望自己的想法受到太多的影響。我給唐納裝了一個假鼻子、假下巴，然後剃掉他一半的頭髮。要他忍受幾小時的化粧，沒問題，但連頭髮都得剃掉，就看得出他有些退縮不前了，不過表面上他還是一句抱怨都沒有。

　　卡薩諾瓦根本是個木偶。真正的男人大概一定會注意一下女人的的感受，但他純粹只關心自己的性需求。他其實是個機械人，就像他帶在身邊的那隻機械鳥一樣。

　　既然我把卡薩諾瓦看成木偶，那他會愛上一個機械娃娃——他理想中的女人——就非常自然了。在我所有的作品裏，我想《卡薩諾瓦》（Casanova）這部片最能展露兒時玩偶戲所給我的影響。

　　連我自己都被吸引想「進宮」和卡薩諾瓦作伴了。我一直都盡可能地想「進入」我每一部電影，我有些經驗只有從電影裏才能得到，沒有其他可能。一直有人不斷地問我：「你為什麼不再拍一部《生活的甜蜜》？」我拍了，《卡薩諾瓦》就是十八世紀版的《生活的甜蜜》，但沒人注意到。

　　電視有無限的可能，錯不在科技發明，而在製造那些爛節目的人和看那些爛節目的人身上，我也看過讓我尊敬的電視節目。我很欣賞

---

❶唐納‧蘇德蘭（1943-），原籍加拿大的演員，以《外科醫生》（M. A. S. H）奠定演藝
　事業基礎，其他作品尚包括：《伊底帕斯王》（Oedipus the King, 1968）、《柳巷芳草》
　（Klute, 1971）、《強尼上戰場》（Johnny Got His Gun, 1971）、《一九〇〇》（1976）、《卡
　薩諾瓦》（1976）、《凡夫俗子》（1980）、《白色乾旱季節》（A Dry White Season, 1989）
　等。

那些 Muppet 偶，❷戲偶本身和戲裏的角色都很精采，讓我想起自己小時候做過的一些戲偶。那些戲偶是過去那些偉大的銀幕喜角，如馬克斯兄弟、梅·蕙絲特、勞萊與哈台等人的繼承者。豬小妹（Miss Piggy）是梅·蕙絲特的接班人；克米特（Kermit）❸是史丹·勞萊（Stan Laurel）或哈利·蘭登（Harry Langdon）❹的後來者。跟那些 Muppet 一起工作大概不錯。我一直在找一些不同的臉，他們的臉就教人難忘。此外，他們是一個氣味相投的表演團隊。真希望我以前擁有偶戲的時候可以認識他們，不過那時候還沒有 Muppet 偶這種東西，他們連里米尼在哪裏都不清楚。

電視提供機會給你完成一些你無法拍成電影的想法。而且還可以拍得快一些。有時候我喜歡替電視台拍點東西，因為我可以拍點不一樣的東西，而且可以比較快得到滿足。那種感覺非常的「滋補」，立即的滿足可能比大量但遲來的滿足更好。它可以穩固你對自己的信心，提高你對後續戰役的士氣。

電視對我是一種不同的經驗。當大家進到戲院，就會對影像有種尊重的態度；電視不一樣，它是在你居家不設防的情況下攻佔你的。當你的影片出現在人們家裏的電視螢光幕上時，它就處於不被人尊重的弱勢了。它的觀眾可以邊看邊吃，而且不穿衣服。

---

❷ Muppet 偶為美國人吉姆·恒森（Jimi Henson）所創，為卡通動物造型的掌控型布偶，由 Muppet 偶所發展出來的電視節目如《芝麻街》（Sesame Street）和《Muppet 戲》（The Muppet Show）等，對七〇年代以來的小孩成長文化頗有影響。

❸ 即 Kermit the Frog 為 Muppet 偶中的青蛙角色，與豬小妹, Frozzie Bear 等均為 Muppet 偶戲中的主要角色。

❹ 哈利·蘭登（1884-1944），美國喜劇演員兼編導，於二〇年代中期以新秀之姿出現於喜劇界，可惜好景不常。蘭登的喜劇人物有種與生俱來的天真和樂觀，觀點獨特，並不刻意強調動作上的喜感，在當時的喜劇潮流裏顯得十分特殊。作品包括：《Saturday Afternoon》（1926）、《Tramp, Tramp, Tramp》（1926）、《The Strong Man》（1926）、《Long Pants》（1927）、《Hallelujah, I'm a Bum》（1933）等。

當被要求談到我為戲院放映而拍的電影時，我覺得那些作品和我為電視所拍的作品又不能等同而論。為小螢幕拍攝的影片就不會讓觀眾覺得非到戲院裏去看不可，為電視拍的東西沒有戲院電影那種魔力。但我也以我那些電視作品為榮，因為它們代表我對一個目前如此重要的媒體所能盡的最大心力了，而這個媒體也的確已經重要到我覺得有責任為它工作了。電視扮演著一個可以左右大家思考方式的角色，讓人不得不重視它。但我卻還是沒辦法說：我的電視作品像我的電影作品一樣，是自我的一種延伸。電影作品是我的親生骨肉，電視作品則比較像是我的姪兒姪女。

《樂隊排演》（Orchestra Rehearsal）講的不只是一個樂團的排練，但那當然是片中特定處理的一個部分。它代表的是一種情境，適用於任何一個為了共同目的而聚集在一處、但又必須把不同個體加以整合的團體，像是運動場、手術室，甚或拍片現場這類的狀況。我則是把我當導演的一些經驗轉換到這個領域來。

樂師們到錄音間來排練時，不只帶來了他們各自的樂器，還帶來了他們各自的脾性、麻煩、病痛、壞情緒、老婆或情婦猶然在耳的叫罵聲，再不然就是被羅馬混亂的交通給攪亂了心緒，耗光了精神。有些人只帶來了他們的樂器和軀體，有些則帶來了他們的職業尊嚴，再有些則更帶來了他們的靈魂。

樂團裏各式各樣的樂器看起來很難共處一室。形狀巨大笨拙的低音巴松管常要和體態纖細如女子的長笛坐在隔壁，優雅的豎琴獨自站在一旁像棵垂柳，而面目邪惡的低音大喇叭則盤繞在後方像隻昏睡的爬蟲，再有就是那如女體一樣的大提琴！

一直到事情真的發生，我才敢相信這堆不和諧的人、金屬和木製品可以融合奏出那種獨特、抽象、叫「音樂」的東西。我被這由混亂、

不協調所創造出來的和諧深深打動，這讓我想到：同樣的情形也可以應用到另一個可將「個別表現整合融入整體」的社羣。

我想拍這樣一個小小的紀錄片已經很久了，我要用它來表達自己對這種現象的驚歎，並且安慰觀眾在團隊工作裏還是有可能保持自己的獨特性的。而樂團對我而言就是表現這種情境的最佳場景。

我們在一九七八年的時候開始進行這部影片，當時《馬斯托納的旅程》和《女人城》都因我還停留在尋求資助這個永遠煩人又沒創意的事情上，拍片計畫因而不得不延後。

我承認自己對音樂有一種抗拒的心態，一直都努力讓自己不受音樂的影響。我不是那種會自動去聽音樂會或聽歌劇的人，如果你以前告訴我帕華洛帝 (Luciano Pavarotti) 是在唱《奇異果》，而不是在唱《那布果》(Nabucco) ❺，我也可能會相信，不過我必須承認，近年來我的確已經體會到威爾第 (Giuseppe Verdi) 及義大利歌劇的偉大。

由於音樂有支配下意識的力量，所以凡是我不是刻意要聽音樂的時候，像是工作的時候，我就比較喜歡避開音樂。音樂的地位太重要了，不能只被歸類成背景音響。要是我進到正放著音樂的室內或餐廳，我會盡量禮貌地要求他們關掉，情況就像我會在密閉空間客氣地要求人家不要抽煙一樣。我痛恨被迫去聽音樂、被迫去吸二手煙或被迫去做任何一樣事。我不懂爲什麼有人能當著音樂吃喝、談話、開車、閱讀，甚至做愛！想想看你得配合音樂拍子愈嚼愈快的模樣。但情勢卻有惡化的跡象，你不想聽的音樂變得像污染物質一樣地無孔不入。在紐約，我在電話裏聽到音樂，在電梯裏聽到音樂，連在廁所裏都聽得

❺《那布果》首演於 1842 年，是威爾第的第三部歌劇，也是他奠定樂壇聲譽的代表作，情節取材自聖經巴比倫王的故事，合唱曲〈去吧，思念，乘著金色的翅膀〉流傳至廣，已成爲離鄉義大利人愛唱的念鄉頌歌。

到音樂，在那兒可以找到被迫害得最徹底的聽眾。

義大利電視台給了我拍這部紀錄片的機會，條件是影片要能夠符合電視的規格，也就是片子必須擠進一個「小方盒」裏。預算是七十萬，他們告訴我其中有一半錢是個德國公司出的。我可以擁完全的創意自主權，這是這個機會誘惑我的地方。

他們對我當然也不是毫無限制。他們說片子裏不能有裸露，片長不超過八十分鐘，而且還要有很多特寫鏡頭。還有什麼是一位導演需要再多知道的？

在電視機前，一位導演所面對的觀眾數量就下降到一個或幾個了。他們的反應不像戲院裏的觀眾，不會被戲院較正式或較大眾的觀影氣氛所制約。那種情況比較不像演講，而像是單向談話。

然而，對我來說，問題遠超過道德、技術或是美學表現的限制。我之前為電視拍過兩個東西，分別是《導演筆記》（A Director's Notebook）和《小丑》，但每次都播出來畫面都糊成一片。對於這種日夜不停時時刻刻塞給我們的混雜影像的電視媒體，我不確定自己是不是還想再次投入。電視在不知不覺中矇蔽了我們所有的辨識能力，進而想迷惑我們去喜愛那個新造出來的世界，一個我們必須重新適應的世界。糟糕的是，我們竟也**希望**去適應那個世界。我把電視和電視觀眾看成兩面彼此對望的鏡子，兩相反映出的是永無止境的空無與單調。我們必須一直反問自己的一個問題是：我們相信自己看到的東西嗎？或是，我們看到自己所信的東西嗎？

我不知道自己要怎麼對那些經由「時空隧道」從過去來到現代的人解釋電視這個現象？我是不會接受這項外交任務的。

電視這個媒體本身沒錯，錯在它節目的平庸。這個發明十分神奇，也充滿潛力，但對它的運用是個災難。

我投入那個拍片計畫，確信自己至少不會做得比既有的節目差。此外，我的直覺也告訴我：「這可能會是個有趣的機會。」絕對不會有但丁（Alighieri Dante）筆下的「煉獄」那麼恐怖。我拍《樂隊排演》的時候充分運用了我擁有的權利空間，我啓用了一種更輕巧簡便的拍片機器，操作過程比較省事，體積也沒拍電影的機器那麼龐大。

我意外發現自己在電視的領域裏竟比較沒有責任包袱。所以，我才能以一種完全意料不到的嶄新眼光和隨興態度去面對這個作品。此外，也由於那些限制，我才比能夠從一開始的時候就把整部片想過一遍，我以前拍電影的時候就做不到這點。除此之外，我並不覺得那部片跟我之前或之後拍片的時候有什麼不一樣的地方。也就是說，由於拍片的諸種限制和可供利用的里拉過少，我講故事的時候，就只好追隨著自己天生對於神奇、誇張、奇幻事物的喜好去拍，並像既往一樣去表達我那些看來令人不安或神祕難解的生命觀點。

一開始，我們把樂師約到我最喜歡的契莎莉娜（Cesarina）餐廳聊天，這樣一來，此番冒險便不可能全盤皆輸：就算我在思想上沒有什麼很大的收穫，至少還會吃到很棒的食物。結果那些樂師最了不起的貢獻就是讓我知道他們對彼此耍弄的惡作劇。他們覺得有必要降低事情的緊張氣氛，要把心情放輕鬆一些。我沒有機會用太多他們提到的例子，但把保險套罩在小喇叭手的喇叭口上，讓他吹出個小孩玩的汽球，這招我可無法忍住不用。

我請尼諾・羅塔為這部片事先譜曲，這是個反常的程序，但因時勢所逼又不得不這麼做。我同時要求他寫的東西要專業但不必亮眼，他像往常一樣，完全了解我要的是什麼。當然，我不是說東西不必好，但在這兒音樂只是個「道具」。它就像是勞萊和哈台要搬上那一大段樓梯的鋼琴一樣——這是讓我最忘不了的電影場面之一。

就在我要拍《樂隊排演》的同時，發生了一個惡夢：我的總理朋友艾多‧莫洛（Aldo Moro）被自稱爲「赤軍旅」（Red Brigade）❻的這個團體綁票殺害了。恐怖主義是一個我無法了解與接受的現象。這問題不容易回答，怎麼有人可以去殺一個他完全不認識的人，然後一輩子可以過得心安呢？他是著了什麼魔呢？戰時，我們太多人被集體的瘋狂意識控制住。我想我成年以來就一直隱隱約約受到自己那一小段戰爭經驗的影響。「戰爭」這個詞變得不只是一個抽象的詞了，它變成了一種具象的東西，一種不是光靠嘴巴就可以說得清楚的東西，它變成了一種留在我體內深處的感覺。

一名老樂師問指揮：「是怎麼發生的，大師？」他回答：「在我們不注意的時候發生的。」這是在說艾多‧莫洛被恐怖分子謀殺的那件事。

這讓我聯想到有堆工人在拆除一個城市的人行道時，發現文明行道磚之下的泥土和我們在原始叢林裏可以找到的竟一模一樣。我們的「文明層」難道就那麼的薄？文明人的大腦表層下面是不是也潛藏著同樣的原始思想，方便人類可以隨時退化回去？在我策畫這部小小的紀錄片的時候，這些灰色的想法始終揮之不去，所以還沒等到片子拍完，我就已經體會到它們對我和我的作品產生的影響。當我正在拍片的時候，我喜歡盡可能不去接觸新聞和外人。電視一遍又一遍播放著同樣一則令沮喪的新聞，讓人覺得不管那條新聞內容是什麼，都正在一遍又一遍地發生。我的心情會影響我的電影，而別人的心情也可能會影響到我的心情。我一直想知道外科醫生或飛機駕駛這些負有人命責任的人如何把他們自己周圍那些不愉快的面孔和心情隔絕開來？

---

❻赤軍旅，活躍於七〇至八〇年代初期的義大利左翼恐怖組織，企圖以恐怖行爲削弱義國民主體制，以建立自己的政經系統。

我習慣一旦片子完成以後就不再去看它們了，原因是我把每次拍片經驗都做一次戀愛，而再去和以前的情人相會是尷尬，甚至危險的。因此，我只能告訴你們我記憶中的《樂隊排演》。那是在我參與這部作品的拍攝過程所留下的一些「主動的記憶」（active memory），這跟單從觀影經驗得來的「被動的記憶」（passive memory）不同。我沒法兒像個影評人一樣地去記它，因為我從來不是用影評人的眼光去看它的。

　　光是《樂隊排演》這部片的場景本身就已經是一句對二十世紀的評語了。一開始片名打在黑幕上，背景音效是羅馬嘈雜的交通聲，然後我把畫面溶進一個點著燭火的舊禮拜堂。正在分發樂譜的老樂譜管理員一身古服像是來自不同世紀的人。他告訴「我」——因為我這兒是攝影機的位置——這個禮拜堂建於十三世紀，裏面埋著三位教皇、七位主教。由於這兒的音響效果極佳，所以被重新啟用當做樂團的排練廳。在羅馬，**所有的東西都舊**，甚至古老，這是很稀鬆平常的事。

　　那些樂師魚貫進入這個氣氛莊嚴的場景，但他們很多人看起來就像是要來這兒看足球比賽，而不像是要來這兒演奏音樂。事實上，他們其中有一個人就帶著一台小型的電晶體收音機，以便跟上球賽比數，並在排練時傳報給他吹木管樂器的同伴們。但也不是所有人都這麼麻木不仁，有些年紀比較大的樂師，特別是那個樂譜管理員和一個九十三歲的音樂教授，他們還記得有段歲月，音樂家們對他們的職志都比較認真，因此演奏的品質也比較好。

　　我訪問了幾個樂師，他們向我談到他們和樂器之間的關係。他們對自己樂器依戀的程度，從痛恨自己管子所發出的聲音的巴松管手，到**除了**自己的豎琴**外**再沒別的朋友女豎琴師都有。她看起來跟哈台（Oliver Hardy）有點像，所以當她進來時，那些心裏掛記著運動比賽

的木管樂手就會吹奏勞萊與哈台的主題曲來打趣她。那位豎琴手是整個樂團中我最喜歡也最認同一個人物。她太愛吃，又吃得太多；她熱愛自己的工作，不願意改變自己來取悅他人。她不像那位長得就像根笛子的女長笛手，那位女長笛手過分喜歡取悅別人，她甚至當場表演翻筋斗來加深我的印象。

那些音樂家說什麼義大利方言的都有，其中甚至有幾個操外國口音，那個德國指揮就很明顯，他太激動的時候就會說回自己的母語。他幾乎把音樂當做宗教一樣看待。他對自己必須指揮一個二流的義大利樂團，而不是柏林愛樂（Berlin Philharmonic），可能覺得有些不高興。那名演員實際上是個荷蘭人，我原本翻他照片的時候是為了別的角色，但看過後就忘不了。我視覺方面的記憶力特別強，尤其是臉部。

開始排練的時候聽起來像是羅馬的街頭噪音。大部分樂師都想趕快混完到別處去，到**哪裏**都好。對他們來說，這只是份工作，跟在飛雅特車廠裏工作沒有什麼兩樣。那是時下大家對工作的一種態度，連創意工作也不例外。

樂團團員彼此開玩笑、聽廣播球賽、追打老鼠、吵羣架，而且很容易為其他事分心，例如有位有魅力的女鋼琴手願意被別人拉到她的樂器底下親熱去。她在排練時和別人做愛，而且還邊做愛邊吃東西，她對這兩方面的感官享受都顯得缺乏熱情，那就更別提她對所從事藝術的冷漠了。

由於樂團團員排練時那麼欠缺興趣和使命感，激得指揮破口大罵，隨後導致羣體聯合爭執，接下來引發暴動衝突，造成數位著名德國作曲家的海報被投擲糞便的場面。最後指揮被廢除了，他的位置被一尊巨大的節拍器取而代之，但後來這東西還是被移走了。

這個幼稚的混亂場面最後被一顆拆房子的吊球給中斷掉了。那顆

吊球從一面牆出其不意地撞了進來，擊斃了令我們同情的豎琴手——可憐胖克萊拉（Clara）。於是大家又從混亂中恢復了秩序——一個普遍而且一再重演的人性過程。崩毀變動的過程中不免會有珍貴的事物遭到破壞：現在演奏出來的音樂裏就沒有豎琴這部分了。一項珍寶丟失了，也許是永遠丟失了，這是最重要的啓示。

那顆拆房子的吊球是人類價值的敵人，它是無情的傭兵，像那些控制它的人一樣，在執行摧毀任務時是不帶感情的。但眞正的悲劇在於：這樣的傷害很快就被遺忘了。一個遭受過摧殘的世界立刻願意接受：這就是人世的常態。原本不可思議的事現在都被認爲理所當然。

最後，那些後悔的樂師了解到他們還是需要一個領導者，於是原先的指揮又被請回指揮台。指揮說：「各位先生，我們從頭來過。」樂團於是又重新開始演奏，其中又出現了一些瑣碎的小爭吵，接著畫面全暗，我們又聽到指揮一長串德語的咒罵聲。情況愈走愈回頭，人終究還是本性難移啊！

那位指揮最後脾氣爆發可以有多種詮釋，不過我的意圖只是要表達他的挫敗感，或甚至是在表達我身爲自己這個領域的指揮的某些挫敗感。先前我在他的化粧室訪問他，他說：「我們雖然在一塊演奏，但卻像是一個毀滅性的家庭，因爲我們有種共同的怨恨才結合在一起的。」有時候，當片廠情況不順的時候，我也有一模一樣的感受。

有個影評人認爲影片開頭的交通阻塞和結尾的德語咒罵都配合著黑幕，其中應有更深的含義。對於我影片裏這些「更深的含義」我只能說：我給了很多影評人工作機會，即使我是無心的。

溝通不是科學，是藝術，原因在於我們不一定能把我們想溝通的事物溝通成功。在戲劇的範疇裏，觀眾扮演很重要的角色，他們負責詮釋他們聽到、看到的東西。他們用自己的眼睛看，用自己的耳朵聽，

我不能告訴他們該怎麼想，否則我就是個限制他們的頑固學究。我對別人告訴我他們在我作品裏看到的東西，常常——通常——都會感到很訝異。創作者的角色是爲你的觀眾開啓的，而非關閉這個世界。但有時候它卻又像是個閉室遊戲，這個人小聲地跟那個人說一件事，那個人再繼續傳給下一個人，等到事情再傳回給最先傳出那人的耳裏，已經讓人認不得了。

所有的戲劇都要經過觀眾的見證才算完成。就電影的情形來說，觀眾是其中唯一一個在每次演出時都可以有所不同的角色。當那些大家從我作品裏獲得的意義再傳回我這裏的時候，我雖然不常覺得有趣，但有時候還是會挺訝異的。

我記得有一次在男廁所裏有個人向我耳語，他那時剛看過《樂隊排演》，他說：「你真是對極了，我們**的確**需要再有艾多夫叔叔（Uncle Adolph）❼這樣的人出現。」我當時的反應是拉上拉鍊盡快離開。

《樂隊排演》的首次公開放映較不尋常。在裴汀尼（Alessandro Pertini）當上總統前，他曾要求我爲他私下放映我的下一部作品。所以這部片子的非正式首映是在一九七八年十月的總統府舉行的，觀眾是一羣受邀的政壇人物。我真寧願迴避掉那個榮幸，但由於我在裴汀尼當選總統**之前**就答應爲他放那部電影了，所以我也是逼不得已。

那些政客表面上客氣，實則心懷恨意。他們有些人對片中的語言感到不安，總統爲我做辯護，不過對一些其他的批評，他就愛莫能助了。所有人都覺得這部片是針對他們的批評，或至少有政治上的用意。所有什麼可以嫁禍給它的負面詮釋，它都沾上了。當時（義大利）共

---

❼應是指極權主義納粹首領艾多夫‧希特勒（Adolph Hitler）。

產黨的領袖來自沙迪尼亞（Sardinia）❽，他確信自己遭到了戲弄，被影射成片中那個吵鬧不休的沙迪尼亞人代表。事實上，飾演那個角色的演員正是沙迪尼亞人，但此事純屬巧合。

　　RAI 電視台（RAI-TV）被媒體的報導弄得很不高興，無限期延後了已發出預告的電視首映日期，因此該片後來反而先在戲院露臉了。到日後它上了電視的時候，所有人都不記得爲什麼他們當初會對它那麼生氣了。

---

❽義大利西方的地中海島嶼，與周圍小島合稱「沙迪尼亞區」，經濟型態以農牧漁礦爲主，是義大利共產主義盛行的區域。

第十五章
日魘夜夢

　　我的夢對我來說都麼像眞的，以致過了這些年，我竟弄不淸「那些是我的親身經歷，還是我的夢？」夢是一種由影像構成的語言，再也沒有什麼比夢更眞實的了，因爲夢拒絕被明白地斷言出來——夢採用象徵的表達手法，並不做明確的意念陳述。所有夢裏出現的東西，每種顏色、每個細節……都有所指涉。

　　我在夜裏有很棒的做夢經驗。我的夢有趣到讓我對晚上上床睡覺這件事一直很期待。有時，同樣的夢會做上不只一次；有時，是舊夢新編，略有變化。當然，我不是老做這些夢，但它們出現的頻率也夠高了。我擔心哪一天——或者該說哪一晚——我不再做那些夢了，可怎麼辦？到目前爲止，我擔心的事還沒發生，但我必須承認，歲數愈大，我做那些夢的次數就愈少，就算做了，它們也愈來愈早結束。我想這情況也很自然，因爲那些夢裏面有太多是跟性愛有關的夢了。

　　那些並非都是我睡著時所做的夢，而是我腦裏想的東西。在夜晚播放的結果。那些東西其實比較像是一些幻想，而不太像是夢。夢是由人類下意識製造出來的東西，但幻想卻是人類在有意識情況下所自我勾勒的理想情境。那些夢裏面有一些是很早很早以前就做過的，像是扮成小男生的勞萊與哈台在鞦韆附近玩耍這種。

　　我可以張著眼做夢、幻想，這跟睡夢的情況不太一樣，秘訣是要

能讓我的腦子放空。

有些人認爲這是因爲我不願面對日常生活困擾所導致的逃避行爲。沒錯，在不知道怎麼處理問題的時候，我就是這個樣子。我解決問題的方法就是設法不去想那個問題，然後希望有別人能來替我處理。我就像《亂世佳人》（Gone With the Wind）裏的女主角一樣——一切等明天再去擔心。除了拍電影以外，我一概那副德性，然後我才會負起全責。

然而，我相信沒有人要比做夢的人更接近眞實了，因爲這種人把最深層的眞實——**他們所認爲的**眞實——給濃縮處理。

雖然我生在一個各地歐洲人都愛前來戲水的海邊，卻從沒去學游泳。在一個我常常做的夢裏——我最早的幾個夢之一——我就快被淹死，不過每次都會被一個壯碩的女人救起，即使在她雕像般的高聳身材下，她的雙乳仍然顯得十分巨大。我開始做這個夢的時候也相當害怕，但過了一陣子，我竟對那個會把我從水中撈起來、然後把我放在她懷中摟抱的女巨人期待了起來。那時候，那是世上我最想待的一個地方了——被擠在她那對巨乳當中。我持續做著那個夢，而且幾乎變得不怕溺水了，因爲我確信自己一定會被及時救起，然後就又可以再度嘗到那種被她摟在胸脯裏的興奮感受了。

我在自己的夢裏常常一絲不掛，而且還很瘦，永遠胖不起來。在夢裏，我常有好東西可吃，尤其是甜食，我夢裏經常不斷地會有一個豐盛的巧克力蛋糕出現。我會做很多很多跟女人有關的夢。男人就像公蜘蛛一樣地迷惘，他是自己性慾下的受害者，「性」是一件危險的事。

一九三四，也就是我十四歲那年，傳說有隻海怪被捕落網，我在報上還看到那怪獸的圖案。對我來說，那簡直是個匪夷所思的畫面，我後來也夢到它很多次。大海對我而言一直是一股強大的力量，但與

其說是我整個幼年都受到大海的控制，還不如說，大海原就是我生命的一部分，像是我的一隻手或一條腿，或我家的一面牆。

在我心裏，那隻怪獸是個女人，一個巨大的女人。那時女人在我生命裏扮演權威的角色，譬如說我媽。她是個非常嚴格的女人，但我想她那時並不完全知道這點。由於爸爸大部分的時間都不在家，所以她就成了權威人物。爸爸希望得到我們的愛，所以回家的時候就送我們禮物，帶我們去買糕餅，跟我們講好玩的故事，可惜那時我們都聽不太懂。

媽媽覺得我們本就該愛她，所以她不需要再去盡力贏取我們的愛意——她畢竟**是**我們的母親呀。我確定她當時一定以爲自己是個十全十美的母親，她對此一人生角色十分地投入，不過卻沒察覺到我們因成長而起的變化，也許是因爲她不願意承認自己變老了的這個事實吧。此外，我認爲她有意無意地希望我們長大以後不要像爸爸一樣。她想用她的宗敎信仰——天主敎——來解救我們。對她來說，善良就等同於禮拜五不吃肉。

在夢裏，遇到權威的人物就會讓我不開心，而且我常常很怕女人。在現實生活中，我也一樣。

我第一次夢到那隻海怪的時候，我媽也在我身邊。我想盡可能地接近那隻怪獸、看清每個細節，以便稍後回家爲它畫張圖。但媽媽卻一直把我往後拉，並告訴我這麼做是爲了我好。可是我不相信。她說了一些像是海怪會把我吃掉之類的話，我覺得那種說法有些蠢，我不知那時腦子裏爲什麼會有這種想法，我認爲任何關心自己的海怪都不會吃小男孩，因爲他們的肉太硬了，完全不值得爲他們放棄昆布、海藻這些食物。

然後，等到那隻大海怪浮出水面時，我才發現它原來是個巨大的

女人。她又美又醜，這個說法對我來說沒有一點衝突。直到現在，我都一直覺得那個美麗的女人還在以不同的形貌出現。我無法不去注意她那肥碩的大腿，即使與她龐大的體型相比，那個部位都大得很不尋常。

然後，我聽到一個權威的聲音，那聲音不像是從哪個特別的物體發出來的，它就是憑空出現，這跟權威者的作風相符。那聲音知道我叫什麼，它把我點了出來，使得在場所有人都看著我，我當時恐怕已經臉紅得像女孩子一樣了。我整個人頭昏目眩，直擔心自己就要暈倒。那聲音告訴我，除非我立刻遣走母親，否則我就得離開。那裏不准有母親在場，何況那隻海怪又不喜歡我媽媽。

我發現了訣竅。我雙手擊掌，命令媽媽走人，那聲音像打雷一樣響亮。然後她就消失了。我不是說她走了，我是指，她就那樣憑空消失了。

那隻巨大的女海怪向我招手，她要我走近一點，而這也正是我心裏想要的。

我那時候心裏怕怕的，沒忘記媽媽說過「海怪會把我整個給吞下去」的警告。但不知怎麼搞的，這句話在嚇人的同時，好像也很誘惑：我想她的體內一定非常溫暖。

我向前移動。

然後，夢就醒了。從那以後，我就再也不是一個「小男生」了。

這是一個我這些年來一直反覆在做的夢。年輕的時候，我常做這個夢，這是一個和「性」有關的夢。中年的時候，我還繼續做著這個夢。直到晚近，我就比較少做這個夢了，偶爾才一次——我想理由很明顯，不必多說。那是我幼年時期一個仍然十分鮮明的感官記憶。整個夢是根據真實經驗而來，我後來把它用在《八又二分之一》裏。

我在夢裏是個孩子，被幾個女人放在盆裏洗澡。她們用的是那種木製的傳統澡盆，像奶奶農莊裏放在戶外的那種。那是從前爲了釀酒讓小孩光腳在裏面踩葡萄的那種木桶。在踩葡萄前，我們都得洗腳。之後，在洗澡的時候，你都還可以聞到發酵的葡萄殘留下來的味道，濃得差不多可以把人醉倒。

有時候我和幾個小孩一起洗澡，男生女生都有，我們全部都被脫得精光。盆裏的水很深，超過我的頭──這是我個人對「深」的定義。其他的小孩都會游泳，我是裏面唯一不會的一個。有一次，我差一點被淹死，得被人扯著頭髮拉出來。幸好我那時的頭髮比現在多，不然**大概**就淹死了。

我在夢裏被抱出澡盆的時候，幾個大胸脯的女人就拿著大毛巾把我溼淋淋、光溜溜的小身體包起來。我夢裏的女人從來不穿胸罩，我想也沒有那麼大的胸罩可以給她們穿。她們把我裹在毛巾裏，然後抵在她們的胸前來回轉動好把我弄乾。我下面那個小玩意兒在毛巾的輕刷下，會愉快地左右飛舞著。那真是一種美好的感覺，我真希望它永遠不會結束。有時候，那些女人還會爲我爭風吃醋，這也讓我很開心。

我花了一輩子在找那些小時候把我裹在毛巾裏的女人，現在要是我還做這個夢，就需要更強壯一點的女人才抱得動我了。在現實生活裏，茱麗葉塔也會爲我裹毛巾擦身子，但浴室裏的毛巾卻不是那麼回事，可以說是一團亂。

我在夢裏從來不會有性無能的困擾，夢境總是比現實讓人如意得多。在夢裏，我一個晚上可以做二十五次之多。

我三十年前做過一個可以概括說明我人生意義的夢，我之前從來沒有跟別人說過這件事。

在夢裏，我是某機場的總負責人。那是一個夜晚，天上滿佈星光。

我在機場的一個大房間裏，坐在桌前，從窗外可以看到所有飛機降落。這時，有一架大飛機剛落地，由於我是機場的負責人，所以就前去進行護照查驗的工作。

所有從那架飛機下來的乘客都拿著護照在我前面等候。這時我忽然看到一個奇怪的人物——一個看起來像是古代的中國老翁，他身上的衣服雖然破爛，但看起來卻像皇室的服裝，此外，他身上還散發著一種可怕的味道。他在那裏等著要進來。

他一言不發地站在我前面，甚至看也不看我一眼，完全在想他自己的事。

我向下望著那塊放在桌上的小牌子，上面有我的名字和職銜，可以讓別人知道我是負責人。可是我卻又不知道如何是好。他是這麼地與眾不同，我又不了解他，所以不敢讓他入境，我非常擔心如果我讓他進來了，我既有的生活運作就會遭到干擾。所以我就找了一個藉口退縮了，而那其實是一個暴露出自我缺點的謊話。

我像個孩子一樣地撒謊，我不願讓自己去承擔責任。我說：「我沒有權利，你懂嗎？這裏真正負責的不是我，我還得問別人才行。」

我羞愧地垂著頭，我說：「在這兒等一下，我馬上回來。」我想到別處去做決定，卻一直下不了決心。直到現在，我都還在考慮，而且我一直在想：等我回去的時候，他還會在那裏嗎？不過真正讓我覺得恐怖的是：我自己也不知道我到底比較害怕「他還在那裏」？還是「他不在那裏了」？過去這三十年，我都不停地在想這個問題。現在我已經完全明白，當時有問題的是我的鼻子，不是他的味道。不過我還是沒辦法要自己回去讓他通過，或是回去確認他是不是還在那兒等我。

有人問我，要怎麼樣才能夢到那些故事和幻境？要怎麼樣才能讓你的腦子裏出現那些人物和情境？

我不知道。我甚至不知道怎麼去教自己？

拍電影的時候，我努力讓自己被催眠入夢，雖然那個夢原就是我自己造的。

上床睡覺對我而言一直是一大樂事。我期待上床躺在那兒享受那段奇妙的時光。我喜歡高腳大床，外加舒爽的床單和柔軟的羽被。我喜愛夜裏的寧靜，而且迫切希望進入夢境。躺在床上等待夢境就像坐在戲院中等待電影開始放映一樣。

我也一直喜歡從睡夢中醒來的感覺。我可以立刻睜開雙眼清醒起來，充分準備好去迎接新的一天。我會試著在還有印象的時候，把前晚的夢記下來，雖然我也記得夢中的對話，但記夢時大多還是用圖畫，不靠文字。我通常會像漫畫一樣把對話放在畫中人物頭頂的汽球裏。我夢境的主題老是繞著自己打轉，我就是自己夢裏的主角。我想有人可能會說，那是因為我太自我中心了，才會一直夢到自己。無論如何，我相信每個人都有權利以自我為中心去做夢。

我可以立刻完全清醒過來，不需要用咖啡或早餐提神，這是一個優勢，這樣一來我就不會有分秒的損失了。

在夢裏，顏色是很重要的。顏色在夢裏的地位就像它在畫裏一樣，是掌控氣氛的要素——不管是粉紅色的馬、紫色的狗還是綠色的象，這些都不是鬧著玩的。

面孔一直可以激發我的想像力……

沒找到適合的演出面孔，我就永遠不嫌累。就算為了一個最不重要的角色，我也可以——而且經常也的確要——看過上千個面孔，才

能找到最適合的，因為那樣的面孔才能表達出我想表達的東西。面孔是我們最早了解到的一種東西。

我們還是嬰兒的時候，面孔是我們注意力的焦點。雖然不能清楚地記起來，但當我們看到了母親的面孔就有了安全感。然後，我們又會繼續看到一些其他的面孔。

我們的長相決定了我們的型。我注意到有些演員會受到他們演出角色的影響，他們會找到一種自己演來特別成功的角色，久而久之，在自己的生命裏也習慣了同樣的角色。我就知道有個演員因為演傻子演太久了，現在他有時候都看來像個傻子。他當初之所以會得到那些角色也是因為他本來看起來就有點像個傻子，然後在飾演那些角色的時候又把他那方面特質帶出來，甚至加重了。

大家對我翻照片找面孔的這個行為的重點並不清楚。通常我不是在找令人難忘的面孔，令人難忘的面孔容易找，難找的是容易被人遺忘的面孔。

雖然我對夢一直很有興趣，但我所有的電影裏卻只有《女人城》這部是接近一個完整的夢。片中除了頭尾史納波拉茨在火車車廂內醒來這兩段以外，所有其他的部分都像夢裏的東西一樣，隱藏著一種主觀的含義。這是《八又二分之一》主角珪多夢境中的惡夢部分。

史納波拉茨夢到他把自己一生中──過去、現在、未來──所有的女人都集合在一起和諧共處。那是一種男性的幻想：男人夢想他生命中的女人都能愛他到願意一起分享他的地步，那些女人要能了解她們每一個代表的是他生命中不同階段的不同情感，並了解她們甚至可以透過他來相互認識。但事實上，她們卻寧願支解他，這個人拿走手，那個人帶走腿，還有人剝走腳趾甲，她們寧願佔有一具死屍，也不願讓別的女人稱心快意。

我是有天晚上和柏格曼在羅馬街頭散步的時候想到《女人城》這個點子的。當時他有可愛的麗芙·娟曼（Liv Ullmann）陪在身邊。我們一認識就覺得彼此有緣，只可惜緣分不夠深。

　　我們考慮一起合作拍片，兩人各拍二分之一，然後再合成一整部電影。也許我們每人各找一個製片，他們各攤一半的錢；我們各拍各的部分，然後在兩部片中間找個模糊的聯結點——「像是『愛』啦。」我們其中之一說。我不記得是誰說的，可能是麗芙·娟曼。大家聽了都覺得很滿意，因為我們兩人都相信尋找愛情可以使人類昇華。何況，那晚的羅馬又非常地美麗，在那樣的夜裏，所有點子聽起來都會不錯。我原就非常喜歡在夜裏的羅馬四處走走，他們算是相當特別的訪客，我從他們觀光客的眼中對**我自己的**城市又認識了不少。柏格曼和我都知道我們兩個得自我約束一點，不過指的不是製片人強加給我們的那種約束。我們兩個都是出了名愛拍過長電影的人，雖然那些片子都長得不無道理。

　　通常在這種感性時刻所想出來的拍片點子從來上不了電影銀幕。事實上，本來就只有很有限的點子可以上得了銀幕。但這次我們兩個的點子卻都拍成了電影。只不過這兩個點子沒能合併在一起，而是各自發展成單獨的作品。

　　雖然我們認為兩人應該合作一部電影，但發生了地緣上的問題，我想在羅馬拍，但他想在瑞典。不過就算地緣的問題解決了，誰知道到時我們的關係是不是仍能維持不變？我們對彼此的作品都有最高的敬意，真正相遇的是我們的作品，以及我們兩人的名氣。

　　我那個點子一直到十多年以後才變成了《女人城》這部電影，它就跟柏格曼（《紅杏》The Touch）那部電影的遭遇一樣，不但一路上歷經了多重變形，而且結果也不如我預期中那樣受到大眾的歡迎。因

此有些人大概會說：如果我們兩人那晚沒有碰面，後來的情況可能會好一些。

《女人城》的第一個製片是個姓義大利姓的美國人。他叫鮑伯·古奇歐內（Bob Guccione），是個有名的美國雜誌發行人。我覺得他是個意氣相合的朋友。他年輕的時候甚至也和我一樣在餐廳裏幫客人畫過漫畫肖像賺錢。有人說我偏愛每次更換不同的製片，因爲那樣我就可以比較自由地去做自己想做的事。但我認爲恰恰相反，猛然和一個新的製片人合作就像穿新鞋、穿漆皮鞋一樣，是會吃腳的。我眞正希望的是找到一個類似米開朗基羅（Michelangelo）那個時代的藝術贊助人。會計做出的帳總是跟我做對，而負責做帳和解釋那些帳的會計也從來不是我的朋友。

古奇歐內沒有做這部片子，因爲預算超支了，而且他另外爲別人製作的一部片子也出了問題。同時，他希望我能用那些招牌響亮的美國或英國演員，也就是那些具有「票房」的演員。另一個問題是我們對如何在銀幕上呈現「性」這件事的想法不同。他覺得我過於節制，如果照他的定義來說，那麼我**的確是**。他希望我在銀幕上多拍一些這種東西，而且還要用特寫，但我沒興趣。在我看來，別人眼中的「性」好像都很滑稽。我們自己不滑稽，但別人就滑稽。

《凱薩琳大帝——費里尼版》（Fellini's Catherine the Great）是他想出來的點子，這個構想對我很有吸引力。我們對這個拍片計畫交換過很多意見，但始終沒機會去拍它。

在《女人城》這部片裏，觀眾看到的史納波拉茨這個男人眼中的世界。他老把女人看得神秘離奇，她們不但是他性幻想的對象，還是他母親和妻子；她們在客廳像淑女，在床上像妓女；她們既是給他靈感的繆斯女神，就像是但丁筆下的琵雅特麗切（Beatrice）；又是他在妓

院裏的感官刺激泉源——以及其他更多的角色：他把自己所有的幻想都投射到女人身上了。我確信自古以來，打盤古開天起，男人就一直在為女人戴上不同的面具。然而，那些面具畢竟是男人給的，不是女人自備的——它們是觀看者給的面具，而它們藏住的部分並不像是它們要掩蓋的。那些面具來自那些男人的潛意識，代表他們不為人知的部分。

我不記得「史納波拉茨」這個名字是我在什麼時候想到的。這是我為馬斯楚安尼取的一個滑稽的名字，我構想《女人城》的時候，這個名字聽起來正好適合馬斯楚安尼將要演的角色，然後我就開始叫他史納波拉茨，並用這名字去想戲。這名字引來很多疑問，他們問我：「那是什麼名字呀？有什麼意義沒有？」

當有人問我這問題的時候，我喜歡故做表情暗示這個名字是有點詭異，說起來太可怕了，所以有些提問的人甚至不要我繼續說下去。事實上，那只是我瞎掰的一個字而已。

當我喊馬斯楚安尼「老史納波拉茨」的時候，他好像並不是很喜歡，不過也許他只是不喜歡「老」那個字，而不是「史納波拉茨」這個名字。

當馬斯楚安尼到達片廠的時候，他得通過那堆將在片裏出現的女人，以及那些等在電影城附近爭睹他風采的女人。我們本來以為他應該會喜歡女人朝他扔花的這種仰慕舉動，不過他卻面有難色地跟我說：「要我通過這堆向我扔花的女人不免太嚇人了吧。」

看完《女人城》以後，大家對我有很多批評，其中又以女性的批評特別多。我被批評為「反女性」，我沒想到竟然會出現這樣的詮釋！這又再度讓我肯定了：你絕對無法真的事先知道別人會怎樣來看待你做的事。我對自己這部片的看法是：大膽、誠實、幽默。

我一直有些非常要好的女性朋友，老覺得自己需要有女人的溫暖做陪。有女人在場可以刺激我做出最好的表現。她們非常會讚美人、鼓勵人，在她們的激勵之下，或也可能摻雜了一些炫耀心態，我就只好盡力端出最好的。我就像是些愚蠢愛現的公孔雀一樣，非開屏向母雀獻寶不可。所以，我是絕對不會高興去拍什麼大兵或牛仔的故事，因為這種故事裏沒什麼女人嘛。

我這輩子大半的時間都跟同一個女人在一起，她就是茱麗葉塔；我在片廠常用女性助理，我作品裏有幾個我最喜歡的角色是女性角色。我完全弄不懂為什麼影評會說我的電影講的是男人，而且是為男人拍的。潔索米娜、卡比莉亞、茱麗——她們對我而言，就跟我認識的活人沒什麼兩樣。

總共一萬個女人！也許讓這件事變成事實有點累人，但在幻想裏可不累——而幻想才重要。《女人城》裏卡崇內博士（Dr. Katzone）慶祝他擁有第一萬個女人所用的那個蛋糕，照理說應該要有一萬根火柴在上面，但事實上當然沒有。在電影裏，幻覺比真實情境來得重要。真實的東西看起來並不真實。要捕捉到真實情境中的幻覺，一個東西可能需要拍上好多次。

卡崇內博士這個角色是根據喬治·西蒙諾寫成的。在《生活的甜蜜》之後，我們變成了好友。他告訴我，他從十三歲起開始勾引女人，人數的確有一萬個了——他記事情的功夫明顯比我好多了。

老有人問我——通常是學生、教授，和影評人——我拍電影的目的是什麼？我想講些什麼？換句話說，他們想知道我 **為什麼** 要拍電影，這些人認為我拍電影除了滿足創作需要需求外，應該還有什麼別的理由。你們也許該去問問母雞：她們為什麼要下蛋？那是她們一生除了被別人吃掉外，唯一還能做的一點事，下蛋無疑比要被別人吃掉

好得多。我就像《紅菱豔》（The Red Shoes）❶那部片裏的芭蕾舞者一樣，當被問到她為什麼要跳舞的時候，她的回答是：「因為我沒辦法不跳！」

要是我據實以告，那些提問的人會覺得失望，而且不滿意我的回答。所以，有時候，如果我情緒對的話，我會努力編出一些原因來解釋我的某些做法，但那些並不是真正的原因，只是可能的原因。我一開始也想表現得禮貌一點、想討好他們，但最後總是弄得不歡而散。但這是被他們逼的，他們總是一個問題接另一個問題，問個沒完──這就是回答他們發問的代價，情況從來沒變過。

有段時間我曾覺得開餐廳會是項不錯的投資。接著我又領悟到那意味著責任，我真正喜歡的事是上餐廳吃飯，而不是當餐廳老闆。

對我來說，什麼都是憑感覺和直覺。我就像是個大廚，面對廚房裏一大堆熟悉或不熟悉的做菜材料時會問自己：「今天要做什麼呢？」等得到靈感以後，我就開始東拌西攪，接著一樣新菜就誕生了。這只是個比喻，我其實完全不會做菜。很久以前，在我還非常年輕的時候，我以為也許自己對學烹飪有些興趣，但結果發現我對烹飪唯一的興趣，就是把烹飪出來的東西吃掉。

可能有記者會來問我：「你當初開設『費里尼麵館』（Spaghetti à la Fellini）的用意何在？」而我又不能只回答：「為了餵飽肚子。」因為這樣我就會得罪他們，他會覺得我瞧不起媒體，然後就會去寫一些讓大家不敢上門的報導。所以，我就掰了一個故事，說有一次艾斯高菲耶（Georges Auguste Escoffier）❷向我顯靈，我的頭及時被一個掉

---

❶《紅菱豔》，為英國導演麥可・鮑威爾（Michael Powell）於 1948 改編自安徒生童話的經典名片，講述一名芭蕾舞女伶的故事。

❷艾斯高菲耶（1847-1935），法國名廚，著有烹調專書傳世。

下來的湯鍋罩住因而逃過一劫，就像我在《小丑》中被一個水桶所救的情形一樣。

真正的答案其實是：我沒辦法解釋我為什麼要拍電影。我就是喜歡創造影像圖案這些東西，沒有什麼其他的原因，這是我的天性，這解釋似乎已經夠了吧。

我在二十五歲之前都不知道自己想做什麼。那時，我沒想到自己會想當導演，就算想到了，也不相信自己能勝任或是能得到當導演的機會。當我還是編劇的時候，我會坐在片廠看著他們拍我的劇本，然後對周圍正在進行的一切感到迷惑。是一直到後來我跟羅塞里尼一起合作才開始真的在意這份工作。他十分在乎這事。為某事在乎地活著，雖然比較激烈艱難，但也比較精采。

我那時聽到一個細微的聲音從我心中傳出：「可以，你可以當導演。」也許這聲音之前就一直在那兒，只是我從來沒有聽見過罷了。

我十歲的時候就已經會在家中陽台做戲給鄰居小孩看了。我盡可能把那些戲弄得像是我在富國戲院裏看到的那些電影一樣，那些孩子看了以後也都哈哈大笑。我媽說我還向他們收進場費，但我不記得有這事兒。我對錢的事從來沒什麼概念。如果我當時向他們收錢的話，那倒是不錯的觀念，因為我覺得觀眾會對任何免費的東西起疑。就算那時每個孩子付我不到一分錢，都表示我已經有專業概念了。

我對容格心理學變得有興趣的原因之一，是他嘗試以「集體」的概念來描述我們個別的行為，他在我還沒找到自己的解釋之前就先提供了我一個研究詳盡的解釋。如果有記者在我還是個孩子的時候來問我：「你做這些偶戲的動機何在？」我可能會回答他：「我不知道。」但現在既然我已經比當時老了六倍之多（雖然智慧沒增加那麼多倍），我倒可以這樣回答他：「因為它在我的原型集體意識裏（archetypal collective consciousness）。」然後就擊住氣直到水桶掉到我頭上來蓋住我自大的神色後才敢呼吸。

　　之後，就會有個學者要求我為後人解釋一下為什麼我老喜歡砸水桶，而且他還可以就這個題目寫篇博士論文。

第十六章
最好的旅遊方式就是搭個片景

　　我偏好的旅遊方式是「神遊」，不喜歡真正的跋涉旅行，那可會把我給累慘，但如果是神遊的話，我的軀殼就可以舒舒服服地放在熟悉的位置，而且又少掉行李的拖累，由我的心負責漫遊即可。這時我就不必去為一些旅行的細節問題傷腦筋，像是內褲帶得夠不夠？牙膏蓋有沒有記得蓋上？當我真的上了飛機，雖然我希望能藉著幻想來逃避機艙的限制，但那時我這種能力已被幽閉恐懼症趕跑了。對我而言，坐飛機和住醫院都有這種的共同效果。

　　旅行的時候，我會覺得自己像個行李箱，只不過我是個有感覺的行李箱，而且並不喜歡把自己運到任何地方去，現在我很喜歡聽別人跟我講他們的旅遊經歷，我可以從中得到旅行的刺激，卻不需忍受其中的不便。我會對他們說：「真有趣！」「太棒了！」而且是真的為他們高興。此外，我在想自己可以不必在機場聽那些擴音器廣播是件多開心的事啊！我幾乎沒法兒聽得清楚那些模糊的聲音原來是在報告有關我的班機遲飛的消息。

　　我小時候曾想過要去看看外頭的世界，但後來我找到了羅馬，也就等於找到了**自己的**世界。而且無論我人在什麼別的地方，我都會有一點討厭那裏，因為我覺得是它讓我離開了我真正想要去的地方。有幾次我甚至迷信起來，覺得只要我人待在羅馬，我就幾乎是「刀鎗不

入」死不了。但在別的地方，我就覺得危險不安。

我是帶著好奇上羅馬的，那時倒沒對它抱有什麼期待。當時我希望自己能成為成功的記者和漫畫家。

我後來也去見識了很多先前一直讓我心生好奇的地方，其中最讓我好奇的當屬美國。二次世界大戰期間，我在電影銀幕上看到俊男美女過著令人羨慕的生活，他們穿著漂亮的衣服去跳舞、參加宴會，特別是享用美食——他們的冰箱裏總是塞滿著食物。我當時對美國這個人人幸福有錢的神奇國度十分著迷，而且渴望能到那兒去一趟。我根據自己對所有那些美國電影的印象，在心裏想像它的樣子。

等到我真的去了美國，原先對它的那些想像就好像變成了一些愚蠢的小圖案。那裏所有的東西都和我心裏對它們的想像不太一樣，不是太大就是太小。我發覺現實和我的想像差距過大，而且無法讓我理解。我知道自己是永遠不可能懂的，所以只好逃開。慢慢地，我心中所殘留下來的美國就變成我自己編造的那個美國了。除非我搭飛機去到那兒，否則現實狀況並不對我心裏的想像造成太大的干擾。

我有數不盡的機會可以到其他國家拍片，尤其是美國，但除了義大利以外，我在別的地方拍片都不會覺得自在。這有幾個原因。對我來說，語言問題並不是重要的考量，我經常跟非義大利籍的演員工作，但我們從來沒有溝通上的問題。以《愛情神話》為例，由於我覺得盎格魯薩克遜（Anglo-Saxon）人比較符合我對古羅馬人外貌的想像，所以我就用了很多說英語的演員，而他們也完全懂得我的意思。我那時是用英語指導他們的，從語言的角度來說，我應該還可以到其他的地方拍片，包括好萊塢，但我卻還有其他更重要的考慮。

在電影城拍片，我可以掌控全局，而且享有充分的彈性。我可以搭任何自己想搭的景，之後也可以隨意更改。由於我要拍的電影背景

大多設在義大利，所以我很少需要到國外去拍片。要是我真的需要一個異國的場景，像《卡薩諾瓦》這部片，那麼電影城裏的技術人員也可以容易地替我辦到。至於由卡夫卡小說改編成的《美國》（Amerika）——這部我在《訪問》一片中裏所籌拍的電影，與其在現今的紐約城裏去尋找一個十九世紀時的紐約，那還不如在電影城裏搭建一個來得容易一些。我為了拍《小丑》這部片到巴黎去了一趟，之後更相信自己日後不該再離開羅馬，我把自己發生的一件意外當做一個徵兆。我相信降臨上我們身上的徵兆，特別要把它們當做預警。我會試著觀察其中的微言大義並相信它們。

我當時住在巴黎的一家旅館裏，半夜醒來覺得房間太熱了，然後就半睡半醒地走到窗邊，用手擊破玻璃，受傷的手當場血流如注，我於是急忙衝出去搭計程車趕往醫院，身上只穿了浴袍和睡衣，錢包忘了帶，但醫院的人卻要求我預先付賬。你們想想，那些人竟然要等我付錢以後才肯替我療傷！只是他們最後終於還是可憐了我。我把所有這類的事都當做是要我別到其他國家拍片的警告。雖然不覺得自己十分迷信，但我相信一些明顯的預警和超自然現象。容格把這種巧合稱之為「同步」（synchronicity），即兩件邏輯上無關的事件以一種別有含意的方式結合在一起。

拍片時我喜歡知道一些細節，像是某個角色領帶裏面的標籤上寫些什麼？某位女演員的內衣是上哪兒買的？某位男演員穿著什麼樣的鞋？（一個角色穿的鞋可以透露出他很多秘密）或我也想知道是誰吃了大蒜？如果我不在義大利拍片，就絕對不可能全知道這些事。

在電影城拍片最大的一個好處就是：我可以隨心所欲的導戲。我像個默片導演一樣，我的演員一邊對著鏡頭演戲，我一邊跟他們說話。有時候，演員不知道自己該說些什麼，或是劇本臨時改掉太多，讓他

們記不住台詞的時候，我就得一面告訴他們台詞，一面拍攝。當然，這在用麥克風收音的好萊塢就完全不可能了，那我就需要用一種心電感應的方法把我最後一刻的指示傳給我的演員了。安東尼奧尼就能在那些限制下到倫敦和好萊塢拍片。不過我們兩個生性就不一樣，他到哪兒都帶著義大利，所以他到哪兒都可以很完整；我呢，除了羅馬以外，到哪兒我都覺得好像少了些什麼。

我非常欣賞安東尼奧尼，他拍的東西和他拍片的方式跟我是那麼地截然不同，但我還是很尊敬他作品的品質和完整性。他給我極深的印象，是一個了不起的創作者。他不妥協，而且言之有物。他有一種與眾不同的個人風格，獨一無二，而且眼光特殊。

我想我天生是當默片導演的料。我記得自己曾和金・維多談過這事，他是影壇真正的天才。我一直記得他跟我說過的一句話：「我是在開始有電影時出生的。」真是太棒了！我多麼希望自己也能生在那個年頭，好有機會一切從零開始創造！

另外一個讓我喜愛羅馬勝過其它製片中心的理由是個私人的理由，那就是：在其他地方，我不知道要上哪些餐廳吃飯。我對到很多不同的餐廳試吃這件事從來不是特別感興趣。一旦發現一家比較喜歡的，我就會很忠實。對餐廳忠實要比對女人忠實來得容易得多。

當上電影導演以後，「自由」更是讓我覺得快樂的第一要素。即使我還很小的時候，就老把精力用在對付限制我自由的敵人身上，包括家庭、學校、宗教以及所有的政治限制，尤其是法西斯主義，它代表著一種全面統治，以及一種人人都必須順從的公共意見。就是法西斯黨審查漫畫的舉動，讓我了解到他們惡劣的程度。

但這可能有問題，因為身為電影導演就是一種責任，而責任和自由是互相衝突的。少數人的錢和多數人的生計都握在我的手裏。此外，

電影有很大的影響力，這同樣也是一種責任。

有所限制也是非常重要的。百分之百的自由反而嫌多，事實上，這樣等於沒給你什麼自由。如果有人告訴我：有八千萬元隨你去拍你想拍的電影，那麼他給我的不是禮物，倒是負擔。我可能必須規畫所有的時間來思考：到底要怎麼樣才能花得掉那麼多錢？而拍出來的電影又不至於長到一種地步，讓我們得在戲院座位上提供枕頭，以及在售票處租借床位。

我想我大概永遠沒法兒適應美國的浮誇和奢侈。什麼都那麼大，就像美國本身一樣。真是毫無限制！得知你有萬般可能是件多嚇人的事啊！美國人聽到自己可以無所不能時一定也會有點被嚇到吧。光是幻想你擁有這樣的能力就足以讓你雙腳僵硬全身發麻。不過，畢竟這只是幻想。你接受的錢愈多，操縱你的繩索也就愈多，直到你從男孩變回木偶為止——將皮諾丘的遭遇倒寫。而且，多些錢未必就可以買到品質好些的電影。

我在《揚帆》（And the Ships On）這部片裏需要一個大型的戶外平面來做畫，所以我就畫在「潘塔內拉麵廠」（Pantanella pasta factory）的牆上。一次世界大戰時，我爸爸伍巴諾・費里尼（Urbano Fellini）曾被強迫徵調到比利時服務，戰後返鄉途中經過羅馬時就在這家麵廠工作過。一九一八年，他就是在這家麵廠認識了我媽媽伊達・芭比雅妮（Ida Barbiani），然後在她百分之百自願的情況下，用三等火車（而不是一匹白馬）把她帶離了她在羅馬的家和她原來的社會階層。

等到我拍《訪問》的時候，多年之後再去看我的父母，比起小時候又更了解得多。我覺得自己愈來愈懂爸爸了，而且萬分希望自己能夠開口告訴他。同時，我也比較能諒解媽媽了，而且不再怨恨我們之間的差異。我看出老天也並沒有給他們兩個**他們**想要的東西，而我也

願意試著用我對我電影角色的諒解態度，再回頭去看待他們。

《揚帆》裏所用的船舺板是搭在電影城的第五棚裏，它是用水壓起重機支撐的，而且還造出了眞實的搖晃感。除了我以外，每個人都暈船。原因不是我多有船上經驗，而是我太專心在拍片，所以沒感到船在搖晃。大海其實是一塊大塑膠布做成的；而天上的落日景象則是人工畫出來的，看來十分美麗。這些人爲的痕跡是故意的，結尾的時候，我露出了拍片現場以及攝影機後面的我。其實整個都是魔術表演。

我原本不太確定是不是要用弗瑞迪‧瓊斯（Freddie Jones）來演片中奧蘭多（Orlando）這個角色，他會看起來像是一個英國人在地中海的佈景裏假扮義大利人。但他還是有什麼地方吸引了我讓我考慮給他這個角色，我們初次面談後，我陪他坐車到機場。在回羅馬的路上，我還是不能確定。這時，我看到眼前一輛巴士上有一幅很大的廣告在宣傳奧蘭多牌的冰淇淋。我於是把它當成一個吉祥的預兆，讓它爲我做了那個決定。況且，我當時心裏也還眞的沒有其他人選了。

我在影片開頭對比了那艘豪華遊輪中頭等艙內的急亂無章和飯廳裏的遲緩端莊。有錢人吃飯的速度非常慢，從來不必擔心東西不夠吃，他們比較關心的是他們咀嚼的樣子優不優雅。

我很關心演員吃的東西夠不夠好，那些食物必須很上相才能在銀幕上看來誘人。我要人準備新鮮美味的食物來引導演員。東西聞起來好吃很重要，要讓我們都有等著之後想去吃的慾望。也許這樣一來，大夥就都會表現得更好，重拍的次數一少，就有可能趕在食物變涼之前把戲拍完。

在拍片現場，無論再小的事我都願意去做：搬桌子、爲演員梳頭、撿地上的紙片……這些都是拍片這事的一部分。可是在家裏，我卻連杯咖啡也不會煮，因爲我沒有耐心等水煮開。

《揚帆》這部片和歌劇有很大的關係，要是換做早期，我是不會拍這種東西的。我是到了後來才逐漸有辦法欣賞我們義大利的歌劇傳統。我猜以前強烈表示自己不喜歡歌劇的原因是：好像身為義大利人，尤其身為義大利男人，就都該喜愛歌劇。我弟弟里卡多以前就很喜歡在家裏哼哼唱唱的。當然，歌劇熱並不僅限於義大利，但在這裏還是比在美國更為流行。

我這輩子對所有人都喜歡、想要或是「應該」做的事，都自然會產生反抗。我對足球從來就不感興趣，不管去踢、去看都一樣。在義大利，一個男人要是承認這種事，就幾乎等於承認自己根本不是男人了。我不喜歡參加政黨或社團，也許部分的原因就是來自我不合羣的本性，不過我想還有另外一個如假包換的理由，那就是我對黑衫軍的記憶。

小的時候，我們都得穿著學校規定的天主教制服，再不然就是得穿上法西斯黨的黑衫，而且還什麼都不准問。但這反倒讓我凡事都要問。我疑心甚重，不願成為任人宰殺的乖乖羊，所以我有時候雖然沒變成羊排，卻也可能錯失了做為羊可以享受到的樂趣。

雖然我現在對歌劇發展出一些遲來的興趣，但對一個你長久以來就強烈否認對它存在任何興趣的東西，倒很難再承認你對它真感興趣了。

《揚帆》這部片子需要很多臨時演員來飾演片中的南斯拉夫難民、船員，以及乘客。他們是根據工作時間的長短來給酬的，所以戲拍得愈久，要付的錢就愈多。我也希望能準時收工，甚至將進度超前，盡量把花費控制在預算之內或盡量接近預算，但那些人卻想賺更多的錢。

有場戲是讓飾演義大利水手的臨時演員去趕那些飾演難民的臨時

演員，但那些難民演員卻帶著嬉笑的孩子在那兒慢吞吞的散步，樣子倒比較像是在公園裏野餐。經過幾次心不在焉的拍攝後，他們才會開始演得好些，但就在最後的緊要關頭，卻又會有人把它給搞砸了。

還好那羣人裏有我的朋友，不然那情形還會持續得更久，不過整個也夠叫人沮喪的了。我沒法兒想像怎麼有人在拍電影的時候可以那麼地不尊重、不盡力。我總是努力去和片廠裏的每個人都保持良好的關係，希望能獲得他們的支持，即使職務再低的人也不例外。然而我可以料想到一種我不太喜歡的負面情況，那就是拍片現場有製片人或他們的特使在我附近盤旋不去，再不就是鬼鬼祟祟地躲在一旁講電話，這種情況尤其會發生在拍攝後期——會計在那兒計算拍片花費的時候。

這部片完成以後，我就再沒看過。不過在知道南斯拉夫發生的事情以後，現在再去看它，不知它會給人怎樣的感覺？會不會看起來太過時、太不嚴肅？或者，電影會不會反而講得比較清楚？

片中的犀牛就好比是我小時候在馬戲團來到里米尼時幫忙清洗過的那隻病斑馬的遠房表兄。我對那隻斑馬會生病的解釋是：因為他沒有任何性生活。這樣他怎麼**可能**過得開心呢？畢竟整個馬戲團裏只有他一隻斑馬啊！而那隻犀牛則是患了相思病。

犀牛落單跟斑馬落單是同樣的道理。

當我開始為電視拍廣告的時候，大家都說我是為了商業利益出賣靈魂。這話把我傷得很深。我不敢說自己已經有錢到不想再賺錢了，但我倒從來沒有**只是**為了賺錢而拍片。我是不會那麼做的。名氣沒辦法幫我付「契莎莉娜餐廳」的賬單，但我還從來沒有窮到會去做我不認同的事。曾有人出大錢要我到美國、巴西等地去拍一部我不太有感

覺的電影，他們要我到巴西去拍一部有關西蒙‧波利瓦（Simon Bolivar）❶的電影。

拍廣告片這件事很明顯並沒有讓我賺到大錢，但我卻藉此拍下了我心中的一些幻想。很多人說：「費里尼那麼恨電視廣告，而且把它們批評得體無完膚，那麼，他怎麼還會去拍電視廣告呢？」但那正好就是我要拍它們的原因。他們說我可以去拍那種藝術完整性的廣告。雖然我也收了片酬，但我並不是為了錢去拍。

說的再精確一點，我並不**恨**既有的那些電視廣告，只不**喜歡**它們罷了，我在電視上看到很多拍得很差的廣告作品。我不認為電視節目在電視上放映就表示它們**有權**拍得比較差，廣告也可以是小型的藝術呈現。它們應該盡可能就自身的特性做出最佳的努力。

我痛恨廣告的地方是它們中斷了我的電影在電視上的播出，整個片子的節奏都被它們給毀了。我強烈反對影片被廣告打斷。我曾公開指責過這種事情，但那並不表示我認為應該完全沒有廣告。因為總得找到人出錢，這時廣告主的角色就能跟電影的製片人一樣了。

然後媒體就會說：「你老是說你恨自己的影片在電視上被廣告打斷。現在你拍廣告片了，那你是不是背叛了其他電影的導演，而且也背叛了你自己？」這又是另一個傻問題，而經常帶有挑撥的意味。拍那廣告的目的當然不是為了要打斷電影，它們可以在之前或之後播出。可是如果情況不是這樣的話，那並非我的錯，我已經盡力了。這世界不是我在管的，義大利當然也不是。這些事都由政客把持，我所做的只是盡可能讓廣告片變得有趣一些。這是一個我一直不喜歡談的問題，所以當他們問我：「費里尼先生，你為什麼要拍廣告片」的時

❶西蒙‧波利瓦（1783-1830），委瑞內拉人，南美軍人、政治家暨獨立運動領袖。名作家馬奎斯的小說《迷宮中的將軍》便是以他的故事為靈感寫就的。

候，我都拒絕作答，因為我不喜歡聽到自己為自己辯護。

拍廣告讓我開心的一點是它能給我立即的滿足，就像在寫篇短文。我有了靈感，就可以把它拍出來看看。這讓我想起以前自己還是記者時幫雜誌和電台寫東西的情形。

我第一支電視廣告是在一九八四年時幫坎帕利（Campari）拍的。

片子開始有個坐在火車裏的女子無聊地看著窗外的風景。一名同車的男性乘客拿起一個遙控器換了車窗外的景象，好像那只是一個大型的電視螢幕。接著窗外又出現一些不同的異國景緻……

這個女子仍然無動於衷。

他問她是不是比較喜歡義大利的景色？

然後出現在窗外的風景瞬間變成了比薩斜塔（Leaning Tower of Pisa），塔的旁邊還出現了一個巨大的坎帕利瓶。

看到這個景象以後，那名女子才變得開心活潑起來。

我在一九八六年為「巴利拉麵」（The Barilla pasta）拍了一則廣告，片子一開頭的場景有些像是《揚帆》裏出現的那種頭等餐室。我們看到桌邊坐著一對男女，兩人明顯是對戀人。那名女子向她的伴侶投以曖昧的眼神。

餐廳裏的服務生傲慢呆板，十分拘泥形式，領班還刻意用法文唸菜單上的菜。

那名女子被問到要點些什麼。她輕聲地說：「Rigatoni ❷。」

服務生這下可鬆了一口氣。原來他們其實是義大利人，被上面規定要裝成法國。然後我們聽到他們齊聲合唱：「巴利拉！巴利拉！」

---

❷ Rigatoni 是一種粗管義大利麵，在義大利，尤其是貴里尼家鄉洛瑪尼亞省，早年曾是口交行為的俚俗用語。在此則廣告中 Rigatoni 一字和 al dente 一詞一語雙關的搭配使用，巧妙將「吃」與「性」兩種行為的概念聯結在一起。

這時出現一句旁白：「巴利拉總是讓您覺得口感結實（al dente）。」

"al dente" 如果用來指義大利麵就有「結實」的意思。沒錯，其中的性暗示是故意放進去的。飲食的樂趣和性愛的樂趣被緊密地扣在一起——反正對我來說這樣是成立的。

當年我替《Marc' Aurelio》雜誌工作的時候——我想應該是一九三七年左右——我寫了一系列諷刺電台廣告和報章廣告的文章。其中一篇寫的是：一家餐廳裏的服務生把一盤煮好的通心粉撒在一名顧客身上。那名顧客的怒氣一直到他知道了那種通心粉的牌子才消失，他覺得至感榮幸，便又再點了一盤讓人撒在他的身上。

發現有人覺得我寫的東西有趣，對我來說是種驚喜。我之前從來不會說笑話，只是根據自己對生活的觀察所發的批評，那是一種被誇張處理後的真相。

「坎帕利」和「巴利拉」那兩支廣告所受到的注意程度不下於我拍的電影。報上發佈消息，說費里尼拍的廣告就要在電視上出現了。等到播出以後，每則廣告都還被評論家、影評人審閱、討論了一番。

一九九二年，我受邀爲「羅馬銀行」（Banca di Roma）拍廣告片。因爲我已經有幾年沒導過任何東西了，所以就答應下來了。這一次我又選擇了鐵路的場景，像「坎帕利」那支廣告片一樣。

我利用了類似《女人城》中火車出隧道的效果。跟在那部片裏一樣，廣告裏有位火車乘客從夢中醒來，然後領悟到銀行貸款可以讓他美夢成眞的道理，這個解決問題的辦法比《女人城》裏容易得多。火車跟汽車一樣，可以提供乘客坐在車內看窗外流動景象的機會，這是我一直都很愛做的事。

我有段時間很欣賞卡斯塔涅達的著作，也希望能把他的書拍成一

部電影。他很難聯絡。我有位朋友（即本書作者夏綠蒂‧錢德勒）和卡斯塔涅達在加州的律師談過，我跟她聊完以後就決定去加州見卡斯塔涅達，雖然他那時還沒答應要見我。除了負責爲他向出版社收取版稅的律師見過他以外，沒有人看過這位神祕而且不見蹤影的作家，連爲他編書的編輯也不例外。當我返回羅馬以後，我告訴記者我見到了卡斯塔涅達，但洽談並無結果。

實情則是：我壓根沒找到卡斯塔涅達。

在接受訪問時，我就告訴記者一些他們想聽的，有時候我說：「是啊，我見到了卡斯塔涅達。」有時候我會說他是個十分精采的人，比我預期的還要精采。但別的時候我就會說，他跟我想像的完全不一樣。我甚至還說我去尋找那隻傳聞中的野鵝，這就聽起來有點笨了。但事實上，走那趟卻已經消耗掉了我對卡斯塔涅達的興趣，不管他是什麼樣的人，或在什麼樣的地方。看來他甚至是個比我還不喜歡社交的人。那趟走下來的影響除了旅行本身的經驗外，另外的一個結果就是我之後再也不讀卡斯塔涅達了。那趟讓我翻完了卡斯塔涅達的最後一頁，感覺上好像我已經把那部想拍的電影拍掉了。

林肯中心的電影部要在他們一九八五年的慶祝大會上向我頒獎致敬。我的朋友夏洛特‧錢德勒來羅馬報告這個「好」消息。

這個獎「一開始」讓我很高興，這是我的第一個反應。但接著第二個反應就變成「痛苦」了，因爲從來沒有人願意把我的獎直接寄來。我得開始煩惱搭機旅行和離開工作的事。他們要送我機票，讓我覺得又愛又怕。我也開始心裏想像搭機飛行的情況……

有件十分困擾我的事就是：我擔心班機可能會被取消。想看看我這麼痛恨坐飛機的人，竟然還會如此在乎自己壓根不想搭的班機被取

消！原因是我已經認定了：為了此行損失些時間是值得的。但班機取消的意思是說：我不僅要損失更多時間，而且整個可怕的期待過程還要再來過一次。期待所需花的時間，遠比實際的旅程來得長，到我真要啟程出發時，我早已在腦中飛過好幾趟了。

我覺得在我到達羅馬的那一刻，我就等於精神上出生在那兒了，而且那兒也是我將來想閉眼的地方。我想這是我不愛旅行的原因之一。我不想客死異鄉，當然，說實話，我根本一點也不想死。

茱麗葉塔跟我一起去了紐約，同行的還有馬斯楚安尼、艾貝托·索迪、我的宣傳馬里歐·龍加蒂（Mario Longardi）。還是一樣瘦的安諾·艾美從巴黎出發到紐約來跟我們會合。我記得我們在拍《生活的甜蜜》的時候，她抵達拍片現場時，等在片廠大門的影迷看到她就大叫：「餵她！餵她！」唐納·蘇德蘭則已經先行抵達了。茱麗葉塔一遇到旅行可以穿漂亮衣服亮相的機會就歡天喜地。永遠的演員馬契洛也希望此行可以帶給他演好戲的機會，反正他至少可以碰到安諾。

在林肯中心為我舉行的慶祝大會上，我向美國電影和我小時候在里米尼看過的好萊塢電影致敬。當我向林肯中心的觀眾提及「菲利貓」對我的影響時，我事先從來沒料到會有人那樣大笑、有反應。我不知道他們喜歡的是我還是菲利貓？希望兩者都喜歡。

我一直都很喜歡紐約，但從來不知道紐約是不是也喜歡我。我在那晚得到了肯定的答案。

馬斯楚安尼和我一起坐在包廂裏，他在清點場裏的人頭。他說：「你看，今天晚上觀眾席裏的名人比台上還多吔/或作：觀眾席裏的有些人比台上更有名吔！」（There are more famous people here tonight in audience than on the stage）❸我不知道他指的是數量還是名氣的大小？然後他問我有沒有注意到達斯汀·霍夫曼（Dustin Hoffman）在我

名字被唸出來的時候瘋狂地吹口哨。沒有，我沒有注意到。馬斯楚安尼很習慣在眾人面前露面，我則是被嚇得除了自己褲子拉鍊是不是拉上以外，什麼都感覺不到。馬斯楚安尼常常會在我緊張的時候想辦法讓我輕鬆，但這次他知道情況嚴重性遠非他的喜劇才華可以解圍。我們**所有人**都很嚴肅地看待這事兒。

林肯中心慶祝大會之後，在中央公園（Central Park）的「綠地酒店」（Tavern-on-the-Green）有一個很大的宴會。會上備有晚餐，可是我一口都沒嚐到。從頭到尾我好像就站在那兒，接受了幾百個人走過來跟我寒暄道賀，我還擔心是不是會忘記一些我以前碰過面的人。我那天因為太緊張的關係，從一早開始一直到上台講話以後就都沒吃過東西。

我以為我們之後會出去吃東西，但那個宴會之後在下城老遠處的一家迪斯可舞廳還有另外一個派對。那裏有些跟我影片有關的佈置，可是地方又擠又暗，讓茱麗葉塔覺得很害怕，表示想走。

我們全都餓壞了，時間已經是凌晨兩點半了。我們於是又趕到上城**老遠處**一家叫「艾蓮餐廳」（Elaine's）的地方，是艾蓮她親自開的門。沒人可以想像到她竟美到那個地步，真是人如其名，她都可以變成我作品裏的一個角色了。我是可以邀她來演戲，但我知道她沒辦法離開她的餐廳。熱愛自己餐館的人就像片廠的導演一樣，他們無法拋開自己責任，而且也不願拋開。與其說是那個餐廳屬於艾蓮，還不如說是艾蓮屬於那個餐廳──不只她**人**在那個地方，她**心**也在那個地方。

有個人指著一張桌子告訴我們：「那兒就是伍迪・艾倫（Woody Allen）常坐的位子。」艾貝托・索迪聽到這話兒就立刻衝上前去親那

---

❸馬斯楚安尼此句英文可能引起上述兩種詮釋，導致費里尼有之後那樣的疑問。

張桌子。

有一些人邀請我上電視接受訪問，我竟笨到答應了下來。我答應他們是因為我的製片艾貝托‧葛里馬迪對我不錯，在我拍片的時候從沒逼我妥協過什麼。我答應不願用義大利話說的部分就用英文來講。如果我出了什麼洋相，我不希望那些話傳回義大利。我在義大利的時候從來不接受電視採訪，理由從來只是「我**絕**不接受電視採訪」，但現在我又要怎麼向義大利記者解釋我在美國已經「下過水了」呢？

紐約的一個在電視上提問的人問我：「你是個天才嗎？」

我能怎麼說呢？我拖了一陣想想要怎麼回答，我不希望讓她或自己感到尷尬，所以我就用「有人**會**這樣想真是太好了」一句話應付了過去。我在想：「有人**會**這樣想的確是太好了！」

去看電影純粹是種個人的選擇。看電影好像是走進一場夢，電影結束了，他就離開了戲院回到現實生活裏，這跟電視的情況不一樣。

電視是在我們毫無戒備、甚至毫不察覺的情況下，對我們說話，不停地說話。它把庸俗的訊息和錯誤的價值傳遞給收看它的電視觀眾，這些觀眾一邊看電視的同時還可能一邊講電話、吵架，甚至不吭聲地吃晚飯。最好就是趁睡著的時候去看它。

我覺得電視無孔不入的力量以及它的商業化色彩，對許多新一代願意讓電視為他們思考及教養小孩的人來說，是一種危險。如果我在《舞國》中允許自己瘋言瘋語的話，就等於違背心意去取悅別人，然後也就等於犯下了自己批評別人所犯的那種錯。大家相信電視，覺得它就像一個朋友來到家裏陪自己說話、吃飯，以及上床睡覺。

電視的魔力大到讓有些人走進家門後，連外套都不脫就先開機。他們有些人晚上甚至連電視都不關就睡著了，讓電視就開在那兒自言

自語，直到電視節目全部播映完畢後，它終於也要去睡覺了，然後留下發亮的螢光幕充當室內照明。電視消滅了我們找人談話的機會，也消滅了我們自我思考的機會，思考也就是我們每個人只會在內心對自己說的話。它接下來要侵略的就是我們的夢。我們晚上睡覺的時候，每個人都可能夢見自己在參加什麼競賽節目，而且最後還贏得了一台冰箱，但到了早上夢醒就什麼都消失了。

然後大家不僅開始對自己最親近、最珍愛的人覺得陌生，對自己也是一樣。現在的年輕人說話沒有以前沒電視時來得清楚，我想這不純粹是我的幻想而已。

錄影帶的狀況介於電視和電影之間。我認為它的好處在於，你可以像保存書或保存唱片一樣地保存你喜愛的影片。你可以在家中的小螢幕創造出一種小型的戲院狀況。只要你把燈關掉，而且不邊看邊吃飯，我是可以同意這種觀影方式的。吃爆米花，也可以。另一個重要的差別是：你在戲院打開巧克力的時候，外頭的包裝紙該先打開，然後把它鬆鬆地包在糖外面用手拿住，這樣巧克力才會溶化在溫度較高的手指頭上。但如果是在家看電視的話，糖的包裝紙就不必事先打開，除非那個人要邊看邊小口地咬。

錄影帶的一個缺點是把精采稀有的東西變成家常便飯。我懷疑如果黃金不是那麼難取得的話，我們會用怎麼樣的態度去看待它？同樣的電影可以看多少次，而仍然能讓人覺得感動或有趣？

將來除了觀眾的共有反應部分外，戲院的觀影經驗無疑將全面受到高解像度的大螢幕影像的衝擊。到那個時候，也許挑選影片這樣的事就是到超市一趟，或是打一通電話到電視台，而不是到戲院去──在這種情況下，戲院的存在就不再有必要了。它於是就變成了另一個被吊球擊斃的豎琴手了……

《舞國》是從茱麗葉塔的想法發展出來的，這個想法原本是想放在一個系列電視劇集裏，但沒能拍成。我原本也是要擔任她這個劇集的導演，她希望這個故事能拍成，要是有機會的話，我當然也會為她完成心願的。這部影片是在攻擊無孔不入而又毫無生氣的電視，即使手法略帶幽默，但情況還是很諷刺。不過我同意拍這部電影是因為我喜歡這個構想，而不是因為我想攻擊電視。打一開始，它就設定是一個愛情故事。

　　這個系列還有其他幾集打算讓安東尼奧尼、柴菲萊利（Franco Zeffirelli）❹等人執導，那是個大計畫，但對電視來說卻太貴了。後來劇集沒拍成，艾貝托・葛里馬迪提議把《舞國》的構想拍成電影。茱麗葉塔覺得找馬斯楚安尼這位她從大學時代就認識的老友來搭檔最適合。他們兩個首度合作演出，這事太棒了，我們所有人都贊成。

　　當然，這可是個超重的佛雷（・亞士坦），事實上那是馬契洛一生中最胖的時候，但我不提這事。我知道他愛吃到什麼地步，我同情他。但話說回來，導演胖是一回事，佛雷・亞士坦也胖就是另一回事了。

　　我以為他情願拒絕那個角色也不願意減肥，即使他不願拒茱麗葉塔。不過實際情形和此相距甚遠，打從一開始，這角色就吸引他了。原來他一直都很想當佛雷・亞士坦，他還當下跳了一小段舞給我看。即使他跳完的時候氣喘如牛，卻果真跳得好。

　　當馬斯楚安尼跟我說：佛雷整個人瘦成那樣，一定得讓他穿上雙羅伯牌（Lobb）的鞋才能維持他的尊嚴。我不了解他的推理，不過對

❹柴菲萊利（1923- ），義大利歌劇、電影導演。受到古典音樂及文學極大的影響，幾乎所有作品均為文學名著改編，製作豪華，重視細節。作品包括：《馴悍記》（The Taming of the Shrew, 1967）、《殉情記》（1968）、《天涯赤子心》（The Champ, 1979）、《無盡的愛》（Endless Love, 1981）、《茶花女》（La Traviata, 1982）、《奧塞羅》（Othello, 1986）、《哈姆雷特》（Hamlet, 1991）等。

馬契洛這種人，你可別想要去了解他。最好不要。

　　他解釋說他飾演的角色會穿雙羅伯牌的鞋來保持體面。他說：雖然可能沒人看得出他穿的是羅伯牌的鞋，但他們大概會認為這個人自尊心仍然很強，在乎別人的看法，並且希望讓別人覺得他成功。他並說：推銷員就會明白鞋子對自己的重要性；身為舞者，他也會很重視他的鞋子。如果他能從腳底開始向上感覺到他所飾演的角色，這也蠻好的。

　　馬契洛不是一個「方法演員」（Method actor）❺，而且通常甚至不一定照著劇本來演，所以更別說他會想知道自己所飾角色的背景或行為動機了。因此，我猜想他是想為自己在片子拍完後弄到一雙合腳的羅伯牌鞋……在我那樣整過他的頭髮以後，這是我可以給他最起碼的一點補償。

　　最棒的友誼是一種冒險關係，那是種很熱情的關係。有時候我覺得自己並沒有盡力扮演好身為朋友的角色，因為我太自我中心了。我不是把自己看得最重要，只是把工作看得最重要，我著魔到不會有「他（她）會怎麼想？」這種疑問。有時我擔心自己過於嚴苛，不過從來不會故意去刺探我和別人的友誼。我很高興能擁有這些禮物般的友誼。

　　有一次我無心地做了刺探，而且刺探得過深，真苦了馬斯楚安尼！老史納波拉茨願意為我做任何事——可以說，**幾乎**任何事。我不知道他那麼做，是因為我們的友誼特殊呢？還是因為他把我當成導演一樣

---

❺方法演員，所謂「方法演技」乃是蘇聯導演、也是莫斯科藝術劇院創辦人史坦尼斯拉夫斯基（1863-1938）提出的演員訓練方法，要求演員不是模仿形象，而是根據角色生活邏輯去真實體驗其內在情感。此一方法於二〇年代起由美國導演員李・史特拉斯堡（Lee Strasberg, 1901-1982）引進美國，對舞台及電影界均產生極大影響，包括詹姆斯・狄恩、馬龍・白蘭度、艾爾・帕西諾、梅莉・史翠普等人均出他的門下。

地完全信任？或甚至是因爲他極致的敬業態度？我們的朋友關係像是小時候的學校同學。我們一起工作的時候，他像玩偶一樣對我完全信任，願意任我擺佈，並有全心奉獻的心意。但我卻對他做了什麼呢？我把他像綿羊似地大剃了一通，表現得像是對大力士參孫（Samson）不忠的黛利拉（Delilah）❻。

在《舞國》這部片裏他一定不能顯得太好看——當然他還是要對女人有些吸引力，不過不能**太有**吸引力。以馬斯楚安尼來說，要削減他的性感魅力可需要不錯的功夫呢。我認定剝奪他魅最有效的方法就是把他的頭髮弄掉一些，不過不是全部剃掉，全禿可能比頭髮少還要性感。所以我們的想法是把他的頭髮弄得稀疏一些，像我一樣。後來，他指責我這麼做是因爲嫉妒他。我當然嫉妒他！但那可不是我剪他頭髮的理由，我那麼做是爲了他的角色「佛雷」。結果「刑具」不是髮剪，而是薄髮刀，此外，我們也用了髮臘。理髮師說：「頭髮會長回來，而且會比以前更多。」

馬斯楚安尼向理髮師、他無情的薄髮刀還有髮臘投降。他讓別人把他的頭頂弄得**差不多**禿了，殘留下來所剩無幾的頭髮是用來象徵男人對揮別壯年的依依不捨。當你愈來愈老的時候，一切原本你認爲理所當然的事情都要格外的費力才能辦到，就算擁有得不多都會被加倍地珍惜。

當我要求馬斯楚安尼把頭髮弄掉一些的時候，我也想到了當年羅塞里尼要我把頭髮染黃的情形。差別在於，我向馬斯楚安尼提出要求的時候，他可已經是個大明星了！

---

❻參孫與黛利拉：根據舊約記載，參孫爲西元前十一世紀希伯來人的英雄，其髮絲具有法力。其情婦黛利拉接受非利士人（Philistine）的賄賂，趁參孫熟睡之時剪去他的頭髮，使其喪失了制敵的法力。

我之前也無法體會把馬斯楚安尼頭髮弄少到底會造成多大的改變，指的不僅是對他所飾演角色造成的改變，還有對他本人造成的改變，此舉對老史納波拉茨的人格產生了不良的影響。情況十分明顯：他的心情沒以前好，也沒那麼神氣了，有時候他甚至顯得有些自卑。不論到哪裏，他頭上總是戴著帽子，連在室內也不例外，不管那是餐廳，還是別人家裏。紐約「馬戲餐廳」（Le Cirque）的馬基歐內（Sirio Maccione）為他破例，特准馬斯楚安尼在他那菜色美味、氣氛優雅的餐廳裏全程戴帽用餐。我們那次參加紐約林肯中心電影部所辦的活動期間，馬斯楚安尼只有在頒獎典禮的時候當眾摘下帽子過，我想——我**希望**——那是為了對我表示尊重。幾乎沒人提過他跟帽子的這種親密關係，大家也猜不出原因何在。有些人認為那是他從《八又二分之一》那部片子養成的習慣，我猜他們是覺得不便多說什麼。有個女人告訴我，他甚至連做愛的時候都戴著帽子，不過我只當那是謠傳。

　　一開始，我們都尋他開心，我們都以為他的頭髮會很快地長回來。但幾個月過去了，那些頭髮卻壓根沒長回來，他於是繼續戴著帽子，而且無法恢復往日無憂無慮的樣子，可以說他甚至 **幾乎** 有點鬱鬱寡歡。此外，他帽子也買得更多了。我覺得很罪過，而那個說他會長回頭髮的理髮師也不見人影了。

　　又幾個月過去。突然有一天，他的頭髮終於又開始長了，而且長得比以前更多。大家再次看到他到哪兒都不戴帽子，而且無論身到何處，都會有女人用手去摸他那頭漂亮的頭髮，而他愛好嬉戲的本性終於又恢復了。

　　我們當初還要求馬斯楚安尼做了另外一項犧牲：我們不准他跳得太好。這項要求讓他很難過，因為他一直夢想自己的舞能跳得**像**佛雷・亞士坦和金姐・羅吉絲那麼好。因為如果他真把舞跳得那麼好，會與

劇中（舞技漸衰的）角色不符。而且如果讓他跳得比茱麗葉塔好，茱麗葉塔也不會喜歡的。

拍這部片，重要的一點是：我不可以太濫情、太同情那些劇中人，因爲如果我過分同情他們，效果可能就會適得其反。不要讓他們**過分**自憐也很重要，尤其得讓茱麗葉塔保持她樂觀的質地。只要不是太過分，佛雷這個角色可以有一定程度的脆弱，以免造成反效果，失去觀眾的同情。

茱麗葉塔不喜歡我們爲她角色所設計的造型，她希望我可以讓金姐看起來更年輕誘人一些。她不希望臉上有皺紋，而且對她戲中穿的服裝相當關心，關心的重點不只在於希望戲服能夠配合她的角色，同時也要她自己能覺得滿意。最早的時候，只要戲服可以正確呈現出她的角色，並幫助她「感受」所飾演的角色，她才不在乎自己穿上戲服以後是什麼樣子呢！她堅稱那是金姐這個角色本來就會有的一點虛榮心，這並不過分，說的有理，不過我想其中一定也有茱麗葉塔自己的虛榮心作祟吧。在她還非常年輕的時候，就算我要她扮成一百歲，她也不會在乎的！她說如果我這時讓她看起來像是一百歲，她還是不會在乎的，只要別讓她扮成不上不下的尷尬年齡就好了。

在三〇年代，佛雷・亞士坦和金姐・羅吉絲就是義大利人眼中美國電影的代表。他們讓我們了解歡樂的生活方式是存在的。我們開始籌畫這部電影的時候，上上下下無一不是金姐・羅吉絲和佛雷・亞士坦的仰慕者。我們把自己在做的事當成一種致敬的舉動，向他們爲全人類所提示的意義致意。所以後來當我們聽說金姐・羅吉絲向我們提出告訴的時候都非常震驚，我不知道她到底在想些什麼？

原本我想用金姐・羅吉絲和佛雷・亞士坦在銀幕上跳舞的畫面做爲開場，但他們不准我這麼做，眞是可惜。結果金姐・羅吉絲原本還

是馬契洛的「夢中情人」呢，至少在我們拍那部片子的時候還是。不過經過那場官司以後，我就不確定了，我和馬斯楚安尼從沒談過這事。

我們這部小品講的是那些崇拜羅吉絲和亞士坦的人。這部片（的原文直譯）片名取為《金姐與佛雷》（Ginger and Fred, 此間中文片名為《舞國》）的用意就是向他們致敬。所以當我聽到她要告我們，而且真的想阻止這部片上映時，簡直就無法相信。他們要求的損害賠償甚至比這整部片子的拍攝成本還要高。

我絕不相信此事是由她在主導，她一定是聽了別人說這部電影在取笑她——譬如她的經紀人和律師，有些影評人甚至說我是在嘲弄羅吉絲和亞士坦。我從來不會嘲弄我拍的東西，我會在我拍攝的對象身上看到有趣的東西，但絕對不會嘲弄他們。我**和**我的劇中人一起發笑，但我不會去嘲笑他們。

我想是律師向她捏造了一些他們以為可以讓自己有錢賺的說辭，她被他們騙了。我相信她那麼做的時候絕對還沒有看到我的電影，我無法相信我童年在富國戲院裏看到金姐·羅吉絲竟會這樣背叛我。但真正傷心的要算茱麗葉塔了，因為她是那麼地認同金姐，而這部片子實際上也是因為茱麗葉塔的緣故才拍成的，當然，結果他們並沒告成我們，可是卻掃了我們這些拍這部片的人的興，而壞的情緒氣氛也許就帶來了壞運氣。我相信做一件事時製造一種好的情緒氣氛是極有必要的，喜歡你所做的事也是，這就像在你頭上放一個庇佑的光環。但如果情況相反的話就會破壞你的運氣。

在三〇年代的義大利，金姐和弗雷對我們是一種安慰，對我們那些住在外省的人來說又尤其是這樣。佛雷·亞斯坦和金姐·羅吉絲向身處於法西斯世界裏的我們展示了另一種可能的生活方式，至少在美國那樣一塊充滿令人難以想像的自由及機會的土地上，存在著這樣的

可能。我們知道他們是美國人的電影，但它們卻也同時成了我們大家的電影。佛雷和金姐就像馬克斯兄弟、卓別林、梅・蕙絲特和賈利・古柏一樣是屬於我們大家的。他們是我們和美國子孫的共同遺產。對一個里米尼的小男孩而言，你要他用話語說出當時好萊塢對他人生有何意義是不可能的。對他來說，好萊塢就是美國，而美國就是一個夢。那時所有的義大利人都希望能親眼看看美國。我，也同樣地做了那個夢。

片裏我最喜歡的一句話──不是什麼主旨，因爲我不喜歡在電影裏說教──是位修士講的，他說：「凡事皆爲神蹟，唯需用心領悟。」

第十七章
青春痘與奧斯卡

　　一九八六年時，奧斯卡主辦單位邀我擔任頒獎人，他們要我、比利‧懷德和黑澤明三人合頒一個獎。我不想拒絕這事，因爲他們對我一直都相當禮遇，而且我也想向他們和那些偉大的導演表示敬意。可是，我也不想答應。

　　對於那些家住洛杉磯、不必從羅馬搭飛機去的人、或那些不介意在十億觀眾面前用外語現場說話的人、或那些當時不必工作的人、或一些其他的人而言，那都是個值得參加的盛會。

　　當時間還早的時候答應什麼都比較容易。在你答應下來的時候，感覺上，那個日期好像永遠都不會來到，但它又一定都會來到——而且都是在我把它拋到九霄雲外以後。那時不管是誰在當我的製片都會向我施壓要我去美國，他們說：去接受項榮耀本身就是一種榮耀，這是很顯而易見的，我猜那樣可以促銷我們的電影，這也是顯而易見的。他們還有一個原因沒有提到，那就是他們自己希望去那兒參加各種酒會。製片們愛死了影展和酒會了。他們喜歡各式各樣的獎項，對奧斯卡這個獎，他們更是瘋狂。

　　有時候我會用「我盡量」這樣的話做爲答覆，這眞是大錯特錯，雖然門只開了一點縫，但壓力就全滲進來了。通常我並沒答應，但大家卻以爲我答應了，因爲那是他們希望聽到的，他們把不說話當做默

許。

　　同時我也承認我不喜歡拒絕別人，也許是因為我也不喜歡被人拒絕吧。我不喜歡讓別人不開心，這是我懦弱的部分。有時候我說「也許吧」，這其實是在說謊，這時我知道自己是想拒絕他們，我的意思是「不行」。

　　有時說「也許吧」就嘗到了苦頭。如果你的行為讓你省下了時間和精力，你就得付出代價。但我又沒辦法不那麼做，我一旦得到什麼獎，就開始擔心。我對奧斯卡獎其實是很認真的，一九八六那年，我原本也一心想要去頒獎，可是有一天我在和茱麗葉塔散步的時候跌傷了腳踝。我那時的第一個想法是：他們不會相信我的。我以前爽約的紀錄早已是壞事傳千里了，而且大概也是我罪有應得。不過既然我只是頒獎人之一，事情大概就沒那麼嚴重，其他頒獎人的意願都沒問題。我不知道他們是不是相信我。這事真假如何？可以說有真有假。我真的跌倒嗎？有。我當時受傷嗎？有。痛嗎？痛。我還去得了奧斯卡晚會，可以跛著腳上台幫人家頒獎嗎？可以。我有沒有這樣做呢？沒有。

　　奧斯卡典禮過後的那個禮拜，我預定要到紐約出席林肯中心電影部為《舞國》所辦的首映典禮。他們在前一年給過我獎，而且我在那兒也有些私人朋友，此外，我的腳踝也好多了，所以我決定去一趟。茱麗葉塔也想去，因為她原本打算和我一起出席先前的奧斯卡頒獎典禮，因沒去成而感到失望；《舞國》的製片葛里馬迪的情況也跟她一樣，所以他也和我們同行。那次在紐約我見到了柏格曼的攝影史汶‧奈克維特（Sven Nykvist）❶，可真是個驚喜。他為了參加首映典禮還

---

❶史汶‧奈克維特（1922- ），瑞典電影攝影，喜以實景、自然光拍片，重視細節，為柏格曼之知名搭檔，兩人合作過《處女之泉》（The Virgia Spring, 1959）、《假面》（Persona, 1965）、《哭泣與耳語》（Cries and Whispers, 1971）、《秋光奏鳴曲》（The Autumn Sonata,

在紐約多待了一個晚上，讓我覺得很光榮。成功成名的好處之一，就是你所仰慕但覺得永遠不會碰得到面的人，會自己跑來見你。我想由於我在奧斯卡頒獎過後的那個禮拜就出現在紐約，雖然走起路來還是一跛一跛的，但那些加州的人一定從來沒有真正相信過我。

歡迎酒會上，大部分的時間我都得坐著，因為我還不能在腳踝上放太多的重量——尤其是我這一身重量。由於我得坐下，茱麗葉塔也就跟著在我身邊坐下。她本性並不孤僻，而且真心喜歡認識不同的人，但她也很同情我，不願讓我一個人坐在那裏——雖然，當然，我從來沒有孤零零地被丟在哪兒過。

我試著忍住疼痛。但有人建議我不要忍，因為前一個禮拜我沒有出席奧斯卡典禮，那個人認為我甚至應該誇張我的病痛。

我們都喜歡取悅別人，最愛讓別人看到我們想被他們看到的模樣。**我自己** 最愛讓別人看到和記得的模樣是我導戲時的樣子。我導戲的時候，身上會散射出一種特別的精力，看得連我自己都會嚇到。

我拍片時不對外開放，這是我一再強調的，我只喜歡讓一些我認識而且信任的人進來，或偶而也讓一些我不認識、但同是拍片的人進來。拍片的時候老有太多人要求參觀拍攝現場，我幾乎全得下令拒絕，而且一切交由我的助理去處理。至於媒體方面，電影拍攝的前三個禮拜大概不准進片廠，要一直等到我覺得開頭氣勢夠強了為止。之後，要是有媒體的人來，每次最多我也只准一名記者在場。這突然讓

1977)、《芬尼與亞歷山大》（Fanny and Alexander, 1982）等二十部電影。此外，奈克維特也曾與塔可夫斯基（《犧牲》Sacrifice）、伍迪·艾倫（《另一個女人》Another Woman, 《罪與愆》Crimes and Misdemeanors）、菲立普·考夫曼（《布拉格之春》The Unbearable Lightness of Being）等多位名導合作過。而 1991 年的《公牛》（The Ox）則為他自任編、導、攝的作品。

我想到，我可以拍一部關於自己導戲實況的電影，這樣一來就可以邀請所有人來看我導戲時的模樣。電視台給了我這樣的機會來拍《訪問》這部片子。

《訪問》原本打算拍成一部紀念電影城成立五十週年（1987）的電視片。電影城會有關於它自己的紀錄，但不管我要講些什麼，我的電影裏必須有我的個人性存在。像以往一樣，我想講的東西遠在時間、預算或拍攝天數允許的範圍之外。所以我爲電視拍的這部小品後來就變成了戲院裏的一小部電影作品了。這事我的製片伊布拉罕·慕沙（Ibrahim Moussa）很開心，但卻把製作單位 RAI 電視台給得罪了。此外，我在影片結尾讓美國印地安人帶著電視天線（而不是弓箭）前來威脅拍片人員，這點可能也令 RAI 覺得不高興。我這個象徵用得不夠有技巧，但卻沒有任何惡意。

事實上，這部片子的構想是某個星期天我一人在電影城裏想到的。我喜歡在星期天去那裏，那時比較安靜，我可以和電影城裏的鬼魂獨處。墨索里尼會是拍片時的一個問題，他是任何要講述電影城歷史的人非提不可的人物──不過義大利人卻寧願把他給忘記。他是那麼地令人難以啓發齒，所以對那些在這位「領袖」被吊死後才出生的義大利人而言，他幾乎像是個虛構的人物。以前片廠是由維托里歐·墨索里尼（Vittorio Mussolini）❷負責主持，法西斯黨體認到電影的重要，因爲電影不僅可以明顯爲政治做宣傳，還可以改變羣眾的價值和觀念。

只要電影城存在一天，我就安心一天。它是我的城堡，雖然它也像我一樣在逐漸衰老，但它依舊在那兒。星期天的時候，我會爲住在

❷維托里歐·墨索里尼爲義大利法西斯黨領袖貝尼托·墨索里尼（Benito Mussolini）的姪子。顯示法西斯黨亦了解電影媒體影響人心的功效。

那兒的野貓帶些食物過去。牠們也為片廠貢獻了部分的力量：牠們抓到了一些想咬電線的老鼠，或是其他別的東西，甚至包括演員。

這部片原本是要讓一位導演來拍一部關於電影城的紀錄片，而我就是那名導演，要拍一部自己的新片。我覺得如果能讓一羣外國人在我拍攝新片某場戲時來訪問我會更有意思些。然後，這又讓我想起了自己在一九四〇年首度造訪電影城的情景。那是我和電影城初次相見，當時我只有二十歲，對於電影工作一概不知，更甭說想當電影導演了。我當時到那兒的目的是做記者探訪。

我向來認為訪問應該以玩樂、隨興的方式進行。我唯一的一條規定就是不能讓人覺得無聊，這是很難辦到的。我希望這部片子不要讓人覺得我自戀。片中呈現了我第一次看到電影城時的樣子，也呈現了現在我眼中所看到它的樣子。

那個被我選來演我二十歲時的演員，讓我想起了自己在那個年紀時的長相和行為。他的樣子像我，連我讓化妝師在他鼻子上加了顆青春痘的樣子都像我。我記得自己當年去電影城訪問一位女演員的時候，鼻子上就長了顆十分明顯的青春痘。那顆痘子沒緣由地就冒出了來，我相信當時所有人一定都在看我鼻上的那顆痘子，尤其是那位女演員。我那時覺它愈長愈大──是說那顆痘子在長，不是我的鼻子在長。每當我看到有人在一起講話，我就認為他們一定是在說：「看！看他鼻上那顆青春痘！」雖然我沒有說謊，但已經可以想像皮諾丘被人瞪著身鼻子的感受了。我那時是個非常害羞、敏感同時又自我中心的年輕人。極度害羞從某方面來看就是一種自我中心。

有段時間，我曾打算為電視台拍一部關於里米尼富國戲院的電影，以後我還是有可能去把它拍出來的。那會是一個包括三部片的劇集：第一部講電影城，第二部講我對歌劇的印象，第三部講的則是富

國戲院。第一部演變成後來的《訪問》，它的長度足以讓製片人送到院線去發行。那個劇集的計畫胎死腹中。富國戲院出現在《阿瑪珂德》裏，不過有些像是里米尼那個戲院被浪漫處理以後的版本。我按照富國戲院在我記憶裏的模樣，在電影城裏重蓋了一座。要真的明白富國戲院當時的情況，還得要用當時富國戲院用的那種廉價香水把戲院內外噴灑一下才成呢！那時候，他們會派人在戲院各角落灑上香水，好把原先的臭味蓋掉。至於那究竟是些什麼味道？真要討論起來就太可怕了。在《阿瑪珂德》裏，我讓富國戲院看起來很迷人，我把它蓋成它在我記憶中的樣子。我愛它，對一個自己愛過的女人也會做出同樣的事。

我曾想把《魔法師曼德瑞》（*Mandrake the Magician*）❸拍成一部電影，那是我兒時很喜歡的一個漫畫。七〇年代初的時候，我覺得馬斯楚安尼是飾演曼德瑞的最佳人選，而曼德瑞的女朋友娜達（Narda）則可以找克勞蒂亞・卡汀娜（Claudia Cardinale）❹來演。我認為她十分適合這個角色，但馬斯楚安尼卻希望找凱薩琳・丹妮芙（Catherine Deneuve）來搭擋，他們兩個當時正在戀愛，情況就像戲裏的曼德瑞和娜達一樣。只不過他們後來一起生了個女兒，但曼德瑞和娜達卻沒有。曼德瑞和娜達兩人從來沒有成雙在我的任何一部電影裏出現過，我懷疑是不是已經太遲了？

不過我在拍《訪問》的時候，終究讓馬斯楚安尼扮成了曼德瑞，

❸《魔法師曼德瑞》為美國極為知名的漫畫，由李・弗克（Lee Falk）負責編劇，菲爾・戴維斯（Phil Davis）負責畫畫，在五〇、六〇年代有極多慕名的模仿者。

❹克勞蒂亞・卡汀娜（1939- ），美豔女星，出生於突尼西亞，在羅馬修讀表演，為義大利名導斯康提鍾愛的女演員。作品包括：《洛可兄弟》（Rocco and His Brother, 1960）、《八又二分之一》（1963）、《浩氣蓋山河》（The Leopard, 1963）、《粉紅豹》（The Pink Panther, 1964, 或譯《偷香竊玉》）、《狂沙十萬里》（Once Upon a Time in the West, 1968）、《無辜》（1976）、《費茲卡拉多》（Fitzcarraldo, 1980）等。

即使只有短短幾分鐘，我還讓他和安妮塔·艾格寶重逢，她從拍了《生活的甜蜜》以後就一直住在羅馬了。她愛羅馬，尤其是羅馬的食物。我們很少見面，但每次見面，她總是會表現地很認真，一定要讓我知道她有空拍片。

我老是被「希望光束」這種概念折磨，主要是製片人有這樣迷信。我十分了解義大利的製片人，但我想這在哪裏都一樣。每個製片人都希望在影片結束時來一道他心目中的「陽光光束」。

這就是爲什麼我會在《訪問》結尾暴風雨過了以後，拍下那樣一道透出雲層的「希望光束」。

我在幾年前讀過一本書叫《馬格利安諾的自由女人》（The Free Women of Magliano），作者是馬里歐·托畢諾（Mario Tobino），他是馬格利安諾當地一家精神病院的醫師，他用一種帶著詩意及情感的筆觸來描寫那裏的病患，筆尖所散發出來的溫柔讓我很感動，因爲我個人向來就很認同瘋狂的人。我也一直被別人當成怪異的傢伙，但我的瘋狂經由成功地轉化放送，最後竟得到世人的讚許，眞是何等幸運啊！

在里米尼以及我過暑假的奶奶家甘貝托拉，精神療養機構並不普遍，因此常常可以看到癡呆症的人和精神病患到處亂跑，不然就是被人藏在屋子裏。這些受到孤立的人讓我覺得很著迷，他們無法有什麼貢獻，所以造成了家庭和社區的負擔，因此就遭到放逐，活在和一般人不同的世界裏。

大家對畸型這件事存在畸型的想法。我們被教導不要去看那些被眾人視爲醜陋的事物，他們用文字話語外加舉例來教導我們什麼樣的東西該被視爲醜陋。

我小時候在里米尼也看到了一些一次世界大戰後所留下來的老

兵、截肢病患以及一些要靠輪椅行動的人。由於沒有地方可以收留那些被認為是「老天失手」製造出來的人，所以那些頭腦簡單、智障及所謂的「畸形人」都被父母關住，或有時是藏在家中。而其中又以生他們的那些父母特別以他們為恥，因為他們會被視為是那些父母做過壞事的懲罰。在我們所住的那個迷信環境裏，很多人相信他們就是壞人，而且是因為他們或他們的父母受到詛咒才會遭此不幸。如果你們家生了一個殘障畸型的人，那麼所有的人都會把這事當成你們做過壞事的記號。

你有沒有真正仔細看過那些被大家稱為「美麗的人」呢？我藉著一次影展的機會四處觀察了一下。他們是不是**真的**就比較美麗呢？

戴著一顆假玻璃眼珠、五百磅重的女人，或是巨人與侏儒──這些人和我們一樣同屬於這個世界。真正有問題的是我們對他們的看法。

小時候，我曾和住在甘貝托拉附近村子裏的一羣小孩去一個被禁止進入的老修道院探險。我們在那兒發現了一個癡呆兒，除了有飯吃以外，沒有任何其他的照顧，他們大概希望他早點死，好把他消耗的一點點糧食也省下，並卸去那些負責照料他的人的負擔，同時甚至還可以抹去生下他的不名譽。我對那件事有極深的的印象，往後還不斷地憶起，而且硬是在《大路》這部片子裏出現了。等到我把故事拍進這部片以後它就變成了女主角潔索米娜的回憶，而不那麼像是我的。我因而卸下了記憶那件事實的重擔，然後也記得住那部電影了。

我以前曾經考慮過要拍一部關於「精神失常者」的電影，但當時我還不很清楚自己要拍些什麼。當我看到托畢諾的畫的時候，我想也許就是它了。我擬了一個簡短的大綱，但沒引起製片的興趣，他們會說：「誰會想去看一部講瘋子的電影？」只有到了《月吟》這時候，

我才終於拍出了這種電影。

《月吟》這部片帶給我一個特別的問題，因爲它是從艾曼諾‧卡瓦佐尼（Ermanno Cavazzoni）的小說《瘋人詩篇》（*The Poem of Lunatics*）改編而成的。我說過自己絕不做這樣的事。或許這正是這件事吸引我的原因吧，拍些不一樣的事，對我總是有吸引力的。之前處理佩特羅尼烏斯的東西，和拍攝《卡薩諾瓦》這部作品的時候，多少也面對過類似的問題。但這次情況獨特，因爲這是一九八五年出版的一本當代小說。我按照往常的方法來解決這個問題，也就是完全用我自己的方式來詮釋這本小說，不過事先當然有徵得該書作者的同意，我們在這部片上有某種程度的合作。

把書改編成電影這事對我來說一直是很多餘的。小說就像任何一種藝術形式一樣，是在它獨特的環境中生成的，所以在那兒會存活得最好。它像是另一種不同的語言、語法。要把一個東西從一種藝術形式轉換到另一種藝術形式，就像是要一個演員去扮演一位偉人一樣，那只是對於眞實事物的表面臨摹罷了。

我很明白葛里菲斯（D. W. Griffith）首創將舞台劇和小說綜合成劇情片這樣一種新的藝術表現形式的功勞。不過我認爲他的貢獻其實遠不止於此。他了解電影有一種獨特且深具潛力的敍事方式，他運用新觀念逐步將小說、戲劇轉換成他直覺上認爲電影銀幕能夠表達的東西。在他看來，電影是全新的創作形式，不是從別處衍生出來的東西。證據在於，自從他的作品問世以來，所有說故事的方法都戲劇化地受到電影技巧的影響。

我對《月吟》這部片子所選擇的處理方式，不是把小說改編成電影，而是把電影改編成小說。說的明確一點，我是想用自己的表達方式來處理劇情和人物需求等基本要素。

我在寫《月吟》這個劇本的時候心裏有些疑慮。我以前寫東西**的時候**，從來不會有疑慮，有的話，也不會是那種疑慮，始終是腸枯思竭，苦無靈感。我和畢奈利在他家的客廳工作，有時我會轉過去問他：「你真的認為我們該繼續下去嗎？」我們在同一個房間工作，一人一張桌子，他把大的那張讓給我。他回答：「當然該繼續下去呀！」但我知道自己從來沒有那樣需要重拾信心過。出了問題，但我又不知道問題是在我們發展出來的劇本上，還是在這個拍片計畫上？或問題在我喪失了自信？我不確定**自己**對事物的感覺。而如果我不相信自己和自己所做的事，那麼怎麼有能力創造出些什麼呢？

　　雖然茱麗葉塔嘴裏不說，但我感覺得到她不認為這個拍片計畫是個很好的選擇。而且雖然沒人提，但我們都明白我的事業是禁不起再次失敗了。

　　一段戀情一旦成為過去，就可能變成愉快或痛苦的回憶，或甚至不成回憶，但它不能再度變回戀情本身，這就是我和電影的關係。《月吟》這部片子並未獲得影評人和一般大眾的肯定，我並不覺得完全意外。在劇本完成後影片開拍前那段時間，我自己也開始有些疑慮。並不是我不喜歡那個劇本，而是我不確定觀眾會怎麼想。我問畢奈利：「我是不是該收回這個劇本？」他反對。我想他是對的，既然都已經成形了，就應該給它活下去的機會。

　　現在大半輩子都已經過去了，時間過得飛快，日子所剩無幾，但我還有好些故事想說。失敗不只增加我找錢拍片的困難，更糟的是，它會動搖我對自己的信心。當全世界都喜愛你的作品時，那就是對一個藝術家支持的允諾。

　　享受你的成就是很重要的。在平民化雜耍團表演的人一直比在頭等劇院裏演出的頭牌明星更為開心。有時候我也能得到一些工作上的

滿足，而且霸佔我注意力的愈來愈只有這些工作上的滿足。在我還很年輕的時候，我常想到「快樂」這件事，但這已經不是我現在關心的事了。我知道「快樂」是不會長久的，而且「不快樂」的時刻總會再度降臨；但又知道「不快樂」也是不會長久的，就讓人感到有些安慰了。

從我自己的觀點看來，我覺得自己的作品裏大概只有一部算是失敗，或說部分失敗，那就是《卡薩諾瓦》。我沒讀那本書就接下了那部電影，而且對它的態度也不算完全熱中。雖然結果並不十分令人滿意，但我仍覺得自己對一個卑劣的人物做出了真實的描寫。

我用《月吟》這部片子要求觀眾暫停他們對電影的期待，或他們對費里尼式電影的期待，我要他們全心跟隨銀幕上的影像。很明顯，他們並未照做，他們期待一部典型的費里尼作品——如果真有這種電影的話。這部影片的潛在觀眾裏有一大部分甚至沒發現這部片子就是被這種期待給毀的。

小說在本質上是種主觀性極強的藝術媒介。作者單獨和打字機在一起；讀者則獨自與書本為伍。我們不難明白，在電影銀幕，甚至電視螢光幕上，要傳達主觀性的東西是比較困難的。影像的寫實層面，或單就參與電影工作的人數來看，都是違反主觀的。引起共鳴是可能的，但共鳴與主觀性不是同一件事。我個人喜歡電影客觀傳達的這種意義，這跟小說主觀的本質是不一樣的。

《月吟》這部片子主要是透過一個剛出精神病院的瘋子來看事情。他對人無害，他的「瘋」是浪漫說法上的那種「瘋」。他看事情的觀點和別人不一樣，以這種角度來看，我也是一個瘋子，所以我可以認同他。

我必須在片中拍出主角伊渥（Ivo）眼中所看到兼具扭曲和詩意的

現實，但又不希望明白表示那是**他的**觀點。這情況跟《卡里加利博士的小屋》（The Cabinet of Dr. Caligary）一樣，只是該片的結尾是製片人硬行決定的，違背了導演原先的用意。就我對這事的了解，在《卡里加利》這部片原本的結尾裏，我們發現那個瘋子其實是那個瘋狂世界裏唯一的正常人，只是這個結尾後來被換掉了。而《月吟》這部片子的觀點則維持不變，希望由觀眾自行判定劇中誰正常誰不正常。

有些觀眾對這本小說不熟悉，這是我該事先想到的。即使在義大利也不是所有人都清楚這本小說。從坎城影展傳到我這兒的評語是：沒人看得懂我的電影──明顯是誇大其辭。我本來應該到坎城參加影片的正式放映典禮，但最後一秒我又決定不去了。我是被迫答應參加的，但我不喜歡參加影展，那兒的觀眾不是一般觀眾，所以我不覺得我可以從他們的反應裏學到什麼。我覺得他們對影展活動和參展衣著的興緻要比電影來得大。

我被問到《月吟》裏的人物是不是延伸自《青春羣像》和《阿瑪珂德》。修指甲師傅瑪麗莎（Marisa）和葛拉迪絲嘉（阿瑪珂德）這兩人是有些相似性，因為她們都和同一段記憶有關。此外，在象徵層面上我也能認同伊渥。不過總體而言，這問題的答覆是否定的。

當伊渥在片中發現不止一個女人可以穿瑪麗莎的鞋的時候──事實上是很多女人都可以穿──我覺得非常悲哀。不管他是任何歲數都代表他已經老了。那是憤世嫉俗心態的開端，伊渥內心的浪漫靈魂已死。他永遠無法再滿懷希望，永遠無法再完全信任。他的腦袋裏總會出現一些聲音，專問一些浪漫者不會去挑剔的小問題。單單那種提問的概念就說明了他的浪漫靈魂已死。

年老與年少有很大的相似性，只不過年老的人前途較為黯淡。

由於大家都不喜歡這部電影，所以我就得更珍愛它一些，我這可

憐的孩子至少有權從我這兒得到這些。

你的電影失敗就代表著一種無能。失敗令人尷尬，不出幾次就會毀了你的自信，如此一來，將來想要成功就變得難上加難。失敗就像無能一樣，可能變成永久性的狀態，你連試都不可以試。你希望可以把責任推給別人，但在內心深處，你知道它是怎麼回事。

我不喜歡承認自己頑固，因為我把頑固和愚蠢、非理性這兩件事聯想到一塊。不過我知道自己是不能被逼的，如果有人想逼我，我就真會坐在地上拒絕移動，就像我媽媽形容我兩歲時在里米尼主要的商店街上當街坐下的情形一樣。大家經過時都只好繞過我，媽媽說她當時簡直是羞死了。按照我後來對她的認識與了解，我確定此言不假，她一輩子都在擔心別人怎麼看她。

當她連自己的幸福都找不到的時候，還要她來幫我尋找我的幸福，這談何容易。我下定決心不按照別人給我的規定過日子。這點我成功辦到了，但這並不表示我受到別人批評的時候不會受傷。

我想有的時候因為工作壓力的關係，我還是不免傷害到了自己的創作。在個人生活方面，我仍有抗拒外力的傾向，雖然有時候女人家施點巧計也可能突破我的心防。不過，之後如果我發現其中有陰謀的話也會覺得很憤恨。然而我卻無法去憎恨任何出自天真心態的行為。茱麗葉塔生性天真，詐騙的行為背離她的本性，不過我倒是知道她在晚上向我提出難題之前，多半會先為我端上一盤她的招牌義大利麵。

有些人告訴我《月吟》不會成功，他們說它不是那種大家期待想看的費里尼電影，而且沒讀小說的人不會清楚片子拍些什麼，小說的義大利色彩太濃了。也許我一直不放棄這個拍片計畫的原因之一不過是我太固執了。

沒有人喜歡聽別人對他老早以前的作品一遍又一遍地誇獎，而且

談的老是那幾部。所有的製片都真的只是想要另一部《大路》、《生活的甜蜜》或《八又二分之一》，尤其是《生活的甜蜜》，因為它賣了大錢。

大家以為一定有人爭相找我拍片。我自己以前也以為情況應該如此，但卻從來沒發生過這樣的事。唯一的例外是在拍完《生活的甜蜜》的時候，雖然那時有過一些機會，但都不是很理想。當時拍片的機會很多，美國製片人給我很多錢要我拍片。但拍片計畫的選擇應該重質不重量。

對於創作出來的東西，我自問什麼才是我覺得重要的？答案其實只是：「它是不是活的？」

我對《月吟》這個作品的答覆是肯定的。它值得一個活命的機會，所以我拍了它。這個問題的答案到現在都還是肯定的：它是活的。

如果可以讓我挑一部希望大家能夠更給予當讚的作品，我會選擇《月吟》，因為它像個孤兒一樣，那麼不受大家歡迎——即使身為其父的我仍然在世！另外還因為它是我最近的一部作品。所以要是有人對我說：「菲德利哥，你從來沒那麼棒過！」的話，對我會是個很大的鼓勵。

我相信工作對我的健康影響最大。有時我在進電影城之前發了脾氣，但只要我人一到了那兒，有人跟我打了招呼，我的火氣就會被那種親切溫暖的氣氛驅逐得無影無蹤。當我走進自己的拍片現場，即使正患著感冒，病情也會不藥而癒。

只要我還在拍片，我的身體就能保持健康。我只要有一陣子沒拍片，人就會生病。並非所有的人都了解這種情況，只有那些喜愛他們工作的人懂得。我的工作對我是一層保護，就像一副盔甲一樣。要說那是腎上腺素的功效就把事情的原因過分簡化了。當我在「自我完成」

的時候，就覺得自己身體狀況出奇地好。

《月吟》不是很受歡迎，所以我也找不到人資助下一部作品。於是，我的身體就開始沒那麼舒服了。我只有在片與片之間的時候會生病。對我來說，不拍片的時候就會讓我心情沮喪。但如果拍片不順利的時候，也會情緒不好，只是為時較短，情況也比較輕微。

我不覺得這些年來自己的作品有非常多的改變——但些許的改變可能是有的。開始的時候，我比較強調故事情節，也比較貼近故事本身，電影的文學性較強，技巧較弱。後來我更為信賴影像，並發覺自己的電影和繪畫之間有密切的關聯。我發現光影要比用對話更能夠展現角色心理以及導演風格。

能有像畫家一樣的自由度是我心中理想的拍片方式。畫家不必去說明他的畫會是什麼樣子，你一定得讓他在畫室和他的畫布、油彩待在一起，之後畫作便會自然成形。如果我的作品有些改變，那就是這種改變了。我愈來愈沒有劇情上的束縛，只是任其發展，讓它和影像畫面更加靠近。

電影是一種可以激發「共感效應」（synesthesia）的表現媒介。「共感效應」是指在正常的單一感官刺激反應外還能產生其他感官的刺激反應。譬如說，一幅畫有誘人食物的靜物寫生不但可以刺激眼睛，同時還可以刺激食慾；一段歌劇裏的詠嘆調可以讓你產生視覺上的幻象，即使它本意想打動的是你的聽覺。雕塑還可以引發人的觸覺。我在經過羅馬城裏某個古代帝王的雕像時，常會心生衝動想去摸他們的腳趾頭，不過最後都忍下來了，我擔心他們可能會怕癢。我覺得電影常常可以在一個時刻意外地引發許多不同的感覺。我在拍片的時候都一直努力提醒自己這件事，意思就是要自己去注意細節。我在拍人享

受美食的時候，一定保證讓演員吃到**眞正的**美食。有時候我還得先試嚐一下，好知道我片中角色嘴裏吃的到底是什麼東西。

關於我從早期到晚近在創作上的這種變化，影評人寫了很多。一開始，我對語言比對影像有把握。等到後來我對影像愈來愈有把握的時候，就讓我可以自由大膽地去表現它們了。這同時也是因爲我了解我可以在事後配音的時候再將注意力轉移到人物對話上面。當然我不只關心對話，也關心聲音。聲音和影像是十分相似的，我關心電影裏所有的聲音，不只是劇中人說出來的話。在《騙子》這部作品裏，農莊背景上鴨子呱呱叫所要傳達的訊息，可能比一兩句人物對白更爲重要。

有時候片中一句外圍背景的對白可以形成一種氣氛，並對語言底下的事加註，而這些東西可能比表層語言還要有意義。一個例子是《生活的甜蜜》中那場夜總會的戲，當珪多和他父親坐在場子裏，背景處有一名喝醉的美國水手在畫面外頭喊著「放 Stormy Weather 這首歌！」雖然這句話幾乎聽太不清楚，但有人告訴我說英語的觀眾還是可以辨認出來。當他們聽出那句話，會覺得特別好玩，因爲那好像讓他們成了知道秘密的「局內人」。

當我可以全面掌控自己的影片以後，我的創作就得以完全從自我出發，而且讓我可以尋找到自我。電影可分爲兩種：一種是「集體發想」，另一種是「獨立構成」。我可以老實說，我拍出來的東西責任完全在我。

有些人說過這樣的話：「等我弄清楚費里尼成功的祕訣以後，我就要拍出一部《潔索米娜八歲半兒子生活的甜蜜》(La Dolce Vita of the 8 ½-year old Son of Gelsomina)。但這當然是行不通的，他們不可能找出成功的祕訣，因爲之前有效的東西之後不一定會有效，即使你做

出的東西一模一樣。其實我也和他們一樣不清楚秘訣爲何。每次我開始拍一部電影，都像是在開始拍第一部電影。每次開始前，我都會經歷同樣的恐懼、同樣的自我懷疑。我是不是可以再次勝任？每次的期待都更高，心頭的負擔也就愈重。觀眾對費里尼的作品已有先入爲主的觀念，而我卻沒有別的創作源頭可以依靠，因爲我所有的創作力都是來自內心。

　　我真的不願意自我重複，奇怪的是，即使我想這麼做，也不知道要如何再去拍出一部《生活的甜蜜》式的電影。發現自己原來和別人一樣不知道《生活的甜蜜》的拍攝秘訣，這真嚇人。

　　我希望盡可能把作品拍得不一樣，而且我相信那些才是最有可能成功的影片，不過製片人卻不信這些。

　　我拍片成功的關鍵在於我是否能讓觀眾看到我所看到的東西。成功好比童話裏的魔法師一般可以讓事物突然出現。魔法師把不存在或隱約存在的東西轉化成一種我們可以看得到、摸得到、感應得到的東西。

　　影評人指責我自我重複。事實上，這是無法避免的事。若刻意爲不同而不同，其結果就跟爲相同而相同一樣虛假。最好的喜劇演員不是因爲他們口袋裏裝著上百萬個笑話，有些笑話即使一聽再聽，我們還是會笑，而且可能笑得更厲害，因爲這些笑話發展自人物本身，而且我們也清楚讓它們好笑的是人性的基本狀態。

　　我們知道菲爾茲這個人物很會唬人，因爲他沒有別的生存技能，所以只能靠耍弄小聰明過活。不過在我們看到他「無中生有」的精采本事後，也會愈來愈認同他。馬克斯兄弟除了聰明才智外一無所有，但仍然能夠開心地活著——我現在談的當然是指他們在銀幕上飾演的角色。他們在同樣的自我風格下有著源源不絕的想像；相對而言，他

們幾乎用同樣的技巧來應對不同的狀況，但這並不會對我們造成困擾。由於裏面講的東西和我們有關，所以我們會覺得有趣，甚至被感動。

構想重複再加以變化，是所有戲劇情節的共同特徵。有人跟我提過一本描述三十九種可能劇情的書。我現在認為就是那個數字了。他說：「就只有這麼些基本情節，這不挺讓人驚訝的嗎？」我還訝異怎麼會有那麼多呢！

我自己是個比較依賴視覺感受的人。底片上拍有影像，之後，你總可以再去挑你要的聲音，重新加以強調改善。對我來說，義大利的事後配音制度真是一種完美的發明。

為了要讓我的作品更豐富、更精確、更易於掌控，也為了確保我所選擇的面孔都能擁有正確的聲音，就算原本沒有事後配音這種方法，我也會把它給發明出來的。義大利電影使用事後配音的方法對我明顯是個好處，我相信總有比原音更好、更具表達力的東西。如果要想同時取得正確的畫面和正確的聲音只會徒增限制。即使換了一種聲音，我仍還是在拍電影。剪接這個步驟對我非常重要，尤其是聲音的剪接。由於配音的關係，讓我可以對我電影的所有製作階段都繼續保持全面的掌控。我對我作品裏的多重聲響（polyphonic）效果感到特別驕傲，這只有在後製剪接階段才可能辦得到。這個步驟不僅可以讓我控制所有的影像，還可以控制所有的聲音。

有人指控我偏愛事後配音，其實是因為我喜歡一邊拍片一邊說話，而且一邊指導所有的演員如何演他們的角色。嗯，沒錯，這也是原因之一。

我想我還可以記得自己生平看到的第一部電影，只是片名已經忘了。我當時跟媽媽坐在里米尼黑漆漆的富國戲院裏，在一面寬闊的銀

幕上面有一些很大的人頭，印象中還有兩名巨大的女人在上面說話。在我幼小的心靈裏簡直無法想像那些人是怎麼上到那兒去的？而且他們爲什麼那麼大？不過當時我馬上就接受了媽媽的解釋，只是她解釋了些什麼，我不一會兒就忘了。不過我倒記得自己也希望能進到銀幕裏去，那兒看起來挺有意思的。可是我又非常擔心到時自己不知如何再出來，說不定我會被困在裏面呢！也許這段我首次接觸電影媒體的回憶可以解釋爲什麼我只把特寫鏡頭當做特效運用，而沒有把它當做例行的敍事技巧使用，這種利用特寫的敍事技巧時下相當普遍，在電視上尤其泛濫。我知道《卡比莉亞之夜》接近尾聲時給奧卡斯眼部的大特寫如果通篇都用的話，在那兒就不會那麼有效了。

我一直覺得身爲導演代理的攝影機應該追隨著劇情，而非引導劇情。我喜歡把自己當成一個旁觀者，而非主動明顯的敍事代言人。很多導演都有一種以形式爲先的毛病，他們會搶在戲劇發生之前，把他們想讓觀眾看到的東西先顯露出來。觀眾應該**會想要**在故事發生之前就先看到點什麼的，但當我們在銀幕上講故事的時候，這招當然不是每次都行得通的。我也可以想到一些當時我覺得有必要爲觀眾做引導的例子，只希望我的做法不至過於明顯。

在《騙子》這部電影裏，我記得曾經在一個劇中人還沒被敍述到之前就特別強調了他。當時奧古斯多和女兒帕特麗霞進入一家戲院，在前景的地方，我安排一個男人坐在他們的前面。稍後這名男子會遇到奧古斯多，並成爲他的受害者，不過觀眾要等到事情發生時才會恍然大悟。我也可以不事先警先觀眾，直接讓事情發生，但在這部片子裏，我認爲用攝影機做前導是合理的。奧古斯多生活在一個一輩子都怕自己行跡敗露的世界，我希望能把這層預感傳達給觀眾。

一般而言，我都盡量掩飾導演在片中的角色。除非我是在拍一部

關於「拍電影」的電影，否則我會自覺地將片中的拍攝痕跡隱藏起來，絕對不讓觀眾察覺到我的攝影機或我的敘事技巧。所以像是大特寫、快速剪接，或奇怪的攝影角度……這些明顯的技巧，我都限量使用。風格和技巧本身並非目的，而是達成目的的手段。不過在《該死的托比》（Toby Dammit）這部片子裏，我可抓到機會來探索這些技巧了——它們是我拍劇情片時使用的。

　　當一位導演的風格變成一種讓人注意得到的形式，當那些形式變得比故事本身更搶眼，並轉移了觀眾看戲的注意力時，那就錯了。

　　我不知道要如何來評斷自己。我回顧自己的作品，卻記不得自己作品裏有那兩部是完全相像的——即使片中有角色重複也一樣。卡莉比亞這個角色出現在兩部不太一樣的作品裏，而《該死的托比》、《愛情神話》和《小丑》這些在幾年之內相繼拍下來的電影，它們風格差異之大，在我看來，幾乎可以被當做三個不同導演所拍的作品。對我而言，只有去拍像是《單車上潔索米娜》（Gelsomina on a Bicycle）或是《卡比莉亞的歲月》（Days of Cabiria）這類電影才算真正的失敗。

　　有兩個時刻讓人最無法好好工作，或者說這是我的個人經驗。一個是當你剛成功的時候，這時好像全世界的人都認為你不可以失敗。但這是別人的看法，不是你自己的。當你自己不確定怎麼去做一道菜的時候，他們卻認為你握有做那道菜的秘訣。你最大的成就是：那是**你獨家**發展出來的祕訣，不是別人給的。但你卻不明白為什麼你那麼自然就可以辦到的事，別人要把它捧上天？我想到的一個例子是所有那些還想去模仿海明威（Ernest Hemingway）的作家。但**真正**要想竊取他的寫作風格，大概得把他整個人都偷過去才行。

　　另一個讓你覺得沒法好好工作的時刻是你剛失敗以後。喝采令人難以理解，它的反面更是讓人疑惑。失敗這件事比成功更讓人難懂。

你人沒變，但突然間，全世界都開始反對你的作品了，是他們錯了？還是你錯了？大家都努力不要活在過去裏面。你前一部片子賺錢了嗎？賺了多少？還是賠了多少？

我不再看電影的一個原因可能是擔心自己會在不自覺的情況下抄襲別人的東西。我絕不希望讓別人有機會說我在模仿，也許那就是我從不去看自己電影的一個原因。最糟糕的一個流言可能會是：「費里尼自我抄襲。」

其實我不去看自己電影的原因，是因為老想重拍它們，這兒一點、那兒一點……

我從不去看自己拍完的影片的另一個理由，是害怕自己甚至不敢承認失望——怕會失望。要是我不喜歡怎麼辦？要是我覺得有需要爬上銀幕去修改那些我不滿意的部分怎麼辦？要是……

拍電影屬於把火箭送上月球那類的事，事成絕非偶然。我即興導戲的方式是把眼睛、耳朵張開，歡迎所有可行的東西。拍片是一趟事前仔細計畫過的旅程，不是隨意的漫遊，拍片時得跟隨特定的步驟，但如果你成功了，結果也並不是那麼機械化的，它是結合藝術和科學的產物。當影片向你說話，那會是一種輕柔的情話，微微地暗示你加上這一筆會更好，會有助於傳達幻覺、保持魔力。你要是忽略了這些，只是一板一眼地照著你幾個月前所寫的劇本拍片，那就真的太蠢了。在那些自發的靈感裏有一種誠實，那並不是即興，而是對你的藝術的愛和忠實。對我而言，很重要的一點就是：我對自己的每一部作品都還保持著敏銳和著迷，對我的每部電影來說，我都還是個處男，我不只是嘴巴上對自己的每部片說：「你是我的第一次。」也是打心裏相信這句話的。

那麼，凡是看過我將自己心靈坦呈的人，都有權利對我的內在現

實發表看法。他們可能會認為我的內在平凡無奇，就像很多人對我外表的批評一樣。這當然會讓我傷心，不過我卻記得大力水手卜派說過：「我就是我。」

怪異的外表可能暗示著一個更豐富的內在生命。有人認為如果你是個電影導演，就該比較特別，應該和他們不一樣，所以他們期待你的行為和你所講的故事都該怪異。如果你表現得很正常或和其他人一樣，他們就會把你所言所行抹上一種怪異的色彩。他們會把深奧難懂的力量歸因給你的噴嚏，就像他們把特里馬丘（《愛情神話》）的神力歸因在他打的嗝上一樣。但比較可能的情況是，他們會把明顯的失望和不滿表現出來，這些他們不會費事去隱藏，因為你不過是個凡人罷了。如果這時你還對他們客氣，他們就更覺得你沒價值了。他們十分自卑，如果你認識他們，反而無法得到他們的尊敬。為什麼會有這樣的人呢？

對我來說，最慘的就是在一家上等餐廳裏被人強迫表演，而不是強迫吃東西。我覺得**自己**就像是他們點的主菜一樣，而且我還很想看看自己在菜單上標值多少？我現在已經難得、甚至絕不接受我不認識的人的邀約了。

我的地址本已經蓋上了。

第十八章
一去不返的採訪者

有出版商請我寫自傳，我沒答應的原因不只是迷信而已。主要的理由是這事需要投資時間，而那些時間是可以用來發展新片的。此外，還有好些讓我從不心動的理由，其中之一就是我大概會被期待去把自己所有的作品重新再看一遍。我必須去看那些歷經風霜、殘破不堪的拷貝，必須去看那些當時被迫做的修剪，我心中並不存在那樣的修剪，因爲我對那些影片的記憶是想像它們、我拍出它們的樣子，是它們長大成形的過程，是它們的全部，而不是我和製片人在最後階段爭執妥協下的產物。

那些修剪，即使是我親手執行的，也都是被那些想增加放映場次、降低拷貝沖印成本或爲了圖利美國發行商，讓他們可以擁有更多更長的零食時間的人逼出來的。我心中的那些電影要比大多數觀眾看到的長得多。那是我記得自己拍出來的部分，是我原本想拍成的電影。

出版商會期待我去分析自己的電影，這樣做的話大概會證實我其實比那些巨細靡遺解析我作品的頭號無聊影評人更加無聊。除了做一個希望娛樂大眾的說故事人這個用意沒變之外，我還得去捏造一些原本並不存在的理由。此外，有些當時自己不覺得有多重要的東西，我還得重新仔細去評估。如果有人把我的電影評論做「像丑戲一樣」（clownish），我會把它當成一大讚美。因爲電影也有自己的生命，在

拍片現場就是發生了這麼多的事。

此外，我還得用一種比我拍片時更精確、更有系統的方法來討論那些電影。我可能會需要一個大綱，而且可能還要把拍成的電影劇本記下來，這個劇本要比我用來拍片的那個腳本更接近電影本身——無聊的任務！

而且，我還得從我拍每部作品時的狀況出發去看待每部作品才行。雖然拍那些電影時候的「我」都還是現在自己的一部分，但已經讓我覺得有點陌生了。

然後，我還得把東西寫出來，並且不斷地改寫，直到我文字裏原來的自發本性消失不見為止。此外，我還得站在防備的位置為自己辯護。何不乾脆讓別人用文字話語和所有其他可以摧殘一個人電影的辦法去毀掉我的電影算了！我寧願把時間花在另一部電影的創作上。我不寫自傳或許還牽涉到另一層因素，那就是去寫回憶錄好像的確有一個終了的意味。

我不喜歡接受訪問，不喜歡讓自己和別人覺得無聊。畢竟我對自己一生和工作能說的就只有那麼多，而且這些東西我已經試著在自己的電影裏說了。但我有時候還是會屈服，因為我的第一份工作就是做這種事，而且我也記得當時這件事對自己意義重大。我想那時自己是個害羞的採訪者，不像有些人那麼積極。當時我在與人談話上很沒經驗，情況一如我少得可憐的性經驗。

我的生活就是拍電影。拍片是天底下最刺激的事，但去談它就沒那麼好玩了。我可以理解為什麼大家都想當電影導演，但卻不懂，為什麼會有人想要聽人家談拍電影這件事。當我拍片的時候，我希望這個經驗永遠都不要結束。但當我被迫去談這件事的時候，卻可以聽到自己講得多無聊，而採訪者的感受可能還更糟。然後就會有些訪問最

後變得不知去向。

　　有一天你決定放棄一些私人的時間，因爲大家都說你必須這麼做。你的作品不能獨立生存，要讓大家都知道才行──宣傳和促銷是不可或缺的。所以你就心軟了。

　　你把時間花在一個帶著機器來或是記著秘密可笑筆記的人身上。你看著他們的臉，希望能找到一些自己表現好壞的線索，但一直沒找到。你更加努力，但仍不見笑聲，他們的眼光仍然呆滯無神。你甚至比較可能聽得到錄音帶轉動時無情的吱吱聲。你希望他們什麼時候會覺得累，但都是你在做工，他們怎麼會覺得累？所以到了某個時刻，你會決定：訪問結束了。

　　你如釋重負地嘆了口氣，採訪者也離開了。但總還有需要接受第二個訪問。不管你第一次接受訪問時發生了什麼事，保證你還會有需要接受第二個訪問。你花了這麼多時間和精力，你被困住了。你不但沒有停止損失，反而還浪費了更多的時間。然後你會等待訪問的小部分內容在一些看不太到的刊物上發表出來，那些刊物會免費發給帕塔貢尼亞大學（University of Patagonia）❶的十個研究生看，而且那兒並沒有放映你的電影。但這樣的結果已經算好了！

　　你希望他們不要登出一些和你所說相反的東西，希望被登出來的東西要和你談話的內容、方式多少有些關聯；雖然你會答應接受採訪就已經夠傻了，但還希望自己不要顯得比原先那個樣子更傻；你希望有人會去讀那些文章，但又希望沒人看到那個採訪。之後，你會幾乎忘了自己曾接受過那樣一個訪問。

　　然後，在那個訪問沒有給你的電影帶來任何好處很久以後，你又

---

❶帕塔貢尼亞大學爲一所以阿根廷地名命名的義大利大學。

想起了它，而且滿心疑問。也許你們可以告訴我答案，那些消失不見的訪問都到哪兒去了？為什麼訪問我的人離開我辦公室後，就跑去參加「外籍兵團」（Foreign Legion）了？

片子還沒拍出來就要你去談它，真是件荒謬的事。因此，我作品開拍後的前三個禮拜從不會見媒體。我希望自己到了三個禮拜的時候已經可以控制住局面。

而在片子拍好以後談論它們、無止無盡地分析它們則會殺害它們。我沒有辦法阻止這種人們對電影的殺戮，但我也不希望去主持我孩子的謀殺典禮。我不愛談自己作品的理由非常簡單，因為我不想削弱觀眾的觀影感受。

這就幾乎和我不會去削弱自己所經驗的情緒感受並把它們保存在電影裏一樣重要。我喜歡把電影拍得像我的夢境一樣，那種神祕氣氛簡直是太棒了。

採訪者就像在石頭上翻找歲月所留下智慧痕跡的考古學家。當採訪者帶著尋寶心情找上門來的時候，我會覺得很尷尬。我從來不會像他們分析我過往的作品一樣去分析自己經要拍攝的東西。

我不把自己當成一名「知識分子」，因為我們一般用這個詞的時候跟「知識」好像扯不上太大的關係。那些自稱「知識分子」的人通常就是我覺得無趣的人。他們是裁判別人的法官。我只喜歡好好地做事，法官讓別人去當。我不喜歡對自己的作品下定義、貼標籤。標籤是給衣服、行李用的。

我記得有個採訪者在《八又二分之一》公映期間問我：「8 ½」的意思是不是我第一次性經驗的年紀？我回答「是」──那種笨問題好像也只配得到一個一樣笨的答案。這個答覆被他們當真，而且這些年來還被一再地印成文字刊登出來。我經常被問到此事，而且永遠都無

法完全反駁。那個笨答案會跟著我一輩子，我猜唯一結束人們追問的方法，就是回答「是，沒錯！那就是『8½』的意思。」

在義大利，我是很多人寫論文的題材。學生對你的敬畏之情實在令人不敢當——而且也令人無福消受。當你剛開始知道這種事的時候，你當然會覺得開心，但它同時也讓人尷尬，每個人都想聽到你親自從嘴巴說出同樣那些問題的相同答案。雖然那是一個負擔，但我卻不希望讓他們失望。

我不希望身後留下討論自己電影作品的文字多過創作本身。要是聽到他們說：「費里尼用（文字）作品來討論自己的（電影）作品。」是會很尷尬的。

我朋友都認為我是出了名的愛誇張修飾事實。有些人把這種人稱為「騙子」。我只知道自己在幻想裏更為自在。

任何一個像我這樣活在幻想世界的人，一定都得費盡氣力、反向而行才能跟得上缺乏想像的日常生活。我跟沒有想像力的人從來就處得不好。你們是不會要我出庭作證的；我也曾是個糟糕的記者，我會被迫用**自己**的看法來報導一個事件，但從一個較客觀的觀點來看，那卻常常不是事件發生的經過。我希望報導本身成為一個好聽的故事，所以就在心裏把它這兒那兒修飾了一下。最奇怪的是，我會真的相信自己眼中的這個版本，並覺得可怪為什麼其他人跟我記的都不一樣。之後，我對自己修改過的這個版本會記得比較清楚，而且是第一個相信它的人。

有人指責我在講自己的故事時幻想力特別強。我這一生的確像是我擁有的一件東西，如果我得用文字的方式再活過一次，那麼為什麼不把細節調整一下讓故事變得更精采一點呢？譬如說，有人指責我把自己的初戀編出了好幾個完全不同的版本。那個女孩本來就配被寫成

很多故事的啊！我不認為自己是個騙子，這是觀點的問題。說故事的人免不了會去把自己的故事加油添醋一番，以提升、豐富他的故事，端看他主觀覺得故事該怎麼講。我在現實生活裏也這麼做，跟我拍片的情況相同。有時候我會這麼做，是因為發生過的事我真的不記得了。

我透過電影來說故事，再沒有其他方式可以給我這麼大的彈性。它甚至比繪畫還好用，因為我可以用動態的方式去強調、擴充、提升生命，並從中萃取出菁華，然後再重新創造出一個新的生命。對我來說，電影比音樂、繪畫，甚或文學，都要更接近造物的神奇。事實上，它就是一種新的生命形式，有著屬於自己的生存脈動、現實層面，以及理解事物的觀點。

我說故事是從感覺出發，而非意念，當然更不會從意識型態著手。我是為自己心裏想要被說出來的故事服務，而且我必須了解這個故事希望走到哪兒？

我接受製片人的請求在影展時對記者談話，但即使我盡力表現後仍有人向我抱怨。記者們不喜歡記者會的形式，每個人都希望私下聽我談話，他們抱怨在記者會上每個人得到的東西都一樣。但除了同樣的東西，我還有什麼可以給他們呢？所以，我損失了一天，而那很可能就是我一生中會想出最棒點子的一天。但我白白的犧牲了，因為那些從「地獄」來的採訪者個個都不滿意。

個別採訪後他們會對我說些什麼呢？「謝謝你，費里尼先生」嗎？

不是，完全不是那麼回事。他們還是抱怨。他們說：「你跟我們每個人說的都不一樣。到底哪個版本才是真的？」原來他們聚在一起，互相比較筆記。那麼他們到底要什麼？難道還要我一遍又一遍地重複同樣的故事？完全一樣，如果可能的話，甚至一字不差？如果那就是他們要的，那麼為什麼不乾脆就開記者會呢？

我從來沒辦法探測出探訪者的期待有多高？不知道格魯丘‧馬克斯（Groucho Marx）❷如何面對期待他開口就必須妙語如珠的人？有些陌生人不得不來和你談話，他們希望你有些激動的表現，好讓他們回去向朋友議論。面對這些人，你的壓力實在太大了。如果你的表現不對，他們就會露出失望的表情。我覺得他們會期待我披著斗篷，打扮得像我某部電影裏的人物一樣。這種感覺讓我很害羞，會讓我對陌生人變得壞脾氣、不耐煩。我不希望讓別人來問我意見、讓我說話、給我鼓勵；我不希望被迫表達自己。要是有人期待我跟他談我正計畫要拍的片子，我認為那是最不恰當的時機。我人在，心不在。我會去想如果此刻我是自己一個人的話，可以幻想到些什麼東西？我可以在心中看到什麼樣的電影？

　　有時候我心想，世上只有兩種人與電影為伍：一種是「影片建構者」（Filmmaker），另一種是「影片解構者」（Filmunmaker）。只要有人來問我：「費里尼先生，你的電影是在講什麼？」我立刻就可以認出那是個「影片解構者」。

　　「解構影片」是個比「建構影片」更大型的工業。「影片解構者」不需要有錢的製片人、繁複的片廠設備，甚至連演員都不需要。他們不必在一個拍片計畫上耗費數年的時間，只要能夠有錢進戲院，而且受過某種大學教育，就有資格做「影片解構者」了。此外，他們還需要準備錄音機、打字機和紙張，再來，可能還需要家人給點零用錢。

❷格魯丘‧馬克斯（1890-1977），美國喜劇演員，為「馬克斯兄弟」的靈魂人物。格魯丘連同其他另外四名兄弟，自幼便開始他們的演藝生涯，肢體及語言上的趣味均十分精采，尤其以三〇年代的無政府主義式的喜劇電影最令人難忘。作品包括：《Money Business》（1931）、《Horse Feather》（1932）、《鴨羹》（Duck Soup, 1933）、《A Night at the Opera》（1935）、《A Day at the Races》（1937）、《Will Success Spoil Rock Hunter, 1957》等。此外，格魯丘並於1974年代表馬克斯兄弟接受了影藝學院所頒贈的榮譽獎。

「影片解構者」不用智性分析就無法接受電影裏變出的戲法。那樣的心態勢必會把活的東西變成死的。如果他們一定要知道那些把戲是怎麼變的，我也可以理解，但他們首先得了解這名魔法師在變戲法的那一刻心裏在想些什麼？以及他為什麼要變這個戲法。說不定他只是在想自己能不能再續約？或夾層裏是不是有兔子？或他能不能釣到那個坐在第三排對著他微笑的金髮波霸？也說不定他才剛和那位即將要被他鋸成兩半的女子吵過架？

當一位「影片解構者」跑來問我：我讓莎拉姬娜（Saraghina，《八又二分之一》）在海灘上當著小男孩大跳豔舞**到底**有何含義的時候，我不知道該怎麼回答。如果我運氣非常好的話，他的論文會被收在不知道哪個圖書館的藏書架上，和其他那些濫用了我們珍貴有限天然資源的博學著作一塊分享那兒厚重的灰塵。如果我運氣不好的話，他的論述就會以書的形式出版，然後被某些人讀到。如果我運氣非常差的話，那位作者將來變成了某大學電影研究課程的教授，或最可怕的是：如果他變成了一名影評人，那麼大家就會相信他所寫的東西了。

「影片解構者」很少會變成「影片建構者」。我預測哪天有些比較特殊的「影片解構者」會去拍攝一些描寫「影片解構者」用拍片的方式來解構「影片建構者」的紀錄片。那麼情況就更慘了，說不定那時還會有為「解構影片」辦的影展呢（unfilm festival）！

我最痛恨的問題像是：「為什麼要用犀牛？」

還有兩個人人必問的問題：

「你是怎麼變成導演的？」他們並不真想知道**我**是怎麼變成導演的，而是想知道**他們**要怎樣才能變成導演。

另外一個問題是：「你拍的就是你的親身經歷嗎？」答案是「對」，卻又不完全是「對」。那些作品反映出的是我某一刻對生命的看法。

接受採訪是件非常困難的事，因為那是一個虛偽的情境。一方得提問，另一方則試著要去討好這位正在聽他說話的人，而且還要努力表現得聰慧有趣、興緻高、有創意。我只要一聽說有人想訪問我，就想逃，而且是能逃則逃，因為我無法面對別人一再問我相同的問題。我希望能把問題和答案標號，然後當訪問者問「第46題」的時候，我就回他：「請參考第46題的答案」，這樣彼此都可以省很多時間。

我又想起了《小丑》裏的一場戲。有位採訪者問我：「費里尼先生，你倒底想**講**些什麼？」正當我要對他這個沉重的問題賣弄一些我想是他期待的答覆時，突然有個水桶掉到我頭上把我的臉遮了起來，讓我不能開口講話，然後，接下來又有另一個水桶掉在那個採訪者的頭上把他的嘴也封了。

這一小場戲就是我對這類問題的真正反應。由於我是導演，我可以在電影裏麼做。在現實生活中，我只好經常在自己腦子裏這樣對待那些問我笨問題的採訪者了。

偶而，我會給像是「你認為哪些電影是有史以來最偉大的電影？」這類問題一個笨答案。我會說是自己最新的那部，尤其如果它又不真是電影最好，像是《訪問》這類為電視台拍的東西。但我很快就學到教訓了，因為不管我說些什麼他們都會當真，而且隻字不改照登出來留傳後世。我當時可真需要拿塊板子，上面寫著「說著玩的」，並在句子下面畫線。

拍電影有一個我一直不喜歡的部分，那就是像個乞丐。這是我唯一不喜歡電影導演的一件事。我得向製片人乞討，請求他們恩准我的新片誕生。我從來不會為了自己的事去求人，我寧可餓死街頭！但為了自己的電影，我找到了犧牲尊嚴的勇氣。為此，我需要對自己拍東西有信心才能激發出勇氣，而這也是我覺得必須跟支持我的人在一起

的理由。當我要找錢的時候，我需要有自信，才能上那些人家中去煩他們。

我不喜歡「製片人」這種人。我了解他們希望自己的錢能夠回收，但這種制度甚至不太自然。不過他們有些人一直還是不錯的朋友。所以，我想我恨的是他們對我的操縱。他們把我降格成一個沒有錢可花的小孩，即使你不同意他們，或甚至更糟的是，即使你看不起他們，你都還要受到他們的控制，並不得不去討好他們。

我從來不很在乎錢能買到什麼，所以「找錢」這件事竟如此地主控我的人生，這點似乎有些奇怪。

第十九章
拍電影比看電影刺激

　　從前我也和別人一樣愛看電影，我在童年看過的那些電影已經變成我的一部分了。不過某個階段以後，我也就無法再用那種兒時天眞的眼光來看電影了。小時候，我們在現實／幻想之間、意識／下意識之間、淸醒／夢寐之間，都平衡得很好。小孩面對人生旅程的態度誠實而開放。由於我變得不一樣了，所以我看到的電影也變得不一樣了。我**想**那些電影是變得不一樣了，但我所眞正明瞭的只是它們對我產生的效果不一樣了。我開始不再用以前那種逃避到幻想裏的心態看電影，是在我對拍電影這件事變得極爲關心的時候。眞正能讓我活在影片情境裏的，只有自己拍的電影。拍電影比起看電影要刺激太多倍了！

　　我認爲自己不再去看電影的原因之一，是它們沒有辦法再抓住我的心，它們只會把我的心趕出戲院，這時如果我能中途離席而不致傷害到別人該有多好！我沒辦法想像怎麼可能有人可以去當影展的評審？他們邀請過我，但被我拒絕了。在某個階段以後，我已經有辦法在自己腦中看電影，而且我也偏好這種方式。人生苦短，我希望盡可能爲自己留下更多的作品。我無法永遠不死，但我希望這些作品裏會有一些影像或一種對這世界的看法可以長存不朽。能有機會把你對這世界的看法**和**世人分享，是一種難以形容的感覺。

　　我已經不太常去戲院看電影了，常被人問道爲什麼？我卻也從來

沒有爲這個問題準備過一個聰明的答案。我真該想出一個，而且多去看些電影。我難得有機會，很少有時間——但這些答覆都無法令人滿意。如果那是在我的優先名單之列，我好像是可以找出時間的。有時我告訴茱麗葉塔，我是在囤積所有自己這幾十年來錯過沒看的電影，這樣我們老的時候才會有點兒事做。

我最早的影迷經驗是在四歲之前，其實是比這個歲數還要早很多，或許應該是在兩歲之前吧，只不過我第一次的影迷經驗必須仰賴我母親的記憶，因爲我當時還坐在她的腿上。我看到義大利的電影，也看到好萊塢的電影。由於當時所有的電影都配上了義大利語，所以我們小孩好像有可能搞不清哪些是義大利片？哪些是美國片？不過這種疑惑卻沒有發生。那些好萊塢來的電影好看得多，我們小孩可以分辨得出來，成人觀眾更是絕對沒問題。

我當時不知道自己看的是一些大導演的作品，像是金・維多啦，馮史登堡（Josef von Sternberg）❶啦。我甚至不知道電影有導演這回事，也不知道導演是幹啥的？我想自己當時打一開始就相信銀幕上發生的事就是現實。我記得有一部我跟媽媽看過了的電影，後來又跟爸爸再去看了一遍，我對同樣的電影劇情可以再發生一次感到很驚訝。我還記得那時看了卓別林，喜劇演員一向是我的最愛。直到非常晚，等我長大了以後，我才看到了由何內・克萊、尙・雷諾（Jean Renoir）馬歇爾・卡內（Marcel Carné）和居里昂・杜維衛（Julien Duvivier）

❶史登堡（1894-1969），奧地利裔的編導，曾爲好萊塢首屈一指的大導演，但現在爲人所記得的多半是他和女星瑪琳・黛德麗（Marlene Dietrich）所合作過的七部電影。史登堡受到德國表現主義美學的影響，對影片燈光攝影的處理有獨到之處。作品包括：《最後命令》（The Last Command, 1928）、《藍天使》（The Blue Angel, 1930）、《摩洛哥》（Morocco, 1930）、《不名譽》（Dishonored, 1931）、《上海快車》（Shanghai Express, 1932）、《金髮維納斯》（Blonde Venus, 1932）、《紅色女皇》（The Scarlet Empress, 1934）、《魔鬼是女人》（The Devil is a Woman, 1935）等。

❷等導演所拍的了不起的法國片。

　　我的電影知識就像我受的一般教育一樣充滿了斷層漏洞，此外，我的品味多元不定而且異於常人。我看合我口味的電影，我最喜歡的一些電影都是很個人品味的電影，是一些可以帶給我觀影樂趣的電影。譬如說，我對霍爾·洛區（Hal Roach）❸的作品非常地熟悉，但卻還沒看過穆瑙（F.W. Murnau）或艾森斯坦（Sergei Eisenstein）的電影。因此，很多人不把我當做知識分子。其實不單只為這個理由，還為了很多其他的理由，我同意他們的看法。我是一直到了五〇年代中見到了奧森·威爾斯才去看了他的《大國民》（Citizen Kane）。我是實話實說。不過，他的《安伯森大族》我倒是之前就看過了，而且還留下了**很深的**印象。而當我看了《大國民》以後，當然也像其他人一樣地肅然起敬。

　　就算不是以導演的身分，我也要以觀眾的身分向許多電影導演表達我對他們的感激之情。我看過幾部柏格曼的電影，覺得非常喜歡。柏格曼的電影有一種陰鬱的北歐色彩，十分吸引人。黑澤明對古代日本貴族階層的獨特想像也非常精采。此外，他以當代日本為背景拍出

---

❷居里昂·杜維衛（1896-1967, 又譯朱里安·德威），法國編導，影齡長達半世紀，曾為法國三〇年代五強導演（其它四位分別為何內·克萊、尚·雷諾、馬歇爾·卡內，以及賈克·費德 Jacques Feyder）之一，為詩意寫實風格派的巨匠導演之一。杜維衛以《大衛·高德》（David Golder, 1930）、《白色處女地》（Maria Chapdelaine, 1934）、《望鄉》（Pépé Le-MoKo, 1937）等片莫立國際聲譽，二次大戰法國被佔領期間曾為美國拍片，以《靈與肉》（Flesh and Fantasy，1943）一片較為出色。戰後重返歐洲導片，1951 年以《卡米幽先生的小天地》（The Little World of Don Camillo）在威尼斯影展獲獎。

❸霍爾·洛區（1892-1992），美國製片兼編導。洛區於 1914 與諧星哈洛·洛伊（Harold Loyd）成立 Rolin Company，開始製作一連串由洛伊主演的短片，他們的電影較注重敘事結構，與同時期 Keyston 片廠倒重肢體表現的喜劇不同。除了洛伊之外，洛區也網羅過勞萊與哈台、蘭登、魯尼（Mickey Rooney）、契斯（Charlie Chase）、匹茨（Zasu Pitts）等知名演員。代表作品有風行長達二十年的《Our Gang》系列，及《Grandma's Boy》（1992）、《Safety Last》（1923）等作品。

來的影片也一樣地震撼，眞是厲害！他彈性之大令人印象深刻。不論是黑澤明的古代日本片或是庫柏力克（Stanley Kubrick）的外太空片，我看電影時會相信它們講的故事，那時我就變成了一個觀眾，一個非常天眞的觀眾。我好像回到了天堂，找回了自己失去的純眞。在庫柏力克的《二〇〇一年：太空漫遊》（2001: A Space Odyssey）裏，男主角霍爾（Hal）的死眞讓人傷心！我之所以尊敬柏格曼、黑澤明、比利‧懷德和庫柏力克，是因爲不論他們讓我看到的東西多麼不可思議，我都願意相信它們。

我沒辦法說誰最偉大，但我可以說沒人比得上比利‧懷德。《雙重保險》（Double Indemnity）和《日落大道》（Sunset Boulevard）已經變成我們生命的一部分，是我們共同的記憶。他眞是位大師，那些電影的選角功夫眞是太厲害了。懷德即使在通俗感傷劇或悲劇中也總保持著他的幽默。他不需要由別人幫他寫對白，而且他懂得吃，他喜歡吃，這表示他是個會享受人生的人。他對藝術的興趣濃厚，但不是創作上的興趣，而是收藏上的興趣。有時候你會遇見一些跟你原先想像不一樣的名人，但比利‧懷德的人就跟他的電影一樣。我曾爲他畫過一幅好玩的畫像，他本人**就是**一幅畫。

我覺得庫柏力克是個有見解又非常誠實的偉大導演。我特別欣賞庫柏力克的地方是他有能力拍出任何時代背景的電影。他可以拍出《亂世兒女》（Barry Lyndon）這樣浪漫的歷史劇，而且拍得十分精采；然後他又可以拍出像《二〇〇一年：太空漫遊》這樣的科幻片，以及像《鬼店》（The Shining）這樣的鬼片。

《相見恨晚》（Brief Encounter）和《阿拉伯的勞倫斯》（Lawrence of Arabia）的導演大衛‧連（David Lean）也是電影殿堂裏供奉的神祇之一。布紐爾（Luis Buñuel）則是位眞正的大師，眞正的電影魔法師。

在我所知道年輕一輩的導演裏，我特別喜歡我們義大利的朱塞貝‧托納托雷（Giuseppe Tornatore），他的《新天堂樂園》（Cinema Paradiso）在具備真正個人創意的同時，又沒有背離電影的大傳統。對一個年紀輕輕的導演來說，這已經算是非常成熟的作品了。因此，有些人發現他原來是那麼年輕的時候都很驚訝。然後，由於他拍的是那種電影，他們就認為他老派，意思是他的作品是從別人那兒模仿或衍生而來的。這想法不對。重點不在它是新是舊，而在它精不精采。

我明白自己是世上的幸運寵兒之一，我絕對不會去跟任何別人交換我的人生。我所能希望的只是給我更多我已經享有過的生活。

當然，電影導演這工作為我開啟了通向外界的門窗，而且還把一些我一直想認識的人帶到電影城來和我見面。這真太棒了！對於住在我心中那個從里米尼來的小男孩來說，這事簡直令人難以置信。

我記得有天在家中接到一個人的電話，他的英語帶著美國南方的口音。由於話中那個腔調，我很難聽得懂他在說些什麼，他說他叫做田納西‧威廉斯。我以為有人在惡作劇（practical joke），我當時心想為什麼這樣的玩笑在英文裏要用 practical（有好處的）來形容。那個人邀我吃中飯，我對他抱歉，說我那時人不會在羅馬。我從前接過一些聲稱自己是某些名人的人的電話，但他們不過是想跟我在電話中說說話罷了。我在約定的中飯時間等他們，卻沒人出現。我曾上過當，所以不願再重蹈覆轍。

然後電話又響了，還是同一個聲音。我完全聽不懂他在說什麼，不過雖然他音發得不標準，我還是聽出了「安娜‧瑪妮雅妮」這個名字，他說是她把我的電話號碼給他的。他又提了一次中飯的事，不過多說了瑪妮雅妮沒辦法那麼早起來，所以不會加入一事。

我到那時才明白他熟悉瑪妮雅妮的生活作習。瑪妮雅妮是隻大夜

貓，她覺得下午三、四點起床還算早，一定要特別喊她才會醒，不然她會一直睡到五點。

和安娜碰面，對我從來不是問題。因為我早上六點起床出去散步的時候，她正要回家上床睡覺，我們可能會碰巧在一個廣場上見到。她會一路停下來餵羅馬那些無家可歸的野貓，她吃晚飯的餐廳知道這事，會把客人盤裏吃剩的東西打包放在一個大盒子裏讓她帶走。

那通電話真是田納西・威廉斯打來的。當我和他吃中飯的時候，我告訴他我沒料到他會親自來電。他說工作的事得由經紀人來安排，個人享樂的事就不必麻煩他們了。由於他和我吃飯是享樂，不是為了談拍片的事，此外，由於他打的是我私人電話，若由別人代勞就會顯得失禮了。他說什麼錯他都犯過，就是沒失禮過，然後就開始放聲大笑。對自己說的這個笑話，他笑得非常大聲，直到所有在羅馬大飯店餐廳裏的人都轉頭過來看我們。

我跟他說，他第一次打電話來邀我時被我拒絕，是因為我以為有人在「惡作劇」。然後我提到我覺得英文裏的 practical joke 這個詞很怪。他說應改成 impractical（沒有好處的）才對，這時他又笑得非常大聲，而且笑了很久，讓餐廳裏所有的人都轉過來瞪著我們看——或至少讓我有這樣的感覺。

整個中飯的過程，他都一直在那兒大笑，不過都只是針對 **他自己** 說的話在笑，從來沒有針對我說的來做反應。

吃完飯，他付了帳。他堅持要這麼做。在羅馬和人吃飯，一向都是我付帳，當然跟製片人在一起的時候例外。但他堅持要付，他說邀人家吃飯，然後要他們付帳，是件失禮的事。然後他又重複了一次：他犯過很多錯，但從來沒失禮過。之後，他又笑得更大聲、更久了，好像這句話再說一次就會變得更好笑一樣。這回，飯店裏用餐的人甚

至連頭都不願抬起來了。他說下次可以是我邀他，而且仍得由他付帳。他保證我們**會**再在一塊吃中飯，他表現得十分親切。

下一次當我聽瑪妮雅妮說他又來羅馬的時候，打電話到他的飯店留話說我想邀他吃中飯，但他沒回話。我猜他大概沒收到我的口信，所以我又留了一次話，但這次還是沒接到他的回音，之後我就放棄了。

畫《史奴比》（Peanuts）漫畫的查爾斯・舒茲（Charles Shulz）是我高興見到的一個人，那就仿佛是查理・布朗（Charlie Brown）❹來羅馬看我一樣。他還特別為我畫了一則《史奴比》漫畫，然後問我是不是也願意為他畫一幅人像。我盡了全力，不過那並不是一樁公平的交易。

當一位名導演的好處之一就是有機會見到一些自己心儀的偉大導演。當我見到柏格曼的時候，我想即使他的影片有些北歐的冰冷味道，我們還是可以立刻水乳交融起來的。

我們在一塊談論著天氣、旅行的煎熬等既不知性又無創意的話題。有人要是偷聽到我們的談話絕對不會知道我們是電影導演的。

誰也不知道這些談話是怎麼開始的？或話題會扯到哪兒去？它們就是循著某種道路形成了。

話題不知怎麼扯到了我童年的偶戲戲台，柏格曼告訴我他小時候也有過一個小型戲台，不過他的是用硬紙板做成的**電影**戲台（film theater），有小椅子、樂團，以及前舞台。他在舞台前端有塊天幕可以放映那個時候的電影。此外，就像我為我的戲偶編寫故事一樣，他也為他用紙剪出來的人物捏造情節。我向他描述自己戲台的狀況，結果發現他那個和我類似的戲台也大約建立在同時。差別在於他有妹妹和其他

---

❹查理・布朗為《史奴比》漫畫故事中的主角。

朋友一同加入做戲，而我則是孤軍奮鬥。他的戲台比較繁複，技術層次較高，並且非常強調佈景、燈光和複雜道具的更換。此外，他也較常演出歌劇，但不像我一樣有對演出收費。而不管我十二歲時生意頭腦如何地好，我當初一定已經把它給留在里米尼了。

我們兩人都覺得偶戲這個我們在童年投注極多時間精力的東西，對我們一生都有很大的影響。經過這番談話以後，柏格曼鼓勵我像他一樣去為劇場導戲，他猜一定有很多人跟我提議過。有是有，只是沒有他想像的那麼多。之所以會有那些機會是建立在這樣的揣測上：由於我熱愛電影工作，而且我曾經熱切希望能到馬戲團工作，所以劇場工作也可以依此類推。

我希望那些劇院的製作人請我這個劇場新人導演舞台劇、甚或歌劇的原因，別只是因為他們可以利用這種新鮮感來促銷賣錢。我希望他們請我去導戲的原因是他們覺得我有那方面的潛力。

我第一次知道有劇場這東西是在里米尼。一天，爸媽帶我去看「大木偶劇團」(Grand Guignol)的巡迴演出。我看到劇院外頭張貼著海報，就知道裏面有精采的事要發生了。他們在進行一項祕密。

光是劇院的內部就讓我覺得十分精采了。漆金的包廂、天鵝絨質感的布，以及精心裝飾的前舞台。我對那齣戲的印象還不及我對它華麗佈景的印象來得深。我對劇場從來沒有像我對電影那樣的感覺，但我那天看完戲以後的確是興奮得整晚無法入睡。

柏格曼說我可以在「片與片之間」為劇場導戲，這樣我就會覺得劇場工作可以給人很大的滿足感。但對我來說，沒有什麼「片與片之間」這回事。當我完成一部片，我就開始進行下一部。他指出我的電影特別有劇場感。當他瞭若指掌地談論我的作品時，我必須承認自己有些不好意思。我的電影他好像看的很多，但他的電影我卻看了那麼

少。對他而言，我明顯對佈景、服裝這些東西極為熱中，對燈光很在意，演技則是憑感覺行事，如果這些情況都這麼相似，那麼，為什麼不兩樣都兼顧呢？

我沒有回柏格曼那個問題，因為他不是真在提問，那只是個修辭的說法。他只是在談電影導演跨行做舞台劇導演的情況。我想這個問題的答案是：電影和劇場對我而言似乎是**不**一樣的。就像歌劇和芭蕾，它們雖然相通卻不相同。此外，我需要把片與片之間的所有時間都拿來開發新片，以及——說來傷心——去找錢讓它們誕生出來。

我碰到奧森‧威爾斯的時候，他說他是個魔法師。我一直就對魔法有興趣，我猜是因為我願意去**相信**它、去認為它是真的——我準備好要讓自己上當。我小時候曾嘗試過想變些戲法，但技巧不夠純熟。我對要勤練才能變出魔法的興趣不夠大，我向來比較喜歡隨興的東西。我一直反抗任何需要紀律的事，尤其是別人定下的紀律。威爾斯和我不同，他不但喜歡操控戲法，同時還喜歡解釋戲法是如何變出來的。我則寧願相信魔法就是真的魔法。

他大部分的時候都在談論吃這件事。他愛吃到可以當一個義大利人了。他的聲音真迷人！當他說到橄欖油裏放的白豆時，那聲音真是好聽，就像是在朗誦詩一樣。事實上，那聲音令人分神，它會讓人過分著迷，然後就記不住他是在講些什麼了。

能見到金‧維多真是太棒了，他是拍《羣眾》（The Crowd）和《戰地之花》（The Big Parade）的導演。我一直記得他告訴我的一句話：「我生在電影開始的時候。」我多麼希望自己也是個生在那時代的電影導演，然後發明所有的東西！我想他那時已經七十幾歲了，但他最

想做的事就是拍片。因為大家說他太老，就不讓這樣一個天才繼續創作下去，真是淒慘。他告訴我他希望拍的一部電影，講的是《羣眾》那部片的主角的故事，那名演員是被維多發掘出來的，原先並不知名。從默默無聞到一夕天下成名，只是讓這個演員落到個悲劇收場，因為他沒有應付成功成名的心理準備。

我和維多都認為用非職業演員或沒名氣的演員來出飾某些角色是非常重要的，因為電影明星帶著一種自身的身分印記，觀眾沒辦法相信他們能飾演某些角色。維多是有天在一羣正要離開他在米高梅（MGM）拍片現場的臨時演員中看到了這位演員，後來就把他選做《羣眾》一片的主角。

我們對壞蛋都有相同的想法，那就是我們都不喜歡把壞蛋看成十惡不赦。一個角色可以不誠實或做些很壞的事，但卻不必是十惡不赦。然而談到拍片用實景與否，我們就有歧見了。他比較喜歡實景拍攝，我卻偏好片廠作業。在片廠裏，我可以完全掌握周圍的環境。在這方面我們按所需各行其事，但他在享有創作自由的同時，卻似乎可以沒有財務的壓力，這點則令我十分羨慕。而他還是在好萊塢片廠制度當道下爭取到這些的，當時米高梅的頭頭爾文・薩爾伯（Irving Thalberg）很信任他。維多很多的作品在他們那個時代都是極為大膽，甚至帶有實驗性的嘗試，可是片子也賣錢。他說片廠制度也有它的優點，我相信他的話，那一定就像有個贊助人一樣。

他還講了一些關於葛麗泰・嘉寶的精采故事，他們是很熟的朋友。打從坐在母親腿上開始，我就一直對嘉寶有某種抗拒感。金說她在家四處走動時不穿衣服，但只限於在好友和僕人跟前。她看起來好像完全不知道他們在看她，但其實她相當清楚自己所引起的注意。從那之後，我對她演出的電影就另眼看待了。

我覺得金·維多的名字很好玩，不過以他的情況而言，他真的稱得上是位「國王」❺，所以就沒問題了。我寫信給他的時候，會在他姓的前面畫上一個皇冠，然後就不必寫出他的名字。他喜歡作畫，而且還邀我去他位於加州的農場看他的畫。

他說他參加過很多致敬展都是接受大家起立歡呼，因此他認為他們不如把那些椅子拿掉算了。他告訴我：「當郵差、電話不斷給你帶來接受表揚、出席致敬展，以及旅行、午餐等邀約，而不是帶給你拍片機會的時候，你就得小心了。然後有一天，當信箱裏只有帳單、廣告 DM，而電話也少不見響的時候，就是你已經退休的證明，即使你沒注意到它是哪天生效的。」

雖然我向來不喜歡旅行和參展，但到美國、莫斯科、坎城、威尼斯這些地方去讓我有機會認識一些別的人——如果我只待在羅馬就遇不到他們。

拍片的時候，我喜歡盡可能去認識每一個人。偶而，我也會因而有些意外的發現。

我不會真的只把任何人當成「一個臨時演員」看待。我片裏每個人都有戲要演，不管他們有沒有台詞，或是不是職業演員。我喜歡認識他們每一個人，而且我會想辦法要他們自在一點。有時候我會對某個女演員問些像是：「你喜歡冰淇淋嗎？」這樣的刺探性問題，希望她能把真正的自我釋放出來。

我老喜歡和自己的朋友、處得來的人以及喜歡我和我作品的人在一起。所以有人說我只喜歡我的那些死黨、親信和凡事順從我的人。我想也沒錯，我一向希望凡事愉快、了無紛爭。但當他們說我被成功

---

❺ King Vidor 姓名中的 King 一字音譯為「金」，意譯為「國王」，此間一般均採音譯。

寵壞了，這就不對了——我可是一直都沒改變。

我從來不邀製片人來我家，只是因為希望他們的角色就是當我電影的製片。這不是說我家不歡迎製片人，我只歡迎他們以個人的身分來訪，一定得是私人的情誼。

我不喜歡參加派對，同樣也不喜歡舉行派對——對後者甚至更厭惡些。茱麗葉塔以前喜歡邀請演員和電影、劇場界的人到家裏，他們吃完飯後就會玩「比手畫腳」的遊戲。這時，我常藉機開溜。我可以在電影裏演戲，但可沒辦法讓自己在聚會中表演。我在演戲的時候總是過分清醒。所以就讓茱麗葉塔去扮卓別林吧，我可不要演賈利·古柏。

我喜歡隨興過日子的朋友，不喜歡那些需要你去約了再約的朋友。因為，我怎麼知道明天晚上想在哪個地方、什麼時候吃晚飯呢？光是「約定」這個行為本身就已經讓我覺得掃興了。我喜歡隨興而為，有想法的時候就拿起電話問朋友：「現在在幹嘛？」我是那種不愛事先做任何預約的人，從不提前向餐廳訂位，甚至連雜誌都不喜歡用訂的。

我非常喜歡尼諾·羅塔，他是我重要的合作伙伴。工作時，他會在鋼琴前坐下，我會跟他說我想要些什麼，然後他就會把我講出來的話用音符曲調表達出來。他總是可以了解我心中那些無法用音樂表達出來的模糊概念。他覺得《大路》的故事可以編成很棒的歌劇，也許哪天會吧，可惜沒辦法讓他來譜曲了。

他的個性非常好，我跟他在一起的時候，沒有一次覺得像是在工作。他總是很謙虛，認為自己的音樂是在輔助電影，而電影音樂偏巧就是這麼回事。

結識朋友多半在早年。我年輕時他們有很多朋友，他們歲數通常比我大，我們可以坐下來聊上幾個小時。後來，我認識人、與人交談多半受制於工作關係。我只有時間去認識共同合作拍片的人，他們變成了我的「同船人」。其他人必須了解我在籌劃或拍攝電影的時候，是沒有時間去過純粹的社交生活的。很多我認識的人把這種情形詮釋成我不希望和他們在一起。他們有些人說對了。我把工作擺第一，只有在片與片之間的空檔，才有時間給別人。這只有圈內的人才能真正明白。我只能在電話上和法蘭西斯柯・羅西（Francesco Rosi）❻講幾分鐘，但他能了解。

　　年紀再大一些，你就交不到什麼新朋友了。反正也不容易，我就交到沒幾個。變成傳奇人物，你就會和人疏遠，你再也無法信任友誼，或對友誼保持開放的態度。你變得防衛森嚴，因為大部分的人都好像想跟你要些什麼。你變得害怕聽到電話鈴響，因為有人想跟你要些什麼。直到有一天，大家說你是住在「一人國」裏，但那可是個寂寞的地方呀！

　　再回去看那些曾經對你很重要的人，卻發現他們現在並沒有你當初以為的那麼重要了，真是怪哉。我認為有些情況是因為年幼無知——那些我當時想增加自己在他們心中印象的小孩，現在連他們的名字都已經記不得了。此外，還有一些別的人：我第一個想到的是奶奶。

❻法蘭西斯柯・羅西（1922- ），義大利導演。1958 年以《挑戰》（La Sfida）一片崛起影壇，1962 年又以接近新寫實主義風格的《馬菲亞梟雄之死》（Salvatore Giuliano）享譽國際，咸被認為是描寫西西里的義大利電影中最具代表性者。羅西常在作品中探討政治、社會議題，正義感極為強烈，其他代表作尚有《義大利式奇蹟》（Cera una Volta, 1967）、《馬迪事件》（Il Caso Mattei, 1972）、《教父之祖》（Lucky Luciano, 1973）、《預知死亡紀事》（Chronicle of a Death Foretold, 1986）等。

有一段時間，她曾經是我生命中最無可替代的角色，她當時對我重要到我無法想像生命裏可以沒有她。我那時覺得，如果她有個三長兩短的話，我也就了無生趣了。那時，她是我最好的朋友，但現在我只會偶然想到她，她在我腦海裏的印象已經愈來愈模糊了。由於我所能依靠的記憶已經日趨零散模糊，所以往事畫面裏的她愈來愈少，自己的部分反而增多。

晚些時候，當有人在某階段好像對我重要得不得了的時候，我就會去回憶奶奶有段時期也曾經對我如何的重要，然後就能幫助我重新調適觀點。

我想過如果哪天我不能再導戲了──不管是我身體不行了，還是沒人願意再投資我──我可以做些什麼？

我永遠都可以繼續畫畫呀！我以往想畫的時候都沒辦法抽出那麼多的時間去畫。

我也可以寫東西。我一直認為自己可能會喜歡寫點給小孩看的故事。我甚至還曾為一個在片中寫童話的角色編過一個故事，這樣一來，那些童話故事就可以面世了。

其中一個寫的是：有一輛馬車，車身和輪子分別是帕瑪乾酪和普洛渥隆乾酪（provolone）❼做成的。有天馬車卡在一段用奶油舖成的馬路上。用瑪仕嘉本乳酪（mascarpone）❽做成的車伕嚇得發抖，霹啪揮著用摩札蕾拉乳酪（mozzarella）❾做成的馬鞭，兩匹用麗可塔乳酪（ricotta）❿做成的馬則使力用勁想把馬車拖開⋯⋯

---

❼普洛渥隆乾酪：一種較黃較硬的乾酪。

❽瑪仕嘉本乳酪：一種可以用來做蛋糕的乳酪。

❾摩札蕾拉乳酪：一種常用於披薩裏的乳酪。

❿麗可塔乳酪：一種稍軟，下層有白乳的乳酪。

不過我沒能寫完這個故事，因為那時實在太餓了，必須出去找東西吃。

　　我幾乎把我所有的文件都處理掉了，我不喜歡活在過去的記憶裏。有一陣子我也保留一些紀念品，但那已經是很久以前的事了。那些文件隨著日子愈積愈多，我的空間向來就不怎麼大，堆在那邊反正什麼都找不到，要建檔更是不可能。我在忙著拍片的時候也沒有時間去欣賞那些紀念品；不拍片的時候心情又有些沮喪，去看那些我以前拍片時的照片不會讓我心裏更舒服。

　　我向來就不喜歡自己的照片，因為我從沒滿意過自己的樣子。我一直相信自己本人比照片好看一些，因為我**願意**去相信這件事。茱麗葉塔喜歡留東西，像她的衣服啦什麼的，所以我就把我們可以放東西的地方讓給她。

　　大家總是跟我要一些舊劇本、舊文章或以前的信件。這樣一來我就可以老實地回答他們：我沒有，同時也不必浪費時間去找了。我只留下那些用來選角的人頭照片。對我來說，他們不是過去的事，而是未來的事。他們是我工作的起點、我的希望。不過我得記住那些演員的實際年齡要比照片看來大很多。有時候我忘了有些照片其實很舊了，而且有時候那些演員寄來的照片是多年前拍的，因為照片裏的他們看起來年輕一些，女演員尤其會這麼做。

　　我盡可能努力把所有的東西都扔開。我要試探自己沒有它們行不行，這是我的目的。如果是合約的話，我想也許哪天有可能派上用場，所以就把它交由我的律師保存。如果是會引人傷感的東西，我就想辦法把它給扔了。因為我把它留得愈久，它就可能變得更引人傷感，然後就更難擺脫了。這招有時候算是有效，除非那東西又被茱麗葉塔從垃圾筒裏給揀回去，那時它就可能變成一項永被留存的東西了。如果

是一個讓我舉棋不定的東西，那麼我就把它交給馬里歐（・龍加帝）。我不知道他會怎麼處理那個東西，而且也不想知道。

　　有時我是不是會弄掉一幅我珍愛的畫、或是一個拍片構想，甚或一個劇本？當然會。但如果不這樣的話，它們也可能就被淹沒在紙堆裏，無論如何我是找不到的，因爲我也從來負擔不起人力和空間去把所有東西建檔起來。況且，我喜歡進到辦公室看到所有的東西都盡量整齊清楚，也就是我希望自己心裏能夠呈現的狀態，不要有任何雜亂。我喜歡每天都有重獲新生的感覺。

　　不過那幾百張人頭照片的確被我按照秩序放在可以找得到它們的地方，所以我一知道自己進入創作狀態的時候，就可以立刻翻到。我一看到那些照片，腦子就會開始動，而且比手寫的要快。有時我看到了一張臉，我會對我的助理菲雅梅塔（Fiammetta Profili）說：「聯絡這個人。」然後，她會回我：「但這個地址是他二十七年前留的。」意思是那張照片可能是四十年前拍的。

第二十章
那一定是她先生費里尼

　　這些年來，每當有人說了或做了什麼不利於我的事，茱麗葉塔總是比我還氣，而且是「她」不願意原諒他們。任何對費里尼這位公眾人物，或是較爲脆弱的菲德利哥個人不利的舉動，她都會極爲在意。

　　每當我們因爲配合電影首映或影展而必須旅行的時候，茱麗葉塔總是被大家搶著邀請。她不是以「費里尼太太」的名義應邀，而是以「瑪西娜小姐」或「茱麗葉塔」的身分出席。我對她和她的演藝成就非常引以爲傲。她也曾和別的導演合作，並參加過電視的演出，但最讓她出名的還是「潔索米娜」和「卡比莉亞」這兩個角色——我倆合作影片的劇中人。在義大利除去羅馬以外的地方，認得出她的人比認得出我的人要多。有次正值她所演出的電視劇《艾莉諾拉》（Eleanora）播映期間，她在米蘭被人圍著要求簽名，我於是站到一旁，然後就看到有女人指著我對她的朋友說：「那一定就是她先生費里尼。」

　　她在《人海萬花筒》（The Madwoman of Chaillot）裏表現得非常好。她拍戲的時候我沒在拍片，所以就到法國去探她的班。凱薩琳・赫本（Katharine Hepburn）是該片的女主角，但我並沒眞正跟她認識。我盡可能不讓別人發現我，因爲是該片導演布萊恩・弗比斯（Bryan Forbes）❶慷慨答應讓我在場的，我不希望讓他覺得我是一個干擾，或讓他覺得我在家時有秘密指導過茱麗葉塔。我可沒有，只是我必須承

認自己的確給過她一點建議。

她在那齣電視劇的演出非常成功，之後她還為一家報紙寫專欄，並為聯合國兒童基金會（UNICEF）服務。茱麗葉塔對家人、街頭需要幫助的人及小孩都有一種特別的感情，也許是因為我們沒有孩子的緣故。

直到最近我才發現，在我成為電影導演的過程當中，竟有那麼多人扮演著重要的角色。當然，我一直都記得茱麗葉塔在這件事上的貢獻，如果我忘記的話，她也會在旁提醒我的。但也還有一些其他的人：我的父母、在羅馬收留過我的阿姨，還有茱麗葉塔的阿姨——她太重要了，她讓我們住在她家，直到我們有能力負擔自己的住處為止，而那是蠻長的一段時間；此外，還有法布里奇、羅塞里尼、拉圖艾達……等等。

我直到很晚才發現我母親對我的影響和幫助有多大。她的貢獻不那麼在於她做了些什麼，而在於她不十分知道該做些什麼。雖然我們的想法不一樣，但她倒從來不會阻止我去發展自我。她不僅鼓勵我，還供我錢，讓我去走自己想走的路。

有些話是你說了將來會後悔的，那些話說了以後就永遠收不回來了。然後，就是一些該說的話你沒說——這是一種消極的罪。有時我令別人失望，但知道時已經來不及了，有時我甚至還會令自己失望。

我現在才體會到自己當時其實是可以付出一點什麼的。我真希望自己當時成為名導演的時候，有簡單明瞭地用幾句話讓媽媽知道我承

---

❶布萊恩‧弗比斯（1926- ），英國導演，兼編劇、製片、演員、小說家。弗比斯出身演員，六〇年代崛起影壇，作品以對日常生活敏感著稱。作品包括：《孩子與強盜》（Whistle Down the Wind, 1960）、《陋室紅顏》（The L-Shaped Room, 1962）、《人海萬花筒》（1968）、《卓別林和他的情人》（Chaplin, 1992）等

認她早年對我的重要影響。

我在工作上能享有藝術自主權的代價，就是在經濟上也得靠自己。

我心目中的理想方式，是由贊助人發我薪水、供我吃穿住宿、幫我付電話費，給我錢坐計程車，而且幫我保障茱麗葉塔的安全和幸福。之後，他們需要負責的就只剩下拍片的錢了。

雖然我無時不在為房租、稅金、醫藥費，或茱麗葉塔不能買她喜歡的衣服傷神，但並不擔心自己未來的經濟狀況。

我從來沒有賺錢的本事，反倒是有丟錢的本事。要是我有足夠的錢，而且有權決定如何用，那麼我在投資的處理上大概會犯很多錯。我想原因在於我對錢從來沒什麼興趣，唯一希望能有錢的一段日子，是我初到羅馬的時候。那時一天只吃得起一餐，肚子填不太飽；再不然就是咖啡想再續杯，或希望請別人喝杯咖啡的時候得先考慮一下。

我對買東西沒有興趣，而且從來不覺得有必要為未來買保障。不知道是因為我對未來太有信心了呢？還是我對未來毫無信心？除了保證茱麗葉塔不露宿街頭這個責任以外，我不會去想錢的事。再有一個例外就是，當我需要錢拍電影時——這算是最最奢侈的狀況。

我不喜歡蒐集東西。我曾聽過一個故事，說是阿根廷有個高卓族人（Gaucho）❷，他的餐具只有一把刀，因為他擔心如果用了叉子以後，就會再需要一個盤子，之後就需要再有張桌子來放那個盤子，然後還需要再找張椅子才能坐在桌邊，到了最後就得用一棟房子把所有的東西都裝進去。

我一直擔心如果我擁有了什麼以後，真正的情況反而變成自己被

❷高卓族人為阿根廷、烏拉圭一帶的牧牛人，此族族人驍勇善戰，在南美民間傳說中富於英雄色彩。

它們擁有。我一輩子都在爲「反物役」而戰。我猜在某種程度上自己對人的態度也是一樣的，我會努力抗拒讓情感不致陷入過深，當我陷入過深的時候就會感覺到有危險。

由於茱麗葉塔像一般女人一樣喜歡擁有一些東西，所以我們過的日子比起我單身一人可能會過的要細緻得多。不過到頭來，我畢竟還是被自己的電影擁有了。

談生意，我向來不是很在行。不知怎麼著，我就是不適合去談錢的事。我不知道怎麼去把自己的價值定成一個數字。也許我理財概念沒法兒更好的原因是我從來無法把數字視爲一種目標。我心裏不會把自己想要的東西轉換成里拉。我記得唯一掛念過的東西就是一部車，一部迷人的車，我承認自己想擁有車的目的不只是爲了代步而已，還因爲想向人炫耀。我是記得自己曾有過那樣的感受，只是我現在已經不再能理解那種感受了。

我向來不太會處理大筆金錢，它們看起來不太像是眞的。我經常不要那種錢，而且通常眞的就是這個樣子。我可能顯得吝嗇的時候，是對那些微不足道的少量現款。就是爲了省那些小錢，我才偶而可能會去虧待自己。

坐計程車是我最喜歡的奢侈享受之一。我曾想過要省下這筆開銷，因爲在不工作的時候，對我而言，車資就相對形成一種壓力。那時錢只出不進。但我也沒進一步節省的空間，因爲我既不是在採購又不是在旅行。我要的只是基本的保障。茱麗葉塔沒辦法不抽煙，我以前雖然抽得很多，但自從戒了以後就討厭有人抽煙。因此，茱麗葉塔就需要另外有個可以抽煙的房間。我告訴過她，抽煙對她沒好處，但她可不是每回都聽我的。

我無法放棄的是食物。如果我能減量些，我會麼做，但並非基於

經濟上的考量，而是爲了腰圍的緣故——好讓我經過大鏡子的時候不再想要迴避。

有一次我參加一個宴會。當時我正在嚐一份點心，由於東西很燙，所以我沒有把它整口吃掉。又因爲那道點心很容易碎，所以另一半就掉了下去。我當時眞覺得羞辱極了，心想自己是不是把人家那塊白色的地氈給毀了？他們是不是得把整個屋子的地氈都掀起來？我可不可以遮著那個污點直到宴會結束，然後迅速混入其他賓客中逃之夭夭？直到我往下一看，才發現沒入口那一半點心剛巧被我凸出的肚子給接到了。我當時不知道該高興還是傷心？只見我以迅雷不及掩耳的速度把它撿起來吞了下去，算是湮滅證據。

很明顯，放棄食物並不是一個能讓我省錢的方法。事實上，我只要一想到節食這件事，就會產生一種飢餓心理，之後我就會變得更餓，然後吃得更多。因此，我擔負不起「放棄食物」這種昂貴的想法，於是還可以動腦筋的就剩下交通這一環了。運用大眾交通工具不但省錢，而且還會讓我回想起自己初到羅馬的美好歲月。當時可以搭乘羅馬的大眾運輸工具讓我感到很興奮；此外，也要謝天謝地，讓我還付得起車資，這樣我就不必用走的了。

但後來的情況跟當初已經不一樣了，何況我也不再是從前的我了——人是會變的。我想我的決心維持了幾個月；嗯……大概有吧。雖然我記得有幾個月，但事實上卻更像只維持了一個月。然後，我就又開始坐計程車了。

民主降臨義大利，突然將我們從許多世紀以來的桎梏狀態中解放出來。我早年是在法西斯主義的陰影下度過的；雖然納粹後來被美軍趕跑了，但我們還是跟從前一樣，對民主知之甚少。我們陷入腐敗政客和黑手黨兩者的傾軋之中，前者陽奉陰違，後者的惡行則不必再做

解釋。有時黑手黨裏專門負責「洗錢」的人會找上門來要我幫忙，但我從來不想用那種髒錢來拍片。

在某些人的評價裏，我的作品或許不是什麼無價之寶，但我自己可不是出價就可以買到的。我寧願餓死，也不願去做一些自己清楚並不光榮的事。

如果一次有兩位製片，而不只是一位的話，我就可以較有優勢。但我老是連一位製片都很難找到，所以就沒有很有利的談判籌碼。我成名以後也有過一些機會，尤其是好萊塢，他們願意付我很多錢，不過希望我到他們那兒去工作，而且拍什麼要聽他們的。但我一直只想拍**自己的**電影。

有幾次，有些有錢的女人——不管是她們本身有錢，還是她們的老爸有錢，或是她們的老公有錢（外帶有權）——主動對我投懷送抱，而且還附帶表示她們可以幫我達成拍片心願。我從來沒答應過她們。

我竭盡所能要過一個不是靠交易得來的生活，但也從來不希望讓茱麗葉塔受苦。

有一次我們手邊缺現款，但我得招待幾個客人，而且有時出席飯局的人比你預期得多，所以擔心身上的錢不夠付賬。茱麗葉塔了解我自尊心強，所以就弄來了一個裝著鈔票的信封，說是她忘了自己藏起來的，然後要我開心地去吃飯，別擔心付賬的事。直到好一段時間以後，我才知道那是她賣掉幾件金飾換來的。那些首飾並不是很值錢，所以也沒換到很多錢。是在很長一段時間她都沒戴它們以後，我才注意到這事的。她說她不在乎，而且等到有一天我們賺大錢的時候，她會再多買幾件回來。

我覺得很難過，所以吃那頓飯是有代價的。之後，我們從來沒賺到大錢，也從來沒去多買幾件首飾。

我會收到很多郵件——很多影迷的來信。我也請了一個秘書幫我回信，因為我不喜歡讓那些等候回音的人失望。我也會親自回個幾封，但數量沒辦法多，不然就要全天候做這件事了。可是我一定親自過目所有的信。單是把重要和有趣的郵件過濾出來，就已經是一大工程了。

　　我收到非常多向我要錢的信。有人寄一些文件給我，讓我知道他們的病情，並證明他們值得幫助。他們把生病的小孩和受苦的老人的照片寄來，希望能贏得我的同情。我是很同情，但又有什麼辦法呢？我和茱麗葉塔沒有那樣的錢可以幫他們呀。大家以為我有名就該有錢，他們以為我電影裏看起來很花錢就代表我有錢。這就跟分不清演員和他們所飾演的角色一樣。

　　我接到一些人寄來的照片。有些是演員寄的，但還有很多都是從沒演過戲卻想在費里尼電影裏露臉的人寄的。而我挑人都是憑照片，有沒有演戲經驗不重要。經常有父母把兒女的照片寄來，再不然就是男朋友把女朋友的照片寄來，好像是在參加選美比賽一樣。我把這些照片歸在我辦公室和電影城裏龐大的檔案庫裏。如果我把它們放在家裏的話，大概會把我們不是很大的房子都給淹沒了。

　　再有就是劇本。每個禮拜都有成打的劇本寄到。我比較不喜歡用別人的劇本拍電影。有些編劇知道這點，所以只要我給批評和意見。但除非劇本是我認識的人寄來的，否則我一定原封不動退還。開始的時候，我還會打開那些劇本，但之後每次一有我的電影拍出來，我就會收到某些人的律師來信說我剽竊了他們客戶的作品。他們的客戶是可能寄給我一個內容關於一位名叫做里卡多的男子的劇本。他們說我在我的作品裏把這個名字用在一個會唱歌的男人身上，而他們的里卡多也會唱歌，而且這兩個人同時都喜歡吃義大利麵，所以我很明顯偷了他們的點子。我自己有個名叫里卡多的弟弟，很能唱歌又愛吃義大

利麵，他在我的片中飾演一個叫做里卡多的角色——這些他們就都不管了？那些律師是拿這種事來爲他們自身做宣傳，而且大概還希望會嚇到我，讓我給他們一點好處打發他們走。我可從沒上過他們的當。

　　有時候這些人會鬧到法院去。他們宣稱我的作品是他們寫的，那些指控簡直不知道有多氣人。他們沒有一個得到過半毛錢，但整個訴訟過程耗時耗神，令人極不開心。所以現在除非是我能相信的朋友的東西，不然我是絕對絕對不會去看任何人的劇本了——至於原因就不必再說了。

第二十一章

魔法與麵包

時間的形態可分為三種：過去、現在，以及幻想的時刻。

很明顯，未來可以用「如果×××怎麼辦？」（"What if？"）這樣的情況來表現。我們活在現在，但受到過去的影響；除非是在記憶裏，否則我們無法更改過去。現在是過去延伸而來的，我喜歡把這個時間狀態視為「永恒的現在」（the eternal present）。

對一個人而言，最糟的一種牢房就是「悔恨的牢房」，也就是對自己說「要是×××就好了！」的情況——但這又不太可能完全避免，因為沒人比我們有辦法去折磨我們自己。當記者問到我：「你此生有何遺憾？」的時候，我總是回答：「沒有。」這是我所能給他們最簡短但仍不失禮的回答。一般來說，我希望保持風度。然而，有個遺憾我平常是不會跟別人說的，我只跟朱塞貝・托納托雷說過。我通常不隨便給人建議的，但我想提醒他不要重蹈我的覆轍。

他完成《新天堂樂園》以後，我是第一個看到影片的人。他單為我一個人試了一次片，之後，他問我有什麼意見。當時我想起了羅塞里尼，連帶憶起多年前的往事。當時我還是一個充滿期待又怕受傷的年輕人，我把自己的片子放給一個當時地位超出我很多的電影導演看。羅塞里尼曾在同樣的位置幫過**我**，其中的差別只在於當初我給他看的《白酋長》並沒完全剪好。我想起羅塞里尼當時跟我說的話，他

說我有一天也會在關鍵時刻為另一個年輕人的前途指點迷津。

我非常喜歡那部電影，但我也告訴他，由於片子太長，該再修剪一些。但當他問我該剪掉哪些的時候？我不願告訴他，我絕不做那樣的事。除了自己以外，他不該聽信任何人的話，連我也一樣。

當他的電影造成全球轟動並贏得一座奧斯卡獎後，我告訴他不應跟我犯同樣的錯誤，不應讓拍片間歇中的多年光陰白白流走。一個人在一生中有一些最受世人重視的高峯。我的高峯是《生活的甜蜜》和贏得幾座奧斯卡的時刻。那些時候，重要之舉就是盡量多拍一些片。

我以前相信，與其拍一部我不能完全相信的電影，不如不拍。但現在的想法不一樣了。即使拍了一部壞電影，你也可以學到東西，而且說不定日後它會帶給你更好的機運。我當時要是多拍一些電影的話，的情況大概會更好。

我知道我現在是在悼念那些我有機會拍卻沒拍、那些從未出生的片子。

最大的阻礙之一就是害怕犯錯。你阻止了自己，你得悠遊進場，而不只是在一旁伺機等候。現在只要一有年輕導演問我建議的時候，我都會這麼說。當《新天堂樂園》贏得奧斯卡金像獎的時候，我對朱塞貝這麼說：

「這是你的大好機會。利用它盡量多拍一些電影。不要等待完美，不要等任何人或任何事。

「當你年輕的時候，以為那樣的黃金時刻會永遠持續下去，但它其實正在消失。你沒辦法要它們停留多久就停留多久，它們自有別期。最悲哀的是當它到來的時候沒能認出它或珍惜它；次悲哀的是只知去享受它，而不設法延長它。去拍吧，多拍一些。」

如果「動」與「不動」都是錯，那麼前者仍比後者值得。如果我

能再有機會，我會試試運氣。我寧願冒險去拍一部結果可能不如預期的電影，也不願什麼都不拍。像現在這個樣子，我想說的那些故事都會跟著我一塊死掉。

柯洛迪（Carlo Collodi）❶的《木偶奇遇記》一直是個我想拍成電影的故事。我的版本會和迪士尼的有所不同。在我的電影裏，每次小木偶對一個女人說謊的時候，會變長的不是他的鼻子。

我很小的時候，書好像就是用來砸弟弟的東西。它們是大人的東西，屬於學校的一部分。但學校卻又不像是一個為我們開啓外在世界的機構，反而比較像一個阻絕我們與外在世界溝通的機構。它妨礙我的自由，並在一天最主要的精華時段把我關在教室裏。我的老師裏面，沒有一個是我心中的模範，我很早就知道自己以後不想變得跟**他們**一樣。我那時對書的看法與一般人相反，我認為它是和學校以及那些我不想認識的人有關的東西。

直到八、九歲，我才第一次對某本書有了好印象，而那本書後來也成了我一輩子的好朋友，它就是《木偶奇遇記》。它不但是本精采的書，還是本**偉大**的書。我覺得它對我產生了鉅大的影響。一開始，是書中那些美麗的圖案吸引了我的注意，我希望自己的畫也能像那樣。

我從《木偶奇遇記》這本書了解到自己也能去愛一本書，同時得知閱讀也可以是一種神奇的經驗。結果證明，它不只是一本兒童讀物，而是一本可以不斷一讀再讀的書。從我小時候發現這本書以後，我在生命中的不同階段又讀了好幾次。

故事的結尾是全書最弱的部分，因為作者卡羅・柯洛迪是十九世紀的人，不免會用木偶變成男孩的過程來說教。那真教人難過，因為

---

❶柯洛迪（1826-1890），義大利兒童文學作家，也是新聞記者和劇評家。1880 年起開始在報上連載《木偶奇偶記》，1883 年出版單行本後，譯為多國文字，風行至今。

皮諾丘失去了木偶身分，也就失去了童年——一種可去認識各種動物、魔法的精采生活，交換而來的，是把自己變成了一個聽話、乖順的小白癡。

　　皮諾丘跟我一樣出生於洛瑪尼亞省。我想順從柯洛迪的心意去拍這個故事，用「真人」去演，但我同時也會把基歐斯特利（Chiostri）的精采畫風運用到片中。我小的時候，還經常臨摹那些插圖來練自己的筆，卻從來沒辦法畫出基歐斯特利的水準。我為片中皮諾丘在「玩具國」（Country of Toys）那段遭遇想出了很多點子。

　　在這個故事裏，我認同的是傑佩托（Gepetto），而不是皮諾丘。造出皮諾丘就好比拍出一部電影，我可以看出傑佩托雕琢木偶和我拍製電影兩者間的關係。傑佩托要把一塊木頭雕成一個玩偶，但哪裏知道那木偶很快就要脫離他的掌握。

　　這跟原本是我在導演一部電影，到頭來卻變成電影在使喚我的感覺如出一轍。傑佩托原以為是他在主控，但木偶愈接近完成，他就離主控權愈遠。

　　木偶皮諾丘曾是我最喜歡的朋友之一。如果我以前能如願地用真人演員去拍這部電影，我希望由我自己來飾演傑佩托這個角色，而最適合扮演皮諾丘的則只有一個人，那就是茱麗葉塔。

　　我一直很迷貝洛和安徒生的童話。想想看《哈賓賽》（Rapunzel）、《公主與豌豆》（The Princess and the Pea）和《人魚公主》（The Little Mermaid）這些故事，我好想把這些童話都搬上銀幕！我腦海裏有這樣一個畫面：一位公主身穿睡衣躺在像山一樣高的床墊上，覺得非常不舒服而且輾轉難眠，不知惹她煩心的原來是第一層床墊底下的一顆豆子。這場戲在我心裏已經發展得很深入了，所以有時候我會覺得自己好像已經拍過這部電影了。可憐又浪漫的小美人魚為愛付出了一切，

這種感情我們能了解，因為我們每個人也是一輩子都在追尋眞愛。《國王的新衣》（The Emperor's New Clothes）這故事的概念則深刻無比。童話故事是人們創造出來用以表達人類境況的偉大手法。容格吸引我的另一個理由，是他將童話故事詮釋成我們「潛意識歷史」（subconscious history）的一部分。

生命是魔法與麵包的組合、是幻想與現實的組合。電影是魔法；麵包是現實；或是該倒過來說？我從來不太會分辨什麼是現實，什麼不是現實。所有的藝術創作者都盡全力要體現他們的幻想，要和大家分享他們的幻想。他們的創作是依靠非理性的直覺，作品中充滿了幻想與情感。一開始是我在導戲，但後來有別的東西接管了過去。然後，我就眞的相信不是我在指揮電影，而是電影在指揮我。

但丁的《煉獄》是製片們經常建議我拍的一個題材。我自己早就想到過這主意了，但卻從沒有進一步拍它的念頭，因為我相信製片人的想法和我並不相同。整個《神曲》我都會處理，但不會那麼強調維吉爾（Vergil）❷以及縱慾狂歡的《煉獄》這兩部分，而是以《天堂》（Paradise）裏的琵亞特麗切（Beatrice）❷為重點。我很重視琵亞特麗切的純潔特質。我想用希洛尼穆斯・波許（Hieronymus Bosch）❸的畫風來拍，我覺得會很適合這個作品。但製片人卻只要奶子、露屁股這類的東西。我絕不可能用商業煽情的手法去貶低但丁的作品。

---

❷維吉爾（Vergil，或做 Virgil，西元前 70-19，又譯味吉爾），古羅馬詩人，經典名作《Aeneid》的作者。在但丁所著《神曲》故事中，但丁即由維吉爾帶領參觀「地獄」、「煉獄」兩處，而帶領但丁參觀「天堂」的人則是他真實人生中苦戀却未能得以與其長相廝守的琵亞特麗切。

❸希洛尼穆斯・波許（約 1450-1516），中世紀的偉大幻想畫家，所繪宗教畫細膩繁複，充滿哥德式（Gothic）的怪異美感，為現代超現實主義者熱烈擁戴。

事實上，我比較想拍的是但丁❹這位作者本人的故事，這會比《神曲》來得更精采，因為那是真正發生過的事。我會把他在十三世紀遊歷異國的經驗放進電影裏，其中還會包括幾個特殊的戰爭場面，這可能會讓黑澤明很感興趣。

還有人要我導《伊里亞德》（Iliad）❺的故事。我們小的時候就讀過這個作品了，而且還把它背了起來。然後我們還像美國小孩玩「警察抓小偷」那樣在戶外搬演《伊里亞德》。然而，不知怎麼回事，我還是覺得要我去拍《伊里亞德——費里尼版》（Fellini's Iliad）好像有點過於放肆。況且我也知道自己沒辦法被綁得死死的，要把一個在大家心中已經有自我想像的故事化為影像也不是件容易的事。

我夢想能拍《唐吉訶德》（Don Quixote）的故事，而且要由傑克·大地這位最適合的演員來扮演唐吉訶德。不過我一直想不出找誰來演桑丘·潘札（Sancho Panza）最對，這個角色幾乎就和唐吉訶德一樣重要。這兩人就相當於勞萊與哈台。

還有一個我希望能拍成電影的故事，就是卡夫卡的小說《美國》。我不懂為什麼它不能在電影城裏拍攝。自從我在為《Marc' Aurelio》雜誌工作期間讀了《變形記》以後，就一直很崇拜卡夫卡。卡夫卡從沒到過美國，我則去過很多次。我想拍的是他心中的美國，不是我的。這本小說並不完整，但一般小說通常都太長了無法改編，我則已經找到了我要的部分。那會是一個歐洲人眼裏的美國，帶著一些狄更斯

---

❹但丁（1265-1321），義大利詩人暨政治思想家，在世界文壇上具有崇高的地位，與莎士比亞、歌德合稱為西方文學史上的三大天才巨匠。但丁出身貴族，為翡冷翠區政經名流，因捲入複雜的政治爭鬥慘遭放逐命運，之後只好漫遊義大利各地尋求庇護和友誼，以求學及詩歌自慰。因政局的關係，但丁終其一生未能返回故里，因瘧疾客死異鄉，死前完成多部詩作及政治論述，其中以寓言體傑作《神曲》最廣為流傳。

❺《伊里亞德》相傳為吟遊詩人荷馬所著之著名希臘史詩，講述特洛伊戰爭最後一年的故事。

式的觀點。在故事的架構底下，凡是小說裏沒有的部分都正好可以讓我得到自由想像的空間。

接近死亡時的狀況一直讓我很著迷。我一向相信有些人在那個時刻可以得知生死的秘密，接著便是死去——那秘密的代價便是死亡。這些人在活的最後一刻到真正死亡之間有段類似昏迷的狀態，這時他們的身體還沒有真正死去，而生死的謎底就是這時在死者的意識裏揭曉的。

這就是我為馬斯托納這個角色所設想像的情境。長久以來我一直沒讓別人知道《馬斯托納的旅程》的故事內容，這輩子我想拍這部片子也想了幾十年了。我在自己電影事業的早期就已經開始醞釀了，即使我表面在拍其他片子，心裏都仍在發展它。我從來沒有向製片人多提這個故事，說出來並不會幫忙找到錢。

有一次幾乎就要成功了。德·勞倫蒂斯答應要當這部片子的製片，我們也進行到搭景的階段，然後我就病了。我在鬼門關前徘徊了一陣子。我那時的狀況更接近《馬斯托納》這部片子所講的東西。等我病好時，已經沒辦法判斷我記憶裏哪些是事實，哪些不是。現在我可以把我為他想的這個故事說出來了，因為有很多因素讓我確定自己永遠不會去拍它了。我雖然有拍它的毅力，卻沒有去說服別人來當它製片的耐力。我有些同事私下在傳說，費里尼不拍這部片子是因為他迷信。「費里尼認同馬斯托納，」他們說：「他怕電影拍完了，他就會死。」

真正的原因是，在馬斯托納等候出場期間，我就已經把《馬斯托納》這部片給肢解了。我把故事卸成小塊借用到我其他的片子裏，最後它就只剩下基本的骨架了，我還得再為馬斯托納另想一部新片。我原打算把一些自己的內心感受放到電影裏去，就像之前的例子一樣，

我拿出來的是自己真實的感受，而不是實際經驗。我一直覺得自己和馬斯托納這個角色很親近，情況就像《八又二分之一》裏的珪多一樣。當我指導馬斯楚安尼扮演珪多的時候，有時覺得好像是自己在命令自己一樣。

有好長一段時間我都拒絕談到馬斯托納的故事。我那時相信如果在片子還沒拍出來以前就先洩底會奪走它的魔力。馬斯托納會飛，我也經常夢到自己會飛。我只要夢見自己在飛，就能感受到自由那種很棒的感覺。我特別喜歡夢見自己在飛，那就跟我在拍片時那種不可思議的興奮感受一樣。

這故事的原始靈感來自一次科隆大教堂之旅，聽說中世紀時有個修士可以在教堂「隨著心意」騰空飛行——但卻不是隨著他自己的心意。只有魂靈要移動他的時候，他才會飛，只不過移動他的並非他自己的魂靈。他無法控制自己這項**過於**特殊的才能，因而常常在不適當的時刻被送到險境，然後令自己難以脫身。此外，馬斯托納也和我一樣怕飛。有人甚至推測這個名字對我有某種意義，後來記者和電影學者對馬斯托納這個名字的猜測變成了一種小型的家庭工業。其實這個名字是我在電話簿裏翻到的。

現在，馬斯托納再也不會飛了。我相信如果能把它拍出來，大概會是我最好的一部作品。而且現在我既然知道不會去導它了，更可以繼續相信它大概會是我最好的一部作品。它只存在我心中，所以永遠不會讓我失望。

有一場戲我一直想把它用在某部片子裏，卻一直沒找到合適的片子。我好像真的是等太久了，現在只能在自己的腦海裏看這部片了。

片中的法院（The Palace of Justice）大約建於七十年前。但因為他們當初沒仔細考慮到建築本身的重量，所以從蓋好開始法院就一直往

河裏下沉。到了最近，這棟建築開始加速下沉，所以法院必須從裏面撤出。現在裏面是空的，有種死亡的味道。這棟建築在黃金時期有些老鼠。那兒的老鼠肥大到沒有貓可以殺得死。事實上，那些貓反倒會遭遇不測。

所以，有天晚上——其實大約是凌晨三點，趁著四下無人的時候，他們從動物園弄來了卡車，車上載滿了豹和老虎。他們把卡車開到那棟空穴般的法院建築，然後在外頭將那些虎豹鬆綁，你們能想像一片漆黑當中，唯一亮著的就是那些散射綠光的眼睛嗎？

梅・惠絲特演過一部很棒的電影，她在裏面馴過獅子。我真希望自己是那部電影的導演，跟梅・惠絲特和獅子一起工作，情況大概跟拍那些虎豹類似吧。

我覺得「大金剛」（King Kong）的故事很有意思，它是隻高貴的動物，而且是個很棒的角色，我對整部片的構想很著迷，尤其是用大金剛來象徵所有無法抗拒女性魅力的男人——這點我可以了解。浪漫的大金剛力氣被削弱了，而且終至滅亡，然而他不計後果的澎湃情感還是讓我很羨慕。敢愛、敢恨、敢怒——多麼了不起啊！我自己在實際生活裏倒比較像是個旁觀者。

在德・勞倫蒂斯重拍《大金剛》的故事以後，我向他表示我以前曾有過拍《大金剛》的想法。他說：「好啊！那來一部《大金剛的女兒》（Daughter of King Kong）如何？」

我經常想到一些拍片的點子。有一次夢到一個類似「魯賓遜漂流記」的故事。

小船上的一個水手被沖到一個南太平洋島的海灘。由於島上的土著之前從沒見過歐洲人，所以幾乎拿他當神一樣看待。由於那個人對

自己來到島上之前的情形已經失去記憶了，所以就相信了那些土著，讓自己像個名人，或以現代的情況看來，像個搖滾巨星一樣進入他們的原始社會。幾乎所有人都想討好他，尤其是那些適婚的年輕女子，她們在她周圍展示自己聖潔的軀體和完美的乳房。然而，他也不是沒有敵人，只可惜我記不清這方面的後續情節。不過我當初夢到那段情節的時候的確覺得有趣。

就在我們的男主角要落入敵人手中的時候，一輛水上飛機從天而降。這時畫面裏頓時多了好些個歐洲人。雖然男主角認不出他們是誰，他們還是朋友一樣地跟他打招呼。

「菲德利哥！」他們笑著說：「你又來了！又跑到玻里尼西亞（Polynesia）❻為你自己的《魯賓遜漂流記》勘景啊！」

我曾希望自己能拍一部偵探片，有點「黑色電影」的調調，但要用彩色來拍。我有機會在電視上完成這個心願，但那是個劇集。我不覺得自己可以撐持住對劇集的興趣，而如果連我自己都無法對我拍的東西保持興趣了，又怎麼能吸引觀眾的注意力呢？此外，我的構想也不適合在限定的時數規範下來拍，因為我的點子實在太多了。

這些年來，這個問題我被女人問過許多次：「你為什從來不拍一部真正浪漫的影片？」我從來不知道要如何回答這個問題，因為我以為自己已經拍過那樣的電影了。

馬契洛要我考慮去編一部我們老的時候可以一起合作的電影。他想演一個老邁的角色，我說：「但如果我也年老癡呆了怎麼辦？」

❻玻里尼西亞，位於大洋洲東方的群島。

不管我以前說了多少次自己已經喪失了樂觀的傻勁，但其實並沒有。我那時眞正需要的是一種選擇性的樂觀，要能分辨誰才眞正有意願爲我製作電影。樂觀需要有某些保護，否則它會變得過於脆弱。我不想浪費自己的時間，或浪費自己所剩無多的希望，但我又得怎麼來判斷那些人呢？從世界各地飛來想邀我吃午飯的人有增無減。假以時日，我可能跟一些自己完全不想跟他們共餐的人吃過兩、三次午飯也不一定呢。

所有經過羅馬的人都想和費里尼吃個午飯！爲什麼不這麼做呢？在費里尼嘴裏塞塊點心，就跟在特雷維噴泉裏丟個硬幣一樣順手呀！

我開天主教的玩笑，而且批評我在這個宗教組織裏看見的毛病，這是因爲有時天主教徒未能恪遵教義。我當然不反對天主教。我可是個天主教徒呢。

我當然是個虔誠的教徒，喜愛神秘的事物，生的世界有不少神祕之處，死的世界甚至更多。我自幼就對所有神秘的事物感到興趣，如生存的奧妙、不可知的世界。我喜愛宗教盛會、宗教儀式、「教皇」這種想法，它對行爲的規範，說「罪惡」是一種與生俱來的元素這些觀念尤其有趣。

在義大利，你又能怎樣呢？在我還沒懂事以前，教會就等於我的世界，如果這個制度不見了，我還有什麼東西可以批評和反叛呢？我相信它是一種幸福的支柱，或至少是一種依歸。我相信某種廣義的宗教情感是有必要的。我們所有的人都會向某個人、某件東西或某個地方祈禱，即使我們用的辭彙是「許願」。

歐洲人對美國有無限的迷戀。我是歐陸的拉丁民族後代，這表示我至少還有一腳踏在過去裏，也或許是雙腳。如果一個古人後裔的血液裏並沒有幾千年的歷史，這對他也不是一件完全好的事。我選擇在

一個四周都被過往歷史包圍的地方定居下來。在羅馬，我們會說：「我們在萬神殿見面去吃冰淇淋。」或是：「我們去抄競技場的捷徑。」我住在一個四周都被過往歷史包圍的地方——遙遠的過去。你在羅馬四處走著，不禁就會被那些吸引觀光客前來拍照的石碑、古牆以及前人留下的廢墟所感動。**我們**不需要拍照，因爲那是幾乎在這兒度過一輩子的我們的一部分。這種古代的歷史氣氛已進入我們的潛意識裏，我確定至少它在我的潛意識表。這也影響了羅馬人看待未來的方式，它讓你對未來有點漠不關心。在我個人潛意識的底層可能藏有這樣的訊息：「生命過往，萬事皆空，我只是一名渺小的過客。」羅馬的空氣中有種虛無的味道，是因爲長久以來已經有那麼多人呼吸過它了。

我每隔幾年就會去加州一趟，發現一個前幾年才去過的地方，再度造訪時就已經認不得了。我不會要求看它們古代的石碑，因爲我可能會看到一個汽油站。在你甚至還來不及製作一個地方的風景明信片時，它就好像已經變了模樣了。

有一次我因爲要研究拍片計畫，就考慮在那兒停留一陣子。他們要提供我一個辦公室，我說我比較偏愛舊建築，事實上，是我**需要**一個舊建築。在那些玻璃帷幕的摩天大樓裏我是不會有什麼靈感的，而且待在窗子打不開的建築裏一定不會覺得舒服的。他們告訴我：「沒問題。」隔天，他們說已經找到了一間，而且保證我會喜歡。已經找到了？美國人就是這個樣子，那麼殷勤。我去看了辦公室，對我來說蠻新的。他們卻說：「不！這房子舊了，它已經蓋了五年了。」

美國是個天眞又精力旺盛的國度，總是向前邁進，眞是個奇妙的地方。

第二十二章
死神如此生氣勃勃

奧斯卡獎有種預言的法力……

我小的時候身體有點毛病，但也不是太嚴重，只是有時候會頭昏，我不太在意生點病，喜歡別人在這時給我的額外關懷。我喜歡戲劇情節，偶爾我甚至會裝病，或是假扮受傷。

長大以後，有時候我也會拿生病做藉口，或利用誇張傷勢來逃避一些事情。

然後，等到我最後終於眞的病了，如假包換的病了，我又會爲自己身體差覺得不好意思，因而想隱藏病情。

一九九二年的時候，美國影藝學院來電通知我奧斯卡要頒給我一座終身成就獎，我聽了很高興，但隨後心情又變得極爲複雜。給你「終身成就」獎並不一定表示你的生命終結了，但可能意味著你的成就終結了，或至少是被看成這樣。我當時的第一個想法是：這個獎會幫我找到新片的開拍資金嗎？第二個想法是：眞好！這個獎一定是在肯定我的作品。第三個想法則是：我希望它想肯定的是我的前一部片子《月吟》。然後，我又想，希望這不是那種在你不久人世以前，爲你電影事業正式劃下句點的「傳奇獎」才好。

大家可以說我迷信。但之前我也一直認爲在自己生命接近尾聲的時候，會得到一座奧斯卡終身成就獎。所以，我希望這事不會應驗。

事實上，我當時是很期待。也許，嗯，過個二十五年再來得這個獎。

　　爲了讓我前去領獎，他們願意提供我頭等機票等奢侈的往返招待。但對我來說，不必去才是奢侈的事。我想，茱麗葉塔也可以一起同行，她喜歡那種事。她可以爲那個場合添購新衣，可以一次買六件。她可以找馬里歐‧龍加蒂陪她去，找馬斯楚安尼陪她去，找誰都可以，就是不要找我。我向來不喜歡旅行，而且是愈來愈不喜歡。況且，我那時人也不太舒服——這次不是藉口——而且當眾露出病容也會令人非常尷尬。這麼一來，獲得奧斯卡獎就失去了它原本該有的好處了。我對別人的反應一直都覺得很訝異，尤其是製片人的反應，向來令我不解。如果他們認爲我接受了奧斯卡頒的終身成就獎，就表示我已經自我請退或被人逼退的話怎麼辦？

　　我於是決定了要怎麼做。

　　我要把我的得獎感言拍成一段影片。我要在羅馬發表這段談話，然後自己把它拍起來，之後再讓茱麗葉塔幫我帶去好萊塢，由她代我上台領獎。眞是太完美了！

　　在奧斯卡頒獎典禮前夕，我得知茱麗葉塔患了重病，病情比她自己知道的狀況嚴重得多。她心裏也有點譜，但卻不想去了解。對我而言情況恰好相反，我希望知道。之前我從不相信醫生們懂什麼，但這次即使我不想相信也相信了。我希望盡我所能讓她開心。事實上，我無法想像沒有茱麗葉塔的日子要怎麼過。

　　我下定決心要順著她的心意，要討她歡心——要一直保持愉快的心情，要注意聽她說的每句話，要陪她去參加聚會。

　　有天晚上，我和茱麗葉塔去一個朋友家參加聚會，在場所有人都自動送上了爲什麼我該參加奧卡典禮的意見。「你改變心意了嗎？」他

們說：「你真的**應該**去好萊塢領你的奧斯卡獎。」**他們**怎麼知道**我**該怎麼做？

我什麼都沒說，只希望自己當時人是待在家裏。我去那兒，只是為討好茱麗葉塔。然後，有人對她說：「你一定得勸他去，這可是難得的榮譽啊。」那個女人滔滔不絕地說。之後，茱麗葉塔真的只是為了保持談話上的禮貌才回了她一句：「也許他會改變心意，也許他**會**去吧。」

這時，我突然聽到一個很大的聲音，原來是我自己生氣地在反駁。

我向茱麗葉塔大吼：「我**不**會去的！」這話所有人都聽到了，整個房間頓時變得非常安靜。所有人都很尷尬，尤其是茱麗葉塔。但最尷尬的其實是我自己。

她說的話並沒有冒犯的意思。我猜我會突然發怒，這個不合宜的舉動，和我那幾個禮拜以來承受到要我改變心意的壓力有關。我所到之處周圍的人都告訴我一定要去，包括我最喜愛的餐館裏的服務生、計程車司機、街上的行人⋯⋯

可憐的茱麗葉塔不該受這罪的，我去參加那個聚會的原因真的只是希望**她**能開心。怎麼會發生這樣的事呢？我曉得我當著茱麗葉塔朋友的面讓她難堪了。

那晚剩餘的時間我都對茱麗葉塔特別溫柔。我很專心聽她說話，在不致顯得愚蠢的情況下盡量對她表現得很殷勤。然後，我開始說得過多，而且也有些緊張，好像說一大堆就能收回我之前講的話一樣。我在那兒停留得比預計的時間要久。我本來想最早一批走的，但後來卻變成最晚離開的客人。主人可能還懷疑我們不會走，或以為我們打算在他們家過夜。我猜我是想讓所有人知道我玩得多麼開心，但我沒辦法收回我對茱麗葉塔說的那些話和說話時的態度。因此，我會去參

加奧斯卡頒獎典禮的部分原因就是要「收回」自己當時所說的那些話。

這些年來，每當我必須在奧斯卡頒獎典禮的舞台上說話的時候，就覺得像是回到自己五歲時的情景一樣，那時，如果有人要求我在家庭聚會上朗誦詩文，我就會躲到廁所裏去。

每次坐在奧斯卡典禮台下時，我對自己是不是希望得獎都有一種複雜的感覺，因為得獎的話就表示我得上台說話感謝所有人。每次參頒獎典禮，我都有這種感覺。但這次這個終身成就獎，他們是不可能改變心意，再轉頒給別人了。所以當我坐在那個綠色大廳裏的時候，又覺得自己變回五歲大小了，然後至少心裏渴望能躲到男用廁所裏去。

茱麗葉塔是個情感豐富的人。奧斯卡典禮那晚，不論就電影事業的角度或是私人情感的角度來看，都令我們兩個相當感動。當茱麗葉塔在典禮上掉淚的時候，我猜她的心情是悲喜交織的——為所有的「是」而喜，為所有的「非」而悲。對我們兩個而言，那一刻帶來的神奇感受，就好比茱麗葉塔和馬斯楚安尼對他們所飾演的「金姐」和「佛雷」能在久別重逢後再度一起跳舞的感受一樣。他們的事業和人生在那一刻被緊緊結合起來。

對我和茱麗葉塔而言，我們的人生在奧斯卡典禮的那一刻被緊緊結合起來。

典禮結束以後，我覺得如釋重負，心裏很開心。我知道自己表現得不錯。包括羅馬的計程車司機、茱麗葉塔、影藝學院或任何人，我都沒有讓他們失望，甚至也沒有讓自己失望。大家都跟我道賀，但我知道那些都是不可靠的。美國人太客氣了，就算我讓所有人臉上無光，他們也會對我和顏悅色的。在從羅馬出發前，我的關節炎就蠻嚴重了，因此關節會痛，只是比起我曉得自己要在美、俄、中等世界各國及羅

馬的電視立即轉播節目裏用英文講話，那種痛就變得微不足道了。而我最不希望發生的一件事，就是自己看起來有什麼病痛。

站在台上，我感受到由觀眾席湧來的愛意。我那刻甚至還很喜歡那樣的感覺，簡直讓我難以相信。

下台後，媒體記者和所有的攝影師都等在後台，我從來沒有拍過那麼多照片。我當時雖急著想回旅館，但又希望先謝過主辦單位。他們請留我下參加餐宴，但我知道自己會撐不住。要想站直是十分吃力的，關節會受不了。蘇菲亞・羅蘭要我去參加在「史巴哥」（Spago）那兒舉行的派對。馬斯楚安尼想去，因為他是個純演員，老是想著自己的下個角色，他希望在那兒露面以便發現什麼很棒的新片。演員拍幾部電影的時間，導演只拍得成一部電影。

茱麗葉塔很高興。她哭了，但我知道那表示她高興。她高興的時候會哭，難過的時候也會哭。不過我認識她夠久了，我可以分辨出其中的差異。

最後我們全都回了希爾頓，而且在套房裏舉行我們自己的派對，在場的有茱麗葉塔、馬契洛、馬里歐・龍加蒂、菲雅梅塔・普洛菲莉（Fiammetta Profili）和我。他們盡可去參加那些聚會，但還是非常忠心地選擇和我在一起。我們開了香檳慶祝。由於當地和歐洲有九個小時的時差，我們都覺得非常疲倦，那時已經相當於羅馬的早上了。茱麗葉塔提議再待一天，她好去採購。但我知道多留一天代表什麼，代表會有媒體來訪、來電，然後我就會被困在旅館一整天。即使在吃中飯的時候，都會有媒體的人來問我得獎感想及一些其他的問題，然後就在他們看著我嘴巴嚼食物的時候給他們一些老套的答案。回去比較好，趕快結束那段長程的飛行比較好，免得還要再失眠一夜去擔心這件事。

因為隔天早上就要打包趕到機場，所以我們必須起得很早。

我很喜歡美國式的早餐，它非常能代表它的國家。想想看，早餐吃豬肉香腸吧──！通常我不會大聲自言自語，所以都是在腦子裏對自己說。我告訴自己：等我回到羅馬以後，每天早上都要吃豬肉香腸。然而奧斯卡典禮的隔天早上，我對那些好吃的香腸竟然沒什麼胃口，這是因為我那天要坐飛機，而我的胃已經提前被運送走了。

也許羅馬已經有製片人迫不及待等我回來了，他們急著想對我說：「菲德利哥，那些美國人在電視上說你偉大，我們才知道原來你有這麼偉大，現在我們明白了。請原諒我們的無知，讓我們來支持你開拍新片吧，不管你想拍什麼，不管要花多少錢，都成！這是合約，我們可以立刻開始進行。」我老是做這種夢，雖然事實向來不是這樣的，但我沒辦法不這麼想。我想在某些方面，我甚至比茱麗葉塔還樂觀，但我盡量不讓別人知道。我的希望老是落空，但在我等候電話鈴響的那兩天也享受過懷抱希望的感覺。但當然，媒體也會在那兒等著我。義大利媒體並不比美國媒體高明多少，他們會說：「費里尼先生，請告訴我們得到奧斯卡獎的感想。」

我會面帶笑容地說很多，但眼神卻有些哀傷。

獲頒奧斯卡終身成就獎讓我了解到一件事。我之前從來不知道有多少人喜愛我的作品，原來不只義大利一處，還有美國。這讓我情緒非常激動，竟然有這麼多的人……我覺得自己不配。這麼多的愛與支持，這麼多人的關懷，是因為他們喜愛我的電影嗎？一定是這樣沒錯。

大家現在提起「菲德利哥與茱麗葉塔」就像在說「羅密歐與茱麗葉」一樣。我們之間很多的風雨缺憾都被歲月帶走了。如果羅密歐和茱麗葉能活到他們結婚五十週年的時候，情況會是怎樣？他們相遇的時候還是少男少女，而且都是第一次談戀愛。他們可能時時刻刻都保

有完美無缺的愛情嗎？我想他們的情況也會像我和茱麗葉塔一樣。

　　我們結婚五十週年紀念日，確切的日期是一九九三年的十月二十三日，這個日子對我的意義沒有它對茱麗葉塔來得大。她在之前幾年就開始提這事了。我看不出那一天比之前或之後的一天重要到哪兒去。

　　如果要讓我來選一天慶祝，我會選我們相遇的那天。我認爲這世上再也沒有另外一個女人可以讓我和她一起生活五十年了。

　　我說我的生命從羅馬開始，說我是在那兒出生，而且那兒是我唯一想要待的地方，而幾乎我所有待在那兒的時間都是和茱麗葉塔一起度過的。對我來說，茱麗葉塔就是羅馬的一部分，同時她也是我工作和生命的一部分。茱麗葉塔大概會問：「哪一部分？」這個問題很難回答，因爲那個部分會因時而異。然而，如果某樣東西是你的一部分，不管它在不同時候分別是你的心、你的手臂、你的大拇指或其他哪一部分都沒關係，只是如果缺少了它，你就會變得殘缺、不完整了。

　　在起程去美國之前，我正進行著下一部電影。那個想法當時正好出現在我心裏，它有些像是《導演筆記》的延續，也就是《演員筆記》（An Actor's Notebook），片子會由茱麗葉塔和馬斯楚安尼主演。我想拍點容易得到電視台支持的東西，因爲我急著想拍片，還有很多其他的構想，但都需要找到製片人才行。我相信這會是一部不錯的小品。此外，茱麗葉塔也急著想演戲，所以我想爲她拍這部片子。

　　在前去加州領取奧斯卡終身成就獎之前我做了一個夢。夢裏的我很瘦，這是我向來在夢裏的樣子，所有的頭髮都還在，而且從來沒有這麼多過，頭髮還很黑，就跟我年輕的時候一樣。我的身體很輕，所以輕易就翻過了拘禁我的醫院還是監獄的圍牆。那道牆大概有二十英呎高，但因爲我身手矯捷所以毫無問題。我當時覺得健康狀況極佳，

而且身上充滿活力——我把自己的關節炎拋在圍牆的那一邊了。

我朝上看，天空正當美好的落日景象。夕陽彩霞的位置很低，近到我覺得好像可以摸得到它們，而且可以為它們調整一下方位。然後我才看出它們原來是紙做的。我好奇他們是怎麼辦到的？因為我覺得自己會想在下一部電影裏用一片像那樣的景色。那是一部我才剛始要進行的電影，它就是《馬斯托納的旅程》。終於輪到它了！

那日落景象是紙做的似乎也很自然，因為周圍的花草樹木也都是紙做的。我心想：太完美了！不過我之前倒從來不是個大自然的崇尚者。

我看見自己的守護天使在天上，她把夕陽景色按照我的心意調整了一下。她可以看透我的心思呢！我瞥見她的臉，那是一張之前從沒見過的臉。她讓我想到奶奶，奶奶年輕的時候，在她還不是我奶奶以前，一定就長這個模樣。我不太確定，再朝她看的時候，她的臉已經轉開了。

我發現自己穿著一件羅馬式的寬袍，但它並沒有絆倒我。那袍子穿起來很舒服，而且跑起來也一點都不難。我往下看看自己的拉鍊拉上了沒，卻不見有這種東西。

我來到一個交叉口，我必須在兩條路中做個選擇。其中一條是通往一個正在做菜的女人，我看出那是契莎莉娜。那顯得有些奇怪，因為我以為她不會出現在自己餐廳以外的地方；還有點奇怪的是，我知道她已經死了。但那並不妨礙她做菜，我仍然可以聞到白豆在橄欖油裏的味道。我看到她那兒燉了一鍋牛肉，而且正好就是我喜歡的做法。她大喊龍蝦很新鮮，並說：「你一入坐我就來烤牠們，你得等牠們，而不是讓牠們來等你。」那當然。

她給我準備了一個驚喜，竟然沒提她準備了「快炒嫩朝鮮薊」這

道菜。

「我用你向來喜歡的做法準備了『英式蛋糕』（Zuppa inglese）來當你的飯後甜點。」這可真是奇怪，因爲我沒在契莎莉娜的店裏吃過英式蛋糕。那是我小時候最愛吃的東西，而且還是奶奶做的，從來沒有人能做的像她一樣。我懷疑契莎莉娜是怎麼拿到奶奶的食譜的，因爲奶奶從來不會把**她**做英式蛋糕的秘方告訴別人。我可以聞得到她用來潤溼蛋糕的 alkermes 酒的味道，我還聞得到新鮮檸檬皮被磨碎的刺激味。那一大團東西的頂已經看不到了，因爲實在舖了太多層蛋糕和英式奶油布丁了，材料一直往上加個不停。

我正要往那條路走去的時候，又朝另一個方向看了一下。我看見一個女人，我之前從沒看過那麼美麗的乳房，並笑著投向我的懷抱。她有著金髮藍眼，就像那些習慣在夏天來里米尼海邊做日光浴的德國女郎。她騷首弄姿地說：「先在這兒吃個中飯，**之後** 你可以再到契莎莉娜那兒去用餐。」她刻意加重「之後」那兩個字，然後又說：「我們可以一起用餐。」我向來喜歡一面享受美食，一面欣賞對桌的美女。

我向來不喜歡在草地做愛，當然，更是從沒有試過在紙做的草地上做愛。但這時突然出現了一張高腳床，上面蓋著一床又大又軟的白色羽毛枕，同時床上還有我兒時用的大羽毛枕，那是家裏代代相傳下來的。這時，那名年輕女子一絲不掛地跳上了床，我也跟進，然後回頭對著契莎莉娜大喊：「待會兒再吃！」

你們可以明白，我在夢裏是非常年輕的。

我想把我現在的住院經驗拍在一部電影裏。這部片和疾病、死亡有關，但並不哀傷。片子是講一個陷於昏迷狀態、徘徊在生死邊緣的人，他相信自己逃過了一劫，但最後還是發現自己已經死了。我會把

一些馬斯托納的故事用進去。那部片子我沒去拍，因爲當時我迷信，覺得自己完成那部電影就會死，現在已經沒有什麼好迷信的了。

我在夢中看過死神好多次，我打算把她的樣子給拍出來。死神是個女人，她看起來永遠一個樣子，是個四十來歲的美麗女子，身穿紅緞洋裝，邊滾黑蕾絲。她的髮色較淡，但也不是金髮。她戴著珍珠項鍊，但不是長串的那種，而是在她的修長的脖子上圍一串短的。她看起來高姚、優雅、沉靜、有自信，似乎並不關心自己的外表。她人非常聰明，這是她最主要的一個特質。這從她的臉部就可以看得出來，她有雙慧黠的眼眸，目光剔透有神，並不是我們常看到的那種呆滯的眼睛。她什麼都看得到。

死神竟如此生氣勃勃。

第二十三章
富國戲院戴面紗的女士

　　當你講一個故事的時候，就等於在經歷一個故事。我在很多年前開始拍一部電影，到現在我還在繼續拍它。由於我在自己電影完成後不會再去看它們，所以它們幾乎不像是個別分開的作品，而像是一部電影。對我作品細節熟悉的學生老是問我這麼拍爲什麼、那麼拍爲什麼？有時我還以爲他們錯把別人的電影當成我的。通常我無法回答那樣的問題，因爲我不記得自己三十年前拍攝某個鏡頭的時候，心裏在想什麼？因爲我在那部電影拍完後就沒再看過它了。不過，也有一些例外。當我的作品在威尼斯或莫斯科影展放映的時候，我就避不掉了，而且要是我看自己電影時閉上眼睛大概會顯得有些奇怪。我只知道，長久以來我就只像是在拍一部很長的電影，而且我唯一希望的就是它能再長一些，這就是我一直以來唯一的心願、我所渴望的最大幸福。

　　最能驚嚇我的一件事莫過於在報章雜誌上看到自己的年齡，或是聽到茱麗葉塔對我說：「你想怎麼來慶祝你的七十二歲生日？」再不就是有記者問我：「七十二歲是什麼樣的感覺？」我心想：「我怎麼知道？那與我何干？」

　　七十二並不是一個你嚮往的數字，要在八十歲的時候往回看，那時它才會讓人覺得順眼一些。

　　我對時間過去這件事向來不是非常注意，時間這個觀念對我來說

並不真正存在。我向來不在乎鐘錶這些東西，只關心外在加在我身上的時效，像是截止期限、超出工時、不讓別人等候這些。我想如果別人不提醒我的話，我是不會注意時間這種事的。我現在的感覺跟那個滿頭黑髮、骨瘦如材、夢到羅馬、而且後來找到了羅馬的男孩還是一樣的。我的人生過得這麼快，對我來說，它就像一部中間未被剪斷超長的費里尼電影。

我以前在自己的朋友羣裏一直是最年輕的一個，原因是我可以吸引到年紀比我大的朋友。他們有較多的見聞可供我取用，我可以從他們那兒學到東西。因此，不管他們是不是真的比我高明，但感覺上就是比我高明。

當我注意到我在朋友的生日聚會上，突然已經變成裏面年紀最大的一個的時候，那種感覺十分奇怪，那就像是一夜之間發生的事。更嚇人的是，我發現自己認識的朋友已經是死人比活人多了。

下一步你要怎麼走呢？

我向來相信不論你怎麼做，結果都是事與願違。不論我拍過多成功的電影，卻從來不會有製片人上門求我為他們拍下一部片這種事。沒有，電話從來沒有不停地響過，即使在《生活的甜蜜》一片後也一樣，獲得奧斯卡獎以後也沒有。情況也許就像沒人打電話給一位美女一樣，因為他們一定以為她忙得沒時間理他們；他們以為她有無數讓人難以想像的好機會；他們以為自己遠遠比不上其他競爭對手。因此，當平凡的女孩週末夜有約可赴的時候，這位美麗的女子卻在家獨守空閨。我和茱麗葉塔就有很多個週末夜是自己待在家中過的。

大家說我很會推銷我的拍片計畫，說我擅於演繹所有角色，使他們活靈活現。我可不覺得。他們很喜歡看費里尼費勁做些奇怪的表演，但當他們把錢投資在我片子上的時候，他們就會把會計人員帶來，而

那些人大概絕對不會同意我要做的事。

　　我很天眞，每次都相信他們。他們會說：「我們吃個中飯吧！」我一直無法相信他們只是單純要跟費里尼吃頓飯。但吃過飯以後，他們就消失不見了。他們最後在我心裏留下的印象就是——當他們說：「我們吃個中飯吧！」的時候，我會聽到那句話沒被說完的部分：「僅此而已。」

　　然後，我就再也不相信他們了。我的天眞對我曾是一種庇佑，所以當我停止我對每一個人的信任的時候，就開始不相信任何人了。我把自己與外界聯繫的門關上了。也許有些中飯我該去吃，但我沒辦法判定哪些中飯該吃。對我來說，吃是很大的樂趣，我一直都很喜歡和朋友一起共餐。我從不明白爲什麼有些人，尤其是美國人，喜歡吃「商業午餐」？是不是因爲他們可以簽公司賬？還是因爲他們曉得你沒法在麵吃到一半的時候起身離開？我可以在腦海裏看見一個光著身子的小費里尼被義大利麵死死纏住。

　　人老的時候會有一種無憂無慮的感覺，那種無憂無慮跟你年輕時因無知而產生的無憂無慮不同。它比較像是「不必在乎」，這跟你在年輕時對它的反應一樣，一點也不令人開心。但它畢竟是一種自由，而所有的自由在某一方面來說都是可貴的。

　　你已無力掙扎，你已無法像中年時那樣去掙扎了。你缺乏繼續下去的力氣，無力面對又一次的失望。

　　你於是放鬆，像在泡熱水澡。你躺在那兒，毫不抵抗，心裏一直清楚水很快就要冷了。

　　現在，大家告訴我羅馬正在龜裂，我盡量不去注意這些，但當然還是看得到。要是一位有名的美女臉上長了皺紋，大家是不是會注意得更仔細？

羅馬現在正加速老化，而且老化的風格趨於粗俗，和以往不太一樣。它的老化情況比較像是衰敗，而不是增添古風。他們把罪過推給煙霧過多，但我認為原因在於態度的轉變，羅馬已喪失了足以穿透金石的樂觀與尊嚴。對我來說，羅馬現在看起來老多了，也許只是因為我也愈來愈老吧了。

我想死在知道自己正要開拍下一部片之前，我要確知影片的狀況，大致的故事內容，製片人已經把所有需要的資金都募到了，而且他還要對我說：「菲德利哥，你想怎麼拍就怎麼拍，需要花多少就花多少，我信任你。」再不就是還停留在找面孔的階段——挑選可以表達我想法的演員。我不想在電影拍到一半的時候死掉，因為我會覺得自己好像拋棄了一個無助的小生命⋯⋯

對我來說，片子完成時就像戀愛結束時一樣，並不是個開心的時刻——一階段又一階段公然的告別，顯示熱情已經降溫的明顯跡象⋯⋯當初因工作而結合並宣誓永久情誼的人，現在已經分道揚鑣，而且可能已經把記著那些「永遠不會被忘記的朋友」的地址人名的紙條都給丟了。

如果我像是他們所稱的「魔法師」的話，那麼我拍片的時候，就是魔法師和處女在一起的時候。我的電影的一個處女，在片子結束的時候，她已經變成了一個女人。我對她的感覺再也不一樣了，所以就拋棄了她。

當生活形成重複，當你做的的每件事都是從前做過的，而且重複的次數多到你無法記得、甚或不願記得的時候，就表示你已經開始老了。人類的極限就是他想像力的邊界。由於新的創作可以讓人有新鮮的感受，人類為了避開無聊，並趕在那些創新尚未開始重複之前去經驗它們，所需付出的代價僅次於出賣靈魂。

富國戲院。有時候我覺得我這一生是從這個小戲院開始的，那個掛著舊相片的破敗殿堂，四季皆不舒適，夏日尤其悶熱。但只要電影開始放映，我就會立刻被送到其他的時空裏去。

此外，我也會去海灘坐坐，在那兒編些故事，然後還會想像它們被搬上富國戲院銀幕上的樣子。

我想著那位頭戴面紗、坐在富國戲院裏的女士。她看電影的時候還邊抽著煙，而她的面紗就挨在嘴唇附近，我真怕她著了火。只要我還活著，就忘不了她那雙目不轉睛盯著銀幕看的漂亮眼睛，此時還會有幾個十幾歲的男孩趁機偷摸她的裙子。即使同樣的電影看第二次、第三次，她臉上的表情永遠保持不變。我幻想自己也能是那些男孩裏的一個，偶爾，我也宣稱要加入他們的行列。但事實上，就像自己當時大多其他行為的狀況一樣，無論我經歷了什麼都只是自己心裏的想像而已。

那時候，我從不敢相信自己的照片有朝一日會被掛在富國戲院小小的廳堂內，我哪裏敢有這樣的念頭啊！我現在可以想像，有些小男生像我以前一樣，在經過那張照片的時候會問說：「這是誰呀？看起來不像電影明星嘛！」然後他們的父母就會告訴他們，我可能是戲院的老闆。而且，如果那天他們看到了不滿意的電影還會責怪我。

我一向把電影院視為聖地，視為一個有尊嚴的地方。最近我去過一家羅馬的戲院，當時裏面只有一個人，那個人把穿著溜冰鞋的腳蹺在前面座位的椅背上，看電影的時候還一面聽著他的隨身聽。

當我在片與片之間的時候，我就得面對自己的實際問題——上帝，錢；茱麗葉塔，錢；稅，錢！難怪我會想辦法逃到電影城這個「遊樂場」去。

里米尼的富國戲院在我心中的地位，在我成年後被電影城所取代。我在電影城度過了很多年，緣分也已經到了。

即使電影城的第五棚裏空無一人，只剩下我一個站在那兒，還是會讓我非常興奮，那是一種不可能解釋得清楚的感覺。

當我第一次踏進那兒的時候，心裏有一種奇怪的感覺，那感覺就跟我印象中小時候第一次被人帶去看馬戲時的感覺一模一樣，我當時知道他們在等我。

馬戲團裏的人遇事從不驚慌，這明顯暗示任何事都是有可能的，我很欣賞這點。這與教育體制硬加在我們身上的理性學習方式恰恰相反，那種教育告訴我們要自我設限，而且還要我們永遠心懷罪疚。

我把自己的一生看成一連串的電影。這些電影比我生命的其他部分都要更能代表我自己。對我來說，它們不只是電影，它們是我的生命故事。我小時候坐在觀眾席時一直希望能起身躍向富國戲院銀幕的心願，似乎終於達成了。那時候，我還不知道導演是幹嘛的，所以覺得當演員好像比較有趣。但起初我卻連演員是做什麼的都不很清楚，因此還以為真的有人住在銀幕上呢。

出現在美國電影裏那些美好、理想化的美國生活，對我們這一代產生了觀念上的影響。舉凡西部英雄、偵探等任何角色，在美國電影裏，「個人」是最重要的。我當時就可以認同這點，也**希望**認同這點。個體是崇高的，會獲得最後的勝利。我想我真正開始痛恨法西斯主義，是在它把我們和美國及所有我喜歡的東西隔絕起來的時候——其中包括了美國電影和美國漫畫。

我們在那些美國電影裏看到的生活都挺好的，總是有些快樂的有錢人。「任何人只要有錢就會快樂」在那時聽起來似乎是很自然的一件事。一定是這樣的。他們都長得好看而且很會跳舞。對我而言，跳舞

這事跟錢這事似乎有著糾纏不清的關係，跟快樂這事也是。我自己是永遠沒辦法把舞跳好的，我老是踩錯步子。在那些美國人的美好世界裏，他們好像總是在那些摩天大樓的樓頂跳舞，當他們不跳舞的時候，就吃東西，再不然就是用白色的電話在講話。我對電影的熱情是從這些地方開始的……

年紀愈大，工作對我就愈重要。年歲還很輕的時候，有很多別的樂子可以分散你的注意力。那時也許你不需要那麼多工作來滿足自己，因為所有事情在你看來都新奇有趣。老年的世界是個日漸萎縮的世界，芝麻小事都會被放大來看，就像童年世界一樣。對你重要的人寥寥無幾，但他們是真的**非常**重要。小事會變成大事，食物的重要性愈來愈高。工作才能讓你覺得年輕，戀愛沒這個功效。事實上，到了人生某個階段以後，再戀愛只會讓你覺得自己更老。

我還很年輕的時候有想過老了以後的情況，但感覺並不很真實。我猜自己除了可能像聖誕老公公一樣留著白色的長鬍子，而且不必剃以外，其他的情況還是和我年輕時沒什麼兩樣。到時候我打算想吃什麼就吃什麼——摩札蕾拉乳酪、各類麵食和豐盛的甜點。然後我還要四處旅行，到我以前沒空去的美術館看畫。

有一天我對著自己的刮鬍鏡看，心想：「這個老頭是哪兒跑來的？」之後，我才明白這個人就是自己，而我那時唯一想做的事就是工作。

我有一些維持了一輩子的興趣，但我要把它們留到自己年老可能不工作的時候享用。其中我最想做的一件事就是走遍世上所有最棒的美術館，盡可能多看一些畫。我一直很喜歡畫，它能感動我；但對——譬如說——音樂，我就從來沒有那樣大的興趣。我想看遍所有魯

本斯（Peter Paul Rubens）❶的作品，他喜歡畫一些跟我那些漫畫裏一樣的女人。然後，我想看所有波提切利（Sandro Botticelli）❷筆下那些大型、皮膚白裏透紅的純潔女子。波許也是令我印象極深的一位畫家。挪威有一個很棒的孟克（Edvard Munch）❸美術館，我以前就希望能拜訪。即使是在義大利本地展的畫，我都看的不多。我一直還想再去人民廣場（Piazza di Popolo）上的教堂看幾幅畫，那兒離我家不過幾條街。我大概會去，也許我可以帶一位客人去看，那樣我自己就可以再看到那些畫了。

現在時間過得飛快。我還記得以前在里米尼的時候日子過得有多慢——畫畫、到海邊散步、在我的小偶戲劇場裏工作……現在我不知道歲月往哪兒去了，日子已經不是一天一天在過，而是一下就過去好多天。年輕時最奢侈的一件事就是不會去注意到時間這個東西。

我曾想過要拍一部關於這個想法的影片。片中的童年部分，影像會動得很慢；但當小孩長大以後，片中的動作就會加速；到了最後，整個畫面幾乎糊成一團。

我曾在《花花公子》（Playboy）上讀過一篇弗瑞德立克·布朗（Frederick Brown）寫的故事，內容講述一個人發現了永生不死的祕密。唯一的困擾是，他周遭世界移動的速度愈來愈快，所以他開始看到太陽月亮每天在天空上跑得愈來愈急。最後他成了某個博物館展出作品的一部分，他人坐在桌前，手裏有枝筆，很明顯是在寫東西中途

---

❶魯本斯（1577-1640），佛蘭德斯的著名畫家，作品色彩豐富，所畫女體豐滿性感，為其主要特色之一。

❷波提切利（1445-1510），翡冷翠文藝復興時期的傑出畫家之一，畫風細膩，富情感。筆下美女優雅，一塵不染，「維納斯的誕生」為其代表作。

❸孟克（1863-1944），挪威表現主義派畫家，童年父母雙亡，造成他往後畫作上的黑暗主題（疾病、死亡）取向。其著名畫作「吶喊」（1893）已成了現代人精神極度苦悶的象徵。

凝住不動了。博物館的導遊解釋說，這個人還活著，但移動得過慢，所以你們看不出來。他正在把發生在他身上的事寫出來，不過可能花個幾百年都寫不完。

我有時覺得愈接近生命盡頭，時間就過得更快。但那些時間跑到哪裏去了呢？它們爲什麼消失得這麼快？

有些人談論著你，但他們不認識你，你也不認識他們，這不是蠻奇怪的嗎？如果和你說過話的餐廳服務生、街上的計程車司機不算在內；但還有那些你完全不認識的人，如果他們也談論你呢……？

真正叫人難堪的一件事，是讓別人在電視上談論你個人的健康問題。這多可怕啊！

我一直希望自己長得瀟灑強壯，就像那些肌肉健美、在里米尼海灘上練習古典式摔角（Greco-Roman wrestling）的年輕運動選手一樣，讓男人羨慕，令女人愛戀。至少，我希望能一直保有我生就不多的本錢，而且不顯得老——即使我已經老了。有一陣子，我還曾希望能找到「青春之泉」呢。

有個朋友跟我提過羅馬尼亞的一個地方，地名我不記得了，但你可以去那兒秘密接受特殊治療。我想是叫你矇著眼睛吃山羊的腺體。你在七十歲的時候進去，到了七十一歲才放你出來。當你出來的時候，你看起來就再也不像七十一歲了，而是像六十九歲。

所以當我七十歲的時候，我問了那位大我幾歲，而且去過那地方的朋友，那家回春中心在哪裏？但他已經記不得了。

小時候，我爲了引起更多注意而裝病；年輕時，我爲了逃避被墨索里尼軍隊拉伕而裝病；到了中年，我爲了躲開領獎、影展這些事，在辦不出其他理由的情況下，還是裝病；最後來到老年，病痛成眞，

我卻反而盡量想辦法不讓別人知道我的病情，因為我會為自己的體弱多病感到羞愧、難為情。

當來訪問你的人開始問道：「如果生命重新來過，你會做不一樣的選擇嗎？」這種問題時，就表示你老了。由於我不想失禮，我是會給他們某些答案，可是我不會告訴他們當時掠過我腦海的畫面，因為他們可能會認為那個想法過於膚淺、虛榮。何況有誰會想變成別人取笑的對象？

在腦海裏，我看到自己變成一個又高又瘦的費里尼，正精力旺盛地在舉重。那是我新的選擇，我要去舉重。

我對自己的身材向來就不滿意。一開始，我覺得自己太瘦，不想讓任何人看見我穿泳裝的樣子，所以即使我那時就住在大海邊，而且喜歡大海，但卻沒去學游泳。

稍後，我又覺得自己太胖了，而且老是覺得自己鬆垮無力。我當時曾打算要挪些時間出來鍛鍊身體，但總是太忙，再不就是太懶。

而如果你對自己的身體感到難為情，就很難成為一個好的情人。

我年輕時太瘦，而且吃不胖。我現在體內仍有那種感覺。有時我跑著上樓，卻驚訝發現自己沒辦法像從前一樣一次跨個幾階。我幾乎只是想到用力這件事，就已經氣喘不過來了，真是嚇人。

我是個活在現在的人，向來沒辦法太去擔心未來。對我來說，「未來」這件事就像科幻小說那樣不真實。我一直無法想像自己變老這件事，即使我已經變老了。在心裏，我仍然覺得自己很年輕，但那不是現在我從刮鬍鏡裏看到的自己。為了這個緣故，我現在刮鬍子的時候不太看鏡子，所以常割到自己。只可惜我留鬍子不好看。由於現實與我內心裏看到的畫面有這樣一個差距，所以我還是把自己畫得又瘦又年輕，因為那仍是我內心的感覺。

從早年開始，我就對「會飛的人」這樣的主題感到著迷。甚至在我還是孩子的時候就幻想過自己會飛的樣子了。

我以前一直夢到自己會飛，做那種夢的時候我覺得自己身體非常輕。我很喜歡那種夢，我的「飛翔夢」讓我十分興奮。

有時候我身上會有所有人都可以看得見的大翅膀，它們巨大到難以揮動；有時，我根本不需要翅膀，我體內備有動力，只消起飛就是了。有時，我有目的地；有時，我只是東探探西探探。

這很奇怪，因為我最恨的事就是搭飛機了。要讓我想飛的唯一方法就是**不要有**飛機。

一些同事和合作對象會問我：為什麼想拍「一個會飛的人」這樣的題材？他們知道我討厭坐飛機。這時，我會回答他們：「這只是個比喻而已。」然後，他們就會閉嘴了。

我在中年某個階段以後開始夢到自己不能再飛了，有些人可能會把那個時期稱為老年早期。我曾經是個能夠飛的人哪，這個夢的暗示已經很清楚。我曾經知道怎麼飛，而且完全可以掌握自己這種能力。可是我現在被困住了——無能了。

這樣的能力被剝奪了真是可怕！可怕！我曾經有過這種能力，而且比其他人都要了解那種經驗的神奇。

我那時認定自己無法飛離地面的原因是自己過胖。那麼答案就簡單——節食呀！然而簡單的答案通常又不像它們看起來那麼簡單。節食一直都很「簡單」，我實行過幾百次了。節食的計畫總是從我心裏開始實施，但計畫也總是在那兒就收尾了，運動、體操這些可以為我打造傲人身材的體能活動，我也都是在心裏做而已。節食這件事總是只能撐到下頓飯開始的時候，然後，我就會吃得比以前都多。一想到節

食這件事就會讓我覺得非常飢餓。那是一種怕被剝奪的恐懼，是一種飢餓心理。所以對我而言，節食反倒是非常容易讓人發胖的。

馬斯托納這個角色曾伴我那麼長的歲月，我知道自己得面對「他可能永遠都飛不了」的這件事。但現在我明白自己**的確**飛過，那原來就是我導戲時的經驗。

天賦就是該被欣賞運用的。我認爲老天賜給我最珍貴的能力就是我的視覺想像力。那也是我夢的起源。它讓我能夠畫畫，也被我放進了自己的電影裏。

那些影片被時間固定了下來，我卻不會。當我有機會瞥見自己三十年前的舊作時，更會讓我有這樣的感覺。

有人說：「想像一下，那是你三十五年前拍的吔！」不知爲什麼，他們老是會把片子的年代說得更久一些。沒辦法，我個人沒辦法「想像」這件事。對我來說，那些好像是昨天才發生的事。

我還年輕一些的時候，如果有人問我「老年」是什麼意思？我大概會說：「人到了『老年』就得取消午後的狂歡。」

只要我相信自己還有電影可以拍我就能繼續撐下去。不過這說法到了某個時刻就不見得成立了──我可能在什麼時候退休了自己都還不曉得。不去知道這事發生的時刻是很重要的。

我不去想自己覺得年輕或覺得老這種事，但我會關心自己健不健康，這才是關鍵所在。只要我身體健康，我就會想繼續活下去。

當你和一個人在一起生活了五十年，你所有的記憶就都投資在那個人的身上了，這就像一個銀行帳戶裏存有兩人的共同記憶。你不會常去提那些事。事實上，如果你不是那些活在過去裏的人，你幾乎從來不會說：「你還記得那晚我們如何如何……？」這樣的話。最精采的情況是：你根本不必提，因爲你**知道**另外那個人**的確**記得。因此，

只要另外那個人還活著，你們的過去就是現在的一部分。這是比任何剪貼簿都要棒的東西，因為你們兩個就是活生生的剪貼簿。對於沒有小孩、沒有辦法在將來的子孫身上看到自己基因流傳的人來說，過去可能更為重要。這就解釋了為什麼我們兩個都會更加重視「我們的那些電影作品將如何被後人看待」這件事。

當我提到「我們的」那些電影的時候，並不只是指那些我當導演、茱麗葉塔當主角的作品。我拍每一部電影的時候，她都一直在旁支持，即使她人待在家裏沒來片廠也一樣。她關心我、照顧我，我經常給她打電話，不管是幾點，她總在那兒幫我煮晚飯。此外，她真的是我的頭號幫手，我寫好的東西經常第一個拿給她過目。

東西沒完全準備好，我是不會拿出來給任何人看的，連茱麗葉塔也不例外。在我把故事說出來之前，讓它在我心裏設想完全是很重要的。如果不這樣的話，其他人可能會說：「你可以這樣做」「你可以那樣做」，然後我自己也會變得不太確定，因為那些角色還沒在我心中長出來。但一旦他們長出來了，就會活下去，而且一旦我跟每個角色熟絡起來，我就會知道他們在想些什麼、他們會做些什麼，然後我就再也不能背叛他們了。

我的工作並不真算一份工作，只能說是一個長假罷了，因為我的工作就是我的嗜好。拍片是我的工作、我的嗜好、我的生活。

不知為什為我的心和手要聯合起來才容易找到創意和靈感。我在沒拿鉛筆的時候也有可能想出點子，但只有在手上有鉛筆的時候，我的想像力才真的會被激發起來。對我來說，手邊有些好鉛筆是非常重要的。不過在做夢的時候，我當然是不需要筆的。可是等我醒來的時候就需要有枝筆，好讓我把夢裏的畫面畫下來，這樣一來我就可以用視覺的方式把我夢裏的故事給記錄下來了。

對我來說，「靈感」的意思就是讓你的下意識和理智直接做接觸。一個藝術創作有它自身的欲求，這些欲求會向作者力爭他們不可或缺的地位。所有真正的細節都來自靈感。投合的氣氛與美好的感覺有助於找到創作時所需的靈感。

　　我一旦開始進行一個故事，接著就會有一堆別的故事蜂擁而至，而且常常跟原先的故事不相干。然後所有的故事都想爭相出頭：「我，我，把我生出來！」每個故事都努力想贏過別人。

　　當我勸茱麗葉塔不要抽煙的時候，大家會以為那是因為我自己很久以前也抽煙，會因現在不抽煙而覺得寂寞。其實不然。我是在胸部開始痛的時候戒煙的，之後，我也不希望茱麗葉塔抽煙，尤其像她那樣從早到晚的抽法。她在銀幕上飾演的角色都抽得非常兇，那並不是巧合。我認為抽煙對她不好，而且知道抽煙對我自己也不好。我會被煙味干擾，而且不明白自己當初為什麼喜歡過它。

　　我想茱麗葉塔認為戒煙會讓她發胖，她把我當成一個活生生的例子，雖然我是在發胖**以後**戒的煙。我們在這件事上極為不和，不僅家裏得給她一間單獨的吸煙室，就連我們每次旅行，她都要在我們套房隔壁再要間相連的房間，以便讓她到裏面抽煙。

　　我不知道要怎樣才能做到「政治正確」（politically correct）這種事。我是在美國聽到這個詞的，不知道現行的「政治正確」是什麼，何況，我也沒興趣知道。我按照自己的想法去說，即使我知道自己有時一定也會說錯，這特別是因為我對所有的事都知道得那麼有限。我當然不會因為我讀到的東西是印刷出來的，然後就去相信它。我想電視也一樣，說他們是報導新聞，不如說他們在製造新聞，一是因為那些報導者會加入自己的看法，再是因為過多的重複有洗腦的效果，會給人那

些是事實的假象。我對參加社團、政黨或是喊口號這些事，向來就沒有興趣。

我知道自己**不**想要的是什麼樣的死法。但如果你們想知道事實真相的話，其實沒有任何一種死法是我想要的。有好長一段時期，我都自欺欺人地認為死是別人家的事，與我無關。直到我的歲數愈來愈接近人類的平均壽命時，我才知道自己的未來是有限的。我現在已經把大多數文件都扔掉了，不留下任何會讓我或茱麗葉塔難堪的東西。我沒有小孩，所以不用擔心養他們的問題。將來有我的電影作品可以代表我，或者說，這是我希望會發生的事。

我常聽別人說，最好的死法就是在活了很久以後，只在某天晚上閉上眼睛，之後就在睡眠中死去。我不會選擇突然死去**這樣的**死法。

我希望在自己生命接近尾聲的時候，在那段和死亡十分靠近的昏迷期裏，可以在夢中得知宇宙的奧祕，然後平安醒來把它拍成一部電影。

我害怕自己體弱多病，這會讓我無法工作。我不盼望死這件事，但也從來沒有像我害怕年老體弱那樣地懼怕它來臨。我可不想活到一百歲！

小時候我身體不好，會有頭暈昏倒的現象，當時醫生說我心臟有毛病，可能活不久。不過，好些時候以前，我就已經算是活得久了，久到足以證明他說的是錯的。小時候我被人家當做病號，所以受到很多特別的關注，但我完全不擔心，反倒讓我覺得自己很特別。那時死這件事還有一種浪漫的神秘感呢。

但現在我就不這麼想了，如果我因生病而不能工作，對向來說是生不如死。體能退化這事讓我很煩惱，在床上一晚做不到八次！

嗯——也許是七次吧……

　　小時候，身邊那些小朋友經常會說：「等我長大以後，我要當……」我從來不說那樣的話。我當時還無法勾劃自己的未來，而且也不關心那些。我真的無法想像自己變成周圍那些「長大了」的大人的樣子。

　　也許這就是我沒長大就直接變老的緣故。

　　菲德利哥‧費里尼一九九三年十月三十一日病逝於羅馬。

後記

Charlotte Chandler

第一次見到菲德利哥·費里尼是在一九八〇年的春天，會面地點是富萊金一地的海貝飯店（Conchiglia Hotel），那裏靠近他當時擁有的週末別墅，離羅馬開車約需一個小時。那次會面是由我們共同的朋友馬里歐·德維基（Mario De Vecchi）安排的，他是位義籍製片人。在那之前，我從來沒跟費里尼說過話，甚至電話都沒打過。我那時還沒辦法判斷從羅馬到富萊金要花多少時間，但又不想遲到，所以那天我早到了四十分鐘。

我坐在那裏，有點孤單地望著我的第二杯卡布奇諾。費里尼遲遲沒有出現，我於是開始懷疑他到底會不會來赴約。幸好我那天沒戴錶，所以不會知道超過了約定時間多久。費里尼是出了名會放人鴿子的，可是當時我無法相信他會對我做出這種事，這跟我從他作品裏對他得來的印象不符。我很有信心地到了羅馬，就是專程來和他聊聊、寫些關於他的東西。

那是個晴朗的星期天，海貝飯店的酒吧裏，除了服務生外，空無一人。那位服務生偶爾出現時會朝我這兒望一下，看看我是不是還需要第三杯卡布奇諾。所有人都在戶外享受春天的氣候。我一路上帶著的書已經安撫不住我的注意力了，所以我就開始盯著窗外看。我看見那兒的海灘上沒有一吋地，或用當時的情況來說，沒有一呎地是沒有

人的。「陽光崇拜者」的數目似乎只有汽車才比得上,但好像也不可能有誰可以同時開來兩部。費里尼的富萊金明顯是個熱門的週末渡假聖地。

我聽到身後有腳步聲朝我桌子的方向接近。我轉過頭,認出那是費里尼。這時,他也在我旁邊坐了下來。他塊頭很大,身高六呎以上,但看起來好像又比實際身材更魁梧一些。這個印象不只來自他的高度,也來自他寬闊的肩膀和胸膛。他的身體好像就要撐破他的衣服似的。

他的聲音比起同樣體積的男人要來得輕柔些,所以要想聽見他說的每個字,就得靠近些。如果你覺得那樣還不夠近的話,他還會抓住你的胳臂、碰觸你的手,再不然就是把自己的手攬過來,把你拉得更近一些,反正有一大堆的肢體接觸。對我來說,他的聲音有種愛撫的質地,所以不管他說什麼,都可以產生一種親密的感覺。

他為了遲到向我道歉,然後又解釋他不是**眞的**遲到。他也早到了,就在我之前到的,不過他是坐在隔壁的房間。我之前沒有想到要去那兒看一下,因為我以為**自己**早到了很多。

他模仿通俗劇的口吻說:「我們已經損失了我們生命裏寶貴的四十五分鐘,而且永遠追不回來,但我們一定還是要試試看!」

我也盡可能像是在演戲地回答他:「雖然我們永遠追不上,但希望永遠都在追。」

在接下來的十四年裏,我個人這裏是眞的一直沒追上,因為每次會面都結束得太快。大部分的時候氣氛都很輕鬆,而且有些戲謔的調調,即使談到嚴肅的主題也一樣——應該說是,談到嚴肅的主題時**尤其**會這樣。

費里尼的談話經常呈現高度卡通化的走向,從豐富的面部表情到

義大利人特有的繁複肢體語言——在所有該說的都說了以後，好像又多告訴了你一點什麼。他興緻好的時候，還會把故事裏的角色一個個演出來。

費里尼以一種遊戲的心情進入日常生活的遊戲之中。我們第一次見面時，他就跟我說過：「遊戲式」的訪問才是最好的訪問——不只更有趣，而且還可以控制更多。我問他要如何才能做到那樣的訪問，他說沒有規則可循，我們必須去找出我們自己的方式。他拿自己所喜歡的片廠氣氛做比喻，他說：「我盡力讓情況很有彈性，不讓任何人被迫定型。情況應該是很隨興、很有冒險樂趣的，就像兒時的遊戲一樣。」

當然，他指的是那種有特權的童年——有錢、有權力、有自由的童年。他承認有人指責他表現的就像個任性的孩子，只習慣用自己的方式在片廠做事。他證實他們說的沒錯，暗示自己是受了兒時想當「操偶師」這個心願的影響，所以後來就把演員當做戲偶來看待了。他說：當一個導演不能說：「我想…可能…也許……」這些話，他只能說：「我要×××」。身為導演，他必須果決、有自信。因此，對某些人而言，他可能顯得有些傲慢。

我們第一次會面的時候，因為在等他的時候就已經把我所有能喝的卡布奇諾咖啡都喝光了，所以我接下來就點了一杯 spremuta di arance rosse，那是一種像是蕃茄汁的暗紅色柳橙汁，是一種義大利產的紅肉柳橙榨成的。費里尼告訴我，如果那時那種血色柳橙還不夠熟的話，他會幫我把它們漆成紅的。那時窗外的太陽突然被雲遮了起來。費里尼問我知不知道他有辦法把太陽給招出來。不等我回答，他就揮了揮手，接著天上的雲朵就飄開了，陽光也再度大放光芒——一個好預兆的開始。

柳橙汁來了，暗暗的紅色。我讚美他的確是個「畫家」，顏色調得對極了！然後他說要請我去他的辦公室看他的畫作。

我們第一次會面結束時，費里尼騎著單車離去。他不朝前進的方向看，而是朝離開的方向看，這跟他先前所提自己的拍片情況完全相反。他回頭看著我，先是用其中一隻手向我揮別，然後換另一隻向我揮別，最後又用兩隻手同時向我揮別。費里尼巨大的身型上穿著一套正式的藍色絲質西裝，外加白襯衫和藍領帶──無懈可擊的搭配。相形之下，壓在他身子下頭的單車就看起來小得可笑，而且他騎上去時車身也只能看到局部。

隔天，我去了他位於羅馬義大利道（Corso d'Italia）上的辦公室。誘人的二〇年代外牆裏面保存了這棟建築的菁華，用的是義式建築「藏私」的手法。牆後就是花園，爲的是引導來客，而不是炫耀。我往上踏了幾步台階進到底樓的工作室，他的辦公室是一層公寓。

挑高的屋頂反映出屋主的風格，而且長得跟費里尼一個模樣。屋內光線充足、亂中有序、高大陽剛，此外還有一種用舊了的舒適感。房間裏沒有雜七雜八的東西，費里尼向我解釋，他這種幾乎不留東西而且避免雜亂的行爲是他極嚴格自我抑制的結果。這些年來，他發現自己有興趣留下的東西不增反減，最後那些興趣縮小到已經可以代表他自身如隧道般狹窄的視野。拍片好比挖隧道，當看到隧道彼端的亮光時就代表一部電影的完成。而當他看到那亮光的時候，就表示他又要進入另一條隧道開挖了。

「我的工作就是我的生活。」他這樣告訴我，「它甚至是我的快樂泉源。放假不工作對我是一種處罰。」

他接著又說：「藝術創作是一種人類的做夢活動，從事創意工作最重要的一件事，就是去接觸自己的內在，把存於你體內的想法問題

帶出來。」

「對一個人來說，他的幻想要比他的實際遭遇更爲神聖。你可以做個實驗，如果你取笑一個人的實際遭遇，他也許還會饒過你，但如果你取笑他的幻想的話，他是決不會原諒你的。」

他把我領到一張已經用得很舊了的皮沙發，摸起來的感覺像是隻義大利手套。費里尼的舉動有種泱泱大度的風範，他大步走向房裏的一個書架，架上塞滿了他裝訂成冊的畫作。他小心取出一本顯得有些過大的剪貼簿，剪貼簿的外表就像他所有的東西一樣已經很舊了。你簡直沒辦法想像那房間裏還可能有什麼新東西。如果費里尼打算把什麼新東西帶到辦公室裏來，那東西也好像會在途中就變舊了。他坐在我旁邊的沙發上，把那本厚重的剪貼簿攤在自己的大腿上，爲的是不弄髒我的白色摺裙。

「我記夢的畫冊積了很多灰塵，」他說，「我不太常回去看這些。」

他給我看的畫不但包括他睡時的夢境，還包括他腦中在夜裏的幻想。「這些是我腦子裏看到的東西，不是夢裏的景象。夢是靠人的潛意識造出來的，但一個人腦子裏看到的東西則是他潛意識的理想化狀態。

「我在這幅畫裏光著身子躺在鐵軌上。」他翻開冊子的第一頁說，「我想是因爲在性關係和現實生活裏我都覺得容易受傷，而且知道其中的危險性。」他嘆了口氣，「沒錯，和女人在一起是非常危險的。」

他翻到下一頁，上面有一個瘦瘦的年輕男子被一個典型費里尼式的豐滿女子壓的喘不過氣來。「在我的畫裏面，」他解釋說，「費里尼就是這個瘦小可憐而且光著身子的男人。他非常瘦，皮包骨一樣瘦。我在自己的夢裏從來都不胖。我那時頭髮也比較多。他快要被這個像座山一樣的巨大性感尤物給愛得窒息了。他想跟那女人做愛，卻對付

不了她，他會被她給吞下去。可憐的傢伙，被自己的慾念給出賣了。但就算是死，他也會死得很快樂的。

「我把自己畫成二十歲左右的男人，那是因為我的內在狀態一直沒變。我到現在都還保持同樣的感覺，我仍然把自己當做二十歲。」

我問他一幅上面有電話的畫是在講什麼，上面有兩張同一個女人的面部表情——一張喜悅，一張憤怒。

「那是電話那頭正在跟我講話的女人，」他告訴我，「她覺得妒火難熬，因為她相信我另外還有有女人。沒錯，但她不知道真相為何，只是在懷疑。女人在我夢裏為我爭風吃醋。」

他拿一張畫給我看，那是他在某部電影公映前的一個夢所給的靈感。

「我是那艘小船裏的那個矮小男人。外頭浪很高，而且四處都是鯊魚。你可以看得出來我有多害怕。小船被風浪拋來拋去，而我手上又沒有槳。

「在夢裏，我自己救了自己。我當時坐在船裏，低頭看到自己有根像一顆樹一樣大的屌，所以我就拿它左盪一下右盪一下地划。我拿它當槳用，把自己划到了安全的地方。」

他把那頁翻過去又看到另一幅畫。

「下一幅是個關於我童年的夢。你有沒有看到那個站在路中央、一絲不掛的男孩？那就是我。當時車那麼多卻沒有紅綠燈，只見汽車四處亂衝。我於是跑到車陣裏，用自己的屌來指揮交通。

「你可以看得到，我在自己的夢裏絕沒有性無能的跡象，我可以為所欲為。這就是夢境比現實棒的原因。我可以一晚做愛二十次。

「男人是相當脆弱的——指的性這方面——最微不足道的小事都可以打垮他。

「比起來，女人則堅強得多。即使男人喜歡以征服者的姿態自居，但最終卻經常淪落成女人的階下囚。男人非常的天眞！」

他繼續翻下去。「我在這幅畫裏是被放在一個飄在天空的籃子裏。但後來籃子迷航了，我就跟著籃子在空中飄來飄去。你可以從那兒看到天上的雲。

「這幅畫裏，我跟教皇在一起，那時大約十五歲。我後來眞的見過教皇，他還叫我『費費』。」

「這張，我跟上帝在一塊。你可以看得到製造雲和摧毀雲的都是上帝。在我的畫裏，上帝是個女人。她不穿衣服，而且耽於肉慾。」

「這張，」他翻到另一頁，然後說，「你知道那個裸體的女人在馬桶上頭高舉那把大鑰匙的時候跟我說了些什麼嗎？她對我說：『這是你的鑰匙，我們把它丟到馬桶裏沖下去。』她有意和我共同展開新生活，而且希望切斷我過去的一切。她甚至不希望我再記起其他的女人。」他又翻了一頁，上面又露出另一個裸女。

「這個正在跳舞的女郎把衣服全脫掉了。她想進一步了解我，為了誘惑我，她什麼都做的出來，因為她實在太想要我了。」

下一頁上面是什麼我幾乎沒看到，因為他翻得很快。他說：「別看，**小女生**，這張對你來說過於色情。」但下一張的色情程度只降低了一點點，主要畫的是費里尼和又一位大胸脯的女人。

「這個女人又豐滿又漂亮，不是嗎？我掉了點東西，你看，然後就在她的陰道裏找起來了。」他停了一下，然後說：「你臉紅了，想停止訪問了？」

和費里尼見面有一些儀式的成分，但到「契莎莉娜」這家他最愛的餐廳去則帶著些莊嚴的氣氛。我第一次跟他去的時候，費里尼警告

我在女主人面前要注意禮節，那家店的店名用的就是她自己的名字。

他告誡我和契莎莉娜說話時要十分小心，要語帶敬意，但不可流於奉承。他向我解釋，有些人可能會認為她很無禮，只因為她把餐廳看做自己的家，你要在她的餐廳裏用餐得經過她許可。他警告我契莎莉娜不喜歡女人，不過這點我也沒什麼辦法。

他還故做嚴肅地說：「你知道，她只會出現在這個餐廳裏，有些人是像這樣的，他們和他們的地方是共生的。你從來沒看過她來到餐廳或離開餐廳，她就是一直在那裏。她是這世上我最崇拜的人之一，因為我尊敬那種在自己選擇的領域裏有天分而又能全心投入的人。她就是這樣的例子。」

雖然他是這位大媽最鍾愛的人，「幾乎就像是她的養子一樣」他說，但卻從不認為這是個當然的特權，他相信她也可能像 Caligula ❶一樣隨時改變心意。對於想住在羅馬的他來說，如果被剝奪去「契莎莉娜」用餐的權利，可真會是個過於恐怖、讓人不敢去想的處罰呢！

他最喜歡點很多道菜，然後每樣都嚐一點。他還鼓勵我不要太節省，要慷慨地點菜，吃不完也沒關係。他要我點一些和他不一樣的東西，我後來才曉得那不僅是為了我著想，也是為他自己著想。這樣一來，他就可以每樣菜都吃到一些。然後他在我們彼此的盤子裏揀了同樣多的菜去吃，想是義菜中吃。他說因為我們只有兩個人卻佔了一張桌子，所以得點多點菜——即使那只是張二人位的桌子。他喜歡這個嚐一點，那個嚐一點。他指出，那是在餐廳吃飯時的一種享受，跟在

---

❶ Caligula（12-41），原名 Gaius Caesar, Caligula 有「小戰靴」之意，為其綽號。Caligula 原為當年羅馬皇帝 Tiberius 之姪孫，Tiberius 讓其孩子 Gemllus 與 Caligula 共同繼承王位，但 Gemllus 後來卻被 Caligula 謀害。Caligula 初登王位的半年內尚稱仁慈，但歷經一場重病則突然變成殘忍無度的暴君，最後被其近身侍衛行刺身亡。

家吃飯不同。

在大部分的食物**不知怎麼**被吃掉以後，他會對我說：「留點肚子給甜點，這裏有種很棒的蛋糕。」

很多時候，我們的談話都伴同著食物。費里尼注意到「同伴」（companion）❷這個詞是從拉丁文裏的「加上麵包」這個詞衍生來的。

他告訴我：「食物就代表著愛。準備食物時，味道的好壞和所放進『愛』的分量多寡有很大的關係。那不僅只是尊嚴的問題而已。『愛』應該被列爲做菜的原料。

「世上有很多美好的事物都是在和別人一起分享食物的時候發生的。一個以『便捷』爲主要訴求的世界讓我擔憂。對我來說，『電視』晚餐代表著一個孤獨的世界、一個漠不關心的世界。」

費里尼告訴我他最想見的人有格魯丘‧馬克斯、梅‧蕙絲特、勞萊與哈台等。我在格魯丘在世的最後幾年跟他很熟，而且還寫過一本關於他的書。我也認識梅‧蕙絲特，而且也寫過她。他喜歡和我談格魯丘和梅兩人。他以前從來沒有聽過他們說話的聲音，因爲外國片在義大利會被配成義大利語放映。

我帶了一件印有格魯丘圖案的Ｔ恤——那是我第一本書《哈囉，我得走了！》（*Hello, I Must Be Going*）的紀念品，書裏寫的是格魯丘的事。Ｔ恤的正面印著「哈囉」，反面印著「我得走了」，我告訴費里尼，我帶的是特大號的尺寸，不過他並不**一定得穿**。

費里尼回我：「可是我**想穿**，你可以想像我穿上它的樣子——可是我會就只穿它，其他什麼都不穿。」他把衣服拿在胸前比了一下說，

❷ companion 一字之義大利文寫法爲 compagno，在字源學裏，com 有 con（加上）的意思；而 pagno 的字根則爲 pagnotta（麵包）。

「連內褲都不穿，你覺得如何？」

　　我問他，那麼我可不可以有一張他穿上T恤的照片？他說：「當然可以！」但照片卻從來沒寄到過。

　　我一直記得有一晚和費里尼在羅馬的經驗。他那天努力想表現得不失禮，而且不願拒絕別人，這些就是典型的費里尼作風。那晚的約會是他自己承諾下來的，但卻缺乏期盼的喜悅。

　　我們那天搭計程車去一個記者家。那個記者的太太是位研究生，正在寫一篇關於費里尼的博士論文。那篇論文甚至還有個更特定的主題，研究的是費里尼從前在《Marc' Aurelio》這本雜誌上寫的東西，那是他年輕時的作品。

　　費里尼爲《Marc' Aurelio》寫的東西影響了他一輩子。他後來還持續從中汲取了一些構想和片段。爲義大利最富盛名的趣味雜誌寫作，迫使他去思考、去把自己的想法呈現在紙端、去把自我的才華風格找出來。更重要的是，他對生存這事的基本觀念、想法也因而成形，並清楚地表達出來。《Marc' Aurelio》雜誌對費里尼的重要性相當於一所「大學」。他從中學到了一門學問，並拓展出屬於自己的一條路。此外，他也得到和全國最富創意的一些人接觸的機會，他們啓發他、教導他，往後還提供他一些人脈關係。他們肯定他的特殊才能，有些人甚至認爲他是個天才——這對他是一種相當大的激勵，並也讓他獲得了自信。費里尼相信，如果當時沒看到自己的作品刊出，他就不會有足夠的勇氣繼續下去。那些比他年長而且比他有經驗的人，慷慨而且不嫉妒地指引他，這個部分也反映在費里尼一輩子的處世作風上。他那時被迫要每天動筆，日子才過得下去，知道自己的東西會拿到錢並會被發表，是他可以那麼辛苦工作的動力來源。雖然他自稱自己有些「懶

惰」，但其實他終其一生創作力驚人。他粗略估計了一下，包括加了圖說的素描漫畫，以及長篇故事或短篇連載，他可能在《Marc' Aurelio》這本雜誌上創作了千篇左右的作品。而且就他記憶所及，他還想不出有任何一篇東西被退稿過——這對一個年輕人來說，真是種極大的讚賞與鼓勵。

費里尼原本可以找個理由婉拒這名年輕女子的邀約，但她已經給他寫了很久的信，而且她的論文將要在學校發表了。由於當時費里尼沒有拍片，所以就答應下來了，而且隨後就發現很難再把約會取消，即便他有過這樣的打算。他不想讓她失望，何況，她留下的電話號碼也已經弄丟了。

那天晚上我們在街巷窄到計程車無法通行的地方下了車，計程車駕駛認出了費里尼，答應要等我們回來。

我們穿過越台伯河區的彎曲窄巷，那是羅馬北郊的一個舊區，我們要找的是一個記在小紙片上筆跡潦草的地址，那個紙頭在我們從市中心上車以後有兩次差一點找不到。路上我們曾在一家咖啡廳停下來吃蛋糕喝卡布奇諾，因為費里尼說他們那兒大概沒什麼太多可吃的，他覺得我們應該先墊墊肚子。這樣一來就可以把那個即將到來而且注定躲不過的「拷問」往後拖一會兒，何況，我們經過的那家咖啡廳，櫥窗裏又偏偏放了一個特別誘人的蛋糕。

費里尼在進入那棟建築的矮門時幾乎得彎下半個身子。在那間天花板極低的公寓房子裏，我們被他們桌上的奢侈排場嚇了一跳，那代表著好幾天的計畫、採購和準備。我們喝的那種酒簡直是太貴了，而且由那位年輕女子精心吹整的髮型看來，她大概也在美容院花上了半天的時間。此外，她還穿上了黑色的宴會服和細跟的高跟鞋來接待我們。至於我們在這個場合裏所看到的家具的表漆都已經剝落了，它們

是那種已經變得很舊、卻永遠沒機會成為古董的家具。

　　晚餐後，她以充滿期待又驕傲的心情向費里尼呈上她完成了的博士論文，那份論文有厚厚的兩大冊。費里尼很禮貌地翻著那兩冊東西，只要看到那女人在看他就會點頭稱許。那女人望著他的時候幾乎停住了呼吸，或至少看起來是這樣。費里尼會把論文翻到某一頁，看一下，然後說：「太好了！」之後，他又會跳個一百頁左右再看一段，然後加個評語：「有意思！」

　　他待在那兒的時間比需要停留的時間久了些，部分原因也許是懶得動，但還有一部分原因則是他看到他們興奮不已的樣子。他明顯留給了他們一份禮物，一份任何人都有能力送人的上好禮物──一段回憶。他明白那是他能力範圍內送得起的禮物。

　　費里尼其實並不喜歡成為別人論文的題目。當他看到那部花費數年才完成的作品時，單是它厚度的大小就已經讓他目瞪口呆了。不論內容寫的好不好，它的重量就夠你瞧了。離開那間位於越台伯河區的房子時，費里尼對我說：「那麼多頁！想想看，花了她三年多的青春哩！但內容甚至還不是寫我的電影呢，而是關於我為《Marc' Aurelio》雜誌寫東西的那段歲月。她說她看過我五百篇以上的作品。那些東西都是四十多年前的寫的。四十多年了吧！」

　　不過我知道她所做的真的讓費里尼很高興，否則他不會待那麼久。

　　我們離開時已經超過清晨四點了，那些彎曲的小街道已伸手不見五指，四下無人，而且幾乎沒有一點燈火。我們迷路了，甚至找不回才離開的那棟公寓。此外，我們倆的細聲交談好像也變得大聲起來。

　　「你想這裏安全嗎？」我問他。

　　他毫不遲疑地說：「不安全。」

我很後悔問了那個問題。他提醒我說，他告訴過我不要帶著裝有錢和護照的皮包出門。我其實有聽他的建議，只是當時擔心的並不是我的皮包。

費里尼告訴我：「我曾經可以不假思索地在羅馬任何地方走動——真的是任何地方！那時我有一種豁免權，就像警長一樣。現在到處都是陌生人和新來的人。我們進口了很多趁人不備的搶匪。這些新面孔，他們不認識費里尼，就算認識，也不會在乎的。」

然後我們發覺到附近還有別人。

雖然沒看到任何人，但聽到了一些聲音——男人的聲音。六個體格強壯的年輕人從一個角落裏閃了出來。他們全都穿著黑色皮夾克，而且講話很大聲。他們漸漸移到我們身後附近。

費里尼指示我不要露出害怕的神色，但夜裏那麼黑，就算表情再勇敢也是白費。他說我們離計程車等候的地方不可能太遠——如果它這麼多小時後還在等的話。

穿皮夾克的那羣人愈靠愈近，而且在我們身邊圍成了一個半圓形。之後，其中有一個人站到了其他人的前面，他們現在離我們更近了。他瞪著費里尼，費里尼也瞪了回去。然後，即使是接近完全漆黑的情況下，我們還是看到了那個年輕人因微笑而露出的牙齒。那些人影放鬆下來。那位站在前面的人明顯是那羣人的頭頭，他向費里尼打招呼：

「你好啊，菲德利哥！」

他們講了幾句話，然後我們就被護送到那輛計程車那兒，它還在等。之後，那羣人就往他們的下一個目的地走了——那是在哪兒。

「那些是我認識的老面孔。」費里尼說。

我注意到了。

那輛計程車竟等了我們那麼多小時，司機安詳地睡著，他相信費里尼一定會回來的。

我們剛開始會面那段期間，有次費里尼曾說：

「我想和你愉快地聊天。『聊天』是最好的一種談話方式，它不應該仔細規畫，而該順其自由發展。我覺得一個人一定要誠實而開放地面對自己的生命。」

他不喜歡事先預定的約會，不喜歡任何需要明確承諾的事。費里尼偏愛輕鬆、隨興的行事方式，但拍片時除外。他最喜歡坐車逛羅馬的時候，是我們沒有安排任何行程的時候，他說：

「我愛（坐車）漫無目的亂逛。對我來說，去一個特定的地方從來不會比隨便逛逛來得好玩。車窗外一排排不斷經過的影像就如同一部電影，欣賞它們是我生活中最大的刺激之一。」

他對在羅馬四處走走也有相同的感受，而且從來不會厭倦。我唯一穿平底鞋的機會就是和費里尼共進晚餐的時候。他可能會告訴你：「吃完飯走路回家不錯。」但卻沒說要走上四十分鐘。當我的鞋子磨平了，羅馬是個買厚底鞋的好地方。

不管我們去哪兒，如果是在餐廳裏，費里尼會爲在某一桌用餐的客人編一小段故事；如果是在大街上，他就會討論他所看到的人物類型。我們開車或走路經過一些可能長著一張有趣的臉，或是散發著某種特質的人，他們都可以激發他的靈感。他老在觀察人，尤其喜歡去看那些在康多提街（Via Condotti）上盯著櫥窗看的人。在這條流行商品街上，全羅馬負擔得起的人會去買，負擔不起的人至少還可以看看櫥窗。由於康多提街屬行人徒步區，車輛一概免入，所以我們就走在路中央。費里尼指著幾對衣著入時的男女，他們手中提著、抱著

Valentino, Armani, Bulgari 等名牌的漂亮購物袋和繫有緞帶的禮盒。在康多提街上，女人都很驕傲地提著她們買到的東西，那些東西或許不重，但價錢卻不便宜。費里尼看到一名年輕貌美的女子和一位年紀較長的男人在一起。「他一定**不**是她的祖父。」他指出：「她是個『上乘的情婦』，你看那男的多麼神氣。」

費里尼繼續說：「下午走在康多提街上，你可以看到那些有錢男人『五點到七點』的生活。如果他們**非常**有錢，那麼時段還可能拉長為『四點到八點』。他們下午會陪著他們的『小老婆』四處晃晃。他們陪著情婦去買東西，然後幫她們提東西，之後一起停下來喝杯苦艾酒或琴札諾酒（Cinzano）。再之後，他們就返回愛巢辦事。男人要及時完成任務然後趕回家中和妻小共進晚餐。」

我們聽到旁邊街上傳來一陣叫罵聲，但沒看到是什麼人在叫。費里尼轉過來一張拉得老長的臉，他說：「夏洛蒂娜（Charlottina, 即夏洛特 Charlotte 之暱稱），你都聽到了嗎？你知道那些叫聲是幹什麼的嗎？那是在對費里尼抗議。是那些我不給他們見面和採訪機會的人在抗議。他們看到我和你在一起，就說：『他不見我們，卻跟這個美國人在一塊幹什麼？』」

他注意到一家 Gucci 的櫥窗裏有雙漂亮的鞋子。「它們看起很舒服，對不對？」他技巧地說著，其實看起來不只是很舒服而已。沿著街再下去一些，掛在一家 Hermès 店裏的一條波爾多（Bordeaux）產喀什米爾羊毛圍巾吸引住了他的注意。我在那次離開羅馬之前買下了那條圍巾送給他。雖然他老是不願承認自己有物質慾望，而且否認自己濫情，但往後當我人在羅馬，而且天氣夠涼的時候，他就經常會戴**那條波爾多圍巾**。

其實只有克羅契街是費里尼常會去逛逛的地方，因為那兒店櫥窗

裏的巧克力蛋糕可能會讓他猶豫不前，再不就是乳酪的香味可能會誘他駐足觀望。他雖然會對那種「洛杉磯式」超市的規模嘖嘖稱奇，但卻表示自己對那種致力於全面「專精」的商店沒什麼信心。他說只有一個「對吃敏感的人」才能分辨出最好的摩札蕾拉乳酪和最好的帕馬乾酪。當然，你不能期待這一個人同時可以一眼看透一顆瓜是不是已經熟到可以吃？還是再擺一兩天比較好？

一九八〇年春末的時候，在和費里尼聊了幾週之後，我準備離開羅馬了，他告訴我他想爲我畫一張像。我則希望他能在我人在羅馬的時候畫它。

「不行，」他解釋：「你離開以後我才能把你看得比較清楚，用我心裏那雙眼睛來看，我要把我記憶中的你畫出來。」

幾天以後，我在倫敦收到了那張畫像。畫裏還附著一張類似道歉的紙條，說這張「夏洛蒂娜」的像是「我的一小張不討人喜歡的趣味漫畫」。那張畫我喜歡極了；除了一點以外，他對我的看法就跟我對自己的看法一樣。那點就是他畫中的我帶了吉普賽人的金耳環。我跟他在一起的時候，從來沒戴過那樣的耳環——事實上，我從來沒戴過任何耳環。

我打電話向他致謝，表示很喜歡那幅畫。然後我問他爲什麼畫我戴金耳環。

「你內心戴著那些耳環。」他說。

掛上電話，我立刻出去買了一副。

在我下回去羅馬會費里尼的路上，我路過了他最喜歡的一家麵包店，櫥窗裏展示的一個蛋糕深深吸引了我，尤其在我問出了那就是「玉米粉蛋糕」（torta di polenta）之後，更覺得它誘人，於是便衝動買下。

當我把蛋糕送給費里尼的時候，他批評「玉米粉蛋糕」這個名字

聽起來就像是「養生素食餐廳裏來的東西」，然後就津津有味地吃了起來。我很高興自己可以在羅馬向費里尼介紹一點什麼他不知道的。我問他如果他到紐約來是不是也會向我介紹一些什麼當地的東西？他說他會來紐約，並附加一句：「我心裏已經有底了。」

我們常在羅馬大飯店吃三餐或喝下午茶。而且只要我在羅馬停留的時間接近一月二十號他生日那天，他也會選在那兒慶祝。他的慶生會總是在午茶時間舉行，我們在飯店吃的糕餅就充當生日「蛋糕」——這已經變成我們的傳統了。那種糕餅我最早是從紐約帶來的，事實上，那根本不算是蛋糕，只是從麥迪遜大道（Madison Avenue）上的 E. A. T.那家店買來的杏仁巧克力餅。它是費里尼首次發現那種美國的杏仁巧克力餅，而這種餅我每次都帶去羅馬，不是只在他的生日時才帶去。

羅馬大飯店提供盤子和銀叉讓我們享用巧克力餅。在場的其他客人則盯著我們瞧，不知是在看費里尼，還是在看那些巧克力餅。他們有些人也想點那種巧克力餅，但不得以被告知那是「外食」。費里尼到處都享有特權。

即使是他的生日，即使只是咖啡、蛋糕這種小錢，他都從來不許我付賬，就算我事先把錢塞給店主，或聲稱出版社會再把錢補還給我也一樣。

我相信費里尼所說的：「要真正認識我，你一定得看看我拍片時的樣子。」我也相信他說自己只有在當導演的時候才「真正活著」。於是我在一九八二年從紐約打電話給他，問說我能不能到羅馬參觀他導新片《揚帆》的情況。在那之前，我一直覺得選在他拍片的空檔去拜訪他，好像比較不會讓他有壓力。費里尼說：「為什麼還要問呢？我是不可能拒絕你任何事的呀！」他說他會找人到機場「接我」——因

為他人在拍片，沒法兒自己來。那次我一下飛機就直接從機場被人接到電影城的第五棚了。

一踏上他們在攝影棚裏搭起來的顛簸船板，費里尼就熱情迎來：「很高興你到這兒來，夏洛蒂娜！」

我說：「你說過，如果只是聽你講話，不來看看你拍片的情況，不算真正認識你。所以我就來看你拍片啦！」

費里尼靠過來，用手遮著嘴，想掩住自己要講的話（因而引來了所有人的注意），他在我耳邊小聲地說：「再來你就得認識床上的我了。」

我盡力想演好自己的角色，希望自己能盡可能看起來尷尬一點。

沒有旁人聽到費里尼說的話，但那些站在旁邊的技術人員、演員和臨時演員就可以在自己的腦子裏天馬行空地想像。我的到來因而讓他們得到了一個輕鬆有趣的間歇。他們除了同情我以外，一定還覺得好笑，因此讓我後來在片廠上得到完全的認可——沒人質疑我為什麼可以在場。

然後費里尼又嚴肅起來，他說：「夏洛蒂娜，歡迎到電影城來——我**真正**的家。」

然後他把我介紹給那些圍過來的人：「這是夏洛特·錢德勒，她寫過一本很棒的書，內容是關於馬克斯兄弟這對小丑演員，對兩兄弟裏的格魯丘這位偉大的小丑寫得尤其詳盡。而在寫過小丑之後，她就要來寫我了。」（費里尼曾經告訴過我，儘管別人把他當成馬戲團長來看，但他對自己的看法卻是：「我是一個小丑，電影就是我的馬戲團。」）

在我們早期的一次談話裏，費里尼曾說過：

「我跟別人密切合作的時候不論時間是長是短，都需要有一種意

氣相投的共事氣氛。我需要和親密的朋友在一塊工作，友誼應該建立起來，而且我們應該一起去冒險。然後，我們還該擁有共同的回憶。」

我覺得這話確實不假。每次我見到費里尼就可能是一段回憶在形成的時候，從沒有一分鐘感到無聊，而且每次分別時都會覺得難過不捨。

在片廠的時候，費里尼會在拍戲的空檔走來我這兒，而且還可能會刻意當眾對我耳語。

「我們明天去摩洛哥走走。」他開玩笑地對我說。

「好啊！」我會興奮地回他。

下一個禮拜，他又會問我：「你明天想不想跟我一起去伊斯坦堡？」

「沒問題！」我會毫不猶豫地回答。

在這種遊戲裏，那些旅程都從他的提問中開始我的回答裏結束。我從來不會多想什麼，而且也從來不會感到失望。我當時正和費里尼一起分享著羅馬，那就是我要的。然而看到那麼多因費里尼未信守「承諾」而心碎的例子，仍令我吃驚。就算費里尼向我提議跟他一起上月球，我都會說「好」的。

「『胡言亂語』經常最有道理。」他告訴我。

在電影城《揚帆》的拍攝現場上，我看到費里尼一直無法讓一名男演員演出某種他要的反應，那演員好像就是沒辦法表現出那種效果。

那個男演員面對的是一個藏身一件灰色大斗篷下、面色蒼白的純潔少女，他在看到那位臥倒在地的無助女子時本應露出驚嚇的表情。費里尼喊了暫停，並對那些演員進行個別談話。

再一次開拍的時候，那個藏在斗篷裏的人轉頭過來看著那位男演

員，這回他就完全露出了對的表情。

原來費里尼在不讓那位男演員知情的狀況下，把那名年輕的女演員換成了他所能找得到最老的男人。

那眞是天大的惡作劇，但因拍片需要，非如此不可。

費里尼在拍片現場不停地說話、解釋。他經常保持在導戲和對話的狀態，而且想辦法記住所有的人，並和他們保持最頻繁的接觸。他可能會問片廠的人：「有誰昨晚做了什麼好夢？」他指導、哄騙、安撫演員，還示範演出包括女人在內的所有角色。「我可以是個很棒的女色情狂呢！」他這樣告訴大家。不過，一離開片廠，他就不那麼多話了，甚至還可以是個相當不錯的聽眾。在說話對象只有一個人的時候，他經常都很安靜；即使是跟最珍貴的朋友在一起，他也可能保持沉默。

費里尼告訴過我，他在片廠導戲的時候，整個人會變得生龍活虎起來，他要我應有會認不出他的心理準備。雖然我的確看到了他所預告的不同現象，但還是認出他來了。其間的差別並沒有他想像的那麼大，我認爲只是他自己感受到的不一樣。

那些在片廠的人都表現出全然的尊敬，甚或崇敬。從大明星到臨時演員，每個人都好像爲自己能演出費里尼的電影而感到興奮。甚至連製片人和工會派來監督拍片以保護他們利益的代表，都對這位富有傳奇色彩的導演感到著迷。

中午在電影城外吃飯的時候，費里尼知道周圍不再有眼睛盯著他看了，所以肢體和語言就稍微鬆懈了下來。平常他幾乎每天都會和全體工作人員共同進餐，扮演用餐指揮的角色，他會用誇張的言語、滑稽的動作爲大夥分食，作用頗具特色。此外，他也一定會保證每個人都有地方坐，甚是體貼。

片廠的工作時間那麼長，但費里尼卻始終保持行動力，一直和演員、技術人員保持對話。只是在我看來，他仍是孤單一人。因為他仍在自我保護，而且整顆心都忙著在想自己的電影。

艾多・念尼（Aldo Nemni）是位熱愛電影的成功商人，《揚帆》是他首次擔任製片的投資。他盡可能常從米蘭趕來看天才費里尼拍片，同時也是來和自己的錢說再見。他跟我說費里尼愛上了自己的工作，是位純粹的藝術家，會因創作而產生狂喜。

念尼對自己的投資很有信心，因為這是和費里尼合作拍片的唯一機會，而他在提案時又表現得那麼聰明睿智，甚至還帶有某些程度的謙虛。然後，當他人到了攝影機後頭，卻又因熱情過度而突然變了個人似的。那時，他只為正在做的事活，而且也只活在他做的事裏面，「像個戀愛中的男人一樣，完全著了魔——其它的東西都看不見了。」

費里尼和念尼一見如故。在此之前，費里尼就希望能為自己找到一位終身的製片人兼朋友。由於念尼優雅、知性、人品佳，所以費里尼可以接受他不愛吃的像自己那麼多這件事。

費里尼不喜歡實景拍片，所以不只得把船造在電影城裏，還要模擬海的場景。

那個人工海得用水力的方式來製造出類似真浪一樣的完美不規則起伏——「不管花多少錢！」儘管費里尼被要求在預算暴增數十萬至數百萬的情況下樽節開支，但他依然豪放如故，花製片人的錢像花自己錢一樣慷慨大方。原本對錢略存的敬意消失了，電影變成唯一重要的東西。根據念尼的說法，費里尼對預兆這些東西迷信得嚇人，由於他覺得電影開拍的時候不吉利，所以就宣佈改期。但改期的理由如果不是因為那個緣故，就是因為他還沒完全準備好。

念尼為了降低風險，決定減少他該得的利潤。「我損失了一點錢，」

念尼告訴我，「但得到了一個獨特而且難忘的經驗，這會是個很愉快的回憶。當過費里尼的製片就好比是我在電影業裏的名片了，而且由於認識費里尼，我也間接在很多方面受惠。」這是我們很多人的共同經驗。

當芭蕾舞劇《大路》在米蘭史卡拉歌劇院首映的時候，念尼就是茱麗葉塔的護花使者。他和費里尼還是朋友，只是再沒為他製作過別部電影。

我所坐的地方應該算是《揚帆》中的上層甲板上，當技術人員搖動整個景的時候，我可以感覺得到船身持續地晃盪。我的椅子每天放在那兒，除非費里尼過來跟我聊天或解釋什麼，或是馬斯楚安尼、塞吉歐‧李昂尼(Sergio Leone) ❸、羅賓‧威廉斯（Robin Williams）、保羅‧紐曼、安東尼奧尼及其他名人來訪，或友人路過，否則在這不對外開放的片廠裏，我可是一個人孤伶伶地坐在那兒。偶而，也會多出一張椅子在那兒等著，意思是茱麗葉塔‧瑪西娜就要到了，不過她並不常來。

茱麗葉塔穿著時髦的義大利套裝，即使穿著高跟鞋仍顯嬌小，費里尼會親自上前迎接。片廠中每個人都認識她，不只因為她是費里尼的太太，還因為她自身輝煌的演藝成績。她在專業上受人敬重，個性又討人喜歡。她從來不久待，像是怕干擾大家拍片。

茱麗葉塔親切地和我打招呼。我們第一次見面是在紐約，當時她剛從舊金山影展領完獎，人在返回羅馬的途中。影展當局對她的熱情

❸塞吉歐‧李昂尼 (1921-1989)，義大利編導。六〇年代以系列由克林‧伊斯威特主演的「義大利西部片」崛起影壇，曾經風光一時。作品包括：《荒野大鏢客》(A Fistful of Dollars, 1964)、《黃昏雙鏢客》(For a Few Dollars More, 1965)、《地獄大決鬥》(The Good, the Bad, the Ugly, 1966)、《狂沙十萬里》(Once Upon a Time in the West, 1968)、《四海兄弟》(Once Upon a Time in America, 1984) 等。

接待讓她興奮不已。費里尼從羅馬打電話來告訴我，說茱麗葉塔會經過紐約，問我可不可以和她碰面並陪陪她，因爲她不習慣一個人旅行。我邀她到「馬戲餐廳」吃午飯，她一進門就被大家認出來了。隔年，菲德利哥幾度想把我在紐約招待茱麗葉塔的所有花費還給我，但被拒絕了！

在拍攝《揚帆》一片的沉船鏡頭時，因爲空氣中煙塵迷漫，所以他們要我戴上一個手術用的白色口罩。所有不在鏡頭裏的人，包括費里尼，都戴上了那種小口罩。那種口罩看起來裝飾成分居多，因爲要拿它去抵擋任何人所需的任何抵擋都是不夠的。

茱麗葉塔有時會在片廠對我耳語，然後我就會看到菲德利哥往我們這邊看來。我擔心我們會被唱名責罵。他的確吼過一次，當時費里尼正在導一場戲，而她在和別人說話。這種事對我來說很嚴重，但她並不很注意。我不知道如何是好，因爲我既不想對她不客氣，也不想對費里尼不禮貌。

我在片廠參觀期間，她第一次來探班時，曾邀我和她一起喝茶，她說坐在搖晃的甲板上覺得頭暈。我們去了很久，然後我一個人回到片廠，她則返回他們位於瑪古塔街的寓所，也就是費里尼每天晚上回去的地方。第二天，她又邀我喝茶，我擔心費里尼會認爲我對看他拍片的興趣可能沒喝茶來得那麼大。但前者才是我到羅馬來的原因。所以那天我便婉拒了她的邀約。

我和葉麗葉塔在一起的時候，她憶起了第一次和費里尼見面的情形。雖然她當時在學校相當受歡迎，不論在班上或戲劇演出方面都引起了很多男性的注意，但年輕時的菲德利哥簡直把她給徹底迷昏了。「他跟其他人不一樣，我遇到他以後，就覺得沒人比得上他，經過了

這些年還是沒變。如果說有什麼的話，那就是他甚至變得愈來愈像他自己了。」

在他們交往初期，茱麗葉塔覺得自己比任何人都「了解」費里尼。一九八三年，當我們坐在那艘正待啟航的船的甲板上時，她感慨地說：「我當時真是天真，當然沒有人可能完全了解像菲德利哥這樣複雜的男人，我沒辦法，菲德利哥他自己更是毫無可能。

「他說他沒辦法了解我，但那是因為他一直在尋找複雜的東西，而不是簡單的東西。由於他已經在自己的腦子裏創造複雜的事物，所以他希望在我們日常生活裏所有事物都能愈不複雜愈好。

「我們的交往過程既密集又浪漫，因為當時正在打仗，菲德利哥必須躲避想拉他入伍的法西斯黨。因為他得藏在我阿姨的公寓裏，所以大部分的時間我們都待在一起。

「我那時還在唸書，而且也喜歡學校生活，但什麼都比不上菲德利哥。他是我的初戀，現在還是。

「菲德利哥那時非常有趣，會逗得我哈哈大笑，不過現在卻很難想起什麼特定的例子。有趣的部分不那麼在於他說了**什麼**，而是在於他**怎麼**去說那些東西。但我是還記得他打電話邀我見面吃飯的事。我聽過他的名字，但從來沒見過他，只知道他是我主演的廣播劇的編劇，所以心裏已經對他有點興趣了。那齣劇叫做《奇哥與帕琳娜》，而我演的就是帕琳娜，內容是講的一對年輕夫婦的事。

「菲德利哥的聲音真是太迷人了，單是聽到他的聲音就很難拒絕他提出的任何要求。他的聲音輕柔、溫暖，對女人講電話時尤其是這樣。到後來，我總可以分辨出跟他通話的是男是女。我有過很多演出經驗，也一直和一些男演員一起工作，但就從來沒遇到有誰說話像菲德利哥一樣。

「他在電話裏說，『茱麗葉塔，你好，我是費里尼。』他說『費里尼』，而不是說『菲德利哥』。後來他又說了一些類似這樣的話：『這世上我已經活煩了，但在我離開人間以前，我一定要見到你，即使一次都好，我要看看我的女主角長得什麼樣子。』」

「我知道他一定是在開玩笑，但我也想知道他的長相如何。也許我當時在內心深處就已經感應出他以後會成為我的男主角了。」

她告訴我，《奇哥與帕琳娜》這齣戲是取材自費里尼前幾年為《Marc' Aurelio》雜誌所寫的一些東西。當時茱麗葉塔並不知道自己飾演的角色就是根據費里尼的初戀情人改編而來的。後來她發現了，卻也不在意。費里尼告訴她，那些故事想像成分居多。

她那時覺得自己和菲德利哥好像才認識一天。「嗯⋯或者一個月。」她感慨地說，「但我想，菲德利哥可能會覺得那是更久以前的事。」她記得他們第一次吃中飯的時候，他就比自己更關心吃的問題，他們終其一生都保持這個模式。

「最近我跟他提過我們第一次見面的情況，但他的印象跟我的印象不一樣，不過有件事，他的記性可比我好得太多：他可以把我們那天中午吃的東西全部背出來；而且背的不只是他吃的東西，也包括我吃的東西。」

她又感歎地加了一句：「菲德利哥對食物的記性一直很棒。」

茱麗葉塔相信自己為潔索米娜這個角色帶進了同情和奇想。她認為那是她個人的功勞，劇本上並沒那些。原劇要求潔索米娜要看起來像是低能，甚或不正常的女人，感覺較缺乏人性。萊麗葉塔覺得這種切入角度無法贏得觀眾的同情，只會讓他們可憐她。她覺得必須讓觀眾感受到潔索米娜寂寞的苦痛。片中，潔索米娜不幸愛上了個性殘暴、毫不體貼的贊巴諾。

「有人想製做『潔索米娜娃娃』，」她告訴我，「我想擁有一個，可是菲德利哥恨透了這個想法，所以事情沒成。他不喜歡那些人，覺得他們是想騙我們。」

茱麗葉塔喜歡交際，但個性害羞。費里尼也說他自己害羞，但他的羞怯藏在內在底層，而茱麗葉塔的羞怯則較屬表面。葉麗葉塔跟菲德利哥在一起的時候通常都沉默不語，但當他不在的時候，她就會暢所欲言。她解釋說：「我喜歡參加派對、餐會，和朋友在一起，只要我人在那種場合裏就會很高興，不需要多說什麼。當我和菲德利哥在一起的時候，我覺得自己像是在他陰影下面，不過我並不介意，因為那是一個很棒的陰影。我相信大家都寧願聽菲德利哥多說一點。」

然後，她突然話鋒一轉：「我倒是一直不清楚菲德利哥跟別的女人在一起的時候是什麼樣子？只知道他對待我的方式。」

她繼續說：「菲德利哥從不需要睡得太多，一晚幾小時就夠了，所以他老有比別人多的時候去惹麻煩。人家問我為什麼這麼能體諒菲德利哥犯錯？其實我並非那麼體諒。當然這也是因為我不知道他到底做了些什麼？我和所有人都只知道他在銀幕上拍的東西和在訪問裏說的話。他是個義大利男人，所以**必須**對別人誇耀他們在性方面的戰績，這樣才能贏得其他義大利男人的尊敬。我猜真相是介於他告訴別人的話和他告訴我的話之間。菲德利哥跟我說，那些都不代表什麼。他從不說那些都不是事實，或從來沒發生過那些事，他只說，那些向來都不代表什麼。他總是會回家，回到我身邊，因為我是他的一部分。

「菲德利哥從不會主動說些什麼。如果我問他，他是不是有其他的女人？他就會說些我想聽的；如果我指責他說謊，他也會承認。他告訴我，他的所做所為都不會影響到我們的關係，他說我是他的終身伴侶，我們一直共同生活在一起，現在也擁有共同的回憶。

蘇菲亞‧羅蘭原是費里尼所寫劇本《與安妮塔共遊》一片預定的女主角，這本來是費里尼接在《卡比莉亞之夜》後面要拍的電影。費里尼對外宣稱他放棄這部電影的理由是蘇菲亞‧羅蘭那時人不在義大利，這話雖然不假，但私底下其實還有另一個理由。

茱麗葉塔認為劇中男主角的婚外情是根據費里尼自身的出軌經驗改編而成。她相信在真實情況裏，「安妮塔」可能是安妮塔‧艾格寶和蘇菲亞‧羅蘭之外的任何一個女人。費里尼否認了她的想法，但也並沒另外找人去演那個角色，因為──就像他告訴我的：「蘇菲亞畢竟只有一個啊，此外，茱麗葉塔說的也是真的。」故事中出軌丈夫的妻子──寫的就是葉麗葉塔──個性柔順。但真正的葉麗葉塔則完全不是那個樣子。

「大家說義大利的妻子與眾不同，」葉麗葉塔說，「說是她們容忍度比較高。其實不是義大利的妻子跟別國的不一樣，而是義大利的丈夫跟別國的不一樣。但我們又有什麼辦法呢？我只好試著往別的地方想，因為你要我上哪裏去找一個像菲德利哥的男人呢？找不到呀！我的菲德利哥就只那麼一個──他是個天才！我想天才是有特權的吧。」

葉麗葉塔告訴我她和丈夫──也就是這位電影導演──的合作情況。她面對《鬼迷茱麗》這部片子的最大煩惱，就是恐懼要再度和費里尼這個傳奇人物合作。當初費里尼為她開創演藝事業道路時還是一名年輕的導演，但到要拍《鬼迷茱麗》的時候，費里尼已經和她當了二十年以上的夫妻，而且費里尼也已經變成了一位傳奇的導演。這時在他手底下演戲，她覺得受到壓抑。

葉麗葉塔本人對片中「茱麗」一角是認同的，這部電影是費里尼特別為她量身訂做的，他表示片中的角色就是從他太太那兒得來的靈

感。那時他們的夫妻生活已歷經過一些風風雨雨。據傳，他曾和其他女人過從甚密，更糟的甚至是，還不時傳出他和另一名特定的**女人**糾纏不清，而葉麗葉塔也深信不疑。由於她認為菲德利哥是世上最有吸引力、也最為刺激的男人，所以她覺得所有的女人都會想要他是很自然的事，而他會想要她們其中某些女人也是人之常情。然而葉麗葉塔這種想法竟然就是事實真相，對此，她無法調適。

她說，如果時光可以倒流，她會更堅持己見以改變菲德利哥《鬼迷茱麗》這部片的想法。她相信這部電影是他們事業上的一個轉折點。之前費里尼拍了《生活的甜蜜》和《八又二分之一》，堪稱他個人的事業顛峰，接下來的《鬼迷茱麗》雖非失敗之作，但不論口碑或賣座都沒有前兩部作品那麼成功。在《鬼迷茱麗》以後，出錢給費里尼拍片就一直被認為是風險較高的投資，他拍片經常要追加預算這點尤其讓人擔憂。葉麗葉塔從一開始就認為他對她所飾角色的想法有問題，那角色反映的是男人的觀點，不是女人的。但她被她先生的神話阻止了。她知道他是一個天才，而且全世界的人都這麼認為。所以，她怎麼能告訴**他**該怎麼做呢？——尤其當時他又不聽勸。

葉麗葉塔興奮地憶起在紐約度過的一晚，她說那是她個人經歷過最美好的時刻之一。那是一九六五年的事，藉著費里尼和瑪西娜到紐約參加《鬼迷茱麗》在美國首映典禮的機會，賈桂林·甘迺迪夫人在她位於第五街的寓所為他們舉行了一次晚宴聚會以示敬意。葉麗葉塔想著：

「我們對這部電影抱著很大的期望，但對觀眾的反應情形感到有點失望，可是那晚實在太美好了！那棟位於第五街的公寓面對著中央公園，而賈姬那個可以讓人走進去的衣櫥是我看過最大的衣櫥。我從來不敢想像自己可以同時擁有那麼多衣服，但覺得有也是件非常不錯

的事。我一輩子擁有過的衣服也不及她那一個大衣櫃裏來的多，我想她還有更多的衣櫃。那是一個很大的公寓房子，窗外視野非常好，宴會上的菜似乎也無懈可擊，不過我當時太興奮了，所以不記得自己吃了些什麼，菲德利哥可能記得。我只記得一切都那樣完美，尤其是賈姬。那是我永生難忘的一夜。」

葉麗葉塔後悔自己為了等費里尼的新片，減少參加別的電影的演出機會，「那樣的時間過的飛快，然後就完全消失了。」

安東尼奧尼則記起了一則說明費里尼個性和幽默感的例子。安東尼奧尼為了在好萊塢拍攝《死亡點》（Zabriskie Point, 1970）這部片子，曾有大概一年半的時間不在義大利。由於當時他對倫敦卡納比街（Carnaby Street）的風情及嬉皮景觀有興趣，所以便在回家的路上轉停倫敦。通關的時候，警察從他的一隻鞋裏找出了一些大麻。那變成了一個天大的醜聞，各地報紙都爭相刊載了這則消息，而且也成了義大利人人皆知的新聞。

安東尼奧尼返回義大利時，法蘭西斯柯·羅西和他太太，以及吉安卡羅·吉安尼尼在他們位於富萊金的房子裏舉行餐會為他洗塵。當然，當時所有在場的人都已經知道安東尼奧尼攜麻闖關的事了。應邀的客人中也包括了費里尼和葉麗葉塔。

現場相當緊張，大家都覺得很不自然，什麼事都聊，就是不敢提大麻那樁事。吉安卡羅把費里尼拉到一旁說：「真糟糕，我們要怎麼來化解這種氣氛呢？」

之後，費里尼走到安東尼奧尼面前，彎腰把自己的一隻鞋子取下伸向安東尼奧尼，然後說：

「哈一下吧？」

此舉讓所有在場的人都笑了，氣氛也就不再緊張了。

羅塞里尼和我談到他和費里尼後來漸漸疏遠的原因。我們當時是從法國電影資料館的美國朋友開始聊起的。法國電影資料館（Cinémathèque Française）的瑪麗・梅森（Mary Merson）介紹我們認識，當我們談到何謂「朋友」的時候，他想起了自己和費里尼的關係：

「有一天我們本來要一起吃晚飯，但下午費里尼打電話來說他不能來了，因為他忘了已經和另外一個人約了那天要**他**吃晚飯。他說他得赴那個人的約，因為他之前已經爽了他好幾次約。結果那個人原來是我的死對頭，我很不高興，但也沒別的辦法，而且連聲抱歉也沒聽到。我不了解費里尼幹嘛要跟那種人吃飯，我知道菲德利哥至少一定會覺得無聊。

「第二天，菲德利哥打電話來商量我們碰面的事。我問他前一天晚飯上的狀況。他說不但無聊（就像我原先知道鐵定會發生的一樣）而且冗長單調。然後他又加了一句：『從某方面來說，你昨晚也**在場**。』他停了一下。我不會追問發生了什麼事，因為我知道那個人不會對我有好話的。然後他繼續說：『你是我們主要的話題，他整晚都在說你的壞話。』

「我不在乎那個人說了我**什麼**，不過我提了一個問題：『當他說那些壞話的時候，你怎麼回他？』

「菲德利哥說：『什麼也沒說。說了也沒用，他對你深惡痛絕，我沒辦法扭轉他的心意的。』

「他沒錯，站在那個人的立場，他沒錯——但站在我的立場，他就不對了。菲德利哥當時的反應很實際，也很合邏輯，他甚至對我很坦白。他其實大可以騙我，說他有幫我說話，但那不是菲德利哥做事

的方式。他並不覺得自己做錯了什麼；但對我來說，他沒有爲我說幾句話就似乎不夠朋友了。如果我們兩個易地而處，我會立刻對那個人說：『菲德利哥是我的朋友，如果你在這件事上再多說一個字的話，我就要走人了。』這是說，如果我在菲德利哥的處境上，我會有的表現，但我不會陷入那樣的處境，因爲我打一開始就不會接受**他的**仇敵的邀約。

「菲德利哥想要再約吃晚飯的時間，我跟他說我那禮拜沒空，說我會再打電話給他。可是我沒打，我當然是故意的，我遲遲不打那通電話。我們原本熾熱的友誼也因而冷卻了下來。生命很容易就會把我們帶往不同的方向，如果我們放任它這麼做的話。

「菲德利哥是個天才，我很驕傲自己是最早幾個給他機會、讓他向自己命運道路邁進的人。」

一九九三年，艾伯托・索迪正在拍攝一部自編自導的影片，片中他飾演一名老馬車伕，一心要解救自己的忠心老馬。索迪從二次大戰的時候就認識費里尼和茱麗葉塔了，他們那時經常互相講些笑話以紓解羅馬的緊張氣氛。

「當時我們兩個都二十歲上下，」他告訴我，「我們是在一家幫《Marc' Aurelio》這本雜誌寫東西的作家常去喝咖啡、吃蛋糕的地方認識的。費里尼那時看起來就像個被鬼纏身的嬉皮。」

菲德利哥那時老談到一種女人，那種女人似乎也就是他心目中理想女人的形象。索迪談到茱麗葉塔與那種女人不同的地方。

「菲德利哥那時還是個小男生，還存有小男生腦子裏慣有的畫面——那種乳房豐滿的巨型女人。你的母親對幼年的你而言就是個巨型女人。他對豐滿的乳房有種強烈的迷戀。茱麗葉塔跟他愛提的那種女

人相反，茱麗葉塔像是個小女生。他們兩人體型差那麼多！站在一起的時候十分有趣。但即使費里尼自己仍然還是個小男生，卻還是有能力來保護這個小女生。

「他和茱麗葉塔很能彼此互補。大部分我認識的人在成功之後，人就變了。但菲德利哥從來不會。從他帶著一身鄉下氣剛從里米尼來到羅馬，和稍後追上茱麗葉塔的時候開始，我們就是朋友了。茱麗葉塔把這個又瘦又窮的男孩帶回家，給他新生。她的家人收養了他，也給他吃穿等他所需的照顧。

「他們蜜月之後，我們常去一家我們只點得起義大利麵的餐廳吃飯。但因我的朋友在那兒當廚師，所以他會在我們的麵下頭多藏一塊肉。」

對杜里歐・畢奈利這位費里尼長期的編劇夥伴而言，在他初次見到費里尼的時候，就明顯感覺到年輕的菲德利哥將來會有不凡的前途：「菲德利哥當時大約二十五、六歲，我三十八。他年輕，身材修長，頭髮茂密。他來自里米尼，我則來自腳山（Piedmont）❹。我們來自不同的世界，而且兩人站在一起的時候，高度也相差非常多。不過我們馬上就能合得來，因為我們都很熱愛生命。

費里尼很有魅力，他完全知道自己要什麼，而且不屈不撓。他是個天生當導演的料。他很堅持，不接受妥協。年紀那麼輕，卻已有了做一個導演的該有準備。

「有一件很久以前發生的事可以為我概括說明一切：這事要回溯到二次世界大戰時期，當時我們人在特里埃斯德大飯店（Grand Hotel

❹腳山：義大利西北部的山區，西與法國為界，北與瑞士接壤，為義國重要農產區，首府杜林（Turin）則為汽車機械業重鎮。

of Trieste)，那是個很棒的十九世紀旅館。那是當時特里埃斯德沒被炸倒的少數幾棟建築之一。這個大飯店裏有一間『帝王套房』（the Emperor's Suite），如此命名是因為以前奧國皇帝曾住過。菲德利哥當時還只是一名默默無聞的編劇，但當他看到那間套房以後，就覺得**一定得**擁有它：他想住進那間套房。我對他說：『你瘋了不成？』

「但下一次我再看到他的時候，他卻已經在把自己的行李往那間帝王套房裏搬。

「我最後一次看到菲德利哥是在他去瑞士接受心臟手術以前。我載他在羅馬四處兜兜，那次車子還經過了一個曾經滿是貓的拱廊，我們以前常拿火腿和乳酪到那兒去餵牠們。」

田納西‧威廉斯問我見到費里尼時有沒有注意到他們倆有多像。我坦承自己看不出他們有什麼相似之處。

「你們沒注意到——」威廉斯繼續說：「他有多高，而我有多矮嗎？你沒注意到他老是願意戴領帶？如果是我的話，我寧願戴條鐵鍊。你沒注意到我經常和男人攪和在一起，而費里尼的興趣卻完全放在女人身上？我也喜歡女人，但愛上她們的機率是百萬分之一，但他則是百萬分之九九萬九千九百九十九。

「天地愈大，我愈開心；但費里尼卻偏好小世界。我還一直在尋找一個屬於我的地方；但他卻已經找到他的了。我的一個很要好的朋友法蘭基（Frankie, 即 Frank Merlo）曾聽過一句這樣的西班牙話：'El mundo es un pañuelo, 意思是「世界是條手帕」，費里尼的世界就是條小手帕，能永遠不離開羅馬，他最開心。他在羅馬甚至還只有為數不多的幾個特別的去處呢——像是幾家餐廳、家裏附近的一些地方……。我不是在嘲諷這件事，或許我還羨慕呢！我就一直還在為自己

的心找一個家，找一個讓我有歸屬感的地方。費里尼在羅馬找到了自己的家，我卻還在繼續找。

「所以，我們是怎麼個相像法呢？我們兩個都愛工作甚過一切，其次的興趣則都是性愛。此外，我們兩個都非常聰明，所以你可以看出來，我們其實是很像的。

「他跟我一樣，有一個兄弟一個姊妹，還有一個強勢的母親，以及一個出外賣貨的父親。他的父親也是個不忠的丈夫，卻自認是個好先生、好爸爸，就跟我爸一樣。不過他媽媽卻沒有我媽媽那麼瘋。我們幼年時身體都不好。他小的時候，有位醫生告訴他媽媽，說他的心臟不好，可能無法活得很久，或動得太厲害。別人也跟我媽媽講了同樣的話，但我們兩個都活得比很多醫生要久。

「我跟他談過美國南方的食物。他對食物有極大的興趣，很喜歡談到它們，但我只喜歡吃而已。」

然後田納西・威廉斯開始他的招牌笑聲。不管他的戲在哪個劇院上演，都可以在台上演員的說話聲之外，聽到他的笑聲。他繼續說下去：

「那天，我上過洗手間回來，看到費里尼正在餐巾紙上畫東西。我真希望自己也可以不計時間地點去做那樣的事。但我卻一定得確定在某個自己的空間裏，而且要是適當的時間光線，再加上畫布、顏料、畫筆才能進入工作狀況。當然，我會有些繪畫上的靈感，就像我會有些拍片的靈感一樣。我一直打算想帶疊便條紙把那些靈感給記下來，因為它們來得又多又快，讓我沒辦法完全記住。可是我又沒辦法記得要帶便條紙，所以也就沒辦法記下那些靈感了。靈感唯一不願上門的時刻，就是在我坐下來刻意去找它們的時候。

「要創作就必須受苦。創作者多為敏感、在乎的人，也因此注定

容易失望，我認爲自己也是這一型的創作者。我和費里尼都是自尊心強的人，表面上強顏歡笑，但私底下，不管爲了什麼原因，當我們無法把某些夢想帶到世上，或是那些被帶來世上的夢想，像個生病的小孩一樣不被珍惜或遭到鄙視的時候，我們就會感到心痛。那是種令人頹喪的經驗。

「我說：『喊我湯姆吧。』他說：『叫我費費吧。』顯然我沒辦法那樣喊他，因爲每當我說『費費』的時候都會有一種愚蠢的感覺，所以我們彼此並不怎麼稱呼對方。事實上，回想起來，我們過去竟也沒保持電話聯絡。我不知道怎麼會發生這種事？他可是我們見過最了不起的人物之一呀！我甚至還曾希望他能把我的作品拍成電影呢——**任何**一部作品都好！

「我們談過彼此合作的事。我跟他提了一些我的短篇故事。他對拍一部由三則我的短篇所組成的電影很有興趣，那種形式真的很適合他。我也想到要把其中一則擴充成長篇，或甚至特別爲他寫個新東西，不過他說，等我回去以後，先把那些短篇故事寄給他就好了。

「我簡直迫不及待要把那些東西寄給他。我開始整理調查所有自己寫過的東西，甚至還真的想了一些我覺得特別合於他導演風格的新構想，我覺得那些故事裏都留有空間可以讓他發揮他精采的視覺想像。我要助理把我一些尚未發表的手稿重新打字。有些書手頭上只有一本，所以就要求立刻清查書店尋找存書。我們送了一大堆東西去羅馬，然後就等著費里尼的反應。

「但竟然什麼回音也沒有。我在想：『那些義大利人就是這樣的吧！』然後，決定不再去想這件事了，我要把這件事徹底忘掉！不過，有好長一段時間，我還是會看看有沒有他的信。

「大約一年後的某一天，我被一堆市面上已經找不到的自己的書

和劇本絆倒，我甚至不記得自己擁有過那些東西。我翻了一下那些東西，然後才明白為什麼它們會在那裏。我在想，如果當初那個包裹有寄出去，費里尼是不是會給我回音？我當時有想過要再把包裹寄出去，但我知道時機已經過了。人生經常就是這樣。

「有一句我寫的台詞常常被改寫引用，我相信我也有權利改寫一下。

「生命**該**怎麼講，我和費里尼就怎麼講。」

「大家都說我們兩個愛說謊，但這個說法不正確。問題只是說，真相並不是我們最關心的。我們在意的是一種經強調處理後的呈現方式，它們有時候本身就是一種幻想。而哪一個才是較真的真相呢？是那些從外頭加在我們身上、而且是代表別人眼中的真相的東西呢？還是那些在我們腦海舞台上永無止盡上演的劇碼？再沒有哪一個現實要比你腦海中的那個現實來得更真實了，而那種現實就是藝術家所擁有而且要跟大家分享的。

「我記得我曾和妹妹玫瑰（Rose Williams）去看費里尼的《阿瑪珂德》，當然，那是在她切除前腦葉白質很久以後的事。雖然我擔心片中有些喜趣的色情戲可能會嚇到她，但她卻看得很開心，一點沒被嚇到。

「當探視時間結束，該把她送回看護中心的時候，我問她和我出來玩，最讓她開心的是哪一件事？我以為她可能會說她的新衣服，或那些我們大吃特吃的美味聖代。但都不是，她竟毫不遲疑地說：『那部好看的電影！』

「你們知道嗎？當我問她願不願和英國女王一起喝茶的時候，她竟然拒絕了，因為在她的心中，**她自己**才是英國女王。那部電影裏光有那樣一句重要的對白就夠了，不需再多。費里尼也因而受到了這位

自封爲大英帝國統治者的喜愛。」

　　有一次我和羅曼‧波蘭斯基（Roman Polanski）在巴黎吃午飯的時候，他跟我談到他第一次遇到費里尼的情形：

　　「一九六三那年，我去了坎城，希望能在那兒遇到可能支持我拍片的製片人，並盡量多看一些電影。當時，我本來覺得《大國民》是我心目中最偉大的電影，但當我看到了非競賽片中的《八又二分之一》以後，情緒上很受感動。我認爲那是一部經典傑作，而且那就是我夢想要在銀幕上看到的東西。我已經很久沒再看這部電影了，但如果現在再看的話，我相信還是會有同樣的感覺。

　　「後來，我拍的《水中之刀》（Knife in the Water）被提名入圍奧斯卡最佳外語片項目。我在一九六四年應邀到加州。那是項榮譽，表示我會遇到一些製片人，而且還表示影藝學院會花錢供我三餐。

　　「到了那兒，我被招待到迪士尼樂園（Disney land）去玩，但眞正的禮物是費里尼也在我們這個小旅行團裏，他的《八又二分之一》和我的《水中之刀》彼此是競爭對手。我知道自己不可能有機會，但我還是很開心。在那兒，我還見到了白雪公主和茱麗葉塔‧瑪西娜。

　　「我記得費里尼喜歡狄士尼樂園，或我認爲他喜歡。他把那兒稱爲『孩子們的生活的甜蜜』，他還說他想拍一部關於那兒的紀錄片。我不了解爲什麼一個拍了像《八又二分之一》這樣電影的人會要想那樣的事。我記得費里尼說他在洛杉磯**眞正**想做的事是見梅‧惠絲特和格魯丘‧馬克斯。

　　「我禁不住幻想了一下站在台上領獎的情形，但這個白日夢每每被打斷，因爲我知道沒有一部片子可以打敗《八又二分之一》的。奧斯卡頒獎典禮那天，我坐在費里尼和茱麗葉塔隔壁，茱麗葉塔頻頻拭

淚。『茱麗葉塔，你哭什麼？』費里尼問她，『我又還沒輸。』

「得獎者揭曉，費里尼跳到台上領獎，這時茱麗葉塔就哭得更厲害了，簡直就像山洪暴發。**我**這個該哭的人沒哭，**她**倒哭了起來。雖然我心裏已經有了準備，但不能說自己完全不失望。得勝總是比較容易準備的。不過我也覺得雖敗猶榮，因為只有四部電影能和這部影史上的超級經典競爭，而我的作品就是其中之一。

「後來費里尼隨意地說他之前並不是真的那麼在乎得不得獎。我沒說什麼，不過我卻看到了他在得獎者揭曉前的神態，我可以感受得到他的情緒起伏。那是事實，我當時就坐在他隔壁，他不能對我說他一點感覺都沒有。」

費里尼在東京時曾被黑澤明招待過，他對黑澤明說：「我非常喜歡日本，包括日本菜在內。」然而，對費里尼來說，最讓他難忘的是這位日本同伴。「想想看！」他告訴我：「我跟黑澤明在一起吃飯吧！」

「當我看了我的第一部費里尼電影的時候，」保羅・莫索斯基(Paul Mazursky) ❺告訴我：「雖然我從來沒出過布魯克林，不過我**了解**那個在《青春羣像》中的年輕人。『費里尼風格』是一種對人性的見解——滑稽、哀傷，卻又充滿希望。

「我寫了一個劇本叫《好萊塢現形記》（Alex in Wonderland,

❺保羅・莫索斯基（1930- ），美國編導兼演員、製片。七、八〇年代的作品以探討中產階級問題的喜劇爲多。作品包括：《兩對鴛鴦》（Bob & Carol & Ted & Alice, 1969）、《好萊塢現形記》(1970)、《老人與貓》(Harry & Tonto, 1974)、《不結婚的女人》（An Unmarried Woman, 1978）、《敵人：一個愛的故事》(Enemies: a Love Story, 1989)、《愛情外一章》(Scenes from A Mall, 1991) 等。其中《好萊塢現形記》邀得費里尼露臉演出，而《老人與貓》、《不結婚的女人》則爲他影壇事業上的大成功。

1970)，我在裏面放了一個電影導演的角色，不是**隨便哪個**電影導演，而是費里尼。他那時還不認識我，但我打了一封電報到羅馬邀他演出。他拒絕了，回說『我不是演員，』但又加了一句，『如果你到羅馬來，請打電話給我。』第二天，我就飛去了羅馬。

「費里尼答應隔天和我在羅馬大飯店吃飯。吃中飯的時候，他答應飾演我片中的導演一角。然後我就飛回好萊塢把除了費里尼以外的戲都拍好。

「然後馬里歐‧龍加蒂打電話來說菲德利哥沒辦法演那個角色。我沒說什麼，只假裝自己沒聽清楚他說的話。第二天，我又飛到了羅馬。

「馬里歐對我說：『你不懂我說的嗎？菲德利哥不願意。』我說當時電話接收不良，並表示我想當面和菲德利哥說話。馬里歐說他正在契莎莉娜的店吃中飯。我趕到那兒時，費里尼正在吃義大利麵。我走到他桌前，他把頭從麵裏抬了起來，只說了一句：『好，我演！』」

一九八五年，紐約林肯中心的電影部爲費里尼舉行了一個致敬晚會。就在大會正式活動舉行的前幾天，他受邀到康乃狄克州（Connecticut）參加一個向他致意的宴會。我也受到了邀請，其他客人還包括電影部的委員和工作人員，以及其他到紐約來參加致敬晚會的來賓和名人。

身爲接受致意的來賓，費里尼提早抵達了，我們兩個就先在外面的花園散步。房子外頭的地面也跟室內一樣地受到呵護照料，古老的樹木、新植的花卉……但除這些以外，我們還看到了一樣外來的東西。牠很明顯未受到邀請，並爲闖入這個聚會而後悔莫及。那是一隻體積極大而且完全死掉了的深灰色老鼠。

我把視線轉向別處，希望避掉這避不掉的東西，可是費里尼不准我那麼做，他抓著我的手臂，把我轉向那一大砣不動的東西，說：「看！真是太好了，不是嗎？」

那隻死老鼠位在一層石階上。其他客人陸續抵達了，費里尼把我拉到階梯底層，側到一旁，「我們在這裏觀賞，」他宣佈，「看他們的腳。」當客人走下石階的時候，他這麼告訴我。

我當時在想那些穿著大型男鞋及優雅高跟女鞋的腳尖，哪天可能會被編進某部費里尼的電影裏。

「那隻老鼠讓我想起了我以前在里米尼看過的一隻，」他向我透露，「不過當然，那隻是活的。」

他要我在那兒等一下，他要去找人。「你要把我跟 牠 單獨留在這兒？」我問他。但費里尼卻自顧自走了。他很快就回來了，帶著馬斯楚安尼和他的女伴安諾・艾美。艾美當時看起來非常的「八又二分之一」。他們又愉快地重逢了。

馬斯楚安尼一臉九歲小孩的神情，費里尼看來則只比他大上幾個月，兩人就像共同守一個秘密的小學生一樣。他們兩個走在前面，然後就在抵達死老鼠的位置之前突然閃開。馬契洛要安諾看那個鼠屍，然後擺出了一個馬斯楚安尼式的英姿，準備接住萬一往前倒下的安諾。安諾雖然沒有當場昏倒，但她在《時尚》（*Vogue*）雜誌封面上所擺出的那種冷靜姿態卻完全瓦解了。

她和馬契洛進到裏面，但費里尼說他想留下來看看其他客人的反應。大部分的人都假裝沒看到那隻老鼠，但演技都不夠好。

費里尼問我覺得那隻老鼠會在那兒擺多久？我猜，牠在石階上停留的時間會相當有限，因為有那麼多僕人在場。費里尼則打賭，到派對結束時，那個屍體都還會在那裏。我跟那隻老鼠道了 "adieu"（德語

「道別」之意）；費里尼則對牠說了聲"A bientôt"（法語「回頭見」之意），然後我們就進屋內參加慶祝活動。

派對結束時，我又陪費里尼一起去了花園。我不用走多遠就知道他贏了。他對我說：「我就知道牠還會在那兒，因為這裏沒有誰是專門被僱來撿死老鼠的。」

費里尼在電影部所辦的致敬晚會上這麼告訴林肯中心的觀眾：

「富國戲院連同站位共可容納五百人。我從三〇年代的美國電影裏發現了另一種生活方式——那個國家空間寬廣，那些城市繁華刺激，是巴比倫城和外星球城市之間的混種。」

馬斯楚安尼在費里尼的紐約致敬活動期間一直都戴著帽子，即使在室內也一樣——在室內他**尤其**會戴。只要有陌生人在場，你是絕對沒辦法請他脫帽的。當我們一行人只剩下費里尼和安諾·艾美的時候，他終於把帽子取下來了，露出稀疏的幾根頭髮和頭頂一圈明顯的禿。馬斯楚安尼極為敏感地指著費里尼，控訴著：「都是**他**害的！」

馬斯楚安尼講的是他為電影《舞國》所做的犧牲。馬斯楚安尼一直難為情而且明顯仍舊懷疑地摸著他的頭髮，同時也好像是要檢查一下那天頭髮是否有再多長一些出來。在理髮師把他剃成佛雷那個角色所需要的髮型之前，他一直以為那些頭髮是理所當然該有的。但現在，它們可經常是他心頭最先想到的東西。

「真奇怪，」他告訴我，「羅馬所有的人都在說：『可憐的馬斯楚安尼——你看看，他一夜之間老了這麼多！』真是可怕，我以前從來不知道被人可憐的滋味是什麼？」

這個故事有個快樂的後記。六個月之後，我和馬斯楚安尼約在約紐的馬戲餐廳吃中飯。當他那天抵達餐廳的時候，在兩人還沒開口之前，我只是走向前把手指伸到他的腦袋上摸了摸他那頭濃密的捲髮。

他笑著說：「是真的！」

馬斯楚安尼這樣形容他和費里尼的友誼：「菲德利哥和我之間的關係特別到一般人可能會把我們當成同性戀看待。

「菲德利哥是我的朋友，也是我最喜歡的電影導演。我們的關係十分自然。當我們在一起的時候，從來不必自我防衛。我們的興趣相當，都喜歡食物和性愛。我們喜愛美女和可口乳酪的程度遠大於政治。」

「看到電影城沒落，」費里尼對我說，「讓我覺得自己老了。沒有別的事有這樣突然讓我覺得老過。」

對費里尼來說，電影城就像是他和茱麗葉塔在羅馬久居的寓所一樣。一九九二年電影城拍賣道具等財產一事，就像為電影城敲響了一記喪鐘。

電影城的沒落顯示義大利電影工業進入了艱難時期。曾是費里尼拍片之處的第五棚——這座模規首屈一指的攝影棚也顯得前途黯淡。那種大小的攝影棚已經變成歷史了。只有第五棚夠大，能夠裝得下這位被稱為「魔法師」的導演的想像。然而即使是費里尼這樣的魔法師也無法挽救這座大型義大利片廠的崩毀。不僅是美國及世界其他各地的人不再看義大利電影，就連義大利人也一樣。美國人不再到義大利拍片了，義大利從製片成本最便宜的幾個國家變成了製片成本最貴的幾個國家。最後，還有政府瓦解的亂象也令人裹足不前，居於前導地位的政客和商人突然下獄，這種消息完全無法提高電影城做為拍片聖地的吸引力。

費里尼以前有好些年愛在星期天上電影城，因為那裏的氣氛能刺激靈感，而且還可以在那時享受到平時難有的清靜。但到了後來這些年，想一個人在那兒安靜一下簡直是易如反掌，哪一天都行，真是令

人傷感。

電影城的服裝、道具被廉價拍賣出去。費里尼明白導演們再也不可能用到那些資源了。電影是所有人的遺產，那些服裝、道具在裏面扮演過的角色竟無法讓它們更值錢一些，這些令他痛心。沒人在乎那些道具在哪些電影裏用過，或某件外套、洋裝在哪個演員身上穿過。美國人願意叫出離譜的高價買下桃樂絲（Dorothy）❻沿著黃磚道（Yellow Brick Road）走時所穿的紅鞋，或那個叫「玫瑰蓓蕾」（Rosebud）的雪橇❼，相較之下，電影城拍賣會上的顧客就差遠了，他們像是在參加一個大型的清倉拍賣會。他們把從破爛堆裏搶救出來的桌子用車載走，桌子的附加回憶卻棄如敝屣，那些桌子前途未卜，將來可能也只是在哪兒被人家當做……桌子來用。

「想想看！那些東西不是被蒐藏家買去，而是被貪便宜的人奪走吧！」費里尼告訴我，「生命的代價是死亡；成功的代價是失敗。」

「電影城和我，我們要一起進墳墓了。他們把它們拆了賣了，我也不再有市場了。」

費里尼在晚年獲贈無數獎項，卻難得再有拍片的機會。「得到奧斯卡獎、被人致敬，這些都讓我很開心，但我唯一想做的只是拍片。」他哀悼著那些他本可能會拍但最後卻沒拍成的電影──《馬斯托納的旅程》、《唐吉訶德》、《木偶奇遇記》……

最後幾年，他把所有的時間氣力都花在向人推銷自己的拍片計畫上，這事著實傷了他的心，「現在我得找醫生來修補了。」他一邊摸著他的心，一邊這麼對我說。那時候，我還不了解他話裏另有含意。

---

❻桃樂絲為童話歌舞片《綠野仙踪》（The Wizard of Oz）一片的女主角。

❼「玫瑰蓓蕾」為《大國民》一片中主人翁幼時所擁有的一個雪橇的名字，此秘密在片中至為關鍵。

即使各個影展爭相向他致敬，來自世界各地的邀請也時而出現，但費里尼還是在羅馬煩惱著他在早上六、七點可以打電話給誰，而誰又可能半夜還醒著。為了籌資拍攝下一部電影，他曾有一個禮拜打兩百通電話的紀錄。儘管他已經為人們視為傳奇了——或甚至就是為了這個緣故——製片人並不願意投資他拍片。

那時，任何人要是建議費里尼和一個要來和他談「生意」的陌生人在羅馬吃中飯，就一定會惹他發怒。他失望過太多次了。他對說要和他吃中飯兼談拍片計畫的外國訪客變得極不信任，擔心自己已經變成電影這行人經過羅馬時的觀光名勝了。從世界各地來的陌生人，其中又以來自美國居多，他們對費里尼誇下海口，然後，就如他描述的「人走入夕陽裏。接下來出現『劇終』字樣」。費里尼後來也愈來愈相信自己沒辦法在義大利以外的地方拍片，因為「我會無法知道我劇中人物衣服內的標籤上寫些什麼，或是他們領帶是上哪兒買的。」

費里尼告訴我他很年輕時為自己老了以後所做的打算：

「我猜自己除了可能像聖誕老公公一樣留著白色的長鬍子，而且不必剃以外，其他的情況還是和年輕時沒什麼兩樣。到時候我打算想吃什麼就吃什麼——摩札蕾拉乳酪、各類麵食和豐盛的甜點。我還要四處旅行，去我以前沒空去的美術館看畫。」

「有一天我對著自己的刮鬍鏡看，心想：『這個老頭是哪兒跑來的？』之後，我才明白這個人就是自己，而我那時唯一想做的事就是工作。」

「在想像力上也會有所不同。我小的時候可以輕易想像出自己長大成人、甚至老了時候的模樣。但現在我老了，想把自己想像成年輕人的樣子，倒不是那麼容易。」

費里尼覺得自己內在仍存有創作力，「但世人卻拒絕你，而且還不是乾脆的拒絕，而是拖拖拉拉地拒絕，就像得慢性病一樣。直到經歷多年的徒勞無功，你才了解事情是在哪一刻發生的、自己是在哪一刻退休的。」

在《揚帆》的拍片現場，費里尼曾這樣對我說：「把這個寫進你的書裏。如果這部片沒造成轟動的話，下回我就要宣佈自己得了不治之症！我最好向大家宣佈：『我**沒有**得到不治之症！』因為如果我否認的話，大家就都會相信我是真的得了不治之症。然後我要在家裏躲一陣子，這樣一來，製片人就會想投資拍攝費里尼的遺作了。

「但就算那麼做，計畫也不會成功，因為他們會擔心我片沒拍完就死了，如此一來就無法充分擔保他們一定能賺錢。」

一九九三年，影藝學院會員投票將費里尼選為該年奧斯卡終身成就獎的得主。那會是他的第五座奧斯卡獎，其他四座分別頒給了《大路》（1954）、《卡比莉亞之夜》（1957）、《八又二分之一》（1963）及《阿瑪珂德》（1973）這幾部影片。

當時學院管理委員會的會長羅伯‧雷姆（Robert Rehme）代表委員會從洛杉磯打長途電話給費里尼，羅馬那頭是茱麗葉塔接的電話。雷姆告訴她菲德利哥將獲頒發奧斯卡終身成就獎，不過他是用英文講的。茱麗葉塔懂一點英文，但她當時楞住了，通常有人在電話上跟她說英文，她就會這樣。雷姆不確定茱麗葉塔是不是聽懂了，所以就說他會再打去。

當時時間是洛杉磯早上，碰巧雷姆下一個約見的人伊布拉罕‧慕沙是費里尼《訪問》一片的共同製片，所以便請他跟茱麗葉塔通話，然後茱麗葉塔就把費里尼叫來聽電話。那個消息起初讓費里尼覺得很高興，直到電話掛掉以後，他才又產生疑慮，想到接下去還有旅行奔

波、上台致詞這些問題。

他不願到洛杉磯去，原因並不是他不重視這個獎。他了解獲獎會讓自己躋身卓別林、金‧維多、希區考克等名導之列，這些導演都得過這個獎。

他向來不太能適應旅行這件事，而且他已經七十三歲了，身體也真有毛病了。茱麗葉塔的身體也不好，但她向來熱愛旅行和得獎這種事，所以答應要代他領獎。

但費里尼在最後一刻改變了心意。他告訴我，他其實是被羅馬的計程車司機說服的。只要他一個人搭計程車的時候，他就會坐在前座和司機談話。（「我沒教他們怎麼開車，他們倒教我怎麼拍電影！」）

「他們把我出席奧斯卡頒獎典禮的事當做國家的驕傲，」他解釋，「我如果不去，不僅讓他們失望，還背叛了我的國家。此外，不論我到哪家我喜愛的餐廳吃飯，餐廳的服務生都會問我：『你會參加奧斯卡典禮嗎？』如果我說『不會』的話，他們就會免費送我建議，要我『一定得』去。」

費里尼改變心意的真正理由其實嚴肅得多。他知道不管自己多麼不想去領獎，不管茱麗葉塔怎麼否認，在頒獎典禮舉行之前，茱麗葉塔的身體已經不對勁了。他了解這座奧斯卡獎對她意義重大，而他的出席也對她意義重大。讓他遲疑的原因是他自己也患了讓他疼痛難挨、行動不便的關節炎。

「當眾露出病痛的樣子是很尷尬的事。」費里尼告訴我。他最怕的是無法在奧斯卡典禮上表現得很好。他不希望自己的病被別人注意到。

然而，在估計有十億人觀看的頒獎晚會上，他的表現卻令人難忘。馬斯楚安尼介紹費里尼出場時，全場為他起立致敬。他對觀眾說：

「請坐下自在一些。如果這兒有誰應該覺得有點不自在的話，那也只有我一個。」

手握奧斯卡獎座的蘇菲亞·羅蘭口唸頌辭：「獻給費里尼，感念一位銀幕上的說書大師。恭禧！」

費里尼跟她說了謝謝以後，她反問，「我可以親你一下嗎？」

「好呀，我喜歡！」他興奮地回答。

她說「好。」然後親吻了他。

「Grazie（義語之「謝謝」）！」費里尼說。

「謝謝！」蘇菲亞說。

費里尼和馬斯楚安尼握手後面向觀眾，講話的聲音裏聽不出有不舒服或緊張：

「我希望能有男高音多明哥（Domingo）那樣的聲音可以悠長地唱出我的感激。我能說什麼呢？我真的沒想到會得到這個獎；或許有想到過，但我以為會是二十五年以後。

「對我的國家和所屬的世代而言，以前美國幾乎就是電影的同義字。我親愛的美國朋友，現在跟你們相聚在此讓我有回家的感覺。而我要謝謝大家讓我有這樣的感覺。

「在這種場合你可以奢侈地感謝所有的人。首先，我自然要謝謝所有曾和我一起合作過的人。我無法一一唱名，唯一一個例外就是我的妻子兼女演員——茱麗葉塔。親愛的，謝謝你。

「而且求求你別再哭了好不好！」

這時，畫面切到觀眾席中正在啜泣的茱麗葉塔。

然後攝影機再轉回費里尼，他說了聲：Grazie!之後，這段情節便告結束。

對於坐在現場觀禮的來賓，以及全球的電視觀眾而言，這是那晚

最感人、也最富戲劇情節的一刻。廣大的電視觀眾看到了一種幸福的光輝、一種兩人之間的關係，及茱麗葉塔喜極而泣的眼淚。但當然，觀眾當時並不知道菲德利哥和茱麗葉塔都有病在身，也不清楚他們艱難的處境。

在義大利，"Don't cry, Giulietta."（茱麗葉塔，別哭！）變成了一句很流行的話。半句英文都不懂的人也能明白 "Don't cry, Giulietta." 的意思。當不會說英文的人聽到別人提起費里尼的名字時，就經常會說這個句子。

長程的飛行、用英文向全世界的觀眾發表得獎感言、關節炎發作時得挺直站立，費里尼不願任何人知道他有狀況——整個經驗是折磨人的苦刑。當他健康的時候，為了逃避旅行，他會毫不猶豫說自己有病，會拿最輕微的傷病做藉口。但到了他真正病了的時候，卻不願讓任何人知道。他不喜歡接受別人的同情，也害怕別人不會相信，因為他知道自己喊過太多次「狼來了」！此外，任何健康上的問題都可能影響別人資助他拍片的機會。

那晚所有的派對都非常希望費里尼出席，然而對他來說，派對是沒什麼吸引力的。從羅馬飛到洛杉磯對他是很辛苦的，但他急於度過這段長程飛行，所以堅持中途不停下來休息。他覺得離開了羅馬，自己就成了一株被連根拔起的植物。

雖然在後台記者室持獎接受攝影後，他就想直接回比佛利的希爾頓飯店休息了，但他也不希望對投票頒獎給他的學院管理委員會失禮。他等了老久才謝到他們，不過他並沒有留下來參加為得獎者和入圍者所舉行的晚宴。

那晚終於回到飯店讓他很愉快，那是他九個月來心情第一次真的能夠放鬆下來。全世界都以為費里尼領到奧斯卡獎會有多高興，他的

確也很喜歡那個獎，不過只限於領了獎以後。他告訴我，他覺得最煩人的一件事就是憂柔寡斷。他痛恨遇到兩難的情況，然後被迫要在同一個問題上反覆做決定。經過幾個月來的緊張期盼，以及對旅行和在電視露面的恐懼，再加上他們在處理「去或不去」這個難題上所耗費的精神，及對自我病況的擔憂——這些壓力完全去除後，費里尼偕同茱麗葉塔、馬斯楚安尼、馬里歐‧龍加帝，以及他的助理菲雅梅塔‧普洛菲莉，在旅館套房內大開香檳慶祝。

馬契洛原本想參加那晚所有的聚會。蘇菲亞‧羅蘭希望他能跟她走；而他女兒的媽凱薩琳‧丹妮芙那晚也在洛杉磯，因為她主演的《印度支那》（Indochine）被提名角逐該屆奧斯卡的最佳外語片。茱麗葉塔為了參加奧斯卡典禮也特別準備了晚會禮服，那也是屬於**她**的一夜，但她選擇留在菲德利哥身邊，馬斯楚安尼和其他幾個人也一樣。

奧斯卡典禮過後的隔天早上，我去了費里尼的飯店，他正準備搭下一班從洛杉磯飛回羅馬的班機。他出電梯向我走來的時候，行動上有明顯的困難。我們坐在大廳的背後，和影迷、媒體記者之間隔了一個視覺阻礙物，讓他們無法靠近。

經過我一而再的保證，說他在奧斯卡晚會上表現得很精采、說他站得很挺，說他看起來不像有病或過度緊張，說他的英文所有人都聽得懂，說他看起來不胖，說他的頭髮看起來並不稀疏……之後，他才開心了起來。

「當時我其實就只是站在那裏，」他說，「感覺很刺激。但事過以後，當時的情況我就記不太起來了。」

他很高興在導演協會為他舉行的致敬酒會上和比利‧懷德談了幾分鐘，懷德之前因身體不適，沒能按照預定計畫在晚會上台露面。「比利‧懷德以前比我老，」他說，「但現在他卻看起來比我年輕。」

保羅‧莫索斯基這位費里尼的多年老友也出現在酒會裏。「保里諾（Paulino，即保羅之暱稱）一直想帶我去『農會市場』（Farmers Market）和威尼斯走走，『加州的』威尼斯。哪天我會跟他去看看，但這次不行。」

有個少女打斷了我們，是來要簽名的。「你知道我是誰嗎？」他故做嚴肅地問她。

「費里尼！」她毫不猶豫地回他。

她沒帶紙筆，所以費里尼就用手指在她的額頭描上了自己的名字。他簽完名的時候，她咯咯地笑，顯得很滿意。就算她不能把費里尼的簽名貼在簿子裏，卻可以把它保存在回憶裏。

她離開以後，費里尼說：「昨天我問一個要我簽名的女孩知不知道我是誰？她回答：『知道，費影尼先生（Mr. Filmini）。』」

我們坐在那兒聊了很久，但感覺上仍嫌短。「我不知道到底哪兒出了問題？」他說，「但我知道我和自己身體之間的關係變了。我不再覺得它就該是怎樣了，它讓我知道它的存在，但不再是往日那種愉快的方式了，它傳來大小不同的訊息，對我的命令相應不理。它不再服侍我了，它大叫，『我才是老闆！』

「我不再期待上床睡覺，因為我再也沒辦法在腦子裏看到那些精采的夢；再不，就是記不住那些夢。想像力不再，比真正的死亡，要更讓我恐懼。

「隨著變老，你就愈起愈早，但起床之後卻無事可做，這不是很奇怪？那就根本沒有起床的必要了！也許原因出在你對生命變得貪婪起來，一旦生命加速經過，你不希望浪費一分一秒。我向來起得早，但因為日子已經較無希望了，所以我的身體就似乎更迫切要抓住光陰了。

「我記得自己曾經想知道：為什麼人老了，日子愈過愈不值了，卻愈來愈怕坐飛機？現在這事可發生在我身上了，我向來就不喜歡搭飛機，一次死裏逃生的經驗讓我更確定即使馬斯托納都不該搭飛機的。我發現自己從來沒有像現在這麼怕坐飛機，因為我會提前開始擔憂，在我抵達目的地之前，其實我已經在腦子裏飛過好幾遍了。現在的情況更糟，肉體的疼痛更不許我逃避片刻，它讓我清清楚楚感覺到每一刻都在飛機上。我再也沒辦法像以前一樣在心裏逃掉部分的航程。我好像沒辦法為自己找到一個藏身之所了。

「我家族中人有心臟病和中風方面的問題。舅舅中風後不能說話，我爸爸的兄弟，以及我弟弟里卡多，都是死於這類疾病。我小時候，人家也跟我媽媽說我的心跳不規律。

「在來這兒的路上，我想起了爸爸的喪禮。喪禮上，媽媽立在墓旁，但在墳墓後頭離她老遠的地方站著幾個媽媽不認識的女人。她們外貌豐滿嬌媚，而且全都哭得很厲害。原來她們是些女店員，也就是爸爸的客戶，除了蜜餞果醬外他還供應她們『一些別的』。我們父子倆其實沒有那麼大的差距。不知道我的喪禮上會出現哪些人？」

他輕鬆地添了一句，「別難過，夏洛蒂娜。記住，生命最精采的時候就像是澆上了滾燙黑巧克力糖漿的自製軟冰淇淋。」

他起身回樓上去，在進電梯時他轉身過來，有些吃力地抬起手臂向我揮了揮。我於是憶起十三年前我們在富萊金認識的第一天，費里尼騎著單車輕快離去的優雅身影，心中不禁產生今非昔比的感觸。

費里尼在頒獎典禮結束隔天由洛杉磯啟程返家。他在九三年四月一日抵達羅馬，可以讓他享受得獎喜悅的時間並不多。除了關節疼痛的毛病之外，還必須決定是否要動開心手術。他好不容易下了決定，雖然心中仍有疑慮，卻還是在六月去瑞士接受了冠狀動脈繞道（bypass operation）手術。

費里尼說過很多次：他害怕有山的地方，但他從來不知道原因何在。他說在他夢裏，只要哪裏有山，哪裏就有噩運臨頭。手術後待在蘇黎士復元，讓他極為沮喪不悅。像往常一樣，他只想待在一個地方，那就是羅馬。但那時舉目望去卻遍地是瑞士的山——不祥的山……

他以一貫的作風逗弄那些瑞士的護士，和她們開玩笑，但她們都太嚴肅了，無法領情。此外，瑞士醫院裏的伙食也不對他的胃口。他想吃奶油洋蔥燴飯的時候，他們給他綜合麥片。幾乎一從麻醉醒來，費里尼就決定要出院了。他說他已經想吃的想瘋了，迫不及待要回到有那些食物的地方。

醫生建議他繼續留在醫院，如果他堅持過早離開，至少也要住在蘇黎士裏離他們醫院不遠的旅館裏。但他心意已決——按他們的說法是「頑固」。最後的妥協是：院方准他出院，但不是回羅馬，而是去里米尼這個安靜的渡假區療養。里米尼是個位於亞德里亞海海岸（Adriatic coast）的城鎮，約在威尼斯南方一百哩處，為費里尼兒時的故鄉。

費里尼並不想回里米尼，因為現實裏的里米尼和記憶中的里米尼差距過大，這點讓他困惑難堪。他甚至發現自己還期待能在里米尼街上看到他母親養的小狗蒂蒂娜（Titina）。

「我想到小時候路經我們鎮上的馬戲團。雖然在我看來，那個馬戲團好像很大，但其實它可能只是個小型馬戲團，那是我以為所有大人都很高的時候。這事極為重要：你在生命的某刻發現了某樣東西！也許我在富國戲院發現自己對電影的熱愛，跟我拒絕長大一事有關。而馬克斯兄弟也就是在那兒成了我真正的家人。

不過能住在里米尼大飯店的套房裏倒也算是個不無小補的誘惑。

此外，當然還可以享受到客房服務。

在里米尼住了一小陣子後，茱麗葉塔回羅馬處理賬單、郵件和其他的急事。此外，她也必須去看自己的醫生。費里尼想陪她一起走，但此舉需要僱一輛有醫護人員隨行的救護車。由於費里尼不想在羅馬被那些製片人看到，他們可能會認定他病重無法拍片，此外，他也不願意被那些永遠在那兒守株待兔的攝影記者瞧見。所以他就被說服留在里米尼等候了。

茱麗葉塔非常確定一點：不管菲德利哥為了達成目的說了些什麼，一旦他回到羅馬，就會拒絕回里米尼了。她相信費里尼對於想要說服別人時所做的承諾，老是只會去記他想記的。

茱麗葉塔原本只打算離開幾天，可惜走的不是時候。突然間，對茱麗葉塔和菲德利哥來說，所有的事都不對勁了。

當費里尼還小的時候，里米尼大飯店的套房代表著一種難以擁有且無法想像的事物。他向來不敢相信自己有一天會住在裏面，而且被視為上賓，受到禮遇。他記得小時候還常被守門的趕來趕去。所以，即使他是在坐病牢，也絕對不相信住在那兒會沒有一點樂趣。但事實上，即使是一向讓他覺得刺激的客房服務，他都覺得沒那麼了不起了。

在茱麗葉塔走開的時候，費里尼在飯店房間裏中風了。他癱了下來，沒力氣喊救命，而且離電話太遠。其間，他沒有完全昏過去，但卻一個人熬了四十五分鐘，然後才被進房整理床舖的女僕發現躺倒在地。

費里尼被緊急送往里米尼當地的醫院。表面上，為了不讓護士、媒體和他自己過分擔憂，他還在開玩笑；但私底下，他卻把這次中風看成一個恐怖的徵兆，因為他的情況和弟弟里卡多很接近，他弟弟在嚴重中風喪命之前不久也曾輕微地中風過。

費里尼最後是在醫院裏過世的。

醫院認為他第一次中風雖然嚴重，但並不會對生命造成威脅。他們告訴費里尼，經過一段時間的治療，也有可能完全康復。醫生說，即使最壞的情況發生了，他也不過損失一條胳臂和一條腿；而且就算他日後得靠輪椅行動，他還是可以正常度日。不過費里尼並不這麼認為。他的第一個反應是：如果殘廢不全，自尊被剝奪，那麼不如死了算了。他們建議他去費拉拉（Ferrara）的聖喬治醫院（Ospedale San Giorgio）療養，那是所「最棒的中風醫療院」，安東尼奧尼在一九八五年就被送進去過。

雖然費拉拉並不在回羅馬的路上，但費里尼還是同意了。不過，他相信只有在羅馬他才有機會好起來，並繼續拍片。

費里尼在費拉拉的醫院接受治療，在被允許可用電話以後，他的精神也變好了。雖然他向來不真的喜歡講電話，但現在這至少是一條從醫院通往羅馬的生命線。平常他要遵照醫生指示做那些無聊的運動，吃那些無趣的「健康」食物。此外，他甚至還看電視。

然而，在發現有攝影記者躲在樹後想偷拍他坐輪椅的模樣以後，他就無法自由自在地上花園了。他說他無法想像自己要靠「輪椅」度日。

「腦子愈動愈快，身體卻不再接受命令，這是很糟糕的事，感覺就像自己被囚禁在別人的身體裏面一樣。現在我明白自己已經失蹤了。」

有段時間費里尼相信自己會好起來，或至少會恢復到可以工作的狀態。他從醫院打電話來，聲音裏可以聽出他心情輕鬆了一些。他說他感覺到一種自由——一種「最糟的事都已經發生了」的自由。不過他還是警告我不可以跟任何人說他的下落，只不過這種提醒是完全沒

必要的。

茱麗葉塔當時沒在費拉拉陪他，但並非出於自願：她自己也秘密地在羅馬住了院。她對媒體宣佈自己是因為壓力過大而引起精神耗弱；但真相則是醫生說她腦裏長了一個無法開刀的瘤。

一九九三年，奧斯卡典禮結束後的隔天早上，費里尼在比佛利的希爾頓飯店跟我說：「我沒辦法想像沒有茱麗葉塔我要怎麼過？」

茱麗葉塔明確地告訴醫生，如果他們要說的是壞消息，那麼她寧可不聽。她是個虔誠的教徒，寧願用禱告的方式祈求平安。

當費里尼終於得知茱麗葉塔嚴重的病情，而且了解茱麗葉塔本人也已知道自身病情的時候，他宣佈他**一定得**去羅馬的醫院看她，而且堅決一定要去。

這趟旅程將嚴格保密，只有龍加帝、幾位朋友和幾名醫生知道，而且不能讓媒體發現。不過最後還是給他們知道了，記者們都在等他。費里尼在羅馬的醫院陪了一天多，然後才坐救護車返回費拉拉。

回到費拉拉的醫院以後，他覺得有些沮喪，因為他手腳的行動能力似乎沒有改善。他們告訴他進步需要時間。但他已經花了一些時間了，而且沒有人敢保證他可以完全康復。費里尼從醫生的眼神裏看出他們不相信他會完全康復，因此他想放棄治療。還有什麼辦法呢？唯一的希望就是工作。如果能讓他回去拍片的話，那麼他也可以陪陪茱麗葉塔，幫幫她的忙。他**必須**和她在一起。

答案就是「羅馬」，即使他得待在羅馬的醫院裏也成。費里尼說服了醫生，他說自己在羅馬會恢復得更快。他又離開了里米尼——這次是留在羅馬，結果也變成他了結餘生的地方。

他和茱麗葉塔結婚五十週年紀念日愈來愈近了。這些年來，費里尼一直和茱麗葉塔開玩笑，說那是**她的**紀念日，不是他的。但茱麗葉

塔從不覺得這話好笑。

院方准許茱麗葉塔請假外出。費里尼費盡心思希望給茱麗葉塔一個夢寐以求的結婚五十週年紀念。這個日子對他來說也變得極為重要了。他為她畫了一張卡片，他在其中一面描上了他在結婚當天畫給她的東西；另一面，則畫了一次同樣的圖案，唯獨日期和地址改了，即把一九四三年改成一九九三年，還有就是家中的地址從路德霞（Lutezia）街換到瑪古塔街。

費里尼想了幾個方案。他不想開派對，但兩人可以好好地吃個晚餐。茱麗葉塔建議和幾個朋友共進晚餐，她可以準備她拿手的麵食招待大家。但費里尼說他們應該去一家很棒的餐廳單獨慶祝。

同時，費里尼還說服他在伍姆貝托一世醫院（Ospedale Umberto I）的醫生讓他短暫外出，即使坐著那「可怕的輪椅」都好。他想逛書店。他們說可以代他購書，但那完全不是他要的方式。他懷念自己挑書的樂趣。

對費里尼而言，逛書店買書不僅賦予書籍本身生命，同時也賦予它們被人選購的經驗。書店裏的店員認出他來，於是和他聊了一下電影；另有一個店員要求費里尼看看他寫的劇本，費里尼則請他把東西送到醫院裏來。接著店裏的顧客也湊過來，所有人都祝費里尼早日康復。

在別的時候，費里尼並不喜歡在買東西時受到這麼多的注意。那樣會拖長購物的時間，而且每個人都看著你，觀察你買了些什麼書。除了上克羅契街買吃的以外，費里尼通常不喜歡買東西。不過現在任何可以把他帶出醫院的事似乎都讓他開心。在書店裏面對自己的影迷和那些健康的影迷，倒是件令人愉快的事。

在往返書店的途中，單是用力呼吸羅馬的空氣，就夠他興奮了。

他相信自己眞的可以辨認出羅馬的空氣和別地方的空氣有何不同，一如法國香水權威的鼻子可以分辨出各種香味的差異。費里尼當時得在醫院裏多待些日子，所以很難辨別出他人是不是在羅馬，畢竟哪裏的醫院都是一個樣子。不過，他還是回到羅馬來了，對費里尼而言，這表示是一切都將沒事了。

費里尼被放行到他喜愛的戶外街道後，深受鼓舞。他想如果他可以出外買書，那麼爲何不能在星期天帶茱麗葉塔去吃個中飯？這樣一來兩人都可以暫時拋開疾病的糾纏，而且還可以共同商量如何慶祝他們的結婚紀念日。對於把像結婚週年紀念這麼私人的事拿到公開場合來展現會感到尷尬的他，現在也一心一意要讓這天變得特別起來。費里尼將「美好的婚姻」定義成「兩人都覺得美好的婚姻」。現在他憶起兩人年輕時共處的歲月──一段遙遠的往事。在回憶裏，這段歲月要比他們往後因妥協而來的掙扎要鮮明得多。他希望能爲自己這些年來的「壞行爲」贖罪，他希望能盡量讓茱麗葉塔開心。

他完全投入這件事，這是他對所有事情認眞起來時的慣有態度。他投入到甚至願意承認「五十」這個數字。雖然他了解自己過於有名，很難守住年齡的秘密，但也不願將實際的歲數說出，好像說出口事情就會更像眞的一樣。而承認自己結婚五十年，就等於承認自己已經到了某個年紀了。菲德利哥對年齡的敏感度甚至比茱麗塔塔還嚴重。

羅馬醫院裏的醫生雖然心中仍不放心，但還是阻擋不了向來就很有說服力的費里尼。他們看到他才請假外出幾個小時，士氣就如此大振，於是同意讓他星期天中午去陪茱麗葉塔用餐。茱麗葉塔那時已經返回家中休養了，菲德利哥希望能盡快回去與她會合。他認爲茱麗葉塔甚至病得比自己嚴重，所以就建議爲他們兩週後的結婚紀念日提前紀念一番。

然而，兩人卻不知道在一起吃了半世紀以上的飯以後，那頓星期天的午餐竟是他們最後一次共同進餐。

　　費里尼想去契莎莉娜的店用餐，但這家店星期天不開。雖然契莎莉娜本人幾年前就去世了，但這家店一直都還是他最喜歡的餐館。接著他又在附近挑了另一家餐廳，但一樣沒有，直到第三家才開著門歡迎他們。

　　茱麗葉塔向來樂觀，現在費里尼和她一樣了。要改善他的心情，好好吃一頓是很重要的。

　　費里尼放肆地吃喝談笑，不料突然嗆到了，禍首是一塊摩札蕾拉乳酪。前一次，中風影響了他的吞嚥能力，但在享樂的時刻，他也就不記得這些了。嗆到的當刻是有些困擾，但後來也就好了，而且看不出會有什麼嚴重的後果。

　　飯後，他送茱麗葉塔回家，然後又跟載他們的一個年輕人去看了一個他可能會租做辦公室的地方。費里尼之前在醫院病床上看到那個地方的平面設計圖的時候就覺得喜歡了，這回實際造訪，更是對那兒讚不絕口。他希望隔天就能簽下租約，表示他又期待開始籌劃新片了。要不是因為那天是星期天，他大概當天就會簽約。他打算立刻開始籌拍新片，內容是關於兩名多年不見的綜藝秀演員，再相遇時，兩人都因中風被送進費拉拉的醫院。故事圍繞在醫院、生病及中風所引起的幻覺這些事情打轉，其中還包括了遊走死亡邊緣的經驗，片子的構想其實就是《馬斯托納》一片的變奏。他打算把發生在自己身上的事拍成電影，建設性地運用他在里米尼、費拉拉、羅馬等地的住院經驗。他跟我說：「這樣一來，我就可以把我的病痛經驗由負面轉為正面了。在我把自己的回憶拍成電影的同時，回憶也就被電影所取代。」

　　在四分之一世紀以前，費里尼也生過一次重病，當時他也有同樣

的想法：「我第一次輕叩鬼門關，明白自己曾經離它多近過，只要我當時放棄掙扎、不再呼吸就是了。我心想：如果我那時死了，我會**真的很生氣**。

「權利被剝奪！我會被剝奪走那麼多電影的拍攝權利。我的拍片生涯會在六○年代中就結束。但現在我又多活了這些年，我沒有權利再生氣了。有的也許是失望吧，因為我還想再拍一部電影，一部就好，啊！再一部就好……」

但前一次，當費里尼出院以後，他發現自己很高興能把整個生病的經驗都給忘掉。他把自己的反應歸類成像狗一樣。「把那些記憶給抖掉，」費里尼對我說，「現在我正在構想劇本，但等到回家以後，我可能又會想把這些記憶給全部抖掉，然後拍一部不同主題的電影。」

傷感的是，費里尼從此就沒再回家過。

費里尼在那個星期天中午和茱麗葉塔共餐後，晚上在醫院裏又再度中風，而且病情擴大，陷入了昏迷狀況，於是被緊急送往加護病房治療。雖然茱麗葉塔和費里尼的家人朋友仍相信他能復元，但這一次，醫生們卻不抱任何指望了。雖然費里尼似乎已經無法感覺到茱麗葉塔的存在，但茱麗葉塔不顧醫生的勸告，仍堅持要進加護病房探望她的丈夫。以殘酷的醫學術語來說，費里尼已被宣佈「腦死」了。

在他昏迷期間，醫院外頭守候著大批待命的義大利攝影記者……

直到兩個禮拜後，他和茱麗葉塔的結婚五十週年紀念過後的一天，菲德利哥·費里尼終於過世了，永遠再也恢復不了意識。

茱麗葉塔是從電視新聞裏得知費里尼的死訊的，之前沒有任何人通知她。馬里歐·龍加蒂急忙趕到茱麗葉塔身邊，盡可能地安慰她，並代為會見即將群集而來的媒體。結果，記者們早已把瑪古塔這條窄街擠得水洩不通了。

在費里尼過世之前，媒體記者，尤其是攝影記者，就一直在醫院日夜守候了。而在費里尼剛去世的時候，一定有人把這個消息告訴了他（她）買通了的某個攝影記者。之後，那名攝影記者設法溜進加護病房，把費里尼身上的被單、管子等障礙物拉開，替他的遺容拍了一張照。大家推測那名攝影記者做案時大概穿上了醫院的白制服，假裝成院裏的看護人員才得以進入。這個情節讓人想起了《生活的甜蜜》裏的一個畫面，即攝影記者帕帕拉佐央求馬契洛帶他一起進入屋中，為的只是要拍一張史坦納屍體的照片。

那名得逞了的攝影記者把那張費里尼的照片緊急送往某家電視台，之後照片便出現在他們的新聞裏。這事立刻激起公憤，那家電視台隨即被抗議的電話聲包圍。廣告客戶也威脅要撤銷他們在該台的廣告。大眾對此一卑劣的做法都至為反感，那張照片對義大利人摯愛的費里尼在隱私上的終極冒犯，也因而得到了應有的報應。所有其他的電視台、報章雜誌，甚至專愛扒糞的小報，也都拒絕登出那張照片。他們這麼做的原因，不知是尚有良心，還是對那張照片初度披露所引發的負面效應有所警惕。

只有在費里尼在世的最後幾個月，我才觀察到他說話時語調上有些揮之不去的感傷（只是當時我們兩個都不知道那已經是他最後的幾個月），所以我也變得不太敢亂開玩笑。我知道他身體狀況已經亮起了紅燈，他也覺得健康備感威脅。他覺得變成殘廢甚至比死還要恐怖，對於想拍卻沒拍成的電影深表哀傷，並首度相信自己未來不再有什麼拍片的可能了。

他甚至對拍他自稱為「節制的電影」（limited film）都感到不確定，那種電影在製作規模上有所節制，因而使得開拍機會增高、開拍時機

得早。在他病重以前，他曾答應要再爲茱麗葉塔拍一部電影做爲他們結婚五十週年的紀念禮物。茱麗葉塔希望能再度在費里尼的電影裏演戲。費里尼回想了一下《導演筆記》這部片，覺得自己可以再拍一部《演員筆記》。這個構想的製作成本較低，是他想拍的片子裏野心最小的一部。他確定可以輕易地籌到經費，而且要在片中讓茱麗葉塔和馬斯楚安尼再次攜手合作。

費里尼有些沮喪地向我透露，他再也夢不到那些精彩的東西了。「只要我的幻想能力保持不變，我是可以接受某種程度的肢體損害的。」

他死訊傳來的時候，不管表面上的死因爲何，我相信他其實是死於「心碎」。還是個孩子的「菲德利哥」，與長大成人後變成導演的「菲德利哥‧費里尼」離開人世了——但「費里尼」這個傳奇會繼續流傳下去。

現在，隨著菲德利哥‧費里尼亡故，他的作品卻得到了新生。從紐約到新德里，從聖保羅到新加坡，它們走訪了各處的戲院；而關於費里尼的精彩事蹟也在多種語文的報章上刊載。他在義大利最爲人所知的時刻是在身故以後。在他昏迷期間，電視、電台、報紙等媒體經常有他病情的報導。電視上出現了無數他電影裏的片段，也播放了他完整的作品。突然間，費里尼成了一個義大利家喻戶曉的名字，連從沒看過他電影的人都把他當做自己的朋友。他變成了國內的頭號名人，而且是死後比生前更爲知名。他死的時候，所有義大利人都覺得是一個自己認識的人死了，因而感到若有所失。

羅馬街頭的窗口掛出了「再會了，菲德利哥！」的布條。他光顧過的餐廳也在他的遺照上繫上了黑緞帶，過了好幾個星期才被解下——然後費里尼便化歸永恆了。

在電影城裏爲他舉行的追悼儀式中，曾在《訪問》中出現過的大型天幕被立在費里尼棺木的後方，這樣一片虛構的環形天空運用得極爲恰當，因爲那就是**他眼中的**眞實。

隊伍行經棺木的時候沒人說話，現場極爲安靜。前來弔祭的人經過靈位時都只短暫停留，有人些還留下了花朵、禮物和字條。

費里尼和安東尼奧尼彼此認識，並相互敬重彼此的作品，但兩人交往並不密切。在一九九二年年尾，安東尼奧尼在總統府（Quirinale Palace）接受總統表揚的時候，費里尼也在場。「米基（Michi, 即米開朗基羅・安東尼奧尼）當然有椅子坐，」安東尼奧尼的太太安莉嘉（Enrica Antonioni）憶起往事，「但所有其他人都只能站著。」安東尼奧尼在那之前幾年中風過，沒辦法在這麼長的典禮上一直站著。

一般人都知道費里尼患有關節炎，但他還是盡可能挺直站立，勉力支撐度過那幾小時的活動，但他的關節痛一定讓他覺得那個活動好像沒完沒了。

費里尼當時面對的是一個兩難的選擇：是要受那種出席的罪？還是要受那種不出席的罪？他如果不出席會比他出席來得更受矚目。如果他不在場，好像就會讓別人認爲他不夠敬重一位偉大的同業；或是，會讓人認爲他病了。而這兩種狀況費里尼都不能接受。

然而，這回是安東尼奧尼帶著病向費里尼致敬了。公祭那天他和妻子安莉嘉也在第五棚的弔祭行列裏。

在菲德利哥和茱麗葉塔很年輕時和他們合作過《無慈悲》和《賣藝春秋》這兩部片的拉圖艾達和他太太卡拉・戴波吉歐也出現在葬禮現場。拉圖艾達把《賣藝春秋》一片的導演功勞分一半給費里尼，那是費里尼首次掛上導演頭銜。「他就在我身邊起了爐灶。」拉圖艾達對我說，「我發現他有一些東西想告訴大家。」此外，茱麗葉塔在《無慈

悲》一片中的演出機會也是拉圖艾達給的，那是她個人的銀幕處女作。

「茱麗葉塔本來還算比較平靜，」拉圖艾達告訴我，「但當她看到我們以後，就開始哭了，她說，『想當初我們四個年輕人在一起的時候多開心呀！那好像才是不久以前的事。』」

在電影城為費里尼舉行的追悼儀式是義大利近代史上規模極為盛大的一場。而馬斯楚安尼是唯一個敢在該儀式完畢以後發出嚴厲批評的人。當媒體要求他談談這位朋友的時候，他跟以往一樣不顧情面地表示：「他們不在他生前幫他拍電影，卻到了他死後才來褒揚他。現在所有人都說他是如何了不起的天才，但這幾年卻沒人肯認真地給予協助。要了解這個人有多偉大，大家還需要有更多的反省。」

幾個月前才在奧斯卡頒獎典禮與馬斯楚安尼和費里尼同台的蘇菲亞・羅蘭則表示，「一盞明燈滅了，讓我們陷入黑暗之中。少了他的想像，這世界會變得更哀傷。」

安東尼・昆在《大路》這部片子裏扮演駑鈍壯漢贊巴諾，茱麗葉塔則飾演對他一往情深的潔索米娜。他對我表示：

「《大路》這部電影為我打開了對外的窗口，讓我的生命重新來過。

「他把劇本拿給我看的時候，雖然只有短短的四頁，但他要我飾演的角色卻很精采。我之前和他的太太一起合作過，她也先跟我提過了故事內容。

「我剛認識費里尼的時候還不太會說義大利話，所以就跟他說西班牙話。可是在電影裏，我就不知道該說英語、義大利語，還是西班牙語了。他回答說，『沒關係，唸數字就好，重點是你的臉部表情和人物性格。不要因為太專心記詞而忽略了劇中人在說話時應有的表現。』

「一九二四年我父親為好萊塢的默片做喜劇編劇。我有次去片廠

參觀，看到魯道夫‧范倫鐵諾（Rudolph Valentino）❽跪在一個被當做是沙漠的沙堆上說話，而且說得非常傷心。我走近一聽，才發現他原來在說：『親愛的駱駝……』」

「費里尼不喜歡故做分析，他指導演員的時候，希望他們能把人物性格自然地流露出來。這是因爲他本人也畫畫，他習慣從畫裏展露畫中人的人物性格。

「我可以認同費里尼，因爲我也是靠我的 duende 在推動。這是一個西班牙字，指的是一種推著你走的內在精神。當他指導我演《大路》的時候，我可以感受到他內在的那股動力。在他眼裏，我**就是**贊巴諾！我知道費里尼是永遠不會放棄的，要是可以的話，他願意一個禮拜工作七天。

「老天沒有給我很多的才華，但祂賜給我極大的動力。我每晚對著祂說，『主啊！爲什麼祢賜給我這麼少的才華，這麼多的動力？』很多人都枉費了老天的恩賜，費里尼善用自我才華的成績斐然，讓我激賞。

「他馬上就知道要怎麼去用攝影機了。一九二六年，我父親在好萊塢任職攝影師。當有聲時代來臨，他們都不知所措。是要靠攝影機來說故事？還是要靠編劇來說故事？黃宗霑（James Wong Howe）❾

❽魯道夫‧范倫鐵諾（1895-1926），義大利演員，於 1913 年至美國發展，曾爲默片時期最知名的性感男星，享有「拉丁情人」的封號。范倫鐵諾於 31 歲驟逝時，引起社會不小的震撼，甚至有多位女影迷爲其「殉情」自殺。作品包括：《啓示錄四騎士》（Four Horsemen of the Acaplypse, 1921）、《The Sheik, 1921》、《Blood and Sand》（1922）、《Monsieur Beaucaire》（1924）、《The Eagle》（1925）、《Son of the Sheik》（1926）等。

❾黃宗霑（1988-1976），華裔攝影師，1904 年移民美國，是美國多產而重要的攝影師，開發深焦攝影及上肩拍攝影有功，曾與多位重要美國導演（如薛尼‧盧梅 Sidney Lumet 及法蘭肯海瑪 John Frankenheimer 等）合作過。黃宗霑曾以《玫瑰夢》（1955）及《原野鐵漢》（Hud, 1963）獲得兩座奧斯卡最佳攝影獎，其他曾入圍提名的作品尚包括：《Aligiers》（1938）、《伊利諾州的林肯》（Abe Lincoln in Illinois, 1940）、《棒球大王》

說過，除非你有什麼秘密，不然絕對不要跳到特寫鏡頭。現在的電視節目可到處充滿了秘密。菲德利哥不隨意亂用特寫，所以他的特寫鏡頭就會顯得有意義。

「有天我接受一名記者採訪，我接受採訪的時候向來都很認真。訪問結束後，費里尼走過來對我說，『東尼（Tony，即安東尼之暱稱），你為什麼要跟他們說實話？實話都顯得平凡、愚蠢。你跟他們說你媽媽是個墨西哥的印第安人。你為什麼不告訴他們：她是個印地安公主？』

「費里尼擁有一個屬於他自己的夢幻世界，好比塞凡提斯（Cervantes）擁有唐吉訶德和桑丘·潘札一樣，也好比莎士比亞。對他而言，幻想就是人生的珍寶，而那就是費里尼要處理的。電影不是現實，而是幻想。他對自己所做的事有股熱情。在電影這行裏少有藝術家，費里尼算是一個。

「菲德利哥有一種驚人的特質，我把它稱做他的『嬰兒特質』。他對外來的事物毫不設防，態度天真──指的最正面的意思。他向每個人學習，他是塊情感海綿。不過他對細節十分的仔細，又有一種屬於他個人及成人性格中的小心翼翼。

「茱麗葉塔是個很棒的工作伴侶，她飾演甜美、失落的潔索米娜。我那時認為茱麗葉塔日後會大有一番作為。雖然她拍的電影不如我想像來得多，但她確實很有天分。當時她和費里尼兩人可以說是合作無間。

「我對沒和費里尼多相處一些時間感到遺憾，我們該留給彼此一

（Kings Row, 1942）、《血戰九重天》（Air Force, 1943）、《北極星》（The North Star, 1943）、《老人與海》（The Old Man and the Sea, 1958）、《第二生命》（Seconds, 1965）及《俏佳人》（Funny Laday, 1975）等。

些『特別的時間』（special time）。對我來說，『特別的時間』就是和另一個人單獨相處的時間。我在尋找一些不同於我的人，我想大部分的人都在找一些和他們自己相似的人，但費里尼卻和任何人都不一樣。」

娜迪亞・葛蕾告訴我，單是看費里尼導戲，就已經受益良多了。「差勁的導演不僅遲到、不刮鬍子，而且還會對人大吼。他們之所以吼人是因為他們不知道自己要的是什麼。他們以為如果對別人大吼的話，那種暴烈的特質就會讓人家認為他們有才氣。

「費里尼先生總是準時抵達片廠，他繫著領帶、面帶微笑地和演員、技術人員……等所有人討論各項細節。他會這樣表現是因為他知道自己要什麼。他接受即興，但並非沒有主見。他從來不會來片廠大吼大叫。

「有時候，我們一起搭車回羅馬，在車上聊天的時候，他不談電影，而是把話題放在我身上。他會對我當時的煩惱表示關心。沒有他的世界，想來令人傷心。」

莉娜・維黛美拉（Lina Wertmuller）❿曾擔任過費里尼《八又二分之一》一片的助手——那是她在影壇的起步。她戴著她那副註冊商

---

❿莉娜・維黛美拉（1928-　），義大利編導、演員、劇作家。維黛美拉少時叛逆成性，大學畢業後曾從事舞台創作工作長達十年，走前衛路線。1963 年任《八又二分之一》副導進入影壇，旋即就得到機會自己編導了一部長片《蜥蜴》（The Lizards, 1963）。但真正讓她一夕成名的作品則是 1972 年的《咪咪的誘惑》，她以該片榮獲該年坎城最佳導演獎，之後的《七美人》（1976）更讓她在美國造成轟動，可惜之後聲譽漸走下坡。維黛美拉喜以怪異、喜趣的觀點處理沉重的政治、社會及性別議題，是義大利重要的女性電影作者。她的其他作品尚包括《讓我們聊聊男人》（Let's Talk about Men, 1965）、《一片糟》（1973）、《夢與虛無》（1973）、《隨潮而流》（1974）、《復仇》（Blood Feud, 1980）等。

標的白框眼鏡來參加電影城舉行的追悼會。她之前因為爬到樹上摘水果不慎摔傷，所以出現時還一跛一跛地拄了枴杖。

「有關『我從費里尼身上學到了什麼？』這個問題」她對我說，「我已經被問過一千次了！

「我十歲的時候就在聽他編的廣播劇了。我讀他的作品、看他的漫畫，而且非常喜歡他的漫畫。我看了他最早的幾部電影，然後認識了他。

「他靈活的眼神、他的眉宇，在在顯露出他的奇特。他熱愛自由，也很能享樂，你會跟著玩得很開心。你跟他在一起的時候，就像置身在一股旋風當中，你只希望自己能跟得上他。當他說，『跟著我往下跳！』的時候，你必須毫不猶豫地信任他。如果你害怕或遲疑的話，就可能傷到自己。

「我想過他最吸引我的地方是什麼？現在我知道答案了，那就是：他會跟我的想像力交談。

「菲德利哥從不會忘記喜趣和諷刺的一面。他總是在找新鮮的東西，並避免僵化的傾向。我認識做為男人、導演、（漫）畫家、騙子等不同身分時的菲德利哥。

「當過他的助理，密切的工作關係讓我了解到『選擇』對他有多重要。他想擁有所有的選擇，然後又想把落選的東西給消滅掉，他想把所有沒用到的文件都毀掉，我說：『別撕掉那些！』但他不聽。把東西撕毀對他而言是個正面的舉動，因為消除了他心頭的一個負擔。

「認識菲德利哥就像是在一大片風暴前開扇窗。二次大戰以後是特別有活力的一個時期，那是創作能量非常高的黃金時期，我很幸運趕上了那個開頭的時刻。菲德利哥是我認識的人裏面最像『藝術家』的一個，如果這話給他聽到了，他一定會生氣。

「此生能遇到菲德利哥真是天大的恩賜。他在我跟他工作期間教了我那麼多東西，而我因為自己得到了拍片的機會，想在他片子完成之前離職，他也不生氣。他為我感到高興，甚至還幫我找到了《蜥蜴》（The Lizards）這部電影最後一筆拍片資金的部分。

「在我開始進行那部片子以前，我到富萊金去看菲德利哥。那天天上雲很多，海上浪很大。他對我說：『像跟朋友聊天一樣地把你的故事講出來。』」

維黛美拉為費里尼工作期間，費里尼曾交給她一張克勞蒂雅‧卡汀娜的人頭照，「只有郵票一般大小」，要她散佈到全義大利，以找出一個和她相像的女孩。

「菲德利哥希望卡汀娜能參加演出，但他不相信她的丈夫（一個有錢的製片）會同意這件事，所以我們就在報紙廣告上描述我們想找的女演員。我們開出的條件很具體。『你有凹凸有緻的臀部嗎？』廣告上這麼問，『你在自己身上看得到這種美貌嗎？如果有的話，請來此一談。』」

結果有幾百名來自各地的女孩回應那個廣告。雖然報上已經明訂了大致的條件，但許多前來應徵的「女孩」卻根本不能算是「女孩」了，那些人的年紀已經大到可以做那個角色的媽了，有些人的體重甚至有卡汀娜的兩倍之多。

「我還記得那個廣場上填滿了女人——各式各樣的女人，從二十歲到八十歲不等。她們的樣子和我們廣告上的描述說有多不像就有多不像——簡直是不像得離譜。很多人壓根談不上漂亮，那根本就是一個動物園。我們是四處流浪的吉普賽人，希望能找到一位古典美女，應徵的人羣裏面卻有駝背的、獨眼的。對我來說，那堆人凸顯出一個特色，那就是她們驚人的樂天意識。她們全都是那樣讓人難以置信地

樂觀。

　　「我從幾百人當中選出了五名入圍者。她們都很好，但其中有一個較突出。那個女孩簡直挑不出什麼毛病，她看起來簡直比卡汀娜本人更像卡汀娜，甚至還比卡汀娜年輕。我相信菲德利哥一定會滿意得不得了。

　　「但他正好在同一段時間裏碰到了卡汀娜，並向她提了那個角色的事，想不到她立刻說她想演。

　　「那個被我挑中的可憐女孩因此沒能得到那個角色。

　　「我當了他三個月的助理導演，那是我生命中非常重要的一段日子。我再也沒那麼開心過，我愛上了他，所有遇到菲德利哥的女人都會愛上他。

　　「大家現在都在說茱麗葉塔有多麼可憐，失去菲德利哥有多悲慘。這話固然沒錯，不過當我在葬禮上看到她的時候，我心想，『她能和這樣一個男人相愛五十年是多幸運的一件事啊！』

　　「茱麗葉塔失去了菲德利哥是很可憐，但她能擁有他那麼久卻不能不算幸運。」

　　戈爾‧維達（Gore Vida）❶在費里尼去世後不久曾向我說過這段話：

　　「他叫我戈里諾（Gorino），我喊他菲瑞德（Fred）。是他先喊我戈

　　❶戈爾‧維達（1925- ），美國小說家、劇作家、電影編劇、評論家，以 Edgar Box 等筆名寫作，編劇作品包括：《之子于歸》（The Cartered Affair, 1955）、《夏日癡魂》（Suddenly, Last Summer, 1959）、《最佳人選》（The Best Man, 1964）、《巴黎戰火》（Is Paris Burning?, 1966, 與柯波拉合編）、《卡里古拉大帝》（Caligula, 1980）等。所著講述變性題材的小說《雌雄美人》（又譯《變性奇譚》）於 1970 被搬上銀幕，由梅‧蕙絲特主演。此外，戈達亦在費里尼的《羅馬風情畫》中客串演出過。

里諾的，他對我叫他菲瑞德從來沒有表示過看法，但我喊他這名字的時候，他一直都有反應。他很了不起，也很有趣，不過他有『西斯汀禮拜堂（Sistine Chapel）⑫情結』。

「我們會在咖啡廳裏叫一大堆吃的，然後談一些重要的話題，好比《雌雄美人》（Myra Breckenridge, 見譯註⑪）這部電影。電影是我們文化上的共同語言。菲瑞德想知道梅・惠絲特的事，他對她的事永遠不會感到厭煩。我告訴他我花了多少時間才弄透米拉（Myra）原來是個男人的時候，他竟然不相信。我告訴他寫書比拍片有趣的地方是，寫書較容易有意外的收穫，他說對他而言，拍片才比較容易得到意外的收穫。我猜大概是吧。」

美國導演約翰・藍迪斯（John Landis）⑬看了《該死的托比》之後表示很喜歡，但他真正覺得費里尼精采是在看到《愛情神話》這部片子以後：

「我當時十八歲，在南斯拉夫為《凱利的英雄》（Kelly's Heroes）一片為人跑腿。我和一個朋友之前曾上特里埃斯德的「伍平斯」（Upims）去買便宜的毛線衣。我在那兒看到了一家戲院正在上映費里尼的《愛情神話》，當時不假思索買了票進場，之後才想到語言的問題。而當然，那裏放映的是沒上字幕的義大利語版本。

「一年後，我在日內瓦，看到《愛情神話》在那裏上映，戲院看

⑫西斯汀禮拜堂，梵諦岡宮的教皇禮拜堂，禮拜堂四壁有許多名義大利畫家所作壁畫，而堂內最知名的傑作又當屬米開朗基羅創作的拱頂畫，以及位於祭壇後側牆上的壁畫「最後的審判」。

⑬約翰・藍迪斯（1950-），美國導演，兼編劇、製片，擅長社會諷刺劇及科幻片，作品包括：《美國狼人在倫敦》(1981)、《Trading Places, 1983》、《陰陽魔界》(Twilight Zone, 1983)、《三個朋友》(Three Amigos, 1986)、《來去美國》(Coming to America, 1988)等。此外，他亦為美國歌星麥可・傑克遜拍攝了著名的MTV：《驚悚》(Thriller)。

板簡單寫著『《愛情神話》/附字幕』。我又買了票進戲院。而當然，電影附的是法文和德文字幕！

「我之後又在洛杉磯看了一次附英文字幕的版本，發覺費里尼其實是個畫家，他用攝影機代替畫筆作畫。

「我對『藝術 V.S.商業』這個永恆的兩難習題沒什麼解決的辦法。所有拍電影的人都曾受過必須向人乞討的羞辱。

「二次大戰以來，義大利大概換過五十個以上的政府，却只出過一個費里尼。他的作品被人懷念的時間，會遠超過那些說他不負責任的製片人和出資者在世的時間。

「我是因爲一個『狼人』才認識費里尼的。當時我在羅馬爲《美國狼人在倫敦》（An American Werewolf in London）做宣傳，一直和費里尼有合作關係的馬里歐・龍加帝負責這部片子的宣傳工作。馬里歐介紹我和我太太黛伯拉（Deborah Landis）和費里尼認識，我們一起吃了一頓很長很有趣的中飯。

「黛伯拉當時懷著我們的女兒蕾秋（Rachel Landis），肚皮非常大，費里尼整頓中飯都一直握著她的手。直到今天，就算只提到他的名字，都會讓黛伯拉激動地喊出，『他是個天才！』

「我和菲德利哥會彼此交換笑話。他的笑話總是極爲有趣。現在，每當我偶而聽到一個笑話，我就心想，『真希望能把那個笑話說給費里尼聽。』

史派克・李（Spike Lee）談到了費里尼對於他的啓發，以及他在羅馬和這位大導演會面的情況。他第一次看到費里尼的作品是在高中。「那部電影讓我了解到你可以有無止盡的可能性。我那時夢想能見到他，想不到在我當上導演以後，竟然有機會在羅馬和他共進晚餐。

「我們聊到彼此面對製片人和片廠時的一些問題。當時我在工作和感情上都有一些困擾，剛和女朋友吵了一架，她離開了我，而且不跟我說話，但我希望她能夠回來。此外，我和片廠之間也因為影片定剪的問題爭執不休。費里尼告訴我：『你一定要爭取定版的自主權，一定要爭到，你去爭是天經地義的事。』當然，比起我來，他有較大的優勢讓別人聽他的。

「我說，『但我女朋友的問題怎麼辦？她人走了，而且不跟我說話。』我不知道為什麼我會覺得他懂得拍電影也就一定懂得女人。

「他什麼都沒說，只是抓起了一張餐廳的紙巾，在上面畫了起來。他畫了一幅我跪膝求饒的畫，而且還在我頭頂上加了一個裏面寫著『請原諒我』的字樣的圓框。他說：『把這個拿給你的女朋友。』

「我回國以後照他的指示做了。我女朋友收下了那張紙巾，覺得很喜歡。她把東西留下了，卻仍然不跟我說話。我們最後還是分手了。

「之後我又認識了另一個女孩，一個我很在乎的女孩，然後我才明白原先那個女孩是個『錯誤』──雙重的錯誤！因為她不肯把那張畫還給我，我真希望知道怎麼樣才能把費里尼幫我畫的那張畫給要回來。」

環球（Universal）電影公司在一九七三年派蒂芬‧史匹柏去羅馬為他的第一部電影《飛輪喋血》（Duel）做宣傳的時候，他急於利用這個機會與費里尼碰面。這位年輕導演將展開的輝煌事業，不但費里尼沒有料到，就連史匹柏本人也沒想到。

龍加蒂記得那頓飯吃得很愉快，而且記憶中史蒂芬當時還是個害羞的年輕人。他們吃完飯以後，這位年輕人不好意思地拿出一小台不太貴的照相機，客氣地問費里尼是否介意拍照。費里尼完全不介意，

即便最後他才知道史蒂芬不是只拍一張，而是一整卷。很明顯，史匹柏並不需要那麼多張照片，他只是想確定裏面有一張夠好。他達到目的了，而且過了一些時間寫信給費里尼，說他把照片掛在辦公室裏，而且那張照片為他帶來了好運。

當費里尼在費拉拉住院的時候，史匹柏在當年的威尼斯影展得到了「金獅獎」的榮譽。儘管費里尼當時臥病在床，卻仍花了時間寫封短箋向史匹柏祝賀。史匹柏後來寫了封信給費里尼，相信他那時身體應該比較好了。信上的日期是一九九三年九月十日，內容如下：

「希望你讀到這封信的時候，病已好了許多。我從眼睛能看開始就是你的影迷了。知道自己得到你在許多年前得到過的獎，讓我額外興奮。

「你的電影對我來說一直都是個很大的靈感來源。這些電影比很多其他電影都更能說明電影可以是藝術。很遺憾沒能在威尼斯見到你，但我相信我們將來自然有緣再見。」

史匹柏在信的結尾這樣說：「我還繼續看你的電影，而且也得到了更多的靈感，謹獻上深深祝福！」

那是費里尼讀到的最後一封信。

費里尼在死前的幾個月對我說，他為自己那些沒拍成的電影哀悼。我們大家也是。

在電影城的追悼會之後，緊接著就是隔天在「天使聖母堂」（Santa Maria degli Angeli Church）為費里尼所舉行的宗教儀式。儀式主要是給菲德利哥和茱麗葉塔的家人和朋友參加的。當天在場的人不僅有電影圈的人，還包括了義大利總統和一些政要官員。總理奇安皮（Carlo Ciampi）說：義大利失去了一位「偉大的國家詩人」。

費里尼的影迷排列在教堂附近的街道上——那是一些認識費里尼但費里尼不認識他們的人，其中包括了一些羅馬的餐廳服務生和計程車司機。為數不少的計程車司機想盡辦法把車子開到最接近教堂的地方，額外製造了交通問題。這數千名不認識費里尼本人的民眾，與電視新聞前幾百萬民眾共同哀悼著他。

茱麗葉塔告訴家人朋友，他們用不著穿黑色的衣服，因為「菲德利哥不會喜歡這樣的」。她本人則戴了墨鏡，用以遮掩她哀傷過度、接近睜不開的紅眼圈。此外，她還戴了一頂頭巾帽，用以隱藏她因接受放射性治療所導致的落髮現象，這件事她一直沒讓外界知道。

典禮從頭到尾，茱麗葉塔都握著她的唸珠。在儀式結束的時候，也是整個典禮最沉重、最富戲劇性的一刻，她高舉唸珠向菲德利哥揮別。

「再會了，親愛的！」她細聲地說。

茱麗葉塔覺得自己很快就會和菲德利哥重逢。和他們夫婦親近的朋友都知道茱麗葉塔不可能比菲德利哥多活太久，她自己也清楚這點。

裝著費里尼屍體的棺木被他妹妹瑪達蓮娜及外甥女法蘭契絲卡護送回里米尼。

茱麗葉塔留在羅馬，沒去里米尼。對外宣佈的理由是她哀痛得難以成行，這話雖也不假，但她病得不輕是另外一個理由。儀式後，她心碎地回到瑪古塔街的家中。我想起了她幾年前跟我說的一句話：「我生命中最重要的一個角色，就是當了菲德利哥・費里尼的太太。」之後她又說：「當一對男女像我們一樣結婚那麼多年以後，兩人的角色甚至有可能在一夕之間互換。有些時候，我變成了贊巴諾，而他則成了潔索米娜。」沒有費里尼的家顯得異常空盪，在這位偉大導演兼親

密朋友兼婚齡五十的丈夫去世以後，茱麗葉塔在努力克服傷痛的同時，還一邊要爲自己的生命奮戰。

她的家人——雙胞胎的兄姊（或弟妹）馬里歐（Mario Masina）和瑪莉歐莉娜（Mariolina Masina）和外甥女西蒙妮妲（Simoneta）——試著安慰她。西蒙妮妲是茱麗葉塔妹妹尤珍妮亞（Eugenia Masina）的女兒，尤珍妮亞只比茱麗葉塔小一歲，她在前幾年去世了。西蒙妮妲還記得當年被母親抱在懷裏到機場去接茱麗葉塔阿姨和菲德利哥姨丈的情形，他們當時從好萊塢奧斯卡典禮戰勝而歸，兩人所拍的《大路》贏得了那年最佳外語片的獎項。此外，他們也躋身爲舉世聞名的藝術工作者。當時這個小女孩完全不懂那些事情，她只知道那是極爲開心的一刻。兩人下飛機的時候，獎座是茱麗葉塔抱著的，當她看到尤珍妮亞和西蒙妮妲的時候，就驕傲地揮著手中的獎座。

茱麗葉塔的家人陪著她坐下看那些來自世界各地的致哀電文和信件。來函者包括有葉爾辛（Boris Yeltsin）、密特朗（François Mitterrand）、日皇德仁（Emperor Akihito）等各國領袖，以及一些老朋友和影迷，除此之外，他們沒有別的辦法可以表達他們對此事的遺憾。

每天早上，茱麗葉塔習慣走進廚房、打開收音機——這是她維持多年的習慣，然後她就會聽到那些所有關於費里尼的報導。至於曾被費里尼稱爲他的「思考室」的客廳，茱麗葉塔則顯得難以面對。

茱麗葉塔接到了電影演出的邀請，也收到各影展、美術館要爲她舉辦活動的建議。以《鬼迷茱麗》爲名的百老匯歌舞劇——這個她曾特別認同的計畫——也出現了轉機。馬文·漢姆利胥有興趣爲這齣劇譜曲；她和費里尼從前也討論過想在該劇上做些變動，他們要按照茱麗葉塔的的想法來修正主角的人物性格。

突然間，全世界都在爭相邀約茱麗葉塔，而菲德利哥則再也收不

到邀請了——不管是當年、次年，或再次年。大家都要邀茱麗葉塔，她多了一些旅行的機會，那是她以前熱愛的事。她之前曾很喜歡代表自己所演的費里尼電影參展，而且極以那些片子為榮。畢竟，那些作品同樣也算她的孩子啊。

然而，茱麗葉塔在丈夫死後，自己的健康情形也急遽惡化。她在丈夫生前用以抵抗病痛的意志力似乎已經完全耗盡。她的病讓她無法再過公眾生活，而即使只是私下度日，日子也過得十分勉強，因為她活動的範圍也只限於瑪古塔街和醫院之間。

她把剩餘不多的生命盡量留在家中，但卻愈來愈需要住院治療。最後幾個月，她已經虛弱到無法再返回家中了。

醫院勸她家人要有心理準備，意思是要他們準備料理後事。但茱麗葉塔仍不肯放棄生命。

即使失去了菲德利哥，茱麗葉塔求生的意志力依然大得驚人，但事實真相卻存在醫生們哀傷的表情中。

茱麗葉塔以自身及潔索米娜、卡比莉亞兩個角色的性格，阻止醫生告訴她一些她不想聽的話，她在生病期間一直是這種態度。她心裏當然清楚自己的病情，只是把事情說出來，好像就會讓死亡這件事變得更真實、更迫近一些。

「何必告訴我一些我無能為力的事？」她對醫生這麼說，「我不想聽什麼壞消息，我想盡可能多活一些日子，而且盡可能活得充實開心。」

這些是她演出的角色在費里尼的電影裏可能說出的話。

茱麗葉塔‧瑪西娜在費里尼死後只多活了五個月。她在一九九四年三月二十三日病逝羅馬。

離她上次坐在好萊塢觀眾席看她結褵近五十年的丈夫領取奧斯卡終身成就獎那一天，差一個禮拜就滿一年了。無論是從私人的角度或

工作的角度來看，她都和丈夫共享了他們充滿成就的一生，她當場感動得淚流滿面，台上的費里尼則疼愛地要她別再哭了。那是奧斯卡歷史上最令人感動的時刻之一，而且又由於下一屆頒獎的時候費里尼和茱麗葉塔都已經不在人世了，所以就更確定了這項說法。只是，當時茱麗葉塔擔心的倒是害怕淚水會把自己精心挑選鑲有亮片的白外套給弄髒。

對茱麗葉塔來說，她再也不可能這樣喜極而泣地掉淚了，在菲德利哥病故之後，也再沒有別的事能讓她傷心了。

她的遺體穿著黑色的長裙，那是她為了某次奧斯卡晚會挑選的服裝，她相信那樣穿會讓她看起來更修長一些。她的頭髮本來又短又軟，但死後則必須用白頭巾把被放射治療殘害的髮絲包裹起來。她一隻手裏握著不久前拿來向菲德利哥道別用的心愛珍珠唸珠和一朵紅玫瑰，而放在胸口的另一隻手中則握著一小張菲德利哥的照片。

對於那些認識費里尼和茱麗葉塔，而且和他們工作過的人來說，茱麗葉塔緊接著費里尼死去，並不會讓他們感到太訝異。很多他們的朋友和工作伙伴都相信，他們兩人若缺少了其中一個，另一個也就活不長。

茱麗葉塔的遺體被送回里米尼和菲德利哥作伴。

他們在世的時候，就算在得意的年頭裏，復活節對茱麗葉塔來說都是一個令人傷感的節日，因為這天會讓她想起她在復活節死去的孩子。為了怕破壞別人過節的氣氛，這件事她從來閉口不提，她的感受只有菲德利哥了解。一九九四年，復活節前夕，在他們幼子夭折幾乎屆滿五十週年的時候，茱麗葉塔也辭別人世了。

她臨終的一句話是：「我要和菲德利哥一起去過復活節了。」

作品年表及得獎紀錄

FF：費里尼，S：編劇，D：導演，AD：助導，A：藝術指導，C：服裝，P 攝影，
E：剪接，M：音樂，Chor：編舞，Sd：聲音，GO：一般組織，EP：執行製片，
PM：製作經理，Prod：製片，O：出品國家，L：片長（不同國家，長度不同）

編劇/演出作品

1939　Imputato, alzatev! (Defendant, On Your Feet!)

D: Mario Mattoli; S: Vittorio Metz, Mattoli; gag write: ＊ FF

Cast: Erminio Marcario

Lo vedi come sei? (See How Your Are?)

D: Mario Mattoli; S: Vittorio Metz, Mattoli, Steno; gag write: ＊ FF

Cast: Erminio Marcario, Carlo Campanini

1940　No me lo dire! (Don't Tell Me!)

D: Mario Mattoli; S: Vittorio Metz, Marcello Marchesi, Mattoli, Steno;
gag write: ＊ FF

Cast: Erminio Marcario

Il pirata sono io! (Thee Pirate Is I!)

D: Mario Mattoli; S: Vittorio Metz, Marcello Marchesi, Steno; gag write:

* FF

Cast: Erminio Marcario

1941/42　Documento Z-3 (Document Z-3)

D:: Alfredo Guarini; S: Sandro De Feo, Guarini, Ercoli Patti; gag write:

* FF

Cast: Isa Miranda, Claudio Gora

Also as * gag write: *Bentornato Signor Gai, Sette Poveri in Automoblie, I predoni in Sahara*

1942　Avanti c'è posto (There's Room Up Ahead)

D: Mario Bonnard; S: Aldo Fabrizi, Cesare Zavattini, and Piero Tellini,

*故事構想來自費里尼

Cast: Aldo Fabrizi, Andrea Checchi

Quarta pagina (The Fourth Page)

D: Nicola Manzari; story by Piero Tellini and FF; S: Tellini, FF, Edoardo Anton, Ugo Betti, Nicola Manzari, Spiro Manzari, Giuseppe Marotta, Gianni Puccini, Steno, Cesare Zavattini（七個段落的編劇都不同）

Cast: Paola Barbara, Gino Cervi

1943　Campo de' fiori (The Peddler and the Lady)

D: Mario Bonnard; S: Marino Girolami, Aldo Fabrizi, Piero Tellini, and FF, from a story by Bonnard

Cast: Aldo Fabrizi, Anna Magnani, Peppino De Filppo

L'ultima carrozzella (The Last Carriage)

D: Mario Mattoli; S: FF, 故事構想來自 Aldo Fabrizi 及 FF

Cast: Aldo Fabrizi, Anna Magnani, Enzo Fiermonte, Paolo Stoppa

Chi l'ha visto? (Who's Seen Him?; released in 1945)

D: Goffredo Alessandrini; S: Piero Tellini and FF, From their story

Cast: Virgilio Riento, Valentina Cortese

Gli ultimi Tuareg (The Last Tuaregs; Never released)

D: Gino Talamo; S: FF 及不確定的合編者

1944　Apparizinoe (Apparition)

D: Jean de Limur; S: Piero Tellini, Lucio De Caro, Giuseppe Amato, ∗
FF

Cast: Alida Valli, Amedeo Nazzari

1945　Tutta la città canta (The Whole City Is Singing)

D: Riccardo Fredo; S: Vittorio Metz, Marcello Marchesi, Steno, ∗ FF

不設防城市（Roma città aperta/Open City）

D: Roberto Rossellini; AD: FF; Sergio Amidei, FF, and Rossellini, from a
story by Amidei and Alberto Consiglio; L: 105 minutes

Cast: Aldo Fabrizi, Anna Magnani, Maria Michi, Marcello Pagliero

1946　**老鄉**（Paisà/Paisan）

D: Roberto Rossellini; S: Klaus Mann, Alfred Hayes, Marcello Pagliero,
Sergio Amidei, Rossellini, and FF, from a treatment by Amidei and
Mann

Cast: Carmela Sazio, Robert van Loon, John Kitzmiller, Maria Michi,

Marcello Pagliero, Harriet White; L: 120 minutes

1947 Il Passatore (A Bullet for Stefano)

D: Duilio Coletti; S: * FF, Tullio Pinelli

Cast: Rossano Brazzi, Valentina Cortese, Carlo Ninchi

Il delitto di Giovanni Episcopo (The Crime of Giovanni Episcopo/Flesh Will Surrender)

D: Alberto Lattuada, S: Suso Cecchi d'Amico, Aldo Fabrizi, Piero Tellini, FF, and Lattuada, from a novel by Gabriele D'Annunzio; P: Aldo Tonti; A:Guido Fiorini; C: Gino C. Sensani; E: Raffaelle Barba; M: Felice Lattuada and Nino Rota; Prod: Marcello D'Amico, PAO-Lux Film; L: 94 minutes

Cast: Aldo Fabrizi (Giovanni Episcopo), Yvonne Sanson (Ginvera), Roldano Lupi (Wanzer), Ave Ninchi (Ginvera's mother), Nando Bruno (Antonio), Amedeo Fabrizi (Ciro), Alberto Sordi, Gina Lollobrigida, Silvana Mangano, Gino Cavalieri, Gina Luca Cortese, Francesco De Marco, Farrante Alvaro De Torres, Maria Gonelli, Lia Grani, Folco Lulli, Girorgio Moser, Gilberto Severi, Marco Tulli

無慈悲 (Senza pietà/Without Pity)

D: Alberto Lattuada; AD: * FF; S: FF, Tullio Pinelli, and Lattuada, from a novel by Ettore Maria Margadonna; P: Aldo Tonti; E: Mario Bonotti; M: Nino Rota; Prod: Carlo Ponti; L: 94 minutes

Cast: Carla Del Poggio (Angela), John Kitzmiller (Jerry), Giulietta Masina (Marcella), Folco Lulli (Jack), Perre Claudé (Pierluigi), Daniel

Jones (Richard), Enzo Giovine (Sister Gertrude), Otello Fava (the deaf one), Lando Muzio (the captain), Romano Villi (the bandit), Max Lancia (Cesare), Armando Libianchi, Mario Perrone

L'ebreo errante (The Wandering Jew)

D: Goffredo Alessandrini; S collaborator: * FF

Cast: Vittorio Gassman, Valentina Cortese, Rossano Brazzi

1948 L'amore (Ways of Love): Part 1, Una voce umana; Part 2, Il miracolo (Part 2 released in U.S.A. as The Miracle)

D: Roberto Rossellini; AD: * FF (The Miracle); S: (1) Roberto Rossellini, from La *voix humaine* by Jean Cocteau; (2) Tullio Pinelli and FF, 故事構想來自費里尼

Cast: (in Part 1) Anna Magnani; (in Part 2) Anna Magnani (the goatherd), FF (the wanderer)

In nome della legge (In the Name of the Law)

D: Pietro Germi; S: Giuseppe Mangione, Germi, FF, and Mario Monicelli, from a book by Giuseppe Guido Loschiavo

Cast: Massimo Girotti, Charles Vanel, Saro Urzi, Camillo Mastrocinque

波河的人們 (Il mulino del Po/The Mill on the Po)

D: Alberto Lattuada; S: FF and Tullio Pinelli, from a novel by Riccardo Bacchelli, adapted by Bacchelli, Mario Bonfantini, Luigi Comencini, Carlo Musso, and Sergio Romano; P: Aldo Tonti; A: Aldo Buzzi; C: Maria De Matteis; E: Mario Bonotti; M: Ildebrando Pizzetti; Prod: Carlo Ponti; L: 107 minutes

Cast: Carla Del Poggio (Berta Scacerni), Jacques Sernas (Orbino Verginesi), Isabella Riva (Cecilia Scacerni), Giacomo Giuradel (Princivalle), Leda Gloria (Sniza), Domenico Viglione Borghese (Luca Verginesi), Anna Carena (Argia), Nino Pavese (Raibolini), Giulio Cali (Smarazzacucco), Mario Besesti (Clapasson), Edith Bleber, Pina Gallini, Rina Perna, Din Sassoli, Giulio Spaggiari

Città dolente (Sad City)
D: Mario Bonnard; S collaborator: FF
Cast: Luigi Tosi, Barbara Costanova

1950   Il cammino della speranza (The Path of Hope)
D: Pietro Germi; S: FF and Tullio Pinelli, from a stroy by Germi, Pinelli, and FF
Cast: Raf Vallone, Elena Varzi, Saro Urzi

聖芳濟之花 (Francesco giullare di dio/The Flowers of St. Francis)
D: Roberto Rossellini; S: Rossellini, FF, Felix Morlion, and Antonio Lisandrini, from the legends surrounding St. Francis of Assisi
Cast: Aldo Fabrizi, Arabella Lemaitre, Alberto Plebani

1951   Persiane chiuse (Behind Closed Shutters)
D: Luigi Comencini; S: Massimo Mida, Gianni Puccini, Franco Solinas, Sergio Sollima, and * FF
Cast: Massimo Girotti, Giulietta Masina, Eleonora Rossi Drago

La città si difende (Passport to Hell/The City Defends Itself)

D: Pietro Germi; AD: FF; S: FF, Tullio Pinelli, Germi, and Giuseppe Mangione, from a stroy by Luigi Comencini, Pinelli, and FF

Cast: Gina Lollobrigida, Paul Muller, Fausto Tozzi, Renato Baldini, Enzo Maggio

Cameriera bella persenza offresi (Attractive Maid Availbale)

D: Giorgio Pastina; S: FF and Tullio Pinelli, from a stroy by Nicola Manzari

Cast: Aldo Fabrizi, Vittorio de Sica, Alberto Sordi, Giulietta Masina

Il brigante di tacca del Lupo (The Brigand of Tacca del Lupo)

D: Pierto Germi; AD: FF; S: FF, Tullio Pinelli, and Germi

Cast: Amedeo Nazzari, Saro Urzi

歐洲五一年 (Europa '51/The Greatest Love)

D: Roberto Rossellini; S: Rossellini, Sandro da Feo, Mario Pannunzio, Ivo Perilli, Brunello Rondi, Diego Fabbri, Antonio Pietrangeli, and FF

Cast: Ingrid Bergman, Alexander Knox, Giulietta Masina

1957   Fortunella

D: Eduardo De Filippo; S: FF, Enno Flaiano, and Tullio Pinelli

Cast: Giulietta Masina, Paul Douglas, Alberto Sordi

1972   Alex in Wonderland

D: Paul Mazursky; S: Mazursky and Larry Tucker; P: Laszlo Kovacs

Cast: Donald Sutherland, Ellen Burstyn, Meg Mazursky, Paul Mazursky, FF (飾演自己)

1974 C'eravamo tanto amati (We All Loved Each Other So Much)

D: Ettore Scola

Cast: Nino Manfredi, Vittorio Gassman, Stefania Sandrelli, Marcello Mastroianni, Vittorio de Sica, Aldo Fabrizi, FF（飾演自己）

1979 Viaggio con Anita (Voyage with Anita/Lovers and Liars)

D: Mario Monicelli; S: Tullio Pinelli, ＊ FF

Cast: Giancarlo Giannini, Goldie Hawn

1983 Il tassinaro (The Taxi Driver)

D: Alberto Sordi

Cast: Alberto Sordi, Giulio Andreotti, Silvana Pampanini, FF（飾計程車乘客）

導演作品

1950 **賣藝春秋**（Luci del varietà/Variety Lights）

D: Alberto Lattuada and FF; AD: Angelo D'Alessandro; S: Lattuada, FF, and Tullio Pinelli, with the collaboration of Ennio Flaiano, from a stroy by FF; P: Otello Martelli; A and C: Aldo Buzzi; E: Mario Bonotti; M: Felice Lattuada; PM: Bianca Lattuada, GO: Mario Ingrami; Prod: Lattuada and FF, Capitolium Film; L: 100 minutes.

Cast: Carla Del Poggio (Liliana "Lilly" Antonelli), Peppino De Filippo (Checco Dalmonte), Giulietta Masina (Melina Amour), Folco Lulli (Adelmo Conti), Franca Valeri (Hungarian choreographer), Carlo Romano (Enzo La Rosa, lawyer), John Kitzmiller (John), Dante Maggio

(Remo, the master of ceremonies), Alberto Bonucci and Vittorio Caprioli (theatrical duet), Giulio Cali (fakir), Silvio Bagolini (Bruno Antonini, the reporter), Checco Durante (theater owner), Giacomo Furia (Duke), Alberto Lattuada (therter menial), Mario De Angelis (maestro), Joe Fallotta (Bill), Renato Malavasi (innkeeper), Fanny Marchiò (soubrette), Gina Mascetti (Valeria Del Sole), Vanja Orico (Gypsy singer), Enrico Piergentili (Melina's father), Marco Tulli (spectator), Nando Bruno

1952 白酋長 (Lo sceicco bianco/The White Sheik)

D: FF; S: FF and Tullio Pinelli, with the collaboration of Ennio Flaiano, from a stroy idea byMichelangelo Antonioni; P: Arturo Gallea; A: Raffaello Tolfo; E: Rolando Benedetti; M: Nino Rota; PM: Enzo Provenzali; Prod: Luigi Rovere, P.D.C.-O.F.I; L: 85 minutes

Cast: Alberto Sordi (Fernando Rivoli, the White Sheik), Brunedlla Bovo (Wanda Giardino), Leopoldo Trieste (Ivan Cavalli), Giulietta Masina (Cabiria), Lilia Landi (Felga), Ernesto Almirante (the director), Enzo Maggio (the hotel doorman), Ettore M. Margadonna (Ivan's uncle), Fanny Marchiò (Marilena Vellardi), Gina Mascetti (Fernando's wife)

1953 靑春羣像 (I vitelloni/I Vitelloini; released as The Spiiv sin U.K)

D: FF; S: FF, Ennio Flaiano and Tullio Pinelli, based on a story idea by Pinelli and a stroy by FF, Flaiano, and Pinelli; P: Otello Martelli, Luciano Trastti, and Carlo Carlini; A: Mario Chiari; C: M. Marinari Bomarzi; E: Rolando Benedetti; M: Nino Rota; PM: Luigi Giacosi; Prod:

Lorenzo Pegoraro, Peg Film/Cité Film; O: Italy-France; L: 103 minutes

Cast: Franco Interlenghi (Moraldo), Alberto Sordi (Alberto), Franco Fabrizi (Fausto), Leopoldo Trieste (Leopoldo), Riccardo Fellini (Ricardo), Eleonora Ruffo (Sandra), Enrico Viarisio and Paola Borboni (Moraldo and Sandra's parents), Carlo Romano (Michele, the antiques dealer), Lida Baarova (his wife), Claude Farell (Alberto's sister), Jean Brochard (Fausto's fathher), Arlette Sauvage (unknown woman in movie theater), Vira Silenti (usher), Maja Nipora (lead dancer); Achille Majeroni (Natali, the old actor), Silvio Bagolini (idiot), * FF (unseen narrator)

城市裏的愛情 (L'amore in città/Love in the City; 第四段: Un giornalista racconta agenzia matrimoniale [A Matrimonial Agency, also known as Marriage Bureau]). 其他段的導演: Michelangelo Antonioni, Alberto Lattuada, Carlo Lizzani, Francesco Maselli, Dino Risi, Cesare Zavattini)

D: FF; S: FF and Tullio Pinelli, from a stroy idea by FF; P: Gianni Di: Venanzo; A: Gianni Polidor; E: Eraldo da Roma; M: Mario Nascimbene; PM: Luigi Giacosi; Prod: Cesare Zavattini, Faro Film; L: 32 minutes

Cast: Antonio Cifariello (reporter), Livia Venturini (marriage candidate)

1954 **大路** (La strada/La Strada)

D: FF; S: FF and Tullio Pinelli, with the collaboration of Ennio Flaiano, from a stroy by FF and Pinelli, dialogue by Pinelli, and the artistic collaboration of Brunello Rondi; P: Otello Martelli; A: Mario Ravasco; C:

Margherita Marinari Bomarzi; E: Leo Catozzo; M: Nino Rota; PM: Luigi Giacosi; Prod: Dino de Laurentiis, Carlo Ponti; L: 115 minutes

Cast: Anthony Quinn (Zampanò), Giulietta Masina (Gelsomina), Richard Basehart (Fool), Aldo Silvani (Signor Giraffa), Marcella Rovere (widow), Livia Venturini (nun), Mario Passante, Yami Kamedeva Anna Primula

1955 **騙子** (Il bidone/The Swindle)

D: FF; S: FF, Ennio Flaiano, and Tullio Pinelli, from their story, with the aritstic collaboration of Brunello Rondi; P: Otello Martelli; A and C: Dario Cecchi; E: Mario Serandrei, Giuseppe Vari; M: Nino Rota; PM: Giuseppe Colizzi; Prod: Titanus/S.G.C; O: Italy-France; L: 104 minutes

Cast: Broderick Crawford (Augusto), Richard Basehart (Picasso), Franco Fabrizi (Roberto), Giulietta Masina (Iris), Giacomo Gabrielli ("Baron" Vargas), Alberto De Amicis (Rinaldo), Lorella De Luca (Patrizia), Sue Ellen Blake (Susanna), Mara Werlen (showgirl), Irene Cefaro (Marisa), Alberto Plebani, Riccardo Garrone, Paul Grenter, Emilio Manfredi, Luccetta Muratori, Xenla Valderi, Mario Passante, Sara Simoni, Mario Zanoli, Ettore Bevilacqua

1957 **卡比莉亞之夜** (Le notti di Cabiria/The Nights of Cabiria)

D: FF; S: FF, Ennio Flaiano, and Tullio Pinelli, from their story, with dialogue collaboration by Pier Paolo Pasolini; P: Aldo Tonti; A and C: Piero Gherardi; E: Leo Catozzo and Giuseppe Vari; M: Nino Rota; PM: Luigi de Laurentiis; Prod: Dino de Laurentiis, Les Films Marceau; O: Italy-France; L: 110 minutes

Cast: Giulietta Masina (Cabiria), François Périer (Oscar D'Onofrio), Franca Marzi (Wanda), Dorian Gray (Jessy), Amedeo Nazzari (Alberto Lazzari), Aldo Silvani (fakir), Mario Passante (lame man), Pina Gualandri (Matilde), Poldor (friar), Ennio Girolami (pimp), * Franco Fabrizi (Cabiria's first lover), * Riccardo Fellini

1960　生活的甜蜜 (La dolce vita/La Dolce Vita)

D: FF; S: FF, Ennio Flaiano, and Tullio Pinelli from their story, with dialogue collaboration by Brunello Rondi; P: Otello Martelli; A and C: Piero Gherardi; E: Leo Catozzi; Sd: Agostino Moretti; M: Nino Rota; Prod: Giuseppe Amato, Angelo Rizzoli, Riama Film/Pathé Consortium Cinéma; O: Italy-France; L: 178 minutes

Cast: Marcello Mastroianni (Marcello Rubini), Walter Santesso (Paparazzo), Yvonne Furneaux (Emma), Anouk Aimée (Maddalena), Adriana Moneta (prostitute), Anita Ekberg (Sylvia), Lex Barker (Robert), Alan Dijon (Frankie Stout), Alain Cuny (Steiner), Renée Longarini (Signora) Steiner), Valeria Ciangottini (Paola), Annibale Ninchi (Marcello's father), Magali Noël (Fanny), Nadia Gray (Nadia), Laura Betti (Laura), Jacques Sernas (star), Riccardo Garrone (Riccardo), Ferdinando Brofferio (Maddalena's lover), Alex Messoyedoff (priest), Rina Franchetti (children's mother), Aurelio Nardi (children's uncle), Iris Tree (poetess), Leonida Rapaci (writer), Audrey MacDonald (Sonia), Polidor (clown), Franca Pasutt (feathered girl), Giulio Paradisi, Enzo Cerusico, and Enzo Doria (photopraphers), Vadim Wolkonsky (Prince Mascalchi), Prince Eugenio Ruspoli (Father Mascalchi), Alberto Plebani (coroner), Gio Staiano (effeminate youth), Giaromo Gabrielli (Maddalena's father), Harriet White (Sylvia's secretary)

1962 三豔嬉春（Boccaccio '70/第二段《安東尼博士的誘惑》Le tentazioni de Dottor Antonio/The Temptation of Dr. Antonio. 其他段導演: Mario Monicelli, Luchino Visconti, Vittorio de Sica）

D: FF; S: FF, Tullio Pinelli, and Ennio Flaiano, from a stroy idea by FF, with dialogue collaboration by Brunello Rondi and Goffredo Parise; P: Otello Martelli; A: Piero Zuffi; E: Leo Catozzo; M: Nino Rota; Prod: Carlo Ponti, Concordia C.C., Cineriz/Francinex-Gray Film; O: Italy-France; L: 60 minutes

Cast: Peppino De Filippo (Dr. Antonio Mazzuolo), Anita Ekberg (Anita, the woman on the poster), Antonio Acqua (Commander La Pappa), Eleonora Nagy (little girl), Donatella Della Nora, Dante Maggio (Dr. Antonio's sisters), Giacomo Furia, Mario Passante, Giulio Paradisi, Polidor

1963 八又二分之一（Otto e meazzo/8 ½）

D: FF; S: FF Ennio Flaiano, Tullio Pinelli, and Brunello Rondi, from a stroy by FF and Flaiano; P: Gianni Di Venanzo; A and C: Piero Gherardi; E: Leo Catozzo; M: Nino Rota; GO: Clemente Fracassi and Alessandro Von Norman; Pord: FF, Angelo Rizzoli, Cineriz/Francinex; O: Italy-France; L: 135 minutes

Cast: Marcello Mastroianni (Guido Anselmi), Anouk Aimée (Luisa Anselmi), Sandra Milo (Carla), Claudia Cardinale (Claudia), Rossellla Falk (Rossella), Barbara Steele (Gloria), Ian Dallas (Maurice, the magi-

cian), Mary Indovino (mind reader), Eugene Walter (American jour-
nalist), Gilda Dahlberg (his wife), Vadim Wolkonsky (hotel manager),
Marco Gemini (young Guido), Riccardo Guglielmi (Guido as small
child), Georgia Simmons (his grandmother), Yvonne Casadei (Jac-
queline Bonbon), Mino Doro (Claudia's agent), Giuditta Rissone
(Guido's mother), Annibale Ninchi (Guido's father), Guido Alberti
(Pace, the producer), Jean Rougeul (Carini), Tito Masini (the cardinal),
Edra Gale (La Saraghina), Madeleine Lebeau (French actress), Neil
Robertson (her agent), Mario Pisu (Mario Mezzabotta), Rossella Como
(friend of Luisa's), Mario Tedeschi (headmaster), Elisabetta Catalano
(Luisa's sitster), Mark Herron (Luisa's suitor), Polidor (clown), Nandine
Sanders (stewardess), Hazel Rogers (black dancer), Elisabetta Cini (car-
dinal stand-in)

1965 鬼迷茱麗 (Giulietta degli spiriti/Juliet of the Spirits)

D: FF; S: FF, Tullio Pinelli, and Ennio Flaiano, with collaboration by
Brunello Rondi, from a stroy by FF and Pinelli; P: Gianni Di Venanzo;
A and C: Piero Gherardi; E: Ruggero Mastroianni; Sd: Mario Faraoni,
Mario Morici; M: Nino Rota; GO: Clemente Fracassi; Prod: Angelo
Rizzio, Federiz/Francoriz; O: Italy-France-Germany; L: 148 minutes

Cast: Giulietta Masina (Giulietta Boldrini), Mario Pisu (Giorgio),
Valentina, Cortese (Valentina), Caterina Boratto (Giulietta's mother),
Sylva Koscina (Sylva), Luisa Della Noce (Adele), José Luis de Villalonga
(José), Silvana Jachino (Dolores), Elsabetta Gray (Giulietta's maid),
Milena Vukotic (Giulietta's maid and the saint), Sandra Milo (Susy, Iris,

Fanny), Alessandra Mannoukine (Susy's mother), Ina Alexejeva (Susy's Grandmother), Eugenio Mastropietro (Genius), Alberto Plebani (private detective Lynx-Eyes/priestly apparition), Lou Gilbert (Giuletta's grandfather), Valeska Gert (Bhishma), Fred Williams (Arabian prince), Edoardo Torricella (Russian teacher), Alba Cancellieri (Giulietta as a child), Dany Paris (suicidal girl), Federico Valli (Psychologist), Felice Fulchignoni (Don Raffaele), Friedrich von Ledebur (headmasther), Guido Albertu, Maria Tedeschi

1968 勾魂攝魄 (Tre passi nel delirio/Spirits of the Dead; 第三段: 《該死的托比》Toby Dammit/Toby Dammit 其他段導演: Roger Vadim, Louis Malle)

D: FF; S: FF and Bernardino Zapponi, from the story "Never Bet the Devil Your Head" by Edgar Allan Poe; P: Giuseppe Rotunno; A and C: Piero Tosi; E: Ruggero Mastroianni; M: Nino   Rota; GO: Enzo Provenzali; Prod: Alberto Grimaldi, Raymond Eger, PEA/Les films Marceau/Cocinor; O: Italy-France; L: 37 minutes

Cast: Terence Stamp (Toby Dammit), Salvo Randone (Father Spagna), Polidor (aged actor), Antonia Pietrosi (actress), Anne Tonietti (TV commentator), Fabrizio Angeli and Ernesto Colli (directors), Aleardo Ward and Paul Cooper (interviewers), Marina Yaru (the devil as little girl with ball)

1969 導演筆記 (Block-notes di un regista/Fellini: A Director's Notebook; TV documentary)

D: FF; S: FF and Bernardino Zapponi; P: Pasquale De Santis; E: Ruggero

Mastroianni; GO: Lamberto Pippia; M: Nino Rota; Prod: Peter Goldfarb, NBC-TV; O: USA; L: 60 minutes

Cast: Marcello Mastroianni, FF, Giulietta Masina, Maria Ceratto, Gasperino, Bernardino Zapponi, Eugenio Mastropietro, Caterina Boratto, Marina Boratto, Cesarino Miceli Picardi, Lina Alberti, David Mauhsell, Martin Potter

愛情神話（Fellini Satyricon/Fellini Satyricon）

D: FF; S: FF and Bernardino Zapponi, based on *Satyricon* by Titus Petronius; P: Giuseppe Rotunno; A: Danilo Donati and Luigi Scaccianoce; C: Danilo Donati; E: Ruggero Mastroianni; M: Nino Rota with Ilhan Mimaroglu, Tod Dockstader, and Andrew Rubin; historical adviser: Luca Canali; GO: Enzo Provenzali; Prod: Alberto Grimaldi, PEA/Les Productions Artistes Associés; O: Italy; L: 138 minutes

Cast: Martin Potter (Encolpio), Hiram Keller (Ascilto), Max Born (Gitone), Salvo Randone (Eumolpo), Fanfulla (Vernacchio), Gordon Mitchell (robber), Mario Romagnoli (Trimalcione), Magali Noël (Fortunata), Capucine (Trifena), Alain Cuny (Lica), Danika La Loggia (Scintilla), Giuseppe Sanvitale (Abinna), Eugenio Mastropietro (Cinedo), Joseph Wheeler (patrician), Lucia Bosé (his wife), Donyale Luna (young Enotea), Elisa Mainardi (Arianna), Marcello Di Falco (proconsul), Gennero Sabatino (ferryman), Hylette Adolphe (slave girl), Maria Antonietta Beluzzi (old Enotea), Tanya Lopert (young emperor), Sibilla Sedat (nymphomaniac), Luigi Zerbantini (her slave), Lorenzo Piani (her husband), Pasquale Baldassare (hermaphrodite), Antonia Petrosi (widow of Ephesus), Wolfgang Hiller (soldier at tomb),

Luigi Montefiori (minotaur), Salvo Randone (Eumolpo), Silvio Belusci (dwarf), Pasquale Fasciano (magician), Patricia Hartley (his assistant), Giuseppe San Vitale (Habinnas), Carlo Giordana (captain)

1970 小丑 (I clowns/The Clowns)

D: FF; S: FF and Bernardino Zapponi, from their story; P: Dario Di Palma; A: Renzo Gronchi; C: Danilo Donati; E: Ruggero Mastroianni; M: Nino Rota; PM: Lamberto Pippia; Prod: Elio Scardamaglia, Ugo Guerra, RAI/ORTF/Bavaria Film/Compagnia Leone Cinematografica; O: Italy-France-Germany; L: 93 minutes

Cast: FF, Maya Morin (secretary), Alvaro Vitali (sound technician), Lina Alberto (assistant), Gasperino (cameraman), Carlo Rizzo (manager), Tino Scotti (notary public), Nino Terzo, Dante Maggio, and Gaetano Sbarra (technicians), Fanfulla (white clown), Giacomo Furia, and (as themselves) Liana, Rinaldo, and Nando Orfei, Anita Ekberg, Franco Migliorini, Tristan Rémy, Pierre Etaix, Victor Fratellini, Victoria Chaplin, Baptiste; French clowns: Alex, Maiss, Bario, Père Loriot, Ludo, Nino, Charlie Rivel; Italian clowns: Riccardo, Billi, Tino Scotti, Carlo Rizzo, Freddo Pistoni, The Colombaioni, Merli, Valdemaro Bevilacqua, Janigro, Vingelli, Fumagalli, Carini, Sorentino, The Martanas

1972 羅馬風情畫 (Fellini Roma/Fellini's Roma)

D: FF; S: FF and Bernardino Zapponi, from their story; P: Giuseppe Rotunno; A and C: Danilo Donati; E: Ruggero Mastroianni; M: Nino Rota; Chor: Gino Landi; GO: Danilo Marciani; PM: Lamberto Pippia;

Prod: Ultra Film, Les Productions Artistes Associés; O: Italy-France; L: 128 minutes

Cast: Peter Gonazales (young Fellini), Francesco Di Giacomo (his bearded friend), Fiona Florence (Dolores), Anna Maria Pescatori (prostitute), Galliano Sbarra, Alfredo Adani, and Mario Del Vago (three comics), Veriano Ginesi (fat lady), Alvaro Vitali (dancer), Libero Frissi (performer), Loredana Martinez (singer), Pia de Doses (princess), Mario Giovannioli (cardinal), Guglielmo Guasta (Pope), Marne Maitland (guide to the catacombs), Gore Vidal, John Francis Lane, and Anna Magnani (as themselves), FF (as himself and the voice of the camera); Italian version only; Marcello Mastroianni, Ablerto Sordi

1973 阿瑪珂德 (Amarcord/Amarcord)

D: FF; S: FF and Tonino Guerra, from their story; P: Giuseppe Rotunno; A and C: Danilo Donati; E: Ruggero Mastroianni; Sd: Oscar De Arcangelis; M: Nino Rota; PM: Lamberto Pippia; Prod: Franco Cristaldi, Federico C. Produzioni, PEC Federico; O: Italy-France; L: 127 minutes

Cast: Bruno Zanin (Titta Biondi), Pupella Maggio (his mother), Armando Brancia (Aurelio, his father), Stefano Proietti (Oliva, his brother), Peppino Ianigro (his grandfather), Nandino Orfei (Patacca), Carla Mora (maid), Ciccio Ingrassia (Uncle Teo), Aristide Caporale (Giudizio), Luigi Rossi (lawyer), Magali Noël (Ninola/Gradisca), Marina Trovalusci (Gradisca's sister when small), Fiorella Magalotti (Gradisca's grown sister), Josiane Tanzilli (Volpina), Antonino Faà di Bruno (Conte di Lovignano), Gian Filippo Carcano (Father Balosa), Armando Villella

(Professor Fighetta), Mario Liberati (owner of the Fulgor Cinema), Marcello di Falco (prince), Gennaro Ombra (Biscein), Gianfranco Marrocco (Conte Poltavo), Alvaro Vitali (Naso), Bruno Scagnetti (Ovo), Bruno Lenzi (Gigliozzi), Francesco Puntieri (lunatic), Vincenzo Caldarola (Emir-beggar), Maria Antonietta Beluzzi (tobacconist), Domenico Pertica (blind singer), Fides Stegni (art-history teacher), Giovanni Attansio (bald fascist), Francesco Maselli (physics teacher), Ferrucio Brembilla (fascist leader), Franco Magno (headmaster), Mauro Misul (philosophy teacher), Dina Adorni (math teacher), Mario Silvestri (Italian teacher), Marcello Borini Olas (gym teacher), Fernando De Felici (Ciccio), Francesca Vona (Candela), Donatella Gambini (Aldina Cordini), Fausto Signoretti (coachman), Fredo Pistoni (Colonia), Mario Nebolini (town clerk), Milo Mario (photographer), Antonio Spaccatini (federale), Bruno Bartocci (Gradisca's bridegroom)

1976 **卡薩諾瓦** (Il Casanova di Federico Fellini/Casanova; 亦稱 Fellini's Casanova)

D: FF; S: FF and Bernardino Zapponi, freely adapted from *The History of My Life*, by Giovanni Giacomo Casanova; P: Giuseppe Rotunno; And C: Danilo Donati; E: Ruggero Mastroianni; Chor: Gino Landi; Sd: Oscar De Arcangelis; M: Nino Rota; PM: Lamberto Pippia; Prod: Alberto Grimaldi, PEA; L: 170 minutes

Cast: Donald Sutherland (Casanova), Margareth Clementi (Sister Maddlaena), Cicely Browne (Madame d'Urfé), Clara Algranti (Marcolina), Tina Aumont (Henriette), Daniel Emilfork Berenstein (Du Bois), Clarissa Roll (Annamaria), Mariano Brancaccio (Gianbruno), Carmen Scarpitta and Diane Kourys (the mother and daughter Charpillon), Daniela Gatti (Giselda), Reggie Nalder (Faulkircher), Dan van Husen (Viderol), Sandra Elaine Allen (giantess), Antonio De Martino (her companion), Sergio Dolce and Antonio De Martino (her assistants), Veronica Nava (Romana), Olimpia Carlisi (Isabella), Marika Riviera (Astrodi), Mario Cencellli (Dr. Mobius), Silvana Fusacchia (Silvana), Chesty Morgan (Barberina), Luigi Zerbinati (Pope), Alfonso Nappo (Dr. Righellini), Adele Angela Lojodice (the mechanical doll), Marie Marquet (Casanova's mother), Dudley Sutton (Duke of Württemberg), Marjorie Bell (Countess of Waldenstein), Francesco De Rosa (Casanova's servant), John Karlsen (Lord Talou), Mario Gaglardo (Righetto), Angelica Hansen (hunchbacked actress), Susanna Nielsen, Alfredo Sivoli, Gennero Ombra

1979 樂隊排演 (Prova d'chestra/Orchestra Rehearsal)

D: FF; S: FF, from his stroy idea, with the collaboration of Brunello Rondi; P: Giuseppe Rotunno; A: Dante Ferretti; C: Gabriella Psecucci; E: Ruggero Mastroianni; M: Nino Rota; GO: Lamberto Pippia; Prod: Daime Cinematografica, RAI Uno, Albatros Produktion; O: Italy-Germany; L: 72 minutes

Cast: Baldwin Bass (conductor), Umberto Zuanelli (copyist), Clara Colosimo (harpist), Elisabeth Labi (pianist), Fernando Villella (cellist), Ronaldo Bonacchi (contrabassoonist), Giovanni Javarone (tubist), David Mauhsell (concertmaster), Heinz Krueger and Angelica Hansen (violinists), Francesco Aluigi (principal second vio lin), Franco Mazzieri (trumpeter), Daniele Pagani (trombonist), Andy Miller (oboist), Sibyl Mostert (flutist), Claudio Ciocca (union representative), Filippo Trincia (union representative), FF (voice of the camera)

1980 **女人城** (La città delle donne/City of Women)

D: FF; S: FF and Bernardino Zapponi, from their story, with the collaboration of Brunello Rondi; P: Giuseppe Rotunno; A: Dante Ferretti; C: Gabriella Pescucci; Sd: Tommaso Quattrini, Pierre Paul Marie Lorrain; E: Ruggero Mastroianni; M: Luis Bacalov; Ballet: Mirella Aguiaro; Chor: Leonetta Bentivoglio; EP: Franco Rossellini; PM: Francesco Orefici; Prod: Opera Film/Gaumont; O: Italy-France; L: 145 minutes

Cast: Marcello Mastroianni (Snaporaz), Bernice Stegers (unknown woman on train), Iole Silvani (motorcycle girl), Donatella Damiani (Donatella), Ettore Manni (Dr. Sante Katzone), Anna Prucnal (Elena), Rosarria Tafuri and Edith Diaz (ballerinas), Fiammetta Baralla (Olio), Alessandra Panelli (housewife with child), Gabriella Girorgelli, Maria Simmons and Carla Terlizzi (feminists), Mara Ciukleva (elderly woman), Katren Gebelein (Signora Small), Pietro Fumagalli, Armando Parracino and Umberto Zuanelli (three men of the slide), Bentley Boseo (policewoman), Agnes Kalpagos (prostitute), Silvana Fusacchia (roller skater), Karin Mallach (feminist journalist), Liliana Paganini, Marcello Di Falco, Bobby Rhodes, Franco Diogene.

1983 **揚帆** (E la nave va/And the Ship Sails On)

D: FF; S: FF and Tonino Guerra, from their story; Opera Texts: Andrea

Zanzotto; P: Giuseppe Rotunno; A: Dante Ferretti; C: Maurizio Millenotti; Chor: Leonetta Bentivoglio; E: Ruggero Mastroianni; M: Gianfranco Plenizio; GO: Pietro Notarianni; EP: Franco Cristaldi; Prod: Aldo Nemni, RAI Uno, Vides/Gaumont; O: Italy-France; L: 132 minutes

Cast: Freddie Jones (Orlando), Peter Cellier (Sir Reginald Dongby), Norma West (Violet Dongby), Victor Poletti (Aureliano Fuciletto), Fiorenzo Serra (Archduke of Herzog), Pina Bausch (Princess Lherimia), Barbara Jefford (Ildebranda Cuffari), Elisa Mainardi (Teresa Valegnani), Paolo Paloloni (Masetro Albertini), Pasquale Zito (Conte di Bassano), Janet Suzman (Edmea Tetua), Jonathan Cecil (Ricotin), Philip Locke (prime minister), FF (as himself)

1984 Bitter Campari （電視廣告）

D and S: FF; P: Ennio Guarnieri; A: Dante Ferretti; E: Ugo De Rossi; M: "La rumbetta del trenino" by Nicola Piovani; Prod: Giulio Romieri, Brw & partners; L: 60 minutes

1985 舞國 （Ginger e Fred/Ginger and Fred）

D: FF; S: FF, Tonino Guerra, and Tullio Pinelli, based on a story by FF and Guerra; P: Tonino Delli Colli and Ennio Guarnieri; A: Dante Ferreti; C: Danilo Donati; Chor: Tony Ventura; E: Nino Baragli, Ugo De Rossi, and Ruggero Mastroianni; M: Nicola Piovani; GO: Luigi Millozza; Prod: Alberto Grimaldi, PEA/Revcom Films, in association with Les Films Arianne, FR3, Stella Film Anthea, RAI Uno; O: Italy-France; L: 126 minutes

Cast: Giulietta Masina (Ginger), Marcello Mastroianni (Fred), Augusto

Poderosi (transsexual), Friedrich von Ledebur (Admiral), Toto Mignone (Toto), Franco Fabrizi (master of ceremonies), Gianfranco Alpestre (lawyer), Matin Maria Blau (assistant director), Jacques Henri Lartigue (the flying friar), Ezio Mariano (intellectual), Barbara Scoppa (journalist), Ginestra Spinola (clairvoyant), Francesco Casale (gangster), Isabelle La Porte (TV hostess), Pippo Negri (panties inventor), Luciano Lombardo (defrocked priest)

1986 Alta Società Rigatoni Barilla（電視廣告）

D and S: FF; P: Ennio Guarnieri; A: Danilo Donati; E: Ugo De Rossi and Anna Amedei; M: Nino Rota, arranged by Nicola Piovani; Pord: Fabrizio Capucci, International Cbn; L: 60 minutes

Cast: Greta Vaian, Maurizio Mauri

1987 訪問（Intervista）

D: FF; S: FF, with the collaboration of Gianfranco Angelucci, based on a story idea by FF; P: Tonino Delli Colli; A and C: Danilo Donati; E: Nino Baragli; M: Nicola Piovani; EP: Pietro Notarianni; Prod: Ibrahim Moussa, Alijosha Productions, in collaboraton with Cinecittà and RAI Uno; O: Italy-France; L: 113 minutes

Cast: FF (as himself), Sergio Rubini (reporter, young Fellini), Paola Liguori (the star), Nadia Gambacorta (Nadia, the Vestal Virgin), Antonella Ponziani (blond girl), Pietro Notarianni (fascist leader), Lara Wendel (bride), Antonio Cantafora (groom), Maurizio Mein (assistant director), Anita Ekberg, Marcello Mastroianni, Danilo Donati, Tonino Delli Colli (as themselves), Nadia Ottaviani (Cinecittà archivist)

1990　月吟 (La voce della luna/Voices of the Moon)

D: FF; S: FF, with the collaboration of Tullio Pinelli and Ermanno Cavazzoni; based on Cavazzoni's novel *Il poema dei lunatici*; P: Tonino Delli Colli; A: Dante Ferretti; C: Maurizio Millenotti; E: Nino Baragli; Chor: Mirella Aguyaro; M: Nicola Piovani; Sd: Tommaso Quattrini; PM: Roberto Mannoni; GO: Pietro Notarianni and Maurizio Pastrovich; Prod: Mario and Vittorio Cecchi Gori, Tiger Cinematographica, Cinemax; O: Italy-France; L: 118 minutes

Cast: Roberto Benigni (Ivo Salvini), Paolo Villaggio (the prefect Gonnella), Nadia Ottaviani (Aldina Ferruzzi), Susy Blady (Aldina's sister), Dario Ghirardi (reporter), Marisa Tomasi (Marisa), Angelo Orlando (Nestore), Dominique Chevalier (Tazio Mecheluzzi), Niger Harris (Giuanin Micheluzzi), Eraldo Turra (lawyer), Giordano Falzoni (professor), Ferruccio Brambilla (doctor), Giovanni Javarone (gravedigger), Lorose Keller (the duchess), Patrizia Roversi (daughter of Gonnella), Uta Schmidt

1992　Banca di Roma (三部電視廣告)

D and S: FF; P: Giuseppe Rotunno; A: Antonello Geleng; E: Nino Baragli; M: Nicola Piovani; Prod: Roberto Mannoni, Film Master; L: 120 minutes

Cast: Paolo Villaggio, Fernando Rey, Anna Falchi, Ellen Rossi Stuart

得獎紀錄

1953　流浪漢

威尼斯：銀獅獎（金獅獎從缺）

1956　大路

奧斯卡最佳外語片

紐約影評人協會最佳外語片

威尼斯影展銀獅獎

1957　卡比莉亞之夜

奧斯卡最佳外語片

1960/61　生活的甜蜜

坎城：金棕櫚獎（1960）

費比西獎（1960）

紐約影評人協會最佳外語片（1961）

1963/64　八又二分之一

奧斯卡最佳外語片、最佳服裝（1963）

紐約影評人協會最佳外語片（1963）

莫斯科影展大獎（1963）

柏林影展評審團特別獎（1964）

1965　鬼迷茱麗

紐約影評人協會最佳外語片

1974　阿瑪珂德

奧斯卡最佳外語片

紐約影評人協會最佳外語片

1976　卡薩諾瓦

奧斯卡最佳服裝設計

1985　威尼斯影展金獅獎

1993　奧斯卡終身成就獎

索　引

470

國家圖書館出版品預行編目資料

夢是唯一的現實：費里尼自傳 / Charlotte
Chandler 著；黃翠華譯. -- 初版 -- 臺北
市：遠流, 1996[民 85]
　　面；　　公分. (電影館；66)
譯自：Ich, Fellini
含索引
ISBN 957-32-3099-2(平裝)

1. 費里尼(Fellini, Federico) - 傳記 2. 導
演 - 義大利 - 傳記

987.31　　　　　　　　　　85012129

＊本書目所列定價如與書內版權頁不符以版權頁定價為準

電影館

思索電影的多方面貌

K2055

開創的電影語言—— *艾森斯坦的風格與詩學*

The Cinema of Eisenstein

David Bordwell 著／游惠貞 譯　　　　　　　　　　　420 元

本書主要重點放在艾森斯坦的風格之分析，以及艾森斯坦爲發揮最震撼效果而潛心鑽研的電影詩學。書中針對艾森斯坦的每一部電影作品進行結構、母提串連、蒙太奇設計等等創作手法的深入分析，同時以大量的劇照和插圖做輔助說明；此外，作者更將汗牛充棟的艾森斯坦理論文字置入當時文化界各種學說潮流的脈絡之中，並不厭其煩地驗證艾森斯坦的理論與電影實踐之間相輔相成的密切關係。

K2042

尙‧雷諾的探索與追求

Ma Vie et Mes Films

Jean Renoir 著／蔡秀女 譯　　　　　　　　　　　240 元

本書是法國著名導演尙‧雷諾的自傳。尙‧雷諾在一九二四年爲了讓妻子躍登銀幕而一頭栽進電影世界，自此無怨無悔地投身電影藝術。他的作品充分展現自然主義、人道精神、反戰意識、反英雄主義、同情低下階級等等主題。這本書除了談及他的幼年生活外，大多是其電影生涯的紀錄與感悟，尤其是在導演、編劇、選角、排演、攝影、剪接等各方面的寶貴經驗，可讓讀者一窺電影大師的風範。

K2006

布紐爾自傳

Mon Deming Soupir

Luis Buñuel 著／劉森堯 譯　　　　　　　　　　　180 元

布紐爾出身於富裕的中產階級和信仰虔誠的天主教家庭，但他卻屢屢背叛其出身，拍出質疑這些傳統價值觀的作品；中產階級、性以及對貧窮的同情是他一系列作品的主要經緯，而超現實主義的心理學要素則是他的手段和媒介。在這本傳記中，我們看到了布紐爾平易近人的一面，以及他對人對事的偏見，同時也看到一個藝術家的奇特個性。

K2013

一個導演的故事

Quel Bowling sul Tevere

Michelangelo Antonioni 著／林淑琴　譯　　　　　　　　　　120 元

本書是安東尼奧尼於拍片、旅行、洽公的過程中所見所感的人物與事件，意識成他腦中子虛烏有的影像；這些人物、事件與情感化身千萬，成為他精緻疏離的影片中的重要元素。這些文章不是毫無關連的雜記或隨筆，也不是等待發展的影像模型或初步的故事大綱，而是非常具啟示性的敘事核心。他們都經過設計組合，展示了導演在影片中的苦心積慮，那種用來追求澄澈的過程。

K2038

費里尼對話錄

Intervista sul Cinema

Giovanni Grazzni 編／邱芳莉　譯　　　　　　　　　　170 元

費里尼是影壇上最具奇思及魅人力量的導演，在二次大戰後義大利新寫實主義諸君中，異軍突起，自由馳騁其豐富的想像力，他似乎較一般人更能自由進出神秘、超乎理性知覺的空間。在他的作品中，我們一再見到現實的重構——重新以一種反現實、甚至誇誕的精神，來雕塑他所感知的現實世界。在本書的訪談中，費里尼的言辭機鋒不比他的影片遜色，處處流露其促狹的本性，純真中透著洞澈清明之見。

K2007

柏格曼自傳

Latrena Magica

Ingmar Bergman 著／劉森堯　譯　　　　　　　　　　180 元

這本書正如柏格曼自己的作品，是現實、記憶和夢幻的組合，也是一個電影時代的紀錄，今天的柏格曼已名滿天下，也許有一天人們會忘記他的名字，但他電影中所記錄的人類感情，則永遠讓這一代人回味無窮，永誌不忘。

K2045

柏格曼論電影

Bilder

Ingmar Bergman 著／韓良憶等　譯　　　　　　　　　　280 元

經過了數十年的沉澱，柏格曼在此將那些已深入他的靈魂、他的內心，甚至他的五臟六腑的情感，再度挖掘出來，重新檢視這四十年來在面對創作時曾經有過的歡愉、熱情、挫敗與折磨，去發現自己隱藏的或不願面對的自我，在經歷一次苦痛之後。我們可以在此書中看到他拍《沉默》、《野草莓》、《傀儡生命》、《芬妮與亞歷山大》等片時那易感的情懷及易碎的心靈。

K2009

再見楚浮

Finally Truffaut

Don Allen 著／張靚蓓、張靚菡　譯　　　　　　　　　　　　180 元

楚浮的電影一向描繪人類情緒動搖的瞬間、自信的崩退和翻湧於人心中的羞
怯、迷惘、激情。他的作品帶領觀眾進入狂野世界，他所展現、所關心的是
人性中勇敢與怯懦、情感與慾望之間的微小分際。「電影比生活來得和諧，在
電影裏個人不再重要，電影超越了一切，像列車一般向前駛去，像一班夜行
列車。」楚浮如是說。

K2054

路易‧馬盧訪談錄

Malle on Malle

Philip French 著／陳玲瓏　譯　　　　　　　　　　　　　280 元

路易‧馬盧的敏銳、複雜和多元性，他的人文素養、「邊緣文化人」傾向、他
的坦承和熱情使他成為一位卓越的觀察家。而他拒絕做道德批判的原則和個
性，使他的作品不流於俗套，也使他許多作品具有強烈的爭議性。馬盧認為
向既有觀點、思考模式與價值系統挑戰是他做為電影人的天職——和樂趣
——之一。因此，他的影片所提出的問題往往比解答還多。如果你炫迷於《烈
火情人》的激情，那麼，千萬不要錯過《死刑台與電梯》、《地下鐵的莎芝》
……，你將會看到一個不一樣的馬盧。

K2041

電影的七段航程

Introduction a une veritable Histoire du Cinema

Jean-Luc Godard 著／郭昭澄　譯　　　　　　　　　　　260 元

本書是高達於一九七八年在加拿大蒙特婁電影藝術學院所做的演講紀錄。他
的演講內容深具當代西方知識分子的特色，包含大量的文化關懷與時論常
識。在這本書中，他探討了電影創作、製作與種種電影理念，融合了他個人
的心路歷程、挫折情緒與反省檢討，在他特異而特殊的思維之中，把電影鋪
展成一個有機的宇宙，牽絲扯蔓，縱橫無際。而高達在書中表現出的機智、
風趣、坦誠和親切的態度，與他在電影中與人一貫的艱澀乖離印象有天壤之
別。

K2037

魔法師的寶典──導演理念的釐清與透析

Un Cinema Nomme Desir

Andrzej Wajda 著／劉絜愷 譯   160 元

波蘭大導演華依達列舉出他曾經遭遇的困難，並提出解決之道。同時，也陳述了他的理念，讓讀者明確了解其緣由，掌握其思考邏輯，甚至電影觀念。這其中絕無深奧的說理，只是實戰後的智慧語言，句句切中要點，深具啓發性，對創作的說明不再停留於拍攝技術的討論，不是什麼方向性、假想線的解說，而是拍攝思想的釐清和透析，以及一些電影藝術放諸四海皆準、不受地域及政治影響的基本眞理。

K2053

奇士勞斯基論奇士勞斯基

Kieslowski on Kieslowski

Krzysztof Kieslowski 著／Danusia Stok 編／唐嘉慧 譯   280 元

奇士勞斯基的猝逝讓許多人婉惜不已，本書是他生前最完整的自敍。在書中，我們看到他在思索人性的課題時，在試煉信念於生活中的可行性時，並不是仰仗理性解析的能力，反而處處呈現一種純粹非理性的神秘主義傾向，以及宿命的情調。在他的電影中，唯一肯定的答案是人生的不確定性。茫茫人海中，陌生人之間必然有某種神祕的命運牽繫，我們的生活和生命也許被其中忽然搭上的一線緣份所左右而改變一生，也許不會。

K2035

法斯賓達的世界

Fassbinder: Film Maker

Ronald Hayman 著／彭倩文 譯   220 元

「德國新電影」怪傑法斯賓達的創作空間橫跨了電影、電視及舞臺劇，其中尤以電影的創作力驚人，且佳作連連。其作品雖然顚覆了電影語言的基本序列，但透過通俗劇的形式，對觀眾深具魅力，也引起評論者的深切關注。另一方面，法斯賓達的喜怒無常、生活混亂、無理取鬧，對周遭親友造成無盡的苦痛，因而本書作者說：「唯有存在於藝術家腐壞神經系統中的憤怒與冷酷無情的狂喜，才是藝術創作眞正的靈感泉源。藝術家必須成爲非人與超人；他必須與我們全人類保持一種陌生而疏離的關係。」

K2036

溫德斯的旅程

Cinema of Wim Wenders

Kathe Geist 著／韓良憶　譯　　　　　　　　　　　　200 元

本書以深入淺出的嚴謹態度分析溫德斯截至《巴黎・德州》為止的作品，並旁徵博引地整理許多其他電影學者和影評人的見解。溫德斯在「德國新電影」電影運動中，被譽為「人類學家」，因為他的電影往往刻劃他那一代年輕人的寂寞、孤立與迷惘，在他的許多電影中，寂寞德國人的形象和象徵孤獨的西部客形象融合在一起，溫德斯窮其一生，都對此一形象深深著迷。

K2014

史柯西斯論史柯西斯

Scorsese on Scorsese

David Thompson & Ian Christie 編／譚天　譯　　　　180 元

史柯西斯這個明星自從七〇年代起伴隨著《計程車司機》、《紐約，紐約》、《蠻牛》、《金錢本色》，以致於引起廣大爭議的《基督的最後誘惑》及使其聲名更上一層樓的《四海好傢伙》、《純真年代》，一直是影迷們津津樂道的名字。本書主要由史柯西斯主述其生長過程、拍片始末，並由編者參照豐富的資料，註撰、補遺，使每個事件的面貌立體而生動。

K2043

柯波拉奇人其夢

Coppola

Peter Cowie 著／黃翠華　譯　　　　　　　　　　　360 元

以《教父》片集聞名於世的法蘭西斯・柯波拉是美國電影工業裏的一則傳奇。《教父》三部曲成為好萊塢電影的新經典，《現代啟示錄》的史詩類型也為越戰電影開創新局，而《對話》、《鬥魚》、《小教父》、《吸血鬼》等都曾引起世界影壇的重視。本書是柯波拉的傳記，完整地呈現了他導演生涯的全貌，描述這個充滿創意又精力旺盛的鬥士如何使自己的夢想一一實現。

K2044

戲假情真──伍迪・艾倫的電影人生

Woody Allen: A Biography

Eric Lax 著／曾偉禎等　譯　　　　　　　　　　　360 元

伍迪・艾倫無論是做為頂尖的脫口秀藝人，或是集編導演於一身的電影大師，窮其一生皆以生與死、愛與罪、性與慾、道德與責任等無可揭止又傷害性不大的思想偏執做為創作元素，演繹出一部部脫線諷刺劇、愛情輕喜劇或嚴肅心理劇。而本書作者的目的並不只是為了詳述某人的一生，還希望說明一個創作者的創作歷程和他的人生如何影響他的創作；我們可以在伍迪・艾倫身上看到兩者的相互影響。

K2059

小川紳介的世界——追求紀錄片中至高無上的幸福

小川紳介　著／山根貞男　編／馮豔　譯　　　　　　　　　　360元

小川紳介是日本紀錄片工作者中非常特出的一人，他以親身全程參與的方式，與被拍攝的對象、環境完全融為一體，以他無比的社會主義思想、人文主義精神，及無人能及的熱情和理想，替人類歷史留下無數的珍貴紀錄。本書是小川紳介生前三十多年來從事紀錄片工作的紀錄、演說，對於喜愛影像傳播或紀錄工作的人，有很大的啓示作用。

K2010

大路之歌

孫瑜　著／舒琪、李焯桃　編校　　　　　　　　　　　　　180元

三〇年代是中國電影的「探索的年代」，各種流派百花齊放，孫瑜這位「詩人導演」揮舞著他浪漫主義理想精神的寬袍大袖，飛揚出一個豪放、樂觀、熱情洋溢的手勢。在三〇年代拍出了《大路》、《體育皇后》、《小玩意》等傑作。五〇年代孫瑜因《武訓傳》履遭批判，創作生涯中斷，近半個世紀的璀璨光華像流星般一去不復返。本書是孫瑜一生的回憶錄，由香港影評人舒琪、李焯桃仔細校訂，並為本書撰寫詳實的評介。

K2017

少年凱歌

陳凱歌　著　　　　　　　　　　　　　　　　　　　　　110元

從電影學院的學生到國際大導演，陳凱歌已奠定下他在國際影壇的地位。而他少年時代的經歷更對他後來發展的養成有莫大的影響。本書是陳凱歌回顧其少年時代經歷文化大革命的過程，其對文革的反思與一般文革文字大異其趣。陳凱歌說：「我一直認為我的人生經驗大都來自那個時期，其中最重要的是，這個革命幫助我認識我自己。認識自己即是認識世界，明白這一點，就決定了我的一生。」

K2050

楊德昌電影研究——臺灣新電影的知性思辯家

黃建業　著　　　　　　　　　　　　　　　　　　　　200元

楊德昌在臺灣新電影中是相當重要的代表人物，由他開展出來充滿知性思辯的現代風格在中國電影脈絡中，仍是一個極有開發潛力的異數。本書最大的目的並不在成一家言，或以楊德昌做為一理論試驗場，印證當代各家各派的批評分析理論。只期望以當前有關其作品的論述觀點，做一較有系統的陳述和研究開發及整理。也同時透過這些論述，彰顯出楊德昌在其創作歷程與作品間的主題變異和風格突變。